»Seit meiner Jugend habe ich mich immer wieder gefragt, was für ein Mensch wohl aus mir geworden wäre, hätte ich in der Nazi-Zeit gelebt. Hätte ich mitgemacht? Mich gebeugt? Widerstanden? Darum kreist mein neuer Roman: um die Verführbarkeit von Menschen in dunkler Zeit.«

Peter Prange

Hermann Ising, 54

Zuckerbaron und Patriarch. Obwohl Ortsgruppenleiter von Fallersleben, dem Ort, in dem der Dichter des »Deutschlandlieds« geboren wurde, akzeptiert er einen jüdischen Schwiegersohn. Denn die Familie geht ihm über alles. Doch w

Georg Ising, 28

Ein Frauenheld, der zur Enttäuschung seines Vaters statt Zuckerrübensaft Benzin im Blut hat. Freund und rechte Hand des Autokonstrukteurs Josef Ganz, der vom Bau eines »Volkswagens« träumt und deshalb, obwohl Jude, den »Auto-Kanzler« Hitler als Geschenk des Himmels preist. Als Ferdinand Porsche ins Spiel tritt, muss Georg sich entscheiden: Was zählt mehr – seine Freundschaft oder seine Autoleidenschaft?

Carl Schmitt, 44

Brillanter Jurist und Staatsrat, ein »Chamäleon«, das immer wieder die Farbe wechselt. Als Vertrauter Görings ist er der Macht ganz nah. Ein Intellektueller ohne Gewissen, der nur eine Loyalität kennt: gegenüber seiner Schwester Dorothee.

Gisela »Gilla« Bernstein, 18

Ebenso lebenslustige wie leichtsinnige Tochter von Hermanns bestem Freund und Kriegskameraden. Während sie in Nachtclubs singt, hofft sie, eines Tages im »Wintergarten« aufzutreten. Denn ist sie erst ein Star, so glaubt sie, werde sich niermand mehr für ihre Rassenzugehörigkeit interessieren.

SCHERZ

PETER PRANGE

Eine Familie in Deutschland

Roman in 2 Büchern

ERSTES BUCH:

ZEIT ZU HOFFEN,
ZEIT ZU LEBEN
1933–1939

SCHERZ

MIX
Papier aus verantwortungsvollen Quellen
FSC® C083411
FSC
www.fsc.org

Erschienen bei FISCHER Scherz

Satz: Dörlemann Satz, Lemförde
Vorsatzkarte: Gestaltung büro süd © George Marks/Getty Images
Druck und Bindung: CPI books GmbH, Leck
Printed in Germany
ISBN 978-3-651-02556-1

Für uns Nachgeborene,
die wir uns unserer selbst so sicher sind.

»Es kennzeichnet die Deutschen, dass bei ihnen die Frage ›Was ist deutsch?‹ niemals ausstirbt.«

FRIEDRICH NIETZSCHE
JENSEITS VON GUT UND BÖSE, 1886.
ACHTES HAUPTSTÜCK. VÖLKER UND VATERLÄNDER

VORBEMERKUNG

Die nachfolgende Geschichte ist, obwohl angelehnt an historische Ereignisse, frei erfunden. Rückschlüsse auf die tatsächliche Lebenswirklichkeit der geschilderten Personen sollen in keiner Weise nahegelegt oder ermöglicht werden. Die Handlungsstränge der Geschichte sind ebenso wie die Lebenswege der Protagonisten Erfindungen des Autors. Dies gilt insbesondere für deren Verstrickungen in der Nazizeit und die Schilderung ihrer Privatsphäre. Alle intimen Szenen sowie die Dialoge und die Darstellung der Gefühlswelt des gesamten Romanpersonals sind reine Fiktion.

»Da aber nahm ihn der Teufel mit sich und führte ihn auf einen sehr hohen Berg; er zeigte ihm alle Reiche der Welt mit ihrer Pracht und sagte zu ihm: Das alles will ich dir geben, wenn du dich vor mir niederwirfst und mich anbetest.«

EVANGELIUM NACH MATTHÄUS, KAPITEL 4, VERS 8–9

TEIL EINS

Das Richtfest

1933/1934

1

Fallersleben, ein kleines Städtchen im Wolfsburger Land, fernab der Welt und doch mitten in Deutschland gelegen, zählte im Jahre 1933 wenig mehr als zweitausend Einwohner. Es gab zwei Kirchen, ein Amtsgericht und ein Forstamt, dazu als einzige Attraktionen ein Schloss und ein Brauhaus sowie ein Schwefelbad für Heilkuren gegen Rheumatismus und Hauterkrankungen, und hätte nicht August Heinrich Hoffmann, der Dichter des »Deutschlandlieds«, der aus einer Laune des Schicksals heraus einst in dieser Ödnis das Licht der Welt erblickte, den Namen seines Heimatortes dem eigenen Allerweltsnamen hinzugefügt – kaum jemand hätte Notiz von diesem Flecken Erde genommen, wo die Menschen nahezu unberührt von der modernen Zeit lebten wie ihre Vor- und Vorvorfahren. Noch immer bestimmte die Landwirtschaft den Alltag, und von der industriellen Revolution, die sonst in weiten Teilen Deutschlands seit nunmehr einem Jahrhundert das Leben von Grund auf umgestaltete, zeugten hier, zwischen grauen Äckern und endlosen Viehweiden, nur eine Kaligrube sowie eine Handvoll mechanischer Fabrikationsbetriebe zur Verarbeitung von Agrarprodukten wie Kartoffeln, Zuckerrüben und Getreide.

Die Hauptstadt Berlin war darum weit, und selbst an diesem 30. Januar, an dem der Führer der Nationalsozialistischen Arbeiterpartei Deutschlands Adolf Hitler durch den greisen Reichspräsidenten Paul von Hindenburg zum Kanzler ernannt wurde, war von den dortigen geschichtsträchtigen Ereignissen, in denen viele den Beginn einer besseren Zukunft, manche aber den Anfang eines vielleicht schrecklichen Endes erblickten, kaum etwas zu spüren. Hier, in Fallersleben, interessierte man sich an diesem verhangenen, nasskalten Tag nur für ein Ereignis, das Richtfest, zu dem der

Zuckerbaron Hermann Ising, Herr über hundert Arbeiter und Betriebsbeamte und damit bedeutendster Agrarökonom im Landkreis, geladen hatte, um nach Fertigstellung von Rohbau und Dachstuhl seines neuen Wohnhauses am Rübenkamp die Segenssprüche der Zimmerleute entgegenzunehmen. In Scharen strömte man von den umliegenden Dörfern und Höfen zu dem dreigeschossigen, in solidem Fachwerk ausgeführten Gebäude, das an Größe und Stattlichkeit im ganzen Landkreis nur von der Wolfsburg selbst übertroffen wurde, dem jahrhundertealten Schloss und Stammsitz der Grafen von der Schulenburg, denen das Land gehörte, so weit das Auge reichte. Allein die Tatsache, dass in diesen notgeplagten Zeiten, da Armut und Hunger im Reich regierten, jemand ein so kühnes Unternehmen in Angriff nahm, war ein Zeichen der Hoffnung. Solcher Wagemut verdiente größten Respekt, und den wollte man mit seiner Anwesenheit bekunden. Außerdem galt der Bauherr als spendabler Mann, dessen großzügige Wesensart in vollkommener Weise dem Reklamespruch entsprach, den sein Großvater zur Gründung der Fallersleber Raffinerie ersonnen hatte:

Zucker schadet? Grundverkehrt! Zucker schmeckt, Zucker nährt!

Das Richtfest versprach also Freibier und Essen bis zum Platzen, und das wollte sich niemand entgehen lassen.

2

Als wollte der Himmel seinen Segen zu dem Ereignis geben, riss über dem nahe gelegenen Klieversberg die Wolkendecke auf, und ein paar zögerlich blasse Sonnenstrahlen schienen auf den Dachfirst mit dem Richtkranz und der rotweiß im Wind flatternden Hakenkreuzfahne, als Hermann Ising, ein vierundfünfzig Jahre alter, etwas rundlicher, untersetzter Mann, der sein blondes Haupthaar wie früher schon sein Vater und Großvater in der Mitte gescheitelt trug, in der goldgelben Uniform eines Ortsgruppenleiters auf die Freitreppe des imposanten Rohbaus trat und das Wort ergriff, um vor den im Hof versammelten Gästen den Handwerkern zu danken und zugleich den eigenen Hoffnungen Ausdruck zu verleihen, die er für sich und seine Familie mit dem Umzug in das neue Haus verknüpfte.

»Ob er es wohl ausnahmsweise schafft, sich mal nicht am Hintern zu kratzen?«, fragte seine Tochter Charlotte, die sich, seit sie in Göttingen Medizin studierte, Charly nannte und jetzt zusammen mit ihrem Verlobten Benjamin Jungblut ein wenig abseits der übrigen Gesellschaft das Geschehen verfolgte.

»Warum in aller Welt sollte er das tun?«, erwiderte Benny verwundert.

»Wegen seiner Hämorrhoiden. Ist dir das noch nie aufgefallen?« Während er lachend den Kopf schüttelte, fuhr sie fort: »Ich bin nur gespannt, ob er den Mut hat, sein Versprechen wahrzumachen.«

»Welches Versprechen?«

»Sich bei seinem Architekten zu bedanken!« Kaum waren ihr die Worte rausgerutscht, hätte sie sich am liebsten die Zunge abgebissen. Sie hatte sich vorgenommen, nichts von dem Versprechen zu verraten, das sie ihrem Vater abgenommen hatte – es sollte ja eine Überraschung sein.

Doch Benny zuckte nur gleichgültig die Achseln. »Der Architekt legt darauf nicht den geringsten Wert.«

»Unsinn! Du hast wunderbare Arbeit geleistet. Darauf musst du doch stolz sein!«

Unwillig schüttelte er den Kopf. »Stolz wäre ich, wenn ich euer Haus so hätte bauen können, wie ich es in Dessau gelernt habe. Aber dein Vater wollte ja unbedingt Fachwerk. Als lebten wir noch im Mittelalter.«

»Mein armer, armer Schatz.« Charly gab ihm einen Kuss. »Nur leider ist Fallersleben nicht Dessau, und ein Gesamtkunstwerk à la Bauhaus passt nun mal nicht so ganz in unser Nest. – Aber schau nur! Gleich passiert es!«

3

In der Tat, Hermann konnte sich kaum noch beherrschen. Während er in seiner Rechten den Stichwortzettel für seine Rede hielt, zuckte seine Linke immer wieder in Richtung Gesäß. Ausgerechnet heute plagten ihn die Hämorrhoiden, als hätte ihm jemand Pfeffer in den Arsch gerieben, der Drang, sich Abhilfe zu schaffen, wuchs mit jeder Sekunde, und die Unmöglichkeit, sich in der Öffentlichkeit zu kratzen, machte es nur noch schlimmer. Außer Nachbarn, Freunden und Verwandten befanden sich unter den Gästen angesehene Honoratioren des Landkreises, an ihrer Spitze der Landrat, dazu Bankdirektor Lohmann, dessen Raiffeisenkasse das für den Hausbau nötige Geld vorgestreckt hatte, sowie Theobald Witzleben, der alte, in Ehren ergraute Pastor der Michaeliskirche, und natürlich Kreisleiter Sander, der einst als Turnlehrer der »Eulenschule« der Fallersleber Jugend den Purzelbaum und das Völkerballspielen beigebracht hatte. Sogar Graf von der Schulenburg hatte sein Kommen angesagt, zusammen mit seiner Frau. Allerdings würden die Herrschaften erst später erscheinen, nach dem offiziellen Teil, wenn die Reden gehalten waren, um sich möglichst zwanglos »unters Volk« zu mischen, wie der Graf sich bei der Einladung ausgedrückt hatte.

Unter Aufbietung seiner ganzen Willenskraft konzentrierte Hermann sich wieder auf seine Ansprache. Er dankte den Maurern und Zimmerleuten genauso wie den Schreinern und Glasern und stellte den Dachdeckern ein Fass Bier in Aussicht für den Fall, dass die Familie zum Frühlingsanfang in ihr neues Haus einziehen könnte.

Hatte er jemanden vergessen?

Ein Blick auf seine Tochter genügte, um seiner Erinnerung auf die Sprünge zu helfen. Voller Erwartung schaute Charlotte zu ihm auf. Das Versprechen, sich öffentlich bei ihrem Verlobten zu bedanken, war Hermann nicht schwergefallen, Benjamin Jungblut hatte sich eine solche Auszeichnung redlich verdient. Als zwischen den Jahren der Frost eingesetzt und alle Planungen über den Haufen zu werfen gedroht hatte, hatte der junge Itzig mit Engelszungen auf die Handwerker eingeredet und sie dazu gebracht, trotz des Kälteeinbruchs die Arbeit fortzusetzen. Hermann hatte sich die Nennung seines künftigen Schwiegersohns deshalb bis zum Schluss aufbewahrt.

»Und nun möchte ich noch jemanden würdigen, dem mein ganz

besonderer Dank gilt. Denn wie heißt es schon in der Bibel? ›Die Letzten werden die Ersten sein.‹«

Er wollte Benno, wie er den Verlobten seiner Tochter nannte, um den eigentlichen Vornamen ebenso zu vermeiden wie die nicht weniger undeutsche Koseform, gerade zu sich rufen, da sah er seinen Sohn Horst. Zusammen mit seiner frisch angetrauten Frau Ilse, einer ehemaligen Arbeiterin der Zuckerfabrik und örtlichen BdM-Leiterin, überwachte er das Spanferkel, das an einem Bratspieß brutzelte, und wartete mit einem Glas Schnaps in der Hand auf das Ende der Rede. Dabei zog er ein Gesicht wie früher als Kind, wenn er fürchtete, eines seiner Geschwister könnte ihm den Sonntagspudding wegschnappen. Hermann ahnte den Grund. Horst hatte sich bei Kreisleiter Sander um den Posten des HJ-Bannführers beworben – das war praktisch so viel wie Standartenführer! –, und damit seine Kandidatur keinen Schaden nahm, hatte er ihn inständig darum gebeten, Benjamin Jungblut nur ja nicht in Sanders Beisein zu erwähnen.

Hermann wusste, egal, was er tat, eines seiner Kinder würde er jetzt enttäuschen, entweder seine älteste Tochter oder seinen zweitgeborenen Sohn. Unentschlossen zupfte er an seiner Armbinde. Seit Horst dem Kinderwagen entstiegen war, litt er darunter, dass er hinter seinen beiden Schwestern Charlotte und Edda, vor allem aber hinter seinem älteren und begabteren Bruder Georg zurückstand. Während seine Geschwister das Gymnasium beziehungsweise Lyzeum in der Kreisstadt Gifhorn besucht hatten, hatte es für Horst nur für die Fallersleber Mittelschule gereicht. Als Hermann nun das bange Flehen in seinen Augen sah, siegte in ihm das Mitleid über die Gerechtigkeit. In der Hoffnung, dass Lotti ihm verzieh, steckte er seinen Stichwortzettel ein, er konnte den Architekten nicht öffentlich loben, ohne Horst zu schaden, der Name war schließlich gemeingefährlich, und statt mit irgendwelchen Extratouren seinem Zweitgeborenen die Möglichkeit zu nehmen, sich in der Partei jenes Ansehen zu erwerben, das ihm sonst so oft verwehrt blieb, wandte er sich an den Menschen, bei dem er in kritischen Situationen stets Halt und Zuflucht fand: an seine Frau Dorothee. Mit dem kleinen Willy, dem gerade drei

Monate alten Nachzügler der Familie, auf dem Arm stand sie bei ihrem Bruder Carl und nickte ihm mit ihrem stets etwas wehmütigen Lächeln zu. Er nahm ein gefülltes Schnapsglas von dem Tablett, das zu diesem Zweck vor ihm bereitstand, und während er ihr zuprostete, formten seine Lippen ganz von allein die richtigen Worte.

»Mein letzter und wichtigster Dank gilt meiner lieben Dorothee, der ich alles schulde, was ich bin und habe!« Er hob sein Glas in die Höhe, damit die Gäste es ihm gleichtaten. »Auf meine Frau! Auf die Familie! Auf dass sich alle unsere Lieben unter dem Dach unseres neuen Hauses vereinen, um in Frieden und Eintracht hier zusammen zu leben, mit Kind und Kindeskindern, nach Altväter Sitte, voller Zuversicht und Glauben an die neue Zeit. Prost!«

»Prost! Prost!«, schallte es zurück.

Die Gläser waren noch nicht geleert, da fing der kleine Willy auf dem Arm seiner Mutter so laut an zu schreien, als wolle auch er seine Zustimmung zur Rede seines Vaters bekunden. Beifall brandete auf, und wie auf ein Zeichen drehten sich alle zu dem kleinen Schreihals herum. Was für ein prächtiges Kerlchen hatte Hermann Ising doch auf seine alten Tage noch mal gezeugt! Kreisleiter Sander lachte sein meckerndes Lachen, Bankdirektor Lohmann lüftete wohlgelaunt seinen Hut, und der alte Pastor Witzleben, den man anstelle seines Nachfolgers, des allzu linientreuen Superintendenten Wedde, eingeladen hatte, lächelte sein Butterkuchenlächeln.

»Und natürlich auch ein kraftvolles Prosit auf unseren Jüngsten!«, rief Hermann, dem vor lauter Rührung über sein spätes Vaterglück beinahe die Tränen kamen. »Auf eine glorreiche Zukunft! Mit Gottes Segen – Sieg Heil!«

4

»Nun, Schwesterherz, bist du glücklich?«

Dorothee, die nach dem Dienstmädchen Bruni Ausschau hielt, weil am Büfett bereits die Schnittchen zur Neige gingen, drehte sich zu ihrem Bruder herum, der zu dem Richtfest aus Berlin angereist war, obwohl Reichstagspräsident Hermann Göring ihn persönlich zur Vereidigung der neuen Regierung eingeladen hatte, die heute in der Hauptstadt stattfand. »Regierungen kommen und gehen«, hatte Carl bei seiner Ankunft gesagt, »aber so ein Haus, das ist doch was für die Ewigkeit.« Dorothee hatte sich über seine Entscheidung von Herzen gefreut, nach dem frühen Tod der Mutter hatte sie ihren jüngeren Bruder an deren Stelle großgezogen, war ihm Mutter und Schwester zugleich gewesen. Die Opfer, die sie gebracht hatte, hatte Carl ihr auf seine Weise gedankt: Mit vierundvierzig Jahren war er preußischer Staatsrat, Dekan der juristischen Fakultät der Friedrich-Wilhelms-Universität in Berlin und galt als der brillanteste Jurist im Reich. Doch die Frage, die er ihr gerade gestellt hatte, erinnerte sie schmerzlich daran, um welchen Preis ihr Leben erkauft war.

»Glücklich? Ach Carl, wer ist das schon?«

»Das sagst du an einem solchen Tag? Das gefällt mir aber gar nicht!«

Unter seinem prüfenden Blick war sie für einen Moment versucht, ihm ihr Herz auszuschütten. Ausgerechnet das neue Haus, um das jeder im Landkreis sie beneidete, war der Grund, weshalb sie sich noch mehr Sorgen machte als sonst. Doch als der kleine Willy einen Nieser tat, fing sein Onkel an, Faxen zu machen, wackelte mit den Händen an den Ohren und kitzelte das winzige Näschen, was der kleine Willy mit einem glucksenden Lachen quittierte.

»Das ist ja ein richtiger Wonneproppen«, sagte Carl und wiederholte den Versuch, der prompt ein erneutes Glucksen hervorrief. »Ich bin sicher, der wird euch noch viel Freude machen. Und was für ein kräftiges Stimmchen der kleine Mann hat«, fügte er hinzu, als Willy plötzlich wieder wie am Spieß zu schreien anfing.

»Ich wollte, es wäre nicht ganz so kräftig.« Dorothee versuchte Willy zu beruhigen, doch der krähte nur noch lauter. »Manchmal habe ich das Gefühl, dass er irgendwie anders ist als seine Geschwister. Auf jeden Fall ist er viel anstrengender.«

»Das ist der Zahn der Zeit«, erwiderte Carl. »Auch du wirst leider nicht jünger. Schließlich ist es zwanzig Jahre her, dass du deine anderen Kinder großgezogen hast. Kein Wunder, dass es dir heute schwerer fällt als früher. – Apropos Kinder: Wo steckt eigentlich Georg? Den habe ich noch gar nicht gesehen.«

»Ich weiß auch nicht«, sagte Dorothee, »eigentlich müsste er längst da sein. Hoffentlich ist nichts passiert.«

»Kein Grund zur Sorge«, erwiderte ihr Bruder. »Georg war noch nie der Pünktlichste. Arbeitet er noch immer in diesem Frankfurter Konstruktionsbüro?«

»Zu Hermanns Leidwesen ja.«

»Also nach wie vor kein Interesse an der Zuckerfabrik?«

Dorothee schüttelte den Kopf. »Er ist von seiner jetzigen Arbeit wie besessen.«

»Ach ja«, seufzte Carl, »die Jugend und ihre Träume.«

5

Georg hatte ausgerechnet, dass er für die Strecke von Frankfurt bis Fallersleben bei vernünftiger Fahrweise mit einem einzigen Zwischenhalt auskommen müsste, doch kurz nach Braunschweig, keine dreißig Kilometer vor dem Ziel, war ihm der Sprit ausgegangen und er hatte sein Motorrad noch einmal auftanken müssen. Offenbar hatte er allen guten Vorsätzen zum Trotz wieder zu viel Gas gegeben. Christiane, seine Begleiterin, hatte die Pause genutzt, um in einem Gasthof die Toilette aufzusuchen.

Während der Tankwart Benzin nachfüllte, blickte Georg auf seine Armbanduhr. Das Richtfest war sicher schon in vollem Gange. Trotzdem hatte er es nicht eilig. Seine Mutter hatte am Telefon angedeutet, dass es zu Hause Probleme gebe, und auch wenn er nicht wusste, was für Probleme das waren, war er überzeugt, dass sie vor allem ihn betrafen. Einmal mehr würde sein Vater ihn drängen, sich endlich zu entscheiden. Bei der Vorstellung erlosch auch der letzte Funke Vorfreude auf die Heimat in ihm, es gab ohnehin nichts, was ihn nach Hause zog, und er wünschte, er wäre langsamer gefahren. Am besten so langsam, dass er gar nicht erst ankam.

Als er Fallersleben nach dem Abitur verlassen hatte, um an der Technischen Hochschule in Aachen Maschinenbau zu studieren, hatte er den Auszug aus der heimatlichen Enge wie eine Befreiung empfunden, und seit er in Frankfurt lebte, war die Sache endgültig entschieden: Keine zehn Pferde würden ihn je wieder zurück ins Wolfsburger Land bringen, wo es nichts als Gegend gab. In Frankfurt hingegen gab es nicht nur wunderbar schöne Frauen mit wunderbar lockeren Sitten, dort gab es vor allem auch den genialsten Ingenieur Deutschlands, seinen Freund Josef Ganz, der ein Auto entwickelte, wie die Welt noch keins gesehen hatte, und er, Georg Ising, hatte als sein engster Mitarbeiter daran wie kein anderer Teil. Doch jedes Mal, wenn er nach Hause kam, nahm sein Vater ihn ins Gebet, damit er sich zur Nachfolge bereit erklärte, obwohl sein jüngerer Bruder Horst sich nichts sehnlicher wünschte, als eines Tages als Zuckerbaron durch Fallersleben zu stolzieren. Dabei hatte Georg sich das Dilemma selbst zuzuschreiben. Als Student hatte er eine Zentrifuge für die Raffinerie konstruiert, um sich für den monatlichen Wechsel von zu Hause erkenntlich zu zeigen. Damit hatte er falsche Hoffnungen geweckt, gegen die er nun immer wieder ankämpfen musste. Aber er war fest entschlossen, sich nicht rumkriegen zu lassen – weder diesmal noch irgendwann sonst.

Nein, in seinen Adern floss kein Zuckerrübensaft, sondern Benzin! Seit er mit Onkel Carl zum ersten Mal auf der Berliner Avus gewesen war, wusste er, was sein Lebenszweck war: Autos konstruieren, dafür und für nichts anderes war er auf der Welt!

Wann würden seine Eltern das endlich begreifen?

6

»Ich könnte ihn umbringen«, knurrte Charly.

»Von wem redest du?«, fragte Benny.

»Von meinem Vater natürlich. So ein Feigling!«

»Jetzt reg dich nicht auf. Hauptsache, ich bekomme pünktlich mein Geld.«

Charly schüttelte ihren blonden Bubikopf, so dass die glatten, kurzen Haare nur so flogen. »Fast könnte man glauben, du wolltest den Nazis recht geben mit ihren Hetzreden. Geld ist doch nicht alles! Papa hatte mir fest versprochen, sich bei dir zu bedanken. Öffentlich!«

»Viel wichtiger ist, dass er mir den Auftrag zu meinem ersten eigenen Haus gegeben hat. Gegen den erklärten Protest deines Herrn Bruders übrigens, wie du dich vielleicht erinnerst.«

»Was für eine Heldentat! Schließlich bist du sein künftiger Schwiegersohn.«

»Richtig. Dass dein Vater in unsere Verlobung eingewilligt hat, ist nämlich auch nicht gerade selbstverständlich. Da könntest du ruhig ein bisschen gnädiger sein.«

»Mit gnädig ist es nicht getan. Das solltest du besser wissen als jeder sonst!«

Benny biss sich auf die Lippe. Er verstand nur zu gut, was sie meinte. Seine Eltern waren vom Wahlsieg der Nazis so alarmiert, dass sie in Leipzig, wo der Vater als Universitätsprofessor zwei Jahrzehnte lang Kunstgeschichte gelehrt hatte, bereits die Koffer packten, um Deutschland in Richtung England zu verlassen. Die Mutter, eine geborene Holländerin, hatte für Amsterdam plädiert, doch hatte sie sich mit ihrem Wunsch nicht durchsetzen können. Erstens besaß der Vater einen Ruf nach Cambridge, den er mit Rücksicht auf die Familie vor einem halben Jahr zwar abgelehnt hatte, der aber nach wie vor galt, und zweitens lag Amsterdam zu nah an Deutschland, um sich vor Hitler und seiner Bande wirklich sicher zu fühlen. Obwohl Benny seit seiner Verlobung mit der Tochter eines »Nazi-Bonzen«, wie sein Vater sich ausdrückte, mit seinen Eltern regelmäßig in Streit geriet, wenn sie sich sahen oder miteinander telefonierten, drängten sie ihn, zusammen mit ihnen zu emigrieren, bevor es zu spät sei. Doch davon wollte Benny nichts wissen. Er konnte Deutschland nicht verlassen, dafür liebte er Charly viel zu sehr, und die musste erst in Göttingen zu Ende studieren, bevor sie als Ärztin im Ausland arbeiten konnte.

Wie immer, wenn Charly wütend war, lief ihr Gesicht dunkelrot an. »Ich werde ihn zur Rede stellen.« Auf dem Absatz machte sie kehrt und marschierte in Richtung des Bratspießes, wo ihr Vater gerade mit Bankdirektor Lohmann und Pastor Witzleben anstieß, während Horst mit einem Schlachtermesser die erste Portion Spanferkel auf den Teller säbelte, den Kreisleiter Sander ihm erwartungsvoll entgegenstreckte.

»Bist du verrückt?«, fragte Benny. »Willst du ihm vor allen Gästen eine Szene machen?« Er packte sie am Arm, doch wäre es ihm kaum gelungen, sie zurückzuhalten, wäre Edda ihm nicht zu Hilfe gekommen. »Achtung!«, zischte er. »Wir sind im Film!«

Während Charly wie angewurzelt stehenblieb, näherte sich ihre Schwester mit einer Kamera vor dem Gesicht und ihrem Freund Ernst Hartlieb im Schlepptau.

»Bitte einen Kuss, ihr zwei!«, rief Edda ihnen zu. »Szene fünf, die erste!«

Statt der Aufforderung zu folgen, hob Charly abwehrend beide Hände in die Höhe.

»Ach, Mist!« Enttäuscht ließ Edda ihre Leica sinken. »Jetzt hast du die Szene geschmissen! Dabei hatte ich euch beide gerade so schön in Großaufnahme.«

Nur zögernd nahm Charly die Hände wieder vom Gesicht. »Du weißt doch, ich hasse es, gefilmt zu werden!«

»Stell dich nicht so an. Es ist doch nur für das Familienarchiv. Mama hat mich mindestens ein Dutzend Mal daran erinnert, dass ich nur ja die Kamera mitbringe.«

»Als könntest du die je vergessen«, lachte Charly. »Aber jetzt halt endlich die Klappe und lass dich drücken.«

Sie nahm ihre Schwester in den Arm, und Edda erwiderte die Begrüßung so herzlich, dass Benny, der als Einzelkind aufgewachsen war, ein bisschen neidisch wurde. Dabei sahen die beiden so unterschiedlich aus, dass, wer sie nicht kannte, sie kaum für die Töchter ein- und derselben Eltern gehalten hätte. Obwohl Charly so hübsch war, dass die Männer ihr auf der Straße hinterherpfiffen, konnte sie mit ihrem glatten blonden Haar, dem rosigen Teint und dem etwas zu breiten Mund das Erbe ihres Vaters nicht verleugnen, während Edda, die mit ihren achtundzwanzig Jahren nicht nur vier Jahre älter als ihre Schwester war, sondern auch die älteste der Ising-Geschwister, mit ihren kastanienfarbenen Locken, den grünblauen Mandelaugen und den hohen Wangenknochen allein der Mutter nachgeraten schien.

»Seid ihr jetzt erst aus Göttingen gekommen?«, fragte Benny.

»Ja«, sagte Edda. »Ich hatte am Morgen noch eine Altfranzösisch-Klausur, die ich nicht verpassen durfte, ohne meinen Grammatikschein zu riskieren, und als ich endlich fertig war, wurde Ernst noch mal in die Redaktion gerufen.«

»Dabei hatte ich extra den Nachtdienst übernommen, um heute frei zu haben«, ergänzte ihr Freund, ein hagerer, fast kahlköpfiger Theologe von fast zwei Metern Körpergröße, der, statt als Vikar das Pastorenamt anzustreben, nach Abschluss des Studiums ein Volontariat beim *Göttinger Volksblatt* angefangen hatte, der einzigen sozialdemokratischen Zeitung in der Region.

»Ihr Glücklichen!«, sagte Charly. »So blieb euch Papas Rede erspart.«

»Wie oft hat er sich am Hintern gejuckt?«, wollte ihre Schwester wissen. »Ich habe nur noch das Ende mitbekommen.«

»Du wirst staunen – kein einziges Mal! Er hat sich zusammengerissen und sich auch artig bei allen bedankt, außer bei einem. Dreimal dürft ihr raten, bei wem ...«

Plötzlich hielt sie inne. Der Grund dafür war ihr Bruder Horst, der gerade mit einer Flasche Korn die Runde machte, um die Gläser der Gäste nachzufüllen.

»Sieh einer an, das Göttinger Kleeblatt«, grüßte er abschätzig seine Schwestern und deren Begleiter. »Mal wieder vollständig versammelt. Kann man euch eigentlich auch einzeln haben? Oder gibt's euch nur am Stück?«

»Statt blöde Witze zu machen«, erwiderte Charly, »solltest du dich lieber mal ordentlich rasieren. Ich sehe da noch ein paar Stoppeln auf deiner Oberlippe.«

Edda lachte, und sogar Ernst, der sonst seinem Namen alle Ehre machte, musste grinsen. Wie sein Vater trug Horst das blonde Haar in der Mitte gescheitelt – angeblich, um ihm zu gleichen, das behaupteten jedenfalls seine Schwestern –, doch im Gegensatz zum Vater hatte er sich außerdem ein ebenfalls blondes Hitler-Bärtchen wachsen lassen. Obwohl auch Benny sich ein Lächeln nicht verkneifen konnte, wäre es ihm lieber gewesen, Charly hätte den Mund gehalten. Er wollte keinen Streit.

Wie nicht anders zu erwarten, blieb Horst die Antwort nicht schuldig. »Das ist deutsche Barttracht«, erklärte er. »Aber wie ich dich kenne, Lottilein, bevorzugst du vermutlich Schläfenlocken. – Übrigens«, wandte er sich an Benny, »wenn der Herr von dem Spanferkel kosten will, sollte er sich beeilen. Der Andrang ist enorm.« Mitten im Satz schlug er sich vor die Stirn. »Ach, wie dumm von mir! Ich vergaß, dass der Herr ja nur koschere Kost zu sich nimmt. Hätten wir daran gedacht, hätten wir natürlich einen Hammel geschächtet.« Triumphierend schaute er in die Runde.

»Was bist du nur für ein Blödmann!«, fauchte Charly. »Man kann sich nur für dich schämen.«

»Schämen ist gar kein Ausdruck«, pflichtete Edda ihr bei.

»Das sagen die Richtigen!« Horst lachte. »Die eine treibt's mit einem Itzig, und die andere ...«

»Müsst ihr schon wieder zanken?«

Benny, der bereits das Schlimmste befürchtet hattee, atmete auf. Das Dienstmädchen Bruni, das länger zur Familie gehörte als die Geschwister und angeblich schon früher jeden Streit zwischen ihnen fünf Meilen gegen den Wind gerochen hatte, war wie aus dem Nichts aufgetaucht. Jetzt klatschte sie in ihre großen Hände, als wolle sie eine Schar Hühner vom Hof in den Pirk treiben. »Ab in die Küche mit euch, ihr Mädchen! Die Schnittchen sind alle, und eure Mutter hat nur Ilse zur Hilfe! – Und du, Horst, kümmere dich um den Schnaps! Die Männer haben nichts mehr zu trinken!«

7

Wie alle Räume in dem kalten, feuchten Rohbau war auch die Küche noch nicht tapeziert, und die Einrichtung bestand nur aus ein paar Stühlen und einem Biertisch, an dem die Mutter gerade Brote schmierte, als die Schwestern hereinkamen. In einer Ecke schlief der kleine Willy tief und fest in seinem Stubenwagen.

»Du bist allein?«, fragte Charly. »Es hieß, unsere liebe Schwägerin würde dir helfen.«

»Ilse ist nur kurz Luft schnappen«, erwiderte die Mutter. »Die Schwangerschaft macht ihr ziemlich zu schaffen.«

»Kein Wunder – bei dem Vater! Da würde mir auch übel!«

»Bitte, Charlotte, du weißt, dass ich solche Reden nicht mag. Nimm dir lieber ein Messer und mach dich nützlich.«

Edda schnitt bereits einen Laib Brot auf. »Wo sind Schinken, Wurst und Käse?«

»Sind leider aus«, sagte die Mutter. »Es gibt nur noch Schweineschmalz.«

»Sind die Leute so über das Büfett hergefallen?«

»Kannst du es ihnen verübeln? Ich bin sicher, dass manche seit Weihnachten nicht mehr satt zu essen hatten.«

»Aber warum habt ihr dann nicht besser vorgesorgt?«

»Das musst du deinen Vater fragen. Er hat die Vorräte bestellt.«

»Und dann reichen die Sachen nicht aus? Das verstehe ich nicht. Papa kauft doch sonst immer von allem viel zu viel.«

Die Mutter legte ihr Messer ab und wischte sich mit dem Handrücken über die Stirn. »Das ist es ja, weshalb ich mir Sorgen machen. Euer Vater ist der großzügigste Mensch der Welt, und wenn er schon anfängt zu sparen …«

Sie sprach den Satz nicht zu Ende. Charly ahnte, was sie sagen wollte. Benny hatte sich ihr gegenüber oft darüber lustig gemacht, was für ein seltsamer Bauherr ihr Vater sei. Normalerweise würde der Bauherr den Architekten in seinen Ansprüchen bremsen, um Kosten zu sparen. Bei ihrem Vater aber sei es genau umgekehrt, der wolle immer nur das Beste vom Besten, ohne Rücksicht aufs Geld.

»Meinst du, Papa hat sich mit dem Haus übernommen?«

»Das habe ich ihn auch gefragt, aber er bestreitet das. Nur – warum ruft Gustav Lohmann dann fast jeden Tag an? Nicht nur im Kontor, auch privat.«

»Direktor Lohmann von der Raiffeisenkasse?«, fragte Edda. Dessen Sohn Hans, der das Schwefelbad an der Gifhorner Straße betrieb, war seit der Tanzschule in Edda verliebt und würde sie vom Fleck weg heiraten, wenn es Ernst nicht gäbe.

»Ja«, bestätigte die Mutter, »einmal ist er sogar beim Abendessen hereingeplatzt. Stundenlang haben Papa und er geredet, allein, nachdem sie mich aus dem Zimmer komplimentiert hatten.«

»Und trotzdem hat er mir die teure Leica zum Geburtstag geschenkt.« Edda hielt kurz inne, dann sagte sie: »Was meinst du, Mama – wenn ich die Kamera verkaufe und Papa das Geld gebe, würde das ein bisschen helfen?«

Die Mutter schüttelte den Kopf. »Das ist wirklich lieb von dir. Aber nein, ich denke, so weit sind wir noch nicht. Und vielleicht ist ja wirklich alles so, wie euer Vater sagt, und ich mache mir mal wieder unnötig Sorgen.«

»Sorgen? Was für Sorgen?«

Als Charly sich umdrehte, stand ihre Schwägerin in der Tür. Wie immer hatte Ilse ihr aschblondes Haar zu zwei Schnecken über den Ohren geflochten, und obwohl Horst und sie erst im November geheiratet hatten, zeichnete sich unter dem wallenden Rock, den sie zu ihren Bundschuhen trug, schon jetzt ein Bäuchlein ab.

»Das geht dich nichts an«, sagte Charly. »Eine Familienangelegenheit.«

»Was soll das heißen?« Ilse schnappte nach Luft. »Gehöre ich etwa nicht zur Familie?«

8

Hermann wusste nicht, wie oft er schon in seine Westentasche gegriffen hatte, um nach der Zeit zu schauen, aber er hielt es keine zwei Minuten aus, ohne den Deckel seiner Taschenuhr einmal aufspringen zu lassen.

»Warum so nervös?«, fragte Direktor Lohmann. »Es klappt doch alles wie am Schnürchen. Oder erwartest du noch jemand?«

Und ob Hermann noch jemand erwartete! Aber Gustav Lohmann war der Letzte, dem er das auf die Nase binden würde. Denn bis jetzt klappte überhaupt noch nichts, und erst recht nicht wie am Schnürchen.

»Entschuldige, Gustav«, sagte er also nur. »Ich habe zu tun.«

Er ließ den Bankdirektor stehen und bahnte sich seinen Weg durch die Gäste. Wo zum Teufel blieb Graf Schulenburg? Wenn der Graf ihn versetzte und er mit dem Geschäft, das er Schulenburg vorschlagen wollte, nicht zu Potte kam, konnte er sein Haus Gustav Lohmann und der Raiffeisenkasse gleich überschreiben, noch bevor die Familie überhaupt eingezogen war.

Hermann spürte, wie ihm der Schweiß an den Achseln herunterlief. Ja, er hatte sich mit dem Bau übernommen, und auch wenn er das Dorothee gegenüber nie zugeben würde, stand ihm das Wasser bis zum Hals. Warum hatte er nur nicht auf Benno gehört? Statt dessen Warnungen zu beherzigen, hatte er jedes Maß verloren. Nichts war ihm gut genug gewesen, alles hatte er immer noch größer und schöner haben wollen, damit die Familie zusammenblieb. Mit dem Haus hatte er verhindern wollen, dass die Kinder – nun, da sie erwachsen waren – sich in alle Welt zerstreuten. Wenn das Haus erst stand, so hatte er gehofft, würde Georg aus Frankfurt zurückkehren, zusammen könnten die Söhne Großartiges leisten, Georg als kaufmännischer und technischer Leiter, Horst als Mann fürs Grobe, er kam gut mit den Bauern zurecht und wusste, wie man die Arbeiter in den Hintern trat. Edda würde sich von ihrem dürren Hungerleider trennen und als Französischlehrerin in der Mittelschule arbeiten, vielleicht würde sie sogar den jungen Lohmann erhören. Und Charlotte schließlich konnte sich im Haus eine Praxis einrichten, in Fallersleben gab es nur einen praktischen Arzt, oder sich im Krankenhaus Am Spieker bewerben, und wenn ihr künftiger Mann ein Büro brauchte, war auch dafür im Dachgeschoss Platz genug …

Hermann hatte sich alles so schön ausgemalt. Doch im selben Tempo, in dem die Baukosten in die Höhe geschossen waren, war es mit der Firma bergab gegangen. Zucker war ein Luxus, den sich in diesen Zeiten immer weniger Menschen leisteten. Die monatlichen Ausgaben von rund dreißigtausend Reichsmark für Löhne und sonstige Betriebskosten wurden von den laufenden Einnahmen kaum noch gedeckt. Dabei belief sich der Endpreis für das Haus, der anfangs mit hundertfünfzigtausend Mark veranschlagt worden war, inzwischen auf mehr als die doppelte Summe – bei gerade mal fünfundvierzigtausend Mark Eigenkapital.

Gustav Lohmann hatte den Braten gerochen, kein Wunder, er

konnte die Katastrophe, die sich da anbahnte, ja täglich auf Hermanns Konto verfolgen. Der Bankdirektor hatte ihm die Pistole auf die Brust gesetzt und gedroht, den Kredit platzen zu lassen – es sei denn, er habe verlässliche Sicherheiten zu bieten. Hermann hatte eine Hypothek auf die Fabrik aufgenommen, aber nicht einmal die reichte aus, um den Fehlbetrag auszugleichen. Er war darum gezwungen gewesen, das waghalsigste Geschäft seines Lebens zu riskieren. Sein alter Freund und Kriegskamerad Wilhelm Bernstein, der Pate des kleinen Willy, der in Berlin eine Kuchenfabrik betrieb und die Mannschaftsmessen und Offizierskasinos fast sämtlicher in der Hauptstadt befindlichen Garnisonen belieferte und deshalb beste Beziehungen zum Reichswehrministerium unterhielt, hatte es für ihn eingefädelt. Die Fallersleber Zuckerfabrik würde künftig die Reichswehr mit Zucker versorgen, als Hauptlieferant der Armee. Das hatte sogar Gustav Lohmann als Sicherheit gereicht. Der Haken an der Sache war nur, dass Hermann aufgrund des Zeitdrucks die Rechnung ohne den Wirt hatte machen müssen: Er hatte den Vertrag unterschrieben, noch bevor er sich rückversichert hatte, dass er ihn auch tatsächlich erfüllen konnte. Weil er künftig Zucker in solchen Mengen produzieren musste, dass er dafür jede verfluchte Rübe des Wolfsburger Lands brauchte, hing jetzt alles davon ab, dass er mit Graf Schulenburg ins Geschäft kam. Spielte der Graf mit, war er gerettet. Wenn nicht, drohte das Haus, das er doch für den Zusammenhalt der Familie gebaut hatte, die Familie zu ruinieren.

Der alte Lübbecke, der als Faktotum der Firma schon über ein halbes Jahrhundert im Dienst der Isings stand, schlurfte in seinen Holzpantinen vorbei.

»Weißt du, wo Horst steckt?«, fragte Hermann.

»Wo soll der schon stecken?« Der alte Lübbecke sog missmutig an seiner Pfeife. »Wahrscheinlich im Hintern von Kreisleiter Sander.«

Hermann hatte keine Zeit, ihn zur Ordnung zu rufen. »Wenn du Horst siehst, sag ihm, er soll zur Fabrik kommen. Sofort! Ich brauche seine Hilfe!«

9

»Eins muss man Horst lassen«, sagte Ernst. »Bei ihm weiß man wenigstens, was auf einen zukommt.«

»Meinst du nicht, dass du übertreibst?«, fragte Benny. »Nicht alle Nazis sind solche Judenhasser. Horsts eigener Vater ist das beste Beispiel.«

»Nur weil er dich als Schwiegersohn akzeptiert?« Ernst nahm ein Schmalzbrot von dem Tablett, das eine als Dienstmädchen verkleidete Arbeiterin herumreichte, und biss hinein. »Sag selbst, wie viele neue Aufträge hast du? Jetzt, wo dein erstes Haus fertig ist.«

Benny zögerte, er ahnte, worauf sein Freund hinauswollte. »Nur einen«, gab er zu. »Eine Wurstküche für Metzgermeister Schweinske in der Weender Straße.«

»Eine Wurstküche für Metzgermeister Schweinske?«, wiederholte Ernst und schlang sein Brot hinunter, als hätte er den ganzen Tag nichts gegessen. »Na bravo! Das ist alles?«

»Ich ... ich hatte noch ein paar andere Aufträge in Aussicht.«

»Und was ist aus denen geworden?«

Benny senkte den Blick. »Haben sich leider zerschlagen.«

»Siehst du?« Zufrieden leckte Ernst sich über die Lippen.

»Aber das hat doch nichts mit Politik zu tun!«, protestierte Benny. »Die Leute haben einfach kein Geld, um Häuser zu bauen.«

»Das glaubst du doch selbst nicht! Man boykottiert dich! Und das ist erst der Anfang. Hitler hasst euch Juden und wird vor nichts zurückschrecken.«

»Jetzt übertreibst du aber«, erwiderte Benny.

»Von wegen!« Ernst schüttelte den Kopf. »Ich an deiner Stelle würde es so machen wie deine Eltern.«

»Du meinst – auswandern?«

»Andere wären glücklich, wenn sie die Möglichkeit hätten.«

»Aber wir können doch nicht alle hier verrückt spielen, nur weil ein paar Idioten in Berlin ...« Benny suchte nach den richtigen Worten, doch konnte er sie auf die Schnelle nicht finden. Stattdessen sagte er: »Wenn du so sicher bist, dass in Deutschland die Welt untergeht, warum bleibst du dann eigentlich noch hier?«

»Wenn ich abhauen könnte, würde ich es tun, lieber heute als morgen – darauf kannst du Gift nehmen. Aber erstens bin ich kein Jude, und zweitens lässt das mein Gewissen nicht zu.«

»Was soll das heißen? Willst du jetzt doch wieder Pastor werden?«

Erneut kam das falsche Dienstmädchen mit dem Tablett vorbei, um Ernst das letzte Schnittchen anzubieten. Offenbar hatte sie gesehen, mit welchem Kohldampf er aß, und hatte Mitleid mit ihm. Ohne sich ein zweites Mal bitten zu lassen, griff er nach dem Brot.

»Für Beten ist es zu spät«, sagte er, »jetzt helfen nur noch Taten.« Er wartete, bis sie wieder allein waren, dann fuhr er fort: »Es gibt nur einen Grund, in diesem Land zu bleiben: um es vor Hitler zu retten. Freunde von mir bauen überall Zellen auf, es wird Flugblattaktionen geben, wilde Streiks, Sabotage.«

»Freunde von dir?«, fragte Benny. »Was für Freunde?«

Ernst legte sein Brot ab und schaute sich um, als habe er Angst, dass jemand sie hören könnte. »Ich bin in die KPD eingetreten«, sagte er.

»Das ist nicht dein Ernst!«, platzte Benny heraus. »Du warst doch schon in der SPD, bevor du laufen konntest.«

»Nicht so laut.« Ernst deutete mit dem Kopf zu Horst hinüber, der mit seiner Kornflasche in der Hand nur ein paar Meter weiter stehengeblieben war und sich neugierig nach ihnen umdrehte. Zum Glück wurde er von einem Gast abgelenkt, der Schnaps haben wollte. »Die Sozis haben die Segel gestrichen«, fuhr Ernst leise fort. »Sie spielen Hitlers Spiel mit, sie haben ihm nicht mehr entgegenzusetzen als ihr Gequatsche im Reichstag. Die Kommunisten sind die Einzigen, die wirklich was tun.«

Benny musste schlucken. »Soll das etwa heißen – du machst da mit?«

»Pssst!« Ernst legte einen Finger an die Lippen. »Kein Wort zu Edda! Sie darf nichts davon wissen!«

»Auch nicht, dass du in der KPD bist?«

»Auf gar keinen Fall! Sie würde sich nur Sorgen machen. Und das will ich nicht.«

Benny holte tief Luft. »Na gut, du kannst dich auf mich verlassen.«

Ernst nahm wieder sein Brot, und während er weiteraß, ließ er seinen Blick über den Hof schweifen. »Schau sie dir nur an, wie sie die Köpfe zusammenstecken«, sagte er voller Verachtung, »die ganze widerliche Bande. Der Zuckerbaron und der Bankdirektor, der Bankdirektor und der Pastor, der Pastor und der Kreisleiter ... Am liebsten würde ich eine Bombe werfen!«

»Dann bin ich nur froh, dass du gerade keine zur Hand hast.«

»Aber weißt du, wen ich am allerwiderlichsten finde?«, fuhr Ernst fort, als hätte Benny gar nichts gesagt. Sein Blick wanderte zu einem kleinen, leicht gnomenhaft wirkenden Mann Mitte vierzig, dessen großer, eckiger Kopf in auffallendem Kontrast zu seinem geringen Körperwuchs stand. »Professor Carl Schmitt!«

Benny glaubte, nicht richtig zu hören. »Bist du verrückt? Der Mann ist ein berühmter Gelehrter und der ganze Stolz der Familie. Und außerdem ein fabelhafter Onkel. Er tut für seine Nichten und Neffen einfach alles. Frag Edda! Charly will ihn deshalb auch um Rat bitten.«

Ernst schüttelte den Kopf. »Der Mann ist ein Chamäleon, eine intellektuelle Hure. Der dient sich immer nur der Macht an, ganz gleich, welcher Couleur.«

Benny schaute seinen Freund an. Dass Ernst ein Eiferer war, in politischen Fragen noch mehr als in der Theologie, war nicht neu. Aber so hatte er ihn noch nie erlebt. Fast war er ihm unheimlich.

»Hast du eigentlich schon wegen heute Abend mit Edda gesprochen?«, fragte er, um das Thema zu wechseln.

Irritiert erwiderte Ernst seinen Blick. »Ich habe keine Ahnung, wovon du redest.«

»Also, ich werde mich am Nachmittag hier offiziell verabschieden, um zusammen mit dir nach Göttingen zurückzufahren.«

»Was meinst du mit offiziell?«

»Dass ich danach inoffiziell meiner Herzallerliebsten einen Besuch abstatten werde. In Bayern würde man das Fensterln nennen«, fügte er grinsend hinzu. »Das würde ich dir übrigens auch empfehlen. Immer nur Politik hält doch kein Mensch aus.«

Ernsts Gesicht lief rot an, verlegen schüttelte er den Kopf. »Ich ... ich glaube, dazu fehlt mir der Mut.«

Benny musste laut lachen. »Bomben werfen, das ja – aber keine Traute, sein Mädchen zu besuchen!« Er klopfte Ernst auf den Rücken. »Keine Angst! Charlys und Eddas Zimmer liegen im Erdgeschoss. Da brauchen wir nicht mal Leitern.«

10

Carl Schmitt hasste Schmalzbrote, schon als Kind hatten sie ihm Übelkeit bereitet, doch da von dem Spanferkel nichts mehr übrig gewesen war, als er sich eine Portion hatte holen wollen, hatte er notgedrungen ein paar Bissen davon runtergewürgt. Jetzt revoltierte sein Magen, das Fett stieß ihm auf, so dass er den Geschmack mit Bier runterspülen musste, obwohl er sonst tagsüber nie Alkohol trank und außerdem Bier fast so sehr hasste wie Schweineschmalz. Und für dieses Vergnügen hatte er die Einladung zur Vereidigung der neuen Regierung ausgeschlagen und womöglich den Unmut seines mächtigen Förderers riskiert ... Aber er hatte keine Wahl gehabt. Sein Schwager hatte ihn in Berlin angerufen und um Hilfe gebeten – das Wohl und Wehe der Familie stehe auf dem Spiel. Hermann Isings persönliches Schicksal war Carl zwar herzlich egal, auch wenn dieser ihm das Studium finanziert hatte, doch weil das Wohl und Wehe der Familie zugleich das Wohl und Wehe seiner Schwester war, war ihm nichts anderes übriggeblieben, als sich nach Fallersleben auf den Weg zu machen.

Ach, Dorothee ...

Carl hatte seine Schwester fast ein Jahr nicht mehr gesehen. Umso mehr bedrückte ihn, in welcher Verfassung er sie angetroffen hatte. Auch mit ihren neunundvierzig Jahren und den silbernen Strähnen in dem brünetten Haar war sie immer noch eine attraktive Frau, doch ihre Schönheit hatte den früheren Glanz gänzlich verloren, war verwelkt und verbraucht. Wie hatte er seine große Schwester geliebt, von Kindheit an, nicht nur wegen ihrer Fürsorge, mit der sie ihn anstelle der Mutter aufgezogen hatte, auch wegen ihres Klavierspiels. Ihr Traum war es gewesen, das Konservatorium in Köln zu besuchen, und sie hatte es sogar geschafft, die Aufnahmeprüfung zu bestehen, ohne richtige Lehrer, allein mit ihrer Begabung. Carl hatte sich immer vorgestellt, wie sie einst die Konzertsäle der ganzen Welt erobern würde, umjubelt vom Publikum, eine Frau, der Künstler und Dichter zu Füßen lagen. Doch kurz darauf war Hermann Ising in ihrer kleinen, sauerländischen Heimatstadt Plettenberg aufgetaucht, ein plattfüßiger Zuckerbaron auf der Suche nach einer Häckselmaschine ... Niemand hatte damals verstanden, wie seine Schwester diesen Mann hatte heiraten können. Doch Carl ahnte den Grund. Sie hatte es für ihn getan. Und darum stand er in ihrer Schuld. Sein Leben lang.

Voller Widerwillen blickte er auf das angebissene Brot in seiner Hand. Er wusste, in Berliner Politikerkreisen wie auch unter Fachkollegen galt er als gefühlskalter Immoralist, der keinerlei Sentimentalitäten duldete, vor allem nicht in Rechtsfragen. Doch dass Dorothee wegen ihm dieses Schmalzstullenleben führen musste, würde er sich nie verzeihen. Als er seinem Schwager zur Geburt des kleinen Willy gratuliert hatte, hatte Hermann ihm gegen die Schulter gepufft und mit einem Augenzwinkern geraunt, dass in seiner Ehe eben noch »Musike« sei. Arme Dorothee. Derlei »Musike« war alles, was von ihrer einst erträumten Karriere als Musikerin übrig geblieben war.

Carl ließ unauffällig den Rest seines Brots in einem Abfalleimer verschwinden, als sein Blick auf eine junge, blondgelockte Schönheit mit vollen, dunkelroten Lippen und einem atemberaubenden Busen fiel. Beim Anblick der aufreizend hübschen Venus hellte sich seine Stimmung schlagartig auf. Unter welchem Vorwand könnte er sich ihr nähern? Leider wurde das schöne Kind von einer ebenfalls blonden, ziemlich bedrohlich wirkenden Matrone in Beschlag genommen, wahrscheinlich der Mutter, sowie einem schmächtigen, weißhaarigen Mann, der wohl der Vater sein musste. Dessen Gesicht kam Carl irgendwie bekannt vor. War das nicht Hermanns Kriegskamerad, der Berliner Kuchenfabrikant? Dann hatte er ja einen guten Grund, die Familie samt der hübschen Tochter zu begrüßen.

Hocherfreut wollte er sich auf den Weg machen, da hielt ihn jemand am Arm zurück.

»Kann ich dich kurz sprechen, Onkel Carl?«

Als er sich umdrehte, stand Charlotte vor ihm. Ihrem Gesicht nach hatte sie etwas auf dem Herzen. »Aber natürlich, meine Liebe«, seufzte er. »Worum geht's?«

»Nicht hier«, sagte sie. »Lass uns woanders hingehen. Wo uns niemand hört.«

11

Horst nagte an seinen Nägeln, obwohl diese an den Rändern schon ganz blutig waren, doch er musste sich irgendwie abreagieren. Der Grund für seine Erregung war die idiotische Aufführung, die sein Vater sich zum Empfang des Grafen ausgedacht hatte. Zu ihrem Zweck stand im Hof der Zuckerfabrik, zwischen dem langgestreckten, zweigeschossigen Ziegelsteingebäude und dem alten Wohnhaus der Familie, ein Pferdefuhrwerk mit dem Klavier der Mutter bereit. Arbeiter hatten unter Aufsicht des alten Lübbecke das schwere Instrument auf den Wagen gewuchtet. Angeblich sollte die Aufführung eine Huldigung an den Ort Fallersleben und dessen berühmtesten Sohn sein. In Horsts Augen hingegen war sie ein Schlag ins Gesicht eines jeden anständigen Deutschen, auf jeden Fall aber eine Beleidigung seiner Heimatstadt, die stolz darauf war, dass es in ihren Mauern keine jüdische Gemeinde gab. Auf dem Judenfriedhof war schon seit einer Ewigkeit niemand mehr beerdigt worden, und die einzige lebende jüdische Person war die Frau von Amtmann Scheelhase in der Osloßer Straße. Und da sollte Horst den Kutscher für eine jüdische Sängerin spielen? Nie und nimmer würde er das tun, da konnte sein Vater noch so sehr toben.

»Jetzt steig endlich auf den Kutschbock und fahr los! Die Schulenburgs können jeden Augenblick kommen.«

»Und wenn der Reichspräsident persönlich käme«, erwiderte Horst und spuckte ein Stück Fingernagel aus, »ich fahre kein Klavier für so eine spazieren.«

»Kein Mensch wird ahnen, dass sie Jüdin ist. Sie ist blonder als du!«

»Das ist mir scheißegal! Ich weiß, was ich weiß!«

»Himmel, Arsch und Zwirn! Willst du uns vor den Herrschaften blamieren?«

»Blamieren würde ich uns, wenn ich das Schmierentheater mitmachen würde. Der Graf ist schließlich Parteigenosse!«

»Verdammt nochmal! Entweder, du tust, was ich sage – oder ...«

»Oder was? Nein, einen Teufel werde ich tun! Kreisleiter Sander hat mir in die Hand versprochen, dass er meine Kandidatur unterstützt. Glaubst du, das werde ich mir jetzt versauen?«

»Willst du uns deshalb alle ins Unglück stürzen?«

»Nur weil ich bei dem widerlichen Tingeltangel nicht mitmache? Jetzt aber mal halblang!«

»Du ahnungsloser Dummkopf! Du weißt ja nicht, was auf dem Spiel steht!«

»Warum sagst du es mir dann nicht einfach?«

»Dazu fehlt die Zeit. Ich muss heute mit dem Grafen ein Geschäft abschließen. Unbedingt! Sonst reißt sich Gustav Lohmann unser neues Haus unter den Nagel!«

»WAS sagst du da?« Irritiert hielt Horst inne. »Was hat unser Haus damit zu tun?«

Als er seinem Vater ins Gesicht sah, flackerte in dessen Augen blanke Angst. »Alles, mein Junge. Es geht um unsere Existenz. Deshalb bitte ich dich auf den Knien: Tu mir den Gefallen! Glaub mir, der Graf wird begeistert sein. Du weißt doch, wie stolz er darauf ist, dass das Lied der Deutschen in Fallersleben gedichtet wurde, sozusagen auf seinem Grund und Boden.«

Der Vater hatte aufgehört zu brüllen und trug seine Bitte mit so leiser, fast flehender Stimme vor, dass Horst unsicher wurde.

»Soweit ich weiß, hat Hoffmann den Text auf Helgoland gedichtet. So habe ich das jedenfalls in der Schule gelernt.«

»Was spielt das denn für eine Rolle? Hauptsache, er wurde hier geboren! Graf Schulenburg hat dem Heimatverein gerade tausend Reichsmark gespendet, damit das Hoffmannhaus als Gedenkstätte erhalten bleibt.«

»Warum lässt du das Lied dann nicht von jemand Deutschem singen? Ilse bräuchte nur mit dem Finger zu schnippen, und schon wären die Mädchen vom BdM-Chor da.«

»Das geht nicht«, erwiderte der Vater. »Das Geschäft habe ich Onkel Wilhelm zu verdanken, ein riesiger Reichswehrauftrag. Und es ist nun mal sein Herzenswunsch, dass Gisela für den Grafen singt. Das kann ich ihm unmöglich abschlagen. Seine Tochter ist sein Ein und Alles.«

»Was hat Onkel Wilhelm mit dem Grafen zu tun?« Horst schüttelte den Kopf. »Langsam verstehe ich überhaupt nichts mehr.«

»Das brauchst du auch nicht. Setzt dich einfach auf den Kutschbock und fahr los!«

»Ohne dass ich weiß, was gespielt wird?« Er spürte, wie die Wut wieder in ihm hochkochte. »Aber natürlich, mit Horst kann man es ja machen. Horst war ja schon immer der Trottel, den man einfach rumkommandieren kann, wie man es braucht, ohne was zu erklären. Ganz egal, welche Folgen das für ihn haben könnte ...«

Lautes Geknatter unterbrach ihn. Im nächsten Moment kurvte ein Motorrad in den Hof. Das Gesicht des in Lederjacke und Knickerbocker gekleideten Fahrers war von einer verschmutzten Chauffeursbrille verdeckt, im Beiwagen hockte eine Frau mit einer Lederhaube auf dem Kopf.

Als das Motorrad zum Stehen kam, sah Horst, wie die Miene seines Vaters aufleuchtete, als erschiene gerade der Erlöser.

Na klar, der verlorene Sohn kehrte zurück ...

Nein, Horst hatte sich nicht getäuscht. Als der Fahrer die Brille abnahm, kam das Gesicht seines Bruders Georg zum Vorschein. Mit einem Siegerlächeln, als hätte er gerade ein Motorradrennen gewonnen, stieg er von seiner Maschine, um seiner Begleiterin aus dem Beiwagen zu helfen. Als diese gleichfalls ihre Kopfbedeckung abnahm, entpuppte sie sich als eine rothaarige, ganz und gar verrucht aussehende Person, wie es sie nur in illustrierten Zeitschriften oder vielleicht noch in Großstädten gab, auf keinen Fall aber im Wolfsburger Land.

»Christiane Höpfner«, stellte Georg sie vor.

»Christ*iiii*ne«, verbesserte diese ihn, »ohne *a*. Wie oft soll ich dir das noch sagen?«

Horst konnte es nicht fassen. Was war sein Bruder doch für ein verkommenes Subjekt! Offenbar kannte er nicht mal den richtigen

Namen seiner Begleiterin. Aber statt sich zu entschuldigen, ließ er lachend seine weißen Zähne blitzen, als hätte seine Begleiterin gerade einen Witz gerissen.

»Wie auch immer«, sagte er, »meine Verlobte.«

12

»Was meinst du?«, fragte Charly, als sie in einer ruhigen Ecke des Hofes eine freie Bank entdeckte. »Wollen wir uns kurz setzen?«

»Gern«, sagte Onkel Carl. »Hier sind wir ungestört.«

Er zog ein frisch gebügeltes Taschentuch hervor und breitete es auf der Bank aus. Zusammen nahmen sie darauf Platz. Charly war nicht nur stolz auf den berühmten Bruder ihrer Mutter – sie *liebte* Onkel Carl! Als sie und ihre Geschwister noch Kinder gewesen waren, hatte er ihnen die interessantesten Geschenke aus Berlin mitgebracht, Chemiebaukästen für die Jungen, sprechende Puppen für die Mädchen. Immer hatte er Witze gemacht und albernes Zeug geredet, so verwirrend anders als alles, was normale Onkels und Tanten mit Kindern redeten, dass man nie recht wusste, woran man bei ihm war. Später hatte er sie mit Büchern versorgt, »Spielzeug fürs Gehirn«, wie er das nannte, oft von Autoren, mit denen er persönlich befreundet war. Er war der geistreichste und gleichzeitig aufmerksamste Mensch, den Charly kannte. Die hellgrauen Augen in seinem eckigen Gesicht waren zwei rastlos aufmerksame Beobachtungsposten, und wenn er den Mund aufmachte, sprühte er nur so vor Intelligenz. Nichts schien es auf der Welt zu geben, was er nicht wusste und worüber er nicht aus dem Stegreif hätte sprechen können, so dass man sich im Vergleich zu ihm stets hoffnungslos unterlegen, ja manchmal sogar ein bisschen dumm vorkam.

Mit einem spöttischen Lächeln schaute er sie an. »Du siehst aus, als hättest du gerade Verdauungsprobleme. Ich glaube, dein Vater empfiehlt in solchen Fällen einen Schnaps!«

Charly schüttelte den Kopf. »Mir ist gerade nicht nach Späßen zumute, Onkel Carl. Ich brauche deinen Rat.«

Zum Glück war er ein Mann, der rasch umschalten konnte.

Noch während er ihren Blick erwiderte, verschwand der Spott aus seiner Miene.

»Wie kann ich dir helfen?«

»Es ... es ist wegen Benny.«

»Deinem Verlobten?«

Sie nickte. »Seine Eltern wandern nach England aus, sie haben Angst vor Hitler und der neuen Regierung und wollen, dass auch ihr Sohn das Land verlässt. Was meinst du – sind Juden in Deutschland noch sicher?«

Onkel Carl wiegte den Kopf. »Ich glaube, die Eltern deines Verlobten sind ein bisschen übervorsichtig. Das Deutsche Reich ist ein Verfassungsstaat, da geht alles nach Recht und Gesetz. Das wird sich so schnell auch nicht ändern. – Allerdings ...«, fügte er nach kurzem Zögern hinzu.

»Allerdings was?«

»›Souverän ist, wer über den Ausnahmezustand entscheidet‹ – wenn du erlaubst, dass ich mich selbst zitiere.«

Charly hatte mal wieder das Gefühl, zu dumm für ihren Onkel zu sein. »Was willst du damit sagen?«

»Wir leben in aufregenden Zeiten«, sagte er, und während er nachdenklich den Zeige- und Mittelfinger seiner Rechten gegen den Daumen rieb, wanderte sein Blick in unbestimmte Ferne. »Vielleicht hat der alte Liberalismus tatsächlich ausgedient, und der Leviathan erwacht.«

»Rede bitte deutsch mit mir. Du weißt doch, dass dein philosophisches Kauderwelsch hier keiner versteht.«

»Verzeih.« Als wäre ihm sein Geraune plötzlich selber peinlich, rastete sein Blick wieder ein. »Also, wenn du und dein Verlobter euch gegen alle Eventualitäten absichern wollt, wäre mein einfacher Rat, dass ihr so rasch wie möglich heiratet. Vorausgesetzt natürlich«, fügte er hinzu, »Benjamin Jungblut ist wirklich der Richtige, der sogenannte Mann für's Leben.« Mit prüfendem Blick fixierte er sie. »Ist er das?«

Bevor sie antworten konnte, wurden Rufe laut. Charly schaute hinüber zum Hof, wo gerade ein schwarzer Maybach vorfuhr, dessen Schlag mit dem Wappen der Schulenburgs geschmückt war.

»Ah, der Graf und seine Frau Gemahlin«, sagte Onkel Carl und erhob sich. »Tut mir leid, Charlotte, ich muss dich verlassen. Dein Vater hat mir einen kleinen Auftrag gegeben.«

13

Respektvolle Stille trat ein, als Hermann unter den neugierigen Blicken der Festgesellschaft auf die Limousine zueilte, um die sehnlich erwarteten Ehrengäste zu begrüßen. Der Graf und die Gräfin – beide in den jungen Vierzigern, ein Adelspaar wie aus dem *Gotha*: er im Lodenanzug, sie im Lodenkostüm, beide mit Jägerhut – warteten nicht, bis er den wappengeschmückten Schlag für sie öffnete, sondern verließen ganz formlos und ohne seine Hilfe den Wagen. In seiner Nervosität fiel Hermann nichts Besseres ein, als zu salutieren.

Schulenburg musterte ihn mit einem leicht ironischen Blick.

»Zur Feier des Tages in Uniform?«

Verunsichert wechselte Hermann ins Platt. »Wat mutt, dat mutt ...«

Gründlicher hätte der Empfang nicht schiefgehen können! Wieder brach ihm der Schweiß aus, und er verfluchte seinen Entschluss, sich mit Rücksicht auf Horst und Kreisleiter Sander als Ortgruppenleiter ausstaffiert zu haben, statt in schlichtem Zivil zu feiern. Der Graf war zwar Parteigenosse, aber kein fanatischer Nationalsozialist. Nicht anders als Hermann selbst, den Bankdirektor Lohmann im Verein mit der Kreisbauernschaft vor gut einem Jahr genötigt hatte, die Leitung der Ortsgruppe zu übernehmen, um die Interessen der Landwirtschaft vor Ort zu stärken, war auch Schulenburg der Partei nur aus Vernunftgründen beigetreten. Beide dachten sie in Wahrheit deutschnational, doch abgesehen von der bedeutungslosen Bauern- und Landvolkpartei war die NSDAP die einzige politische Kraft, die sich die Förderung des Nährstandes auf die Fahnen geschrieben hatte, und ein bisschen frischer Wind konnte in der Politik nie schaden, zumal die alten Parteien ja nicht imstande waren, eine Regierung zu bilden.

»Ist ja schon gut, mein lieber Ising«, sagte Graf Schulenburg und klopfte Hermann auf die Schulter. »Dann zeigen Sie uns mal Ihr neues Zuhause.«

Er wollte seiner Frau den Arm reichen, doch zum Glück war Schwager Carl auf Zack. Genau im richtigen Moment tauchte er auf, um den Herrschaften seine Aufwartung zu machen.

»Ah, da ist ja mein Lieblings-Staatsrat«, rief die Gräfin, sichtlich entzückt. »Wie schön, Sie wiederzusehen!«

Formvollendet beugte Carl sich über ihre Hand. »Nicht bei weitem so schön wie die Tatsache, dass Sie mich wiedererkannt haben, verehrte gnädige Frau.«

»Sie alter Charmeur! Kommen Sie, Professor, machen wir zusammen ein paar Schritte. Sie müssen mir unbedingt den neuesten Berliner Klatsch erzählen.«

»Es wäre mir eine Ehre. Wenn ich bitten darf?«

»Aber mit dem größten Vergnügen!«

Lachend hakte sie sich bei ihm unter, und zusammen gingen sie davon. Hermann atmete auf. Der erste Teil seines Plans war aufgegangen.

»Das sah ja fast aus wie eine Entführung«, sagte der Graf.

»Um ehrlich zu sein, das war es auch«, erwiderte Hermann und schielte dabei den Rübenkamp hinunter Richtung Fabrik, hoffend, dass auch Teil zwei seines Plans klappen würde. »Ich wollte Sie kurz unter vier Augen sprechen. Um Sie zu fragen, ob Ihr Verwalter Sie schon von meinem Angebot unterrichtet hat.«

Schulenburg hob die Brauen. »Sie meinen, dass ich künftig meine Zuckerrüben nicht mehr an meine Schweine verfüttern soll?«

»Es wäre für Sie von großem Vorteil. Ihre Ernte würde doppelt so hohen Gewinn abwerfen, wenn Sie sie in meiner Raffinerie verarbeiten lassen. Ich habe mir erlaubt, eine kleine Rechnung aufzumachen.«

Hermann zog die vorbereitete Kalkulation aus seiner Brusttasche und reichte sie dem Grafen. Doch statt sie zu nehmen, schüttelte Schulenburg den Kopf.

»Wie stellen Sie sich das vor, Ising? Ich habe die größte Schweinezucht im Land. Ich brauche die Rüben für die Mast. Wenn ich

Ihnen die Ernte abtrete, müsste ich sie durch zugekauftes Futter ersetzen. Wo liegt da der Sinn?«

»Darüber habe ich natürlich nachgedacht. Und ich glaube, ich habe eine Lösung gefunden, die Sie befriedigen wird. Zusätzlich zur Gewinnbeteiligung würde ich mich verpflichten, die gräflichen Wirtschaftsbetriebe mit so viel Melasse zu versorgen, wie Sie für die Mast brauchen. Das Material, das bei der Verarbeitung Ihrer Rüben abfällt, gratis, alles Weitere zum Preis meiner eigenen Gestehungskosten!«

Während er sprach, ertönte von Ferne Musik. Wie auf Kommando drehte der Graf sich um. Von der Zuckerfabrik näherte sich das Pferdefuhrwerk, mit Georg an den Leinen. Am Klavier saß Wilhelm Bernstein und präludierte, während seine Tochter Gisela in Erwartung ihres Auftritts an ihrer Frisur zupfte.

»Oh, was ist denn das?«, fragte Schulenburg.

»Nur eine kleine Überraschung für Sie und die Frau Gräfin«, erwiderte Hermann.

Im selben Moment gab Wilhelm Bernstein seiner Tochter den Einsatz, und mit einer Stimme, die den Grafen sichtlich aufhorchen ließ, sang Gisela das Lied, das der berühmteste Sohn des Ortes vor fast einem Jahrhundert gedichtet hatte, sozusagen auf dem Grund und Boden derer von der Schulenburg.

»Deutschland, Deutschland, über alles, über alles in der Welt ...«

Begeistert klatschten die Gäste Beifall, und der Graf strahlte übers ganze Gesicht.

»Was für eine gelungene Überraschung!« Mit einem Schmunzeln drehte er sich zu Hermann um. »Nun geben Sie Ihre Kalkulation schon her, Sie alter Jude«, sagte er und streckte die Hand aus. »Anschauen kann ich sie mir ja mal.«

»Aber sehr gerne.« Eilig reichte Hermann ihm den Bogen. Und während der Graf das Papier einsteckte, fügte er hinzu. »Unser Wolfsburger Land ist vielleicht nicht der Nabel der Welt. Aber was den Deutschen das Leben versüßt und woran sie glauben, das kommt beides von hier.«

14

Was für ein herrlicher Busen! Georg, der das Fuhrwerk vor der Freitreppe zum Stehen gebracht hatte, kam aus dem Staunen nicht heraus. Unglaublich! Er hatte Gisela Bernstein seit einer Ewigkeit nicht mehr gesehen, so dass er, als sie mit ihrem Vater auf den Wagen gestiegen war, sie erst gar nicht wiedererkannt hatte – »Ich bin's, die kleine Gisela«, hatte sie lachend gesagt, »aber du kannst mich ruhig Gilla nennen, wie alle meine Freunde.« Ihr Aussehen hatte sich ebenso zu ihrem Vorteil verändert wie ihr Name. Aus dem pummeligen Mädchen mit den dicken blonden Zöpfen von einst war eine voll erblühte Frau geworden, die die bewundernden Blicke des Publikums sichtlich genoss. Auch Onkel Carl, der gerade mit der Gräfin herbeikam, schien fasziniert, fast sprangen ihm die Augen aus den Höhlen. Gilla musste Anfang, Mitte zwanzig sein, also genau in jenem gesegneten Alter, in dem eine Frau auf den Gipfel ihrer Schönheit gelangt, bevor sie heiratet und die Schönheit sich in der Ehe verbraucht, mit Kinderkriegen und faltenträchtigen Alltagssorgen. Komisch, Georg hatte eigentlich gedacht, sie wäre deutlich jünger als er, aber da trog ihn seine Erinnerung offenbar ... Während Gilla sang, wuchs ihr erstaunlicher Brustumfang bei jedem Atemholen um weitere Zentimeter an. Bei dem Anblick geriet sein Blut fast so sehr in Wallung wie beim Anblick einer wohlproportionierten Automobilkarosserie.

»Was für eine wundervolle Stimme«, sagte er, als Gilla sich unter dem Beifall des Publikums verbeugte. »Machst du das beruflich?«

»Du meinst – Singen?«, fragte sie mit einem Lächeln, das Anlass zu den schönsten Hoffnungen gab.

»Nein, das Verbeugen«, erwiderte er. »Natürlich meine ich das Singen! Du bist eine hinreißende Künstlerin, ich würde wetten, du trittst öffentlich auf. Stimmt's oder habe ich recht?«

»Könnte schon sein.« Ein zartes Rosa huschte über ihre Wangen, das perfekt zu ihrem Lächeln passte.

Georg war Feuer und Flamme. »Und wo kann man dich bewundern?

»Psssst«, machte sie mit einem Seitenblick auf ihren Vater.

Dann beugte sie sich zu ihm herab, so dass ihr Gesicht fast seine Wange berührte. »Ich singe ab und zu in einer Bar. Allerdings ganz andere Lieder«, fügte sie mit einem so reizenden Augenaufschlag hinzu, dass Georg nur noch eine Frage blieb.

»Und wie heißt die Bar?«

Ihre Antwort ging im Rufen und Klatschen des Publikums unter, das lautstark nach einer Zugabe verlangte.

Georg fasste nach Gillas Hand. »Ich komme bald nach Berlin«, raunte er, »zur Automobilausstellung. Besuch mich da am Stand der Standard-Fahrzeugfabrik. Den findest du ganz leicht, geh einfach dahin, wo sich die meisten Zuschauer drängeln.«

»Willst du mich neugierig machen?«

»Na klar, was denkst du denn?«

Eine kleine Ewigkeit schauten sie sich an. Georg musste schlucken. Mein Gott, diese himmelblauen Augen ... Er ließ ihre Hand erst wieder los, als ihr Vater mit dem Vorspiel einsetzte. Mit einem Strahlen, das auch den berühmten »Wintergarten« in Berlin zum Leuchten gebracht hätte, richtete Gilla sich wieder auf und warf ihre blonden Locken in den Nacken, um ein zweites Mal ihr Lied zu singen.

»Deutschland, Deutschland über alles, über alles in der Welt ...«

Diesmal sangen alle mit. Außer Christine ohne *a*. Die warf Georg dafür einen umso giftigeren Blick zu.

Er zuckte zusammen, als hätte sie ihn beim Naschen erwischt.

Verflucht! Seine Verlobte hatte er ganz vergessen ...

15

Als Hermann sich am Abend dieses ereignisreichen Tages in der ehelichen Schlafkammer die Uniform auszog, sah er durchs Fenster einen rötlichen Lichtschein am Nachthimmel über Fallersleben. Das musste der Fackelzug sein, zu dem Kreisleiter Sander beim Abschied aufgerufen hatte und mit dem Hitlers Ernennung zum Reichskanzler gewürdigt werden sollte. Sander hatte Hermann damit in eine ziemlich peinliche Situation gebracht. Eigentlich durfte er als Ortsgruppenleiter bei der Veranstaltung nicht fehlen – doch hätte er dafür die noch verbliebenen Gäste allein lassen sollen? Zum Glück hatte Horst sich spontan bereit erklärt, die Familie bei dem Umzug zu vertreten, so dass es nicht zum Eklat gekommen war.

»Hast du mit Georg gesprochen?«, fragte Dorothee.

»Nein«, erwiderte Hermann leise, um den kleinen Willy nicht zu wecken, der in seinem Stubenwagen schlief. »Es gab bei dem Rummel keine Gelegenheit. Vielleicht morgen. Oder bei Georgs nächstem Besuch. Es ist jetzt nicht mehr so eilig.«

»Nicht mehr so eilig?«, wiederholte sie verwundert. »Beim Frühstück hast du noch gesagt, er müsse sich so schnell wie möglich entscheiden.«

Hermann zögerte. Sollte er ihr sagen, auf welch wunderbare Weise sich alles zum Guten gewendet hatte? Während er sich die Schlafanzugjacke anzog, drehte er sich zu ihr herum. Dorothee saß im Nachthemd vor der Frisierkommode und bürstete sich das Haar, wie sie es jeden Abend vor dem Schlafengehen tat. Nein, obwohl alles in ihm danach drängte, ihr von seinem Erfolg zu erzählen, beherrschte er sich. Er wollte ihren Frieden nicht stören.

»Georg soll sich in Frankfurt noch ein bisschen die Hörner abstoßen«, sagte er darum nur. »Irgendwann wird er schon wissen, was das Richtige ist.«

Dorothee lächelte ihm im Spiegel zu. »Danke, mein Lieber. Ich bin froh, dass du ihn nicht drängst. Es ist ja nun mal sein Leben und nicht unseres.«

Während sie fortfuhr, ihr Haar zu bürsten, fragte Hermann sich einmal mehr, womit er diese wunderbare Frau verdiente. Er liebte Dorothee noch immer wie am Tag ihrer Hochzeit, und jetzt, in einem Alter, in dem andere Männer sich bestenfalls über Enkelkinder freuen konnten, hatte sie ihn noch einmal zum Vater gemacht … Nie würde er den Augenblick vergessen, als er sie zum ersten Mal gesehen hatte. Er war in ihrer Heimatstadt gewesen, Plettenberg im Sauerland, um dort mit einer Hammerschmiede über den Ankauf einer Häckselmaschine zu verhandeln, als er sich an einem Samstagabend aus reiner Langeweile in ein Klavierkonzert verirrt hatte. In einem einzigen Augenblick war es um ihn geschehen. Ohne Rücksicht auf übliche Gepflogenheiten hatte er am Sonntagmorgen ihrem überraschten Vater, einem einfachen Bahnbeamten, seinen Antrittsbesuch gemacht. Dorothee war ihm bei dieser ersten Begegnung mit sichtlichem Befremden entgegengetreten. Das hatte Hermann nicht überrascht, schließlich war sie ihm haushoch überlegen, an Bildung, an Aussehen, an Kultur – eigentlich an allem. Überrascht hatte ihn viel mehr, dass sie ihm ein halbes Jahr später ihr Jawort gegeben hatte. Als er sie heimführte, wollte in Fallersleben jeder von ihm wissen, wie er das Kunststück fertiggebracht hatte. Dabei wusste er es selber nicht, zumindest hatte sie es ihm nie gesagt. Ihr Vater, der Dorothees jüngeren Bruder, seinen einzigen Sohn, später studieren lassen wollte, hatte sich gefreut, weil Hermann sowohl auf eine Mitgift wie auch auf eine Aussteuer verzichtet hatte, doch was Dorothees Entscheidung zu seinen Gunsten betraf, konnte er nur Vermutungen anstellen. Die plausibelste verdankte er seinem Schwiegervater. Der hatte ihm erzählt, Dorothee sei ein so hübsches und besonderes Mädchen gewesen, dass sich keiner ihrer Verehrer in Plettenberg getraut hatte, sich ihr zu erklären. Vielleicht war das ja der Grund, weshalb sie Hermann erkoren hatte, vielleicht hatte er sein Glück einfach nur der Tatsache zu verdanken, dass er als einziger Mann den Mut gehabt hatte, um ihre Hand anzuhalten. Den Mut jedoch, sie später nach dem wahren Grund für ihre Entscheidung zu fragen, den hatte er bis heute nicht gehabt. Denn auf dem Klavier, das er für sie aus dem besten Braunschweiger Musikgeschäft hatte kommen lassen, hatte sie kein einziges Mal gespielt, seit sie unter seinem Dach lebte.

»Der Auftritt deines Freundes Wilhelm und seiner Tochter war ein voller Erfolg«, sagte sie, während sie ihr Haar zu einem Zopf flocht.

»Dann war das Klavier wenigstens mal zu was nütze«, sagte er mit einem Lächeln.

»Die Gräfin war ganz angetan«, fuhr sie fort, als hätte sie die Anspielung nicht verstanden. »Hoffmann von Fallersleben ist wohl ihr Lieblingsdichter.«

»Wessen Lieblingsdichter ist der hier nicht?«, erwiderte er.

»Zum Glück haben die Herrschaften sich nicht näher nach der Sängerin und ihrem Begleiter erkundigt.«

Dorothee warf ihm im Spiegel einen Blick zu. »Und – hättest du ihnen die Wahrheit gesagt?«

Hermann zuckte die Schultern. »Ich weiß nicht«, sagte er. »Jedenfalls bin ich froh, dass Horst sich umsonst aufgeregt hat. Nicht mal der Kreisleiter hat was gemerkt, nur gegafft. Wenn der gewusst hätte, wen er da anhimmelte ... – Übrigens«, fuhr er fort, als seine Frau nicht reagierte. »Ich habe mit dem Grafen ein Geschäft vereinbart. Statt seine Zuckerrüben weiter in der Schweinemast zu verfüttern, wird er sie künftig in unserer Fabrik verarbeiten lassen.«

»Und das sagst du so nebenbei?«, fragte sie. »Das muss doch ein ziemlich großes Geschäft sein. Nur – wer soll in diesen Zeiten so viel Zucker kaufen?«

Als er ihren besorgten Blick im Spiegel sah, bereute er, dass ihm die Bemerkung rausgerutscht war.

»Mach dir keine Sorgen«, sagte er. »Es ist alles geregelt. Wilhelm hat in Berlin was für mich eingefädelt, ein Reichswehrauftrag.«

»Was habe ich nur für einen tüchtigen Mann.« Offenbar beruhigt, widmete sie sich wieder ihrem Haar.

»Ja, es geht wieder aufwärts«, erwiderte er, um dann eilig das heikle Thema zu wechseln. »Der Graf wird wohl auch sonst noch einiges an Veränderungen in seinem Betrieb vornehmen. Ein gutes Zeichen.«

»Gutes Zeichen? Wofür?«

»Dass er an die neue Zeit glaubt.«

Dorothee befestigte das Ende ihres Zopfs mit einem Haarband. »Mag sein«, sagte sie. Dann drehte sie sich auf ihrem Frisierschemel herum. »Doch apropos neue Zeit – Charlotte hat mir einen Wunsch anvertraut. Etwas, das ihr sehr am Herzen liegt ...«

Die Art, wie seine Frau ihn ansah, machte Hermann nervös.

»Was für einen Wunsch?«

16

Obwohl Charly im elften Semester Medizin studierte, war der Vorgang, den ihr Lehrbuch für Frauenheilkunde mit dem unscheinbaren Wort »Klimax« bezeichnete, ihr immer noch ein Rätsel. Oder, um genau zu sein, das Rätsel war nicht eigentlich der Vorgang selbst, der ließ sich wissenschaftlich ja exakt beschreiben: als extreme Durchblutung der Geschlechtsorgane, kulminierend in einer äußersten Muskelspannung, die sich in konvulsivischen, unwillkürlichen Kontraktionen der vaginalen Muskelwände entlädt – nein, das eigentliche Rätsel war das *Erlebnis*, das mit diesem primitiven physischen Vorgang verknüpft war, dieses einzigartige Wunder, das in einem winzigen Punkt des Körpers seinen Anfang nahm, sich dort wie eine Flamme entzündete, um dann von der ganzen Person vollständig Besitz zu ergreifen, bis die Sinne und das Denken miteinander verschmolzen, dieses auf rauschhafte Weise überwältigende, alles hinter sich lassende Lusterlebnis von Leib und Seele, das es nirgendwo anders auf der Welt gab als in Bennys Armen. Die Franzosen nannten es »la petite mort«, der kleine Tod. Für Charly war es der Inbegriff des Lebens.

»Warum hast du dich so zurückgehalten«, fragte sie, als sie wieder zu sich kam. »Hattest du Angst, meine Eltern könnten uns hören?«

»Allerdings«, flüsterte Benny. »Offiziell bin ich ja mit Ernst nach Göttingen gefahren.«

Im Mondschein schimmerten ihre verschwitzten Leiber. Charly hatte ihn durchs Fenster ins Zimmer gelassen, damit sie beide so voneinander Abschied nehmen konnten, wie sie es ihrer Liebe schuldig waren. Benny musste nach Leipzig, für ein oder zwei Wochen, um seinen Eltern bei der Auflösung ihres Haushalts und dem Verkauf der Wohnung zu helfen. Charly vermisste ihn schon jetzt. Außer dem Mond schien nur noch das bisschen Licht herein, das vom Flur durch die Türritze drang. Doch es reichte aus, um festzustellen, mit was für einem unglaublich gutaussehenden Kerl sie letzte Weihnacht die Ringe getauscht hatte. Mit dem schwarzen, glatt zurückgekämmten Haar, der hellen, fast weißen Haut und der fein geschwungenen Nase, vor allem aber mit diesen dunklen, irgendwie verloren wirkenden Augen erinnerte Benny ein bisschen an Rudolph Valentino, und manchmal wurde sie tatsächlich gefragt, ob ihr Verlobter Schauspieler sei.

Aus dem oberen Stockwerk war ein leises Jammern zu hören. Anscheinend war der kleine Willy noch mal aufgewacht.

»Keine Angst, meine Eltern sind beschäftigt«, sagte Charly und fuhr mit dem Finger zärtlich über Bennys nackte Brust. Sie selbst war noch so erregt, dass sie bei der kleinsten Berührung zusammenzuckte und in der Dunkelheit Funken sah. »Ich glaube, wenn du versuchen würdest, mich ein zweites Mal zu verführen – es könnte sein, dass ich dir nicht widerstehe.«

»Charlotte Ising«, erwiderte er mit gespielter Strenge. »Was sind das für lose Reden? Man könnte ja fast meinen …«

»Was könnte man fast meinen?« Mit der Hand fuhr sie an seinem Unterleib entlang.

»Dass … dass Sie eine Nymphomanin sind«, flüsterte er mit rauer Stimme.

»Ich weiß gar nicht, was das ist. Aber vielleicht sind Sie ja bereit, es mir zu erklären. – Oh, was regt sich denn da?« Ihre Hand war noch nicht am Ziel, da kam ihr schon entgegen, wonach sie tastete. »Was für ein schönes Kompliment.«

Sie beugte sich über ihn, um ihn zu küssen. Doch Benny hielt sie zurück.

»Um Gottes willen, Fräulein Ising, Sie werden doch wohl nicht …«

»Was werde ich nicht?«

»Ich … ich meine …« Bennys Stimme erstarb. »… die eigene Braut … vor der Hochzeit … so wunderschöne Sachen … Bringt das nicht Unglück?«

17

Der kleine Willy schrie sich die Seele aus dem Leib, während Dorothee ihn auf dem Arm durch die Schlafkammer trug. Obwohl Hermann fertig zur Nacht war, wollte er sich nicht hinlegen, bevor der Kleine Ruhe gab und auch seine Frau zu Bett gehen konnte. Dabei wunderte er sich selbst über die Geduld, die er mit seinem Jüngsten hatte. Wenn eines der andern Kinder früher nicht hatte schlafen können, war ihm oft der Kragen geplatzt und er hatte den Stubenwagen mit dem kleinen Schreihals einfach in die Bügelkammer am Ende des Flurs gefahren und die Tür zugemacht, damit Dorothee und er Ruhe hatten. Bei Willy wäre er nicht im Traum auf die Idee gekommen. Woran lag das? Weil Willy das Nesthäkchen war? Oder weil er seinem Vater wie keins der anderen Kinder glich? Jeder, der sie zusammen sah, sagte, der Kleine sei ihm wie aus dem Gesicht geschnitten.

»Soll ich ihn dir mal abnehmen?«, fragte er Dorothee, der die Müdigkeit nach dem anstrengenden Tag anzusehen war.

»Das ist lieb von dir«, erwiderte sie mit ihrem Lächeln, das er so sehr mochte. »Aber ich fürchte, manche Dinge können wir Frauen nun mal besser als ihr Männer.«

Sie setzte sich in den Schaukelstuhl neben der Frisierkommode und machte eine Brust frei. Kaum hatte sie den kleinen Willy angelegt, spitzte der sein Mündchen, und gleich darauf begann er zu trinken. Erschöpft vom tatenlosen Zusehen, ließ Hermann sich auf die Bettkante sinken und streifte die Pantoffeln von den Füßen.

»Charly will also heiraten?«, fragte er mit gedämpfter Stimme. So richtig überrascht war er von der Nachricht, die Dorothee ihm mitgeteilt hatte, nicht gewesen – schließlich war eine Heirat ja der Zweck jeder Verlobung. Überraschend war nur die Eile, die seine Tochter an den Tag legte. Lotti und Benno hatten sich doch erst zu Weihnachten verlobt, und das war gerade mal sechs Wochen her.

Dorothee strich Willy behutsam über den noch kaum beflaumten Kopf. »Charlotte macht sich Sorgen, was unter der neuen Regierung mit den Juden wird.«

Hermann runzelte die Stirn. »Und deshalb will sie heiraten?«

»Carl hat ihr den Rat gegeben. Für den Fall der Fälle.«

»Sprich bitte nicht in Rätseln. Vor allem nicht, wenn es um Ratschläge deines Bruders geht. Du weißt doch, ich bin keine Intelligenzbestie wie er. Was hat das eine mit dem andern zu tun?«

»Carl ist der Meinung, dass eine deutsche Ehefrau der beste

Schutz für einen jüdischen Mann sei. Weil die Ehe im Nationalsozialismus heilig ist.«

»Hm«, machte Hermann, »da ist was dran.« Er dachte einen Augenblick nach. Dann sagte er: »Trotzdem, warum mit Kanonen auf Spatzen schießen? Nichts wird so heiß gegessen wie gekocht. Ich denke, wir sollten die Dinge nicht überstürzen.«

»Aber Benjamins Eltern packen schon die Koffer.«

»Ja, und? Sein Vater wäre doch schon vor einem halben Jahr am liebsten mit wehenden Fahnen nach England gezogen. Jetzt hat er endlich einen Grund, in sein Gelobtes Land auszuwandern, ohne dass seine Frau ihn länger daran hindern kann.«

Dorothee zögerte. »Ich weiß nicht«, sagte sie schließlich. »Bei manchem, was man so hört oder liest, kann einem wirklich angst und bange werden.«

Hermann schüttelte den Kopf. »Das sind nur Verleumdungen der Systempresse. Glaub mir, den Juden wird in Deutschland nichts passieren.«

Sie schaute ihn an. »Bist du dir da so sicher?«

»Ganz sicher. Hitler ist doch nicht verrückt! Eine Kuh, die man melkt, schlachtet man nicht.«

»Pssst«, machte Dorothee. »Ich glaube, jetzt schläft er.«

Sie nahm Willy von der Brust und schloss ihr Nachthemd. Während sie ihn zurück in den Stubenwagen legte, sank Hermann ins Bett. Dorothee zog sich den Morgenmantel aus und legte sich zu ihm. Er wartete, bis sie sich zugedeckt hatte, dann gab er ihr einen Kuss.

»Gute Nacht, meine Liebe, höchste Zeit zu schlafen. Morgen früh ist die Nacht schon wieder vorbei.« Er drehte sich auf seine Seite, und mit dem Rücken zu ihr, schloss er die Augen, um sein Nachtgebet zu verrichten.

»Du hast noch nicht gesagt, ob du einverstanden bist«, sagte Dorothee.

»Einverstanden?«, fragte er. »Womit?«

»Mit der Hochzeit.«

»Muss das wirklich jetzt sein?« Um das Thema zu beenden, gähnte er so laut, dass sie es nicht überhören konnte. »Über die

Hochzeit können wir im Herbst immer noch reden. Bis dahin kein Wort! Sonst müssen die Leute ja denken, da ist ein Brot in der Röhre.«

18

Obwohl Edda schon eine Weile im Bett lag, stand sie noch einmal auf, um nach ihrer Kamera zu schauen. Sie wusste, dass ihre Sorge überflüssig war, es war ja keine Viertelstunde her, dass sie die Leica im Schrank verschlossen hatte, aber das war nun mal ihr Tick, und solange sie sich nicht vergewissert hatte, würde sie nicht schlafen. Die Leica war ihr wertvollster Besitz, sie lebte ständig in der Angst, sie irgendwo liegenzulassen. Und als sie eben für einen Moment eingenickt war, hatte sie sie vor ihrem inneren Auge auf einem Biertisch im Hof des neuen Hauses liegen sehen, so deutlich wie auf einer Fotografie.

Als Edda den Schrank öffnete, lag die Kamera natürlich an ihrem Platz. Dafür war sie selbst wieder hellwach.

Sie griff nach ihrer Handtasche und holte ein Zigarettenpäckchen daraus hervor. Wo waren die Streichhölzer? Beim Suchen fiel ihr der Spickzettel in die Hand, den sie für die Klausur am Morgen vorbereitet hatte. Darauf stand alles, was sie über das Zweikasussystem hätte wissen müssen – Rectus und Obliquus … Doch leider hatte der Aufsicht führende Oberassistent alle Taschen konfisziert, so dass der Spickzettel ihr nichts genützt hatte, und was sie selbst über Rectus und Obliquus wusste, war so dürftig gewesen, dass sie sich kaum Hoffnungen machen konnte, den Grammatikschein in diesem Semester zu bekommen.

Wie hasste sie dieses Paukstudium, das sie zu nichts anderem befähigte, als später unschuldige Schüler mit demselben langweiligen Zeug zu quälen, mit dem man jetzt sie malträtierte!

Als sie die Bettlampe anknipste, entdeckte sie die Streichhölzer auf dem Nachtkasten. Sie setzte sich auf den Drehstuhl an ihrem alten Kinderschreibtisch und zündete sich eine Zigarette an. Während sie den Rauch inhalierte, ließ sie den Blick über die Filmplakate wandern, mit denen sie das Zimmer tapeziert hatte: *Das Ca-*

binet des Dr. Caligari ... Nosferatu ... Metropolis ... Sie hatte alle Filme gesehen, die zu ihrer Schulzeit im Gifhorner Lichtpalast gezeigt worden waren, kannte die Namen sämtlicher Mitwirkender, die der Kameraleute und Tonmeister genauso wie die der Spielleiter und Schauspieler, und auch in Göttingen vergingen keine zwei Tage ohne einen Kinobesuch – erst gestern war sie in *Berlin Alexanderplatz* gewesen, nach dem Roman von Alfred Döblin, mit Heinrich George als Franz Biberkopf. Manche Filme hatte sie schon so oft gesehen, dass sie die Dialoge auswendig konnte, und trotzdem, jedes Mal, wenn im Vorführsaal die Lichter ausgingen und sich der große Vorhang vor der Leinwand hob, war es, als würde sie in eine andere Welt eintreten – in jene Welt, in die sie in Wahrheit gehörte, viel mehr auf jeden Fall als in das Romanische Seminar am Nikolausberger Weg mit seinen grauhaarigen Professoren und verstaubten Folianten.

Warum war es eigentlich an keiner Universität Deutschlands möglich, Filmkunst zu studieren? So wie Medizin? Oder Romanistik?

Sie drückte gerade ihre Zigarette im Aschenbecher aus, da klopfte es am Fenster. Erschrocken löschte sie das Licht. Wer war das? Ernst? Charly hatte Andeutungen gemacht, dass Benny und er gar nicht nach Göttingen gefahren wären, sondern sie in der Nacht besuchen würden. Sie hatte geglaubt, ihre Schwester wollte sie aufziehen, aber vielleicht war das gar kein Witz gewesen. Bei der Vorstellung begann Eddas Herz zu pochen. Allerdings nicht vor Freude, sondern vor Angst.

Sie streifte ihren Morgenmantel über, und während sie durchs Zimmer huschte, schloss sie rasch die Knöpfe. Tatsächlich, als sie das Fenster öffnete, stand draußen in der Dunkelheit ihr Freund.

»Lässt du mich rein?«, flüsterte er.

»Bist du verrückt? Meine Eltern ...«

»Ich verspreche dir, ganz leise zu sein.«

»Aber mein ... mein Vater. Der bringt dich um, wenn er uns erwischt!«

»Bitte, mein Schatz! Charly hat Benny auch reingelassen.«

Trotz der Dunkelheit sah Edda das Flehen in seinen Augen.

Sofort meldete sich ihr schlechtes Gewissen. Sie hatte ihn schon so oft zurückgewiesen, und mit jedem Mal wurde es schlimmer. Ernst glaubte, der Grund dafür sei, dass sie ihn nicht liebe, weil er ein armer Schlucker war, ein Zeilenschinder, der sich von seinem Hungerlohn als Zeitungsvolontär nicht mal leisten konnte, sie ins Kino einzuladen. Aber das war nicht der Grund. Sie liebte Ernst doch, genauso, wie Charly Benny liebte, und wenn sie frei entscheiden könnte, wäre sie genauso großzügig wie ihre Schwester, aber sie schaffte es einfach nicht, über ihren Schatten zu springen, hatte viel zu große Angst vor dieser unheimlichen, bedrohlichen Situation, die unweigerlich über sie kommen würde, wenn sie ihn in ihr Zimmer ließ.

»Mein armer Schatz«, flüsterte sie, »was hast du nur für eine blöde Freundin.« Durch das offene Fenster gab sie ihm einen Kuss. »Hab noch ein bisschen Geduld. Jetzt ... jetzt kann ich einfach nicht, ich bin noch nicht so weit.« Als sie sein enttäuschtes Gesicht sah, küsste sie ihn noch einmal. »Nicht hier«, flüsterte sie, »in Göttingen. Schon bald!«

Mit ernster Miene schaute er sie an. »Versprochen?«

Edda schloss die Augen und nickte. »Versprochen!«

19

Der Mond tauchte das Wolfsburger Land in sein mildes Licht. Ganz Fallersleben schien zu schlafen, krumm und schief duckten sich die alten, reetgedeckten Häuser aus Fachwerk und Ziegelstein unter dem schwarzen Himmel, wie verloren in Raum und Zeit. Nur im Hof der Zuckerfabrik waren noch laute Stimmen zu hören.

»Bring mich in ein Hotel!«, sagte Christine ohne *a*. »Falls es in diesem trostlosen Kaff so was überhaupt gibt.«

»Aber warum übernachten wir nicht einfach im Haus meiner Eltern?«

»Dreimal darfst du raten.«

»Komm schon. Wenn du willst, kannst du ein eigenes Zimmer haben, ganz für dich allein. Ich schlafe auf dem Sofa in der Stube.«

»Und wenn du mir eine eigene Suite versprichst – nicht *eine* Nacht verbringe ich mehr mit dir unter einem Dach!«

Schuldbewusst senkte Georg den Blick. Ihre Wut war kein Wunder, er hatte ja direkt vor ihrer Nase mit Gilla geschäkert. Aber so war er nun mal und konnte nicht anders, selbst wenn er wollte. Er hatte ein einziges Mal in seinem Leben eine Frau wirklich geliebt, noch als Student. Lieselotte hatte sie geheißen, wurde aber von jedem nur Lilo genannt, auch von seinem besten Freund Udo. Einen Sommer lang waren sie ein unzertrennliches Trio gewesen, dann hatte er die beiden zusammen erwischt, in seinem eigenen Bett. Danach hatte er der Liebe für immer abgeschworen. Zwar mochte er auch weiterhin die Frauen, so wie die Frauen ihn mochten, doch wann immer er sich auf eine einließ, versuchte er, sich so schnell wie möglich mit ihr zu »verloben«, wie er die zweitschönste Sache der Welt nannte, damit ihm keine Zeit blieb, sich in sie zu verlieben. Mehr Gefühle ließ sein Herz nicht mehr zu.

»Jetzt stell dich nicht so an«, sagte er. »Das war doch alles völlig harmlos.«

»Harmlos?«, erwiderte Christine. »Du hast sie mit deinen Blicken förmlich ausgezogen.«

»Das ist nicht wahr. Ich habe nur versucht, ein bisschen freundlich zu sein. Du weißt doch, wie schwer die Juden es in diesen Tagen haben. Mein feiner Herr Bruder ist dafür das beste Bespiel. Der hat sich tatsächlich geweigert, die Kutsche zu fahren – aus blankem Judenhass! Das wollte ich wiedergutmachen. Sonst nichts. Ehrlich!«

Christine schnappte nach Luft. »Das ist ja wohl die unverschämteste Ausrede, die ich je gehört habe! Da bleibt einem ja die Spucke weg!«

»Gar keine Ausrede!«, protestierte er. »Ich weiß, wovon ich rede, ich arbeite selbst in einem jüdischen Büro! Du kannst dir ja gar nicht vorstellen, wie das ist.« Er griff nach ihrer Hand. »Sei wieder lieb. Dann verspreche ich dir auch, dich nie wieder Chris*tia*ne zu nennen.« Er zog sie zu sich, um ihr einen Kuss zu geben. »Außerdem bist du verpflichtet, lieb zu mir zu sein. Schließlich bist du meine Verlobte!«

»Verlobte?«, rief sie so laut, als wollte sie den ganzen Ort aufwecken. »Du hast sie wohl nicht mehr alle!«

Georg wollte etwas erwidern, doch bevor er dazu kam, hatte er eine Ohrfeige sitzen.

Verdutzt rieb er sich die Wange. »Hm«, machte er. »Vielleicht ist Hotel ja doch keine schlechte Idee.«

20

Nur mit der Unterwäsche bekleidet, stand Horst am Fenster der Schlafkammer, um trotz der Kälte hinunter auf den Fabrikhof zu schauen. Noch bevor die letzten Gäste das Richtfest verlassen hatten, war er zum Denkmalsplatz geeilt, um an dem Umzug teilzunehmen, mit dem die Fallersleber Parteigenossen die heutige Zeitenwende gefeiert hatten. Im Gleichschritt war man von der Germania-Statue zum Hoffmannhaus marschiert und hatte dort das Lied der Deutschen gesungen. Superintendent Wedde hatte in einer zündenden Rede Adolf Hitler als »Führer des erwachten Deutschlands« gepriesen, und sogar Amtmann Scheelhase hatte »Sieg Heil!« gerufen, trotz seiner jüdischen Frau. Was für ein hinreißendes Schauspiel – Horst war immer noch ergriffen! Doch das Schauspiel, das sich ihm gerade im Fabrikhof bot, war auch nicht zu verachten. Gerade hatte das rothaarige Luder seinem Bruder eine geschmiert.

Leider störte Ilse, die bereits im Bett lag, seinen Kunstgenuss.

»Deine Schwestern behandeln mich wie eine Aussätzige«, jammerte sie.

»Was haben sie denn jetzt schon wieder verbrochen?«, erwiderte er unwillig, ohne den Blick vom Hof zu lassen.

»Sie behandeln mich, als gehöre ich nicht zur Familie.«

»Ach, das bildest du dir doch nur ein.«

»Von wegen! Lotti hat mir regelrecht den Mund verboten, nur weil ich wissen wollte, worüber sie mit Edda und eurer Mutter tuschelte, als ich in die Küche kam. Das wäre eine Familienangelegenheit, sagte sie, das ginge mich nichts an! So eine Frechheit! Aber ich weiß ja, warum sie so ekelhaft zu mir sind. Ich bin den feinen Damen nicht gut genug. Weil ich früher den Lehm von euren Zuckerrüben gewaschen habe.«

Horst hörte gar nicht hin. Seit er verheiratet war, lag sie ihm damit in den Ohren, wie schlecht seine Familie sie angeblich behandelte. Zum Beweis führte sie stets ihre Wohnung an, in der es für den Sohn, den sie ihm gebären würde – ein Mädchen kam für sie nicht in Frage – nicht mal Platz für ein eigenes Zimmer gab. Sie wohnten im ehemaligen Backhaus, einem winzig kleinen Bau, der nur aus einer Wohnküche und einer darüber liegenden Schlafkammer sowie einem Plumpsklo bestand und der wie eine Briefmarke an der Schmalseite des Fabrikgebäudes klebte. Obwohl Horst inzwischen selbst hoffte, dass das neue Haus bald bezugsfertig war, damit er ihre Klagen nicht länger ertragen musste, bedauerte er es in diesem Augenblick nicht im Geringsten, dass sie noch in ihrer alten Behausung lebten. Die sogenannte Verlobte gab seinem Bruder tüchtig Saures. Wenn er die Wortfetzen, die zu ihm herauf drangen, richtig verstand, verlangte dass Flittchen gerade, dass Georg sie in ein Hotel brachte.

»Willst du nicht endlich zu mir kommen? Dein Ilsebillchen wartet schon auf dich.«

Horst warf einen Blick über die Schulter. Ilse hatte ihre Frisur aufgelöst, das von den Ohrenschnecken noch gelockte Haar flutete über das Paradekissen und umgab ihren Kopf mit einem aschblonden Heiligenschein. Dabei spielte um ihren Mund das dünne Lächeln, das ihm bei der letzten Sonnenwendfeier so verführerisch erschienen war. Er wusste, was dieses Lächeln bedeutete, und obwohl er schon lange aufgehört hatte, seiner Frau beim Auskleiden zuzuschauen, war er sicher, dass sie unter dem Plumeau ihr geblümtes Hochzeitsnachthemd trug, mit dem sie ihm stets ihre Bereitschaft signalisierte. Doch ihm war jetzt nicht danach, Ilse war schwanger, außerdem fand er das Geschehen unten im Hof viel interessanter.

Um besser zu sehen, putzte er mit einem Zipfel seines Unterhemds den Atem von der Scheibe. »Das geschieht ihm recht«, murmelte er, als die Verlobte in voller Montur in den Beiwagen kletterte. Offenbar hatte sie ihren Willen durchgesetzt.

»Was geschieht wem recht?«, fragte Ilse, die Ohren hatte wie ein Luchs.

»Georg. Jetzt muss er sie in ein Hotel bringen.«

»In ein Hotel? Die beiden zusammen? Die sind doch gar nicht verheiratet!«

»Keine Sorge, ich glaube nicht, dass mein Bruderherz heute noch zum Schuss kommt.« Horst musste grinsen. »Das hat er davon, dass er so schamlos rumpoussiert hat! So was lässt sich nicht mal so ein Großstadtflittchen gefallen.«

»Mich wundert in dieser Familie gar nichts«, sagte Ilse. »Wenn du mich fragst, ist das der schlechte Einfluss eures Vaters.«

»Was hat Vater damit zu tun?«, erwiderte Horst, während draußen das Motorrad samt Beiwagen vom Hof knatterte.

»Das fragst du?« Ilse lachte kurz auf. »Der kann doch gar nicht genug von den Itzigs um sich haben. Ein solches Beispiel färbt ab. Nein, das muss man sich mal vorstellen – ein Ortsgruppenleiter! Als wäre es nicht genug, dass das Fräulein Tochter sich mit einem Benjamin Jungblut verlobt hat.«

Da musste Horst ihr allerdings recht geben. »Ja, eine Schande ist das.« Weil es draußen nichts mehr zu sehen gab, zog er den Vorhang vors Fenster und drehte sich zu seiner Frau herum. »Aber damit ist es bald vorbei. Wir werden dem Pack schon zeigen, wer Herr im deutschen Haus ist.«

»Glaubst du?«, fragte sie wieder mit diesem Lächeln.

Horst spürte, wie es sich zwischen seinen Schenkeln regte. Er kannte Ilse seit ihrer gemeinsamen Volksschulzeit, doch bis zur letzten Sonnenwendfeier hätte er sich nicht träumen lassen, sie zu ehelichen. Ilse war die Tochter eines Melkers und einer Melkerin, und mit der stumpfen Nase und dem schmallippigen Mund war sie nicht gerade das hübscheste Mädchen im Flecken gewesen. Aber sie hatte auf der Sonnenwendfeier kaum Zicken gemacht und seinem Werben auch danach keinen nennenswerten Widerstand entgegengesetzt. Durch sie war Horst zum Mann geworden. Als sie ihm beim Erntedankfest gebeichtet hatte, schwanger zu sein, hatte er es darum als Ehrensache betrachtet, sie zur Frau zu nehmen. Alles andere wäre nicht korrekt gewesen, außerdem waren Standesdünkel dem Nationalsozialismus fremd! Die Hochzeit war noch im November erfolgt, damit man das Kind als Siebenmonatskind deklarieren konnte. So würde man Klatsch und Tratsch den Wind aus den Segeln nehmen. Seine älteste Schwester war ja auch als Siebenmonatskind zur Welt gekommen.

»Aber sicher glaube ich das, mein Ilsebilchen«, sagte er, während die eheliche Lust doch noch die Oberhand in ihm erlangte. »Heute wurde in Berlin eine Revolution in Gang gesetzt, die ganz Deutschland erfassen wird, auch unser kleines Fallersleben. Aber stück man rück, mach deinem Hotte mal ein bisschen Platz.«

Er knöpfte sein Unterhemd auf, und während seine Frau das Plumeau zur Seite schlug, so dass ihr geblümtes Hochzeitsnachthemd zum Vorschein kam, kroch er zu ihr ins Bett.

21 *Vollgas voraus!*

So lautete das Motto der 23. Internationalen Automobil- und Motorradausstellung, kurz IAMA genannt, die keine zwei Wochen nach dem Fallersleber Richtfest in Berlin ihre Pforten öffnete. Es war ein klirrend kalter Tag, die Hauptstadt lag unter einem weiß funkelnden Firnis frischen Neuschnees, und die Straßen waren spiegelglatt, so dass die Fuhrwerke, die die letzten auf Hochglanz polierten und mit Spanngurten gesicherten Ausstellungsstücke von den Berliner Bahnhöfen zum Messegelände transportierten, nur im Schritttempo vorankamen. Obwohl sechs Millionen Deutsche ohne Lohn und Brot waren und kaum wussten, wie sie über den Winter kommen sollten, lockte die Ausstellung Hunderttausende Besucher an. Das Auto war die Maschine des Jahrhunderts, Symbol der Mobilität und des Aufbruchs, in dem der Glaube an den Fortschritt wie in keinem anderen Sinnbild Gestalt annahm.

Dicht an dicht drängten sich darum Wirtschaftsführer und Politiker, Ehrengäste und Journalisten vor dem Podium, auf dem der neue Reichskanzler die Eröffnungsrede hielt. Obwohl Hitler keinen Führerschein besaß, galt er als großer Autoenthusiast, und wie um seinen Ruf zu bestätigen, rief er zur Mobilisierung ganz Deutschlands auf. Dabei kritisierte er mit scharfen Worten die Rückständigkeit der deutschen Automobilindustrie: Es sei ein Skandal, rief er mit geballter Faust, dass hierzulande ein Auto immer noch ein unbezahlbares Luxusgut für nur wenige Reiche sei! Das Auto müsse ein für jedermann erschwingliches Gemeingut werden, wie in den USA, wo bereits jeder zehnte Bürger ein eigenes Auto besitze. Um diesen Vorsprung aufzuholen, bedürfe es einer beispiellosen Anstrengung der Volksgemeinschaft, und die neue Regierung werde alles tun, was dazu nötig sei – mit fanatischer Entschlossenheit.

Rauschender Applaus war die Antwort, begeistert jubelte man dem dynamischen, mit dreiundvierzig Jahren jüngsten deutschen Kanzler aller Zeiten zu. Doch nirgendwo wurde mit größerer Begeisterung Beifall geklatscht als am Messestand der Standard-Fahrzeugfabrik, wo Georg die Rede zusammen mit seinem Chef Josef Ganz, einem dunkelhaarigen, vierunddreißig Jahre alten Mann mit zarten Gesichtszügen und sorgfältig gestutztem Schnauzbart, verfolgt hatte. Hitler hatte ihnen buchstäblich aus der Seele gesprochen, kein anderer Politiker hatte wie er begriffen, dass das Auto die Zukunft und die Zukunft das Auto war.

»Dieser Mann ist ein Geschenk des Himmels«, sagte Josef, als der Applaus verebbte. »Etwas Besseres hätte uns gar nicht passieren können.«

Georg nickte. Obwohl Josef Jude war, hatte er allen Grund, so zu reden, schließlich arbeitete er an einem Auto, das die perfekte Antwort auf Hitlers Forderungen war – ein sogenannter »Volkswagen«, für den er schon seit Jahren unermüdlich in der »Motor-Kritik« warb, einer Branchenzeitschrift, die er neben seiner Konstrukteurstätigkeit als Chefredakteur verantwortete. Obwohl inzwischen fast alle Hersteller im Land – von Adler und Ardie über BMW und DKW bis hin zu Mercedes-Benz und Zündapp – seine Idee eines Volkswagens aufgegriffen hatten, kam kein Auto der Verwirklichung so nahe wie der in seinem Frankfurter Büro entwickelte und von der Standard-Fahrzeugfabrik in Ludwigsburg gebaute Personenkraftwagen, von dem er auf der diesjährigen IAMA zum ersten Mal einen Prototyp präsentierte: ein kleines, handliches Auto für jedermann in Leichtgewichtbauweise mit Heckmotor und unabhängiger Radaufhängung, Ergebnis eines halben Jahrzehnts Arbeit, das er wegen der abgerundeten, windschlüpfigen Karosserie auf den Namen »Maikäfer« getauft hatte.

Kaum hatte die Festgesellschaft sich aufgelöst, bildeten sich vor dem Stand die ersten Menschentrauben.

»Auf in die Schlacht!«, sagte Josef.

»Auf in die Schlacht!«, erwiderte Georg.

Wie ein Knappe für seinen Ritter warf er sich ins Getümmel. Die Ausstellung war die große Chance für den Durchbruch von Josefs Erfindung, und was immer Georg dazu beitragen konnte, war er bereit zu tun. Das war er nicht nur seinem Chef schuldig, sondern auch seinem Freund, der Josef für ihn geworden war. Seit vier Jahren arbeiteten sie zusammen in einem Büro und verbrachten mehr Zeit miteinander als jedes Ehepaar. Obwohl Georg in seinem Leben noch nie so hart gearbeitet hatte, hatte er keine Sekunde davon bereut. Josef war ein Genie, und zusammen mit diesem Genie durfte er ein Auto entwickeln, das in nicht allzu ferner Zukunft den Straßenverkehr Deutschlands, vielleicht sogar Europas und der ganzen Welt, revolutionieren würde. Georg verdankte Josef mehr als allen seinen Professoren zusammen, ohne ihn wäre er wahrscheinlich kein Autoingenieur geworden, sondern würde sein Leben als Zuckerfabrikant in Fallersleben vergeuden. Denn nach der Enttäuschung mit Lilo hatte er sein Maschinenbaustudium in Aachen nur mit Ach und Krach abgeschlossen, so dass niemand außer Josef ihn hatte einstellen wollen. Im Gegensatz zu den Personalchefs der großen Firmen hatte der sich jedoch nicht für seine Prüfungsnoten interessiert, sondern nur für seine Autoleidenschaft. Jetzt hatte Georg Gelegenheit, diesen Vertrauensvorschuss zurückzuzahlen.

Zu tun gab es mehr als genug. Wie er Gilla prophezeit hatte, war der Andrang vor ihrem Stand größer als irgendwo sonst. Sogar ausländische Ingenieure und Journalisten kamen, um sich über den Käfer zu informieren. Unermüdlich erklärte Georg jedem Interessierten die Vorzüge des Volkswagens, verglich ihn Bauteil für

Bauteil mit den Modellen konkurrierender Hersteller und machte Termine für Probefahrten aus.

Er versuchte gerade, einem radebrechenden Japaner die Besonderheiten der Einzelradaufhängung begreiflich zu machen, als plötzlich Unruhe in der Halle entstand. Für eine Sekunde blieb Georg das Herz stehen. Nur einen Steinwurf entfernt, näherte sich Reichskanzler Hitler, geradewegs steuerte er auf den Stand der Standard-Fahrzeugfabrik zu, umgeben von einem Dutzend Begleitern, darunter Propagandaleiter Joseph Goebbels sowie Reichsminister Hermann Göring.

Wie elektrisiert blickte Georg Josef an. Der erwiderte seinen Blick.

»Denkst du auch gerade, was ich gerade denke?«

22

Die Wohnung der Familie Jungblut umfasste die erste Etage einer Jugendstilvilla in der Grimmaischen Straße, also mitten im Zentrum von Leipzig, unweit der alten Börse. Solange Benny zurückdenken konnte, hatte in den Zimmern stets peinliche Ordnung geherrscht, jedes Teil hatte seinen schier unverrückbaren Platz gehabt – der Vater war ein Mensch, der Unordnung nicht ertragen konnte. Jetzt war die Ordnung aufgelöst, nichts war mehr an seinem Platz, die Schränke waren leergeräumt, und überall standen Umzugskartons herum, fertig gepackt für den Möbelwagen. Schon Bennys Mutter war in der Wohnung aufgewachsen, sie hatte sie als Mitgift in die Ehe bekommen, und sie aufzugeben fiel ihr unendlich schwer. Sie hatte deshalb lange gehofft, Benny würde sie übernehmen, und sei es auch nur, um sie zu vermieten, damit die Wohnung, die doch ihr ganzes Leben bedeutete, nicht in fremde Hände überging. Doch er hatte seinen Eltern vorgerechnet, dass das nicht möglich war, ohne den Verkauf wären sie nicht imstande, die Reichsfluchtsteuer zu zahlen.

»Ein Viertel unseres Geldes haben sie uns abgeknöpft«, sagte der Vater. »Aber was kann man von diesen Verbrechern auch anderes erwarten?«

»Die Reichsfluchtsteuer ist ausnahmsweise keine Erfindung der Nazis«, erwiderte Benny. »Die wurde schon vor zwei Jahren eingeführt. Weil zu viele reiche Leute ihr Geld ins Ausland verschoben haben.«

»Glaubst du, das wüsste ich nicht? Aber jetzt wenden sie das Gesetz auf uns an, obwohl wir alles andere als freiwillig das Land verlassen. Nur damit wir arm wie die Kirchenmäuse in der Fremde ankommen.«

»Wir müssen froh sein, dass ihr mit einem blauen Auge davongekommen seid. Charlys Onkel Carl meint, dass die Steuer schon bald verschärft werden könnte.«

»Ein Grund mehr, dass du auch deine Sachen packst.«

»Vater hat recht«, sagte die Mutter. »Wollt Charlotte und du es euch nicht noch mal überlegen?«

»Aber ich habe das doch schon ein Dutzend Mal erklärt«, entgegnete Benny. »Charly muss erst ihr Examen machen. Vorher können wir nicht weg.«

»Die Tochter eines Ortsgruppenleiters«, schnaubte der Vater. »Wegen so einer lässt du deine Eltern im Stich.«

»Aber wenn die zwei sich doch lieben?«, sagte die Mutter. »Du hättest mich doch auch nicht hier allein zurückgelassen.«

Der Vater schüttelte den Kopf. »Das ist etwas vollkommen anderes.«

»Ist es das wirklich?«

Um die Diskussion zu beenden, kehrte er ihr den Rücken zu und streckte die Hand nach seinem Sohn aus. »Jetzt gib den Fetzen schon her. Damit ich es hinter mir habe.«

Benny reichte ihm den Vorvertrag, in dem Käufer und Verkäufer ihre Geschäftsabsicht verbindlich erklärten. Er hatte das Schriftstück aufgesetzt, damit seine Eltern sich keine Sorgen machen mussten, bis es zum Notar ging. Zum Glück war es ihm gelungen, einen anständigen Preis auszuhandeln, so dass die Eltern keineswegs so arm in England ankommen würden, wie der Vater behauptete.

»Zwanzig Jahre hatte ich hier einen Lehrstuhl inne. Und jetzt muss ich mich davonstehlen wie ein Dieb.«

Während der Vater den Vertrag unterschrieb, ertönte draußen Glockengeläut.

Laut schluchzte die Mutter auf.

»Mein Gott – die Glocken der Nicolaikirche. Die werden wir nie wieder hören …«

23

Georg hielt den Atem an. Hitler war mit seinem Tross stehen geblieben, keine zehn Meter vom Stand der Standard-Fahrzeugfabrik entfernt. Jetzt zeigte er in ihre Richtung. Sofort näherten sich mehrere dienstbare Geister, um ihn zu informieren. Der Kanzler hörte ihnen mit konzentrierter Aufmerksamkeit zu.

»Barukh atah Adonaj, Eloheinu, v'Elohei Awotenu …«, murmelte Josef.

»Was redest du da?«, fragte Georg.

»Das ist das Adimah«, sagte sein Freund, »das jüdische Bittgebet. Das hat mein Großvater immer gesprochen, wenn meine Großmutter kochte – sie war eine miserable Köchin. Manchmal hat es geholfen.«

»Dann lass dich nicht stören und bete weiter.«

»Zu spät, du hast mich rausgebracht. Aber ist vielleicht auch besser so. Mit Jehova steht unser neuer Kanzler ja nicht auf allzu gutem Fuße.«

Noch während Josef sprach, zog Hitler mit seinem Tross plötzlich weiter. Georg bereute fast, dass er seinem Freund nicht mit einem christlichen Stoßgebet geholfen hatte, vielleicht hätte ein Ave-Maria ja mehr genützt als ein jüdischer Segensspruch. Er wollte sich wieder seinem Japaner zuwenden, da sah er, wie sich aus Hitlers Entourage zwei Männer lösten, von denen ihm einer seit frühester Kindheit vertraut war: Onkel Carl.

Was bei allen Göttern hatte der hier zu suchen?

»Der Führer hat leider keine Zeit, sich persönlich ein Bild zu machen«, erklärte er, »aber er hat großes Interesse an eurem Volkswagen. Darf mein Begleiter sich ein wenig umsehen? – Jakob Werlin«, stellte er einen wichtig dreinschauenden Mann Mitte vierzig vor. »Vorstand der Daimler-Benz AG und Generalinspekteur des Führers für das Kraftfahrwesen.«

Georg hätte fast Hallelujah gerufen, doch zum Glück war sein Freund schneller.

»Aber mit dem größten Vergnügen!«, sagte Josef und verscheuchte die übrigen Besucher, damit der hohe Herr den Käfer ungestört in Augenschein nehmen konnte. »Womit kann ich dienen?«

»Ich interessiere mich vor allem für das Rückgrat-Chassis«, sagte Werlin. »Mit unabhängiger Radaufhängung, Blattfedern und Pendelachsen, nicht wahr?« Seiner Sprache nach schien er aus Österreich zu stammen.

»So ist es.« Josef machte die Heckklappe des Vorführwagens auf. »Wenn Sie vielleicht einen Blick hineinwerfen möchten?«

Während Werlin sich die Details präsentieren ließ, kamen zwei weitere Herren an den Stand, die offenbar zu ihm gehörten. Eifrig machten sie Notizen und fotografierten. Georgs Puls raste. Der Generalinspektor des Führers – würde das der Durchbruch sein?

»Und zu welchem Preis bieten Sie das Fahrzeug an?«, wollte Werlin wissen.

»Zur Zeit für tausendfünfhundertneunzig Reichsmark«, erwiderte Josef. »Allerdings konnten wir bislang nur in kleinster Serie produzieren. Bei einer Massenfertigung wäre ein Preis von unter tausend Reichsmark vorstellbar!«

»Donnerwetter!« Werlin schien beeindruckt.

»Dabei ist der Käfer das einzige Auto auf der ganzen Ausstellung, das von einem Heckmotor angetrieben wird.« Josef drehte sich zu Georg herum. »Wenn du vielleicht die Vorteile erläutern möchtest?«

»Was? Wie bitte?«

Georg war gerade nicht bei der Sache. Nur ein paar Stände weiter, wo die Firma Maybach ihre Luxuskarossen ausstellte, hatte er Gilla entdeckt, versunken in den Anblick eines schweren, viertürigen Cabriolets mit blitzenden Chromleisten und ebenso ausladenden Formen wie sie selbst.

»Die Vorteile des Heckmotors«, wiederholte Josef. »Wenn du so freundlich wärst …«

»Ich … ich bitte um Entschuldigung«, stammelte Georg.

Ohne ein weiteres Wort ließ er die beiden stehen, um an den Maybach-Stand zu eilen, auch wenn er damit einen Anschiss riskierte. Josef, der ein hoffnungsloser Monogamist war und nur Augen für seine Verlobte hatte, hatte ihm eingeschärft, dass seine Weibergeschichten nie die Arbeit beeinträchtigen dürften. Aber Georg war nicht der Einzige, dem Gilla in der Menge aufgefallen war. Onkel Carl begrüßte sie gerade mit einem Handkuss. Aufgrund der Entfernung konnte Georg zwar nicht verstehen, was die zwei sprachen, doch er sah das entzückte Lächeln, mit dem Gilla die Worte des Onkels quittierte. Das genügte. Onkel Carl war unverheiratet und hatte einen gewissen Ruf, was sein Berliner Junggesellenleben betraf.

Der Ruf erwies sich als durchaus berechtigt.

»Das Auto ist wie für Sie geschaffen«, sagte er, als Georg in Hörweite kam. »Der Konstrukteur muss bei dem Entwurf an Sie gedacht haben.«

»Aber Herr Professor!« Gilla klimperte mit den Wimpern. »Kann es sein, dass Sie ein kleines bisschen mit mir schäkern?«

»Wie kommen Sie denn darauf?«

»Tja, wenn ich das nur selber wüsste …«

Während die beiden einen innigen Blick tauschten, trat Georg auf sie zu.

»Oh, da ist ja mein Neffe!«, sagte Onkel Carl.

»Ich hoffe, ich störe nicht.«

»Im Gegenteil, du kommst wie gerufen.« Mit einem bedauernden Lächeln wandte der Onkel sich an Gilla. »Auch wenn der Abschied mir überaus schwerfällt, verehrtes, gnädiges Fräulein – ich darf den Führer nicht warten lassen.« Zum zweiten Mal beugte er sich über ihre Hand. »Ich wünsche noch einen schönen Tag.« Er nickte ihnen beiden zu und verschwand.

»Was für ein glücklicher Zufall, dich hier zu treffen«, sagte Georg, als er mit Gilla allein war. »Oder war es vielleicht gar kein Zufall?«, fügte er hoffnungsvoll hinzu.

Doch sie schien ihn gar nicht zu hören. Mit großen Augen sah sie immer noch Onkel Carl nach, der sich flink wie ein Wiesel den Gang hinunter entfernte.

»Stimmt das? Er kennt den Reichskanzler persönlich?«

»Onkel Carl kennt Gott und die Welt.«

»Und mir hat er die Hand geküsst ...«

Fast war Georg beleidigt. Aber nur fast. Denn er wusste, wie er ihre Aufmerksamkeit im Nu für sich gewinnen würde.

»Bist du mit deinen Eltern hier?«, fragte er.

»Wie kommst du denn darauf? Ich bin doch kein Kind mehr!«

»Um ehrlich zu sein, ich habe eigentlich nur gefragt, weil auch ich ohne Begleitung hier bin – ich meine, ohne meine Verlobte«, fügte er nach einer Kunstpause hinzu. »Sie hat mir nämlich den Laufpass gegeben. Deinetwegen. Ihr ist nicht entgangen, wie fasziniert ich von dir bin.«

Er hatte noch nicht ausgesprochen, da drehte Gilla sich zu ihm herum.

»Oh?«, fragte sie, sichtlich erfreut. »Bist du das?«

24

Charly hatte während ihres Studiums sämtliche Prüfungen mit guten und sehr guten Noten bestanden, und es war ihr erklärter Ehrgeiz, dass sich im Examen daran nichts änderte. Trotzdem gelang es ihr nicht, sich auf ihr Lehrbuch zu konzentrieren. Bis zum Abend musste sie sich noch gedulden, dann würde sie Benny endlich wiedersehen! Er hatte gestern am Telefon gesagt, dass er mit dem Nachtzug aus Leipzig zurückkehren würde, um am Morgen pünktlich zu Arbeitsbeginn auf der Baustelle zu sein. Metzgermeister Schweinske würde ihn schon sehnsüchtig erwarten.

»Die Pädiatrie oder Kinderheilkunde ist ein Teilgebiet der Medizin, das sich mit der Entwicklung des kindlichen und jugendlichen Organismus befasst, namentlich mit seinen Erkrankungen sowie deren Behandlung und Vorbeugung ...«

Charly las die Zeilen, ohne dass diese Einlass in ihr Gehirn fanden. Zwei Wochen war Benny fort gewesen, aber ihr war die Zeit länger vorgekommen als zwei Monate. Um nicht bis zum Abend warten zu müssen, hatte sie angekündigt, ihn vom Bahnhof abzuholen, Hauptsache, sie konnten sich einmal umarmen und küssen, bevor er zu seiner Baustelle musste, aber das hatte er ihr strikt verboten. Wenn sie das täte, hatte er gesagt, würde er es nie und nimmer zu Metzgermeister Schweinske in die Weender Straße schaffen, höchstens zum Theaterplatz, wo sich seine Wohnung befand. Also hatte sie ihm versprochen, bis zum Abend brav zu sein und für ihr Examen zu lernen.

»Die Pädiatrie oder Kinderheilkunde ist ein Teilgebiet der Medizin, das sich mit der Entwicklung des kindlichen und jugendlichen Organismus befasst, namentlich mit seinen Erkrankungen sowie deren Behandlung und Vorbeugung …«

Rudolph Valentino – das war ihr spontaner Gedanke gewesen, als sie ihn zum ersten Mal gesehen hatte, in der Mensa am Wilhelmsplatz. Normalerweise war sie bei so gutaussehenden Männern eher skeptisch, meistens wurde man enttäuscht, wenn sie den Mund aufmachten. Benny aber hatte sie nicht enttäuscht, sondern mit einer solchen Selbstverständlichkeit erobert, als könnte es gar nicht anders sein.

»Da sind Sie ja endlich«, hatte er gesagt, als er mit seinem Tablett ihr gegenüber Platz genommen hatte. »Wo haben Sie sich denn so lange versteckt?«

»Meinen Sie etwa mich?«, hatte sie verwundert gefragt.

»Natürlich meine ich Sie«, hatte er todernst erklärt. »Und ich werde nie wieder jemand anders meinen als Sie. Schließlich habe ich viele Jahre nach Ihnen gesucht.«

Es hatte Grünkohl mit Pinkel gegeben, ihr beider Lieblingsgericht, wie sie kurz darauf festgestellt hatten. Trotzdem hatten sie kaum einen Bissen gegessen, als der Pedell sie irgendwann aufgefordert hatte, die Mensa zu verlassen, weil er schließen wollte. Niemand außer ihnen war mehr im Saal gewesen. Ohne sie um Erlaubnis zu fragen, hatte Benny draußen ihre Hand genommen, und statt zur Uni zurückzukehren und die nächste Vorlesung zu besuchen, hatte sie den wildfremden Mann, der vor wenigen Tagen in einem Göttinger Architektenbüro angefangen hatte zu arbeiten, durch die Stadt geführt, angeblich, um ihm die wichtigsten Geschäfte und Behörden und Einrichtungen zu zeigen, die er in seiner neuen Heimat kennen musste, tatsächlich aber, um sich nicht von ihm trennen zu müssen. Stundenlang waren sie durch die Straßen und Gassen gebummelt und hatten miteinander geredet, als würden sie sich schon seit einer Ewigkeit kennen. Beim Café Cron & Lanz waren sie zum Du übergegangen, bei der Deuerlich'schen Buchhandlung hatten sie sich zum ersten Mal umarmt und beim Gänselieselbrunnen zum ersten Mal geküsst. Charly hatte die ganze Zeit an eine Geschichte denken müssen, von der eine Freundin, die Philosophie studierte, ihr vorgeschwärmt hatte. Die Geschichte stammte von Plato und handelte von einem Wesen, das Gott Zeus in zwei Teile zerschlagen hatte, weil es ihm in seiner Vollkommenheit gleich zu werden drohte. Vor lauter Sehnsucht nach einander waren die zwei Teile fortan ewig bestrebt, sich wieder zu vereinen. So sei die Liebe entstanden, hatte die Freundin behauptet. Charly hatte sie ausgelacht und die Geschichte für blühenden Unsinn erklärt. Bei den wenigen Liebeleien, auf die sich in ihrem Leben eingelassen hatte, bevor sie Benny begegnet war, war sie jedes Mal froh gewesen, wenn sie geendet hatten, so wenig hatte sie mit ihren früheren Freunden verbunden. Seit sie aber Benny kannte, wusste sie, dass die Geschichte die Wahrheit war.

»Die Pädiatrie oder Kinderheilkunde ist ein Teilgebiet der Medizin, das sich mit der Entwicklung des kindlichen und jugendlichen Organismus befasst, namentlich mit seinen Erkrankungen sowie deren Behandlung und Vorbeugung …«

Sie klappte das Buch zu und beschloss, in die Bibliothek zu gehen. Hier hatte das Lernen keinen Sinn.

Bevor sie das Wohnheim verließ, schaute sie nach der Post. Ein Brief aus Fallersleben war gekommen. Doch die Schrift auf dem Umschlag war nicht von ihrer Mutter wie sonst, wenn es Post von zu Hause gab, vielmehr stammte sie von ihrem Vater.

Überrascht öffnete Charly das Kuvert.

25

Todmüde war Benny in aller Herrgottsfrühe in Göttingen aus dem Zug gestiegen und vom Bahnhof aus schnurstracks zu seiner Baustelle marschiert. Jetzt wünschte er sich, er hätte an einem einfachen Polytechnikum studiert statt in Dessau am Bauhaus, wo die großartigsten Architekten Deutschlands seine Lehrer gewesen waren. Was für wunderbare Theorien hatte er dort gelernt! Architektur sei der Inbegriff aller bildnerischen Tätigkeit, die Verschmelzung von Handwerk und Kunst, jedes Haus ein Gesamtkunstwerk, errichtet zu dem Zweck, den darin lebenden Menschen in der modernen, industrialisierten Welt ein menschenwürdiges und menschengerechtes Zuhause zu geben ... Doch wie sah die Wirklichkeit aus? Eine geschlagene Stunde hatte er sich mal wieder mit Metzgermeister Gotthold Schweinske herumgestritten, der sich lieber auf die Meinung seiner Gattin Elfriede als auf den Entwurf seines Architekten verließ, so dass die Bauausführung ein einziges Chaos zu werden drohte und diese mit dem ursprünglichen Plan am Ende so wenig zu tun haben würde wie Schweinskes Leberwurst mit frischer Kalbsleber.

Doch was blieb ihm übrig, als gute Miene zum bösen Spiel zu machen? Wer das Geld hat, hat das Sagen ... Also erklärte er seinem Polier ein weiteres Mal die Änderungswünsche der Metzgermeistergattin, als plötzlich Charly auf der Baustelle erschien.

»Was machst du denn hier? Ich dachte, du lernst fürs Examen?«

»Das wollte ich auch, aber ...« Sie warf einen Blick auf den Polier. »Kann ich dich mal kurz sprechen?«

»Natürlich.« Benny übergab den Bauplan und führte sie ein paar Schritte fort. Wenn Charly so kurz vor ihrer ersten Prüfung die Bücher im Stich ließ, musste etwas passiert sein. »Hast du es nicht mehr ausgehalten?«, fragte er, als sie allein waren.

Er wollte sie küssen, doch sie wich ihm aus und zog einen Brief aus der Manteltasche. »Der kam heute mit der Post«, sagte sie so ernst, dass er stutzte. »Die Antwort meines Vaters. Er will von einer vorgezogenen Heirat nichts wissen. Hochzeit frühestens ein Jahr nach der Verlobung!«

»Und darum kommst du extra her?« Erleichtert lachte er auf. »Und ich fing schon an, mir Sorgen zu machen!«

Als er Charlys Gesicht sah, wusste er, dass das die falsche Reaktion gewesen war. Statt zu lachen, hätte er sie trösten sollen. Frauen waren in solchen Sachen anders als Männer.

»Entschuldige«, sagte er und nahm ihre Hand. »Ich verstehe dich ja, ich würde auch lieber heute als morgen heiraten, genauso wie du, aber wenn dein Vater es nun mal partout so will, dann tun wir ihm eben den Gefallen. Davon geht die Welt doch nicht unter. Wir können uns auch ohne Trauschein lieben, das haben wir ja schon eine Weile geübt.«

»Ach was!« Charly entzog ihm ihre Hand. »Darum geht es doch gar nicht.«

»Worum geht es dann?«

Mit großen Augen schaute sie ihn an. »Begreifst du denn nicht? Die Ehe wäre so was wie unser Schutzhafen gewesen. Jetzt müssen wir bis Weihnachten ohne auskommen. Noch ein Dreivierteljahr! Das ist in diesen Zeiten eine Ewigkeit, in der weiß der Teufel was passieren kann.«

Benny nagte an seiner Lippe.

Sie hob mit der Hand sein Kinn. »Benjamin Jungblut«, sagte sie und schaute ihn an, »meine Liebe ist groß genug, um mit dir auszuwandern, egal wohin. Also nimm Vernunft an und lass uns deinen Eltern folgen.«

Die unverhoffte Liebeserklärung rührte ihn, und er hätte Charly dafür am liebsten in den Arm genommen und geküsst. Aber Liebe war nicht alles. Nicht mal seine und ihre Liebe.

»Und was ist mit deinem Examen?«, fragte er.

»Das kann ich in England nachholen«, erwiderte sie. »Da gibt es schließlich auch Universitäten, und Cambridge ist sicher nicht schlechter als Göttingen. Mein Englisch reicht, um Vorlesungen zu hören, und du als Architekt findest überall Arbeit.«

Für einen Moment hatte Benny das Gefühl, dass Charly recht hatte. Doch nur für einen Moment. Sein Freund Ernst fiel ihm ein, dessen Worte auf dem Richtfest.

»Nein«, sagte er. »Wir machen uns nicht vor der Mischpoke aus dem Staub! Gerade jetzt müssen wir hierbleiben! Oder sollen wir diesen Verbrechern kampflos das Feld überlassen?«

Ihre Augen waren voller Angst. »Und was, wenn alles noch schlimmer wird?«

Benny lachte. »Wer von uns beiden ist eigentlich hier jüdisch? Du oder ich?« Dann wurde er wieder ernst. »Hab keine Angst, mein Liebling. Die Nazi-Regierung hat keine Chance, Hitler hat ja nur zwei eigene Minister im Kabinett. Also wird es gehen, wie es immer gegangen ist – in ein paar Wochen wird neu gewählt, und dann ist der ganze Spuk vorbei!«

26

Wann immer Hermann auf der Wolfsburg zu tun hatte, fühlte er sich von dem Ort eingeschüchtert. In dem Schloss war schon Kaiser Wilhelm zu Gast gewesen, und Reichspräsident Hindenburg hatte die Wolfsburg sogar zweimal besucht! Als Kind hatte er geglaubt, dass man sich in den heiligen Hallen nur auf Zehenspitzen bewegen und im Flüsterton reden dürfte. Das Tor mit dem Familienwappen, die dunklen Gänge, in denen die eigenen Schritte so laut widerhallten, an den Wänden die Ahnengalerie mit den finster dreinblickenden Gesichtern – alles war dazu angetan, Respekt einzuflößen. Wenn ihn früher sein Vater mit zur Rendantur genommen hatte, hatte Hermann stets seinen Sonntagsanzug tragen müssen, und wenn dann plötzlich der alte Graf aufgetaucht war, hatte sein Vater mit dem Hut vor der Brust nur stumm dagestanden, und er selbst hatte einen Diener bis zum Boden gemacht.

Obwohl diese Zeiten vorbei waren, war Hermann so nervös, dass er sich einmal kurz am Gesäß kratzte, als Graf Schulenburg hinter seinem Eichenschreibtisch für einen Moment abtauchte und eine Flasche Korn sowie zwei Schnapsgläser aus einer Schublade holte, um mit ihm auf den soeben per Handschlag geschlossenen Vertrag anzustoßen. Die gräflichen Wirtschaftsbetriebe, so waren sie übereingekommen, würden fortan die gesamte Rübenernte zur Verarbeitung an die Zuckerfabrik liefern. Dafür würde die Rendantur im Gegenzug mit einem Drittel des Reingewinns, der durch den Verkauf des produzierten Zuckers erzielt wurde, beteiligt werden. Die Beispielrechnung, die Hermann aufgemacht hatte, hatte Schulenburg überzeugt. Die Gewinnbeteiligung würde die Mehrkosten für die Schweinemast, mit denen durch die Abgabe der bislang verfütterten Rüben zu rechnen war, deutlich übertreffen. Und für Hermann blieben unterm Strich trotzdem zwei Drittel des Reingewinns übrig, so dass er die Schulden für sein Haus abtragen konnte, ohne länger um seine Existenz bangen zu müssen.

»Wie sagen Sie immer so schön, Ising?« Der Graf reichte Hermann ein gefülltes Schnapsglas. »*Zucker schadet? Grundverkehrt!* Wie geht der Spruch noch mal weiter?«

»*Zucker schmeckt, Zucker nährt!*«

»Richtig! Na, dann wollen wir mal hoffen, dass Sie recht behalten. Auf Ihr Wohl!«

»Prost, Herr Graf!«

Hermanns Hand zitterte ein wenig, als er den Schnaps kippte.

»Ich denke, das wäre es dann«, sagte Schulenburg, nachdem sie die Gläser geleert hatten. »Es sei denn, Sie haben noch etwas auf dem Herzen.«

Hermann zögerte. Er hatte sich vorgenommen, nach dem Vertragsabschluss ein zweites Anliegen vorzubringen, doch ohne zu wissen, wie. Nachdem er Lotti die Vorverlegung der Hochzeit verweigert hatte, fühlte er sich ihr gegenüber in der Schuld, und damit sie nicht glaubte, dass persönliche Animositäten seine Entscheidung beeinflusst hätten, wollte er ihr einen Gefallen tun, der jeden Zweifel an seiner Gesinnung zerstreuen würde. Die Sache war ihm so wichtig, dass er sich dafür sogar zwischen der morgendlichen Ortsgruppensitzung und dem Termin auf der Wolfsburg noch einmal zu Hause umgezogen hatte, um sein Anliegen in Zivil vorzutragen.

»Stimmt es eigentlich«, fragte er vorsichtig tastend, »was man seit einiger Zeit im Städtchen so hört?«

»Ich habe keine Ahnung, was Sie meinen«, erwiderte Schulenburg.

»Es heißt, die gräflichen Betriebe würden expandieren. Großes bahne sich an.«

»Ach so?« Schulenburg verschränkte seine Hände vor der Brust. »Wissen Sie, mein lieber Ising«, sagte er dann in seiner manchmal etwas umständlichen Art, »jemand wie ich, der einer so alten Familie vorsteht, wirtschaftet ja nicht für sich, sondern für seine Nachfahren. So wie ich heute die Bäume fälle, die meine Vorfahren vor Generationen gepflanzt haben, so will ich es auch selber halten, indem ich heute Bäume pflanze, die später meine Enkel und Urenkel fällen. In der Forstwirtschaft nennen wir das Nachhaltigkeit.«

»Und die Wirtschaftsbetriebe?«, fragte Hermann, um zur Sache zu kommen.

Wie erhofft, griff Schulenburg das Stichwort auf. »Was die betrifft, sind Anpassungen an moderne Erfordernisse in der Tat unumgänglich. Dabei denke ich insbesondere an die Schillermühle sowie an das Mahl- und Sägewerk, das vom Reichswehrministerium gerade als kriegswichtiger Betrieb eingestuft worden ist.«

»Klingt nach einer Menge Arbeit.«

»Das können Sie laut sagen«, bestätigte der Graf. »Vor allem, wenn man nicht weiß, woher qualifizierte Kräfte nehmen.«

»Verstehe.« Hermann nickte. Das war genau, was er hören wollte. »Ja, am Ende steht und fällt doch alles mit den Leuten.« Er zögerte einen Moment, dann fügte er so harmlos wie möglich hinzu: »Darf ich Ihnen in dem Fall vielleicht einen jungen, sehr tüchtigen Architekten empfehlen?«

27

»Grüner Kakadu« hieß die Bar, in der Gilla Bernstein auftrat, um »ganz andere Lieder« als in Fallersleben zu singen, und da ihr Auftritt auf dem Programmzettel des Etablissements, das sich, für jedermann an einem grün angestrichenen Holzvogel erkennbar, in der Schöneberger Motzstraße unweit des Nollendorfplatzes befand, für diesen Abend schon in gedruckter Form angekündigt war, hatte Georg noch am Tag ihres Wiedersehens in Berlin die unverhoffte Gelegenheit, sie in Ausübung ihrer Kunst auf der Bühne in Augenschein nehmen zu können.

Der »Grüne Kakadu« war nicht gerade der »Wintergarten«, wo die Berühmtheiten des Berliner Nachtlebens auftraten – das Innere des mäßig besetzten Lokals war, wie Georg feststellte, als seine Augen sich an das schummrige Licht gewöhnt hatten, kaum größer als ein anständiges Wohnzimmer. Er setzte sich an ein Tischchen in der ersten Reihe und machte seine Bestellung. Ein Kellner brachte eine Flasche Henkell trocken und ließ mit gelangweilter Routine den Korken knallen. Obwohl die Luft bereits zum Schneiden war, zündete Georg sich eine Zigarette an. Er trank gerade den ersten Schluck Sekt, da flackerten Scheinwerfer auf und tauchten die winzige Bühne abwechselnd in rotes und grünes und gelbes Licht, ein unsichtbares Orchester spielte einen Tusch, dann sprang aus der Dunkelheit ein schwindsüchtiger Conférencier mit weißgepudertem Gesicht und rotgeschminkten Lippen in den rauchdurchwaberten Lichtkegel und kündigte den Höhepunkt des Abends an.

»Meine Damen und Herren, Ladys and Gentlemen, Mesdames et Messieurs«, kreischte er mit weibisch hoher Stimme, »begrüßen Sie mit mir den einzigen weiblichen deutschen Weltstar, gestern noch im ›Wintergarten‹, heute im ›Grünen Kakadu‹ – Marlene Dietrich!«

Der Witz war so schlecht, dass niemand im Publikum lachte, und kaum eine Hand rührte sich zum Applaus. Georg machte sich auf das Schlimmste gefasst. Doch als der Conférencier verschwand und an seiner Stelle der Höhepunkt des Abends in Erscheinung trat, stellte er verblüfft sein Glas ab. War das Gisela Bernstein oder tatsächlich die Dietrich? Auf der Bühne stand eine Frau, die der berühmten Schauspielerin zum Verwechseln ähnlich sah – tief ins Gesicht gezogener Zylinder auf langem, blondem Lockenhaar, eng anliegender Frack, in dessen Ausschnitt jede Menge nackter Haut schimmerte, unter den Schößen schwarze Netzstrümpfe, die zwei endlose, herrlich geformte Beine mehr entblößten als verhüllten, und die Füße in schwindelerregend hohen Stöckelschuhen. Ein Klavier fing an zu spielen. In der einen Hand ein Stöckchen, in der anderen ein Mikrophon, nahm die Frau, die tatsächlich Gilla Bernstein war, auf einem Barhocker Platz, und während sie ein

Bein auf eine Querstrebe setzte und das andere im Rhythmus der Musik mit provozierender Langsamkeit schwingen ließ, warf sie einen Seitenblick über die Schulter und begann zu singen.

Will ein Mann bei Frauen was erreichen,
Spricht er gleich von seinem Liebesschmerz.
Er schwört tausend Schwüre, die sich gleichen,
Legt die Hand ins Feuer und aufs Herz.
Alle Frauen, die er je besessen,
Hat er nicht die Spur geliebt.
Alle früheren Schwüre sind vergessen,
Weil es im Moment ja plötzlich dich nur gibt.

Teufel auch – das hatte Georg nicht erwartet! Gilla konnte nicht nur singen, sie konnte den Text auch *interpretieren*, und zwar so eindrucksvoll, dass ihr Vorbild nach wenigen Takten vergessen war. Als sie mit gebrochener Stimme die ewig gleichen Schwüre der Männer beklagte, klimperte sie mitleiderregend mit den Wimpern, fasste sich, um den Liebesschmerz ihrer Verehrer zu parodieren, in einer dramatischen Geste ans Herz, warf den Kopf in den Nacken und blickte so spöttisch auf ihr Publikum herab, als würde sie gerade all die falschen Beteuerungen Revue passieren lassen, zu denen sich die vor ihrer Bühne versammelten Männer je verstiegen hatten, um eine Frau herumzukriegen. Georg überschlug im Geiste, wie viel Geld ihm nach Abzug der Flasche Henkell trocken noch blieb. Für den Fall, dass sich erfüllte, was er hoffte, würde er ein paar Mark springen lassen müssen, damit der Hotelportier auf die Personalien der »Frau Gemahlin« verzichtete.

Jetzt stieg Gilla von ihrem Hocker und verließ die Bühne, um im Publikum an den Tischen entlangzuschlendern, während sie die zweite Strophe sang.

Ich möchte einmal einen Mann erleben,
Der nicht von Liebe spricht;
Der herzlos sagt: Willst du mir geben,
Was ich verlange oder nicht?

Die Männer johlten und pfiffen. Bei manch einem blieb sie stehen, um ihn mit ihrem Stöckchen anzutippen oder durchs Haar zu wuscheln oder an seiner Krawatte zu zupfen. Einem alten Fettsack setzte sie sich sogar auf den Schoß, zog seinen kahlen Schädel zu sich heran und drückte ihm ihren roten Kussmund auf die Glatze.

Nur einem im Publikum schenkte sie keinerlei Beachtung: Georg. Kaum machte sie einen Schritt in seine Richtung, zeigte sie ihm auch schon die kalte Schulter und kehrte zur Bühne zurück.

Und das mit lächelndem Gesicht.
Der mich wie jede Frau betrachtet
Und mich nur kühl fragt: Also wann?
Und der mein »Nein« dann nicht beachtet.

Ein kleines bisschen verschnupft drückte Georg seine Zigarette aus. War er hier nicht der Ehrengast? Er nahm sein Glas und trank den restlichen Sekt – im Gegensatz zu Frauen war auf Alkohol immer Verlass.

Doch als er die Flasche aus dem Kübel nahm, um nachzuschenken, drehte Gilla sich plötzlich zu ihm herum, und während sie ihre himmelblauen Augen so unverwandt auf ihn richtete, dass ihr Blick ihn genau an jenem Punkt erreichte, wo er für solche Blicke am empfänglichsten war, hauchte sie die letzte Zeile ihres Liedes.

Wo ist der Mann? Wo ist der Mann?

Statt einer Antwort ließ Georg die Flasche Henkell trocken zu Boden fallen, wo sie mit lautem Knall zerplatzte.

28

Das »Göttinger Kleeblatt«, wie Horst seine Schwestern und deren Freunde abschätzig nannte, traf sich wie fast jeden Abend in der Kneipe am Gänselieselbrunnen gegenüber vom Alten Rathaus, um Einbecker Bier zu trinken und Grünkohl mit Pinkel zu essen. Edda trudelte als Letzte ein, sogar Ernst, der oft erst nach Mitternacht Redaktionsschluss hatte, saß schon mit Charly und Benny am Tisch, als sie aus dem Kino kam. Sie war in »Das blaue Licht« gewesen, einem Film, in dem ihre Lieblingsschauspielerin Leni Riefenstahl nicht nur die Hauptrolle spielte, sondern bei dem sie auch Regie geführt hatte.

»Das müsst ihr euch mal vorstellen«, sagte Edda, immer noch ganz aufgewühlt, und setzt sich an den Tisch, »eine Frau als Spielleiterin!«

Charly gähnte. Wahrscheinlich hatte sie mal wieder zwölf Stunden am Stück in der Bibliothek gelernt. »Der Film soll wohl ganz nett sein«, sagte sie ohne große Begeisterung.

»Ganz nett?«, erwiderte Edda. »Das ist ein Meisterwerk! Allein dieses mystische Licht. Es erscheint nur in Vollmondnächten, auf der Spitze eines Kristallbergs. Was für ein Einfall! Mir laufen jetzt noch Schauer über den Rücken!«

»Ist »Das blaue Licht« nicht ein Märchen der Brüder Grimm?«, fragte Benny, der wahrscheinlich nur wegen des Gänselieselbrunnens wusste, dass die Brüder Grimm in Göttingen gelebt hatten.

»Was bist du nur für ein Banause! Und so jemand will meine Schwester heiraten. Der Film ist nach einem Roman von Gustav Renker. Das weiß doch jeder!«

Ernst schüttelte den Kopf. »Meint ihr nicht, dass es in Deutschland gerade wichtigere Probleme gibt?«

»Wichtiger als Kino?« Der Kanonenofen verbreitete eine solche Hitze, dass Edda ihre Baskenmütze vom Kopf nahm. Während sie in der Handtasche nach Zigaretten suchte, überlegte sie sich eine passende Antwort für ihren Freund.

Doch Benny kam ihr zuvor. »Wieder Probleme in der Redaktion?«

Ernst nickte. »Es ist langsam nicht mehr auszuhalten. Mit den Verordnungen, die Hitler dem alten Hindenburg abgequatscht hat, ist die Pressefreiheit praktisch abgeschafft. Und unser sozialdemokratischer Chefredakteur hat die Hosen so voll, dass ich jeden Artikel drei Kollegen zum Gegenlesen vorlegen muss. Und wenn es nur um die Jahreshauptversammlung des Karnickelzuchtvereins Parensen geht. Typisch Sozialdemokraten.«

Während Ernst sprach, trat jemand in einer Lederjacke zu ihm an den Tisch.

»Kann ich dich kurz sprechen?«

Ernst zögerte einen Moment. »Klar«, sagte er dann. »Worum geht's?«

Der Fremde schüttelte den Kopf. »Nicht hier.«

»Muss das wirklich jetzt sein?«

»Tut mir leid, aber es ist dringend.«

»Na gut.« Ernst stand auf, nahm seinen Mantel und setzte seine Schiebermütze auf. »Wartet nicht auf mich«, sagte er zu den anderen. »Es kann spät werden.«

Charly hielt ihn am Ärmel zurück. »Nicht mal Zeit für einen Abschiedskuss?«

Schuldbewusst drehte er sich zu Edda herum. »Entschuldige.« Er beugte sich zu ihr und gab ihr einen Kuss. »Darf ich dich später noch besuchen?«, fragte er leise, damit die anderen ihn nicht hörten.

Edda war so überrumpelt, dass ihr auf die Schnelle keine Antwort einfiel.

»Nur, wenn du noch wach bist«, flüsterte er in ihr Ohr. »Bitte, Edda, sag ja!«

Als sie seinen bangen Blick sah, gab sie nach. Irgendwann musste es ja sein.

»Na gut«, flüsterte sie. »Versprochen ist versprochen!«

Ernst strahlte. »Ich mache, so schnell ich kann!«

»Aber nicht später als zwölf«, fügte sie hinzu, als könne sie damit ihr Schicksal noch wenden. »Ich muss morgen sehr früh raus.«

»Keine Angst – ich fliege!«

Er gab ihr noch einen Kuss und folgte dann dem Fremden in der Lederjacke, der schon ungeduldig an der Tür wartete.

»Wer war das denn?«, fragte Charly, als die beiden draußen waren.

»Wahrscheinlich einer von seinen Kommunistenfreunden«, sagte Benny.

»Kommunistenfreunde?«, fragte Edda irritiert. »Wie kommst du denn darauf?«

»Ich ... ich dachte nur«, stammelte Benny. »Weil – sein Vater ist doch in der Gewerkschaft. Das hat er mir mal erzählt.«

»Sein Vater ist Sozialdemokrat, kein Kommunist!«

»Sozialdemokraten, Sozialisten, Kommunisten – das kann doch kein Mensch auseinanderhalten.« Benny prostete ihr zu. »Du weißt doch, mit der Politik hab ich's nicht so.«

Edda stieß mit ihm an. »Fast hättest du mir einen Schreck eingejagt.«

»Zum Glück nur fast!«, lachte Benny. »Vergiss einfach meine Bemerkung. Wahrscheinlich war das nur ein neuer Hospitant, und Ernst muss mal wieder für einen Kollegen einspringen.«

29

Das »Savoy« in der Fasanenstraße war keines der größten, doch eines der elegantesten Hotels in Berlin. Alles hier war aus Mahagoni und Messing und rotem Samt. Georg selbst legte eigentlich keinen großen Wert auf Luxus, doch als er an diesem Abend die Tür seines Zimmers aufschloss, dankte er im Geiste seinem Freund und Chef Josef Ganz für den Entschluss, sie trotz leerer Firmenkasse für die Dauer der Automobilausstellung hier einzuquartieren, damit sie wie zwei Hochstapler in den weitläufigen Zimmern Geschäftsbesuche empfangen konnten. Denn Georg war an diesem Abend nicht allein, sondern in Begleitung der aufregendsten Frau von ganz Berlin.

»Bitte sehr!«

Als wäre er hier zu Hause, öffnete er die Tür und machte einen Schritt beiseite, um Gilla den Vortritt zu lassen. Für die diskrete Zuwendung von fünf Mark war der Portier bereit gewesen, auf die Personalien der »Frau Gemahlin« zu verzichten.

»Nobel geht die Welt zugrunde«, sagte Gilla, als sie das Zimmer betrat, das, nur von den Leuchttafeln eines gegenüberliegenden Kinos beschienen, in wundervollem Zwielicht lag.

»Alles auf Spesen«, sagte Georg und schloss die Tür hinter sich, ohne das Licht anzuknipsen.

»Und sogar mit eigenem Badezimmer!«

Neugierig wie ein Welpe stöberte Gilla durch den Raum, verschwand kurz im Bad, drehte den Wasserhahn einmal auf und zu, kehrte ins Schlafzimmer zurück, nahm wie zur Probe an dem kleinen Sekretär Platz und öffnete schließlich den Kleiderschrank.

»Willst du nicht erst mal ablegen?«, fragte Georg. Er hatte sie gebeten, ihr Bühnenkostüm anzubehalten, und sich dafür bereit erklärt, ihre Straßenkleider in ihrem Utensilienkoffer den ganzen Weg zu tragen – das Kostüm stand ihr einfach zu gut. Doch noch verhüllte ein Wollmantel, der eher zu einem Schulmädchen passte als zu einer Femme fatale und sie so unvorteilhaft kleidete wie die Raupe einen Schmetterling, all die Herrlichkeiten, die sich darunter verbargen.

Doch Gilla hatte schon wieder etwas entdeckt. »Ist das im Preis inbegriffen?«, fragte sie und zeigte auf die Obstschale.

»Ja sicher, was denkst du denn?«

»Knorke.« Sie nahm einen rotbackigen Apfel und biss hinein. »Mit meinen Eltern bin ich nie in so vornehmen Hotels.«

Georg stutzte. »Mit deinen Eltern?«

»Früher, meine ich. Als ich noch mit ihnen in Urlaub gefahren bin.«

Lachend biss sie ein zweites Mal in den Apfel. Georg fand den Anblick so erregend, dass er es kaum noch aushielt. Keine Eva der Welt konnte verführerischer sein als sie, und er würde ihr Adam sein!

»Wenn du willst, kann ich uns vorher noch etwas zu trinken bestellen«, sagte er in der Hoffnung, dass sie nein sagen würde. Zwei Flaschen Sekt an einem Abend überstiegen bei weitem sein Budget, zumal die Flasche hier sicher doppelt so teuer sein würde wie im »Kakadu«.

Gilla sagte weder ja noch nein. »Vorher?«, wiederholte sie stattdessen und legte den angebissenen Apfel zurück in die Schale.

Georg verfluchte sein loses Mundwerk. Hatte er sich zu deutlich ausgedrückt? Im Schein der Neonreklame sah Gilla auf einmal viel jünger aus, als sie in Wirklichkeit war, und seltsam, auch der Schulmädchenmantel wirkte in diesem Moment gar nicht mehr so befremdlich an ihr. Plötzlich kamen Georg Zweifel. Er hatte nicht vor, sich in Gilla zu verlieben, er wollte nur eine vergnügliche Nacht mit ihr verbringen. Doch was, wenn er ihr das Herz brach? Vielleicht war sie ja gar nicht das verruchte Luder, das sie markierte, vielleicht war sie ja einfach nur ein etwas allzu lebenslustiges Mädchen, das Männern wie ihm gegenüber nicht die nötige Vorsicht walten ließ.

»Was hast du?«, fragte sie mit einem spöttischen Lächeln. »Willst du mir etwa eine Liebeserklärung machen?«

Georg atmete auf. Gott sei Dank, sie hatte wieder ihr Bühnengesicht! Den Blick fest auf ihn gerichtet, machte sie einen Schritt auf ihn zu, und während sie ihren Mantel aufknöpfte, sang sie leise ihr Lied, diesmal ganz für ihn allein.

Ich möchte einmal einen Mann erleben,
Der nicht von Liebe spricht;
Der herzlos sagt: Willst du mir geben,
Was ich verlange oder nicht?
Und das mit lächelndem Gesicht.
Der mich wie jede Frau betrachtet
Und mich nur kühl fragt: Also wann?
Und der mein »Nein« dann nicht beachtet.
Wo ist der Mann? Wo ist der Mann?

Während sie die Schlusszeile nur noch flüsterte, ließ sie ihren Mantel zu Boden gleiten. In Frack und Strümpfen stand sie da auf ihren schwindelerregend hohen Absätzen, den Blick fest auf ihn gerichtet, die blauen Augen voller Verlangen, den Mund leicht geöffnet.

Georg vergaß ihr Herz, ihr Herz war so reglos wie seins, und mit kühlem Lächeln erwiderte er ihren Blick.

»Hier«, sagte er mit rauer Stimme, »hier ist der Mann!«

30

Zur selben Stunde saß Carl Schmitt mit Jakob Werlin bei einem Glas Wein im Adlon, wo sie an einem Ecktisch mit Blick auf das Brandenburger Tor zu Abend gegessen hatten.

Die Rechnung für das Essen hatte der Generalinspekteur des Führers übernommen, natürlich zu Lasten seines Spesenkontos als Vorstand der Daimler-Benz AG, so dass die Einladung ihn persönlich keinen Pfennig kostete. Trotzdem wollte Carl sich nicht lumpen lassen und hatte im Gegenzug den Wein bestellt, einen Cheval blanc Jahrgang 1924. Werlin war ein simpel gestrickter Parvenu, der solchen Gesten größere Bedeutung beimaß, als sie verdienten, ein hemdsärmeliger Autoverkäufer ohne Geschmack und Manieren, der die Daimler-Benz-Niederlassung in München betrieb und deren erfolgreicher Führung er seinen Aufstieg zum Konzernvorstand verdankte. München verdankte er auch – und nur darum verbrachte Carl den Abend mit diesem Menschen – seine enge Vertrautheit mit Hitler, dem Werlin sich angeblich schon in den frühesten Tagen der Bewegung angeschlossen hatte, weshalb er als einer der wenigen Gefolgsleute galt, auf dessen Rat der Führer hörte, vor allem natürlich in Fragen des Kraftfahrwesens.

»Und«, fragte Carl, während er die Gläser nachfüllte, »haben Sie sich ein Bild machen können?«

»Sie meinen, von dem Volkswagen der Standard-Fahrzeugfabrik?«

»Ja, dem sogenannten Käfer. Ich frage mich, ob das wohl das Auto sein könnte, das dem Führer für die Mobilisierung der Massen vorschwebt.«

Carl stellte die Weinflasche in den Weidenkorb zurück. Obwohl er sich für Autos kaum interessierte, war er auf die Antwort ehrlich gespannt. Der Abend war eine Investition in die Zukunft seines Neffen Georg. Der Junge war zwar kein Gelehrter, sondern Ingenieur, trotzdem fühlte Carl sich ihm verbunden. Georg gehörte so wenig nach Fallersleben, wie er selbst in seiner Jugend nach Plettenberg gehört hatte – sie waren beide, wenn auch auf verschiedenen Gebieten, für die große Welt geschaffen, nur dort konnten sie ihre Talente entfalten. Er, Carl, hatte seinen Weg gemacht. Ob seinem Neffen das auch gelingen würde, hing nicht zuletzt von diesem kleinen Auto ab, an dessen Entwicklung Georg wohl einigen Anteil hatte.

»Um ehrlich zu sein, ich weiß es nicht«, sagte Werlin, nachdem er eine Weile mit wichtiger Miene in sein Glas geschaut hatte. »Das Grundkonzept des Wagens ist genial, aber die Konstruktion ist noch nicht ausgereift.«

»Sagen Sie das als unbestechlicher Ratgeber des Führers? Oder als nicht ganz so unbestechlicher Vorstand der Daimler-Benz AG? Ich könnte mir vorstellen, dass die etablierten Autohersteller nicht gerade begeistert von der Vorstellung sind, dass ihnen ein Außenseiter womöglich die Butter vom Brot stiehlt.«

»Sie sind ein schlauer Hund!«

»Aus Ihrem Mund fasse ich das als Kompliment auf«, seufzte Carl.

»Aber ich will Ihnen die Antwort nicht schuldig bleiben«, sagte Werlin. »Sie lautetet sowohl als auch.«

»Oh, Sie sind ja ein Philosoph!«

»Nur, wenn es sich nicht vermeiden lässt.« Werlin setzte sein Glas an die Lippen und schüttete den Wein in sich hinein, als wäre der Cheval blanc ein frisch gezapftes Schultheiß. »Hinzu kommt ein zweites, nicht unerhebliches Problem.« Er beugte sich über den Tisch und senkte seine Stimme. »Der Konstrukteur ist, wie Sie vielleicht wissen, Jude.«

Carl nickte. »Ein empfindlicher Makel, gewiss. Aber ist der berechtigte Einwand gegen den Ingenieur ein ebenso berechtigter Einwand gegen seine Erfindung?«

»Was wollen Sie damit sagen?«

An der unwilligen Miene seines Gegenübers erkannte Carl, dass er dessen Auffassungsgabe überschätzt hatte. Also machte er einen zweiten Versuch.

»Ich nehme an, als Österreicher sind Sie mit den Gepflogenheiten des katholischen Glaubens vertraut?«

»Ja, natürlich!«

»Nun, dann wissen Sie ja, dass auch Narrenmund bisweilen Weisheit kundtun kann. Wenn zum Beispiel ein sündiger Priester die Zehn Gebote lehrt, verlieren diese dadurch ja auch nicht ihre Gültigkeit.«

Werlins Gesicht hellte sich wieder auf. »Oh, da kann ich Ihnen eine Geschichte aus meiner Heimat erzählen, dem schönen

Andritz. Da hatten wir einen Pfarrer, und der hatte natürlich eine Haushälterin, und als die plötzlich wie vom Heiligen Geist schwanger wurde, obwohl der Herr Pfarrer seiner Gemeinde Sonntag für Sonntag von der Kanzel herunter strengste Keuschheit predigte …«

Carl schaltete auf Durchzug. Werlin hatte kapiert, nur darauf kam es an.

31

Während Georg ein Glas Wasser trank, um sich nach der Anstrengung zu erfrischen, thronte Gilla, nackt und üppig, wie ein überaus großzügiger Gott sie erschaffen hatte, unter dem rotsamtenen Baldachin ihres Bettes, das noch zerwühlt war von ihrer beider Leidenschaft, und aß den angebissenen Apfel auf. Ihr Appetit, fand Georg, war der perfekte Abschluss eines perfekten Abends.

»Warum heißt das Leben ›Leben‹?«, fragte sie genüsslich kauend und gab sich selbst die Antwort. »Natürlich, um was zu er*leben*!«

Stolz auf ihr kleines Bonmot strahlte sie Georg an. Der trat zu ihr ans Bett und belohnte sie mit einem Kuss. Nach ihrem Auftritt im »Kakadu« waren seine Erwartungen schon groß gewesen, doch Gilla hatte sie noch übertroffen, und das wollte angesichts seines Erfahrungsschatzes etwas heißen.

Es klopfte an der Tür.

Gilla klatschte vor Freude in die Hände. »Oh, du hast uns was bestellt?«

»Nicht, dass ich wüsste.« Verwundert stellte Georg sein Glas ab und warf ihr sein Hemd zu. »Zieh das lieber an.« Er streifte sich seinen Bademantel über und öffnete.

Auf dem Flur stand der Nachtportier.

»Tut mir leid, wenn ich die Herrschaften störe. Aber leider hat mein Kollege vergessen, die Personalien der Frau Gemahlin aufzunehmen.«

»Wie bitte? Ihr Kollege hat mir versichert, es sei alles geregelt.«

»Ich bin untröstlich. Aber hier handelt es sich um eine neue

Verordnung. Offenbar war der Kollege noch nicht damit vertraut. Wenn ich vielleicht für einen Moment den Ausweis der werten Frau Gemahlin …«

Georg wusste nicht, was er davon halten sollte. Drohte ernsthafter Ärger, weil er eine Frau mit aufs Zimmer genommen hatte, die nicht mit ihm verheiratet war? Neue Verordnungen gab es ja zur Zeit täglich in Deutschland, da konnte man die Übersicht verlieren, und den Nazis war durchaus zuzutrauen, dass sie ihre Nasen noch tiefer in die privateste aller Privatangelegenheiten steckten, als die früheren Regierungen es schon getan hatten. Oder war das nur ein Trick des Nachtportiers, auch für sich ein Trinkgeld herauszuschlagen, nachdem sein Kollege schon eines kassiert hatte?

Georg hoffte, dass es nur ein Trick war. Zum Glück hatte er noch einen Fünfer im Portemonnaie.

»Hast du deinen Ausweis dabei?«, fragte er Gilla über die Schulter.

Auch ihr war der Schreck sichtlich in die Glieder gefahren. Ihr eben noch rosiges Gesicht war jetzt so weiß wie sein Hemd, mit dem sie ihre Brust bedeckte.

»Natürlich«, sagte sie. »In meinem Utensilienkoffer.«

Georg brauchte nicht lange zu suchen, mit einem Griff hatte er gefunden, wonach er suchte. Mit dem Rücken zur Tür holte er das Portemonnaie aus seiner über einen Stuhl geworfenen Hose, nahm den letzten Fünf-Mark-Schein daraus hervor und legte diesen unauffällig in Gillas Ausweis.

Er drehte sich um und reichte beides dem Portier. »Bitte sehr!«

Der Mann schlug den Ausweis auf, hob einmal kurz die Brauen, fischte mit zwei Fingern den Geldschein hervor und gab Georg die Papiere zurück.

»Alles in Ordnung.«

Gott sei Dank, es war nur ein Trick gewesen.

Mit einem anzüglichen Grinsen tippte der Portier sich an den Rand seiner Mütze. »Dann wünsche ich den Herrschaften noch eine angenehme Nachtruhe.«

Georg schloss die Tür. Als er sich umdrehte, sah er Gilla, die, ebenso erleichtert wie er selbst, sein Hemd wieder hatte sinken lassen. Beim Anblick ihrer wiedererlangten Blöße überkam ihn das unwiderstehliche Verlangen, sich ein zweites Mal mit ihr zu verloben.

Wie sollte er ihr den Antrag machen? Im Bademantel oder im Adamskostüm? Er entschied sich für das Adamskostüm. Schließlich war sie die wunderbarste Eva, die ihm in diesem noch jungen Jahr begegnet war.

Er legte ihren Ausweis auf den Tisch und wollte sich gerade entblößen, da fiel sein Blick auf ihr Geburtsdatum.

»Was hast du?«, fragte sie. »Ist dir ein Geist erschienen?«

Entsetzt starrte er auf den Eintrag. 10. Juni 1915.

NEUNZEHNHUNDERTFÜNFZEHN!

»Um Himmels willen! Du bist noch nicht volljährig? Warum zum Teufel hast du das nicht gesagt? Ich ... ich hatte dich für mindestens einundzwanzig gehalten!«

Schuldbewusst sah sie ihn an. Obwohl sie keinen Pieps von sich gab, wusste er ihre Antwort: ihr dämliches, kleines Bonmot, das ihr immer noch im Gesicht geschrieben stand.

»Mein Gott, wie konnte ich nur darauf reinfallen?« Plötzlich begann sein Puls zu rasen. Er bückte sich, und eilig sammelte er ihre am Boden liegenden Kleider auf. »Los, anziehen!«, sagte er und warf ihr die Sachen zu. »Aber ein bisschen dalli!«

»Du ... du willst, dass ich gehe?«, stammelte sie. »War es ... war es denn nicht schön für dich?«

»Das spielt jetzt keine Rolle! Du musst verschwinden! Auf der Stelle! Ein Anruf des Portiers bei der Sitte, und ich lande im Knast!«

»Du meinst – im Gefängnis?«

»Natürlich, was denkst du denn?« Da sie sich nicht rührte, nahm er ihr Höschen, das, wie er erst jetzt erkannte, eher ein Kinderschlüpfer war, und zerrte es ihr über Füße und Waden. »Los! Worauf wartest du?«

O Gott, jetzt fing sie auch noch an zu weinen! Doch immerhin stand sie auf, so dass er ihr die Unterhose über den Po streifen konnte. Während sie sich immer hemmungsloser ihren Tränen hingab, half er ihr einzeln in die Sachen. Dabei lief es ihm gleichzeitig heiß und kalt den Rücken runter. Unzucht mit einer Minderjährigen – wenn das rauskam, würde Josef ihn rausschmeißen! Dabei hatte er es geahnt, als sie für einen Moment ihr Bühnengesicht abgelegt hatte! Schon die kindliche Art, wie sie »knorke« gesagt hatte. Und dann die Erwähnung ihrer Eltern ... Aber er hatte es nicht wahrhaben wollen, hatte einfach weitergemacht, weil er nicht auf seinen Verstand gehört hatte, sondern nur auf seinen ... Nein, es hatte keinen Sinn, jetzt zu hadern – was passiert war, war passiert! Jetzt ging es nur noch darum, mit heiler Haut aus der Sache rauszukommen.

»Bitte, beeil dich!«

»Ich mache ja schon so schnell ich kann. Aber wo sind meine Strümpfe?«

»Dafür ist keine Zeit. Wenn ich sie finde, schicke ich sie dir in den ›Kakadu‹.«

Kaum trug Gilla das Nötigste am Leib, steckte Georg sie in ihren Mantel, nahm den Utensilienkoffer, stopfte alles hinein, was ihr gehörte, und schob sie zur Tür.

»Wir dürfen uns nie wiedersehen!«, sagte er und drückte ihr den Koffer in die Hand.

Laut schluchzte sie auf. »Hast du ... hast du mich denn gar nicht lieb?«

Au Backe, sie hatte sich tatsächlich in ihn verliebt!

»Aber was sagst du denn da?« In einer Aufwallung von Mitleid küsste er sie auf die Wange. »Davon kann keine Rede sein. Es war wirklich schön mit dir, wunderschön sogar. Aber die Gesetze sind nun mal so, wie sie sind. Lass einfach ein bisschen Zeit vergehen. Wenn du älter bist, können wir uns gerne wiedersehen.« Aufmunternd nickte er ihr zu. »Na, was meinst du?«

Mit tränenverschmiertem Gesicht sah sie ihn an. »Warum belügst du mich?«

»Ich – dich belügen? Wie kommst du darauf?«

Sie hatte aufgehört zu weinen. In ihren Augen lag plötzlich eine Trauer, die ihn erschreckte.

»Mein Alter ist doch gar nicht der Grund«, sagte sie sehr leise. »Du willst mich doch nur nicht, weil ... weil ich ...«

»Weil du was?«

Gilla war jetzt ganz ernst und gefasst. »Weil ich eine Jüdin bin.«

32

Mit offenen Augen lag Edda in ihrem Bett und lauschte in die Dunkelheit hinein.

Wann wurde es endlich Mitternacht?

Noch hatte es nicht zwölf geschlagen, Ernst konnte also immer noch kommen. Obwohl die Turmuhr der Johanniskirche jede Viertelstunde einmal anschlug, drehte Edda sich alle paar Minuten zum Nachttisch herum, um auf ihre Armbanduhr zu schauen, doch die Leuchtziffern der Junghans, die Onkel Carl ihr zur Konfirmation geschenkt hatte, zeigten ihr nur jedes Mal aufs Neue, dass die quälend langsam verstreichende Zeit sich von ihrer Unruhe nicht anstecken ließ und ihr zuliebe keine Sekunde schneller ging.

War sie verrückt gewesen, ja zu sagen?

Im Zimmer war es so kalt, dass sie ihren eigenen Atem in kleinen Wölkchen aufsteigen sah. Trotzdem war es ihr unter der Decke plötzlich unerträglich heiß. Nachdem sie sich dazu durchgerungen hatte, Ernst heute seinen größten Wunsch zu erfüllen, hatte sie das einzige Seidennachthemd angezogen, das sie besaß. Sie wollte schön für ihn sein. Das Hemd gehörte zu ihrer Aussteuer, und eigentlich hatte sie es erstmals in ihrer Hochzeitsnacht tragen wollen. Doch war dies nicht ihre Hochzeitsnacht? Als sie das Hemd übergestreift hatte, hatte das feine, kühle Knistern auf ihrer nackten Haut sie für einen Moment erregt. Aber je länger sie im Bett lag und in die Dunkelheit starrte, umso mehr schien der Stoff zu kratzen, als wäre er nicht Seide, sondern Sackleinen.

Plötzlich hörte sie eine Stimme. »Edda?«

Da war er! Im selben Moment begann ihr Herz zu rasen. Mein Gott, wovor hatte sie nur solche Angst? Sie hatte diesen dürren, langen Kerl doch wirklich lieb, so lieb, wie sie einen Mann nur lieb haben konnte, und wenn es stimmte, was Charly sagte, war das, wovor sie sich so fürchtete, die schönste Sache der Welt! Sie konnte es sich selber nicht erklären. Es war nicht ihr Gewissen, das ihr so zu schaffen machte, moralische Bedenken waren ihr in diesen Dingen genauso fremd wie ihrer Schwester. Auch hatte sie keine Entdeckung zu fürchten. Das Zimmer lag nach hinten raus, zum Garten, sie konnte Ernst durch die Kellertür reinlassen, ohne dass ihr Vermieter oder sonst jemand etwas merkte. Nein, die Angst, die sie empfand, galt ganz allein *ihm*. Sie spürte sie in jeder Pore ihres Leibes, in ihrem ganzen Sein. Diese Angst saß so tief, dass es für sie keinen Namen gab.

Ein zweites Mal rief er mit leiser Stimme nach ihr. »Edda? Ich bin's – Ernst!«

Sie schloss die Augen. Während das Herz ihr bis hinauf zum Hals klopfte, hörte sie, wie er die Klinke der Gartentür betätigte. Um nicht das leiseste Geräusch zu machen, hielt sie die Luft an. Die Junghans auf dem Nachttisch tickte immer lauter.

Bitte, lieber Gott, mach, dass es endlich zwölf wird …

»Edda, ich bin's – bitte!«

Seine Stimme war ein einziges Flehen. Warum stand sie nicht auf? Er war doch vor zwölf gekommen, und versprochen war versprochen! Aber sie schaffte es nicht. Wie in sich selbst gefangen, lag sie da, unfähig, sich zu rühren.

»Edda?«

Noch einmal diese entsetzliche Stille, in der nur das Ticken der Uhr zu hören war. In der Dunkelheit glaubte sie sein Gesicht zu sehen, seine tiefliegenden Augen, aus denen seine Verzweiflung sprach. Nein, sie durfte ihn nicht länger quälen, das hatte er nicht verdient, sein Drängen war doch nur der Beweis, wie sehr er sie liebte.

Mit einem Ruck richtete sie sich auf.

Da schlug es vom Turm der Johanniskirche Mitternacht. Am ganzen Körper zitternd, zählte Edda mit.

Viermal die helle Glocke, dann zwölfmal die dunkle.

Als der letzte Glockenschlag verklungen war, entfernten sich draußen Schritte.

Edda tastete in der Dunkelheit nach ihren Zigaretten. Beim nächsten Mal, das schwor sie sich, würde sie ihr Versprechen erfüllen.

33

Normalerweise begann Horst den Tag mit fünfzig Kniebeugen und fünfundzwanzig Liegestütze. Um die Jugendarbeitslosigkeit zu bekämpfen, hatte das Landesarbeitsamt beschlossen, in Fallersleben eine Badeanstalt mit Fünfzigmeterbahn und Sprungturm zu bauen. Horst hatte sich bereit erklärt, den Arbeitsdienst zu organisieren, insgesamt siebenhundertfünfzig Tagewerke bis April. Um sich vor den jungen Leuten nicht zu blamieren, versuchte er seitdem, sich mit Kniebeugen und Liegestütz in Form zu bringen, obwohl ihm aufgrund seiner angeborenen Kurzatmigkeit jede Form von Körperertüchtigung sauer fiel. Eine Frage der Gesinnung – Gemeinnutz vor Eigennutz!

Doch heute hatte er den Frühsport ausfallen lassen.

»Bist du von allen guten Geistern verlassen?«, rief er, als er in die Küche seiner Eltern stürmte, wo der Vater wie jeden Morgen nach dem Frühstück bei einer letzten Tasse Kaffee die »Aller-Zeitung« las, bevor er seinen Rundgang durch die Fabrik machte. »Du hast dich bei Graf Schulenburg für den Juden eingesetzt?«

Der Vater schaute nicht mal hinter der Zeitung hervor. »Allerdings«, sagte er. »Lottis Verlobter hat sich eine solche Empfehlung redlich verdient.«

»Lottis Verlobter! Wenn ich das nur höre, muss ich schon kotzen!«

»Jetzt halt aber die Luft an! Benno ist ein tüchtiger junger Mann und der beste Architekt weit und breit.«

»Er heißt nicht Benno, sondern Benjamin – Benjamin Jungblut. Und von wegen tüchtig! Ilse ist hochschwanger, aber wir wissen immer noch nicht, wann wir einziehen können. Wenn das so weitergeht, kommt unser Kind noch in unserer alten Behausung zur Welt.«

»Das ist die Schuld des Dachdeckers. Der ist seit Wochen in Verzug.«

»Das ist die Schuld des Architekten! Der hat dafür zu sorgen, dass die Handwerker spuren! Frühlinganfang sollte alles fertig sein! Jetzt ist der Februar rum, und nichts ist fertig! Aber das kommt davon, wenn man einem Itzig die Bauleitung überlässt.« In seiner Erregung biss Horst in seine Daumenkuppe. »Wie konntest du nur so etwas tun? Ich verstehe das einfach nicht.«

Der Vater legte die Zeitung beiseite und goss einen Schluck von seinem heiß dampfenden Kaffee zum Abkühlen auf die Untertasse. »Entscheidend ist nicht, an welchen Gott ein Mensch glaubt, entscheidend ist, was er leistet.«

»Das sagst du – als Ortsgruppenleiter? Wo der Führer in dieser Frage doch eine ganz und gar unmissverständliche Meinung hat?« Horsts Blick fiel auf die Kredenz, wo anstelle von »Mein Kampf« noch immer die Hausbibel lag. »Aber wenn dich das schon nicht interessiert, solltest du dich vielleicht daran erinnern, dass die Juden Jesus umgebracht haben.«

»Jesus war selbst ein Jude«, erwiderte der Vater und schlürfte seinen Kaffee von der Untertasse.

Horst blickte ihn fassungslos an. »Hast du eigentlich gar keinen Respekt vor deiner Uniform?«

»Wie du siehst, bin ich gerade in Zivil.« Der Vater nahm wieder die Zeitung zur Hand. »Aber wenn wir schon von Respekt reden – statt vor einer Uniform solltest du den lieber vor deinem Erzeuger zeigen! Und zwar in deinem ureigensten Interesse!« Damit verschwand sein Kopf wieder hinter der »Aller-Zeitung«.

Horst wusste, was die Bemerkung bedeutete: Wenn er nicht kuschte, würde sein Vater ihn bis zum St. Nimmerleinstag schmoren lassen, egal, ob Georg in Frankfurt blieb oder nicht. Er steckte seinen Daumen in den Mund und leckte das Blut ab. War das der Augenblick, um endlich das Gespräch zu führen, das er schon so lange vor sich herschob?

»Ich … ich würde dir ja liebend gern Respekt zollen«, sagte er so beherrscht wie möglich. »Wenn du es mir nur nicht so verflucht schwermachen würdest.«

»Ich verstehe nur Bratkartoffeln.«

»Du verstehst ganz genau, was ich meine.«

Der Vater ließ die Zeitung sinken. Doch statt etwas zu sagen, schaute er ihn eine lange Weile nur schweigend an, bevor er sich schließlich räusperte.

»Nun gut, du hast recht, so geht es nicht weiter. Du wirst bald selbst Vater und hast dann Verantwortung für eine eigene Familie. Also hast du ein Recht darauf, zu wissen, woran du bist.«

Horst machte sich auf sein Todesurteil gefasst. Der Ernst, mit dem der Vater gesprochen hatte, ließ keinen Zweifel zu. Georg würde der Nachfolger werden. Und er, Horst, war der Verlierer. Wie immer.

»Darum folgender Entschluss. Wenn Georg bis zur Sonnenwendfeier im nächsten Jahr nicht zurückkommt, sollst du mein Nachfolger werden.«

Horst konnte kaum glauben, was er hörte. Sollte er endlich eine Chance bekommen, die erste richtige Chance seines Lebens? Nach all den Demütigungen und Verletzungen, die diese Familie ihm angetan hatte?

Er war so durcheinander, dass er nur stammeln konnte.

»Meinst du … meinst du das – wirklich im Ernst?«

Der Vater nickte. »Ja, mein Junge. Das tue ich.« Er stand auf und trat auf ihn zu. »Hier hast du meine Hand.«

Horst schluckte, dann schlug er ein. »Danke, Vater«, sagte er mit einem Kloß im Hals, »ich werde dich nicht enttäuschen. Das verspreche ich dir.«

Während sie einander die Hände drückten, ging die Tür auf, und Ilse kam herein. Sichtlich außer Atem hielt sie sich den Bauch.

»Habt ihr's schon im Radio gehört? In Berlin ist der Reichstag abgebrannt!«

34

Am Nachmittag desselben Tages fuhr Carl Schmitt in die Schorfheide. Hermann Göring, Reichsminister ohne Geschäftsbereich in Hitlers Kabinett und außerdem Reichskommissar für das preußische Innenministerium sowie Reichskommissar für Luftfahrt, hatte ihm einen Wagen geschickt, um ihn nach Carinhall bringen zu lassen, Görings noch in der Entstehung befindlichen Landsitz nördlich von Berlin, mit dem er seiner vor anderthalb Jahren verstorbenen schwedischen Ehefrau ein Mausoleum errichten wollte. Die Tatsache, dass er Carl statt ins Ministerium in die ländliche Abgeschiedenheit kommen ließ, legte die Vermutung nahe, dass er ihn unter vier Augen sprechen wollte. Zwei Gründe kamen dafür in Betracht: Entweder brauchte Göring einen Rat wegen des Reichstagsbrands, oder aber er wollte Carl wegen seines Fehlens bei der Vereidigung der neuen Regierung rügen. Da Görings Eitelkeit noch größer war als sein politischer Ehrgeiz, machte Carl sich auf Zweiteres gefasst.

»Heil Hitler, Professor!«

Als käme er gerade von einem Ausritt, empfing Göring ihn, eine Reitgerte in der Hand, gestiefelt und gespornt im Hof seines Anwesens. Wenn er nicht eine seiner vielen Uniformen trug, zeigte er sich am liebsten in Reitzeug. Dabei war er wegen seiner Leibesfülle kaum imstande, ein Pferd auch nur im Schritt durch die Schorfheide zu bewegen. Doch wahrscheinlich empfand er sich gestiefelt und gespornt und mit der Gerte in der Hand ähnlich beeindruckend wie in Uniform. Außerdem gehörte zu seiner Verkleidung eine zeltgroße, ärmellose Lederweste, die seinen Bauch fast gänzlich zum Verschwinden brachte.

»Eigentlich wollte ich Ihnen ja die Leviten lesen«, eröffnete er das Gespräch, während er Carl in den einzigen bereits fertigen Gebäudeteil von Carinhall führte. »Dass Sie meine Amtseinsetzung geschwänzt haben, ist unverzeihlich. Aber leider haben wir heute Wichtigeres zu besprechen.«

»Sie meinen den Vorfall vergangener Nacht?«

»*Vorfall* ist gut. Aber so redet Ihr Juristen – kalt und gefühllos. Das war eine gottverdammte Kommunistenschweinerei! Um das Kind beim Namen zu nennen!«

Carl hob die Brauen. »Oh, man weiß schon, wer das Feuer gelegt hat?«

Sie kamen in eine Diele, in der ein livrierter Lakai bereitstand. An der Wand hing neben einem Bild von Görings verstorbener Ehefrau Carin auch ein Ölgemälde mit dem Konterfei der Theaterschauspielerin Emmy Sonnemann – der neuen Favoritin des Hausherrn, wie jedermann wusste. Obwohl Carl fand, dass sie aussah wie ein Posaunenengel, war Göring angeblich fest entschlossen, sie nach Ablauf einer angemessenen Trauerfrist zu ehelichen. Wahrscheinlich, um Goebbels eins auszuwischen, dessen Frau Magda von dem unverheirateten Hitler als erste Frau der nationalsozialistischen Bewegung hofiert wurde. Emmy Sonnemanns äußere Reize konnten der Grund jedenfalls nicht sein.

»Gott sei Dank ist der Fall aufgeklärt«, sagte Göring und ließ sich in einen der riesigen Ledersessel fallen. »Irgend so eine holländische Kommunistensau hat den Reichstag angesteckt. Der Dreckskerl wurde noch am Tatort geschnappt. Aber statt den *Vorfall*, wie Sie so schön sagten, dazu zu nutzen, mit dem Kommunistenpack aufzuräumen, ist unser Oberschlaumeier Goebbels auf die gloriose Idee gekommen, ausgerechnet jetzt eine Aktion zu starten, mit der er herausfinden will, ob das deutsche Volk reif ist für seinen fanatischen Judenhass. Von dem ist er ja wie besessen.«

»Was für eine Aktion soll das sein?«

»Aufwiegelung des Pöbels durch öffentliche Hetze – wie das so die Art unseres Herrn Propagandaleiters ist. Ersparen Sie mir die Details. Doch wenn Sie mich fragen, ist dies der denkbar ungünstigste Zeitpunkt für so einen Quatsch. Wir sollten jetzt vielmehr die Gelegenheit beim Schopfe packen, um den Kommunisten den Garaus zu machen.«

Carl schaute den Minister an. »Was hindert Sie, es zu tun? Als Reichskommissar für das preußische Innenministerium sind Sie oberster Dienstherr der Polizei dieses Landes.«

»Mag sein.« Göring zuckte die Achseln. »Aber was nützt mir das, wenn Goebbels mir mit seinem verfluchten Judenwahn dazwischenfunkt? Leider kann ich wenig dagegen unternehmen, nach Auffassung des Führers gehört die Bekämpfung des Judentums ja zum Wesenskern der Bewegung.«

Während er sprach, ließ er mehrmals die Gerte gegen die Schäfte seiner Stiefel knallen, und seine Augen glänzten. War das die Erregung oder das Morphium, das er seit einer Kriegsverletzung regelmäßig injizieren musste, um seine Amtsgeschäfte führen zu können? Wahrscheinlich die Erregung. Im Unterschied zu Goebbels war Göring so wenig Judenhasser wie Carl, der während seiner Studienzeit mehrere jüdische Freunde gehabt hatte. Kein Wunder! Den größten Teil seiner Jugend hatte Göring auf Burg Veldenstein in Franken verbracht. Die Burg war im Besitz eines gewissen Hermann von Epenstein, seines Zeichens jüdischer Arzt, der nicht nur sein Patenonkel, sondern auch der Geliebte seiner Mutter gewesen war und von dem er außer dem Vornamen ein beträchtliches Vermögen geerbt hatte.

Carl nickte. »Und jetzt fragen Sie sich, was Sie tun sollen, nicht wahr? Den Reichstagsbrand nutzen, um gegen die Kommunisten vorzugehen? Oder sich zähneknirschend auf Goebbels' Seite schlagen?«

»Sie sagen es.« Göring stieß einen Seufzer aus.

Carl lehnte sich im Sessel zurück, und während er Daumen und Zeigefinger seiner Rechten gegeneinanderrieb, ließ er seinen Blick zu den zwei Frauenporträts an der Wand schweifen. »Warum entweder oder?«, fragte er. »Warum nicht sowohl als auch?«

35

Charly war verzweifelt. Wie konnte sie Benny nur zur Vernunft bringen?

Trotz der anstehenden Examensprüfung hatte sie ihre Bücher sofort im Stich gelassen, als ihr Verlobter auf dem Heimweg von der Baustelle in der Bibliothek vorbeigeschaut hatte, um ihr kurz hallo zu sagen. Jetzt war es fast zehn Uhr abends, die Bibliothek hatte längst geschlossen, und statt in ihrer Bude über den Büchern zu sitzen, marschierte sie mit Benny an diesem milden Frühlingsabend zwischen Wilhelmsplatz und dem Auditorium Maximum hin und her, um mit ihm zu streiten. Dabei knurrte ihr längst der Magen, weil sie nicht mal dazu gekommen waren, etwas zu essen. Doch es nutzte alles nichts. Benny war stur wie ein Esel.

»SA-Männer haben heute in der ganzen Stadt die Schaufenster jüdischer Geschäfte beschmiert«, rief sie. »*Deutsche, kauft nicht bei Juden!* Was zum Himmel muss denn noch passieren, damit du begreifst? Müssen sie euch erst steinigen?«

Wie Benny vorausgesagt hatte, hatte es tatsächlich Neuwahlen gegeben, bereits am 5. März. Doch der zweite Teil seiner Prophezeiung hatte sich nicht erfüllt, der Spuk war damit keineswegs vorbei. Der Anschlag auf den Reichstag, der nur eine Woche vor der Wahl niedergebrannt war, hatte den Nazis einen haushohen Sieg beschert. Da am Tatort ein angeblich kommunistischer Holländer festgenommen worden war, hatten sie den Reichstagsbrand kurzerhand zum Auftakt eines kommunistischen Aufstands erklärt, und die Wähler hatten es ihnen geglaubt. Hitler hatte die Gunst der Stunde genutzt und drei Wochen nach seiner Wiederwahl mit einem Ermächtigungsgesetz »Zur Behebung der Not von Volk und Reich« die Verfassung praktisch außer Kraft gesetzt, so dass die SA-Männer jetzt ungestraft in Göttingen die Schaufenster jüdischer Geschäfte mit ihren Hetzparolen beschmieren durften.

»Das sind nur Auswüchse von ein paar Verrückten«, sagte Benny. »Die meisten Leute benehmen sich weiter wie normale Menschen. Metzgermeister Schweinske hat mir heute extra versichert, dass ich mir um meinen Auftrag keine Sorgen machen muss, und seine Frau hat mir sogar eine Fleischwurst eingepackt.« Zum Beweis holte er den Kringel aus seiner Aktentasche. »Möchtest du vielleicht einen Bissen?«

Mit dem Geruch in der Nase knurrte Charlys Magen noch mehr. Trotzdem schüttelte sie den Kopf.

»Wir müssen raus hier, und zwar so schnell wie möglich!«

»So kurz vor dem Examen? Das wäre doch Wahnsinn!« Er biss ein Stück von seiner Wurst ab. »Im Ernst. Lass uns das Thema vertagen, bis du mit den Prüfungen fertig bist. Dann sehen wir weiter. – Übrigens«, fügte er kauend hinzu, »die Wurst ist ausgezeichnet. Willst du nicht wenigstens probieren?«

Er hielt ihr den Kringel so dicht unter die Nase, dass sie nicht länger widerstehen konnte, und nahm einen Bissen. Vielleicht hatte Benny ja recht, vielleicht war es wirklich Wahnsinn, so kurz vor dem Examen alles hinzuschmeißen.

»Also gut«, sagte sie kauend. »Schieben wir die Entscheidung bis zum Semesterende auf. Aber nur unter einer Bedingung.«

»Nämlich?«

»Dass wir *sofort* heiraten! Auch ohne den Segen meiner Eltern.«

»Wie bitte?«

»Du hast richtig gehört! Wenn den Nazis sonst nichts heilig ist, die Ehe ist es.«

Benny grinste. »Das ist zwar Erpressung, aber die schönste Erpressung, die ich mir vorstellen kann.« Er wischte sich den Mund ab und nahm sie in den Arm. »Darauf einen Fleischwurstkuss.«

36

Es war ein regnerischer Tag im April. In den Räumen des Konstruktionsbüros »Dipl.-Ing. Josef Ganz«, das sich im zweiten Stock eines stattlichen Bürgerhauses in der Frankfurter Zeppelinallee befand, herrschte arbeitsame Stille. Georg war froh, dass die Sonne, die fast eine Woche lang geschienen hatte, wieder hinter den Wolken verschwunden war. Er brauchte dieses graue, trübe Regenwetter für die Arbeit – wenn draußen die Sonne schien, die Vögel zwitscherten und all die hübschen Mädchen ihre flatternden Frühlingskleider auf der Zeil spazieren trugen, konnte er sich nicht konzentrieren. Die Aufgabe aber, die Josef ihm hinterlassen hatte, bevor er nach Mannheim gefahren war, um dort auf einer internationalen Konferenz von Automobilingenieuren, Herstellern und Journalisten für seinen Volkswagen zu werben, erforderte Georgs ganze Aufmerksamkeit.

Ob Gilla ihm wohl immer noch nachtrauerte? Sie tat ihm wirklich leid, sie war nicht nur ein verteufelt hübsches, sondern auch ein richtig nettes Mädchen, und er hatte ihr Herz bestimmt nicht brechen wollen. Trotzdem hatte er sich nicht mehr bei ihr gemeldet und würde es auch nicht tun. Er hatte ihr nicht mal die Strümpfe geschickt, die er im »Savoy« unter dem Bett gefunden hatte. Zu jung war zu jung!

Mit einem Seufzer wandte er sich wieder seiner Arbeit zu. Erstens war Arbeit genau für solche Situationen erfunden worden, und zweitens erwartete Josef bei seiner Rückkehr Vorschläge. Um das größte Problem bei der Entwicklung des Käfers, sprich: die Kosten, planmäßig anzugehen, hatte er sich ein geniales System einfallen lassen. Statt ins Blaue hinein nach Einsparungspotentialen zu suchen, hatte er das Auto in seine einzelnen Baugruppen zerlegt, um auf diese Weise wie unter der Lupe zu analysieren, wo Kosten reduziert werden konnten, im Kleinen und im Großen, ohne dass dies zu Lasten der Qualität ging. Das Bauteil, mit dem Georg sich nun schon seit Tagen beschäftigte, war die Pendelachse.

»Glaubst du, dass die IAMA der Durchbruch war?«

Unwillig schaute er vom Reißbrett auf. Nicht nur der Frühling konnte einen von der Arbeit ablenken, das schaffte ebenso zuverlässig auch Madeleine Paqué, die gleichzeitig Josefs Verlobte, Nichte der Hausbesitzerin und Redaktionsassistentin der »Motor-Kritik« war. Das lag nicht etwa daran, dass sie mit den hübschen Mädchen auf der Zeil hätte konkurrieren können – nein, mit ihrer großen Nase, die die burschikose Kurzhaarfrisur noch betonte, und den engstehenden Augen war sie nicht so attraktiv, dass sie Georgs Freundschaft mit Josef auf eine Probe hätte stellen können. Doch was Madeleine an äußeren Vorzügen fehlte, um Aufmerksamkeit zu erzielen, machte sie mit ihrem Temperament doppelt wett. Immer sprudelte es aus ihr heraus, keine fünf Minuten stand ihr Mundwerk still – vermutlich ein Erbe ihrer französischen Vorfahren.

»Pssst«, machte er. »Ich glaube, ich habe gerade eine Idee.«

In der Hoffnung, dass sie die Botschaft verstand, versuchte er, sich wieder zu konzentrieren. Doch leider war die Idee schon wieder verflogen. Kein Wunder, eine wirkliche Idee hatte er auch gar nicht gehabt, höchstens eine vage Ahnung. Josefs Konzept einer Pendelachse mit Einzelradaufhängung hatte viele Vorzüge, doch bei hohen Geschwindigkeiten erwies sich das Kurvenverhalten des Wagens immer wieder als Problem. Ab fünfzig Stundenkilometern konnte es nämlich passieren, dass wegen des negativen Radsturzes die Hinterachse bockte. Im Prinzip gab es eine einfache Lösung: Man brachte zwischen den Achshälften eine Ausgleichsfeder an. Doch die kostete Geld. Also brauchten sie eine andere, eine intelligentere Lösung, die keine zusätzlichen Kosten erzeugte. Nur welche?

Madeleines ruhige fünf Minuten waren schon wieder vorbei.

»Josef macht sich so große Hoffnungen«, sagte sie, während sie an ihrem Schreibtisch das Layout für eine Seite der »Motor-Kritik«

zusammenklebte. »Er meint, dein Onkel hätte mit Jakob Werlin gesprochen. Mein Gott, der Generalinspektor für das Kraftfahrwesen. Wenn der unser Auto Hitler empfiehlt – nicht vorzustellen!«

»Es wäre besser, du redest mit niemandem darüber«, erwiderte Georg. »So was weckt nur Neid. Außerdem hat Werlin einen Einwand gemacht, der nicht ohne ist.«

»Was für einen Einwand?«

Georg antwortete nicht. Denn wie aus dem Nichts war auf einmal die Idee da! Natürlich – man musste einfach nur den Winkel am Drehgelenk vergrößern! Dann konnte man die zwei Achshälften verlängern, um den Radsturz zu korrigieren, ohne dass weitere Maßnahmen nötig waren. Er nahm ein Geodreieck und begann zu zeichnen.

»Welchen Einwand?«, wiederholte Madeleine.

Georg war so in Gedanken, dass die Frage ihn nicht mehr erreichte. Je länger er zeichnete, desto größer wurde seine Gewissheit. Ja, das könnte die Lösung sein …

Ein lautes Klopfen an der Tür schreckte ihn auf. Gleich darauf hörte er eine harte Männerstimme.

»Aufmachen!«

Irritiert schaute er Madeleine an. Als sie die Schultern zuckte, legte er das Geodreieck beiseite und verließ das Reißbrett, um zu öffnen.

Auf dem Flur standen vier Männer in schwarzen Ledermänteln. Einen von ihnen kannte er, ein breitschultriger Mann Ende dreißig mit rotem Narbengesicht und nach hinten pomadisiertem Haar. Er war früher sein Arbeitskollege gewesen, aber vor zwei Jahren hatte er im Streit mit Josef das Konstruktionsbüro verlassen müssen.

»Paul Ehrhardt? Was willst du denn hier?«

»Wo ist Josef Ganz?«, fragte der Angesprochene in barschem Befehlston zurück.

»Nicht da. Er ist in Mannheim.«

»Umso besser!«

Ehrhardt zückte einen Ausweis und hielt ihn Georg unter die Nase. Der las darauf nur ein Wort: *Sicherheitsdienst*. Was war das denn? Georg hatte noch nie davon gehört.

»Ja und?«, fragte er.

»Hausdurchsuchung!«, erklärte Ehrhardt. »Wenn du so freundlich sein würdest?«

Ohne Georgs Antwort abzuwarten, betrat er den Vorraum. Seine drei Begleiter folgten ihm in ihren nassen Mänteln und dreckigen Stiefeln nach.

»Was fällt dir ein, hier so einzudringen? Komm wieder, wenn Josef da ist.«

Ehrhardt tat, als wäre er Luft. Mit den Örtlichkeiten vertraut, marschierte er geradewegs in Josefs Büro. Dort trat er an den Archivschrank und überflog die Beschriftungen der Schubladen, in denen alle Ausgaben der »Motor-Kritik« aufbewahrt waren, zusammen mit den Originalzeichnungen und Manuskripten. Als er gefunden hatte, wonach er suchte, riss er eine Schublade auf, holte ein Dutzend Archivmappen daraus hervor und gab sie seinen Leuten.

»Bist du noch bei Trost?«, rief Georg. »Dazu hast du kein Recht! Was werft ihr Josef überhaupt vor?«

Ehrhardt blickte ihn mit kleinen, bösen Augen an. »Erpressung der deutschen Automobilindustrie. – Los, Leute«, wandte er sich an seine Begleiter. »Zurück aufs Revier!«

Zusammen mit seinen Männern marschierte er hinaus. Während die anderen das Treppenhaus hinunter verschwanden, blieb er in der Tür noch einmal stehen und drehte sich zu Georg herum.

»Bestell Josef Ganz, er soll sich auf der Hauptwache melden. Unverzüglich!«

37

Zwei Wochen, so wollte es das Gesetz, musste das Aufgebot im Göttinger Rathaus aushängen, bevor Charly und Benny heiraten durften. Damit ihr Vater sie nicht daran hindern konnte, hatten sie beschlossen, heimlich einander das Jawort zu geben, um die Familie irgendwann später vor vollendete Tatsachen zu stellen. Charly hatte vierzehn Tage lang höllische Angst, dass irgendwelche Bekannte den Aushang zufällig entdecken könnten und zu Hause davon berichteten. Zum Glück aber passierte nichts dergleichen.

In schlichten Straßenkleidern traten sie vor den Standesbeamten. Begleitet wurden sie nur von Edda und Ernst, den einzigen Menschen, die sie eingeweiht hatten und die als Trauzeugen fungierten.

»Wenn ich bitte Ihre Ausweise sehen dürfte?«

Als der Beamte Bennys Personalien überprüfte, warf er Charly einen seltsamen Blick zu. Plötzlich wurde sie nervös, in dem Ausweis war Bennys Religionszugehörigkeit vermerkt. Gab es vielleicht ein neues Gesetz, das den Standesbeamten berechtigte, ihr die Trauung mit einem Juden im letzten Augenblick zu verweigern?

In ihrer Nervosität hörte sie kaum, was der Mann sagte. Als wäre es nicht ihre eigene, sondern eine fremde Hochzeit, ging die Zeremonie an ihr vorbei.

Plötzlich kamen die entscheidenden Worte.

»Wollen Sie, Charlotte Ising, den hier anwesenden Benjamin Jungblut …«

Die Phrase vom schönsten Tag im Leben einer Frau fiel ihr ein, und sie gab sich einen Ruck. Doch nicht mal ihr eigenes Jawort verschaffte ihr jenes Hochgefühl, das angeblich jede Frau in diesem Augenblick empfand, es berührte sie so wenig wie Bennys anschließendes Bekenntnis zu ihr oder der Ringtausch. Das Einzige, was hier und heute zählte, waren die Unterschriften. Die Ehe war ein Vertrag, erst wenn dieser unterschrieben war, war sie gültig, nur darauf kam es an.

»Wenn Sie bitte hier unterzeichnen würden?«

Es dauerte eine Ewigkeit, bis der Beamte Charly den Füllfederhalter reichte. In ihrer Ungeduld riss sie ihm den Stift regelrecht aus der Hand, dann schrieb sie zum ersten Mal ihren neuen Namen.

Charlotte Jungblut.

Jetzt unterschrieb auch Benny, der Beamte trocknete mit einem Löschpapierroller die Tinte, und endlich, endlich fiel die Nervosität von ihr ab.

Gott sei Dank, sie hatten es geschafft!

Als sie aus dem Rathaus ins Freie traten und draußen die Treppe vor lauter Erleichterung Hand in Hand hinunterhüpften, war es, als würden sie von einem kenternden Kahn ans rettende Ufer springen.

Jetzt musste sie nur noch das Examen bestehen, und dann nichts wie weg aus Deutschland!

38

»Das ist genial!«, sagte Josef und trat an das Reißbrett mit Georgs Skizze. »Und dabei so einfach! Ohne dass Kosten entstehen!«

Das Lob seines Chefs erfüllte Georg mit größerem Stolz, als er es sich gegenüber seinem Freund anmerken lassen wollte. »Ja, ja«, sagte er darum nur, »man kann vom Dümmsten lernen.«

Josef fuhr mit dem Finger den veränderten Winkel entlang. »Das könnte tatsächlich funktionieren …«

»Ich bin sicher, dass es das tut. – Aber jetzt erzähl endlich!«, wechselte Georg das Thema. »Was hat man auf der Wache von dir gewollt?«

Gleich nach der Hausdurchsuchung hatte Georg in Mannheim angerufen, um zu berichten, was vorgefallen war. Josef war aus allen Wolken gefallen und hatte auf der Heimfahrt direkt das Polizeirevier angesteuert, um die Sache zu klären, bevor er ins Büro gekommen war.

»Keine Sorge«, winkte er ab. »Nur olle Kamellen.«

»Was für olle Kamellen?«, fragte Georg. »Mein Gott, jetzt lass dir doch nicht jedes Wort einzeln aus der Nase ziehen?«

Endlich löste Josef seinen Blick von der Zeichnung. »Erinnerst du dich noch an meinen Streit mit Mercedes-Benz vor drei Jahren?«

Natürlich erinnerte Georg sich. Josef hatte damals den Stuttgarter Autobauer in einer Titelgeschichte der »Motor-Kritik« angegriffen und ihm ausgerechnet bei einem teuren Prestige-Modell Konstruktionsfehler nachgewiesen. Ein Mercedes-Mitarbeiter hatte von dem Artikel Wind bekommen, noch bevor dieser erschienen war, und hatte Josef gefragt, ob er bereit sei, auf die Publikation zu verzichten, wenn die Firma die Mängel beheben und für die Kosten einer Ersatzausgabe des Hefts aufkommen würde. Josef war auf den Vorschlag eingegangen, die Konstruktionsfehler wurden korrigiert, die »Motor-Kritik« erschien mit einer anderen Titelgeschichte, und alle waren glücklich.

»Jetzt begreife ich«, sagte Georg. »Deshalb hat Paul Ehrhardt in unserem Archiv gewühlt. Und ich hatte mich schon gefragt, was er mit dem alten Zeug will.«

Josef lachte einmal kurz auf. »Wenn Paul Erhardt nur einen Funken Autoverstand hätte, hätte er sich deine Skizze geschnappt. Damit hätte er eine Menge Geld verdienen können. Stattdessen schleppt er einen Haufen Altpapier davon. Aber er war ja schon immer ein miserabler Ingenieur.«

»Und daraus wollen sie dir jetzt einen Strick drehen?«

»Sie behaupten, ich hätte Mercedes erpresst. Zum Beweis führen sie den Beratervertrag an, den ich in Stuttgart abgeschlossen habe.«

»So ein Blödsinn. Du hast mit einem Dutzend Firmen Beraterverträge.«

»Allerdings«, sagte Josef. »Und sie bezahlen mich nicht aus Nettigkeit, sondern weil sie mich brauchen. Schließlich bin ich Deutschlands bester Autokonstrukteur.«

Georg konnte sich ein Grinsen nicht verkneifen. Wenn es eine Eigenschaft an Josef gab, die seine Genialität noch übertraf, dann war es sein Selbstbewusstsein.

»Und – wie geht es jetzt weiter?«

Josef zuckte die Schulter. »Sie haben mir eine Frist gesetzt, bis zum 6. Mai soll ich mich zu dem Vorwurf äußern. Was für eine Zeitverschwendung! Jetzt muss ich tausend Unterlagen zusammensuchen. Und alles nur, weil Paul Ehrhardt sich für seinen Rauswurf rächen will. Aber das wird ihm nicht gelingen.«

Georg schüttelte den Kopf. »Ich würde das nicht auf die leichte Schulter nehmen. Paul ist zwar ein zweitklassiger Ingenieur, aber ein erstklassiger Intrigant. Solche Leute sind gefährlich.«

»Ach was! Die Sache wird ausgehen wie das Hornberger Schießen.« Josef wandte sich wieder Georgs Skizze zu. »Komm, wir haben zu tun. Mir sind ein paar Dinge aufgefallen, die noch verbessert werden müssen.« Er nahm einen Stift, um auf dem Reißbrett die Korrekturen zu markieren. »Hier, die Blattfedern zum Beispiel, die müssten bei dem größeren Winkel etwas anders angeordnet werden, ungefähr so ...«

39

Edda war bereit. In dieser Nacht würde sie ihr Versprechen erfüllen. Während sie am ganzen Körper zitterte, rief sie sich Charlys Worte in Erinnerung. Ihre Schwester hatte gesagt, je größer vorher die Angst, desto größer nachher der Genuss. Trotzdem konnte sie vor lauter Angst kaum sprechen.

»Erst musst du aber das Licht ausmachen ...«

»Natürlich, mein Schatz. Sofort.«

Ernst löschte nicht nur das Licht, sondern kehrte ihr auch den Rücken zu, damit er sie nicht mal im Dunkeln sehen konnte. Trotz ihrer Aufregung war Edda gerührt – er war so ein lieber Mensch ... Sie nahm ihren ganzen Mut zusammen und streifte sich ihr Nachthemd über den Kopf. Leise raschelte die kühle Seide auf ihrer Haut.

Dann war sie nackt.

»Mein Gott, was bist du schön.«

Er hatte sich wieder umgedreht. Unwillkürlich machte Edda einen Schritt zurück. Doch dann sah sie das Glück in seinen Augen, und ihre Angst ließ ein bisschen nach.

»Jetzt ... jetzt musst du dich aber auch ausziehen«, flüsterte sie.

»Natürlich, mein Schatz.«

Er bückte sich, um die Schnürsenkel zu öffnen, doch er verhedderte sich, und es gab einen Knoten. Um Mut zu fassen, hatten sie beide vorher Wein getrunken. Dabei hatte er ihr gestanden, dass er auch noch Jungfrau war. Also drehte auch sie sich um und wartete, bis er seine Kleider abgelegt hatte.

»Nur einen Augenblick, ich bin gleich so weit.«

Sie hatte keine Eile, er sollte sich so viel Zeit lassen, wie er brauchte. Mit leichtem Sodbrennen stieß ihr der Wein auf, ihr Magen war Alkohol nicht gewöhnt, und für eine Sekunde war ihr schwindlig ... Charly war der Grund, warum Ernst sich jetzt in ihrem Zimmer auszog. Sie hatte ihrer Schwester erzählt, wie sie ihn vor ihrer Tür hatte stehen lassen, obwohl er doch vor Mitternacht bei ihr gewesen war. Charly hatte ihr ins Gewissen geredet. Wenn sie Ernst liebe, habe er ein Recht auf diesen Liebesbeweis, schließlich seien sie schon eine Ewigkeit zusammen. Sonst würde er irgendwann Schluss machen oder sonst etwas tun, was sie später bereue.

»Du kannst dich jetzt umdrehen.«

Ernst lag bereits im Bett und hatte die Decke bis zum Kinn hochgezogen. Konnte es sein, dass er genauso viel Angst hatte wie sie? Als sie sich zu ihm legte, nahm er sie in den Arm und küsste sie. Mit einem Seufzer erwiderte sie seinen Kuss. Sein nackter Körper war warm und tat ihr gut.

»Ich liebe dich«, flüsterte er.

»Ich ... ich liebe dich auch ...«

Wieder tauschten sie einen Kuss. Fast war es schön, nur ihr Magen revoltierte. Warum musste sie ausgerechnet heute Sodbrennen haben? Vielleicht hätte sie den Wein ja gar nicht gebraucht.

Als sie sich noch enger an ihn schmiegte, spürte sie plötzlich etwas Hartes an ihrem Schenkel.

Sie hielt den Atem an.

»Hab keine Angst. Ich werde ganz vorsichtig sein.«

Sie drehte sich auf den Rücken und schloss die Augen. Er lüftete die Decke und kletterte über sie. Dabei machte er sich ganz leicht, kaum spürte sie sein Gewicht. Wie schaffte er das nur? Sein Atem strich über ihr Gesicht, sie roch den Alkohol und wandte den Kopf zur Seite. Er konnte ja nichts dafür, wahrscheinlich roch ihr Atem ja genauso unangenehm wie seiner.

»Wenn du möchtest, kannst du jetzt zu mir kommen ...«

War das wirklich sie, die das gesagt hatte?

Ja, sie hatte es wirklich gesagt.

»Mein lieber, wunderbarer Schatz«, flüsterte er.

Ganz langsam, ganz behutsam sank er auf sie herab. Edda ließ es geschehen. Wieder spürte sie das Harte an ihren Schenkeln, immer näher tastete es sich heran. Gleich war es so weit, gleich hatte sie es geschafft ...

Dann war das Harte plötzlich da.

Im selben Moment wurde ihr Körper zu Holz, zu Stein, und sie wünschte nur noch eins: dass Ernst schneller machte, so schnell wie möglich, damit es vorbei war ... Mit wild klopfendem Herzen wartete sie. Aber statt endlich zu ihr zu kommen, zögerte er, verharrte, und wie eine Woge kehrte die Angst zurück, während das Harte zwischen ihren Schenkeln sich nicht mehr von der Stelle rührte, sondern einfach nur da war, fordernd und pochend, genau an der Stelle, wo ihre Angst saß.

»Nein!«

Ihr Magen zog sich zusammen, sie schnellte in die Höhe, und ohne dass sie es verhindern konnte, erbrach sie sich.

40

Obwohl es bis zum Examen nur noch zehn Tage waren, verbrachte Charly die Abende nicht mehr in der Bibliothek, sondern in Bennys Wohnung am Theaterplatz. Benny und sie waren jetzt nicht mehr nur ein Paar, sie waren jetzt Mann und Frau. Charly hätte nicht gedacht, dass der Gang zum Standesamt einen solchen Unterschied ausmachen würde, sie hatte ja bei der Trauung selbst so gut wie nichts empfunden. Umso überraschter war sie nun, wie stark sie die Veränderung spürte. Sie fühlte sich Benny jetzt in ganz anderer, noch beglückenderer und gleichzeitig irgendwie auch notwendigerer Weise verbunden als zuvor.

War die Ehe vielleicht doch mehr als nur ein Vertrag?

Charly wusste es nicht, doch sie genoss es, die neue Zweisamkeit jeden Abend zu zelebrieren, mit richtig gekochtem Essen statt einfachem Butterbrot, und stets an einem schön gedeckten Tisch. Heute gab es Rotkohl mit Bratwurst, die Benny von der Arbeit mitgebracht hatte, zusammen mit einer Flasche Weißwein, der eigentlich genauso wenig zu Rotkohl mit Bratwurst passte wie die zwei Kerzen, die sie angezündet hatte. Aber das kümmerte sie nicht. Auch wenn Weißwein und Kerzen zu ihrem Essen nicht passten und noch weniger zu ihrem knappen Haushaltsbudget – umso besser passten sie zu ihren Gefühlen.

»Prost«, sagte sie und hob ihr Glas.

»Prost«, erwiderte er. »Auf die beste Hausfrau der Welt!« Während sie anstießen, fügte er mit einem Grinsen hinzu: »Ehrlich gesagt, weiß ich nicht, wozu du noch ein Examen brauchst. Haushälterinnen sind heutzutage viel gefragter als Ärztinnen.«

»Ich warne dich, Benjamin Jungblut. Noch so eine Bemerkung, und du kannst morgen selber kochen.«

»Das würde ich dir nicht raten. Darunter würdest du mehr leiden als ich.«

»Da hast du allerdings recht.« Lachend nahm sie einen Schluck. Dann wurde sie ernst. »Können wir bitte über was anderes reden? Sonst kriege ich ein schlechtes Gewissen.«

»Weil du mal fünf Minuten nicht über deinen Büchern hockst?« Er schüttelte den Kopf. »Jetzt vergiss für eine Stunde deinen Ehrgeiz, du weißt sowieso schon mehr als deine Prüfer. Dein ganzes Studium hast du mit Bravour absolviert, warum sollte da ausgerechnet beim Examen …«

Die Wohnungsklingel unterbrach ihn.

»Erwartest du jemanden?«, fragte Charly.

»Nein«, sagte Benny und stand auf. »Ich schaue nach.«

Als er die Etagentür öffnete, stand im Flur sein Vermieter.

»Telefon für Sie, Herr Jungblut. Ortsgruppenleiter Ising.«

Charly zuckte zusammen. War die Bombe geplatzt?

Benny schien das Gleiche zu fürchten. Während er einen Blick mit ihr tauschte, holte er Luft, dann folgte er dem Vermieter die Treppe hinauf.

Als er zurückkam, strahlte er übers ganze Gesicht.

»Den Wein her! Es gibt was zu Feiern!«

»Zu feiern?« Charly hatte keine Ahnung, wovon er sprach.

»Ja«, sagte Benny. »Graf Schulenburg hat den Wunsch geäußert, mich zu sehen. Er will mit mir über einen Auftrag sprechen und lädt mich zusammen mit deinem Vater auf die Wolfsburg ein!«

41

Wie ein Lauffeuer sprach sich in der deutschen Automobilindustrie die Nachricht herum, dass Josef Ganz wegen Erpressung unter Anklage stand. Die Folgen ließen nicht lange auf sich warten. Nur eine Woche nach der Durchsuchung ging in der Frankfurter Zeppelinstraße ein Schreiben von den Bayerischen Motorenwerken in München ein, in dem Direktor Popp Josef die weitere Zusammenarbeit aufkündigte, und auch die übrigen Autohersteller, die seine Beraterdienste zum Teil schon seit Jahren in Anspruch nahmen, gingen auf Distanz. Allein die Mercedes-Benz AG hielt ihm seltsamerweise die Treue, obwohl die Anklage lautete, er habe die Stuttgarter Firma stellvertretend für die ganze Branche erpresst.

Niemand wusste, wie eine solche Katastrophe möglich war, doch eines war klar: Dahinter konnte nur Paul Ehrhardt stecken.

»Gott sei Dank bin ich fündig geworden«, sagte Madeleine, die mit einem dicken Leitz-Ordner aus dem Keller kam. »Hier, die gesamte Korrespondenz mit Mercedes-Benz, von A bis Z. – Na, wo bleibt meine Belohnung?«

»Wenn ich dich nicht hätte!« Josef gab ihr einen Kuss auf die bereits geschürzten Lippen. »Na, dann wollen wir mal sehen.« Er nahm den Ordner und setzte sich damit an seinen Schreibtisch.

Es war bereits der 5. Mai, am nächsten Tag würde die von der Polizei gesetzte Frist ablaufen. Während Josef in der Korrespondenz blätterte, überflog Georg noch einmal die Unschuldserklärung, die sie zusammen verfasst hatten. Seit Tagen waren sie mit nichts anderem beschäftigt, als alle möglichen Unterlagen zu sichten, so dass sie kaum mehr zu ihrer eigentlichen Arbeit kamen. Darüber regte Josef sich noch mehr auf als über die Anklage selbst und hätte am liebsten die ganze Sache auf sich beruhen lassen. Doch nachdem die Kündigungen der Beraterverträge eine nach der anderen ins Haus geflattert waren, hatte er einsehen müssen, dass ihnen keine andere Wahl blieb, als sich durch die Aktenberge zu wühlen, um seine Unschuld zu beweisen. Das Einzige, was noch fehlte, war die schriftliche Vereinbarung, die Josef mit der Mercedes-Benz AG in der Angelegenheit geschlossen hatte. Wenn sie dieses Schreiben fanden, würden die Vorwürfe sich in Nichts auflösen. Wenn aber nicht … Georg wagte nicht, daran zu denken.

»Na also«, sagte Josef nach einer langen Weile, während der sogar Madeleine geschwiegen hatte. »Da ist es ja. Mit Unterschrift und Stempel.«

»Gott sei Dank!«, platzten Georg und Madeleine gleichzeitig heraus.

»Damit wäre der Fall geritzt.« Josef nahm das Schreiben aus dem Ordner und steckte es in den Aktendeckel mit den übrigen Beweisstücken. »Ich bringe das jetzt gleich aufs Revier, damit wir morgen wieder arbeiten können.« Er ging zur Garderobe und nahm Mantel und Hut.

»Hast du nicht was vergessen?«, fragte Georg.

»Vergessen?«, erwiderte Josef irritiert. »Was denn?«

»Deine Erklärung, du Genie! Aber warte, ich komme mit.«

Josef schüttelte den Kopf. »Nicht nötig. Oder glaubst du, ich habe vor denen Angst?«

»Ein bisschen Angst könnte dir nicht schaden«, sagte Madeleine.

Josef wollte protestieren, doch Georg hatte bereits für ihn entschieden.

»Keine Widerrede«, erklärte er. »Du brauchst einen Zeugen. Schließlich wissen wir nicht, was Paul Ehrhardt sich womöglich sonst noch alles einfallen lässt.«

42

Das Dach war gedeckt, in wenigen Wochen würde das neue Haus der Familie, in dem nach Altväter Sitte drei Generationen in Frieden und Eintracht miteinander leben sollten, bezugsfertig sein. Doch noch wohnten die Isings in ihrem alten Haus, und da flogen die Fetzen. Der Grund dafür war Charly, beziehungsweise ihr frisch angetrauter Ehemann, mit dem sie übers Wochenende aus Göttingen nach Fallersleben gekommen war.

»WAS habt ihr?«, rief der Vater. »Geheiratet? Hinter meinem Rücken?«

»Jetzt reg dich doch nicht so auf«, sagte seine Frau, die mit dem schreienden Willy auf dem Arm in der Wohnstube auf und ab ging.

»Ich reg mich aber auf! Das lass ich mir von keinem verbieten! Auch nicht von dir!«

»Was ist denn schon passiert? Die beiden wollten ja sowieso heiraten.«

»Was passiert ist?«, rief Horst. »Das fragst du im Ernst, Mutter? Wir sind jüdisch versippt!«

»Darum geht es doch gar nicht«, widersprach sein Vater.

»Worum geht es dann?«

»Die zwei haben sich über meine Entscheidung hinweggesetzt. Sie haben geheiratet, obwohl ich klipp und klar gesagt hatte – nicht vor Weihnachten!«

Vor einer Minute war die Bombe geplatzt, Benny selbst hatte sie gezündet, gegen Charlys Willen. Sie hatte mit der Beichte bis nach dem Examen warten wollen, doch nachdem ihr Vater sich bei dem Grafen so sehr für Benny eingesetzt hatte, wollte der nicht länger die Wahrheit vor ihren Eltern verheimlichen – »das wäre unanständig«, hatte er gesagt. Charly wäre es in diesem Fall ausnahmsweise lieber gewesen, ihr Mann wäre ein bisschen weniger anständig, als er war.

Mit den Händen in den Hüften baute ihr Vater sich vor ihr auf. »Hast du eigentlich gar nichts zu deiner Verteidigung zu sagen?«

Charly schaute an seiner Uniform hoch, in der er wie jeden Sonntag nach dem Kirchgang den Frühschoppen seiner Ortsgruppe besucht hatte. »Doch«, sagte sie. »Bedank dich bei unserem Führer Adolf Hitler. Ohne ihn hätten wir mit der Heirat gern noch ein bisschen gewartet.«

Während ihr Vater sie anblickte wie eine Irre, schnappte Horst nach Luft.

»Das ... das ist ja wohl die Höhe!«

»Charlotte hat recht«, sagte die Mutter. »Onkel Carl hat ihr schließlich den Rat gegeben. Und Onkel Carl wird schon wissen, warum.«

»Onkel Carl, Onkel Carl ...«, schnaubte Horst. Auf dem Absatz fuhr er zu seinem Vater herum. »Ich hoffe, du wirst deine Protektion jetzt einstellen, nachdem dieser hinterhältige Schuft dein Vertrauen so missbraucht hat.«

»Das hast nicht du zu entscheiden!«

»Der Ruf unserer Familie steht auf dem Spiel! Unsere deutsche Gesinnung!«

»Verschon mich mit deinen Phrasen!«

»Das ist keine Phrase … Das ist … das ist …«

Zum ersten Mal nach seinem Bekenntnis meldete Benny sich wieder zu Wort. »Wenn es keine Phrase ist, was ist es dann?«

»Glaubst du im Ernst, dass ich darauf antworte? Du willst mich ja nur provozieren. Außerdem würdest *du* sowieso nicht begreifen, was deutsche Gesinnung ist.«

Voller Angst sah Charly, mit welchem Hass ihr Bruder ihren Mann fixierte. Benny ließ sich jedoch von Horsts Gebaren nicht beeindrucken. Stattdessen schnupperte er mit der Nase in der Luft.

»Brennt hier gerade irgendwas an?«

»Um Gottes willen – der Braten!«, rief die Mutter. »Bitte, Charlotte, kannst du dich kurz um Willy kümmern?«

Sie gab ihr den Kleinen auf den Arm und eilte in die Küche. Zum Glück hatte Willy aufgehört zu schreien. Obwohl er noch Tränen in den Augen hatte, huschte sogar schon wieder ein Lächeln über sein Gesicht. Charly beneidete ihn – von einer Sekunde zur anderen hatte er alle Sorgen und Nöte vergessen! Warum ging das eigentlich nicht mehr, wenn man erwachsen war? Mit dem Finger kitzelte sie Willys Näschen, sofort fing er vor Freude an zu glucksen, fast sprangen ihm die kleinen Augen aus den Höhlen. Charly stutzte. Der Anblick ihres kleinen Bruders erinnerte sie auf einmal irgendwie an bestimmte Bilder aus ihrem Lehrbuch für Kinderheilkunde. Irritiert runzelte sie die Brauen. Musste man sich Sorgen machen? Sie schaute den glucksenden Winzling noch einmal an. Nein, für Sorgen gab es keinen Grund. Der kleine Willy war einfach ein glückliches Kind, das leider nur die Glupschaugen seines Vaters geerbt hatte.

»Das Wichtigste ist jetzt«, sagte Horst, »dass wir bei Graf Schulenburg unmissverständlich Position beziehen.«

»Was willst du damit sagen?«, fragte der Vater.

»Ganz einfach, du nimmst deine Empfehlung zurück.«

»Soll ich mich vor Schulenburg blamieren, nachdem ich mich so für Benno ins Zeug gelegt habe? Außerdem weiß doch kein Mensch, dass er Jude ist.«

»Bei dem Namen?«

»Namen sind Schall und Rauch! Und warum sollen ausgerechnet wir das Elend an die große Glocke hängen? Da wären wir ja schön blöd.«

Horst schüttelte verbiestert den Kopf. »Wenn du es nicht tust, zwingst du mich, es an deiner Stelle zu tun!«

»Untersteh dich! Du hast doch nur Angst, dass Kreisleiter Sander einen Rückzieher macht und du keine Hitlerjungen rumkommandieren darfst.«

»Wir würden uns zum Gespött der Leute machen! Und wenn du dem Grafen verheimlichst, dass du der Schwiegervater eines Juden bist, und dein Betrug kommt ans Licht, wäre das ein glatter Vertrauensbruch. Dann platzt euer schönes Geschäft, und er verfüttert seine Rüben weiter an die Schweine. Wie willst du dann den Reichswehrauftrag erfüllen?«

»Was für einen Reichswehrauftrag?«, fragte Benny.

»Halt du dich da raus!«, fauchte Horst. »Das sind Familienangelegenheiten!«

Charly wollte protestieren, doch als sie begriff, dass dies wahrscheinlich die Quittung für die Bemerkung war, die sie Ilse am Tag des Richtfestes an den Kopf geworfen hatte, hielt sie den Mund. Sie wollte nicht alles noch schlimmer machen.

Der Vater trat mit funkelnden Augen auf Horst zu. »Ich sage dir nur eins, wenn du zur Wolfsburg marschierst, um dem Grafen irgendwelche Dinge über unsere Familie zu erzählen, die niemanden was angehen, dann …«

»Dann was?«

Die beiden standen so dicht voreinander, dass ihre Gesichter sich beinahe berührten.

»Dann nehme ich mein Versprechen zurück.«

Charly wusste nicht, was ihr Vater damit meinte, doch Horst schien zu verstehen.

»Dazu wärest du imstande? Das Wort zu brechen, das du mir gegeben hast?«

Eine lange Weile sahen die zwei sich in die Augen. Horst war so erregt, dass Charly sich nicht gewundert hätte, wenn er handgreiflich geworden wäre. Doch als der Vater mit grimmiger Miene nickte, zog ihr Bruder den Kopf wie ein verängstigter Straßenköter ein und wandte sich zur Tür.

Auf dem Weg hinaus warf er Charly und Benny einen bösen Blick zu. »Wartet nur ab. Das werdet ihr noch büßen.«

43

»Sieg Heil! Sieg Heil! Sieg Heil!«

Der Klieversberg hallte von den Rufen des Jungvolks wider, das heute auf dem Hügelplateau erstmals den neuen Bannführer begrüßt hatte und nun zum Abschluss der kleinen Feier den Führer Adolf Hitler hochleben ließ. Ergriffen stand Horst in seiner kurzhosigen Uniform vor den Reihen der ebenso gekleideten Jungs, die fortan auf seinen Befehl hören würden, und streckte den rechten Arm in die Höhe.

Konnte es einen besseren Tag geben, um reinen Tisch zu machen?

»Noch auf ein Wort, bitte«, sagte er, als wenig später Kreisleiter Sander sich von ihm verabschiedete, während die Hitlerjungen lärmend auseinanderschwärmten und den Hügel hinunter in die umliegenden Dörfer rannten.

Der Kreisleiter, dessen Chauffeur schon mit laufendem Motor im Wagen wartete, schaute Horst mit erhobenen Brauen an. »Wo drückt denn der Schuh?«

»Eine leider ziemlich unangenehme Sache. Doch gerade darum möchte ich Sie persönlich davon in Kenntnis setzen. Bevor Ihnen irgendwelche Gerüchte zu Ohren kommen, die Sie womöglich befremden.«

»Dann nur frisch von der Leber weg!«

Horst nahm Haltung an. »Meine Schwester Charlotte hat einen Juden geheiratet.«

Sander, ein Mann mit stechendem Blick und drahtiger Figur, der als ehemaliger Turnlehrer der »Eulenschule« auch Horst den Purzelbaum und das Völkerballspielen beigebracht hatte, musterte ihn von Kopf bis Fuß. Dann nickte er.

»Ich sehe, Sie haben im Deutschunterricht aufgepasst.«

»Ich fürchte, ich verstehe nicht ganz.«

»›In der Sentimentalität zeigt sich die Kanaille‹. Friedrich Schiller, ›Die Räuber‹.« Anerkennend klopfte er Horst auf die Schulter. »Gut gemacht, ich weiß Ihre Aufrichtigkeit zu schätzen. Wir dürfen uns in diesen Zeiten keine Sentimentalitäten erlauben, auch nicht mit Rücksicht auf die eigene Familie. – Allerdings«, fügte er mit einem Lächeln hinzu, »die Rassenzugehörigkeit Benjamin Jungbluts war uns natürlich bekannt, ebenso wie seine Eheschließung mit Ihrem Fräulein Schwester.«

Horst verschlug es für einen Moment die Sprache. »Und trotzdem haben Sie mich heute zum Bannführer ...?« Er rang nach den richtigen Worten. »Ich ... ich weiß gar nicht, wie ich Ihnen danken soll.«

»Betrachten Sie Ihre Ernennung als Vertrauensvorschuss. Ich bin sicher, Sie werden Gelegenheit haben, ihn zurückzuzahlen. In Ihrer Familie gibt es ja genug unsichere Kantonisten, die wir im Auge haben, angefangen mit Ihrem Herrn Vater, dem allseits geschätzten Ortsgruppenleiter.«

Horst wusste nicht, wie er darauf reagieren sollte. »Wenn Sie damit vielleicht seine Kirchenrennerei meinen«, erwiderte er, »die ist mir auch ein Dorn im Auge. Aber«, fügte er nach kurzem Zögern hinzu, »wenn ich noch mal auf den Juden Jungblut zurückkommen darf?«

»Sie dürfen!«

»Unseligerweise hat der Ortsgruppenleiter Ising den Juden Jungblut Graf Schulenburg als Architekt vorgeschlagen, für Umbauten der Wolfsburger Wirtschaftsbetriebe. Vielleicht will die Partei ja hier korrigierend eingreifen?«

»Hervorragend mitgedacht!« Sanders Augen blitzten auf. »Allerdings – es gibt da ein Problem. Der Graf bereitet uns nämlich nicht weniger Sorgen als Ihr Vater.«

»Ich bitte um Aufklärung.«

»Wie soll ich mich ausdrücken? Diese Adelsmischpoke ist wie das Fähnlein auf dem Turme. Treten alle fleißig in die Partei ein, pünktlich zur Machtergreifung, um auch weiter das Sagen zu haben, aber ohne innere Überzeugung. Da wird der Führer noch alle Hände voll zu tun haben, um die Spreu vom Weizen zu trennen.«

Horst horchte auf. »Wäre da die Entlarvung eines Judenklüngels nicht vielleicht ein guter Anfang? Ich meine, um hier vor Ort ein Zeichen zu setzen?«

Lachend schüttelte der Kreisleiter den Kopf. »Mal immer langsam mit den jungen Pferden.« Dann wurde er wieder ernst. »Im Moment sind wir noch nicht so weit. Die Schulenburgs sind mit der halben Reichswehr verwandt, lauter Generalstäbler, die sitzen noch viel zu fest im Sattel, als dass wir ihnen vor den Karren fahren könnten.«

»Aber der Jude Jungblut ...«

»Keine Sorge, die Itzigs knöpfen wir uns noch früh genug vor. Jetzt kommen erst mal die an die Reihe, die den Reichstag abgefackelt haben.«

Horst brauchte nur einen Moment, um zu begreifen. »Sie meinen – die Kommunisten?«

44

Es war der 10. Mai, der Tag von Charlys erster Prüfung. Diese fand ausgerechnet in dem Fach statt, in dem sie sich am unsichersten fühlte, in der Pädiatrie. Schon die Definition hatte ihr nicht in den Kopf gewollt.

Die Pädiatrie oder Kinderheilkunde ist ein Teilgebiet der Medizin, das sich mit der Entwicklung des kindlichen und jugendlichen Organismus befasst, namentlich mit seinen Erkrankungen sowie deren Behandlung und Vorbeugung ...

Die Prüfung war für neun Uhr fünfundvierzig angesetzt, doch jetzt war es schon fünf nach halb elf, und der Kandidat vor ihr war immer noch nicht durch. Der Prüfer, Professor Wagenknecht, seines Zeichens Chefarzt der Universitäts-Kinderklinik, war zwar ein ausgesprochen netter Mann, der mit seinen Assistenten und Doktoranden einen geradezu freundschaftlichen Umgang pflegte, aber wenn es um die Wissenschaft ging, kannte er kein Pardon. Zwei Kandidaten waren heute schon durchgefallen, nur einer hatte bestanden, und der war ein Wiederholer vom letzten Semester gewesen.

Während Charly voller Anspannung im Flur auf und ab ging, versuchte sie, im Geiste ihre Karteikarten zu memorieren, auf denen sie sich die Antworten auf alle möglichen Prüfungsfragen in Stichworten notiert hatte, ein halbes Dutzend Stapel, unterteilt nach den verschiedenen Disziplinen – von der Neonatologie bis zur Kinderonkologie. Doch in ihrer Nervosität wirbelten die Begriffe in ihrem Kopf durcheinander, als hätte jemand die Stapel wie Spielkarten gemischt und anschließend in die Luft geworfen.

Warum war niemand bei ihr? Sie hatte gehofft, dass entweder ihr Mann oder ihre Schwester sie begleiten würde, doch beide waren verhindert. Benny war in Fallersleben, um sich zusammen mit ihrem Vater zum ersten Mal Graf Schulenburg vorzustellen, und Edda musste heute Morgen ein überlebenswichtiges Referat halten, damit sie in diesem Semester wenigstens den Literaturschein bekommen würde, nachdem sie in der Altfranzösisch-Klausur durchgerasselt war.

Es war zehn vor elf, als endlich die Tür des Prüfungszimmers aufging und ihr Vorgänger auf den Flur trat, Johannes Hürter, ein blitzgescheiter Kommilitone, der ihr in den Lehrveranstaltungen durch seine intelligenten Fragen aufgefallen war. Doch als sie ihn anschaute, schüttelte er nur den Kopf und ging stumm an ihr vorbei.

»Fräulein Ising?«

Charly zuckte zusammen. Vor ihr stand Professor Wagenknecht, im weißen Chefarztkittel und einen ganzen Kopf größer als sie, und während er an seiner gestreiften Fliege zupfte, schaute er durch seine Hornbrille auf sie herab.

»Wenn ich nun vielleicht Sie bitten dürfte?«

45

O Mort, vieux capitaine, il est temps!
Levons l'ancre!
Ce pays nous ennuie, ô mort! Appareillons!

Tod, alter Seemann, auf! Zeit ist's zum Ankerlichten!
Dies Land hier sind wir satt! Drum auf, ans Steuer, Tod!

Edda liebte die Gedichte von Baudelaire – nur weil sie als Schülerin die »Blumen des Bösen« gelesen hatte, studierte sie überhaupt Romanistik. Darum hatte sie sich auch im Lyrikseminar von Professor Stackelberg für ein Referat über ihr Lieblingsgedicht aus dieser Sammlung gemeldet, »Le Voyage«, das große, sechsunddreißig Strophen umfassende Schlusspoem. Ernst hatte ihr zu der Wahl gratuliert – Baudelaires Gedichte, hatte er düster prophezeit, dürften an deutschen Universitäten vielleicht bald nicht mehr gelesen werden, da wäre es gut, wenn sie die Chance nützte, sich noch einmal damit zu beschäftigen. Doch als sie ihr Referat gehalten hatte, hatte Professor Stackelberg immer wieder nur den Kopf geschüttelt und ihren Vortrag am Schluss mit einem einzigen Wort gewürdigt: »ungenügend«.

Jetzt packte sie ihre Sachen ein, um als Letzte den Seminarraum zu verlassen. Vor ihr auf dem Tisch lag der kleine Blumenstrauß, den sie am Morgen in einer Gärtnerei am Kreuzbergring für Charly gekauft hatte.

»So was kommt von so was her«, sagte eine Kommilitonin im Hinausgehen spitz. »Vielleicht sollten Sie weniger ins Kino gehen und dafür öfter in die Bibliothek.«

Während die Kommilitonin davonrauschte, nahm Edda die Blumen und schloss ihre Mappe. Nein, ihre Liebe zum Film war ausnahmsweise nicht der Grund, warum sie so kläglich versagt hatte. Der Grund war ihre Sorge um Ernst. Seit ihrem katastrophal gescheiterten Versuch, ihm ihre Liebe zu beweisen, hatten sie sich nicht mehr gesehen. Weder hatte er sich bei ihr gemeldet, noch hatte sie den Mut gehabt, ihn aufzusuchen. Und mit jedem Tag, der verging, wurde ihre Angst größer.

Hatte sie ihn für immer verloren?

Als sie aus dem Seminargebäude ins Freie trat, schaute sie sich um. Schon vor Wochen hatten sie ausgemacht, dass sie sich heute hier treffen würden, sie wollten zusammen zur Medizinischen Klinik in der Humboldtallee fahren, um Charly von der Prüfung abzuholen. Edda hatte inständig gehofft, dass er sich an die Verabredung erinnerte. Jetzt schaute sie den Nikolausberger Weg hinauf und hinunter, doch nirgendwo eine Spur von Ernst. Nur ein paar Hitlerjungen, die aus dem Romanischen und dem Deutschen Seminar nebenan stapelweise Bücher auf einen Karren luden, wahrscheinlich für irgendeine Bücherspende.

Wie hatte sie auch erwarten können, dass Ernst kommen würde? Sie hatte ihn viel zu sehr verletzt. Kein Mann konnte einer Frau so etwas verzeihen.

Mit dem Blumenstrauß in der Hand wartete sie noch eine Viertelstunde, dann öffnete sie das Schloss ihres Fahrrads, legte die Blumen zusammen mit ihrer Mappe in den Lenkerkorb und machte sich allein auf den Weg zur Humboldtallee.

Eine Hoffnung gab es ja noch: dass Ernst direkt zur Klinik gefahren war.

Das Prüfungszimmer lag im dritten Stock. Als Edda ankam, stand Charly schon auf dem Flur. Bei ihr war Professor Wagenknecht und schraubte den Drahtverschluss einer Sektflasche auf.

»Bestanden!«, rief Charly ihr schon von weitem entgegen.

»Mit Auszeichnung!«, fügte der Professor hinzu und ließ den Korken knallen.

»Gratuliere.« Edda drückte ihrer Schwester die Blumen in die Hand. »Hast du vielleicht Ernst gesehen?«

»Ernst?«, erwiderte Charly. »Ich dachte, ihr würdet zusammen kommen.«

»Das dachte ich auch, aber er war nicht da. Hat er sich nicht bei dir gemeldet?«

»Leider nein«, sagte Charly. »Ich habe keine Ahnung, wo er steckt. Aber mach dir keine Sorgen, sicher wieder ein plötzlicher Pressetermin. Das ist doch schon zigmal vorgekommen. Alte Journalistenkrankheit.«

Professor Wagenknecht reichte den Schwestern zwei gefüllte Gläser. »Kommen Sie, wir wollen auf meine neue Doktorandin anstoßen!«

Edda schüttelte den Kopf. »Bitte seien Sie mir nicht böse, Herr Professor, aber mir ist nicht nach Feiern zumute. Erst muss ich wissen, wo mein Freund ist.«

46

Hermann war bei Gott kein Judenhasser, sein ältester Freund, Wilhelm Bernstein, der Pate und Namensgeber seines jüngsten Sohns, war schließlich auch Jude, aber angesichts der provozierenden Lässigkeit, mit der sein Herr Schwiegersohn gerade durch die Halle der Wolfsburg schlenderte und, eine Hand in der Hosentasche, die Ahnengalerie an den Wänden betrachtete, als wäre er in einem Museum, konnte er verstehen, warum Hitler die Itzigs nicht ausstehen konnte. Fehlte nur noch eine Kippe auf dem Zahn! Dabei konnte Benno unmöglich so entspannt sein, wie er tat. Schließlich ging es bei dem Gespräch, zu dem der Graf sie heute bestellt hatte, um den größten Auftrag seiner Laufbahn.

Während Schulenburgs Vorfahren mit finsteren Blicken auf sie herabsahen, verfluchte Hermann seine eigene Dummheit. Als er Benno für den Umbau der Wirtschaftsbetriebe vorgeschlagen hatte, hatte er damit verhindern wollen, dass Lotti aus Angst um ihren Mann womöglich von der Fahne ging und zusammen mit Benno dessen Eltern nach England folgte. Daran, welche Konsequenzen das für ihn selbst haben könnte, hatte er nicht gedacht. Horst hatte ja recht: Der Graf war Mitglied der Partei, das Ariertum der Schulenburgs reichte sozusagen bis Adam und Eva zurück, und falls er an Bennos Abstammung Anstoß nahm, war das Geschäft geplatzt, und er würde seine Rüben weiter an die Schweine verfüttern. Dann gute Nacht, Marie! Sie hatten den Vertrag nur per Handschlag geschlossen, nach Altväter Sitte – wenn Schulenburg ihn nicht einhalten wollte, konnte ihn niemand dazu zwingen.

Hermann nahm seine Taschenuhr und ließ den Deckel aufspringen. Fräulein Wildschütz, die Gutssekretärin, hatte sie gebeten, einen Moment zu warten, der Graf würde in ein paar Minuten so weit sein. Hermann hatte nicht gewusst, wie lang ein paar Minuten dauern konnten.

»Glaub ja nicht, dass ich das für dich tue«, zischte er Benno zu. »Das tue ich nur für die Familie!«

Mit Genugtuung registrierte er, dass sein Schwiegersohn keineswegs so entspannt war, wie er tat, im Gegenteil, in seinem Gesicht zuckte es, dass er kaum geradeaus gucken konnte.

»Weiß der Graf wirklich nicht, dass ich Jude bin?«, fragte er leise.

»Woher soll ich das wissen? Aber wehe, du sagst einen Pieps.«

Hermann hatte noch nicht ausgesprochen, da ging die Tür von Schulenburgs Arbeitszimmer auf, und der Graf trat in die Halle.

»Mein lieber Ising, wie schön, dass es geklappt hat.« Er schüttelte Hermann die Hand und wandte sich dann an seinen Begleiter. »Wie war noch mal gleich Ihr Name, junger Mann?«

»Jungblut«, sagte Benjamin und nahm die ausgestreckte Hand des Grafen.

»Ach ja, richtig. Seien Sie willkommen.«

Täuschte Hermann sich – oder war Schulenburg einmal kurz zusammengezuckt?

47

Fast eine Woche war vergangen, seit Georg Josef zur Polizei begleitet hatte, um zu bezeugen, dass dieser seine Unschuldserklärung sowie alle nötigen Beweismittel vor Ablauf der gesetzten Frist auf dem Revier eingereicht hatte. Der zuständige Beamte hatte das Konvolut ziemlich gleichgültig entgegengenommen und gesagt, ein Bescheid erfolge zu gegebener Zeit.

War es ein gutes oder schlechtes Zeichen, dass sie seitdem nichts mehr gehört hatten?

»Ein gutes natürlich«, sagte Josef. »Wahrscheinlich haben sie erkannt, dass an den Vorwürfen nichts dran ist, und die Akte bereits geschlossen.«

»Dein Wort in Gottes Ohr.«

»Mach dir keine Sorgen, du alter Schwarzseher. Überleg dir lieber einen Titel für mein Memorandum. Mir fällt nämlich keiner ein.«

Seit Tagen brütete Josef über einem Aufsatz für die nächste Ausgabe der »Motor-Kritik«. Reichkanzler Hitler hatte auch nach der Automobilausstellung in seinen Reden immer wieder betont, dass es ihm mit der angekündigten Massenmotorisierung Deutschlands ernst war. Zwischen Hamburg und München, Köln und Dresden sollte ein gigantisches Autobahnnetz entstehen, mit Berlin als Mittelpunkt. Ein ganzes Heer von Arbeitern würde schon bald mit dem Bau des Schnellstraßensystems beginnen. Mit seinem Aufsatz wollte Josef die wichtigsten Merkmale des Autos definieren, das nach seiner Vorstellung einst über diese Autobahnen fahren sollte: ein sechzig Stundenkilometer schneller, höchstens dreihundertfünfzig Kilogramm schwerer Viersitzer mit mindestens fünfjähriger Lebensdauer, einem Verbrauch von maximal fünf Litern und einem Anschaffungspreis von unter tausend Reichsmark. »Ist das möglich?«, fragte er zum Schluss des Memorandums, um sich und den Lesern selbst die Antwort zu geben: »Ja, das ist möglich!«

»Wie wäre es mit *Das Auto des kleinen Mannes*?«, schlug Georg vor.

»Großartig!« Josef strahlte. »Besser hätte ich es nicht ausdrücken können. Jetzt müssen wir nur noch dafür sorgen, dass Hitler meinen Text zu lesen bekommt. Dann bleibt ihm gar nichts anderes mehr übrig, als meine Dienste in Anspruch zu nehmen.«

»Spekulierst du im Ernst darauf, dass er dich engagiert?«

»Wen sonst?«

»Meinst du nicht, dass die Sache einen klitzekleinen Haken hat?«

»Welchen?«

Georg wusste nicht, wie er seinen Chef daran erinnern konnte, ohne dass sein Freund ihn einen Kleingeist nannte. Doch zum Glück war Josef schon wieder einen Gedanken weiter.

»Ich glaube, ich habe eine Idee.«

»Eine Idee? Für was?«

»Wie wir Hitler mein Memorandum unterjubeln können. In

zwei Wochen findet auf der Avus der Große Preis von Deutschland statt. Da wird die ganze Nazi-Prominenz versammelt sein. Vielleicht kommt sogar Hitler selbst.«

»Schon möglich«, erwiderte Georg. »Allerdings glaube ich nicht, dass er mit uns auf der Pressetribüne sitzen wird.«

»Dann brauchen wir eben Plätze auf der Ehrentribüne!«

»Und wer soll die uns beschaffen?«

Josef grinste. »Hast du nicht das Bedürfnis, mal wieder mit deinem lieben Onkel Carl zu telefonieren?«

48

Edda hatte lange gezögert, ob sie Ernst in der Redaktion aufsuchen sollte. In der ganzen Zeit, die sie zusammen waren, hatte sie das nur ein einziges Mal getan. Es war ihr erster Jahrestag gewesen, und sie hatte ihn überraschen wollen. Doch die Überraschung war gründlich danebengegangen: Ernst hatte so abweisend reagiert, dass sie es kein zweites Mal versucht hatte. Als sie ihn zur Rede gestellt hatte, hatte er sich damit gerechtfertigt, dass private Dinge nicht an den Arbeitsplatz gehörten. Sie war nicht sicher gewesen, ob das der wirkliche Grund gewesen war – eher hatte sie das Gefühl gehabt, dass er etwas vor ihr verbarg, irgendwelche Geheimisse, von denen sie nichts wissen durfte. Sie hatten darüber ihren ersten Streit gehabt, ausgerechnet an ihrem Jahrestag.

Die Geschäftsstelle des »Göttinger Volksblatts« lag in der Jüdenstraße, in unmittelbarer Nachbarschaft zum nationalsozialistischen »Tageblatt«. In der Redaktion herrschte Hochbetrieb, als Edda ankam. Die Journalisten hasteten an ihr vorbei, ohne ihr die geringste Beachtung zu schenken. Irgendetwas schien passiert zu sein. Edda schnappte nur ein paar wenige Satzfetzen auf, darunter »Aktion wider den undeutschen Geist« – Worte, auf die sie sich keinen Reim machen konnte.

Eine Sekretärin erbarmte sich ihrer. »Suchen Sie jemand?«

»Ja, Ernst Hartlieb. Wissen Sie, wo ich ihn finde?«

»Tut mir leid, er hat sich den ganzen Tag noch nicht blicken lassen. Ausgerechnet heute, wo so viel los ist. Der Chef ist stinksauer.«

Bevor Edda eine zweite Frage stellen konnte, war die Sekretärin wieder fort.

Jetzt gab es nur noch eine Möglichkeit, wo sie suchen konnte.

Der Weg zu seiner Wohnung war nicht weit, sie musste nur von der Jüdenstraße zum Theaterplatz, und von dort aus waren es keine fünf Minuten zur Planckstraße, wo er ein Zimmer über einer Bäckerei hatte. Sie dachte kurz daran, bei Benny zu klingeln, seine Wohnung lag auf dem Weg und es war nach Feierabend, also war Charly vermutlich bei ihm. Aber wozu? Ihre Schwester konnte ihr auch nicht helfen. Der Einzige, der ihr helfen konnte, war Ernst. Wenn er nur zu Hause war und aufmachte, um ihr zu verzeihen.

Im Laufschritt eilte sie die Barfüßerstraße entlang. Als sie von der Friedrichstraße in Richtung Theater abbog, sah sie vor dem Schauspielhaus mit der säulengeschmückten Fassade Dutzende von Leiterwagen, die alle mit Büchern beladen waren und von Hitlerjungen und Studenten bewacht wurden. Was war das denn? Die Sammelstelle der Bücherspende? Ohne sich um die seltsame Veranstaltung zu kümmern, überquerte sie den Platz. Sie hatte andere Sorgen.

Als sie die Bäckerei erreichte, hielt sie einen Augenblick inne. Würde Ernst sie überhaupt hereinlassen? Oder würde er ihr die Tür vor der Nase zuschlagen?

Mit zitterndem Finger betätigte sie die Klingel.

Sie wartete. Doch keine Schritte im Flur.

Sie schellte noch einmal. Wieder keine Reaktion.

Nachdem sie das dritte Mal geläutet hatte, zählte sie bis sechzig. Ohne Erfolg.

Schließlich gab sie es auf und klingelte bei der Vermieterfamilie. Es dauerte keine zwanzig Sekunden, bis die Bäckersfrau, schon im Nachthemd, ihr aufmachte.

Misstrauisch schaute sie Edda an. »Was wünschen Sie?«

»Ich … ich mache mir Sorgen um Herrn Hartlieb. Ich habe bei ihm geläutet, aber er reagiert nicht. Könnten … könnten Sie vielleicht einmal nachschauen? – Bitte!«

49

Die Bernsteins bewohnten die Beletage einer gutbürgerlichen Villa in Berlin-Wilmersdorf und waren so deutsch wie die beiden Familien in den darüber und darunter liegenden Wohnungen. Wilhelm Bernstein war nicht nur für sein Land in den Krieg gezogen, er war auch Presbyter der Lindenkirchengemeinde, in der die Familie sonntags den Gottesdienst besuchte, die Mutter war im selben Lesezirkel wie Frau Kommerzienrat Bender aus dem zweiten Stock, und Gilla war gemeinsam mit dem Sohn von Studiendirektor Wilke aus dem Erdgeschoss konfirmiert worden. Doch gekocht wurde bei den Bernsteins immer noch nach den Rezepten von Gillas Großmutter, und die waren jüdisch.

An diesem Abend gab es gefüllten Gänsehals, Gillas Lieblingsgericht. Umso mehr wunderte sich die Mutter, dass sie kein zweites Mal nehmen wollte.

»Was ist denn los mit dir, Kind? Schmeckt es dir etwa nicht?«

»Doch Mama, ganz lecker. Aber irgendwie bin ich pappsatt.«

Das war zwar nicht die Wahrheit, tatsächlich hätte sie gern noch ein Stück Gänsehals gegessen, aber ihr Vater war spät aus der Kuchenfabrik gekommen, und ihr wurde allmählich die Zeit knapp. Auf dem Programmzettel des »Grünen Kakadu« stand für diesen Abend ihr Name gedruckt.

»Hast du dich endlich bei Onkel Hermann bedankt?«, wollte der Vater wissen.

»Tut mir leid, Papa. Letzte Woche hatten wir vier Klassenarbeiten.«

»Das ist keine Entschuldigung. Das Richtfest ist schon über drei Monate her, und Onkel Hermann hat dir zwanzig Mark für deinen Auftritt geschenkt.«

Gilla erkannte ihre Chance. »Na gut«, sagte sie. »Dann ist es wohl am besten, ich schreibe ihm jetzt gleich.«

»Noch vor dem Nachtisch?«, fragte die Mutter.

»Sicher ist sicher. Damit ich's nicht wieder vergesse.«

Bevor die Eltern widersprechen konnten, stand sie auf und verließ die Wohnung. Seit ihrem sechzehnten Lebensjahr hatte sie unter dem Dach eine kleine Kammer für sich. Seitdem war sie frei, konnte abends nach dem Essen tun und lassen, was sie wollte, ohne dass ihre Eltern etwas merkten. Denn einen eigenen Haustürschlüssel hatte sie auch.

Den Koffer mit den Bühnenutensilien hatte sie unter ihrem Bett versteckt. Sie warf einen Blick hinein, um zu prüfen, ob alles da war. Von Onkel Hermanns zwanzig Mark hatte sie sich im KaDeWe ein Paar neue Netzstrümpfe gekauft und dazu ein Höschen aus schwarzer, hauchzarter Spitze.

Eilig zog sie ihren Sommermantel über, dann verließ sie auf Zehenspitzen die Kammer. Als sie die Haustür hinter sich schloss, war es draußen dunkel. Im Schein der Laternen bummelten Liebespaare über die Kantstraße.

Regen setzte ein. Gilla schlug den Mantelkragen hoch und machte sich auf den Weg. Und während sie sich von ihrem Elternhaus entfernte, spürte sie wieder jenes herrliche Kribbeln, das sie jeden Abend überkam, wenn sie im »Kakadu« auftrat.

Warum hieß das Leben »Leben«? Natürlich, um was zu erleben!

50

Es regnete in Strömen, doch Carl Schmitt spürte weder die Tropfen in seinem Gesicht noch die kleinen Rinnsale im Nacken, während er wie gebannt in die Flammen starrte, die vor ihm in den Himmel aufschlugen. Der Abend hatte mit der Antrittsvorlesung eines neu berufenen Professors für Philosophie und politische Pädagogik begonnen, in deren Anschluss ein Fackelzug, eskortiert von berittener Polizei, von der Friedrich-Wilhelms-Universität Unter den Linden zum Opernplatz marschiert war, den nun eine vieltausendköpfige Menschenmenge füllte: ein überwältigendes nächtliches Schauspiel, dargeboten von Professoren in ihren Talaren, NS-Studenten mit Hakenkreuzarmbinden und Korporierte im Verbindungswichs sowie Heerscharen von SA und SS und Hitlerjugend, die sich alle gemeinsam um einen riesigen, funkenspeienden Scheiterhaufen drängten, der eines Savonarola würdig gewesen wäre.

Ein Vertreter der Studentenschaft trat ans Feuer, hob ein Buch in die Höhe und rief: »Gegen Klassenkampf und Materialismus! Für Volksgemeinschaft und idealistische Lebenshaltung. Ich übergebe der Flamme die Schriften von Karl Marx!«

Unter tosendem Beifall warf er das Werk ins Feuer. Hunderte Studenten und Uniformierte machten es ihm nach. Bündelweise wurden Bücher von Lastwagen gehoben und in Menschenketten weitergereicht, von Leiterwagen und Handkarren flogen sie in die Flammen, die gierig an den Einbänden leckten.

»Gegen Frechheit und Anmaßung! Für Achtung und Ehrfurcht vor dem unsterblichen deutschen Volksgeist! Ich übergebe der Flamme die Schriften von Tucholsky und Ossietzky!«

Wegen des Regens hatte das Feuer erst nicht brennen wollen, Feuerwehrleute hatten Benzinkanister auf den durchnässten Scheiterhaufen leeren müssen, um es zu entfachen. Doch jetzt loderten die Flammen haushoch in den Nachthimmel hinauf.

»Gegen literarischen Verrat am Soldaten des Weltkriegs, für Erziehung des Volkes im Geist der Wehrhaftigkeit! Ich übergebe der Flamme die Schriften von Erich Maria Remarque.«

Wie alle hier versammelten Professoren trug auch Carl seinen Talar, um als Dekan der rechtswissenschaftlichen Fakultät der Bücherverbrennung beizuwohnen, die an diesem Abend nicht nur in der Reichshauptstadt, sondern in allen deutschen Universitätsstädten veranstaltet wurde und von langer Hand vorbereitet worden war. Schon im April hatte der »Völkische Beobachter« »12 Thesen« abgedruckt, an denen auch Carl mitgewirkt hatte, um die zersetzende Kraft des jüdisch vergifteten Liberalismus anzuprangern. Seitdem waren alle Bibliotheken des Reichs systematisch nach verbrennungswürdigen Schriften durchsucht worden, um sie auf den Scheiterhaufen zu werfen und nun dieses Purgatorium zur Austilgung des undeutschen Geistes mit der gesamten Volksgemeinschaft zu zelebrieren.

»Gegen Dekadenz und moralischen Zerfall! Für Zucht und Sitte in Familie und Staat! Ich übergebe der Flamme die Schriften von Heinrich Mann und Erich Kästner!«

Eine Trommel wurde gerührt. Carl lief ein Schauer über den Rücken. Obwohl Bücher ihm heilig waren, auch Bücher geistiger

Widersacher, faszinierte ihn der Gedanke, für eine Idee, die größer als alle anderen Ideen war, sogar den Geist selbst zu vernichten. Was für ein kühner, großartiger Frevel! Der Anblick des Flammenopfers, die laut in die Nacht verkündeten Feuersprüche, der glühende Fanatismus der Studenten – all das erfüllte ihn mit einer Erregung, die nach Entladung drängte.

Ein letztes Mal trat der Vertreter der Studentenschaft ans Feuer.

»Gegen die seelenzerfasernde Überschätzung des Trieblebens! Für den Adel der menschlichen Seele! Ich übergebe der Flamme die Schriften von Sigmund Freud!«

51

Hätte in diesem Augenblick jemand Benny gefragt, wer der größte Glückspilz auf Erden sei, hätte er seinen eigenen Namen genannt. Charly und er waren in dieser Nacht zum allerersten Mal zusammen auf den Höhepunkt gelangt, und sie hatten mit einem Glas Wein darauf angestoßen. Auf ihrem nackten Bauch liegend, spürte er mit immer noch wachen Sinnen dem wunderbaren Glücksmoment nach, den er mit seiner Frau geteilt hatte.

»Kein Wunder«, sagte er, »dass es ausgerechnet heute passiert ist. Schließlich ist es das erste Mal, dass du als Ärztin mit mir geschlafen hast.«

»Quatschkopf!« Charly lachte. »Aber damit du es weißt – Ärztin bin ich noch lange nicht. Das war heute nur die allererste Teilprüfung.«

»Für mich bist du jetzt schon die beste Ärztin der Welt. Das hast du gerade bewiesen.«

Benny konnte kaum glauben, wie schön das Leben war. Zwar hatten die Nazi-Horden draußen auf dem Platz die halbe Nacht Bücher verbrannt, doch sie hatten es nicht geschafft, damit Charly und ihm ihre private Examensfeier zu verderben. Jetzt war der Spuk vorbei, und keine Störenfriede rührten mehr an ihrem Glück.

Charly fuhr ihm mit der Hand durchs Haar. »Hat Graf Schulenburg dir schon gesagt, was genau du für ihn machen sollst?«

»Nein – nur, um welche Gebäude es gehen soll. Alles Übrige besprechen wir, wenn ich meinen Vertrag bekomme. Aber ich werde mich natürlich vorbereiten.«

Benny spürte, wie ihre Hand auf seinem Kopf verharrte. »Weiß der Graf eigentlich, dass du … dass du …«

»Du meinst, dass ich Jude bin?«, ergänzte er ihren Satz und schaute sie an. »Ich hoffe nicht.«

»Ach, Benny.« Zärtlich erwiderte sie seinen Blick. »Weißt du eigentlich, wie traurig das ist, was du gerade gesagt hast?«

Beschämt wandte er den Kopf zur Seite. Es war ihm ja selbst zuwider, seine Herkunft zu verleugnen. Aber sollte er bis an sein Lebensende Wurstküchen bauen, nur weil seine Eltern ihn hatten beschneiden statt taufen lassen?

»Kannst du dir vorstellen, wie das ist, wenn man sich immer und überall bekennen muss?«, fragte er. »Wenn irgendjemand sonst sich irgendwo bewirbt, ist es ganz egal, ob er katholisch oder evangelisch ist. Kein Mensch interessiert sich dafür, so wenig wie dafür, ob er blond ist oder schwarzhaarig, Links- oder Rechtshänder. Nur wenn du Jude bist, musst du entweder deine Eltern und deinen beschnittenen Du-weißt-schon-was verleugnen, oder du riskierst, dass man dir die Tür vor der Nase zuknallt. Und die Tür auf der Wolfsburg ist gerade sperrangelweit auf.«

Als er wieder zu Charly aufschaute, sah er, dass sie nickte.

»Genau das ist der Grund, warum wir hier wegmüssen«, sagte sie, »und zwar so schnell wie möglich!« Sie machte eine kurze Pause, bevor sie weitersprach. »Deshalb frage ich mich gerade, ob es überhaupt richtig ist, dass du für den Grafen anfängst zu arbeiten.«

»Hast du einen in der Krone?«

»Nein, Benny, ich habe nur Angst. Wenn du erst Blut geleckt hast, gibt es vielleicht kein Zurück mehr.«

»Willst du damit sagen, ich soll das Angebot ausschlagen?«

»Es wäre vielleicht das Beste.«

»Ist dir klar, was du da von mir verlangst?«

»Ja, das weiß ich. Aber auch Wurstküchen sind aller Ehren wert. Du hast selbst gesagt, Schweinskes Fleischwurst sei ausgezeichnet.«

»Jetzt keine Witze, Charly! Fass dich lieber an deine eigene Nase. Was ist denn mit der Promotion, die Professor Wagenknecht dir angeboten hat?«

»Auf die würde ich zur Not verzichten. Und zwar aus einem Grund, der keinen Widerspruch duldet«, fügte sie mit gespielter Strenge hinzu. Dann wurde ihre Stimme ganz weich. »Ich mag nämlich deinen beschnittenen Du-weißt-schon-was, und der soll mir so lange wie möglich erhalten bleiben …«

Mit einem Lächeln, von dem ihm die Sinne schwanden, beugte sie sich über ihn, um ihre Worte zu beglaubigen, doch die Wohnungsklingel ließ sie auffahren.

»Bitte nicht aufhören«, flüsterte Benny.

»Aber wenn es um diese Zeit klingelt?«

»Wahrscheinlich macht sich nur jemand einen Scherz.«

»Glaubst du wirklich?«

Er stieß einen Seufzer aus. »Na gut«, sagte er und stand auf. »Ich schau kurz nach. Aber du rührst dich nicht vom Fleck – hörst du?«

Er zog sich seinen Morgenmantel über und verließ die Wohnung. Als er im Hausflur die Tür öffnete, schrak er zusammen.

»Du?«

Vor ihm stand Edda, vollkommen aufgelöst. »Darf ich … darf ich reinkommen …?«

»Natürlich. Was in aller Welt ist passiert?«

»Ernst«, sagte sie. »Er … er hat sich umgebracht.«

52

Gilla liebte den »Grünen Kakadu«, denn hier war sie ein Star. Jedes Mal, wenn sie in dem kleinen Etablissement erschien, war es, als würde man ihr den roten Teppich ausrollen. Jeder freute sich über ihr Kommen, jeder wollte ein Küsschen von ihr, Heini Grätjens, der Conférencier, der ihr gleich bei der ersten Begegnung eröffnet hatte, dass er »vom andern Ufer« sei, ebenso wie Adam Miszewski, ein polnischer Konzertgitarrist, der im »Kakadu« nur spielte, weil er für eine Schiffspassage nach New

York sparte. Direktor Karsunke hatte ihr sogar eine eigene Garderobe hinter der Bühne eingerichtet, eine Ehre, die sie als einziges Mitglied des Ensembles genoss. Dort wartete auf dem Schminktisch immer eine Rose auf sie. Die war zwar aus Plastik, doch die Putzfrau vergaß nie, die Vase mit Wasser zu füllen, damit sie wie echt aussah.

Während von der Bühne Heinis Stimme zu hören war, der immer so lange Witze erzählte, bis sie für ihren Auftritt fertig war, zog Gilla den Mantel aus. Den Abend hatte sie bei ihrer Freundin Selma Schönemann verbracht, bis deren Eltern zu Bett gegangen waren. Wie immer, wenn sie im »Kakadu« auftrat, übernachtete sie dort offiziell für den Fall, dass jemand ihre leere Kammer entdeckte und sie ein Alibi brauchte. Beim Umziehen beobachtete sie sich im Spiegel. Ihre abendliche Verwandlung vom Aschenputtel in die schöne Frau, die allen Männern diesen begehrlichen Glanz in die Augen zauberte, verschaffte ihr ein Triumphgefühl, das sie nicht nur beglückte, sondern ihr auch Sicherheit verlieh. Als könne ihr niemand was anhaben, wenn sie ihr Bühnenkostüm trug.

Sie knöpfte die Bluse auf, streifte den Rock von den Hüften und griff nach der Ka-DeWe-Packung mit den neuen Strümpfen. Beim Öffnen der Packung musste sie an ihr altes Paar Strümpfe denken, das sie im »Savoy« zurückgelassen hatte. Wie verliebt war sie in dieser Nacht gewesen, und sie hatte geglaubt, dass er genauso verliebt in sie war, bis er sie davongejagt hatte … Bei der Erinnerung kamen ihr Tränen. Georg hatte sie verletzt, wie sie noch nie verletzt worden war. Wenn er sich danach wenigstens irgendwann entschuldigt hätte. Doch er hatte sich nie wieder bei ihr gemeldet – nicht mal die Strümpfe hatte er geschickt, obwohl er es versprochen hatte. In all den Wochen, die seitdem vergangen waren, hatte sie versucht, die Demütigung zu verwinden, doch vergebens. Es war immer noch nicht vorbei.

Würde das nie aufhören?

Gewaltsam unterdrückte sie die Tränen, um sich fertig anzuziehen. Sie war Jüdin, sie durfte sich solche Gefühle nicht leisten. Doch sie würde sich rächen! Eines Tages würde sie ein Star sein, ein richtiger Star! Sie würde im »Wintergarten« auftreten, und alle

Männer Berlins würden ihr zu Füßen liegen. Dann würde Georg bereuen, was er ihr angetan hatte, und wenn er ihr Gesicht überall in der Stadt auf den Plakaten sah, so nah und trotzdem unerreichbar für ihn, würde er genauso leiden wie sie gelitten hatte und noch immer litt.

Im Spiegel sah sie, wie Direktor Karsunke seinen Kopf durch die Tür steckte.

»Du bist ja noch gar nicht geschminkt!« Aufgeregt klatschte er in die Hände. »Jetzt aber dalli! Heini ist schon bei seinem vorletzten Witz! In zwei Minuten musst du auf die Bühne!«

53

Noch nie hatte Charly ihre Schwester in einem solchen Zustand gesehen. Das Gesicht weiß wie eine Wand, die Augen tränennass, stierte Edda mit leerem Blick auf die angebrochene Flasche Wein, die Benny für sie auf den Tisch gestellt hatte, bevor er aus der Küche gegangen war, um die Schwestern allein zu lassen.

»Es ist meine Schuld«, sagte sie mit tonloser Stimme. »Ich habe ihn umgebracht.«

»Ach, Edda, wie kannst du nur so etwas sagen?« Charly nahm sie in den Arm, aber es war, als umarme sie nicht ihre Schwester, sondern eine hölzerne Puppe, so starr und steif fühlte Edda sich an. »Keiner weiß, was Ernst dazu getrieben hat.«

»Doch, ich weiß es. Es ist meine Schuld. *Ich* habe ihn dazu getrieben.«

»Bitte, Edda, hör damit auf, das ist doch nicht wahr.«

Im Aschenbecher glomm sinnlos eine Zigarette, die Edda sich angesteckt hatte, ohne sie zu rauchen, so dass sich ein langer, grauweißer Aschewurm gebildet hatte. Sie hatte nicht darüber sprechen wollen oder vielleicht auch nicht können, was genau geschehen war, sie hatte nur ein paar wenige, unzusammenhängende Satzfetzen hervorgebracht, aus denen Charly schloss, dass ihre Schwester mit der Bäckersfrau in die Wohnung eingedrungen war, wo Ernst in Untermiete wohnte. Dort hatte Edda ihn entdeckt, in der Badewanne, mit aufgeschnittenen Pulsadern. Niemand konnte nachempfinden, was jetzt in ihr vorging. Doch wenn Charly sich vorstellte, sie hätte Benny so in der Wohnung gefunden ... Allein die Vorstellung war mehr, als sie ertragen konnte. Nur, für Edda war es keine Vorstellung, sondern Wirklichkeit.

»Vielleicht trinkst du einen Schluck Wein. Vielleicht hilft das ja ein bisschen.«

In ihrer Ohnmacht griff Charly zu der angebrochenen Flasche. Als sie den Korken entfernte, musste sie daran denken, wie Benny und sie an diesem Abend von demselben Wein getrunken hatten. Sie waren gleichzeitig auf den Höhepunkt gelangt, das war ihnen noch nie geglückt, und es war ein so wunderbares Erlebnis gewesen, dass Benny unbedingt darauf hatte anstoßen wollen. War es nicht pietätlos, Edda von diesem Wein zu trinken zu geben? Da es keinen anderen Alkohol in der Wohnung gab, nahm Charly ein Glas, um ihrer Schwester den Rest aus der Flasche einzuschenken.

»Komm, wenigstens einen Schluck.«

Folgsam wie ein Kind, doch immer noch mit diesem leeren Blick, nahm Edda das Glas, um in langsamen, gleichmäßigen Zügen zu trinken, als wäre es eine Arznei, die man ihr verordnet hatte. Charly hoffte, dass die Arznei wirkte.

Doch sie tat es nicht.

»Es ist meine Schuld«, sagte Edda wieder mit dieser tonlosen Stimme und starrte in ihr leeres Glas. »Ich habe ihn auf dem Gewissen.«

Ihr Anblick zerriss Charly das Herz, und sie wünschte, sie hätte noch mehr Wein, um den Schmerz und die Trauer und die Verzweiflung ihrer Schwester zu betäuben.

»Warum musst du dich so quälen? Du kannst doch nichts dafür. Was immer die Gründe waren, weshalb Ernst das getan hat, es ist nicht deine Schuld. Hörst du?«

Zum ersten Mal, seit sie an diesem Tisch saßen, drehte Edda sich zu ihr herum. »Doch«, sagte sie. Und mit einer Stimme, die auf einmal so klar und bestimmt klang, als verkünde sie eine unumstößliche Wahrheit, fügte sie hinzu: »Ich habe ihn nicht genug geliebt. Das ist der Grund, warum er nicht mehr leben wollte.«

54

Es war kein Zufall, der Carl Schmitt in dieser Nacht in den »Grünen Kakadu« geführt hatte. In einem Etablissement ganz ähnlicher Art, das er gelegentlich in Charlottenburg frequentierte, wenn jene rastlose Unruhe ihn überkam, die er mehr hasste und gleichzeitig liebte als jeden anderen Seelenzustand, hatte er kürzlich einen Handzettel entdeckt, der in ebenso geheimnisvoller wie die Neugier stimulierender Namensverkürzung eine gewisse Gilla B. als die verführerischste *Chanteuse dansante* von ganz Berlin pries. Carl wusste nicht, wer sich hinter diesem Namen verbarg, doch er hatte eine intuitive Vermutung, die ihm seitdem keine Ruhe mehr ließ und ihn so sehr erregte, dass er manchmal, wenn er eine blonde junge Frau sah, auf der Straße oder im Hörsaal, eine spontane Erektion bekam.

Ja, Carl Schmitt, der brillanteste Rechtsgelehrte des deutschen Reiches, war ein Erotomane, ein hoffnungsloser Sklave seiner Triebe. Schuld daran war der ewig ruhelose Störenfried zwischen seinen Schenkeln. Kein Tag verging, ohne dass er sich mehrmals Abfuhr verschaffen musste, um klar denken zu können. Obwohl er diese Abhängigkeit seines Geistes von den Bedürfnissen des Leibes als qualvolle Selbsterniedrigung empfand, konnte er gegen seine Natur nicht an. Da half ihm nicht mal sein katholischer Glaube. Bei aller Willigkeit des Geistes – zu tief saß der Stachel in seinem Fleisch.

Wer war Gilla B.?

Normalerweise konnte Carl sich auf seine Intuition verlassen, seine intuitive Art, juristische Phänomene zu erfassen, hatte ihm in Fachkreisen sogar das Epitheton »Trüffelschwein« eingetragen. Lange hatte er der Versuchung widerstanden, sich mit eigenen Augen zu überzeugen, ob seine Intuition auch in diesem Fall ins Schwarze traf, schließlich wusste er, wohin eine solche Überprüfung führen würde. Doch in dieser Nacht war der Trieb stärker als seine Vernunft. Die Erregung, die er beim Anblick der brennenden Bücher empfunden hatte, hatte ihn geleitet.

Während er ungeduldig darauf wartete, dass der Vorhang aufging, nippte er an seinem Champagner. Das Publikum war dasselbe wie in den meisten solcher Lokale: einsame Herren fortgeschrittenen Alters, dazu ein paar zweifelhafte Damen und kleine Ganoven, die im Halbdunkel mit gestohlenen Uhren und Kokain handelten. Carl hätte sich keine bessere Gesellschaft wünschen können – das Verbotene, das dieses Halbweltgelichter verkörperte, steigerte seine Erregung, und während ein geschminkter Conférencier den Höhepunkt des Abends ankündigte, beugte er sich vor, um besser zu sehen.

Ein Tusch – und der Vorhang ging auf.

Carl spürte, wie sein Störenfried sich vorfreudig regte. Nein, seine Intuition hatte ihn nicht getrogen, auf der Bühne erschien, in der ganzen Fülle ihrer Weiblichkeit, Gisela Bernstein. Gekleidet in Frack und Netzstrümpfen, den Zylinder schräg in die Stirn gezogen, nahm sie Platz auf einem Barhocker, von dem herab sie die herrlichsten Beine baumeln ließ, die Carl je gesehen hatte, und begann zu singen.

55

Will ein Mann bei Frauen was erreichen,
Spricht er gleich von seinem Liebesschmerz.
Er schwört tausend Schwüre, die sich gleichen,
Legt die Hand ins Feuer und aufs Herz.
Alle Frauen, die er je besessen,
Hat er nicht die Spur geliebt.
Alle früheren Schwüre sind vergessen,
Weil es im Moment ja plötzlich dich nur gibt.

Die erste Strophe war immer die schwerste. Obwohl Gilla, wenn sie auf die Bühne trat, erst nur das grelle Scheinwerferlicht sah, musste es ihr von Anfang an gelingen, mit dem Publikum Kontakt aufzunehmen. Jeder, der vor ihr in der Dunkelheit saß, musste das Gefühl haben, sie würde nur für ihn singen, für ihn ganz allein. Doch wie sollte man ein Gegenüber verführen, das kein Gesicht hatte?

Ich möchte einmal einen Mann erleben,
Der nicht von Liebe spricht;
Der herzlos sagt: Willst du mir geben,
Was ich verlange, oder nicht?

Erst mit der zweiten Strophe gewöhnten sich die Augen an das Licht, und allmählich traten ihr aus der Dunkelheit die Gesichter entgegen. Natürlich war der alte Fettsack wieder da, für den es das größte Glück bedeutete, wenn sie ihm einen Lippenstiftkuss auf die Glatze drückte ... Dann der arme Teufel, der sie einmal um ihren Schlüpfer gebeten hatte – dreißig Mark hatte er ihr geboten, aber sie hatte es nicht über sich gebracht ... Und irgendwo, ganz hinten, Erich Kaminski, der Hehler aus Neukölln, der hier jeden Abend seine krummen Geschäfte machte ...

Plötzlich stutzte sie. Das Gesicht kannte sie doch! Der Professor, der ihr auf der Automobilausstellung die Hand geküsst hatte! Der Mann, auf den Georg so eifersüchtig gewesen war, als sie einander zu dritt begegnet waren!

56

Carl war sicher, sie hatte ihn erkannt, doch es war ihm nicht gelungen, ihren Blick festzuhalten. Während sie sich im Text verhaspelte, kehrte sie ihm den Rücken zu. War es so schrecklich für sie, ihn hier wiederzusehen?

Ihr Hänger dauerte nur ein paar Sekunden, dann hatte sie sich wieder gefangen und sang weiter, als wäre nichts geschehen.

Der mich wie jede Frau betrachtet
Und mich nur kühl fragt: Also wann?
Und der mein »Nein« dann nicht beachtet.
Wo ist der Mann? Wo ist der Mann?

Plötzlich drehte sie sich um, und ihre Blicke trafen sich. Das Strahlen in Gisela Bernsteins Gesicht verriet, dass sie ihn nicht nur erkannt hatte, sondern sich über das Wiedersehen genauso freute wie er. Im selben Moment stellte sich jenes wunderbare, wortlose Einverständnis ein, das es nur zwischen einem Mann und einer Frau gibt, die einander begehren. Carl spürte, wie sein Störenfried sich erhob. Diese Nacht würden sie zusammen verbringen, daran führte kein Weg vorbei, und wenn er am Samstag zur Beichte ging, würde er eine Menge Sünden zu gestehen haben ... Felix culpa! Gisela sang jetzt nur noch für ihn, zwinkerte ihm zu, ließ für ihn die Hüften kreisen, beugte sich in seine Richtung, um ihm einen ersten Einblick in den siebten Himmel zu gewähren, der auf ihn wartete. Mein Gott, das Volk der Juden mochte der Fluch des deutschen Volkes sein, aber es brachte die aufregendsten Weiber hervor! Ein Begriff fiel Carl ein, der, wie aus der Umgebung des Führers verlautete, schon bald in die Rechtsprechung eingehen würde: Rassenschande ... Das Wort schoss wie ein Blitz in seine Lenden. Das wäre eine Sünde, für die es keine Beichte gab! Während der Störenfried immer heftiger an die Pforten seines Gefängnisses pochte, das ihn in allzu enger Enge eingesperrt hielt, stellte Carl sich vor, wie Gisela nackt für ihn tanzte, ihm beim Tanzen die Hose öffnete, um ihn zu befreien, ihre jüdische Hand seinen arischen Schwanz.

Ra-da-da-di-da
Mm-ta-di
Da-da-da-di-da
Mm-ta-da-da
Wo ist der Mann?

Wieder warf sie ihm einen dieser Blicke zu, die ihn fast zur Explosion brachten. Ohne ihn aus den Augen zu lassen, stieg sie die wenigen Stufen von der Bühne herab und kam auf ihren hochhackigen Schuhen auf ihn zu, mit provozierend langsamen Schritten.

Er stand auf, um sie mit einem Handkuss zu begrüßen.

Da flog die Tür auf, und von der Straße flutete Laternenlicht herein.

»Polizei! Niemand verlässt das Lokal!«

Ein Dutzend uniformierter Beamter stürmte den Saal. Frauen

kreischten, Männer versuchten ins Freie zu gelangen. Doch die Polizisten riegelten alle Fluchtwege ab.

Während Carls Erektion in sich zusammenfiel, trat ein Beamter auf ihn zu und verlangte seinen Ausweis. Als er seine Papiere vorzeigte, entschuldigte sich der Mann.

»Der Herr darf passieren!«, rief er seinen Kollegen am Ausgang zu.

Erleichtert strich Carl sich die Hose glatt, dann beglich er beim Kellner die Rechnung, vermehrt um ein großzügiges Trinkgeld, und verließ das Lokal.

Auf der Straße bekreuzigte er sich. Gott sei Dank. Er war noch mal davongekommen – für heute war sein Trieb besiegt.

57

Gillas Verhör fand in ihrer Garderobe statt.

»Ihren Ausweis bitte, Fräulein!«

Halb ohnmächtig vor Angst kam Gilla der Aufforderung nach. Dem Beamten genügte ein Blick, um ihr Unglück zu entdecken.

»So so, geboren 1915?«

Gilla konnte nur stumm nicken. Obwohl sie ihren Mantel übergestreift hatte, kam sie sich so nackt vor, als trüge sie keinen Zentimeter Stoff am Leib.

»Stimmt die Adresse? Kantstraße 21?«

»Ja, da … da wohne ich …«

Der Beamte machte sich eine Notiz. »Halten Sie sich zur Verfügung.« Er gab ihr den Ausweis zurück und verließ den Raum, ohne weitere Fragen zu stellen. Direktor Karsunke begleitete ihn hinaus.

»Noch mal Glück gehabt«, sagte Heini Grätjens, der zusammen mit Gilla und Adam Miszewski überprüft worden war.

»Bist du sicher?«, fragte der Gitarrist, der zu Hause eine Frau und eine alte Mutter hatte, mit denen er nach Amerika auswandern wollte.

»Ganz sicher«, erklärte Heini. »Die hatten es nur auf Erich Kaminski und seine Sore abgesehen. Sonst wäre nicht nur die Kripo anmarschiert, sondern auch die Sitte.«

»Aber der Kommissar hat gesagt, ich soll mich zur Verfügung halten«, sagte Gilla, der der Schreck noch so in den Gliedern saß, dass sie kaum sprechen konnte.

»Das sagen sie immer. Aber meistens passiert gar nichts. Die wollten nur wissen, ob wir mit Erich unter einer Decke stecken.«

Gilla fasste ein wenig Hoffnung. Heini kannte sich aus, er war früher selbst Polizist gewesen, bis er eines Tages versucht hatte, einen Kollegen zu verführen.

»Und woher weiß ich, dass wirklich nichts passiert?«

Heini trat an den Spiegel, um sich abzuschminken. »Wenn du in einer Woche keine Post hast, ist die Sache erledigt. Meldungen von der Kripo ans Jugendamt erfolgen entweder sofort oder nie.«

58

Drei Tage nach seinem Tod wurde Ernst auf dem Göttinger Stadtfriedhof beigesetzt. Edda hatte die ganze Nacht kein Auge zugetan – Charly und Benny, die sie zwischen sich genommen hatten, mussten sie stützen, damit sie auf dem Weg von der Kapelle zum Grab nicht zusammenbrach. Obwohl die Sonne schien, erlebte Edda alles wie im Nebel. Wie im Nebel sah sie die kleine Trauergemeinde, wie im Nebel nahm sie die Blicke der anderen wahr, wie im Nebel folgte sie dem Sarg zu dem frisch ausgehobenen Erdloch, in dem die sterblichen Überreste des Menschen, den sie zu wenig geliebt hatte, bestattet werden sollten.

Der Pastor sprach irgendwelche Worte und Gebete, die Gemeinde sang ein Lied, dann segnete er das Grab, und plötzlich hatte Edda eine kleine Schaufel in der Hand und warf damit einen Brocken Erde in die Grube. Mit hohlem Klang prasselten die Krumen auf den Sargdeckel. Edda versuchte, sich den Menschen vorzustellen, der darunter lag. Sie wusste, dieser Mensch war groß und dürr und hatte einen fast kahlen Schädel und die ernstesten und gleichzeitig liebsten Augen der Welt. Doch sie konnte ihn nicht mehr sehen. Das Einzige, was sie sah, war die leblose Gestalt mit dem abgeknickten Kopf, die in einer mit rotem Wasser gefüllten Badewanne lag.

Seit drei Tagen lebte sie in dieser Unwirklichkeit, taub und ohne Gefühle, wie in einem Kokon, aus dem sie keinen Zugang zur Welt mehr hatte, weder zur Welt noch zu den Menschen. Am Morgen nach Ernsts Tod hatte ein Polizist sie verhört. Sie hatte auf alle Fragen Antwort gegeben. Doch ihre Worte waren ins Leere gegangen. Obwohl sie ihre Schuld gestanden hatte, hatte man sie laufen lassen, als hätte sie nichts zu tun mit dem, was geschehen war. Dabei hätte man sie doch ins Gefängnis werfen müssen, sie war doch die Täterin, diejenige, die Ernst in den Tod getrieben hatte, und musste bestraft werden. Aber welche Strafe, welches Gefängnis konnte sie von ihrer Schuld befreien? Nein, sie wusste ja selbst, aus ihrer Schuld gab es kein Entrinnen, ihre Schuld war so groß, dass es nicht mal Tränen dafür gab. Sie musste von nun an für immer mit dieser Schuld leben, in tränenloser Trauer, bis sie eines Tages gleichfalls sterben würde.

Als sie vom Grab zurücktrat, hatten Ernsts Eltern, zwei abgehärmte Menschen, so groß und dürr wie ihr Sohn, vor einem Nachbargrab Aufstellung genommen, um die Beileidsbekundungen entgegenzunehmen. Edda hatte die Eltern noch nie gesehen, sie wusste nur, dass sie in Braunschweig lebten, der Vater war Gewerkschafter und arbeitete in einer Fabrik, die Mutter hatte als Verkäuferin hinzuverdient, damit Ernst studieren konnte. Der Vater trug eine rote Nelke im Knopfloch, wie mehrere andere Männer auch, die Ernst das letzte Geleit gaben, Kollegen und ehemalige Kommilitonen, unter ihnen der Fremde in der Lederjacke, der eines Abends in ihrer Stammkneipe aufgetaucht war. Während die Reihen der Trauernden sich lichteten, fragte Edda sich, ob sie überhaupt das Recht hatte, den Eltern ihr Beileid auszusprechen. Die zwei mussten ihr doch ansehen, was passiert war, würden wissen, dass sie die Frau war, wegen der ihr Sohn im Grab lag.

»Sie sind Edda, nicht wahr?«

Sie hatte gar nicht gemerkt, dass Ernsts Mutter an sie herangetreten war. Jetzt sah sie ihr ins Gesicht. Zwei graue Augen inmitten zahlloser grauer Falten, aus denen unendlich graue Trauer sprach.

»Mein Mann und ich«, sagte sie leise, »wir würden Sie gern

einladen. Vielleicht möchten Sie ja die Fotos sehen, die wir noch haben, aus Ernsts Kindheit.«

Die wenigen Worte dieser dürren, grauen Frau berührten Edda mehr als alle Worte des Priesters. Doch sie hatte keine Worte, die sie zurückgeben konnte. Zu groß war ihre Scham.

»Bitte«, sagte die Mutter, »tun Sie uns den Gefallen.«

Edda musste schlucken. Und während sie noch überlegte, was sie antworten sollte, hörte sie sich sagen: »Ja, ich will Sie gern besuchen ... Wenn Sie möchten ... und ich darf ...«

»Sie sind uns willkommen, wirklich. – Hier, damit Sie wissen, wo wir wohnen.«

Die Mutter gab ihr einen Zettel, auf dem in Sütterlinschrift eine Adresse stand: Jahnstraße 20. Edda schaute auf den Zettel, dann in das Gesicht dieser Frau, die ihr so fremd war und doch der einzige Mensch, der sie mit Ernst verband.

Als diese Frau ihr mit einem schmerzlichen Lächeln zunickte, brachen die Tränen aus Edda hervor, und sie sank in den Arm dieser großen, dürren, fremden Frau.

59

Warum heißt das Leben »Leben«? Natürlich, um was zu er*leben*!

Seit Gilla ihren Kinderkleidern entwachsen war, hatte sie sich an diesen Wahlspruch gehalten. Aber jetzt, da sie in der Villa auf leisen Sohlen hinunter ins Erdgeschoss schlich, wo die Briefkästen der Mietparteien hingen, um die Abendpost abzufangen, fragte sie sich, ob es manchmal vielleicht doch besser wäre, den Weisungen der Eltern statt ihrem Wahlspruch zu folgen. Denn seit der Razzia im »Kakadu« lebte sie in der ständigen Angst, dass das Jugendamt sie vorlud, und das würde ihre Eltern, die ja keine Ahnung von ihren nächtlichen Auftritten hatten, in solche Panik versetzen, dass sie sie womöglich in ein Internat steckten, wo sie dann ihr Leben bis zum Abitur unter der Aufsicht katholischer Nonnen fristen müsste, die für ihre Strenge so gefürchtet waren, dass ihr die Mutter trotz eigenem evangelischen Glaubensbekenntnis mit ihnen drohte.

Eine Woche würde es dauern, bis die Gefahr vorbei sei, hatte Heini Grätjens gesagt, und diese Woche war herum. Mit zitternden Fingern steckte Edda den Schlüssel in das Briefkastenschloss. Obwohl sie an Jahwe so wenig glaubte wie an den dreifaltigen Gott, flüsterte sie die wenigen Verse des Kaddisch, die sie kannte, und fügte sicherheitshalber noch ein Vaterunser hinzu.

Bitte, Jahwe, lieber Gott, mach, dass der Kasten leer ist ...

Aber weder Jahwe noch der liebe Gott erhörten sie. Als sie die Klappe öffnete, fand sie drei Briefe vor. Mit angehaltenem Atem nahm sie sie aus dem Kasten.

Eine Postkarte von Onkel Baptiste und Tante Johanna aus dem Elsass. Eine Werbesendung von Butter Lindner mit Sonderangeboten. Und dann, ihr wurde fast schwindlig – ein Kuvert mit amtlichem Stempel, adressiert an ihre Eltern, Wilhelm und Mathilde Goldschmidt.

In ihrer zitternden Hand tanzten die Buchstaben so sehr, dass sie eine Weile brauchte, um den Absender zu entziffern.

Nein, nicht das Jugendamt. Nur die Finanzbehörde Wilmersdorf.

Ein Stein, so groß wie ihr schlechtes Gewissen, fiel von ihr ab. Dem Himmel sei Dank, sie hatte noch mal Glück gehabt.

60

Endlich, endlich war es so weit! Das neue Haus der Familie war fertig, als letzte Handwerker hatten auch die Anstreicher, Fliesenleger und Tapezierer ihre Arbeit getan, und alle Isings konnten einziehen, mit Kind und Kegel, um sich auf den drei Stockwerken zu verteilen und fortan unter einem Dach zu leben.

Hermann hatte für seine Frau, den kleinen Willy und sich selbst das Erdgeschoss gewählt. Obwohl er sich sogar ein Privatkontor geleistet hatte, um fortan manche Büroarbeiten im Haus statt in der Firma zu erledigen, reichte dank des großzügig bemessenen Grundrisses die eine Hälfte der Fläche für sie zu dritt vollkommen aus, so dass die andere Hälfte Eddas Wohnung vorbehalten war, mit Platz genug für eine künftige Familie. Bis es so weit war, würden hier außer der ältesten Tochter, die nach Ernsts Tod nach Fallersleben zurückgekehrt war, um im Schoß der Familie wieder zu sich zu finden, auch auswärtige Gäste logieren. Das erste Stockwerk gehörte zur Gänze Horst und den Seinen. Da Ilse, die Gott sei Dank nicht vor dem Einzug niedergekommen war, so dass sie ihr erstes Kind im neuen Haus gebären würde, entschlossen war, mindestens drei Jungen und zwei Mädchen zur Welt zu bringen, war schon jetzt abzusehen, dass sie und ihr Mann den meisten Platz brauchen würden. Der zweite Stock, der aufgrund der Verjüngung des Grundrisses kleiner ausfiel, war für Georg reserviert. Horst meinte zwar, dass dies sinnlose Platzverschwendung sei – so selten, wie sein Bruder nach Fallersleben kam. Doch der Vater bestand auf der getroffenen Einteilung, in der Hoffnung, dass Georg seine Frankfurter Ambitionen doch noch aufgeben würde. Mit der letzten und kleinsten Wohnung hoch oben unter dem Dach, wo auch Bruni ihr Zimmer hatte, begnügten sich Charlotte und ihr Mann – freiwillig. Solange Charly noch nicht mit dem Examen fertig war, war sie in Göttingen gebunden, und ob Benny den Auftrag zum Umbau der Wolfsburger Wirtschaftsbetriebe wirklich bekommen würde, stand in den Sternen. Ganz abgesehen von der Frage, wie lange sie in Deutschland bleiben würden.

Weil davon aber niemand wusste, war Bennys Anwesenheit mit einem Problem behaftet. Kaum, dass Edda sich nach dem ersten gemeinsamen Abendessen im neuen Haus zur Nacht zurückgezogen hatte und Horst und Ilse in den ersten Stock hinauf verschwunden waren, brachte der Vater es zur Sprache.

»Benno muss sich taufen lassen!«

»Taufen?« Charly, die trotz der Prüfungen nach Fallersleben gekommen war, um beim Einzug dabei zu sein, blickte ihren Vater irritiert an. »Wozu das denn?«

»Damit ihr kirchlich heiraten könnt! Das ist der einzige Weg, Gerüchten entgegenzuwirken. Fallersleben hat keine jüdische Gemeinde. Die Scheelhases in der Osloßer Straße sind die einzige Familie, die übrig geblieben sind, und die wollen angeblich nach Berlin ziehen. Soll da ausgerechnet die Familie des Ortsgruppenleiters ihre Nachfolge antreten?«

»Hm«, machte Charly. »Wie wär's, wenn du erst mal denjenigen fragen würdest, den das alles am meisten betrifft?«

Ihr Vater drehte sich zu Benny herum, der als Dritter mit am Tisch saß. »Du hast doch nichts dagegen, oder? Soweit ich weiß, arbeitest du auch samstags, und mit einem Gebetsriemen habe ich dich auch noch nicht erwischt.«

Charly sah, dass Benny sich genauso überrumpelt fühlte wie sie selbst. »Auch wenn ich eine Ewigkeit in keiner Synagoge mehr war«, sagte er zögernd, »aber in einer Kirche heiraten? Ich weiß nicht, ein bisschen kommt mir das vor wie Verrat.«

»Hier geht es nicht um Glaubensfragen«, erwiderte der Vater. »Hier geht es darum, eine von euch geschaffene Tatsache im Nachhinein gesellschaftsfähig zu machen.« Er wandte sich wieder an Charly. »Das ganze Dorf weiß, dass ihr verlobt seid, also erwarten die Leute, dass ihr heiratet, und zwar so, wie es sich gehört. Dafür ist es mit einer Unterschrift auf dem Standesamt nicht getan, dazu gehört auch der Segen des Pastors. Das ist auf dem Land nun mal so Sitte!«

Charly suchte Bennys Blick. Sollten sie sich nicht besser erst unter vier Augen besprechen? Sie war im Grunde froh über den Wunsch des Vaters, immerhin willigte er damit ja in ihre Ehe ein. Aber wenn es Benny solche Überwindung kostete …

Sie wollte vorschlagen, die Sache eine Nacht zu überschlafen, da gab ihr Mann sich einen Ruck.

»Also gut, falls es der Familie dient, bin ich bereit, mich taufen zu lassen!«

Charly glaubte, nicht richtig zu hören. Doch als sie Bennys Gesicht sah, der plötzlich gar nicht mehr überrumpelt, sondern vielmehr quietschvergnügt schien, fiel es ihr wie Schuppen von den Augen.

»Großartig, mein Junge«, sagte der Vater und klopfte Benny auf die Schulter, was er noch nie getan hatte. »Die Taufe muss natürlich geheim vonstatten gehen. Aber das wird kein Problem sein. Pastor Witzleben ist ja ein vernünftiger Mann.«

»Moment!«, rief Charly. »Darüber ist noch nicht das letzte Wort gesprochen!«

»Nein?« Der Vater erwiderte triumphierend ihren Blick. »Hast du nicht eben selbst gesagt, darüber müsse derjenige entscheiden, den es am meisten angeht? Wenn ich mich nicht verhört habe, hat Benno gerade zugestimmt!«

Die Mutter, die den kleinen Willy ins Bett gebracht hatte, kam in den Raum. »Haben wir nicht andere Sorgen?«, fragte sie. »Ich habt doch gesehen, wie es Edda geht. Wir müssen jetzt für sie da sein. Sie kommt ja um vor Kummer.«

»Wenn sie möchte, kann sie in Göttingen gern zu uns ziehen«, sagte Benny. »Dann wäre sie nicht allein. Platz ist ausreichend vorhanden, ich werde in Zukunft ja hoffentlich die meiste Zeit hier sein.«

Der Vater schüttelte den Kopf. »Ich glaube, das ist keine gute Idee. Lotti hat genug mit ihren Prüfungen zu tun, und keine Zeit, um sich um ihre Schwester zu kümmern. – Nein!«, entschied er, bevor jemand widersprechen konnte. »Edda bleibt hier bei uns in Fallersleben. Sie kann Mutter im Haushalt helfen und ihr außerdem mit dem kleinen Willy zur Hand gehen. Arbeit ist die beste Medizin.«

61

Die Dachwohnung hatte Benny ganz nach seinem Geschmack ausgestaltet. Unverfälschtes Bauhaus. Im Bad, wo er nun im Pyjama vor dem Spiegel stand und sich die Zähne putzte, gab es nur weiße Keramik und schlichte Chromarmaturen.

»Wo bleibst du?«, rief Charly aus dem Schlafzimmer. »Wir haben zu reden.«

»Bin gleich so weit. Nur zwei Minuten.«

Benny konnte sich denken, worüber sie reden wollte, und ließ sich entsprechend Zeit. So sorgfältig, als müsse er zum Zahnarzt, bürstete er die Zähne, dann spülte er mit Odol nach und reinigte auch noch mit Zahnseide die Zwischenräume.

Als er schließlich ins Schlafzimmer kam, war Charly im Gegensatz zu ihm noch nicht zur Nacht umgezogen. Ein schlechtes Zeichen.

»Wusstest du, dass Georg nächsten Sonntag auf der Avus beim Großen Preis sein wird?«, fragte er. »Du kannst dir nicht vorstellen, wie ich ihn beneide.«

»Lass die Ablenkungsmanöver! Du hast dich für Autorennen noch nie interessiert!«

»Ablenkungsmanöver? Ich weiß gar nicht, was du meinst.«

»Und ob du das weißt! Das war hinterhältig von dir heute Abend! Du willst vollendete Tatsachen schaffen.«

»So würde ich das nicht ausdrücken.«

»Aber genau das tust du! Es war längst nicht ausgemacht, wie es weitergehen soll. Und jetzt lässt du dich taufen.«

»Das hat doch gar nichts miteinander zu tun. Ich wollte nur deinem Vater ...«

»Willst du mich für dumm verkaufen? Du glaubst, wenn du getauft bist und wir kirchlich heiraten, lösen sich alle Probleme und du kannst dir den Auftrag des Grafen unter den Nagel reißen. Ist dir eigentlich klar, wie riskant das ist?«

Doch, er wusste, dass es riskant war. Aber so riskant, wie Charly tat, nun auch wieder nicht.

»Lass uns nicht streiten«, sagte er. »Das ist unsere erste Nacht im neuen Haus. Sollten wir die nicht auf schönere Weise nutzen?«

»Ja, ja. Süßholzraspeln konntest du schon immer ...«

»Sehe ich da ein Lächeln in deinem Gesicht?« Bevor es verschwinden konnte, gab er ihr einen Kuss. »Ich will ja gar keine vollendeten Tatschen schaffen, ich möchte uns nur alle Möglichkeiten offenhalten.« Er strich mit dem Finger an ihrer Bluse entlang und öffnete den obersten Knopf.

»Bitte, Benny, lass das ...«

Statt aufzuhören, öffnete er auch den zweiten Knopf. »Denk an deine Promotion«, flüsterte er. »Wenn man ja gesagt hat, kann man immer noch nein sagen. Hast du umgekehrt aber erst mal nein gesagt, ist kein Ja mehr möglich.« Er hielt inne und schaute sie an. »Wollen wir uns wirklich selbst um unsere Chancen bringen? Reicht es nicht, wenn die verdammten Nazis das tun?«

62

Rennfieber in Berlin! Benzin lag in der Luft! Die halbe Stadt war zur Avus geströmt, wo an diesem strahlenden Maisonntag der Große Preis von Deutschland ausgetragen wurde. Während vor der Haupttribüne die Fahrer die Motoren ihrer Boliden mit ohrenbetäubendem Lärm warmlaufen ließen, fieberten die Zuschauer entlang der Strecke dem Rennen entgegen. Alles, was im deutschen Rennsport Rang und Namen hatte, war am Start: Rudolf Caracciola, Manfred von Brauchitsch, Hermann Lang, Hans Stuck, Bernd Rosemeyer ... Hakenkreuzfahnen flatterten im Wind, überall waren SA-Männer aufmarschiert. Der Grand Prix war ein Ereignis von nationaler Bedeutung – bei dem Rennen sollte die deutsche Autoindustrie ihre internationale Konkurrenzfähigkeit unter Beweis stellen, vor den Augen der ganzen Welt.

Mit einem Ruck senkte sich die Starterflagge, ein Aufbrüllen der Motoren, und die Boliden schossen von ihren Plätzen.

»Glaubst du, unsere Fahrer haben eine Chance?«, fragte Georg, der zusammen mit Josef den Start von der Pressetribüne aus beobachtete.

»Auf die Fahrer kommt es gar nicht an«, erwiderte sein Freund, während der röhrende Pulk zum ersten Mal an ihnen vorüberraste. »Das Einzige, was zählt, sind die Autos. Ich wette, dass entweder ein Italiener oder Franzose gewinnt. Wenn du bereit bist, zehn Mark zu riskieren, schlag ein!«

»Das hättest du wohl gerne!«

Nein, Georg nahm die Wette nicht an, die Wagen von Mercedes-Benz, BMW und DKW waren der ausländischen Konkurrenz hoffnungslos unterlegen. Das zeichnete sich schon in der ersten Runde ab. Gleich nach dem Start ging der Bugatti in Führung, gefolgt von einem Alfa Romeo und einem Delage. Erst dahinter kamen die Deutschen, zusammen mit den Engländern, einem MG und einem Austin.

»Warum sitzen wir nur nicht da drüben?« Josef deutete mit dem Kinn zur Ehrentribüne, auf der es von braunen Uniformen nur so wimmelte. »Ich würde meinen rechten Arm dafür hergeben, mit Porsche den Platz zu tauschen.«

Georg hob ohnmächtig die Arme. Sie waren in der Hoffnung nach Berlin gekommen, hier jemanden zu treffen, der dem Kanzler Josefs Memorandum übermitteln würde. Doch Onkel Carl hatte es nicht geschafft, ihnen Zugang zur Ehrentribüne zu verschaffen, wo, abgesehen von Hitler selbst, die ganze Parteiprominenz versammelt war. Dort scharten die Bonzen sich nun um Ferdinand Porsche, den berühmten Autokonstrukteur aus Stuttgart, einen in der Tschechoslowakei gebürtigen Österreicher Mitte fünfzig mit dunklem Schnäuzer und Halbglatze. Es gab Gerüchte, dass Porsche von Hitler den Auftrag bekommen habe, einen deutschen Rennwagen zu konstruieren, der imstande wäre, die italienischen und französischen Boliden zu schlagen. Um den Auftrag zu bekommen, habe Porsche angeblich sogar seine Staatsbürgerschaft gewechselt. Kein Wunder, dass er auf der Ehrentribüne saß …

»Ah, da seid ihr ja!«

Als Georg sich umdrehte, sah er Onkel Carl.

»Gute Nachrichten!«, verkündete der. »Ich hatte gerade eine Unterredung mit Hermann Göring. Er ist vom *Auto des kleinen Mannes* ganz begeistert. Das war doch der Titel, nicht wahr? Er hat versprochen, das Memorandum dem Führer auf den Nachttisch zu legen!«

Georg und Josef schauten den Onkel an, als sei er vom Himmel herabgestiegen. Das war mehr, als sie sich in ihren kühnsten Träumen erhofft hatten.

Der weitere Verlauf des Rennens interessierte sie nicht mehr im Geringsten, und obwohl die deutschen Fahrer völlig abgeschlagen gegen die Italiener und Franzosen und sogar die Engländer verloren, kehrten sie am Abend bester Stimmung zurück in ihr Hotel. Wenn Göring dem Führer das Memorandum zu lesen gab, war es nur eine Frage der Zeit, bis in Frankfurt das Telefon klingeln würde.

»Jetzt habe ich Durst auf Schampus!«, sagte Josef, als sie das »Savoy« betraten.

Während er sich in der Eingangshalle nach einem Kellner umschaute, traten zwei Männer auf ihn zu.

»Josef Ganz?«

»Ja, der bin ich. Was wünschen Sie?«

»Geheime Staatspolizei. Sie sind verhaftet!«

63

Dorothee schloss die Haustür, und während sie in die Wohnung zurückkehrte, schaute sie die Post durch, die Briefträger Kampmann gerade gebracht hatte. Viel war es heute nicht – zwei Briefe für ihren Mann, einen für ihre Tochter.

Als sie den Absender sah, stutzte sie.

»Weißt du, wo Edda steckt?«, fragte sie Bruni, die mit einem Wäschekorb unterm Arm aus der Bügelstube kam.

»Ich glaube, sie räumt das Frühstück auf«, sagte das Dienstmädchen.

Als Dorothee die Küche betrat, schloss ihre Tochter gerade den Geschirrschrank.

»Post für dich. Aus Braunschweig.«

»Danke, Mama.« Edda zögerte kurz, dann öffnete sie das Kuvert.

»Und – was schreiben sie?«

»Sie fragen, wann ich sie endlich besuchen komme.«

Dorothee schüttelte den Kopf. »Ach, Kind, das haben wir doch alles schon besprochen.«

Edda schaute sie mit großen, traurigen Augen an. »Ich weiß, dass du das nicht möchtest. Aber … vielleicht hilft es ja. Ein bisschen.«

Als Dorothee den Blick ihrer Tochter sah, zog sich ihr Herz zusammen. Edda war schon immer ihr Sorgenkind gewesen, von Geburt an. Keine Kinderkrankheit hatte sie ausgelassen, und am Scharlach wäre sie fast gestorben. Obwohl sie stets eine gute Schülerin gewesen war, hatte sie im Studium dreimal das Fach gewechselt, erst Kunstgeschichte, dann Theologie und schließlich Romanistik, die ihr auch keine Freude machte. Und jetzt diese Tragödie mit Ernst, für die sie sich die Schuld gab. Obwohl sie nicht einmal mit ihm verlobt gewesen war, trug sie seit seinem Tod schwarz, als wäre sie seine Witwe. Manchmal hatte Dorothee das Gefühl, dass ihre Älteste für den Fehler büßen musste, den ihre Mutter in der Jugend begangen hatte.

»Ich verstehe ja, was in dir vorgeht. Aber was für einen Sinn soll das haben?«

»Seine Eltern haben ein Recht darauf zu wissen, warum ihr Sohn nicht mehr lebt.«

»Aber das weiß doch niemand, auch du nicht!«

»Doch, Mama, ich weiß es.«

Dorothee nahm Eddas Hand. »Selbst wenn es so wäre, was ich niemals glaube, wozu willst du seine Eltern damit belasten? Es würde ihren Schmerz doch nur verschlimmern, ohne dass es dir in irgendeiner Weise Trost bringen kann.«

»Aber ist es denn nicht meine Pflicht, ihnen die Wahrheit zu sagen?«

»Nein, Edda, deine Pflicht ist es, alles zu vermeiden, wodurch sie noch mehr leiden. Schreib ihnen, dass du die Einladung nicht annehmen kannst.« Dorothee drückte Eddas Hand. »Wirst du das tun?«

Ihre Tochter entzog ihr die Hand. »Ich ... ich will es versuchen ...«

64

Es war merkwürdig ruhig in der Raffinerie, als Horst die Halle betrat. Sonst war der große Fabrikraum erfüllt vom Lärm der Zentrifuge, in der die Zuckerkristalle von der Mutterlauge getrennt wurden. Doch jetzt stand die Maschine still, die Arbeiter lungerten in den Ecken herum, rauchten Zigaretten und lasen Zeitung, als wäre Mittagspause. Dabei war die längst vorbei.

»Was ist los?«, fragte Horst den alten Lübbecke, der in seinen Holzpantinen herbeigeschlurft kam. »Warum wird hier nicht gearbeitet?«

»Der Rotor ist gebrochen.«

»Himmel, Arsch und Zwirn! Wenn man euch nur fünf Minuten allein lässt!«

Horst trat an die Anlage, um den Schaden anzuschauen. Der

Rotorbruch war kein Wunder – Georg hatte die Zentrifuge gebaut, als er noch Student gewesen war. Und für solchen Pfusch hatte der Vater ihm das Motorrad geschenkt.

»Wat nu?«, fragte Lübbecke.

»Ich telefoniere mit der Schmiede. Bis Ersatz kommt, sollen die Leute sich in der Häckselstation nützlich machen. Schluss mit der Faulenzerei!«

Horst schlug einem Arbeiter die Zeitung aus der Hand und marschierte hinaus. Kaum hatte er die Halle verlassen, musste er wieder an sein Gespräch mit dem Kreisleiter denken. Er war über Mittag in Gifhorn gewesen, Sander hatte ihn zu sich bestellt, um ihm eine Belobigung auszusprechen. Horst hatte die Belobigung gar nicht gewollt, er hatte doch nur einen Namen genannt, den Namen des einzigen Kommunisten, den er kannte, und dabei war er nicht mal sicher gewesen – vielleicht hatte er sich auf dem Richtfest ja verhört. Hätte er besser den Mund gehalten? Nein, das hätte er nicht gedurft, er hatte sich nichts vorzuwerfen, er hatte nur seine Pflicht getan. Außerdem hatte das alles nichts mit Ernsts Tod zu tun. Edda war ja selbst der Meinung, dass er sich aus verzweifelter Liebe umgebracht hatte – und wer hatte diesen Kommunisten besser gekannt als sie?

Ein verrückter Gedanke schoss ihm durch den Kopf. Vielleicht war Edda ja gar nicht seine Schwester. Edda war ein Siebenmonatskind, das konnte alles Mögliche bedeuten. Seine Frau bekam ja offiziell auch eins. Dabei war sie in Wirklichkeit schon über den neunten Monat hinaus.

Er stieg gerade die Treppe zum Kontor hinauf, da wurde nach ihm gerufen.

»Horst? Gott sei Dank, dass du da bist!«

Als er sich umdrehte, stand am Treppenaufgang seine Mutter. Sie war so aufgeregt, dass es dafür nur einen Grund geben konnte.

»Ist es so weit?«

Die Mutter schaute ihn verständnislos an.

»Ilse!«, rief er. »Kriegt sie ihr Kind?«

Die Mutter schüttelte den Kopf. »Nein, nicht Ilse. Edda! Sie ist verschwunden!«

65

Obwohl die ehemalige Fleckengemeinde Fallersleben erst vor wenigen Jahren die Stadtrechte verliehen bekommen hatte, besaß der kleine Ort zwei eigene Bahnhöfe. Der erste und größere war der Reichsbahnhof, mit dem Fallersleben bereits im Jahre 1871 Anschluss an die Eisenbahnstrecke Berlin-Lehrte gefunden hatte. Doch schon bald darauf war eine weitere Verbindung nötig geworden. Grund dafür war die Kaligrube, denn die chemische Weiterverarbeitung der hier abgebauten Salze erfolgte in Braunschweig. Da es der Reichsbahn jedoch nicht profitabel erschien, allein für deren Transport das Schienennetz um eine Zusatzstrecke zu erweitern, hatte die Braunschweigische Landes-Eisenbahngesellschaft für den Lückenschluss gesorgt, so dass es seit der Jahrhundertwende in Fallersleben außer dem Reichsbahnhof auch noch den Braunschweiger Bahnhof gab.

Beide Bahnhöfe lagen, einige hundert Meter voneinander entfernt, ein Stück weit außerhalb der Stadt, in der Nähe des Mittellandkanals, und weil es ringsherum nur flaches Land gab, ging auf den Bahnsteigen stets eine unangenehm kühle Zugluft, so dass man sogar an einem so freundlichen Frühsommertag wie diesem, da Edda vom kleineren der zwei Bahnhöfe aus nach Braunschweig fahren wollte, beim Warten frösteln musste. Noch stand kein Zug am Gleis bereit. Ein wenig außer Atem von ihrem im Laufschritt zurückgelegten Weg, spähte Edda in die Richtung des Bahnbetriebswerks, von wo der Zug kommen musste. Wenn sie pünktlich um Viertel nach zwei in Fallersleben losfuhr, würde sie um fünf vor drei in Braunschweig ankommen. Ernsts Eltern, so hatten sie geschrieben, würden sie dort am Bahnhof abholen.

Bei der Vorstellung wurde Edda noch nervöser, als sie ohnehin schon war. Wie sollte sie den zwei Menschen, die ihren einzigen Sohn durch sie verloren hatten, nur unter die Augen treten?

Nach der Beerdigung hatte Edda zwei Wochen gebraucht, bis sie es geschafft hatte, den Brief, den sie immer wieder neu geschrieben und verworfen und dann doch wieder geschrieben hatte, abzuschicken. Ernsts Mutter hatte ihr postwendend geantwortet und sie für heute nach Braunschweig eingeladen.

Neun nach zwei. Der Lautsprecher kündigte die pünktliche Abfahrt des Zuges an. Edda hatte vor der Begegnung solche Angst, dass sie am liebsten kehrtgemacht hätte. Aber war das ein Grund, sich ihrer Verantwortung zu entziehen? Egal, was ihre Mutter sagte, sie hatte keine andere Wahl, sie *musste* diese Begegnung auf sich nehmen, *musste* den Eltern ihre Schuld beichten. Wie sollte sie sonst überleben?

Zehn nach zwei. Außer Edda wartete nur noch ein älteres Ehepaar, das ihr mitleidige Blicke schenkte, vermutlich wegen ihrer schwarzen Kleidung. Edda kannte weder den Mann noch die Frau, vermutlich waren sie Auswärtige, in Fallersleben war ihr ja jedes Gesicht vertraut. Sie hatte gewartet, bis ihre Eltern sich nach dem Essen zum Mittagsschlaf hingelegt hatten, um sich davonzustehlen – ihre Mutter hätte sie nie und nimmer aus dem Haus gelassen.

Elf nach zwei. Als der große Zeiger eine weitere Minute vorsprang, schrak Edda zusammen. Herr Giesecke, der Buchhalter ihres Vaters, kam durch die Bahnhofstür geeilt. Hatte die Mutter ihn geschickt? In der Hoffnung, dass er sie nicht sah, kehrte sie ihm den Rücken zu und lief ans vordere Ende des Bahnsteigs.

»Achtung an Gleis zwei. Es fährt ein der Eilzug nach Braunschweig.«

Gott sei Dank! Mit kreischenden Bremsen hielt der Zug an. Er war noch nicht zum Stillstand gelangt, da öffnete Edda auch schon die Waggontür. Doch bevor sie einsteigen konnte, musste sie einer Kolonne Putzfrauen den Vortritt lassen, die vermutlich den Zug im Bahnbetriebswerk gereinigt hatten und jetzt aussteigen wollten. Es dauerte eine Ewigkeit, denn die zwei hatten jede Menge Eimer, Schrubber und sonstiges Putzzeug dabei.

Als sie endlich draußen waren, berührte jemand Eddas Schulter. Giesecke! Auf dem Absatz fuhr sie herum.

Doch vor ihr stand nicht der Buchhalter, sondern ihr Bruder und packte sie am Arm.

»Lass mich los!«, herrschte sie ihn an. »Der Zug fährt ab!«

»Einen Teufel werde ich tun!« Horst verstärkte den Griff. »Mutter hat mich geschickt. Ich soll dich sofort nach Hause bringen.«

66

Nach seiner Verhaftung hatte man Josef Ganz in die »Rote Burg« gebracht, das Untersuchungsgefängnis der Geheimen Staatspolizei am Alexanderplatz, um ihn bis auf weiteres festzusetzen. Der Grund seiner Festnahme hatte wie ein schlechter Witz geklungen: Er habe, so der Vorwurf, bei Abgabe seiner Unschuldserklärung die gesetzte Frist um eine Woche überzogen – damit sei die Erklärung hinfällig. Georg hatte protestiert, er konnte ja bezeugen, dass Josef alle Unterlagen fristgerecht auf dem Frankfurter Polizeirevier eingereicht hatte, und hatte verlangt, dass man seine Aussage zu Protokoll nahm. Die Beamten hatten ihn aufgefordert, in der Prinz-Albrecht-Straße vorstellig zu werden, dem Hauptsitz der Gestapo, dort könne er seine Aussage machen. Doch als er sich dort am nächsten Morgen gemeldet hatte, hatte sich niemand für zuständig erklärt. Zwei Tage lang hatte er versucht, zu Josef vorzudringen – vergeblich. Nicht mal Onkel Carl, an den er sich um Hilfe gewandt hatte, hatte etwas ausrichten können.

Während Josef weiter in der Roten Burg festsaß, war Georg unverrichteter Dinge nach Frankfurt zurückgekehrt, um die Arbeit an der Zeitschrift weiterzuführen, damit wenigstens die nächste Ausgabe der »Motor-Kritik« erscheinen konnte. Hartwig Breidenstein, der in Darmstadt ansässige und um sein Geld bangende Verleger, hatte ihn dazu verdonnert.

Georg hatte gerade einen Fahrbericht über den neuen Wanderer begonnen, als das Telefon klingelte. Das Fräulein vom Amt meldete ein Ferngespräch aus Berlin. Es knackte ein paarmal in der Leitung. Dann hörte er eine Stimme – *Josefs* Stimme.

»Gott sei Dank! Haben sie dich endlich freigelassen?«

»Nein, noch nicht. Aber mein Fall wurde von der Gestapo an die Justiz übergeben. Ich bin jetzt in Moabit. Offenbar haben sie gemerkt, dass an der Klage nichts dran ist. Vielleicht ziehen sie sie sogar zurück, hat mein Anwalt gesagt.«

»Aber warum lassen sie dich dann nicht gleich frei?«

»Weil es eine neue Anzeige gibt!«

»WAS?«

»Ja, man wirft mir vor, ich hätte der deutschen Autoindustrie einen Schaden von dreihundertfünfzig Millionen Mark zugefügt. Angeblich wurden Tausende von Autos nur deshalb nicht verkauft, weil ich die Modelle der Hersteller kritisiert habe.«

»Um Himmels willen, wer hat sich denn diesen Irrsinn ausgedacht?«

»Keine Ahnung, aber ich schätze, dahinter steckt wieder Paul Ehrhardt!«

»Dieses Dreckschwein.«

»Das kannst du laut sagen. Aber ich muss Schluss machen, ich habe nur zwei Minuten Sprechzeit. Deshalb nur noch eins.«

Georg verstand. »Warte, ich hole Madeleine an den Apparat.«

»Nein«, sagte Josef, »das dauert zu lange. Sag lieber – wirst du rechtzeitig mit dem neuen Heft fertig?«

Bevor Georg antworten konnte, knackte es in der Leitung. Dann war nur noch ein Rauschen zu hören.

67

Edda küsste den kleinen Willy auf die Wange und legte ihn in den Stubenwagen. Sie hatte ihn gefüttert, und bei jedem Löffel hatte er vor Freude gegluckst und mit der Zunge nach dem Brei geleckt und sie dabei angeschaut, als wolle er sich bedanken. Kaum hatte er sein Bäuerchen gemacht, war er auf ihrem Arm eingeschlafen, ganz fest an sie geschmiegt, das Köpfchen auf ihrer Brust und die beiden Ärmchen um ihren Hals geschlungen wie ein Äffchen. Während er nun satt und zufrieden schlummerte, zuckte es manchmal in seinem Gesicht. Wovon er wohl träumte? Obwohl Edda seinen Schlaf eigentlich dazu nutzen wollte, Marmelade zu kochen, konnte sie sich kaum vom Anblick ihres kleinen Bruders losreißen. Wenn er aufgewacht und sie in der Küche fertig war, würde sie ihn in seinen Sportwagen setzen und einkaufen gehen.

Ja, Arbeit war die beste Medizin, wie ihr Vater immer sagte. Auch wenn sie den Schmerz nicht heilen konnte, half sie doch weiterzuleben. Edda hatte Ernsts Eltern eine Postkarte geschrieben, um sich für ihr Ausbleiben zu entschuldigen. Offenbar waren auch sie zu dem Schluss gekommen, dass ein Wiedersehen nur Salz in die Wunden reiben würde. Jedenfalls hatten sie nicht mehr geantwortet.

Edda wollte das Kinderzimmer gerade verlassen, da kam Horst herein. In der Hand hielt er eine Zeitung.

»In welcher Straße …«

»Pssst«, machte Edda, »Willy ist gerade eingeschlafen.«

Horst senkte die Stimme. »In welcher Straße wohnen Ernsts Eltern?«

»In Braunschweig?«, fragte sie irritiert. »Jahnstraße. Aber warum willst du das wissen?«

»Da, lies selbst.«

Als er ihr die Zeitung reichte, sah sie, dass es nicht die »Aller-Zeitung« war, sondern der »Braunschweiger Anzeiger«. Sie nahm das Blatt und las den Artikel, auf den ihr Bruder zeigte.

Tödliches Drama im Arbeiterviertel Belfort! In der Jahnstraße 20 wurde gestern Nachmittag ein Ehepaar tot aufgefunden. Nachbarn waren durch den Geruch, der aus der Drei-Zimmer-Wohnung drang, aufmerksam geworden. Im Innern bot sich den herbeigerufenen Polizisten ein Bild des Grauens: Das Ehepaar saß leblos an einer gedeckten Kaffeetafel, die Tassen halb leer getrunken, die Frau hatte noch die Kuchengabel in der Hand. Die Ermittlungen ergaben, dass die Buttercremetorte, von der das Paar gegessen hatte, vergiftet war. Offenbar handelte es sich um eine Verzweiflungstat. Der erwachsene Sohn der Eheleute hatte zu Beginn des Monats in seinem Wohnort Göttingen aus bislang ungeklärten Gründen Selbstmord begangen.

Edda ließ die Zeitung sinken. Wie betäubt starrte sie auf den Artikel, während sie versuchte, die Nachricht zu begreifen.

»Weißt du, was das bedeutet?«, fragte Horst leise. »Sie wollten dich mit in den Tod nehmen. Mutter und ich – wir haben dir das Leben gerettet!«

68

Georg las noch einmal die Pressemitteilung durch, die er für die »Motor-Kritik« verfasst hatte, um sie auf Tippfehler zu überprüfen, bevor er sie in den Satz gab.

> Aufgrund eines schwebenden Verfahrens sehen wir uns leider zu der Mitteilung gezwungen, dass unser Chefredakteur Dipl.-Ing. Josef Ganz sich vorübergehend in Untersuchungshaft befindet. Die Mitarbeiter der *Motor-Kritik* und alle, die Josef Ganz kennen, sind von seiner Makellosigkeit überzeugt und hoffen, dass er in Kürze wieder voll gerechtfertigt in Freiheit sein wird. Josef Ganz selbst begrüßt nach all den haltlosen Vorwürfen der letzten Wochen und Monate die kommende gerichtliche Klärung und bittet bis dahin alle Freunde der *Motor-Kritik* um Geduld.

Die Pressemitteilung hatte Georg in Absprache mit Hartwig Breidenstein verfasst. Der Verleger bangte wegen der Querelen um seinen Chefredakteur nicht nur um das Ansehen der Zeitschrift, sondern auch um sein Geld. Die Nachricht von Josefs Verhaftung hatte sich in der Branche längst herumgesprochen, statt sich wegzuducken, war es darum besser, Stellung zu beziehen, um Falschmeldungen ihres Widersachers entgegenzuwirken. Nein, Josef und Georg hatten sich nicht geirrt, auch hinter der neuen Klage steckte wieder Paul Ehrhardt. Onkel Carl hatte in Berlin herausgefunden, mit welcher Hinterhältigkeit und Akribie die Intrige gesponnen war. Offenbar war es Ehrhardt in Frankfurt gelungen, die Beweisstücke, die Josef zu seiner Entlastung eingereicht hatte, an sich zu bringen, um das Datum der Erklärung zu fälschen und das Konvolut so lange zurückzuhalten, dass es eine Woche zu spät zur Gestapo nach Berlin gelangt war, wo über den Fall entschieden wurde. Das auf diese Weise herbeigeführte Fristversäumnis war der Grund für Josefs Verhaftung gewesen. Zwar war der Schwindel polizeiintern aufgeflogen, aber da Ehrhardt dem Sicherheitsdienst angehörte, war er nach nur einem Tag Haft wieder auf freien Fuß gesetzt worden, so dass er seine Attacken gegen Josef nun ungehindert fortsetzen konnte. Für den absurden Vorwurf, sein früherer Arbeitgeber habe mit seinen Artikeln der deutschen Automobilindustrie einen Schaden von dreihundertfünfzig Millionen Mark zugefügt, hatte er sich sogar die Unterstützung des mächtigen Jakob Werlin gesichert und es mit dessen Hilfe geschafft, dass Josefs Untersuchungshaft trotz der Entlarvung von Ehrhards Betrug verlängert worden war.

Wie lange würde es jetzt wohl dauern, bis Josef wieder freikam?

Georg verließ seinen Schreibtisch, um Madeleine die Pressemeldung in die Herstellung zu bringen, da ging die Tür auf.

Zuerst sah er nur die genähte Platzwunde am Kopf des Mannes, der auf ihn zutrat, erst dann erkannte er seinen Freund.

»Josef? Wo zum Teufel kommst du denn plötzlich her?«

»Aus Berlin. Dein Onkel hat ein bisschen Schutzengel gespielt und sich bei seinem Freund Göring für mich eingesetzt.«

»Wirklich?« Georg fiel ein Stein vom Herzen. »Ach ja, manchmal ist die bucklige Verwandtschaft doch zu was nütze. Aber sag, was ist mit deinem Kopf? War das die Gestapo?«

»Nein, wie kommst du darauf?«, erwiderte Josef. »Das war meine eigene Dummheit. Ich habe auf der Straße einem Mädchen nachgeschaut und bin dabei gegen einen Laternenmasten gerannt.«

Georg runzelte die Stirn. »Seit wann schaust du fremden Mädchen nach?«

»Pssst, Madeleine muss das ja nicht hören. Apropos – wo steckt sie eigentlich?«

»Hier!« Wie auf Kommando kam Josefs Verlobte aus dem Nebenzimmer. »Ich wollte es kaum glauben, als ich deine Stimme hörte. Aber du bist es wirklich!«

Sie schlang die Arme um ihn und bedeckte sein Gesicht mit Küssen.

Georg ging zurück an seinen Schreibtisch und griff zum Telefon. »Ich ruf dann mal in Mannheim an, um Breidenstein die frohe Botschaft zu verkünden.«

69

Es war noch keinen Monat her, dass sie Ernst zu Grabe getragen hatten, aber die wenigen Blumen auf seinem Grab waren längst verwelkt.

»Ich kann es immer noch nicht fassen«, sagte Edda.

Charly, die sie auf den Friedhof begleitet hatte, suchte nach tröstenden Worten. Der Anblick ihrer Schwester in der schwarzen Trauerkleidung schnürte ihr die Kehle zu. Gleichzeitig schwirrte ihr der Kopf von ihren eigenen Problemen so sehr, dass sie keine tröstenden Worte fand. Also drückte sie nur stumm Eddas Hand.

»Vielleicht hätte ich doch nach Braunschweig fahren sollen.«

»Nach Braunschweig?«, erwiderte Charly zerstreut.

»Zu seinen Eltern.«

»Natürlich. Wie dumm von mir. Aber wer weiß, ob du dann überhaupt noch am Leben wärst. Vielleicht hat Horst ja recht, und Mamas Ahnung hat dir das Leben gerettet.«

»Glaubst du das wirklich?«

»Ach, Edda. Wer kann das schon wissen …«

Charly konnte sich kaum noch an Ernsts Eltern erinnern, sie hatte die zwei alten Leute ja nur einmal gesehen, bei der Beerdigung hier auf dem Friedhof. Unauffällig warf sie einen Blick auf die Uhr. In einer Stunde hatte Benny seinen Termin bei Graf Schulenburg. Sie wusste nicht, was sie ihm wünschen sollte. Einerseits hoffte sie natürlich, dass er den Auftrag bekam – von einer solchen Chance hatte er immer geträumt. Doch was dann? Dann konnte es Monate, wenn nicht Jahre dauern, bis sie Deutschland verließen … Am liebsten würde sie ihn anrufen und bitten, den Vertrag sausen zu lassen. Aber hatte sie dazu das Recht? Sie hatte Professor Wagenknecht ja auch noch nicht abgesagt, die Promotion könnte immerhin der Beginn einer akademischen Karriere sein.

»Was meinst du, habe ich sie auch auf dem Gewissen?«

Charly brauchte eine Sekunde, um zu begreifen. »Ernsts Eltern? Ach Edda, hör endlich auf, dir Vorwürfe zu machen. Manche Dinge geschehen einfach, weil sie geschehen müssen.«

Ihre Schwester schaute sie an, die Augen blank von Tränen. »Und warum bin ich dann noch am Leben?«

70

Der Vertrag lag fertig zur Unterschrift auf dem Schreibtisch. Doch bevor Graf Schulenburg seinen Namen daruntersetzte, wollte er von Benny in groben Zügen hören, wie er sich die Umgestaltung der Wirtschaftsbetriebe vorstellte. So hatten sie es vereinbart, als Hermann Ising sie miteinander bekannt gemacht hatte.

Trotz Charlys Bedenken hatte Benny die Zeit genutzt und alles gelesen, was es in der Göttinger Universitätsbibliothek zum Thema Industriearchitektur gab. Vor allem aber hatte er sich ein Bild vor Ort gemacht, hatte die gräflichen Betriebe in Augenschein genommen und analysiert, wie die baulichen Gegebenheiten die Arbeitsabläufe beeinflussten, um die Umbauten darauf abzustimmen. Die Form folgt der Funktion. Dieses Prinzip, das, wie er in Dessau gelernt hatte, für die Gestaltung eines Hauses ebenso galt wie für die Gestaltung eines Möbelstücks, galt erst recht für die Gestaltung von Wirtschaftsbetrieben.

»Du meine Güte, man muss ja glauben, Sie wollen das ganze Land umpflügen«, lachte der Graf, als Benny mit seinem Vortrag fertig war. »Aber haben Sie auch an die Kosten gedacht?«

»Natürlich. Hier ist eine erste Kalkulation.« Benny reichte einen Aktendeckel über den Schreibtisch. »Billig sind die Lösungen nicht, das gebe ich zu. Aber preiswert. Weil, das Geld, das Sie ausgeben, investieren Sie nicht in Gebäude, sondern in die Erhöhung der Produktivität. Ihre Leute müssen oft viel zu viele Wege machen. Nach den Umbauten wird jeder an seinem Arbeitsplatz vorfinden, was er für seine Tätigkeit braucht. Das wird sich schon nach kurzer Zeit rentieren.«

Schulenburg nahm den Aktendeckel, um darin zu blättern. »Nun gut«, sagte er schließlich. »Dem Mutigen gehört die Welt. Ich schlage vor, wir fangen mit dem Sägewerk und der Schillermühle an.«

Bennys Herz machte vor Freude einen Sprung. »Ich bin bereit!«

»Dann sollten wir das jetzt wohl mal besiegeln, damit alles seine Ordnung hat.« Der Graf griff zu dem Vertrag und nahm einen Füllfederhalter. Aber statt die Kappe aufzuschrauben, zögerte er.

»Eine Frage hätte ich noch. Es heißt, Sie wollen eine der beiden Ising-Töchter heiraten. Ist das richtig?«

»Ja, Fräulein Ising und ich sind seit Weihnachten verlobt«, erwiderte Benny ein wenig irritiert. Mit einer so privaten Frage hatte er nicht gerechnet.

»Und wo werden Sie heiraten? In Göttingen?«

»Nein, hier in Fallersleben. In der Michaeliskirche.«

»In der Michaeliskirche?« Der Graf schaute ihn an. »Merkwürdig. Aufgrund Ihres Namens dachte ich, Sie seien jüdischer Herkunft. Habe ich mich geirrt?«

Benny spürte, wie ihm das Blut ins Gesicht schoss. Während er auf das Parteiabzeichen mit dem Hakenkreuz starrte, das der Graf am Revers trug, war er für einen Moment versucht, zu lügen. Doch er schaffte es nicht.

»Nein, Sie haben sich nicht geirrt«, sagte er. »Ich bin tatsächlich Jude. Aber ich werde mich vor der Heirat taufen lassen, so dass einer kirchlichen Eheschließung nichts im Wege steht.«

In banger Erwartung von Schulenburgs Reaktion verstummte er. War es ein Fehler gewesen, die Wahrheit zu sagen? Vielleicht hatte er sich mit den paar Worten gerade um den größten Auftrag seines Lebens gebracht.

Eine lange Weile drehte Schulenburg den Füllfederhalter in der Hand, ohne etwas zu sagen. Dann aber lächelte er.

»Ich bin froh, dass Sie mir ehrlich geantwortet haben, junger Freund«, sagte er. »Hätten Sie versucht, mich zu täuschen, hätte ich den Vertrag nicht unterschreiben können. Und das hätte ich zutiefst bedauert.« Er schraubte den Füllfederhalter auf. »Umso mehr freue ich mich jetzt auf unsere Zusammenarbeit.«

71

»Weißt du, was Breidenstein von uns will?«, fragte Georg.

»Keine Ahnung«, erwiderte Josef. »Ich dachte, du wüsstest Bescheid.«

Der Prachtbau, in dem der Besitzer der »Motor-Kritik« residierte, befand sich in Mannheims Nobelviertel am Luisenpark. Noch im selben Telefonat, in dem Georg Josefs Freilassung gemeldet hatte, hatte Breidenstein sie beide zu sich zitiert. Das war absolut ungewöhnlich. Breidenstein war kein Automann, sondern Spekulant. Er wusste von Autos gerade so viel, dass sie von selbst fuhren. Doch das reichte für seine Zwecke. In der festen Überzeugung, dass dieser praktischen Form individueller Fortbewegung die Zukunft gehörte, hatte er einen großen Teil seines Geldes in Aktien deutscher und ausländischer Autohersteller angelegt. Und aus demselben Grund hatte er einen kleinen Teil seines Geldes dazu genützt, die »Motor-Kritik« zu gründen. Die Zeitschrift hatte ausschließlich die Entwicklung des Automobils zum Thema und versprach darum stetig steigende Abonnentenzahlen. Alles andere überließ er seinem Chefredakteur Josef Ganz und dessen Stellvertreter Georg Ising.

Nur eine Minute, nachdem sie sich bei der Sekretärin gemeldet hatten, saßen sie in Breidensteins Arbeitszimmer, in dem jedes Möbelstück vermutlich mehr gekostet hatte als die komplette Einrichtung ihres Frankfurter Büros. Allein die Perserteppiche, in denen man förmlich versank, mussten ein Vermögen wert sein, und an den Wänden prangten Bilder von Nolde und Liebermann, wie Georg erkannte.

»Ich will nicht um den heißen Brei herumreden«, eröffnete der Verleger, ein Endfünfziger mit blankpolierter Glatze, das Gespräch. »Herr Ganz, ich muss Sie leider von Ihren Aufgaben als Chefredakteur entbinden.«

»Wie bitte?«, entfuhr es Georg und Josef wie aus einem Munde.

»Ich weiß, das ist keine erfreuliche Nachricht, und es ist mir alles andere als ein Vergnügen, Ihnen das mitzuteilen. Aber ich habe keine Wahl. Ich kann es mir nicht leisten, an einem Chefredakteur festzuhalten, der so in der Schusslinie steht.«

»Aber die Anschuldigungen sind doch samt und sonders aus der Luft gegriffen«, rief Josef. »Ich kann den Beweis dafür jederzeit erbringen.«

»Daran hege ich nicht den geringsten Zweifel«, erwiderte Breidenstein. »Das ändert jedoch nichts an meiner Entscheidung. Das

Verfahren zieht sich in die Länge, und Zeit ist Geld. Mit jedem Monat, den die Sache dauert, verlieren wir Abonnenten.«

»Das darf doch wohl nicht wahr sein!«, protestierte Georg. »Paul Ehrhardt hat sich das doch alles nur aus den Fingern gesogen! Er ist es, der ins Gefängnis gehört!«

»Ich weiß. Aber hier geht es nicht um Gerechtigkeit, sondern um Geld – *mein* Geld, wohlgemerkt.«

Georg blickte Josef an, doch der schaute leichenblass auf seine Fingerspitzen.

»Entschuldigen Sie meine Frage, Herr Breidenstein«, sagte Georg. »Aber gehören Sie zufällig auch zu den Leuten, die neuerdings keine Juden mehr mögen?«

»Unsinn!« Der Verleger machte eine wegwerfende Handbewegung. »Meine besten Freunde sind Juden, ihnen verdanke ich viele gute Geschäfte. Nein, mein Entschluss entspringt allein wirtschaftlichen Überlegungen.« Er zog ein Etui aus der Brusttasche, um Zigarren anzubieten. »Echte kubanische.«

Die beiden lehnten ab.

Schulterzuckend nahm Breidenstein eine Zigarre, entfernte die Spitze und zündete sie an. »Trotzdem gebe ich zu, dass die jüdische Herkunft von Herrn Ganz eine gewisse Rolle spielt. Jakob Sprenger, der Reichsstatthalter von Hessen, hat mich in Darmstadt antanzen lassen, um mir die Leviten zu lesen. Für den Fall, dass ich mich nicht von meinem Chefredakteur trenne, hat er mir offen damit gedroht, die »Motor-Kritik« als jüdisches Sensationsblatt durch den Dreck zu ziehen. Was das für unsere Zeitschrift heißt, muss ich nicht weiter erläutern. Außerdem«, fügte er hinzu, als Georg etwas einwenden wollte, »der Vorwurf der Erpressung, mit dem der ganze Schlamassel losging, steht weiterhin im Raum. Der Fall ist mit der vorläufigen Freilassung von Herrn Ganz ja keineswegs aus der Welt.«

Die Argumente waren so erdrückend, dass eine Weile lang niemand etwas sagte.

»Und wer soll mein Nachfolger werden?«, wollte Josef wissen.

»Ihr Stellvertreter natürlich, wer sonst? Darum habe ich Herrn Ising ja gleich mit hierher gebeten.« Breidenstein paffte ein paar

Ringe. »Aber ich bin kein Unmensch, Herr Ganz. Natürlich können Sie auch in Zukunft für die »Motor-Kritik« schreiben. Als freier Mitarbeiter, ohne Nennung im Impressum. Von irgendwas müssen Sie ja leben. – Aber sagen Sie mal, was haben Sie da eigentlich für eine Verletzung am Kopf? Wohl gegen den Schrank gelaufen, wie?«

»Nein, gegen … gegen einen Laternenpfahl«, stammelte Josef.

»Sachen gibt's!« Der Verleger lachte. »Na, Hauptsache, es war nicht das Nudelholz der Frau Gemahlin.«

72

Charly konnte sich nicht erinnern, Benny je so aufgekratzt gesehen zu haben wie am Abend nach seiner Rückkehr aus Fallersleben. Die Worte sprudelten nur so aus ihm heraus, ohne Punkt und Komma.

»Der Graf ist ein großartiger Mann! Weißt du, was er gesagt hat? ›Ich bin froh, dass Sie mir ehrlich geantwortet haben. Hätten Sie versucht, mich zu täuschen, hätte ich den Vertrag nicht unterschreiben können. Und das hätte ich zutiefst bedauert …‹ Das musst du dir mal vorstellen! Bedauert, *er* – nicht ich! Während ich meinen Vortrag hielt, hat er keinen einzigen Mucks gesagt, nur zugehört hat er und sich ab und zu Notizen gemacht, als wäre ich ein Professor und er ein Student. Und sogar die Kosten hat er geschluckt. Weil er begriffen hat, dass das gut investiertes Geld ist. Ich kann's gar nicht abwarten, dass es losgeht!«

»Genau das hatte ich befürchtet«, erwiderte Charly.

»Wie? Was?« Verständnislos blickte er sie an.

»Du hast Blut geleckt, Benny. Aber wenn du dich erinnerst – wir haben eine Abmachung, wir zwei. Bis ich mit meinem Examen fertig bin, und keinen Tag länger.«

»Ich weiß. Aber erstens bist du noch nicht fertig, und zweitens stehe ich bei deinem Vater wegen der Taufe im Wort. Und heiraten wollen wir auch noch, ich meine richtig, mit dem Segen von Pastor Witzleben, bevor wir auswandern.«

»Das nennt man Salamitaktik. Darauf falle ich nicht rein.«

»Ich nenne das Vernunft. Oder glaubst du, es ist klug, wenn wir ausgerechnet jetzt eine so wichtige Entscheidung treffen? Mitten in deinem Examen?«

»Das ist zwar nicht der ideale Zeitpunkt. Aber …«

»Aber was?«

Charly zögerte. Was Benny sagte, war ja nicht falsch, vor lauter Lernen hatte sie ohnehin manchmal das Gefühl, das ihr der Kopf platzte. Sie hatte inzwischen zwei weitere Prüfungen gehabt, in der HNO und in der Kardiologie, und als Nächstes musste sie in der Gastroenterologie und in der Pneumologie ran, und mit ihrer Dissertation hatte sie auch schon angefangen. Professor Wagenknecht hatte ihr eine neonatologische Studie vorgeschlagen. Sie sollte herausfinden, ob Säuglinge, die gestillt werden, sich anders entwickelten als Neugeborene, die ohne Muttermilch auskommen müssen. Dazu hatte sie in der Kinderklinik bereits erste Messungen vorgenommen.

»Vorschlag zur Güte«, sagte Benny. »Wir verlängern die Entscheidungsfrist bis zum Abschluss deiner Promotion. Bis dahin weiß ich auch, was aus meinem Auftrag wird. Vielleicht legt sich Graf Schulenburgs Begeisterung ja und ich bin froh, wenn ich einen Grund habe, ihm zu kündigen.«

»Das glaubst du doch selbst nicht.«

»Komm schon, sag ja. Du brauchst für die Dissertation doch nur ein paar Monate.«

Charly überschlug im Kopf ihre Termine. »Also gut«, sagte sie schließlich. »Bis zu meinem Rigorosum. Aber keinen Tag länger.«

Benny strahlte. »Ich wusste doch, dass du ein kluges Mädchen bist! – Übrigens, bevor ich's vergesse. Deine Mutter lässt dich grüßen. Du bist Tante geworden!«

73

Wie eine Nähmaschine surrte der Standard Superior durch die Nacht.

»Jetzt sag endlich die Wahrheit! Was ist in Berlin passiert?«

»Das habe ich dir doch gesagt. Ich bin gegen einen Laternenpfosten gerannt.«

»Lüg nicht, du schaust keinen Mädchen hinterher. So was tue nur ich.«

Georg blickte seinen Freund an. Im Scheinwerferlicht eines entgegenkommenden Autos sah er die notdürftig genähte Platzwunde auf Josefs Stirn.

»Darüber kann ich nicht sprechen. Das musste ich sogar unterschreiben. Sonst hätten sie mich nicht freigelassen.«

»Wie bitte? Was sind denn das für seltsame Regeln?«

»Frag deinen Onkel, der hat das mit denen ausgehandelt. Also hör bitte damit auf. Ich kriege sonst nur noch mehr Schwierigkeiten. Und davon habe ich schon genug.«

Georg musste kein Hellseher sein, um zu wissen, was Josef meinte. »Glaubst du eigentlich, dass Breidenstein dich nur wegen der Abonnenten abserviert hat?«

»Sag du's mir.«

»Keine Ahnung.«

»Wirklich nicht? Vielleicht weißt du ja mehr als ich.«

»Wie kommst du darauf?«, fragte Georg, der in den einsilbigen Antworten seines Freundes einen Unterton zu hören glaubte, der ihm ganz und gar nicht gefiel.

Josef zuckte die Schulter. »Du hast mit Breidenstein telefoniert. Ich nicht. Ich war bis heute Chefredakteur. Jetzt bist du's.«

Georg fuhr auf seinem Sitz herum. »Was willst du damit sagen? Dass ich an deinem Stuhl gesägt habe?«

»Du wärst nicht der Einzige, der in diesen Tagen so was tut.«

»Das traust du mir zu? Bist du noch ganz richtig im Kopf?«

Georg griff nach der Handbremse und zog sie so heftig an, dass der Wagen ins Schleudern geriet und dann mit abgewürgtem Motor zu stehen kam.

»Bist du wahnsinnig?«, rief Josef. »Willst du uns umbringen?«

»Ich will, dass du dich entschuldigst. Und zwar auf der Stelle!«

Georg war so erregt, dass seine Stimme überschnappte. Josef erwiderte seinen Blick. Eine Weile schauten sie sich in stummer Verbiesterung an. Dann gab Josef sich einen Ruck.

»Du hast recht. Bitte verzeih mir. Mir … mir sind die Nerven durchgegangen. War wohl alles ein bisschen viel in letzter Zeit.«

»Offensichtlich«, knurrte Georg.

Josef fasste nach seinem Arm. »Es tut mir leid, wirklich. Natürlich hast du nichts mit meiner Kündigung zu tun. Zu so was wärst du gar nicht imstande. Du bist doch mein Freund.«

»Soll das so was wie eine Entschuldigung sein?«

»Ja. Und wenn du willst, gebe ich sie dir auch gern schriftlich.«

»Dann aber mit dreifachem Durchschlag.«

Josef atmete auf. »Du nimmst meine Entschuldigung also an?«

»Was bleibt mir anderes übrig?«, erwiderte Georg mit einem Grinsen. »Schließlich bist du nicht nur mein Freund, sondern auch mein Chef.«

»Nur bis heute. Jetzt nicht mehr.«

»Doch, in deinem Konstruktionsbüro bist du es nach wie vor. Und darauf kommt es an.«

Josef drückte seinen Arm. »Danke«, sagte er.

»Jetzt hör mit dem Gequatsche auf und fahr wieder los. Wir haben zu tun.«

»Zu Befehl, Herr Chefredakteur, zurück an die Arbeit!« Josef drehte den Zündschlüssel um, um den Motor neu zu starten. »Wäre ja noch schöner, wenn die Arschlöcher uns alles kaputtmachen würden.«

74

Auf Ilse war Verlass. Sie hatte ihrem Mann einen Sohn versprochen, und kaum waren sie in das neue Haus eingezogen, war sie mit einem Knaben niedergekommen. Der hatte die Welt mit einem so durchdringenden Schrei begrüßt, dass der kleine Willy ein Stockwerk tiefer verängstigt zu weinen angefangen hatte.

Horst platzte fast vor Stolz über den Stammhalter – er, nicht Georg, hatte dafür gesorgt, dass der Name Ising eine weitere Generation fortleben würde. Auch Elfriede Warnke, die Hebamme von Fallersleben, eine grobknochige Frau mit einer Vorliebe für Kinder in Kopflage, war zufrieden. Der Junge hatte sich ohne Fisimatenten holen lassen und brachte stolze dreitausendsiebenhundert

Gramm auf die Waage – ein solcher Prachtkerl von Siebenmonatskind war selbst ihr noch nicht untergekommen. Bereits am ersten Sonntag nach der Niederkunft wurde der neue Erdenbürger von Pastor Witzleben auf die schönen Namen Adolf Hermann Günther getauft. Der Rufname war eine Verneigung vor dem Führer, der Zweitname vor dem Großvater – und, in glücklicher Fügung, zugleich vor Reichsminister Göring – und der Drittname schließlich vor Graf Schulenburg, der als Schlossherr nach altem Brauch eine formale Patenschaft übernommen hatte, freilich ohne an der anschließenden Feier im Brauhaus teilzunehmen, zu der Horst geladen hatte. Der Graf war aufgrund einer Besprechung mit seinem Architekten verhindert, so dass auch Horsts Schwager sich hatte entschuldigen lassen, genauso wie sein Bruder Georg, der die Beförderung zum Chefredakteur und die damit verbundene Mehrarbeit zum Vorwand genommen hatte, um sich vor der weiten Anreise zu drücken. Horsts Glück trübte das nicht im Geringsten, im Gegenteil, er konnte auf die beiden bestens verzichten. Dafür hatte er Hans Lohmann, seinen alten Klassenkameraden aus der Mittelschule und jetzigen Direktor des Schwefelbads, gebeten, die Patenschaft über seinen Sohn zu übernehmen. Außerdem hatte Edda so ein bisschen Gesellschaft – vielleicht schaffte Hans es ja, sie auf andere Gedanken zu bringen.

Ein Dutzend Gäste war um die Tafel versammelt, die sich unter den Kuchen- und Tortenplatten förmlich bog. Pastor Witzleben, der auf Wunsch der Großeltern anstelle von Superintendant Wedde die Taufe des neuen Erdenbürgers übernommen hatte, sah es mit Vergnügen. »*Zucker schadet? Grundverkehrt!*«, zitierte er jedes Mal den Reklamespruch der Familie, wenn er sich ein weiteres Stück Butterkuchen nahm. »*Zucker schmeckt! Zucker nährt!*« Die anderen Männer allerdings sprachen mehr dem Korn als dem Kaffee zu, um den kleinen Adolf »pinkeln« zu lassen, wie es sich gehörte, und es dauerte keine Stunde, bis die erste Flasche Schnaps leer war. Bevor Horst eine zweite bestellte, erhob er sich von seinem Platz, um eine Rede zu halten. Es war ihm ein Bedürfnis, sein Glück mit seinen Gästen zu teilen. Doch er hatte sich noch nicht Gehör verschafft, da forderte sein Vater Pastor Witzleben auf, ihn auf ein paar Schritte ins Freie zu begleiten – »ein bisschen die Beine vertreten«.

Enttäuscht blickte Horst ihnen nach.

»Wolltest du etwas sagen?«, fragte seine Mutter. »Dann warte doch einfach, bis die zwei wieder zurück sind.«

»Nein«, erwiderte er. »Ich wollte nichts sagen. Ich muss nur mal kurz austreten.«

Das war nicht mal gelogen, nach drei Tassen Kaffee und mehreren Schnäpsen verspürte er Druck auf der Blase. Beim Urinieren hörte er durch das Toilettenfenster draußen seinen Vater mit dem Pastor reden. Was hatten die zwei so Wichtiges zu besprechen, dass sie ihn dafür um seine Rede gebracht hatten? Horst lauschte mit angehaltenem Atem. Zwar verstand er nicht jeden Satz, aber die paar Worte, die er aufschnappte, reichten, dass seine Stimmung endgültig in den Keller sank.

Musste man ihm auch noch diesen Tag versauen? Den einzigen Tag seit langer, langer Zeit, an dem er einmal wirklich rundum glücklich war?

Im Flur lauerte er seinem Vater auf. »Kann ich dich bitte einen Moment allein sprechen?« Er wartete, bis der Pastor in der Gaststube verschwunden war, dann sagte er: »Ich warne dich. Wenn du das machst, melde ich dich dem Kreisleiter.«

»Wenn ich was mache?«, erwiderte der Vater.

»Tu nicht so unschuldig. Du willst den Judenbengel heimlich taufen lassen. Herrgott – ist dir denn gar nichts heilig?«

Horst machte sich auf eine Zurechtweisung gefasst. Doch sein Vater schüttelte nur resigniert den Kopf. »Was bist du nur für ein Idiot.«

Horst packte ihn am Revers. »Willst du mich auch noch beleidigen?«

Sein Vater schaute ihn fast mitleidig an. »Verstehst du denn nicht? Wenn du damit zum Kreisleiter läufst, schadest du dir selbst mehr als irgendjemand sonst.«

Horst wollte etwas sagen, irgendwas, um diese Demütigung nicht auf sich sitzen zu lassen, aber er brachte nichts über die Lippen.

Plötzlich ohne jede Kraft, ließ er seinen Vater los.

»Was habe ich eigentlich verbrochen, dass du mir das immer wieder antust?«

»Komm«, sagte der Vater und richtete seinen Anzug. »Gehen wir wieder rein. Die anderen fragen sich bestimmt schon, wo wir bleiben.«

75

Zurück in Frankfurt, stürzten Josef und Georg sich in die Arbeit, als wären sie nie in Mannheim gewesen. Dank Reichkanzler Hitler, der mit dem »Gesetz zur Errichtung eines Unternehmens Reichsautobahnen« seine Ankündigung, ein deutschlandweites Schnellstraßennetz zu bauen, energisch in die Tat umsetzte, waren die Aussichten für den Standard Superior glänzend. Um den Wagen autobahntauglich zu machen, unterzogen sie ihn während des Sommers zahlreichen Tests. Dabei stellte der Käfer seine Qualitäten eindrucksvoll unter Beweis. Das Auto konnte mit achtzig Stundenkilometer Dauergeschwindigkeit gefahren werden, bei geschlossenen Fenstern erreichte es sogar eine Spitzengeschwindigkeit von fünfundneunzig km/h. Auf einer Rallye des nationalsozialistischem Kraftfahrkorps, die durch sämtliche Gaue des Reichs führte, legte der Käfer zweitausend Kilometer zurück, ohne dass eine einzige Reparatur nötig war, mit einer Durchschnittsgeschwindigkeit von sechzig Stundenkilometern, und sicherte sich in der Klasse bis tausend Kubikzentimeter gegen die Konkurrenz von Adler, DKW und Wanderer überlegen den Sieg. Auch bei einem Kleinstfahrzeugwettbewerb, den der Allgemeine Deutsche Automobil Club mit dem Ziel veranstaltete, das Auto zu ermitteln, das für die Entwicklung eines echten Volkswagens die besten Voraussetzungen mitbrachte, fuhr der Superior auf den ersten Platz, so dass der ADAC zu dem Schluss kam, der Käfer sei das fortschrittlichste Auto Deutschlands.

Im Herbst gab die Standard Fahrzeugfabrik darum die Entwicklung eines neuen, größeren Modells in Auftrag, das einer Familie mit zwei Kindern Platz bieten sollte.

»Jetzt fehlt nur noch eins«, sagte Josef. »Ein Anruf aus der Reichskanzlei.«

»Du glaubst wohl an den Weihnachtsmann!«

»Warum nicht? Wenn Hitler einen Volkswagen will, wird er sich auch an der Entwicklung beteiligen. Was wir bräuchten, wäre eine Versuchsanstalt, eine Art Labor für Autos. Um die Dinge, die wir uns theoretisch ausdenken, praktisch auszuprobieren, bevor sie in Serie gehen.«

Georg kannte Josef jetzt schon eine ganze Weile. Doch es gelang seinem Freund immer wieder, ihn zu verblüffen.

»Das ist wirklich eine großartige Idee.«

»Finde ich auch«, sagte Josef ohne jede Spur von Selbstironie. »Vielleicht sprichst du mal mit deinem Onkel darüber. – Was ist?«, fragte er Madeleine, die gerade hereinkam. »Du ziehst ein Gesicht, als wäre deine Erbtante gestorben und du könntest das Testament nicht finden.«

»Welche Nachricht wollt ihr zuerst hören?«, erwiderte sie, ohne auf sein Witzchen einzugehen. »Die schlechte oder die ganz schlechte?«

»Die schlechte«, sagte Josef.

»Mercedes-Benz hat den Berater-Vertrag gekündigt.«

Josef zuckte nur mit den Schultern. »Dafür jagst du uns so einen Schreck ein?« Er warf einen Blick auf die Uhr. »Warum bist du eigentlich noch im Büro? Zeit zu kochen! Wir haben Hunger!«

»Und was ist die *ganz* schlechte Nachricht?«, wollte Georg wissen.

Madeleine zögerte. Dann holte sie Luft und sagte: »Hitler hat Porsche im Namen der Regierung den Auftrag gegeben, einen deutschen Volkswagen zu entwickeln.«

76

Der Herbst war die Jahreszeit, die Hermann mehr als jede andere liebte, denn im Herbst begann die Rübenernte. Schon als Junge hatte er stets voller Ungeduld dem Tag entgegenfiebert, an dem die Kampagne eröffnet wurde und aus dem ganzen Wolfsburger Land die über und über beladenen Fuhrwerke herangerollt kamen, aus Hesslingen und Rothefelde, aus Warnau, Detmerode und Barnstorf. Mit vier oder gar sechs Pferden bespannt, fuhren die Wagen durch Fallersleben, bei Tag und bei Nacht, begleitet von den Rufen der Kutscher und dem Knallen der Peitschen, und während die Kinder um sie herumsprangen und die Alten ihre Zahl mit den Zügen früherer Kampagnen verglichen, verstopften sie die Straßen und stauten sich in endloser Reihe vor der Zuckerfabrik, in deren Hof es aussah wie in Wallensteins Lager.

Im Schatten der Schornsteine, die nicht aufhörten zu qualmen, entluden Scharen von Tagelöhnern die Fuhrwerke und brachten die Rüben zur Häckselstation, wo sie vom Erdreich gereinigt und zu Schnitzen zerkleinert wurden, damit aus ihnen im Extraktionsturm der blauschwarze Rohsaft ausgelaugt werden konnte, der in der Dampfstation eingedickt und in der Raffinerie von der Melasse getrennt wurde, bis schließlich der reine, weiße Zucker in Millionen und Abermillionen glitzernden Kristallen in die Säcke rieselte.

Hermann, der fast so aufgeregt war wie vor einem Vierteljahrhundert als junger Mann, als sein Vater ihm, ein Jahr nach dem verlorenen Krieg, zum ersten Mal die Leitung der Kampagne übertragen hatte, versuchte überall gleichzeitig zu sein, um zusammen mit den Siede-, Wiege- und Maschinenmeistern die Leute anzuweisen. Diese kamen bei der Bestückung des Transportbandes und der Kristallisationskästen kaum nach, und in der Füllstube entfaltete der kochende Zuckersaft eine solche Hitze, dass manche Arbeiter nackt bis auf die Unterhosen ihrer Tätigkeit nachkamen. Seit der großen Zeit vor dem Krieg, in der jährlich eine Million Rüben verarbeitet worden war, hatte kein solcher Betrieb mehr in der Fabrik geherrscht. Denn in diesem Jahr wurde erstmals die Ernte der gräflichen Landwirtschaftsbetriebe mit einbezogen, wodurch die Kapazitäten der Maschinen ebenso an ihre Grenzen gelangten wie die Arbeitskraft der Leute. Darum hatte Hermann auch seine Teilnahme am Reichsparteitag abgesagt, sowohl für sich als auch für Horst, obwohl sie eigentlich beide aufgrund ihrer Ämter zum

Besuch in Nürnberg verpflichtet waren. Kreisleiter Sander hatte getobt und gedroht, den Fall der Gauleitung zu melden oder sogar bis hinauf nach Berlin. Doch davon hatte Hermann sich nicht beeindrucken lassen. Erst die Arbeit, dann das Vergnügen – so hatten es schon sein Vater und Großvater gehalten.

Er war gerade in der Raffinerie, um zusammen mit Horst die Qualität des Zuckers zu prüfen, als der alte Lübbecke herangeschlurft kam.

»Im Kontor wartet Besuch.«

»Besuch?«, erwiderte Hermann verwundert. »Hat er auch einen Namen?«

»Er hat sich mir nicht vorgestellt. Irgend so ein Goldfasan aus der Hauptstadt.«

»Verflucht!«, sagte Horst. »Das haben wir jetzt davon.«

Während sein Sohn ihm einen giftigen Blick zuwarf, kratzte Hermann sich am Hintern. Hatte Sander seine Drohung wirklich wahr gemacht?

77

Auch bei den Frauen im Haus herrschte zur Erntezeit Hochbetrieb. Viele Tagelöhner kamen von weit her, sie mussten nicht nur untergebracht, sondern auch verpflegt werden. Dorothee war darum froh, dass Edda ihr zur Hand ging, sie hätte nicht gewusst, wie sie allein mit Bruni die Arbeit hätte schaffen sollen. Zumal der kleine Adolf seit Tagen Fieber hatte, so dass ihre Schwiegertochter keine Hilfe war.

In einer Stunde war Feierabend, dann wollten die Leute was zu essen. Dorothee nahm einen Löffel, um den Erbseneintopf zu probieren, den sie in einem so großen Topf aufgesetzt hatte, dass er fast die ganze Herdfläche bedeckte. Dabei musste sie aufpassen, dass der kleine Willy dem Herd nicht zu nahe kam. Er hatte kürzlich das Krabbeln entdeckt, seitdem durfte man ihn keine Sekunde aus den Augen lassen.

»Der junge Lohmann kommt mir manchmal vor wie ein rolliger Kater«, sagte Bruni, die gerade mit einer Wanne voller Mettwürste vom Metzger kam. »Seit Edda hier ist, schleicht er jeden Tag ums Haus und guckt sich die Augen aus dem Kopf.«

Edda, die in ihrem schwarzen Kleid Brotlaibe schnitt, reagierte nicht.

»Warum ziehst du dir nicht mal wieder was Hübsches an und gehst du mit ihm aus?«, fragte Bruni. »In Gifhorn hat ein Tanzcafé aufgemacht. Mit eigener Kapelle.«

Ohne zu antworten, sortierte Edda die fertig geschnittenen Brotscheiben in einem Korb und nahm einen neuen Laib.

»Hans Lohmann ist ein hübscher Kerl. Außerdem stellt er was vor mit seinem Schwefelbad. Die Leute würden dich mit Frau Direktor anreden. Das ist doch ein ganz anderer Schnack.«

»Bringst du mir bitte die Würste?«, versuchte Dorothee ihrer Tochter beizuspringen.

»Ich mein ja nur, immer zu Hause bei den Eltern rumhocken, das ist doch nichts für so ein junges Ding.« Bruni trat an den Herd und gab die Würste in den Topf. »Du musst unter Leute, Edda, sonst kommst du nie darüber weg und wirst am Ende trübsinnig. Wie damals Erna Schmale. Hat einfach nicht mehr geredet, das arme Mensch, kein einziges Wort, nachdem ihr Mann im Krieg gefallen war.«

»Kannst du bitte endlich damit aufhören?« Edda knallte das Messer auf den Tisch und lief hinaus, wobei sie fast über den kleinen Willy stolperte.

»Was ist denn hier los?«, fragte Hermann, der gerade in die Küche kam.

»Ich glaube, das war meine Schuld.« Bruni stellte die Wanne mit den Würsten ab und verließ den Herd. »Am besten, ich schaue mal nach.«

Während Hermann beiseitetrat, strahlte er übers ganze Gesicht.

Dorothee runzelte die Stirn. »Deine Tochter rennt weinend davon, und du grinst wie ein Honigkuchenpferd?«

»Gute Nachrichten! Ich hatte Besuch aus Berlin, von der Autobahngesellschaft. Sie wollen eine Autobahn bauen, hier in Fallersleben, direkt über unser Land.« Er bückte sich zu Boden und nahm den kleinen Willy auf den Arm. »Weißt du, was das bedeutet, junger Mann? Dein Vater wird bald keine Schulden mehr haben!«

78 *Oh, du fröhliche, oh, du selige ...*

Es roch nach Gänsebraten und glimmenden Tannenzweigen. Zum ersten Mal feierte die Familie den Heiligen Abend in ihrem neuen, großen Haus, und außer Georg, der das Weihnachtsfest in Frankfurt verbrachte, weil sein Chef wohl gerade in irgendwelchen Schwierigkeiten steckte, waren alle Isings um den prachtvollen, bis zur Decke reichenden Weihnachtsbaum versammelt, den der Vater zusammen mit Horst in der Eingangshalle aufgestellt und den die Töchter unter Anleitung der Mutter geschmückt hatten und der nun die Diele in sein warmes Kerzenlicht tauchte. Auch Onkel Carl war aus Berlin angereist, seine Schwester hatte ihn eingeladen, damit er die heilige Zeit nicht einsam und allein in der Reichshauptstadt verbringen musste.

Der Boden war übersät mit geöffneten Päckchen, und überall lag zerknülltes Weihnachtspapier herum. Charly konnte sich nicht erinnern, dass es je bei einer Bescherung so viele Geschenke gegeben hatte wie in diesem Jahr. Der Vater hatte sie alle persönlich besorgt. Die Mutter hatte eine Radiotruhe von Graetz bekommen, Horst Uniformstiefel aus feinstem Hirschleder, Ilse eine Miele-Waschmaschine, so dass sie keine Windeln mehr von Hand waschen musste, Charly einen Herd für ihre Fallersleber Wohnung, Benny einen sündhaft teuren Montblanc-Füllfederhalter und Edda ein bunt gemustertes Kleid, damit sie was Neues zum Anziehen hatte. Angeblich hatte die Autobahngesellschaft fünfzigtausend Mark für den Ankauf von wertlosem Brachland in Aussicht gestellt. Sobald die endgültige Streckenführung feststand, würde das Geschäft getätigt – Grund genug für den Vater, wieder seiner alten Großzügigkeit zu frönen.

»Der Führer hat nicht zu viel versprochen«, sagte Horst. »Mit Deutschland geht es bergauf.« Er hob sein Glas, um mit seinem

Vater und Onkel Carl anzustoßen, wobei er Benny geflissentlich übersah. »Seit wir an der Macht sind, haben wir zwei Millionen Menschen in Arbeit und Brot gebracht, und die Reichsmark ist gegenüber dem Dollar um mehr als zwanzig Prozent gestiegen.«

»Bitte heute keine Politik«, sagte die Mutter. »Freut euch lieber über unsere zwei Christkinder.«

»Ja«, pflichtete Charly ihr bei, »wozu sich einen so schönen Abend verderben?«

Auf allen vieren krabbelte der kleine Willy zwischen den Päckchen herum, in einer Hand hielt er stolz die Rassel, die Charly ihm geschenkt hatte. Er war ganz verrückt nach dem kleinen Adolf, der jedes Mal, wenn Willy sich mit seiner Rassel näherte, auf Ilses Arm so heftig zu zappeln anfing, dass er kaum noch zu bändigen war. Charly sah, wie ihr Vater seinen Sohn und seinen Enkel beobachtete, mit vor Rührung feuchten Augen. Er hatte ziemlich nah am Wasser gebaut, da genügte manchmal eine Kleinigkeit, um ihm eine Träne zu entlocken.

Oh, Tannenbaum, oh, Tannenbaum, wie grün sind deine Blätter …

Ein ums andere Mal stimmte er die schönen, alten Weihnachtslieder an, und alle sangen mit, auch Benny und Horst, obwohl sie beim Essen kurz in Streit geraten waren, weil Benny das Chanukka-Fest erwähnt hatte, das dieses Jahr genau auf Weihnachten fiel und das seine Eltern heute allein im fernen England feiern würden.

Nur Edda blieb stumm. Den ganzen Abend hatte sie schweigend in ihrem schwarzen Kleid an Charlys Seite gesessen und ins Leere gestarrt und eine Zigarette nach der anderen geraucht. Seit über einem halben Jahr lebte sie nun wieder zu Hause, ohne dass sich ihr Zustand verbessert hätte, half der Mutter und ließ die Nachstellungen des jungen Lohmann über sich ergehen. Charly suchte den Blick ihres Onkels. War jetzt der Zeitpunkt da? Sie hatte sich einen Plan ausgedacht, damit Edda endlich aus ihrer Trauer und ihren Selbstvorwürfen fand, und Onkel Carl war ihr Komplize. Als sie ihm zunickte, verließ er seinen Sessel am Kamin, um neben Edda Platz zu nehmen.

»Ich habe ja noch gar nicht mit meinem Patenkind gesprochen«, sagte er. »Dabei möchte ich dir die ganze Zeit schon etwas vorschlagen.«

Edda schaute ihn mit ihren leeren Augen an, aber ohne etwas zu erwidern.

»Ich möchte dich nach Berlin einladen. Es gibt dort eine Frau, die gern deine Bekanntschaft machen möchte.«

»Und zwar eine sehr berühmte Frau«, ergänzte Charly. »Du wirst es nicht glauben, wenn du den Namen hörst: Leni Riefenstahl – deine Lieblingsschauspielerin! Deutschlands einzige Filmregisseurin!«

Edda runzelte die Stirn. »Was sagt ihr da?«

»Ja«, bestätigte der Onkel. »Leni ist eine Freundin von mir, und da ich weiß, dass sie eine Assistentin sucht, habe ich ihr von dir erzählt.«

»Wirklich? Und deshalb möchte Leni Riefenstahl mich sehen?«

»Ist das nicht wunderbar?«, rief Charly. »Von so was hast du doch immer geträumt. Also, am besten fährst du gleich nach dem Fest mit Onkel Carl nach Berlin.«

»Ich ... ich kann das noch gar nicht glauben ...«

»Doch, das kannst du«, sagte der Onkel. »Und falls du dir Sorgen wegen des Studiums machst, überlass das ruhig mir. Ich rede mit deinen Eltern. Die Romanistik ist doch nichts für dich. Du gehörst zum Film, *das* ist deine Welt!«

Jetzt lag tatsächlich ein Lächeln auf Eddas Lippen, und ihre Augen glänzten. So hatte Charly sie seit Ernsts Tod nicht mehr gesehen. Vor Freude, dass ihr Plan offenbar aufging, nahm sie ihre Schwester in den Arm und gab ihr einen Kuss.

Doch das Leuchten in Eddas Gesicht hatte nur einen Moment gewährt, dann verdüsterte sich ihre Miene schon wieder.

»Nein«, sagte sie. »Ich ... ich bin euch wirklich dankbar. Aber ... was soll eine Leni Riefenstahl mit einem Trauerkloß wie mir?« Bevor jemand etwas erwidern konnte, nahm sie ihre Zigaretten und Streichhölzer und stand auf. »Seid mir bitte nicht böse, aber ich möchte jetzt schlafen.«

79

Georg hatte sich früher so gut wie nie mit Josef gestritten. Doch seit Hitler Ferdinand Porsche mit der Entwicklung eines nationalen Volkswagens beauftragt hatte, gerieten sie immer wieder aneinander. Grund dafür waren ihre unterschiedlichen Auffassungen, wie es weitergehen sollte. Während Georg dafür plädierte, sich auf die juristischen Auseinandersetzungen zu konzentrieren, damit Josef sich vor Gericht von allen Vorwürfen reinwaschen konnte, wollte dieser sich und der Welt beweisen, dass Hitler mit Porsches Ernennung einen Fehler gemacht hatte. Er, Josef Ganz, und niemand sonst war das Genie unter Deutschlands Autokonstrukteuren, und sein Käfer das einzige deutsche Auto, das für die Weiterentwicklung zu einem Volkswagen taugte! Daran hatte auch Georg keinen Zweifel – hätten allein fachliche Kriterien gegolten, hätte kein Weg an Josef und dem Standard Superior vorbeigeführt. Aber was nützte das, wenn die Zeiten nicht danach waren? Hitler betonte in seinen Reden immer wieder, dass die Mobilisierung des Reichs eine nationale Anstrengung sei und er von dem Volkwagen eine »Meisterleistung deutscher Technik« erwarte. Da kam ein jüdischer Konstrukteur nicht in Frage.

Doch diesen Einwand ließ Josef nicht gelten, im Gegenteil, er verstärkte seinen Furor nur noch mehr. Dabei veränderte er sich in einer Weise, dass Georg sich an eine Schullektüre aus längst vergangenen Tagen erinnert fühlte, an die Geschichte eines um seinen Verdienst betrogenen Rosshändlers namens Michael Kohlhaas. Genauso wie dieser Kohlhaas aus dem Reclam-Heftchen wollte Josef einfach nicht hinnehmen, dass ihm eine Ungerechtigkeit widerfahren war, gegen die er nichts ausrichten konnte, und statt sich in sein Schicksal zu fügen, ging er lieber unter im Kampf um sein Recht. Während er es Georg und Madeleine überließ, entlastendes Material für seinen Prozess zu sammeln und Verbündete zu suchen, schrieb er einen wütenden Artikel nach dem anderen für die »Motor-Kritik«, geleitet von der verzweifelten Hoffnung, Hitler über den Weg der Öffentlichkeit dazu zu bringen, Porsche im letzten Moment doch noch abzulösen und durch ihn zu ersetzen.

Georg hatte gerade mit dem Inhaber der Standard Fahrzeugfabrik telefoniert, um ihn für eine gerichtliche Ehrenerklärung zu gewinnen, als Josef ihm ein Manuskript auf den Schreibtisch knallte.

»Hier, lies das!«

»Was ist das?«

»Mein Beitrag für die Vorschau der »Motor-Kritik« zur IAMA im März.«

In Erwartung von nichts Gutem nahm Georg den Text. Doch so groß seine Befürchtungen waren – das, was er las, übertraf sie bei weitem. Der Artikel war eine einzige wüste Ansammlung von Vorwürfen. In wirren Sätzen beschuldigte Josef den Reichsverband der deutschen Automobilindustrie, durch falsche Entscheidungen ihren eigenen Niedergang herbeigeführt zu haben. Dabei stilisierte er den Umgang mit seiner Person zum Symbol für all die Fehlentwicklungen, die die Verantwortlichen sich angeblich hatten zuschulden kommen lassen: »Es muss nicht eigens erwähnt werden, dass gerade diejenigen, die meinen, Pioniere zu sein, zuvor wenigstens nicht verhindert haben, dass gerade jene Dinge auf dem Schrotthaufen landen, die der Position der deutschen Autoindustrie auf dem Weltmarkt einen unaufholbaren Vorsprung gegeben hätten. Dass der Einfluss dieser ›Pioniere‹ zu unwichtig gewesen sein sollte, um diese technische Barbarei zu verhindern, ist unglaubwürdig. Oder sie durchschauen die Tragweite der neuen Ideen nicht …«

Georg gab Josef den Text zurück. »Das kann ich so nicht drucken.«

»Was fällt dir ein? Du tust, was ich dir sage! Ich bin dein Chef.«

»Mein Chef bist du nur in deinem Konstruktionsbüro. In der Redaktion der »Motor-Kritik« trage ich die Verantwortung.«

»Hast du den Verstand verloren?«

Georg griff zum Telefon. »Wenn du willst, können wir gern Breidenstein anrufen, um die Sache zu klären.«

Es war ihm zuwider, vor seinem Freund den Vorgesetzten herauszukehren – trotz Josefs Suspendierung hatten sie bisher einfach so weitergearbeitet wie früher, ohne sich um die offizielle Neuverteilung ihrer Aufgaben zu kümmern. Aber jetzt ließ Josef ihm keine andere Wahl. Nur so konnte er seinen Freund vor sich selbst schützen.

Der aber ließ nicht locker.

»Du musst den Artikel drucken, Georg. Das ist meine einzige Chance.«

»Wenn ich den Artikel drucke, wird alles nur noch schlimmer.«

»Weil ich die Wahrheit sage?«

»Weil du eine Wahrheit sagst, aus der man dir einen Strick drehen kann.«

»Gehörst du jetzt auch zu denen, die mich vernichten wollen? Ha, kein Wunder! Du hast ja schon dafür gesorgt, dass Breidenstein mich rausgeschmissen hat! Damit du jetzt hier den Chef spielen kannst!«

Georg hatte Mühe, sich zu beherrschen. »Hör auf, solchen Unsinn zu reden! Oder ich kündige auf der Stelle!«

»Bitte, Georg, lass mich nicht im Stich! Bring meinen Artikel! Der Volkswagen ist mein Lebenswerk, das darf mir niemand nehmen!«

Georg wusste nicht mehr, was er noch erwidern konnte. Er sah nur die Narbe auf der Stirn seines Freundes und schwieg.

»Ich flehe dich an«, sagte Josef. »Du *musst* es tun. Um unseres gemeinsamen Traums willen …«

80

Endlich war Benny in seinem Element! Keine Wurstküchen mehr, sondern zwei richtige Großbaustellen! Dafür hatte er studiert und war Architekt geworden!

Während Charly in Göttingen eine Prüfung nach der anderen absolvierte und zugleich an ihrer Dissertation arbeitete, eilte er in Fallersleben zwischen der Schillermühle und dem Sägewerk hin und her, zwölf Stunden am Tag, sechs Tage in der Woche, um sonntags weiter die Pläne zu verbessern. Das Sägewerk bedurfte dabei ganz besonderer Sorgfalt, es galt als kriegswichtiger Betrieb, weil hier die riesigen Eichenbestände der Wolfsburger Güter verarbeitet wurden. Noch nie hatte ihn eine Arbeit so gefangengenommen wie diese. Sobald er am Morgen die Augen aufschlug, prasselten die Ideen auf ihn ein, und wenn er sich am Abend schlafen legte, dann stets mit seinem neuen Füller und Papier auf dem Nachttisch, weil ihm sogar noch im Traum Einfälle kamen. Doch die allergrößte Freude war es für ihn zu erleben, wie seine Gedanken immer mehr Wirklichkeit wurden und Tag für Tag konkretere Gestalt annahmen.

Zum Glück hatte sich auch die Begeisterung seines Bauherrn nicht gelegt. Graf Schulenburg hatte ihm die Erlaubnis gegeben, beide Gebäude vollständig zu entkernen, damit Benny sie von Grund auf sanieren und so zweckdienlich wie möglich umgestalten konnte, und für die Bauleitung hatte er ihm sogar ein eigenes Büro in der Wolfsburg einrichten lassen, wo er sich in Ruhe mit den Handwerkern besprechen und alles Schriftliche erledigen konnte.

Benny studierte gerade die Berechnungen, die der Statiker für die Aufstockung des Sägewerks angefertigt hatte, als das Telefon klingelte.

Charly war am Apparat.

»Gibt's was Besonderes, dass du während der Arbeit anrufst?«

»Das kannst du laut sagen! Professor Wagenknecht hat meine Dissertation gelesen. Summa cum laude!«

»Um ehrlich zu sein, ich hatte nichts anderes erwartet.«

»Aber das ist noch nicht alles! Er will meine Arbeit zur Publikation in der »Zeitschrift für Kinderheilkunde« vorschlagen. Das ist das wichtigste pädiatrische Fachorgan in ganz Deutschland!«

»Klingt großartig, ich gratuliere! Aber – was bedeutet das genau?«

81 Hatte Georg sich geirrt?

Wider alle Vernunft hatte er Josefs Drängen nachgegeben und dessen Polemik in der »Motor-Kritik« abgedruckt – die Veröffentlichung eines solchen Pauschalangriffs auf die gesamte deutsche Autoindustrie konnte ja nur zu einer Verschlimmerung ihrer Lage führen. Doch als im März die 24. Internationale Automobil- und

Motorradausstellung in Berlin eröffnet wurde und Hitler in der überfüllten, mit Girlanden und Hakenkreuzfahnen geschmückten Festhalle seine Eröffnungsrede hielt, kamen Georg Zweifel an seinen prophetischen Gaben. Schon der Messerundgang vor der offiziellen Eröffnung war nicht zu dem Spießrutenlauf geworden, den er befürchtet hatte – im Gegenteil. Fast an jedem Stand sah man den Einfluss von Josefs Ideen, seine Neuerungen hatten sich bei den unterschiedlichsten Fabrikaten durchgesetzt, vor allem das Konstruktionskonzept des Käfers. War im letzten Jahr der Standard Superior noch das einzige viersitzige Auto mit Heckmotor gewesen, gab es auf der diesjährigen Messe mit dem Bungartz Butz, dem Hansa 400 und dem Framo Piccolo gleich drei Konkurrenzfahrzeuge, die das Bauprinzip übernommen hatten, so dass Josef Ganz als der heimliche Star der Ausstellung galt. Die Rede des Kanzlers jedoch übertraf alles. Offenbar hatte Hitler tatsächlich das Memorandum gelesen, das Göring ihm laut Auskunft von Onkel Carl auf den Nachttisch hatte legen wollen. In Militäruniform und pechschwarzen Stiefeln erklärte der Kanzler vor einem Wald von Radio- und Wochenschau-Mikrophonen die Schaffung eines Volkswagens zur alles überragenden Aufgabe der deutschen Industrie. Als »Auto des kleinen Mannes« müsse der Volkswagen ein echtes Familienauto sein, viersitzig, autobahnfest, mit niedrigem Verbrauch und achtzig Stundenkilometer schnell, bei einem Verkaufspreis von unter tausend Reichsmark, damit er für alle Schichten der Bevölkerung erschwinglich sei und dereinst ähnliche Verbreitung finde wie der Volksempfänger, der bereits in Hunderttausenden deutschen Haushalten stand.

Wie hatte Josef am Schluss seines Memorandums geschrieben: »Ist das möglich? Ja, es ist möglich!«

Als Hitler zu Ende gesprochen hatte, brach donnernder Applaus los. Georg und Josef schauten sich an. Hatte die automobilistische Vernunft sich am Ende doch gegen Ignoranz und Stümperei durchgesetzt? Auch wenn der Kanzler Josefs Namen nicht genannt hatte, hatte er sich seine Ideen in so vollkommener Weise zu eigen gemacht, dass er ihn nach dieser Rede einfach nicht mehr übergehen konnte!

Josef triumphierte. »Sag selbst, wer von uns beiden hatte recht?«

»Du natürlich, du Genie!«, rief Georg und applaudierte mit ihm um die Wette.

82

Die »Zeitschrift für Kinderheilkunde« las jeder Pädiater in Deutschland, vom Klinikchef bis zum niedergelassenen Landarzt. Die Veröffentlichung ihrer Dissertation machte Charly darum in der ganzen Zunft praktisch über Nacht bekannt. Sie hatte in ihrer Arbeit den Nachweis erbracht, dass Kuhmilch kein Ersatz für Muttermilch war, und zugleich ermittelt, wie künstlich im Labor hergestelltes Milchpulver beschaffen sein musste, um Säuglinge, deren Mütter nicht stillen konnten, so zu ernähren, dass sie keine Mangelerscheinungen erlitten. Zahlreiche Ärzte schrieben ihr mit der Bitte um genaue Mengenangaben in der Rezeptur, auf Kindernahrung spezialisierte Firmen wollten sich ihre Dienste sichern, und an ihrem Rigorosum nahmen sogar zwei Ordinarien auswärtiger Universitätskliniken teil. Im Anschluss an die Prüfung, mit der sie endgültig »summa cum laude« promoviert worden war, hatte Professor Wagenknecht ihr eine Stelle als Assistentin angeboten, mit der Möglichkeit, sich bei ihm zu habilitieren, damit sie sich irgendwann selbst auf einen Lehrstuhl bewerben konnte.

Um in Göttingen mit ihr zu feiern, hatte Benny sogar seine zwei Baustellen im Stich gelassen. Am Abend hatten sie sich im Theaterkeller ein Festmenü gegönnt, das sie sich überhaupt nicht leisten konnten, mit Hummersuppe als Vorspeise und Châteaubriand als Hauptgang. Doch der Höhepunkt des Menüs war das Dessert in ihrer Wohnung gewesen. Jetzt lagen sie nackt und in lustvoller Ermattung im Bett und tranken ein letztes Glas Wein.

»Weißt du, worauf ich mich am allermeisten freue?«, fragte Benny. »Wenn die Leute dich eines Tages mit Frau Professor ansprechen müssen.«

»Ach, Benny«, seufzte Charly. Es war so schön gewesen, mit ihm zu schlafen. Aber jetzt war die Wirklichkeit wieder da. »Ich fürchte, diesen Tag wird es nicht geben.«

»Was soll das heißen?«

»Kannst du dir das nicht denken?«

»Wenn es das ist, was ich befürchte, lasse ich den Gedanken nicht zu. Du kannst ein solches Angebot nicht ausschlagen.«

»Aber annehmen kann ich es erst recht nicht! Das würde doch bedeuten, dass wir auf unabsehbare Zeit …« Sie hatte versucht, ihre ganze Entschlossenheit in ihre Worte zu legen, doch als sie sie aussprach, klangen sie in ihren eigenen Ohren so kläglich, dass sie den Satz nicht zu Ende brachte.

Benny stellte sein Glas ab und schaute sie an. »Wenn du Professor Wagenknecht einen Korb gibst, machst du dich zum Opfer deiner eigenen Angst. Willst du das?«

Sie wich seinem Blick aus. »Mit Angst hat das nichts zu tun. Es ist eine Frage der Vernunft. Schließlich gibt es einen Arierparagraphen, der Menschen wie dich zu Menschen zweiter Klasse stempelt.«

»Jetzt übertreibst du aber gewaltig. Die Nazis rudern doch an allen Fronten zurück. Allein die Ausnahmen, die sie inzwischen von dem Paragraphen gemacht haben.«

»Die betreffen nur ehemalige Frontkämpfer.«

»Von wegen! Die gelten auch für die Väter und Söhne von Gefallenen. Frag deinen Onkel Carl! Und Arbeitsminister Seldte hat erst kürzlich erklärt, dass es auf wirtschaftlichem Gebiet überhaupt keine Ausnahmegesetze geben wird.«

»Ich weiß«, sagte sie. »Aber trotzdem …«

»Was trotzdem?« Er nahm sie in den Arm. »Hab keine Angst. Es ist doch alles genau so gekommen, wie dein Vater gesagt hat. Nichts wird so heiß gegessen wie gekocht. Und eine Kuh, die man melkt, schlachtet man nicht. Das weiß sogar Hitler.«

Sie schlug die Augen zu ihm auf. »Das sagst du doch nur, weil du deine Baustellen nicht aufgeben willst.«

»Nein, das sage ich, weil ich den verdammten Tag erleben will, an dem die Leute Frau Professor zu dir sagen! Herrgott, du hast so viel Talent, wenn du dich weigerst, es zu nützen, versündigst du dich an deinem eigenen Schicksal.«

Im Gegensatz zu ihr war er so entschieden, dass ihr die Argumente ausgingen. Gleichzeitig sprach aus seinen Augen so viel Liebe, dass sie schlucken musste.

»Was bist du nur für ein feiner Kerl.« Eine lange Weile schaute sie ihm wortlos in die Augen, dann gab sie sich einen Ruck: »Das, was ich jetzt sage, ist kein Versprechen, Benjamin Jungblut, sondern eine Bedingung. Kapiert?«

»Raus mit der Sprache!«

»Also, wenn wir vorerst bleiben, dann nur unter der Bedingung, dass wir so bald wie möglich heiraten.«

»Aber wir sind doch schon verheiratet!«

»Ich meine kirchlich. Mit dem Segen von Pastor Witzleben und allem Drum und Dran.«

Benny zögerte ein letztes Mal. »Versprochen!«, sagte er dann und gab ihr einen Kuss. »Und damit du siehst, dass du dich auf mich verlassen kannst, habe ich für Samstag eine Sause organisiert. Unsere Freunde wollen die künftige Frau Professor schließlich auch feiern!«

83

Als Edda am Samstag in Göttingen aus dem Zug stieg, warteten Charly und Benny schon auf dem Bahnsteig. Charly hatte bei ihrem Anruf in Fallersleben gesagt, dass sie ohne ihre Schwester die Abschlussfeier platzen lassen würde, und nicht eher Ruhe gegeben, als bis Edda schließlich nachgegeben hatte. Sie hatte sogar ihre Trauerkleidung abgelegt und trug zum ersten Mal das bunte Kleid, das ihr Vater ihr geschenkt hatte.

Benny hatte einen Nebenraum ihrer Stammkneipe reserviert, für zwei Dutzend Freunde und Kommilitonen. Offenbar hatten die Gäste schon ohne sie zu feiern angefangen, denn als sie das Alte Rathaus erreichten, konnte man das Stimmengewirr bis auf die Straße hören. Im Flur trat ihnen ein Mann entgegen, bei dessen Anblick Edda zusammenzuckte. Sie hatte ihn nur zweimal im Leben gesehen, das erste Mal hier in dieser Kneipe, das zweite Mal auf Ernsts Beerdigung: der Fremde in der Lederjacke. Allem Anschein nach hatte er auf sie gewartet.

»Kann ich Sie bitte kurz sprechen? Unter vier Augen?«

Edda zögerte einen Moment, dann bat sie Charly und Benny, vorzugehen – sie komme gleich nach.

»Machen wir einen kleinen Spaziergang«, schlug der Mann vor. »Dann fallen wir nicht so auf.«

»Werden wir etwa beobachtet?«, fragte Edda irritiert.

»Man weiß nie. Übrigens, ich heiße Robert.«

»Und wie weiter?«

»Es ist besser, wenn Sie meinen Nachnamen nicht kennen.«

Edda schaute ihn an. »Was wollen Sie von mir?«

Statt ihren Blick zu erwidern, sah er in die Auslage der Deuerlich'schen Buchhandlung. »Wir haben herausgefunden, warum Ernst sich umgebracht hat«, sagte er so leise, dass sie ihn kaum verstand. »Die Gestapo wollte die Namen kommunistischer Freunde aus ihm herauspressen, wegen des Reichstagsbrands. Aber er hat keinen verraten.«

»Um Gottes willen!« Edda blieb stehen. »Woher wissen Sie das?«

»Bitte gehen Sie weiter.« Robert lachte kurz auf, als würde er ihr gerade einen Witz erzählen. Dann sprach er in seinem Flüsterton weiter. »Wir haben jemand bei der Polizei eingeschleust, der hat die Protokolle gelesen. Wir dachten, Sie haben ein Recht darauf zu erfahren, warum Ernst sich das Leben genommen hat. Er hat sich getötet, weil er ein anständiger Kerl war. Die Nazis haben ihn auf dem Gewissen.«

»Das … das ist ja fürchterlich …«

Während aus dem Café Cron & Lanz ein paar Kaffeetanten auf die Straße traten, überschlugen sich in Eddas Kopf die Gedanken. Sie hatte so viele Fragen auf einmal, dass sie nicht wusste, mit welcher sie anfangen sollte.

»Und seine Eltern?«

Robert zuckte die Schultern. »Das wissen wir nicht und werden es wohl auch nie erfahren. Vielleicht haben sie sich tatsächlich selbst getötet, aus Verzweiflung über Ernsts Tod. Vielleicht aber hat die Gestapo auch alles nur so arrangiert, dass es wie Selbstmord aussah. Der Vater war ja Gewerkschaftler. – Aber ich muss mich jetzt verabschieden. Leben Sie wohl!«

Noch während er sprach, beschleunigte er seinen Schritt, und bevor Edda eine weitere Frage stellen konnte, hatte er das Cron & Lanz bereits passiert und verschwand in der Prinzenstraße.

84

»Sie gottverdammter Idiot! Wie konnte eine solche Schweinerei geschehen?«

Georg fuhr von seinem Reißbrett herum. In der Tür stand der Verleger, am ganzen Körper bebend vor Erregung, der kahle Schädel ein roter Ballon.

»Um Himmels willen, Herr Breidenstein. Was ist denn los?«

»Was los ist? Es ist Feuer unterm Dach! Ach was, das Dach steht schon in Flammen! Und Sie sind dafür verantwortlich!«

»Wer ist wofür verantwortlich?«, fragte Josef, der, alarmiert von dem Gebrüll, aus seinem Büro geeilt kam.

»Sie wagen es, mir unter die Augen zu treten? Was haben Sie hier überhaupt noch zu suchen? Ich habe Sie entlassen!«

Georg trat vorsichtshalber zwischen die zwei. »Jetzt beruhigen Sie sich bitte, Herr Breidenstein, und erklären Sie uns doch erst mal den Grund Ihrer Aufregung.«

»Ich soll mich beruhigen? Der Jude Ganz hat den Führer beleidigt! Öffentlich!«

»Ich habe WAS?«, rief Josef.

»Stellen Sie sich nicht dümmer, als Sie sowieso schon sind. – Und Sie, Herr Ising«, wandte er sich wieder an Georg, »haben das zugelassen. Wofür zum Teufel habe ich Sie zum Chefredakteur meiner Zeitschrift gemacht?« Erschöpft ließ der Verleger sich auf einen Stuhl sinken. Während er sich mit einem Taschentuch den Schweiß von der Stirn wischte, berichtete er, was passiert war. Er hatte in Mannheim einen Anruf von der Frankfurter Polizei bekommen. Ein Hauptkommissar namens Beckerle hatte ihm mitgeteilt, dass ein gewisser Josef Ganz in einem Beitrag der »Motor-Kritik« die Rede des Führers auf der Internationalen Automobilausstellung in übelster Weise attackiert habe und das weitere Erscheinen der Zeitschrift darum mit sofortiger Wirkung einzustellen sei.

»Ich bin gleich nach Frankfurt gefahren, um persönlich Protest einzulegen. Aber dieser Beckerle hat alle Zuständigkeit von sich gewiesen. Er sei nur das Ausführungsorgan, hat er gesagt – das Publikationsverbot sei auf Anordnung ›höchster Kreise‹ ergangen.«

Georg spürte, wie ihm die Knie weich wurden. »Und jetzt?«, fragte er.

»Ich habe mit meinem Anwalt gesprochen. Seiner Meinung nach gibt es nur eine Instanz, an die wir uns wenden können. Die Reichspressestelle in Berlin.«

»Dann fahren wir heute noch dorthin«, sagte Josef.

»Sie fahren nirgendwo hin!«, erklärte der Verleger. »Sie haben schon genug Schaden angerichtet. Das Einzige, was Sie tun können, ist, sich in Luft auflösen. Herr Ising wird mich begleiten. – Worauf warten Sie?«, schnaubte er in Georgs Richtung, während er seinen Leib in die Höhe stemmte. »Packen Sie Ihre Zahnbürste ein!«

85

Edda war schockiert, erleichtert, bestürzt – alles auf einmal. Drei Tage und drei Nächte war es her, dass der Mann, der sich Robert nannte, ihr die Wahrheit über Ernsts Tod gesagt hatte. Drei Tage und drei Nächte, die sie in einem Chaos der Gefühle verbracht hatte.

»Jetzt musst du dir keine Vorwürfe mehr machen«, sagte Charly, die darauf bestanden hatte, dass Edda in Göttingen geblieben war. »Immerhin weißt du jetzt, dass du keine Schuld an seinem Tod trägst, wie du dir eingeredet hast.«

»Aber ändert das etwas daran, was er erlitten hat?« Bei der Vorstellung, wie die Gestapo Ernst in die Enge getrieben hatte, bis ihm in seiner Verzweiflung kein anderer Ausweg mehr geblieben war, als sich das Leben zu nehmen, kamen ihr erneut die Tränen. »Warum hat er sich mir nicht anvertraut? Dann wäre er in seiner Angst wenigstens nicht allein gewesen.«

»Ich denke, er wollte dich nicht damit belasten.«

»Aber vielleicht hätte es ja eine Lösung gegeben, Papa ist doch Ortsgruppenleiter, er hätte sich für ihn verwenden können. Aber er hat geschwiegen, so, wie er immer geschwiegen hat.«

»Ja, er war unglaublich tapfer.«

»Ach, ich wollte, er wäre weniger tapfer gewesen. Diese Einsamkeit, in der er gelebt haben muss, die stelle ich mir am schlimmsten vor. Hätte er nur den Mund aufgemacht – wenigstens dieses eine Mal! Was glaubst du, warum er das nicht getan hat? Hat er mir nicht vertraut?«

Charly schüttelte den Kopf. »Das war bestimmt nicht der Grund. Er hat dich doch geliebt.«

»Aber was war es dann?

»Wahrscheinlich wollte er dich schützen. Vielleicht hätte man dich ja auch verhört, und wenn er dich in irgendwelche Pläne eingeweiht hätte, hätten sie womöglich versucht, dein Wissen aus dir herauszuprügeln ...«

Edda nickte. »Ja, vielleicht war es so, vielleicht wollte er mich einfach nur schützen. Er hat mich ja wirklich geliebt. Viel mehr, als ich verdiente.«

»Du darfst so etwas nicht sagen. Du hast ihn doch auch geliebt.«

»Aber nicht genug, sonst hätte er mir vertraut.« Edda schlug die Hände vors Gesicht. »Ich werde niemals wissen, wie es wirklich war, nie, niemals ...«

Die Worte erstickten in ihren Tränen. Während sie stumm in ihre Hände weinte, sah sie Ernsts Gesicht vor sich, gefangen in seiner Einsamkeit.

»Du darfst nicht aufgeben«, sagte Charly. »Das Leben geht weiter, *muss* weitergehen, auch wenn du es dir jetzt vielleicht nicht vorstellen kannst.«

Edda nahm ihre Hände vom Gesicht. »Aber wie soll es denn weitergehen? Wie, Charly, wie?«

»Das weiß ich auch nicht«, sagte ihre Schwester. »Ich weiß nur, dass du wieder Tritt fassen musst, und jeder Weg beginnt mit dem ersten Schritt. Du brauchst einen Neuanfang, irgendetwas. Anders geht es nicht.«

Edda schaute sie an. »Das sagt sich so leicht, Neuanfang. Aber – woher soll ich die Kraft dazu nehmen?«

Charly erwiderte ihren Blick. »Denk an Ernst«, sagte sie. »*Er* wird dir die Kraft geben. Tu es für ihn. Er hätte es so gewollt.«

86

Im Morgengrauen erreichte Georg zusammen mit seinem Verleger Berlin. Nach einem eiligen Frühstück bei Aschinger am Hacke'schen Markt meldeten sie sich in der Reichspressestelle in der Charlottenstraße. Reichspressechef Dr. Dietrich war nicht im Haus, doch dank Georgs Wirkung auf Vorzimmerdamen wurden sie bei Professor Hermann vorgelassen, dem Hauptgeschäftsführer.

»Der Vorwurf, die ›Motor-Kritik‹ habe den Reichskanzler angegriffen, ist absurd«, erklärte Breidenstein, kaum, dass sie Platz genommen hatten.

»Absurd?« Professor Hermann, ein kleiner, schmächtiger Mann mit Nickelbrille und überkorrektem Haarschnitt, hob die Brauen. »Der Vorwurf stammt von Jacob Werlin, dem Generalinspektor des Führers. Bitte sehen Sie selbst.« Er nahm ein schmales Dossier zur Hand, holte ein Schriftstück daraus hervor und reichte es über den Schreibtisch.

Das Schriftstück war ein Auszug aus Josefs Pamphlet, eine Sammlung seiner giftigsten Sätze. Doch Georg genügte ein Blick, um den Betrug zu erkennen.

»Die Zitate sind so zusammengeschnitten, dass man das Datum nicht sieht.«

»Welches Datum?«, fragte Professor Hermann.

»Das Erscheinungsdatum der Zeitschrift.«

»Ich fürchte, ich verstehe nicht ganz.«

»Dann erlauben Sie, dass ich es erkläre. Der Artikel, aus dem die Zitate stammen, erschien in einer Vorschau zur IAMA, also mehrere Wochen vor der Ausstellung.«

»Verstehen Sie jetzt?«, fragte Breidenstein. »Die Kritik *kann* sich gar nicht auf die Rede des Führers bezogen haben, denn die war ja noch gar nicht gehalten, als Herr Ganz den Text geschrieben hat.« Zum Beweis holte er ein Originalexemplar aus seiner Aktentasche. »Bitte überzeugen Sie sich.«

Professor Hermann nahm die Zeitschrift, rückte seine Brille zurecht und verglich das Original mit dem Zusammenschnitt.

Nach eingehender Prüfung räusperte er sich. »Sie haben recht, die Zitate sind zwar identisch, aber das Datum schließt jeden Bezug zur Rede des Führers aus. Sie erlauben, dass ich Ihr Exemplar behalte?«

»Wir bitten sogar darum«, sagte Breidenstein.

Professor Hermann machte sich eine Notiz und fügte beide Beweisstücke seinem Dossier hinzu. »Das Publikationsverbot ist damit natürlich aufgehoben«, sagte er. »Die »Motor-Kritik« darf weiter erscheinen. Allerdings mit einer Einschränkung.« Er fixierte erst Breidenstein, dann Georg durch die scharfen Gläser seiner Brille. »Josef Ganz wird in Ihrer Zeitschrift nie wieder auch nur ein einziges Wort veröffentlichen, noch ist es Ihnen gestattet, in irgendeiner Weise über seinen Fall zu berichten. Haben wir uns verstanden?« Ohne eine Antwort abzuwarten, erhob er sich von seinem Platz, um sie zu verabschieden. »Heil Hitler!«

»Heil Hitler!«, erwiderten Georg und Breidenstein im Chor.

87

Pastor Witzleben tauchte die Silberschale in das mit Wasser gefüllte Becken.

»Willst du getauft werden?«

Benny musste schlucken. »Ja, ich will.«

Der Pastor hob die Schale über seinen Kopf und benetzte Scheitel und Stirn. »Ich taufe dich im Namen des Vaters und des Sohnes und des Heiligen Geistes.«

»Amen.«

Die Sakramentenspendung erfolgte hinter geschlossenen Kirchentüren, nicht mal der Küster war eingeweiht, damit er sich nicht gegenüber Superintendent Wedde verplappern konnte, der an diesem Tag auf einer Synode in Hannover war, um die Fraktion der Deutschen Christen in der Hannoverschen Landeskirche gegenüber Bischof Marahrens zu stärken. Außer dem Täufling und Pastor Witzleben, der vor einem halben Menschenleben auch schon Dorothee, die ja von Hause aus katholisch war, in den Schoß der evangelischen Michaelisgemeinde aufgenommen hatte, waren nur die beiden Paten, Charly und ihr Vater, bei der kleinen Feier zugegen. Während das Taufwasser an seinen Schläfen herunterrannen, war Benny nach Lachen und Weinen gleichzeitig zumute. Die Vorstellung, die paar Spritzer könnten ihn zu einem anderen Menschen machen, war einfach zu absurd. Trotzdem fühlte er sich wie ein Verräter. Zwar verriet er nicht seinen Glauben – an die Beschneidung glaubte er so wenig wie an die Taufe –, wohl aber seine Eltern. Doch was blieb ihm anderes übrig? Ohne Taufe konnte er nicht heiraten, wie er es Charly versprochen hatte. Er konnte also nur hoffen, dass seine Eltern nie erfuhren, was er gerade tat.

Pastor Witzleben breitete die Arme aus und sprach den Segen, dann führte er alle in die Sakristei, um den Eintrag ins Taufregister vorzunehmen.

»Vielen Dank, Hochwürden«, sagte Charly. »Wir wissen Ihre Hilfe wirklich sehr zu schätzen.«

»Aber doch da nicht für. Es gehört zu den vornehmsten Pflichten der Kirche, denen Schutz zu gewähren, die des Schutzes bedürfen.«

Auch Benny wollte einen Dank aussprechen, mit der Taufe ging der Pastor ja auch persönlich ein Risiko ein, doch sein Schwiegervater kam ihm zuvor.

»Wo soll ich meinen Friedrich Wilhelm hinsetzen?«

»Wenn Sie bitte hier unterschreiben wollen?« Pastor Witzleben deutete auf die Stelle im Taufbuch. »Darf ich fragen, wann die Hochzeit stattfinden soll?«

»Ende September, Anfang Oktober«, erklärte der Vater. Und mit einem Grinsen fügte er hinzu: »Dann habe ich wenigstens einen Grund, mich vor dem Parteitag zu drücken. Familie geht in der NSDP schließlich vor!«

»›Der Herr schützt dich vor allem Unheil und bewahrt dein Leben!‹«, zitierte der Pastor. »Buch der Psalmen, Kapitel einhunderteinundzwanzig, Vers sieben und acht.«

»›Jetzt und für immer!‹«, ergänzte der Vater bibelfest.

Mit seinem Butterkuchenlächeln verabschiedete Pastor Witzleben sie am Hinterausgang der Sakristei.

»Hast du ihn dazu angestiftet?«, fragte Charly, als Benny und sie am Abend in ihrer Wohnung allein waren.

»Wen soll ich wozu angestiftet haben?«

»Meinen Vater. Dass wir erst im Herbst heiraten.«

»O Gott – fängst du schon wieder an?«

»Wundert dich das? Die Nazis rudern nicht im Geringsten zurück, egal, was du behauptest. Ernsts Tod ist der Beweis!«

Benny nahm ihre Hände und schaute sie an. »Bitte, mein Liebling, wir dürfen nicht in Hysterie verfallen. Bewahren wir lieber Vernunft und tun einfach das, was wir zusammen beschlossen haben, Schritt für Schritt. Außerdem«, fügte er hinzu, als sie etwas einwenden wollte, »bist du bei Professor Wagenknecht in der Pflicht. Du hast den Vertrag unterschrieben, nächste Woche fängst du als seine Assistentin an. Für einen Rückzieher ist es also zu spät!«

88

Auf dem Klieversberg übten Horst und Ilse mit einer Hundertschaft Hitlerjungen und BdM-Mädchen den Beitrag der Ortsgruppe Fallersleben für den Reichsparteitag. Sie wollten in Nürnberg ein lebendes Hakenkreuz inszenieren, das um seine eigene Achse rotierte. Aber noch war von dem Schaubild nichts zu erkennen als ein Haufen unorganisiert durcheinanderstolpernder Kinder.

»Schau mal, deine Schwester«, sagte Ilse plötzlich. »Was will die denn hier? Spioniert die etwa für deinen Vater?«

»Das werden wir gleich wissen. Kannst du so lange allein weitermachen?«

Horst, dem nichts Gutes schwante, ließ seine Frau stehen und eilte Edda entgegen, die auf ihrem Fahrrad den Waldweg herangeradelt kam. Der Vater hatte ihm verboten, zum Parteitag nach Nürnberg zu fahren. Erstens wegen der Rübenernte, zweitens wegen Lottis Hochzeit. Darüber war zwar das letzte Wort noch nicht gefallen, Horst hatte Kreisleiter Sander um Hilfe gebeten, doch bis der ein Machtwort sprach, musste er sich zu den Proben mit dem Jungvolk wie ein Dieb aus dem Haus stehlen.

»Hat Vater dich geschickt?«, fragte er.

»Nein«, sagte sie und stieg von ihrem Fahrrad. »Wie kommst du darauf?«

»Wenn er dich nicht geschickt hat – was willst du dann?«

»Ich habe eine Frage an dich, und ich dachte, ich stelle sie dir lieber hier als zu Hause.« Sie machte eine Pause und blickte ihm fest in die Augen. »Warst du es, der Ernst an die Gestapo verraten hat?«

Horst war so überrumpelt, dass er zusammenzuckte. »Ich ... ich habe keinen Schimmer, wovon du redest!«

»Irgendwer muss ihn verraten haben. Sonst hätten sie ihn nicht verhört und erpresst und ...«

»Das traust du mir zu? Deinem eigenen Bruder?«

»Du hast gewusst, dass er Kommunist war.«

»Nein, das habe ich nicht – ich schwöre!« Horst hob seine rechte Hand. Doch als er spürte, wie sie zitterte, ließ er sie wieder sinken. »Wie ... wie kommst du überhaupt darauf, dass die Gestapo was mit seinem Tod zu tun hat? Du hast doch die ganze Zeit gesagt, er hat sich umgebracht, weil du ... weil du ...«

Er brachte die Worte nicht über die Lippen. »Es war eine Verzweiflungstat«, sagte er und nagte an seinem Daumennagel, »genau wie der Selbstmord seiner Eltern. Die wollten doch sogar dich noch mit in den Tod nehmen. Hast du das vergessen? Und wenn Mutter mich nicht zum Bahnhof geschickt und ich dich nicht in letzter Minute erwischt hätte – wer weiß, ob du überhaupt noch am Leben wärst.«

Edda schüttelte den Kopf. »Was mit seinen Eltern war, weiß ich nicht. Aber dass die Gestapo es war, die Ernst in den Tod getrieben hat, das weiß ich inzwischen.«

»Woher?«

»Ein Freund von ihm hat es mir berichtet.«

»Welcher Freund? Wie heißt er?«

»Robert.«

»Und weiter?«

»Seinen Nachnamen hat er mir nicht genannt. Er sagte, es wäre besser, wenn ich seinen vollen Namen nicht wüsste.«

Horst schnappte nach Luft. »Und so einem traust du mehr als deinem Bruder? Einem Menschen, der nicht mal bereit ist, dir seinen Namen zu verraten?«

Er hoffte, dass Edda nachgeben würde. Doch sie hielt seinem Blick stand.

»Er hat gesagt, sie hätten jemand bei der Polizei eingeschleust. Und der hätte die Protokolle gelesen, von Ernsts Gestapo-Verhören.«

»So was kann jeder behaupten.« Er packte sie an den Schultern und schüttelte sie. »Menschenskind, Edda, wach auf! Der Kerl war ein Kommunist und wollte deinen Kummer ausnutzen, um dich aufzuhetzen!«

»Das ist auch nur eine Behauptung! Die du genauso wenig beweisen kannst!«

In seiner Ohnmacht ließ er Edda los. Woher zum Teufel hatte sie nur diesen Starrsinn? Er wusste nicht, wie er dagegen ankommen sollte.

Er wollte sich schon abwenden und Edda einfach stehenlassen, da hatte er plötzlich eine Idee.

»Du irrst dich, Schwesterherz«, erklärte er, »im Gegensatz zu dir kann ich meine Behauptung sehr wohl beweisen.«

»Wie denn?«

»Ganz einfach! Gehen wir zur Polizei. Wenn es einen Verräter gibt, wird es ein Leichtes sein, ihn zu finden. Dann werden wir ganz schnell wissen, was passiert ist. – Allerdings«, fügte er nach einer Kunstpause hinzu, »fürchte ich, dass es dem Scheißkerl dann auch an den Kragen geht.«

Die Drohung verfehlte nicht ihre Wirkung. Eddas Gesicht war unschwer anzusehen, wie es in ihr arbeitete. »Nein«, sagte sie schließlich, »das will ich nicht.«

»Aber warum denn nicht?«, fragte er. »Hast du etwa Angst vor der Wahrheit?«

Sie schüttelte den Kopf. »Ich will nicht, dass meinetwegen noch jemand leiden muss. Es sind schon viel zu viele.«

Er schaute sie an. »Dein letztes Wort?«

Sie nickte.

Horst atmete auf. »Also gut, dann will ich dir zuliebe ganz schnell vergessen, was du eben gesagt hast. Aber nur, wenn du mir glaubst. Hörst du? Ich habe nichts mit der Sache zu tun! Merk dir das – ein für alle Mal!«

89

Als Katholik hatte Carl Schmitt einen sechsten Sinn für bedeutsame Ereignisse, und dass dies ein bedeutsames Ereignis war, daran hatte er keinen Zweifel. Die Zusammenkunft, die in einem Konferenzraum der Reichskanzlei stattfand und die er in Görings Auftrag protokollierte, war die Gründungsversammlung eines nationalen Konsortiums zur Entwicklung des Volkswagens, und die hatte das Zeug, die Zukunft der deutschen Wirtschaft zu verändern. Außer Staatssekretär Hans Heinrich Lammers als Vertreter des Führers nahmen zwei Staatssekretäre der Ministerien für Propaganda und Wirtschaft sowie ein halbes Dutzend Delegierte des Reichsverbands der Deutschen Automobilindustrie RDA an der Sitzung teil.

Nachdem Lammers die Versammlung eröffnet und noch einmal die Eckdaten des zu produzierenden Kraftwagens entsprechend Hitlers Vorgaben wiederholt hatte, meldeten sich die Vertreter des RDA zu Wort. In gewundenen Sätzen trugen sie ihre Bedenken gegen das Gemeinschaftsunternehmen vor und rieten dringend dazu, die Entwicklung eines Volkswagens doch den etablierten Autoherstellern zu überlassen – der freie Wettbewerb sei schon immer der beste Motor des Fortschritts gewesen. Carl konnte sich ein Lächeln nicht verkneifen. Offenbar sahen die Herren ihre Felle davonschwimmen – kein Wunder, mit dem geplanten Gemeinschaftsunternehmen würden sie sich ja selbst Konkurrenz machen.

Doch alle Versuche, das Konsortium zu verhindern, prallten an Staatssekretär Lammers ab. Der parierte die Einwände mit der schlichten Tatsache, dass die etablierten Hersteller in der Vergangenheit allesamt an der Aufgabe gescheitert seien, das gewünschte Auto zum gewünschten Preis zu produzieren. Oder wolle das jemand bestreiten?

»Die Geduld des Führers ist am Ende, meine Herren, jetzt ist es Zeit, die Kräfte zu bündeln. Der Begriff ›Volkswagen‹ ist ab sofort ausschließlich der Benennung des nationalen Gemeinschaftsautos vorbehalten, seine Verwendung durch eine Einzelfirma ist untersagt. Als Chefkonstrukteur wird Professor Dr. ing. Ferdinand Porsche bestellt, der dem Propagandaministerium bereits ein ausführliches Exposé vorgelegt hat. Dieses beruht unter anderem auf persönlichen Anregungen und Entwurfsskizzen unseres Führers Adolf Hitler.«

Damit war die Diskussion beendet, und dem Austausch der Unterschriften stand nichts mehr im Wege. Carl fuhr gleich im Anschluss an die Sitzung nach Hause, um das Protokoll zu schreiben, Göring erwartete ihn am nächsten Morgen zum Rapport.

Während er seinen Bericht verfasste, musste er an seinen Neffen denken. Der Junge tat ihm leid. In Porsches Büro würde der Volkswagen entstehen, das stand mit dem heutigen Tag fest, nicht im Büro des Juden Ganz. Damit war Georgs Traum wohl ausgeträumt.

Es sei denn …

Als Carl das Protokoll beendet hatte, holte er aus einer Schreibtischschublade sein »Schatzkästlein« hervor. Darin sammelte er alle möglichen Kuriosa literarischer, politischer und wissenschaftlicher Art, die unterschiedlichsten Informationen, die ihm irgendwie interessant erschienen, auch wenn er in der Regel gar nicht wusste, wozu sie ihm dienlich sein konnten, und dazu alle Visitenkarten, die er auf irgendwelchen Empfängen oder Kongressen oder sonstigen Zusammenkünften einflussreicher Leute bekam. Das Leben war ein fortwährender Kampf ums Dasein, und Verbündete konnte man immer brauchen.

Die Karte, die er suchte, fand er unter dem Buchstaben P.

Eine Weile drehte er sie unschlüssig in der Hand. Sollte er jetzt gleich den Brief aufsetzen? Oder hatte er sich nach dem langen und anstrengenden Tag ein paar Stunden der Entspannung im »Grünen Kakadu« verdient? Er entschied sich für den »Kakadu«. Ein Brief so rasch nach Gründung des Konsortiums könnte ein wenig aufdringlich wirken, vielleicht war es besser, noch ein paar Tage oder Wochen damit zu warten. Außerdem ging ihm diese Gilla B. nicht aus dem Sinn.

Er wollte gerade die Wohnung verlassen, da klingelte das Telefon. So spät? Das konnte nur Göring sein, wahrscheinlich wollte er sich nach der Sitzung in der Reichskanzlei erkundigen. Geduld war bekanntlich nicht seine Stärke.

Mit einem Seufzer nahm Carl den Hörer von der Gabel. Doch am anderen Ende der Leitung meldete sich nicht der Reichsminister, sondern eine Frauenstimme.

»Ich bin's, Edda.«

Carl hob die Brauen. »Was für eine schöne Überraschung! Welchem freudigen Umstand verdanke ich deinen Anruf?«

Es rauschte und knackte eine Weile. Dann hörte er seine Nichte sagen: »Ich ... ich wollte nur fragen – gilt deine Einladung noch?«

90

Die Mutter war so in Rage, dass Gilla sich kaum traute, den Mund aufzumachen.

»Von wegen, bei einer Freundin übernachtet! Du hast uns einfach ins Gesicht gelogen! Wie konntest du unser Vertrauen nur so missbrauchen? Aber damit ist jetzt Schluss!!«

Monate waren seit der Razzia im »Kakadu« vergangen, und nichts war passiert. Nachdem weder eine Anzeige noch eine Vorladung erfolgt war, hatte Gilla bald ihre alte Unbekümmertheit wiedererlangt und ihre Auftritte in der Motzstraße entsprechend fortgesetzt. Warum hieß das Leben »Leben«? Natürlich, um was zu er*leben!* Dann aber war die Notiz des Kripobeamten, die auf den verschlungenen Pfaden des Dienstwegs so lange Zeit irgendwo unbeachtet liegengeblieben war, doch noch zum Jugendamt gelangt, zwei Beamte hatten die Eltern aufgesucht, und nur der Gutmütigkeit der Ermittler, die so gern Kuchen aßen, dass der Vater ihnen hatte versprechen müssen, sie ein Jahr lang täglich mit einer Torte aus der eigenen Fabrikation zu versorgen, hatte Gilla es zu verdanken, dass sie auf eine weitere Verfolgung des Falles verzichtet hatten.

Das war vor einer Stunde gewesen, doch noch immer war die Mutter so aufgebracht, dass sie kein Ende fand.

»Wer nicht hören will, muss fühlen! Du kommst jetzt ins Internat!«

»Bitte, Mama! Alles, nur das nicht ...«

»Keine Diskussion, mein Fräulein! Die Nonnen werden dir schon Vernunft beibringen!«

Gilla fühlte sich, als würde ihr jemand die Kehle zuschnüren. Wenn die Mutter die Drohung wahrmachte, war ihr Leben aus und vorbei! Doch zum Glück war ihr Vater nicht nur ein milder Mann, sondern auch stets auf ihrer Seite.

»Junge Menschen müssen auch mal über die Stränge schlagen, Mathilde.«

»Aber nicht in diesen Zeiten, Wilhelm. Nein, da tut man alles, um nirgendwo anzuecken – und dann so etwas! Wir sind Juden, Herrgott, habt ihr das vergessen? Die warten doch nur darauf, dass sie uns was ans Zeug flicken können!«

»Jetzt reg dich doch bitte nicht so auf. Die meinen doch gar nicht uns, wenn sie gegen Juden hetzen, die meinen die Kaftanjuden aus Polen. Ich war für mein Vaterland schließlich im Krieg und habe das Eiserne Kreuz, genau wie Hitler. Uns lassen sie in Ruhe!«

»Bist du wirklich so weltfremd, oder tust du nur so?«

»Weltfremd? Das haben wir schwarz auf weiß! Der Arierparagraph gilt ausdrücklich nicht für ehemalige Frontkämpfer!«

»Deine Tochter hat aber nie an der Front gekämpft, genauso wenig wie ich!«

»Das ist doch Wortklauberei, mein Tildchen. Für die Angehörigen gilt das genauso. Und in der Firma regiert mir auch niemand rein. ›Keine Extragesetze auf wirtschaftlichem Gebiet‹ – die Worte von Arbeitsminister Seldte.«

»Und warum beziehen plötzlich drei Garnisonen keinen Kuchen mehr von uns?«

»Das hat nichts mit Politik zu tun. Die Konkurrenz war billiger!«

Froh, dass die Diskussion sich von ihr fort bewegte, hütete Gilla sich, den Mund aufzumachen. Während die Eltern stritten, überlegte sie stattdessen, wie sie sich möglichst unbemerkt aus dem Staub machen konnte.

»Ich mache dann mal meine Hausaufgaben.«

Ihre Mutter packte sie am Arm. »Hiergeblieben, Fräulein!«

»Was ist denn noch?«

»Wir gehen jetzt zum Friseur!«

»Zum Friseur? Ich war doch erst vor zwei Wochen …«

»Wir müssen dein Haar blond färben.«

»Bist du meschugge geworden?«, fragte der Vater. »Gilla hat doch von Natur aus blondes Haar.«

Die Mutter wühlte in Gillas Frisur. »Und die dunklen Strähnen? Hier und da und da? Was ist mit denen? Unsere Tochter muss blonder sein als jedes andere deutsche Mädchen! Kapierst du das nicht? Sonst husten die Nonnen uns was!«

91

Im Konstruktionsbüro »Dip.-Ing. Josef Ganz« herrschte Grabesstille. Madeleine war gerade vom Abendessen aus der Wohnung ihrer Tante zurückgekehrt. In der Hand hielt sie den »Völkischen Beobachter«, auf dessen Titelseite ein Bericht von der Gründung einer Volkswagengesellschaft in Berlin prangte.

»Ich werde Porsche verklagen!«, erklärte Josef. »Der Volkswagen ist *meine* Idee! Niemand außer mir ist berechtigt, ihn zu bauen.«

»Unmöglich!«, erwiderte Georg. »Du kannst gegen Porsche nicht klagen! Er ist der Liebling des Führers!«

»Dann verklage ich Hitler gleich mit!«

»Jetzt halt aber mal die Luft an«, sagte Madeleine.

»Das ist mein voller Ernst! Recht muss Recht bleiben!«

»Du gehörst ja in die Irrenanstalt!«

Josef schaute sie mit funkelnden Augen an. »Ja, ja, verbündet ihr euch auch noch gegen mich. Es reicht ja nicht, wenn nur die ganze Welt das tut.«

Georg wusste, sein Freund litt wie ein geprügelter Hund, also ließ er den absurden Vorwurf unwidersprochen. Josef hatte alles verloren, was er in zwanzig Jahren aufgebaut hatte, sowohl als Journalist wie auch als Ingenieur. Man konnte nur hoffen, dass es ihm nicht irgendwann erging wie diesem Kohlhaas aus dem Reclam-Heftchen. Der war wegen Landfriedensbruch am Ende zum Tode verurteilt worden.

Josef wandte sich zur Tür.

»Wo willst du hin?«

»Frische Luft schnappen.«

»Soll ich mitkommen?«, fragte Madeleine.

»Nein, ich muss jetzt ein bisschen für mich sein.«

Während seine Schritte im Treppenhaus verhallten, drehte Madeleine sich zu Georg herum: »Weißt du eigentlich schon, was du machen wirst, wenn Josef das Büro aufgeben muss?«

Als er ihr besorgtes Gesicht sah, musste Georg schlucken. »Ist es wirklich so schlimm?« Die Vorstellung, dass es je so weit kommen könnte, hatte er immer verdrängt. Erstens, weil er hoffte, dass sich irgendeine Lösung finden würde. Und zweitens, weil ihm als Antwort sonst nur Fallersleben einfiel.

»Ich fürchte ja«, sagte Madeleine.

»Und warum weiß ich dann von nichts?«

»Er hat mir verboten, mit dir darüber zu sprechen, du kennst ja seinen Stolz. Dabei muss meine Tante ihm schon die Miete stunden.«

»Das ... das verstehe ich nicht. Ich habe mein Gehalt immer pünktlich bekommen!«

»Weil du sein Freund bist. Eher würde er verhungern, als dir deinen Lohn vorzuenthalten. Aber lange hält er das nicht mehr durch. Das Geld schmilzt auf seinem Konto wie Schnee in der Sonne. Und dann ist heute auch das hier noch gekommen.« Sie nahm ein Schriftstück vom Schreibtisch und hielt es in die Luft. »Hat er dir davon erzählt?«

»Nein. Was ist das?«

»Eine Klage der Tatra-Werke in Prag. Sie werfen ihm vor, das Patent auf ihre Pendelachse verletzt zu haben.«

»Aber Tatras Pendelachse ist doch unsere Erfindung! Die hat Josef ihnen als Lizenz verkauft!«

»Die Klage lautet auf eine Millon Mark Schadenersatz.«

»Eine Million? Um Gottes willen! Das würde uns das Genick brechen!«

Draußen vor dem Haus schlug Dolly an, der Schäferhund von Madeleines Tante. Das Tier bellte so laut, dass Georg ans Fenster eilte. Als er sich hinausbeugte, hörte er von draußen nur noch ein Winseln. Dolly lag leblos auf dem Bürgersteig, und bei ihr kniete Josef.

Georg machte auf dem Absatz kehrt und lief das Treppenhaus hinunter.

»Was ist passiert?«, fragte er, als er auf der Straße war.

Josef war kreidebleich. »Ich trat gerade aus dem Haus, da stürzte ein Mann auf mich zu, mit einer Eisenstange in der Hand. Dolly kam bellend aus dem Garten, und als sie den Kerl angriff, hat er sie mit der Stange niedergeschlagen und ist abgehauen.« Er zeigte auf eine Stelle hinter dem Zaun, wo ausgetretene Zigarettenkippen auf dem Boden lagen. »Da hat er mir aufgelauert.«

»Madeleine soll sich um Dolly kümmern«, sagte Georg. »Wir gehen zur Polizei.«

Eine halbe Stunde später waren sie auf dem Revier. Doch der wachhabende Beamte schenkte ihrem Bericht keinen Glauben. Die Zigarettenkippen, die Georg zum Beweis in einem Tütchen mitgebracht hatte, würdigte er keines Blickes.

»Und wo ist die ominöse Eisenstange?«, fragte er.

»Die hat der Täter mitgenommen«, erwiderte Josef.

Der Polizist schüttelte den Kopf. »Immer dasselbe mit euch Juden.« Er nahm die Tüte mit den Kippen und warf sie in den Müll. »Angeblich will euch jeder an den Kragen. Aber bei näherer Betrachtung erweist sich alles nur als leeres Geschwätz.«

Josef wollte protestieren, doch Georg zog ihn fort. Unverrichteter Dinge kehrten sie in die Zeppelinallee zurück. Zum Glück war wenigstens Dolly wieder auf den Beinen, als sie in die Wohnung kamen.

Josef ging in die Küche und nahm eine Flasche Schnaps aus dem Schrank.

»Es wird Zeit, dass du dir mal eine Pause gönnst«, sagte Georg.

»Unmöglich!« Josef öffnete die Flasche und nahm einen Schluck.

»Georg hat recht«, sagte Madeleine. »So geht das nicht weiter. Du musst Abstand gewinnen. Schau dich nur an, wie du aussiehst. Ein Wrack!« Sie zerrte ihn auf den Flur vor den Garderobenspiegel. Mit den zerzausten Haaren und der Schnapsflasche in der Hand bot er ein Bild zum Gotterbarmen. »Du brauchst Erholung – dringend! Lass uns Urlaub machen.«

»Gute Idee«, pflichtete Georg ihr bei. »Hast du nicht gesagt, ein Onkel von dir hätte ein Ferienhaus in der Schweiz?«

»Urlaub kann ich mir nicht leisten.« Josef nahm noch einen Schluck. »Nicht, bevor ich rehabilitiert bin.«

»Rehabilitiert?«, fragte Madeleine. »Wie stellst du dir das vor?«

Josef wischte sich den Mund ab. »Eine Chance habe ich noch.«

»Welche?«, fragte Georg.

»Ich werde den Spieß umdrehen und Paul Ehrhardt vor den Kadi schleifen. Wegen fortgesetzter Verleumdung. Beweise habe ich genug. Wenn der Drecksack hinter Gittern ist, werde ich meinen guten Ruf wiederherstellen, Schritt für Schritt. Und dann wollen wir mal sehen, wer der bessere Autokonstrukteur ist – Ferdinand Porsche oder Josef Ganz!«

92

Edda hatte mehrere Anläufe gebraucht, um Onkel Carl in Berlin anzurufen, und hätte Charly sie nicht immer wieder gedrängt, hätte sie es vielleicht nie geschafft. Jetzt aber saß sie im Café Kranzler am Kurfürstendamm, und ihr gegenüber saß wirklich und leibhaftig Leni Riefenstahl, ihre seit Jahren vergötterte Lieblingsschauspielerin und einzige Filmregisseurin Deutschlands. Onkel Carl hatte sie nur kurz miteinander bekannt gemacht und sie dann sich selbst überlassen.

»Wollen wir nicht einfach du zueinander sagen?«, fragte Leni.

»Ja ... bitte, wenn ... wenn Sie meinen«, stammelte Edda.

»Wenn *du* meinst, wolltest du wohl sagen!«, lachte Leni.

Edda fühlte sich, als wäre sie in einem Film – die Begegnung war so unwirklich, als würde Leni Riefenstahl übergroß von der Leinwand eines Lichtspielhauses auf sie herabschauen. Was für eine Frau ... Mit ihrem dunklen gewellten Haar und dem etwas zu kleinen Mund war sie keine wirkliche Schönheit, doch ihre Ausstrahlung übertraf die jedes anderen weiblichen Wesens, das Edda je zu Gesicht bekommen hatte. Sie konnte nicht aufhören, sie anzuschauen, vor allem die Augen faszinierten sie, zwei große, dunkelblaue Augen, die glühten wie das magische Licht in ihrem Film.

War dies der Neuanfang, von dem Charly gesprochen hatte?

Je länger sie redeten, umso mehr wurde der Film zu Wirklichkeit. Das lag vor allem an Lenis natürlicher, ungekünstelter Art. Obwohl sie fünf Jahre älter als Edda war und eine Berühmtheit in ganz Deutschland, gab sie ihr in keinem Moment das Gefühl, ihr etwas vorauszuhaben. Im Gegenteil, fast war es, als wäre Edda die Berühmtheit und Leni ihre Bewunderin, so eingehend erkundigte sie sich nach ihrem Leben und ihren Interessen.

»Dein Traum ist es also, beim Film zu arbeiten?«

»Ich könnte mir nichts Schöneres vorstellen.«

»Was wäre dir lieber – Schauspielerin oder Regisseurin?«

Edda schüttelte den Kopf. »Das könnte ich vermutlich beides nicht.«

»Woher willst du das wissen? Probieren geht über Studieren!«

»Nein, das Rampenlicht ist nichts für mich. Ich fühle mich im Hintergrund wohler. Aber vielleicht kann ich die im Rampenlicht ja unterstützen?«

Leni hielt kurz inne. »Hm, dann wäre Produktionsleitung womöglich was für dich. Hast du darüber schon mal nachgedacht?«

Zu Beginn der Begegnung hatte Edda kaum einen Ton herausgebracht, doch inzwischen hatte sich ihre Befangenheit gelegt, und sie redeten miteinander, als würden sie sich schon eine Ewigkeit kennen. Abwechselnd zählten sie alle Filme auf, die sie gesehen hatten, und zu jedem Film wollte Leni ganz genau wissen, warum der eine Edda gefiel und der andere nicht, fragte nicht nur nach dem künstlerischem Gesamteindruck, sondern auch, wie dieser zustande kam, durch Besonderheiten der Kameraführung, Beleuchtung oder Musik. Kannte Edda die Namen der mitwirkenden Schauspieler und Regisseure, kannte Leni diese zum allergrößten Teil persönlich und erzählte eine Anekdote nach der anderen von deren Eigenarten und Marotten. Seit Monaten konnte Edda zum ersten Mal wieder das Zusammensein mit einem Menschen genießen, immer wieder huschte ein Lächeln über ihr Gesicht, und ein paarmal musste sie sogar lachen.

Sie hatte keine Ahnung, wie viel Zeit vergangen war, als Leni plötzlich ihre Hände nahm und sie mit diesen magisch blauen Augen ansah.

»Was meinst du – wollen wir zwei es miteinander probieren?«

Edda war so überwältigt, dass es ihr die Sprache verschlug. Im selben Moment war die Befangenheit wieder da, und ihr Herz klopfte ihr bis zum Hals. Doch nicht vor Angst, sondern vor Freude.

»Das ... das würde ich zu gerne. Aber ... du weißt doch gar nicht, ob ich überhaupt für irgendwas tauge.«

»Unsinn!« Leni drückte lachend ihre Hände. »Ich weiß *alles* über dich, ich kenne doch deine Träume! Glaub mir, das genügt. Der Rest kommt ganz von allein.«

93

Hermanns Vormittage verliefen nach einem geheiligten Ritual, an das sich schon sein Vater und Großvater gehalten hatten. Nach dem Frühstück las er bei einer letzten Tasse Kaffee die »Aller-Zeitung«, dann machte er einen Rundgang durch die Fabrik, damit die Leute wussten, dass er ein Auge auf sie hatte, und erst danach ging er ins Kontor, um die Post zu erledigen und mit seinem Buchhalter die laufenden Einnahmen und Ausgaben zu besprechen.

»Ich hätte eine Frage zu der Privatentnahme, die Sie für das dritte Quartal vorgemerkt haben«, sagte Herr Giesecke und rückte seine Brille zurecht. »Könnte es sein, dass Sie sich bei der Zahl um eine Null vertan haben?«

Hermann warf einen Blick auf den Posten. »Nein, das hat alles seine Richtigkeit.«

»Dreißigtausend Mark für die Hochzeit Ihres Fräulein Tochter?«

»Ich will nicht schon wieder knapsen, beim Richtfest haben wir uns bis auf die Knochen blamiert. Außerdem ist in dem Betrag die Mitgift inbegriffen. Das Mädchen braucht schließlich was an den Füßen.«

»Trotzdem ist es meine Pflicht, Sie darauf hinzuweisen, dass angesichts des Kassenstands ...«

»Der Kassenstand könnte nicht schöner sein! Das Reichwehrministerium zahlt pünktlich.«

»Aber der Kredit für das Haus! Die Tilgung ist trotz der günstigen Geschäftslage nicht abgeschlossen, und die Raiffeisenkasse verlangt Zins und Zinseszins.«

»Ach was! Das können wir uns doch alles spielend leisten.«

Herr Giesecke zupfte an seinem Ärmelschoner. »Nur, wenn Sie von Einnahmen ausgehen, die zwar vertraglich zugesichert sind, aber leider noch nicht ...«

»Heil Hitler, Ortsgruppenleiter!«

In der Tür stand ein Mann mit drahtiger Figur und stechendem Blick.

»Heil Hitler!« Eilig erhob Hermann sich von seinem Platz, um Kreisleiter Sander zu begrüßen, der ohne zu klopfen eingetreten war.

Der Buchhalter räumte eilig seine Unterlagen zusammen. »Einen Moment, ich lasse die Herren allein.«

»Danke, Giesecke. Wir machen später weiter.« Hermann wartete, bis der Buchhalter verschwunden war, dann wandte er sich an seinen Besucher. »Was verschafft mir das Vergnügen Ihres Besuchs, Kreisleiter?«

»Ob es sich um ein Vergnügen handelt, werden wir sehen«, erwiderte Sander. »Ihr Sohn behauptet, Sie wollen ihn nicht nach Nürnberg lassen. Ist das wahr?«

Hermann hob bedauernd die Arme. »Sie wissen ja, die Rübenernte. Und dann auch noch die Hochzeit meiner Tochter Charlotte.«

»Ist mir alles bekannt, mit der faulen Ausrede haben Sie sich ja schon selbst gedrückt. Dabei ist die Tatsache, dass Sie Ihre Pflichten in Nürnberg versäumen, um der Hochzeit eines Itzigs beizuwohnen, schon an sich eine Granatenschweinerei, mit der Sie dieses Jahr vielleicht noch mal durchkommen ...«

»Mein Schwiegersohn ist getaufter Christ!«

Der Kreisleiter musterte ihn mit einem abschätzigen Blick. »Wollen Sie mich für dumm verkaufen? Ich bin über die Verhältnisse in Ihrer Familie im Bilde – der Küster der Michaeliskirche hat Superintendent Wedde von der heimlichen Taufe berichtet, und der hat auf sein deutsches Gewissen gehört und mich angerufen. Doch ob getauft oder nicht, Jude bleibt Jude! Darum warne ich Sie: Wenn Sie die Stirn haben, den HJ-Bannführer Ising an der Ausübung seiner Pflichten zu hindern, dann ...«

»Dann was?«

Sander steckte beide Daumen hinter sein Uniformkoppel und trommelte mit den Fingern auf dem Buch. »Soweit ich weiß, steht die endgültige Streckenführung der Autobahn noch nicht fest. Ein Anruf von mir in Berlin, und Sie können auf Ihrem Brachland weiter Brennnesseln züchten.«

94

Obwohl es schon spät am Abend war, saß Georg immer noch im Büro. Zum Glück hatte Josef Vernunft angenommen – nachdem er eine siebzig Seiten umfassende Klageschrift gegen Paul Ehrhardt eingereicht hatte, war er mit Madeleine in die Schweiz gefahren, um sich bis zum Gerichtsentscheid in den Bergen zu erholen. Dafür musste Georg jetzt allerdings die Schlussredaktion für das nächste Heft der »Motor-Kritik« allein besorgen.

Wie würde es nun weitergehen?

Georg traute sich kaum, an die Zukunft zu denken. Das Gehalt, das Breidenstein zahlte, war zu viel zum Sterben und zu wenig zum Leben. Um sich das Leben in der Großstadt zu leisten, war er auf das zweite Gehalt von Josef dringend angewiesen. Doch wie sollte Josef das Geld dafür aufbringen, wenn die Tatra-Werke eine Million von ihm verlangten? Sein Geld reicht ja noch nicht mal mehr für die Miete ... Georg wusste nicht, wie Josef aus dem Schlamassel herauskommen sollte, und wenn Josef es nicht schaffte – dann ... Georg stieß einen Seufzer aus. Es ging es ja gar nicht nur ums Geld, in Wirklichkeit ging es um viel mehr. Wenn es nur ums Geld ginge, könnte er notfalls den Gürtel enger schnallen, um irgendwie über die Runden zu kommen. Schlimmer, viel schlimmer, war etwas anderes. Wenn Josef mit seiner Gegenattacke scheiterte, was wurde dann aus dem Autoingenieur Georg Ising? Josef war ein Genie, er würde immer wieder auf die Füße fallen. Aber Georg war *kein* Genie, da machte er sich nichts vor, auch wenn er dieselbe Leidenschaft besaß wie sein Freund, er war vielmehr auf Josefs Genie angewiesen, um das bisschen Talent, das er besaß, zu entfalten. Wenn sein Freund den Kampf gegen Ehrhardt verlor und das Büro tatsächlich schließen musste, würde er keine zweite Chance als Autokonstrukteur bekommen, als engster Mitarbeiter des Querulanten Josef Ganz war sein Ruf in der Branche ruiniert und er brauchte sich bei anderen Arbeitgebern erst gar nicht zu bewerben. Dann blieb ihm nur noch, die Koffer zu packen und nach Fallersleben zurückzukehren, um reumütig die Nachfolge seines Vaters anzutreten.

Er stand auf, um für die Nachtschicht eine Kanne Kaffee aufzusetzen, da hörte er plötzlich Stiefelschritte, und gleich darauf läutete es Sturm.

Um Himmels willen – was hatte das zu bedeuten?

Als er die Tür öffnete, standen SS-Männer auf dem Treppenabsatz, angeführt von einem Rottenführer.

»Wo ist der Jude Ganz?«

»Tut mir leid, Herr Ganz ist im Urlaub.«

»Wollen Sie uns verarschen?«

Der Rottenführer stieß Georg beiseite, gleich darauf stürmte die ganze Horde ins Büro. Sie schauten in jedem Raum nach, öffneten jeden Schrank, einer kroch sogar in der Küche unter den Spülstein. Doch vergebens.

»Die Mühe hätten Sie sich sparen können«, sagte Georg.

»Nur ja nicht frech werden, Bürschchen! Wir kommen wieder!«

Während sie im Treppenaus verschwanden, drang von draußen Lärm herauf. Georg trat ans Fenster. Als er auf die Straße sah, stockte ihm der Atem. Scharen von SS-Männern marschierten unter dem Fenster vorbei und grölten Parolen, während aus einem Haus gegenüber ein SA-Mann auf die Straße gezerrt wurde. Seltsam, die SS-Leute behandelten den SA-Mann wie einen Verbrecher. Ein schwarzes Auto brauste heran, die SS-Leute stießen den SA-Mann hinein, das Auto fuhr davon, und die grölenden Truppen marschierten weiter.

Nein, das war keine Aktion gegen Josef, hier war etwas Größeres im Gange.

Georg stellte das Radio an und suchte einen Sender mit Nachrichten. SA-Führer Röhm, erklärte der Sprecher, habe einen Putsch gegen den Führer versucht. Während Röhm selbst bereits inhaftiert sei, werde überall im Land nach Verschwörern gefahndet, um diese ihrer gerechten Strafe zuzuführen.

Georg lief es kalt den Rücken herunter.

Zwei Tage später rief Josef aus der Schweiz an, um sich nach dem Fortgang seines Prozesses zu erkundigen. Es war sein sechsunddreißigster Geburtstag. Als Georg sagte, dass noch kein Gerichtsbescheid erfolgt sei, kündigte Josef für den Abend seine Rückkehr nach Frankfurt an, um seinen Geburtstag zu feiern und sich anschließend für den Fall bereitzuhalten, dass man ihn als Zeugen vorladen wollte. Während sie telefonierten, fiel Georgs Blick auf den schwarzen Horch, der seit zwei Tagen auf dem freien Grundstück gegenüber parkte. Hinter dem Steuer saß ein Mann und beobachtete ihr Haus, während ein anderer Mann sich an dem Verteilerkasten mit den Telefonleitungen zu schaffen machte.

Georg hatte keinen Zweifel, was der Kerl an dem Verteilerkasten trieb.

»Bleib in der Schweiz«, sagte er ins Telefon, »bis du deine Lungenentzündung auskuriert hast.«

»Lungenentzündung?«, wiederholte Josef am anderen Ende der Leitung.

»Ja. Die Alpenluft tut deinen Lungen gut. Auf jeden Fall bekommt sie dir besser als die Luft hier in Frankfurt.«

Es dauerte eine Weile, bis Josef verstand. »Gut, dann bleibe ich noch ein Weilchen«, sagte er. »Meinen Geburtstag können wir ja auch noch später nachfeiern. Aber gib mir unbedingt Bescheid, wenn du Neuigkeiten von Onkel Paul hast!«

95

Edda lebte erst wenige Wochen in Berlin, doch in dieser kurzen Zeit war sie so aufgeblüht, dass sie sich selbst kaum wiedererkannte. Bei ihrer Ankunft hatte Leni sie im Gästezimmer ihrer Grunewaldvilla einquartiert, damit sie sich in Ruhe etwas Eigenes suchen konnte. Doch die beiden Frauen hatten sich von Anfang an so gut verstanden, dass von einer eigenen Wohnung schon bald keine Rede mehr war. Jeder Tag war erfüllt mit neuen, aufregenden Erlebnissen. »Produktionsleitung«, hatte Leni gesagt, »ist wie Flöhe hüten, ein Produktionsleiter muss alles organisieren, was vor, bei und nach den Dreharbeiten eines Films passiert.« Edda sollte bald lernen, was das hieß. Jede Szene bestand aus tausend großen und kleinen Dingen, und der Produktionsleiter hatte dafür zu sorgen, dass alles zur richtigen Zeit am richtigen Ort war: von den Kostümen über die Kulissen bis zu den Kameras und Mikrophonen. Leni brachte Edda alles bei, was dazu erforderlich war, sie ging mit ihr die zeitlichen Abläufe eines Drehtags und die Kalkulation der Kosten durch, erklärte ihr die Aufnahmetechniken bei der Bild- und Tonaufzeichnung, führte ihr im Schneideraum vor, wie das belichtete Material zum fertigen Film geschnitten wurde ... War es Edda früher nur mit Mühe gelungen, sich die Regeln der altfranzösischen Grammatik oder irgendwelcher Konsonantenverschiebungen einzubläuen, lernte sie jetzt mit einer nie zuvor gekannten Leichtigkeit. Alles, was Leni sagte, sog sie in sich auf, als wäre ihr Gehirn ein ausgetrockneter Schwamm, der allzu lange nicht benutzt worden war.

Ja, Onkel Carl hatte recht – sie gehörte zum Film! Das war ihre Welt!

Doch es gab einen Schatten, der die Freude an ihrem neuen Leben trübte, und das war Lenis nächster Film. Hitler persönlich hatte ihr den Auftrag gegeben, den Parteitag der NSDAP im September auf Zelluloid zu verewigen, und Edda sollte sie nach Nürnberg begleiten. Während Leni von den unbegrenzten Möglichkeiten schwärmte, die der Reichsminister für Volksaufklärung und Propaganda, Dr. Josef Goebbels, ihr für die Dreharbeiten zugesagt hatte, geriet Edda in immer größere Gewissensnot. Durfte sie an einem solchen Film mitwirken? Die Nazis hatten doch Ernst auf dem Gewissen!

Als sie sich ihrer neuen Freundin anvertraute, nahm die sie in den Arm.

»Das ist ja fürchterlich! Mein Gott, was musst du gelitten haben.«

»Kannst du mich also ein bisschen verstehen?«

»Aber natürlich! Wie sollte ich denn nicht?« Leni schüttelte den Kopf. »Wenn das der Führer wüsste … Er würde die Unmenschen, die deinem Ernst das angetan haben, sofort einsperren lassen!«

»Aber das waren doch Gestapo-Männer! Beamte von Hitlers Regierung!«

»Ach was, das waren Verbrecher! Wild gewordene Fanatiker, die auf eigene Faust gehandelt haben. Der Führer würde so etwas niemals wollen, geschweige denn befehlen, er ist der gutmütigste Mensch, den ich kenne. Der kann keiner Fliege was zuleide tun. Wusstest du, dass er Vegetarier ist?«

»Nein, das wusste ich nicht.«

»Ist er aber. Weil er nicht will, dass unschuldige Tiere für ihn sterben müssen. Er kann nicht mal Pflanzen leiden sehen und duldet deshalb in seiner Umgebung keine Schnittblumen.«

»Keine Schnittblumen?«

»Ja, er hatte in seiner Jugend so eine Art Erscheinung. Er kam in ein Zimmer, wo eine Vase mit Tulpen stand. Plötzlich sah er, wie aus den Stängeln Blut in das Wasser strömte. Seitdem sind Schnittblumen für ihn tabu. Das hat er mir selbst erzählt.«

Edda konnte kaum glauben, was ihre Freundin sagte. Nie und nimmer hätte sie gedacht, dass der Mann, der seine Reden stets mit schnarrender Stimme und geballten Fäusten hielt, in Wirklichkeit so zart besaitet war.

»Aber wie konnten dann die fürchterlichen Dinge passieren, die nach dem Röhm-Putsch passiert sind? So viele Menschen wurden verhaftet, es gab Tote, manche wurden auf offener Straße erschossen.«

»Die Nacht der langen Messer …« Leni nickte. »Ja, da hat der Führer durchgegriffen, mit harter Hand. Aber er hatte keine Wahl, er musste das tun, um die Ordnung in den eigenen Reihen wiederherzustellen. Die Männer, die da bestraft wurden, waren ja genau solche Verbrecher wie die, die deinen Ernst auf dem Gewissen haben. Dein eigener Onkel hat das doch alles ganz wunderbar erklärt.«

»Onkel Carl?«

»Ja, in seinem Aufsatz ›Der Führer schützt das Recht!‹ Der »Völkische Beobachter« hat ausführlich darüber berichtet. Hast du den Artikel denn nicht gelesen?«

»Tut mir leid, ich lese keine Zeitungen«, erwiderte Edda.

»Du liest keine Zeitungen?«, wiederholte Leni. »Daran sollte ich mir ein Beispiel nehmen. Die Wirklichkeit lenkt ja nur von der Kunst ab. – Allerdings«, fügte sie grinsend hinzu, »wenn ich keine Zeitungen lese, woher weiß ich dann, was die Leute von meiner Kunst halten?«

Edda musste lachen.

Leni nahm ihre Hand. »Aber das Allerwichtigste habe ich dir ja noch gar nicht gesagt«, fuhr sie, schon wieder ernst, fort. »Bei unserem Film geht es überhaupt nicht um Politik.«

»Nicht? Worum dann?« Verunsichert schaute Edda sie an.

Leni erwiderte fest ihren Blick. »Um Kunst! Und sonst gar nichts!«

»Das verstehe ich nicht. Du hast doch gesagt, Goebbels finanziert den Film.«

»Ja und? Das heißt nicht, dass ich deshalb einen Propagandafilm drehe – mein Film wird ausschließlich und allein ästhetischen Kriterien gehorchen. Das habe ich von Anfang an klargestellt. Aus diesem Grund haben auch ein paar hohe Herren im Propagandaministerium sehr heftig gegen mein Engagement protestiert. Alles Mögliche haben sie vorgebracht, um mich bei Goebbels anzuschwärzen. Dass ich eine Frau bin, oder dass ich noch nie einen Dokumentarfilm gedreht habe. Vor allem aber, dass ich kein PG bin.«

Edda kam aus dem Staunen nicht mehr heraus. »Du bist nicht in der Partei?«

»I wo«, lachte Leni. »Und ich habe auch nicht vor, jemals einzutreten. Ich brauche meine künstlerische Freiheit wie die Luft zum Atmen und würde sie für nichts auf der Welt aufgeben. Hitler weiß das, und er hat trotzdem darauf bestanden, dass ich den Film mache. Weil es ihm einzig und allein um die künstlerische Qualität geht. Er ist ja selbst ein Künstler, noch mehr als Politiker. Du hättest mal sehen sollen, mit welcher Begeisterung er zuhörte, als ich ihm meine Ideen vortrug. Ein Seelenverwandter! Zum Schluss hat er etwas ganz Wunderbares gesagt: ›Sie haben freie Hand, Fräulein Riefenstahl. Machen Sie alles so und nicht anders, egal, was es kostet. Ich sehe den Film schon vor mir: ein gigantisches bewegtes Gemälde, eine gewaltige Komposition aus Menschenmassen, im Spiel von Licht und Schatten.‹«

Edda begriff. »So wie in ›Das blaue Licht‹?«

»Genau so!«, rief Leni. »Aber alles viel, viel großartiger und spektakulärer.« Sie hielt für einen Moment inne, dann fuhr sie fort: »Und wenn uns beiden das gelingt, dir und mir, dann wartet in zwei Jahren eine noch bedeutendere Aufgabe auf uns. Ein Film über das größte Ereignis der Welt. In Berlin. Du weißt, was ich meine?«

Edda zögerte. »Ein Film über die Olympischen Spiele?«

»Ja, meine Liebe.« Leni strahlte sie mit ihren blauen Augen an. »Sag selbst, leben wir Künstler nicht gerade in herrlichen Zeiten?«

96

Georg setzte die Motorradbrille auf, nahm den kleinen Reisekoffer und verließ seine Wohnung in der Mörfelder Landstraße. Die Würfel waren gefallen. Vor zwei Tagen hatte Josefs Anwalt den Gerichtsbeschluss in die Zeppelinstraße gebracht. Es war gekommen, wie es hatte kommen müssen: Josef war mit seiner Klage gegen Ehrhardt gescheitert. Nachdem der Anwalt ihm das Urteil erläutert hatte, hatte Georg in der Schweiz angerufen, um seinem Freund den Ausgang des Verfahrens mitzuteilen. Natürlich hatte Josef sich nicht damit abfinden wollen und Georg aufgefordert, ihm die schriftliche Urteilsbegründung nach Zürich zu bringen, um die Möglichkeit eines Einspruchs zu prüfen. Als Treffpunkt hatten sie den Bellerive ausgemacht, das Ziel der diesjährigen Schweizer Alpenrallye, die heute dort zu Ende ging. Die perfekte Kulisse für seinen Abschied – die ganze Motorwelt war am Zürichsee versammelt ... Georg würde sich von dort aus direkt auf den Weg nach Fallersleben machen. Seine Eltern erwarteten ihn schon, er hatte ihnen geschrieben, um ihnen seine Rückkehr anzukündigen.

Ja, der Autokonstrukteur Georg Ising war tot. Es lebe der Zuckerbaron Georg Ising!

Mit einem Kloß im Hals schloss er die Wohnungstür hinter sich. Drei Jahre hatte er hier gewohnt – die schönsten Jahre seines Lebens ... Bevor er das Haus verließ, schaute er ein letztes Mal nach der Post. Er hatte noch keinen Nachsendeantrag gestellt, und da der Vermieter auf Einhaltung der Kündigungsfrist bestanden hatte, konnte es Wochen dauern, bis er nach Frankfurt zurückkommen würde, um die Wohnung endgültig aufzulösen.

In dem Fach mit seinem Namen lag nur ein einziger Brief. Georg wollte ihn ungelesen einstecken, doch als er den Absender sah, stutzte er.

Prof. Dr. Ing. Ferdinand Porsche. Kronenstraße 24. Stuttgart.

Was zum Teufel war das? Mit allem hatte er gerechnet, nur damit nicht. Er schob sich die Motorradbrille in die Stirn und riss das Kuvert auf.

Der Brief bestand nur aus wenigen Zeilen. Darin übermittelte

Porsche einen Gruß von Staatsrat Prof. Dr. Carl Schmitt, der ihm freundlicherweise die Privatadresse seines Neffen zur Verfügung gestellt habe, und unterbreitete Georg sodann das Angebot, von Frankfurt in das Stuttgarter Konstruktionsbüro zu wechseln, um an der Entwicklung des nationalen Volkswagens mitzuwirken.

»Hochachtungsvoll – Heil Hitler!«

In seiner Verwirrung hätte Georg fast seinen Koffer vergessen, und als er auf der Straße stand, brauchte er eine Weile, um sich zu erinnern, wo er am Vorabend sein Motorrad abgestellt hatte. Als er es schließlich fand, schaffte er es erst im dritten Versuch, die Maschine zu starten.

Vor ihm lagen vierhundert Kilometer. Vierhundert Kilometer, um seine Gedanken zu ordnen.

97

»Ich glaube, Berlin tut Edda gut«, sagte Dorothee, die mit Bruni in der Waschküche einen Stapel frisch gewaschener Bettwäsche für die Heißmangel vorbereitete.

»Armer Hans Lohmann«, sagte das Dienstmädchen, »dann hat er wohl umsonst gebalzt.«

»Hauptsache, Edda fasst wieder Tritt.«

Dorothee nahm ein Laken, gab Bruni das andere Ende und sprengte es ein. Während sie es jeweils mit beiden Händen streckten, kam Hermann zur Tür herein.

»Du? Um diese Zeit?« Wenn er seinen allmorgendlichen Rundgang durch die Fabrik unterbrach, musste etwas Besonderes passiert sein.

»Post aus Frankfurt!« Über das ganze Gesicht strahlend, zückte Hermann einen Brief. »Georg kommt!«

»Wie schön«, sagte Dorothee und legte mit Bruni das Laken zusammen. »Glaubst du, er hat endlich ein Mädchen gefunden, mit dem es ihm ernst ist?«

Während Bruni das Laken in den Wäschekorb legte, lugte sie neugierig über die Schulter. Doch Hermann wartete, bis sie mit dem Korb aus der Waschküche verschwunden war.

»Viel besser!«, sagte er dann. »Georg kommt nicht wegen eines Mädchens – er kommt für immer! Er hat seine Entscheidung getroffen!«

»Du meinst, er will tatsächlich deine Nachfolge antreten?«, fragte Dorothee.

»Genau das meine ich!« Er nahm sie in den Arm und gab ihr einen Kuss. »Ist das nicht wunderbar?«

Dorothee schüttelte den Kopf. »Um ehrlich zu sein, damit hätte ich nie und nimmer gerechnet. Aber ich freue mich natürlich«, fügte sie hinzu, »vor allem für dich! Das war doch immer dein Wunsch …«

»Natürlich war es das«, sagte Hermann. »Aber wenn du dich mit mir freust, warum ziehst du dann so ein Gesicht?«

»Ich … ich muss nur an Horst denken. Wann willst du es ihm sagen?«

Hermann zögerte einen Moment. »Erst mal überhaupt nicht«, entschied er dann. »Nichts wird so heiß gegessen wie gekocht.«

»Aber wenn Georg kommt? Wie willst du es dann vor ihm verheimlichen?«

»Wenn es so weit ist, wird uns schon was einfallen. Ich möchte dem Jungen einfach nicht die Freude verderben.«

Dorothee brauchte einen Moment, bis sie verstand. »Du meinst wegen Nürnberg?«

Hermann nickte. »Er hat so sehr dafür gekämpft und denkt an nichts anderes.«

»Obwohl ihr euch so gestritten habt?« Dorothee war gerührt. »Das ist wirklich sehr lieb von dir.«

Während sie ihm einen Kuss gab, klingelte im Haus das Telefon.

98 *Und führe uns nicht in Versuchung, sondern erlöse uns von dem Übel …*

Obwohl Georg seit seiner Konfirmation nicht mehr gebetet hatte, fiel ihm während der Fahrt immer wieder diese Zeile aus dem Vaterunser ein. Ihm schwirrten so viele Fragen im Kopf herum, dass er kaum wusste, wie er aus Frankfurt herausgekommen war. Was hatte Onkel Carl sich nur dabei gedacht, ihn ausgerechnet Josefs ärgstem Rivalen zu empfehlen? Er musste doch wissen, dass er ein solches Angebot unmöglich annehmen konnte ... Wie ein verwischtes Grün und Braun zog die Landschaft vorbei, ein einziges konturloses Etwas. »Es wäre mir eine Freude, Sie für die Mitwirkung an dem großen Vorhaben zu gewinnen ...« Was für ein unglaubliches, unfassbares Angebot! Porsche war vielleicht kein so genialer Ingenieur wie Josef, aber dafür hatte er die Unterstützung des Reichkanzlers und der Regierung. »Hochachtungsvoll – Heil Hitler!« Georgs Traum, sein großer Traum, vielleicht war er doch noch nicht ausgeträumt, vielleicht gab es doch noch eine Chance für den Autokonstrukteur Georg Ising ...

Und führe uns nicht in Versuchung, sondern erlöse uns von dem Übel ...

Würde er ein solches Angebot wohl je wieder in seinem Leben bekommen? Wenn er erst mal in Fallersleben war, bestimmt nicht. Bis Mannheim konnte Georg an nichts anderes denken als an das trostlose Dasein, das zu Hause auf ihn wartete, von morgens bis abends in der Zuckerfabrik, sechs Tage in der Woche, Monat für Monat, Jahr für Jahr. »Vielleicht führt Ihr Weg Sie ja in nächster Zeit mal in den Süden, dann hätten wir Gelegenheit, einander persönlich kennenzulernen ...« Jetzt führte sein Weg ihn tatsächlich in den Süden, in einer Stunde könnte er in Porsches Büro sein. Doch je näher er Stuttgart kam, umso so heftiger regte sich sein Gewissen. Wie ein Stein gewordener Vorwurf baute die Stadt sich vor ihm auf. Der Versuchung nachzugeben wäre Verrat, ein glatter, durch nichts zu verzeihender Vertrauensbruch, den er Josef unmöglich antun konnte. »Ich möchte Sie freundlich bitten, mich binnen eines Monats von Ihrer Entscheidung in Kenntnis zu setzen ...« Warum ließ Porsche ihm so viel Bedenkzeit? Georg wäre es lieber gewesen, er hätte postwendend antworten müssen. Stattdessen hatte er einen ganzen Monat Zeit. Vier Wochen, dreißig Tage mit jeweils vierundzwanzig Stunden. Was für eine Tortur!

Und führe uns nicht in Versuchung, sondern erlöse uns von dem Übel ...

Sollte er den Brief einfach wegwerfen? In Zuffenhausen wäre Georg beinahe von der Landstraße abgebogen, um Porsche sein Nein persönlich ins Gesicht zu schleudern. Aber dann lag Stuttgart irgendwann hinter ihm, und als er Tübingen passierte, kam ihm eine Frage in den Sinn, die ihn bis Zürich beschäftigen sollte.

Was würde Josef wohl an seiner Stelle tun?

99

Maßlos enttäuscht legte Carl den Hörer auf die Gabel. Er hatte in Fallersleben angerufen, um zu erfahren, wie Georg auf Porsches Angebot reagiert hatte. Er hatte stets große Stücke auf seinen Neffen gehalten und gehofft, dass er sich für ein großes Leben entscheiden würde. Doch bevor er eine Frage hatte stellen können, hatte Dorothee ihn mit der Nachricht überrascht, dass Georg sich entschlossen hatte, nach Hause zurückzukehren, um die Leitung der Zuckerfabrik zu übernehmen.

Was hatte den Jungen nur dazu getrieben, sein Schicksal so mit Füßen zu treten? Autos konstruieren, das war seine Berufung, nicht Zucker aus Rüben quetschen!

Carl hätte viel für die Antwort gegeben, aber er wusste es nicht. Warum Menschen sich entschieden, wie sie sich entschieden, war für ihn eines der größten Menschheitsrätsel. Er brauchte sich nur an die eigene Nase zu fassen. Oft verbrachte er den halben Vormittag damit, eine Krawatte auszusuchen, und wenn er sich endlich entschieden hatte, war er nicht imstande, sich den Grund für seine Wahl zu erklären. Wahrscheinlich bestand die einzige Möglichkeit, das Rätsel der Entscheidungsfreiheit zu lösen, darin, dass man auf eine Erklärung verzichtete. Das war seine Theorie. Das Leben war letztlich nichts anderes als eine einzige Abfolge willkürlicher Entscheidungen, die ihrerseits aus vorausgegangenen, ebenso willkürlichen Entscheidungen resultierten. Die Größe eines Menschen bemaß sich darum in seinen Augen nach dessen Entscheidungskraft. Das war der Grund, warum er Adolf Hitler bewunderte. Und aus demselben Grund war er von seinem Neffen so enttäuscht.

Mit einem Seufzer verließ er den Schreibtisch. Höchste Zeit, sich auf den Weg zur Universität zu machen! Trotz vorlesungsfreier Zeit war für diesen Nachmittag eine Dekanatsversammlung anberaumt. Die Sitzung würde ihm eine unangenehme Entscheidung abverlangen – auf der Tagesordnung stand die Weiterverwendung eines jüdischen Fakultätsmitglieds.

Als er seine Unterlagen in die Aktentasche steckte, fiel sein Blick auf das Memorandum, das Georg ihm vor Monaten gegeben hatte, *Das Auto des kleinen Mannes*. Carl hatte es Göring empfohlen, und dieser dem Führer. Jetzt hatte er keine Verwendung mehr dafür. Er nahm das Heft und warf es in den Papierkorb.

Er war schon auf der Straße, als ihm plötzlich ein Gedanke kam. Wenn der Jude Ganz in Deutschland ein für alle Mal erledigt war, bestand dann nicht Fluchtgefahr?

100

Die Rallye war bereits entschieden, als Georg in Zürich eintraf. Er brauchte darum nicht lange nach Josef zu suchen. Er fand ihn im Fahrerzelt, wo die Siegesfeier in vollem Gange war. Obwohl der Champagner dort in Strömen floss, gingen sie gleich nach der Begrüßung hinaus, um am See ungestört miteinander zu reden.

»Gib schon her«, sagte Josef, kaum, dass sie im Freien waren.

Georg reichte ihm den Gerichtsbeschluss. Josef las ihn im Gehen. Als er fertig war, setzte er sich auf eine Bank.

»Wie kann das sein?«, fragte er. »Ehrhardt wurde der Verleumdung für schuldig befunden und zu sechs Monaten Gefängnis verurteilt, muss die Strafe aber nicht antreten?«

»Ein neues Gesetz, sagt dein Anwalt. Es erlaubt bei Gefängnisstrafen bis zu sechs Monaten vollständigen Straferlass.«

»Ein solches Gesetz hat der Reichspräsident unterschrieben?«

»Hitler braucht seine Unterschrift nicht mehr. Hindenburg ist vor drei Wochen gestorben, seitdem ist Hitlerer Kanzler und Reichspräsident in einem und kann seine eigenen Gesetze gegenzeichnen. Hast du das hier etwa nicht mitbekommen?«

Josef schüttelte den Kopf. Ohne ein Wort zu sagen, starrte er eine lange Weile auf die Alpen jenseits des Sees, in dem sich die Strahlen der Abendsonne widerspiegelten. Während alles um sie her tiefen Frieden atmete, glaubte Georg zu hören, wie es im Kopf seines Freundes arbeitete.

Endlich räusperte Josef sich. »Dann steht mein Entschluss fest. Ich werde nicht mehr nach Deutschland zurückkehren.«

»Soll das heißen – du gibst auf?« Das hatte Georg nicht erwartet.

Sein Freund nickte. »Madeleine ist schon lange der Ansicht, dass ich nicht mehr zurückkann. Ich habe es bis heute nicht wahrhaben wollen, aber jetzt sehe ich ein, dass sie recht hat. Das Urteil spricht doch Bände – in Deutschland stehe ich auf verlorenem Posten, weiter prozessieren hat keinen Sinn.«

Er hatte so klar und entschieden gesprochen, dass Georg nicht wusste, was er darauf erwidern sollte. »Aber ... was ist mit deinem Büro?«, fragte er.

»Das werde ich hier weiterführen.«

»In der Schweiz?«

»Warum nicht? Was anderes bleibt mir nicht übrig.«

»Und was ist mit deinen Entwürfen? Die ganzen Skizzen und Aufzeichnungen? Willst du die Ehrhardt und Konsorten überlassen?«

»Hältst du mich für blöd?« Josef schüttelte den Kopf. »Meine Entwürfe sind mein wertvollstes Kapital, also brauche ich sie hier. Darum werde ich noch einmal nach Frankfurt fahren, um sie zu holen.«

»Hast du keine Angst?«

»Wovor?«

»Keine Ahnung. Vielleicht gibt es ja inzwischen einen Haftbefehl gegen dich.«

»Hast du eine bessere Idee?«

»Ja, ich bringe dir die Sachen hierher.«

Josef drückte seinen Arm. »Das ist sehr anständig von dir, aber nein, das geht nicht. Ich brauche ja nicht nur meine Entwürfe, sondern auch mein Geld, und das liegt auf der Bank. Um das Konto aufzulösen, muss ich selbst nach Frankfurt. – Aber«, fügte er nach kurzem Zögern hinzu, »vielleicht kannst du mir trotzdem helfen.«

»Wie?«, wollte Georg wissen.

»Wenn es tatsächlich einen Haftbefehl gibt, sollte ich vielleicht nicht mit meinem eigenen Wagen über die Grenze. Besser wäre es, du holst mich ab, meistens kontrollieren sie ja nur die Papiere des Fahrers.«

»Klar, du musst mir nur sagen, wann! Aber – wohin mit den Ordnern? Ich habe ja nur ein Motorrad.«

»Madeleines Tante wird dir ihren Tatra leihen. Es kommt nur darauf an, dass wir einen möglichst günstigen Zeitpunkt erwischen.«

»Was meinst du mit günstigem Zeitpunkt?«

»Irgendeinen Tag, an dem an der Grenze so viel los ist, dass die Beamten die Autos einfach durchwinken.«

Georg dachte einen Moment nach. »Im September findet der Reichsparteitag statt. Das wird eine regelrechte Völkerwanderung geben, die Rede ist von über einer Million Parteimitgliedern, die in Bussen und Armeelastwagen nach Nürnberg gekarrt werden. Wenn wir in Blumberg die Grenze passieren, führt der Weg über eine deutsche Enklave. Da wird es von Verkehr nur so wimmeln.«

Josef schaute ihn an. »Dann kann ich also auf dich zählen?«

Georg zögerte keine Sekunde. »Natürlich kannst du das.«

»Ich wusste, dass du mein Freund bist«, sagte Josef und reichte ihm die Hand.

»Ach was, das hättest du für mich doch auch getan.«

Als Georg einschlug, wich er dem Blick seines Freundes aus. Das Angebot aus Stuttgart hatte er mit keinem Wort erwähnt.

101

»Sieg Heil! Sieg Heil! Sieg Heil!« Aus den Kehlen von hunderttausend Jungen und Mädchen hallte der Ruf über das Zeppelinfeld, wieder und wieder und immer wieder. »Sieg Heil! Sieg Heil! Sieg Heil!«

Es war der vierte Tag des Reichsparteitags, der »Tag der Hitlerjugend«. Wochen und Monate hatte Horst diesem Ereignis entgegengefiebert, doch was er hier und jetzt erlebte, übertraf alles, was er sich hatte vorstellen können. Erfüllt von dem berauschenden Gefühl, Teil einer Gemeinschaft zu sein, die unendlich viel mehr bedeutete als er selbst, führte er das Jungvolk von Fallersleben an, Seite an Seite mit seiner Frau. Begleitet vom Spiel der Pfeifen, angetrieben von den Schlägen der Kesselpauken, marschierten sie auf das riesige Feld, wo die Hitlerjugend aus allen Gauen des Reiches zusammenströmte, Pimpfe und Jungmädels, Bannerträger und Standartenführer – Fähnlein für Fähnlein, Gefolgschaft für Gefolgschaft, Schar für Schar ... Wie Tropfen in einem Ozean gingen sie in dem machtvoll wogenden Menschenmeer auf, zu Füßen ihres Führers Adolf Hitler, der, einsam auf einer Empore über dem gewaltigen Muschelrund aus Erz und Stein stehend, mit zum Gruß erhobenem Arm und in die Unendlichkeit gerichtetem Blick, den schier endlosen Aufmarsch bezeugte.

Während die Kolonnen sich auf dem Feld formierten, tauschte Horst mit Ilse einen Blick, und ohne dass es eines weiteren Kommandos bedurfte, schwenkten sie ein auf die freie Fläche in der Mitte des Platzes, auf der sie, zusammen mit hundert anderen Jungvolk-Hundertschaften, noch an diesem Tag das Schaubild aufführen würden, das sie seit dem Frühjahr in Fallersleben eingeübt hatten.

Als auch die letzte Kolonne Aufstellung genommen hatte, verstummte die Knüppelmusik, eine Fanfare ertönte, und Reichsjugendführer Baldur von Schirach stieg mit festem, energischem Schritt die Stufen zu der Empore hinauf, um vor Hitler zu salutieren. Trotz der Menschenmassen, die auf dem Feld versammelt waren, war es plötzlich so still, dass man die Vögel zwitschern hörte.

»Auf Ihren Befehl, mein Führer, steht hier eine Jugend, die keine Klasse und keine Kaste kennt. Nach Ihnen formt sich die junge Generation unseres Volkes. Weil Sie die höchste Selbstlosigkeit voranleben, will auch diese Jugend selbstlos sein. Weil Sie die Treue für uns verkörpern, wollen auch wir treu sein! – Adolf Hitler, der Führer der deutschen Jugend, hat das Wort!«

»Heil! Heil! Heil! Heil! Heil!«

Bei jedem »Heil« bebte der Platz, und es dauerte viele Minuten, bis wieder Ruhe einkehrte. Zum zweiten Mal ertönte die Fanfare. Während ehrfürchtiges Schweigen das Zeppelinfeld erfüllte, trat der Führer an den Rand der Empore und ließ einen langen Blick über den Platz schweifen. Horst schauderte, der Blick hatte auch ihn gestreift ... Dann begann Hitler zu sprechen. Allein mit der Kraft seiner Stimme, ohne Verstärkung durch Mikrophone und Lautsprecher, richtete er das Wort an die vieltausendköpfige Menge, aus der jeder Pimpf, jedes Jungmädel gebannt zu ihm aufschaute, um sich von seiner Botschaft beseelen zu lassen.

»Deutsche Jungens und Mädchen! Nach einem Jahr kann ich euch hier wieder begrüßen. Wir wollen, dass ihr hier all das in euch aufnehmt, was wir uns von Deutschland erhoffen. Wir wollen ein Volk sein, und ihr, meine Jugend, sollt dieses Volk werden. Wir wollen, dass dieses Volk gehorsam ist, und ihr müsst euch in dem Gehorsam üben. Wir wollen, dass dieses Volk ein friedliebendes ist, und ihr müsst friedfertig sein. Wir wollen, dass dieses Volk nicht verweichlicht wird, sondern hart sein kann, und ihr müsst euch dafür stählen und lernen, Entbehrungen auf euch zu nehmen, ohne jemals zusammenzubrechen. Denn was wir heute auch immer tun und schaffen, wir werden vergehen. In euch aber wird Deutschland weiterleben. Und wenn von uns nichts mehr übrig bleibt, werdet ihr die Fahne, die wir aus dem Nichts hochgezogen haben, in euren Fäusten halten müssen. Denn ihr seid Fleisch von unserem Fleisch, Blut von unserem Blut! Deutschland liegt vor euch! Deutschland marschiert in euch! Deutschland steht hinter euch!«

»Heil! Heil! Heil! Heil! Heil! Heil! Heil! Heil! Heil! Heil! Heil! Heil! Heil! Heil! Heil!«

Mit Sturmgewalt brauste der Jubel über das Feld, und die Rufe wollten kein Ende nehmen, während der Führer, hoch oben auf seiner Empore, über ihm nichts als der Himmel, den Beifall entgegennahm, die angewinkelte Rechte wie zum Schwur erhoben. Ein drittes Mal ertönte die Fanfare, Trommeln wurden gerührt, und als Hitler die Hände vor dem Bauch verschränkte wie zum Gebet, erklang das Lied der Deutschen, die Hymne von Volk und

Vaterland, die August Heinrich Hoffmann von Fallersleben gedichtet hatte, um die Seelen aller Deutschen zu einer einzige Seele zu verschmelzen.

Deutschland, Deutschland, über alles, über alles in der Welt!
Wenn es stets zu Schutz und Trutze brüderlich zusammenhält.

Horst suchte Ilses Blick, um diesen Moment mit seiner Frau zu teilen. War das, was hier geschah, nicht das, was sein Vater beim Richtfest beschworen hatte, nur in viel größerer Weise? Das ganze Volk als eine Familie, vereint in Frieden und Eintracht? Als Ilse mit leuchtenden Augen seinen Blick erwiderte, fiel Horst in das Lied ein, in dem der Dichter seines Heimatorts das Fühlen und Sehnen der ganzen Nation in Worte gefasst hatte.

Von der Maas bis an die Memel, von der Etsch bis an den Belt.
Deutschland, Deutschland, über alles, über alles in der Welt!

102

Georgs Spekulation war aufgegangen. Josef und er waren in ihrem Tatra unbehelligt aus der Schweiz gelangt. Wie erhofft, hatte an der Grenze so viel Verkehr geherrscht, dass die Beamten den Schlagbaum einfach hochgestellt und alle Fahrzeuge auf die deutsche Seite durchgewinkt hatten, ohne nach Ausweispapieren zu fragen.

Am Mittag kamen sie in Frankfurt an, wo sie gleich in die Zeppelinstraße fuhren. Während Josef für den Fall, dass die Gestapo irgendwo lauerte und er sich aus dem Staub machen musste, bei laufendem Motor im Auto wartete, lief Georg hinauf ins Büro. Nachdem er alle Räume inspiziert hatte, trat er ans Fenster, um Josef zu signalisieren, dass die Luft rein war. Dann machte er sich an die Arbeit.

Obwohl er sich beeilte, wie er nur konnte, brauchte er über eine Stunde, bis er all die Akten und Zeichnungen und Manuskripte und Notizen und Aufschriebe gebündelt hatte, die das Archiv umfasste, und er musste ein paar Dutzend Mal das Treppenhaus rauf- und runterlaufen, um die Ordner in dem kleinen Tatra zu verstauen, dessen Innenraum bald ebenso überquoll wie der Kofferraum.

Als Georg ein letztes Mal herunterkam, hatte Josef das Auto verlassen und spielte auf der Straße mit Dolly.

»Bist du wahnsinnig? Steig sofort wieder in den Wagen!«

»Aber ich muss mich doch von ihr verabschieden! Sie hat mir das Leben gerettet!«

»Willst du jetzt dafür dein Leben riskieren?«

Georg verstaute die letzten Aktenbündel auf der übervollen Rückbank, dann drängte er Josef auf den Beifahrersitz. Dolly protestierte mit lautem Gebell. Er musste die Hündin fast mit Gewalt fernhalten, damit er die Autotür schließen konnte.

Zehn Minuten später waren sie in der Kaiserstraße und parkten vor der Hauptgeschäftsstelle der Dresdner Bank. Diesmal blieb Georg am Steuer sitzen, um zu warten. Vermutlich würde es eine Weile dauern.

Doch er hatte sich noch nicht die erste Zigarette angesteckt, da kehrte Josef schon wieder zurück.

»Was ist passiert?«

»Mein Konto wurde gesperrt. Sie verweigern mir die Auszahlung meiner Gelder.«

»Aber … aber das können sie doch nicht machen!«

»Und ob sie das können! Keinen Pfennig haben sie rausgerückt.«

Georg war entsetzt. »Und jetzt?«

103

Mit einem Megaphon in der Hand stieg Edda zu Leni auf das Regiepodest, in dessen Sichtweite ein halbes Dutzend Kameras postiert war. Auf dem Zeppelinfeld vor ihnen ging der Tag zur Neige. Während der eherne Reichsadler, der übergroß die Haupttribüne bekrönte, blutrot im Licht der untergehenden Sonne erglühte, stimmte eine Kapelle das Lied der Hitlerjugend an, und ein Chor von hunderttausend Stimmen fiel ein.

Unsere Fahne flattert uns voran!
Unsere Fahne ist die neue Zeit!

Als der Refrain einsetzte, strömte von allen Seiten des Platzes ganz in Weiß gekleidetes Jungvolk in den Mittelkreis. Leni gab Edda ein Zeichen, die hob ihr Megaphon vors Gesicht und rief: »Kameras ab!« Im selben Moment formierten sich die Pimpfe und Mädels, wie das Drehbuch es verlangte, zu einhundert lebenden Hakenkreuzen, die sich unter dem tosenden Beifall des Publikums um ihre eigenen Achsen zu drehen begannen.

»Hat es je großartigere Theaterkunst gegeben?«, fragte Leni. »Da würden sogar die alten Griechen blass vor Neid.«

Ohne eine Antwort abzuwarten, nahm sie Edda das Megaphon aus der Hand, um den Kameramännern Anweisungen zuzurufen. »Triumph des Willens« sollte der Film heißen. Der Titel war die einzige Bedingung des Führers gewesen, die er zur Auflage gemacht hatte. Ansonsten hatte er seiner Regisseurin vollkommen freie Hand gelassen. Hundertsiebzig Menschen gehörten zu Lenis Tross, darunter die sechzehn besten Kameraleute der deutschen Filmindustrie, und sie alle hatten nichts anderes zu tun, als ihre Anweisungen auszuführen. Ein Fingerschnippen, und ihr Wille geschah, während vor ihren Kameras ein Schaubild das andere ablöste. Das alles vollzog sich wie von Zauberhand, in so perfekt aufeinander abgestimmter Weise, dass Edda sich manchmal fragte, ob die Kameras den Bildern folgten, oder die Bilder umgekehrt den Kameras.

An Erholung war in dieser Woche nicht zu denken – drei oder vier Stunden Schlaf, mehr gab es nicht pro Nacht. Trotzdem konnte Edda es morgens kaum erwarten, dass die Arbeit weiterging. Der Film, der hier entstand, würde noch großartiger sein als das Ereignis, das er dokumentierte. Statt einer fortlaufenden Chronologie der Parteitagsereignisse strebte Leni ein Gesamtkunstwerk an, eine dramaturgische Komposition, eine aus Bildern und Tönen geformte Symphonie der Begeisterung, die die Zuschauer von Akt zu Akt emporreißen würde, um den Rausch, der die Teilnehmer der Veranstaltungen hier in Nürnberg beseelte, für immer auf Zelluloid zu bannen, damit das ganze deutsche Volk einst an diesem Rausch teilhaben konnte, in allen Lichtspielhäusern des Reiches, von Berlin bis Oberammergau.

Die Kühnheit, mit der Leni ihren Plan verwirklichte, raubte Edda den Atem. Leni tat Dinge, die noch kein Regisseur vor ihr je gewagt hatte. Aus immer wieder neuen Perspektiven ließ sie die Aufmärsche filmen, damit diese sich wie Tänze aneinanderreihten, ein gigantischer, übermächtiger Reigen, der sich um eine einzige Person drehte: den Führer. Ihn inszenierte sie wie ein lebendes Denkmal, filmte ihn von allen erdenklichen Seiten in Großaufnahme, dann wieder lichtete sie ihn in kreisförmigen Kamerafahrten ab, aus Untersicht, wodurch er förmlich in den Himmel zu wachsen schien. Alles, was unter den Augen dieses Mannes geschah, hatte sie zu Edda gesagt, sei Ausfluss seines Genies. Um diese Magie ins Bild zu setzen, ließ sie immer wieder Bilder namenloser Menschen aufnehmen, um sie später mit den Großaufnahmen des Führers zu schneiden, Bilder von marschierenden Parteigenossen, von strahlenden Müttern, die ihre Kinder in die Höhe hielten, von Soldaten beim Fahneneid oder Totengedenken, damit sich am Ende alles zu einem einzigen, großen Ganzen zusammenfügen würde, zu einer unzertrennlichen Einheit von Führer, Volk und Reich.

An einem der riesigen Betonfahnenmasten, die das Zeppelinfeld säumten, hatte Leni einen Fahrstuhl montieren lassen, um ihren Kameramännern Aufnahmen aus höchster Höhe zu ermöglichen. Jetzt stieg sie selbst in den Korb, um von der Spitze des Masts aus eigenhändig die Schlussaufstellung zu filmen.

»Worauf wartest du? Los, komm mit!«

Obwohl Edda nicht schwindelfrei war, ließ sie sich nicht zweimal bitten. Die Lust am Abenteuer war größer als ihre Höhenangst. Leni drückte auf einen Knopf, und während Edda das Herz in die Hose rutschte, schwebten sie in den Himmel empor, so hoch, dass sie sogar auf den Führer auf seiner Empore herabschauen konnten.

»Bist du glücklich?«, fragte Leni, als sie oben angekommen waren.

Mit flauem und gleichzeitig herrlich kribbelndem Gefühl im

Bauch erwiderte Edda ihren Blick. »Siehst du das denn nicht? Wäre ich es nicht, ich glaube, ich würde sterben vor Angst.«

104

Das Kettenkarussell drehte sich so schnell im Kreis, dass Horst schon ganz flau im Magen war. Während er sich mit beiden Händen an das Gestänge klammerte, verschwamm das nächtliche Nürnberg vor seinen Augen zu einem schäumenden Lichtermeer. Die Stadt war ein einziges Volksfest, überall in den engen Gassen waren für die Zeit des Parteitags Buden und Fahrgeschäfte aufgeschlagen. Während Horst immer wieder das Sauerkraut aufstieß, das er am Abend zusammen mit einem Dutzend Nürnberger Würstchen und zwei Maß Bier verputzt hatte, jauchzte Ilse an seiner Seite lauthals vor Freude. Wie ein junges Mädchen warf sie den Kopf in den Nacken und die Beine in die Luft, so dass der Fahrtwind unter ihren Faltenrock fuhr und ihre strammen Waden entblößte.

»Ach, war das herrlich!«, sagte sie, als die Fahrt vorbei war.

»Einfach großartig«, pflichtete Horst ihr bei, froh, wieder festen Boden unter den Füßen zu haben.

»Und warum bist du dann so blass um den Riechkolben herum?« Lachend schnippte sie mit dem Zeigefinger gegen seine Nasenspitze.

»Ich … ich habe mir Sorgen um dich gemacht, mein Ilsebillchen. Weil, dein Hotte ist doch für sein Ilsebillchen verantwortlich, und so, wie du das Schicksal herausgefordert hast …«

»Mein großer starker Held! Ach, ich liebe dich!«

Es kam nicht oft vor, dass sie diese Worte sagte. Plötzlich war sein Unwohlsein wie weggeblasen. Was hatte er doch für ein Prachtweib! Ihre Wangen glühten wie zwei Apfelbäckchen, ihre Augen strahlten heller als die Sterne am Himmel, und aus ihren Ohrenschnecken hatten sich ein paar Strähnen gelöst. Ein Griff, und das Haar würde ihr über die Schultern fluten.

»Du Wildkatze du!« Er riss sie an sich und presste seinen Mund auf ihre Lippen.

»Mein Hotte! Was ist denn in dich gefahren?«

»Küss mich, Ilsebillchen! Ganz feste und doll!«

»Aber die Leute!«

»Die sind mir egal! Ich bin verrückt nach dir!«

Wieder versuchte er sie zu küssen, und wieder entzog sie sich dem Versuch. Ihr Widerstand stachelte ihn nur noch mehr an. Normalerweise beschlief er sie jeden Dienstag, so regelmäßig, wie er samstags im Brauhaus Skat spielte. Doch in dieser Woche war er nicht dazu gekommen. Sie nächtigten ja nicht allein, man hatte ihnen eine leergeräumte Halle der Triumph Werke zugewiesen, wo sie zusammen mit ihrem Jungvolk im Stroh lagerten.

»Lass uns in ein Hotel gehen, Zauberhexchen.«

»Du bist wirklich verrückt. Wir sind doch kein Liebespaar! Außerdem müssen wir um zehn in der Unterkunft sein.«

»Komm schon, lass uns einmal im Leben etwas Verrücktes tun. Bis zehn ist Zeit genug.«

»So kenne ich dich ja gar nicht! Wo ist deine Disziplin?«

»Wenn mein Ilsebillchen noch ein paar Kinder will, muss ihr Hotte sich ranhalten!«

»Aber doch nicht hier! Die Leute gucken ja schon.« Mit einem zärtlichen Lächeln wuschelte sie ihm durchs Haar. »Warte, bis wir wieder zu Hause sind«, raunte sie ihm zu. »Bis dahin nimm dir ein Beispiel am Führer. Obwohl er jede Frau haben könnte, spart er sich seine ganze Liebe für Deutschland auf.«

Ein verrückter Gedanke schoss Horst durch den Kopf. »Auch mein Ilsebillchen?«

»Was meinst du denn damit?«, fragte sie mit Unschuldsmiene.

»Das weißt du ganz genau«, sagte er mit rauer Stimme. »Du kleines, verruchtes Luder du …« Die Vorstellung, wie sein Ilsebillchen mit aufgelöstem Haar den Führer in ihrem Ehebett empfing, erregte ihn so sehr, dass er es kaum aushielt.

Mit einem koketten Augenaufschlag erwiderte sie seinen Blick. »Wer weiß?« Wieder warf sie den Kopf in den Nacken, und wieder strahlten ihre Augen heller als die Sterne am Himmel. »Darüber schweigt des Sängers Höflichkeit …«

105

Hals über Kopf hatten Georg und Josef Frankfurt verlassen, das Auto bis unters Dach vollgepackt mit dem Archiv des Konstruktionsbüros, doch ohne das Geld von der Bank. Sie hatten kurz die Möglichkeit erwogen, gegen die Kontosperrung Klage zu erheben, doch die Idee sogleich wieder verworfen. Es war ja nicht die Bank, die Josefs Ersparnisse zurückhielt, die Bank tat nur, wozu man sie anwies, und nach den Erfahrungen, die Josef mit der Justiz gemacht hatte, war der Versuch, per Gerichtsbeschluss die Herausgabe des Geldes zu erzwingen, zum Scheitern verurteilt. Sie hätten nur riskiert, dass er erneut verhaftet worden wäre.

Um möglichst weit zu kommen, waren sie bis in die Nacht durchgefahren, ohne Pause. Erst im Schwarzwald hatten sie haltgemacht, in einem gottverlassenen Nest mit dem seltsamen Namen Allerheiligen, wo sie den Wirt des einzigen Gasthofs aus dem Schlaf hatten trommeln müssen. Der hatte sie mit dem Nötigsten versorgt und war gleich wieder verschwunden.

Jetzt saßen sie allein im Schankraum, aßen Butterbrot und tranken Bier – ihre erste Mahlzeit an diesem Tag.

»Weißt du schon, wann du nachkommst?«, fragte Josef zwischen zwei Bissen.

»Wohin nachkomme?«, erwiderte Georg, obwohl er ahnte, was Josef meinte.

»In die Schweiz. Oder glaubst du, ich würde mein neues Büro ohne dich aufmachen?«

Georg, der gerade in sein Brot beißen wollte, legte die Scheibe zurück auf den Teller. Vor diesem Augenblick hatte er sich gefürchtet, seit er den Brief aus Stuttgart bekommen hatte. Wenn er jetzt nicht Porsches Angebot zur Sprache brachte, würde er es nie schaffen.

Da er nicht wusste, wie er anfangen sollte, versuchte er es mit einem Umweg. »Ich … ich habe meinen Eltern geschrieben«, sagte er.

»Was haben deine Eltern damit zu tun?«

»Was wohl? Mein Vater wartet schon seit einer Ewigkeit auf meine Entscheidung.«

»Soll das heißen, du willst in die Zuckerfabrik?« Josef verschluckte sich fast an seinem Bier. »Das soll wohl ein Witz sein!«

»Was sollte ich denn machen?« Georg starrte auf sein Leberwurstbrot. »Nachdem du auch den letzten Prozess gegen Ehrhardt verloren und dazu noch die Klage der Tatra-Werke am Hals hast, sitze ich praktisch auf der Straße.«

»Aber ich habe dir doch schon in Zürich gesagt, dass ich noch mal neu anfange.«

»Wie willst du das denn schaffen – ohne Geld?«

»Geld kann man sich leihen«, erklärte Josef. »Dafür sind Banken schließlich da.«

Georg hob den Kopf und blickte ihn an »Und wenn sie dir keinen Kredit geben?«

»Ich habe einen Ruf wie Donnerhall«, erwiderte Josef, »und in der Schweiz werden auch Autos gebaut. Das wird für einen Kredit reichen. – Bitte«, sagte er, bevor Georg etwas erwidern konnte. »Ruf deine Eltern an und entschuldige dich. Oder besser noch, fahr nach Fallersleben, um ihnen deine Zerknirschung zu beweisen.«

»Herrgott noch mal, wie stellst du dir das vor? Ich kann nicht einfach alles über den Haufen werfen, nur weil du gerade …«

»Weil ich gerade was?«, fiel Josef ihm ins Wort. »Kapierst du nicht? Es geht um mein Leben!«

»Und was ist mit meinem Leben?«, fragte Georg.

Josef schaute ihn verächtlich an. »Für dein Leben ist gesorgt, solange du mir nur die Treue hältst.«

»So – ist es das?«

»So war es, so ist es, und so wird es immer bleiben! Oder willst du etwa bestreiten, dass du in meinem Windschatten stets bestens gefahren bist?«

Die Auskunft traf Georg wie ein Schlag ins Gesicht. »Was willst du damit sagen? Dass ich ohne dich aufgeschmissen bin?«

»Um Gottes willen, nein! Das hast du missverstanden!« Josef griff nach seinem Arm. »Ich … ich will dir nur begreiflich machen, wie sehr ich dich brauche! Also, bitte«, fügte er fast flehend hinzu. »im Namen unserer Freundschaft – lass mich nicht im Stich! Das wirst du mir doch nicht antun, oder?«

106

Vom Turm der Lorenzkirche, der sich zwischen den bunten Volksfestbuden und Karussells wie ein Mahnmal der Sittsamkeit in den Nürnberger Nachthimmel erhob, hatte es bereits zehn geschlagen, doch Horst war immer noch in der Stadt. Er hatte den Rummel inzwischen hinter sich gelassen und strebte auf eine Gasse jenseits des Rathauses zu, eine Gasse im Schatten des alten Kaiserpalasts, wo angeblich rote Lampions dem einsamen Wanderer den Weg wiesen, zu Häusern, in denen sich über hundert Lohndirnen um das Wohl ihrer Gäste kümmerten. Vor seiner Ehe war Horst regelmäßig nach Braunschweig gefahren, um bei den Damen in der Bruchstraße Druck aus dem Kessel zu lassen, doch inzwischen war er so aus der Übung, dass ihm das Herz bis zum Halse klopfte.

Warum hatte Ilse seinem Drängen auch nicht nachgegeben?

Je näher er seinem Ziel kam, umso mehr stieg seine Nervosität. Um nicht nach dem Weg fragen zu müssen, hatte er am Rathaus den Stadtplan studiert. Nachdem er die Sebalduskirche passiert hatte, musste es die zweite Quergasse rechts sein. Zu dumm, dass er noch seine Bannführer-Uniform mit den kurzen Hosen trug, ein Zivilanzug wäre ihm jetzt lieber gewesen. Während der Nachtwind um seine nackten Beine strich, rückte er sein Koppel zurecht und beschleunigte den Schritt. Er würde sich das verruchteste Luder aussuchen, eins mit roten Haaren, und einen Heiermann extra zahlen, damit sie es ihm ordentlich besorgte, mit allen Schikanen.

Als er die Schildgasse erreichte, zuckte er zusammen. Im Schein der Lampions herrschte solcher Andrang, dass SS-Männer eine Absperrung errichtet hatten. Mit Schlagstöcken hinderten sie die Freier daran, den Posten zu passieren.

»Auf der Suche nach einem Abenteuer?«

Auf dem Absatz fuhr Horst herum. »Onkel Carl?«

»Was für eine Freude, dich zu sehen, mein Junge.«

Horst war so überrascht, dass er kaum Worte fand. »Ganz … ganz meinerseits. Ich wusste ja gar nicht, dass du in Nürnberg bist.«

»Lieber wäre ich in Berlin. Mir ist das zu viel Getöse hier, aber Göring hat darauf bestanden.«

»Der Reichsminister? Donnerwetter!«

Der Onkel winkte ab. »Das hat nichts zu bedeuten. Ich bin nur so etwas wie sein persönlicher Protokollant. Aber sag – kommst du gerade oder gehst du schon?«

»Weder ... weder noch!« Horst zermarterte sich das Gehirn nach einer Ausrede. »Ich bin rein zufällig hier, ich wollte mir nur ein bisschen die Beine vertreten, hatte wohl etwas viel zu Abend gegessen. Und dann sah ich plötzlich diesen Auflauf. Unglaubliche Disziplinlosigkeit, so was!«

Onkel Carl musterte ihn mit einem spöttischen Lächeln. »Und ich dachte schon, du wolltest Trost bei den Damen suchen. Wäre ja verständlich.«

»Trost?«, fragte Horst. »Den habe ich Gott sei Dank nicht nötig. Ich hatte heute auf dem Zeppelinfeld die Freude, vor den Augen des Führers mit meinem Jungvolk an einem Schaubild mitzuwirken! Zusammen mit meiner Frau«, fügte er sicherheitshalber hinzu.

»Und – hattet ihr Erfolg?«

»Das kann man wohl sagen. Der Beifall war überwältigend.«

Onkel Carl nickte. »Dann hoffe ich, dass die Freude dir ein wenig über Georgs Rückkehr hinweghilft.«

»Georgs Rückkehr?«

»Ja, nach Fallersleben.«

Irritiert schüttelte Horst den Kopf. »Tut mir leid, Onkel Carl. Halt mich bitte nicht für blöd, aber ich verstehe gerade nur Bratkartoffeln.«

107

Zwei Tage hatten Georg und Josef in Allerheiligen Zeit, die Schönheit der Natur zu genießen. Sie hatten beschlossen, erst am letzten Tag des Reichsparteitags die Grenze zu passieren, weil dann mit mehr Verkehr zu rechnen war. Obwohl es in dem abgelegenen Schwarzwalddorf keinerlei Zerstreuung gab und sie kaum wussten, wie sie die vielen Stunden herumkriegen sollten, kamen sie auf ihr Gespräch nicht mehr zurück. Georg wusste nun ja, was Josef an seiner Stelle tun würde, und hatte sich entschieden, und Josefs Gedanken kreisten ausschließlich um seine Flucht. Die Ausreise aus der Schweiz war bereits ein Risiko gewesen, aber aus Deutschland herauszukommen bedeutete noch viel größere Gefahr, zumal die Kontosperrung befürchten ließ, dass nach Josef inzwischen gefahndet wurde. Er hatte schon einmal die Rote Burg der Gestapo genossen – die Erfahrung reichte ihm fürs Leben.

Am Morgen des dritten Tages machten sie sich auf den Weg. Auf holprigen, meist ungeteerten Straßen ging es ins Rheintal hinab. Wenn sie es trotz der Schlaglöcher bis zur Grenze schafften, ohne dass der vollgepackte Wagen unter seiner Last zusammenbrach, hatten sie das vor allem der Pendelachse zu verdanken, die sie für die Tatra-Werke konstruiert hatten.

Am Nachmittag kam der Grenzübergang in Sicht.

»Ach, du dicke Scheiße …«

Von Verkehr konnte keine Rede sein. Am Schlagbaum standen mutterseelenallein zwei Beamte und warteten nur auf sie. Zu allem Überfluss lungerten vor dem letzten Gasthaus auf deutscher Seite auch noch zwei SA-Männer auf der Terrasse herum und tranken Bier.

»Fahr langsam«, sagte Georg.

Ein Verkehrsschild zeigte an, dass bis zur Grenze nur zwanzig Stundenkilometer erlaubt waren. Josef schaltete zurück in den zweiten Gang. Plötzlich, der Kontrollpunkt war nur noch einen Steinwurf entfernt, fing der Tatra an zu bocken, ein paar Meter ging es ruckend und zuckend voran, dann ein Knall, und das Auto blieb stehen, direkt vor dem Gasthof.

Georg blickte auf die Benzinuhr. »O Gott, wie konnten wir nur so dämlich sein!« Der Tank war tatsächlich leer.

Während Josef einen Fluch ausstieß, klopfte einer der SA-Männer auch schon ans Fenster. Georg spürte, wie ihm der Schweiß ausbrach. Wenn der Kerl auf die Idee kam, in den Aktenbündeln zu schnüffeln, die sich auf dem Rücksitz bis zum Wagendach hinauf stapelten, waren sie geliefert.

»Alles in Ordnung, Kameraden?«

Georg sah in ein rotbackiges Gesicht. Als er das Fenster runterkurbelte, roch er eine Bierfahne.

»Uns ... uns ist der Sprit ausgegangen.«

»Na, wenn's weiter nichts ist!« Der SA-Mann zeigte in Richtung Schlagbaum. »Da drüben ist eine Tankstelle.«

Tatsächlich, Georg konnte sie sehen, sie lag nur ein paar hundert Meter entfernt. Und doch schien sie unendlich weit fort. Denn dazwischen war die Grenze.

»Habt ihr einen Kanister?«

Georg schüttelte den Kopf. »Leider nicht.«

»Na, ihr seid mir ja zwei Experten!« Der SA-Mann steckte Daumen und Zeigefinger zwischen die Zähne und pfiff seinen Zechkumpan herbei. »Auf, Hubert, beweg deinen Arsch her!«

Der andere verließ die Terrasse und kam in seiner Uniform angestiefelt.

»Was haben die vor?«, fragte Josef leise.

»Keine Ahnung«, flüsterte Georg. »Aber ich glaube – die ... die wollen uns helfen.«

Josef blickte ihn mit großen Augen an. »Soll das ein Witz sein?«

»Frag nicht. Mach lieber! Bevor die es sich anders überlegen!«

Während Josef die Kupplung trat und den Leerlauf einlegte, sprang Georg aus dem Wagen. Die SA-Leute hatten schon am Heck Aufstellung genommen.

»Na, dann woll'n wir mal!«

Tatsächlich – der eine krempelte sich die Ärmel hoch, der andere spuckte sich in die Hände, und mit vereinten Kräften machten sie sich ans Werk. Georg schob in der Mitte. Eingehüllt in eine Dunstwolke von Bier und Schweiß zählte er die Schritte bis zur Grenze, bei jedem Schritt hoffend und bangend, dass es nicht der letzte war.

»Hoch das Bein, der Führer braucht Soldaten!«, rief der, der Hubert hieß, den Grenzposten zu.

Als könnte es gar nicht anders sein, ging der Schlagbaum in die Höhe, lautlos rollte der Tatra über die Grenze – und schon waren sie auf Schweizer Gebiet, ohne dass jemand sie kontrolliert hätte.

Josef stieg aus dem Wagen, um sich zu bedanken.

»Nicht der Rede wert«, sagte Hubert. »Einer für alle, alle für einen!«

Zwei Minuten später erreichten Georg und Josef die Tankstelle. Die SA-Männer saßen wieder auf ihrer Terrasse und winkten ihnen von deutscher Seite aus zu.

»Das glaubt uns doch kein Mensch«, sagte Georg.

»Dann sollten wir es besser keinem erzählen«, grinste Josef. »Komm her, lass dich umarmen!« Ehe Georg es sich versah, drückte Josef ihn an sich und küsste ihn auf beide Wangen. »Ich danke dir, mein Freund – für alles!«

»Nicht der Rede wert«, wiederholte Georg wie ein Idiot die Worte des SA-Manns.

Unfähig, Josefs Blick zu erwidern, schlug er die Augen nieder. Nie hatte er sich so sehr geschämt wie bei diesem Abschied.

108

Dorothee hatte gerade ihren Mann zum Frühstück gerufen, als Georg völlig unverhofft vor der Haustür gestanden hatte. Das war vor einer halben Stunde gewesen. Seitdem saßen sie zu dritt am gedeckten Tisch, doch keiner hatte auch nur einen Bissen angerührt.

»Warum bist du dann überhaupt hergekommen?«, fragte Hermann.

»Ich wollte es dir nicht einfach am Telefon sagen«, erwiderte Georg.

»Es ist doch scheißegal, wie du mir die Pille verpasst. Das ist die größte Enttäuschung meines Lebens. Mein Gott, was hatte ich mich über deinen Brief gefreut.«

»Du musst ihn verstehen«, sagte Dorothee. »Es ist nun mal sein größter Traum.«

»Träume sind Schäume!«

»Aber es hängt doch sein ganzes Herz daran! Wie kannst du es ihm da verübeln, wenn er eine solche Gelegenheit beim Schopf packt? Er würde es sonst sein ganzes Leben lang bereuen.«

»Du meinst, so wie du?«

Dorothee verstand die Anspielung, und vielleicht war das wirklich ein Grund, warum sie für Georg Partei ergriff. Sein Beruf bedeutete ihm genauso viel, wie ihr selbst einmal das Klavierspiel bedeutet hatte.

Während sie überlegte, was sie Hermann antworten sollte, ging plötzlich die Tür auf, und herein kam Horst. Er trug noch seine HJ-Uniform. Offenbar war er mit dem Nachtzug aus Nürnberg gekommen.

Als er seinen Bruder sah, blieb er wie angewurzelt stehen.

»Oh, der verlorene Sohn ist schon da? Dann kann ich mich ja wohl gleich vom Hof machen!«

»Willst du nicht erst mal guten Tag sagen?«, fragte Dorothee. »Wir haben uns eine Woche nicht mehr gesehen.«

Horst achtete nicht auf sie. Statt zu grüßen, trat er vor seinen Vater. In seinen Augen standen Tränen.

»Du hattest mir dein Wort gegeben, aber du hast es gebrochen – wegen dem da.« Mit dem Kopf wies er auf seinen Bruder. »Das werde ich dir nie verzeihen.«

Hermann erwiderte nur stumm seinen Blick. Das schlechte Gewissen quoll ihm aus jeder Pore.

»Los, mach den Mund auf!«, sagte Horst. »Du bist mir eine Erklärung schuldig!«

Hermann räusperte sich. »Wie ... wie kommst du darauf, dass ich mein Wort gebrochen hätte?«, fragte er unsicher.

»Versuch nicht, dich rauszureden. Ich habe in Nürnberg Onkel Carl getroffen, er hat mir alles erzählt.«

»Was hat Onkel Carl dir erzählt?«

»Dass Georg sich für Fallersleben entschieden hat und dein Nachfolger wird.«

Jetzt war es heraus! Dorothee versuchte, in Hermanns Gesicht zu lesen. Meistens wusste sie, was in ihm vorging, doch diesmal versagte ihre Intuition. Sie konnte nur hoffen und beten.

Es dauerte eine Ewigkeit, bis Hermann sich regte, dann schüttelte er den Kopf. »Ich habe keine Ahnung«, sagte er mit plötzlich fester Stimme, »wie dein Onkel auf solchen Unsinn kommt.« Er drehte sich zu Dorothee herum. »Hast du dafür vielleicht eine Erklärung?«

Dorothee fiel ein Stein vom Herzen. »Nein«, sagte sie, »offenbar hat Carl da irgendetwas missverstanden.«

»Siehst du?«, wandte Hermann sich wieder an seinen Sohn.

Horst brauchte ein paar Sekunden, um zu begreifen. »Soll ... soll das heißen – es bleibt alles beim Alten?«

»Ja natürlich«, sagte Hermann, »sonst wärst du doch der Erste gewesen, mit dem ich gesprochen hätte.«

»Aber warum ist dann der hier?« Wieder deutete Horst auf seinen Bruder.

Diesmal gab Dorothee die Antwort. »Georg hat ein wunderbares Angebot bekommen. Professor Porsche will ihn nach Stuttgart holen, für die Entwicklung von diesem Volkswagen, du weißt schon, das Auto, das der Reichskanzler in Auftrag gegeben hat.«

»Und Georg hat zugesagt«, fügte Hermann mit einem Seufzer hinzu.

Mit einem Gesicht, in dem ungläubiges Staunen und unbändige Freude miteinander rangen, drehte Horst sich zu seinem Bruder herum. »Ist das wahr?«

Georg nickte. »Am ersten Oktober fange ich in Stuttgart an.«

109 Hochzeit – Hochzeit in Fallersleben!

An einem sonnigen Oktobertag, der mit seinen warmen, tiefen Farben dem Altweibersommer alle Ehre machte, traten Charlotte Ising und Benjamin Jungblut in der Michaeliskirche zu Fallersleben vor den Traualtar, um sich einander fürs Leben zu versprechen. Der ganze Ort war in dem alten Gotteshaus versammelt, um bei der Zeremonie dabei zu sein, die Pastor Witzleben in gewohnt würdiger Weise gestaltete. Während Edda ihrer Schwester als Trauzeugin zur Seite stand, hatte Graf Schulenburg um die Ehre gebeten, in derselben Funktion dem Bräutigam dienen zu dürfen, um so vielleicht noch möglichen Spekulationen über die Abstammung seines Architekten ein für alle Mal den Wind aus den Segeln zu nehmen – als sichtbares Zeichen vor Gott und der Welt, dass alles seine evangelische Ordnung hatte.

Seit seiner eigenen Hochzeit war Hermann nicht mehr so glücklich gewesen wie an diesem Tag. Als Lotti und Benno einander das Jawort gaben, waren ihm die Tränen nur so aus den Augen gespritzt. Dankbar hatte er das Taschentuch genommen, das Dorothee ihm gereicht hatte, und er brauchte es erneut, als das Brautpaar aus der Kirche ins Freie trat, wo die Mitglieder der freiwilligen Feuerwehr Spalier standen und die Blaskapelle des Schützenvereins ein Ständchen intonierte. Leider ging die Musik in Motorenlärm unter, eine Lastwagenkolonne der Wolfsburger Wirtschaftsbetriebe, beladen mit Bergen von Rüben, donnerte an der Kirche vorbei zur Zuckerfabrik.

Obwohl zu der anschließenden Feier über hundert Gäste geladen waren, gab es für alle genügend Platz im neuen Haus der Familie. Die Hochzeit war das erste richtige Fest, das in den großzügigen Räumen gefeiert wurde. Die Gäste waren so ziemlich dieselben wie beim Richtfest, allen voran natürlich Graf Schulenburg und seine Frau. Statt Kreisleiter Sander war diesmal Bürgermeister Wolgast, der am Tag des Richtfests in Berlin gewesen war, um der Ernennung des Führers zum Kanzler beizuwohnen, mit von der Partie. Abgesehen von den Eltern des Bräutigams fehlten eigentlich nur die Bernsteins, die Familie von Hermanns altem Kriegskamerad. Aber so dicke war man nun doch nicht miteinander, und schlafende Hunde sollte man bekanntlich nicht wecken.

Für das Fest hatte man in der Diele und den angrenzenden Räumen gedeckt. Nachdem die Gäste eingetroffen waren, summte es hier wie in einem Bienenhaus. Nein, es wurde nicht geknapst. Während Lohndiener Häppchen reichten und Sekt ausschenkten, ließ Hermann seinen Blick schweifen. Überall wurden Hände geschüttelt und Schultern geklopft, Onkel und Tanten buhlten um die Gunst des kleinen Willy und des kleinen Adolf, die am Boden miteinander um die Wette krabbelten, und jeder beäugte mit ehrfürchtiger Neugier die berühmte Leni Riefenstahl, die zusammen mit Edda und Schwager Carl aus Berlin gekommen war und jetzt dem Grafenpaar von ihren Dreharbeiten in Nürnberg erzählte, wobei sie zu Hermanns Freude nicht müde wurde, die Tüchtigkeit ihrer Produktionsleiterin zu rühmen. Georg, der den Brautleuten von seiner neuen Stelle in Stuttgart vorschwärmte, war ausnahmsweise ohne Begleitung nach Fallersleben gekommen – offenbar hatte er bei den Schwaben noch keine »Verlobte« gefunden.

»Solltest du nicht langsam ein paar Worte sagen?«, fragte Dorothee.

»Jetzt schon?«, erwiderte Hermann. »Ich dachte, erst nach der Suppe?«

»Im Prinzip hast du natürlich recht«, sagte sie mit einem liebevollen Lächeln. »Aber so hast du es schneller hinter dir.«

»Wie gut du mich doch kennst.«

Während er sich ein Glas Sekt reichen ließ, juckte er sich einmal unauffällig, dann verschaffte er sich mit einem Klingeln Gehör.

»Es ist Brauch, dass der Brautvater als Erster seine Glückwünsche ausspricht. Aber keine Angst, ich werde es kurz machen. Erstens liegt mir das Reden nicht, zweitens seid ihr mir hier alle viel zu gebildet, als dass ich riskieren würde, mich zu blamieren. – Nein, damit meine ich nicht nur dich, lieber Carl«, sagte er an die Adresse seines Schwagers, »sondern auch meine Kinder, die mir längst über den Kopf gewachsen sind.« Er wandte sich wieder an seine Tochter und seinen Schwiegersohn. »Was mich als oller Bauer natürlich besonders freut, ist, dass ihr beide in Arbeit und Brot seid. Für alle, die es noch nicht wissen: Lotti hat in der Göttinger Universitätsklinik eine Stelle als Medizinalassistentin bekommen, um den Facharzt in Kinderheilkunde zu machen, und Benno hat das große Glück, als Architekt die Wolfsburger Wirtschaftsbetriebe umbauen zu dürfen, wofür ich bei dieser Gelegenheit dem Herrn Graf im Namen der ganzen Familie meinen verbindlichsten Dank ausdrücken möchte.« Hermann hob kurz sein Glas in Schulenburgs Richtung, was dieser mit derselben Geste erwiderte. »Doch weil Arbeit und Brot nicht alles im Leben sind, möchte ich dem Brautpaar noch etwas wünschen, etwas ganz Einfaches und gleichzeitig das Größte von allem.« Hermann musste kurz innehalten, um die schon wieder aufsteigenden Tränen zu unterdrücken. »Habt euch nur tüchtig lieb, ihr zwei, dann werdet ihr hoffentlich miteinander genauso glücklich werden, wie ich es mit eurer Mutter seit nun fast dreißig Jahren bin.«

Die Festgesellschaft klatschte, und Hermann wollte schon dazu auffordern, auf das Wohl des Brautpaars anzustoßen, da fiel sein Blick auf Horst, der wegen der Rübenernte nicht an der Trauzeremonie in der Kirche hatte teilnehmen können und jetzt zusammen mit seiner wieder schwangeren Ilse am unteren Ende des Familientischs Platz genommen hatte.

»Wenn wir hier schon alle zusammen sind«, fuhr Hermann fort, »möchte ich die Gelegenheit nutzen, um euch eine Neuigkeit zu verkünden, die die Firma betrifft. Da mein Ältester ja nun wohl in Stuttgart den Volkswagen des Führers bauen wird und somit für die Heimat verloren ist, habe ich beschlossen, dass mein Zweitgeborener mich beerben soll. An meinem sechzigsten Geburtstag wird er den Stab übernehmen!« Ein Raunen ging durch den Raum, alle drehten sich zu Horst herum, der mit ernster Miene versuchte, der Würde dieses Augenblicks gerecht zu werden. »Ja, mein Junge, das hast du dir redlich verdient«, nickte Hermann ihm zu. »Sorg dafür, dass es auch in Zukunft im Wolfsburger Land heißt: *Zucker schadet? Grundverkehrt! Zucker schmeckt, Zucker nährt!* – Aber jetzt hoch die Tassen! Auf das junge Glück!« Unter dem Applaus der Gäste hob Hermann sein Glas und prostete in die Runde. »Das Brautpaar – es lebe hoch!«

»Hoch! Hoch! Hoch!«

Er trank sein Glas in einem Zug leer, dann nahm er sein Taschentuch und wischte sich den Schweiß von der Stirn.

»Wo bleibt der Kuss?«, rief Georg.

»Ja, der Brautkuss«, fiel Leni Riefenstahl ein und begann rhythmisch in die Hände zu klatschen. »Braut-kuss! Braut-kuss! Braut-kuss!«

Lachend nahm Benno seine Frau in den Arm. »Ist es gestattet?«

Lotti strahlte ihn an. »Ich bitte darum.«

Während die zwei sich küssten, wischte Hermann sich verstohlen über die Augen.

»Und jetzt der Brautstrauß!«, rief Horst, als die zwei sich voneinander lösten.

Lotti kehrte der Gesellschaft den Rücken zu, und im hohen Bogen warf sie die Blumen über die Schulter, genau in die Richtung, wo Onkel Carl und Georg standen.

»Um Gottes willen!«

Georg duckte sich weg, so dass der Strauß zur allgemeinen Belustigung in den Händen des völlig verdutzten Onkels landete. Während der ein wenig ratlos auf die Blumen blickte, trat Dorothee an Hermanns Seite und gab ihm einen Kuss.

»Das hast du gut gemacht, mein Lieber.«

»Meinst du?«

Statt zu antworten, lächelte sie ihn nur an, aber ihr Lächeln allein genügte, um ihn noch glücklicher zu machen, als er den ganzen Tag schon war. Er wusste, er hatte ihr nicht das Leben bieten können, das sie verdiente, außer Geldverdienen hatte er nicht viel zustande gebracht, aber sie alle zusammen, Dorothee und er und die Kinder – sie waren eine Familie.

»Ja«, sagte sie, als würde sie seine Gedanken lesen. »Dass wir diese Hochzeit miteinander feiern können, ist keine Selbstverständlichkeit. Ohne dich wäre sie nicht zustande gekommen.«

»Ach, Dorothee.« Gerührt legte er seinen Arm um ihre Schulter und drückte sie an sich. »Ich hab doch immer gesagt, nichts wird so heiß gegessen wie gekocht.«

TEIL ZWEI

Stadt des KdF-Wagens

1937/1938

1

Es war Sommer in Paris. Von den Dächern zwitscherten die Spatzen, die Fluten der Seine glitzerten im Sonnenschein, und über die Champs-Élysées bummelten die Liebespaare. Während die französische Hauptstadt das immerwährende Fest des Lebens feierte, staute sich auf den Boulevards der Verkehr Richtung Westen bis zum Arc de Triomphe zurück. Denn im Sommer dieses Jahres 1937 fand zu Füßen des Eiffelturms die Weltausstellung statt, und Menschen aller Herren Länder strömten herbei, um auf dem Marsfeld die Wunder dieser Erde zu bestaunen.

Ein Höhepunkt der Veranstaltung war die Vorführung eines Films, den eine internationale Jury unter Hunderten von Beiträgen als den weltweit besten Dokumentarfilm ausgewählt hatte. Regisseure und Schauspieler, Produzenten und Journalisten aus ganz Europa und Übersee hatten sich im Palais Chaillot versammelt, um dem Ereignis beizuwohnen.

Die Regisseurin des Siegerstreifens saß zusammen mit ihrer Produktionsleiterin in der ersten Reihe. Kaum erschienen auf der Leinwand die ersten Bilder, ging ein Raunen durchs Publikum. So etwas hatte man noch nicht gesehen. Zu Geigenklängen schwebte der Blick über ein unendliches Wolkenmeer, so dass der Zuschauer sich in jenen weltentrückten Sphären wähnte, wo die göttliche Vorsehung waltet. Plötzlich aber begannen die Geigen zu flirren, bedrohlich klingende Hörner setzten ein, und die Wolken gaben den Blick auf eine Welt am Boden frei, die in Schutt und Asche lag. Rauch stieg aus den Ruinen auf, alles Leben schien erloschen, kein Mensch, so weit das Auge reichte, überall Verwüstung und Tod. Doch das Grauen währte nur wenige Augenblicke, aus den Trümmern erhob sich eine Burg, die der Zerstörung getrotzt hatte, mit einer stolzen Fahne auf dem Turm. Während die Musik in das Lied dieser Fahne überging, tauchte ein Flugzeug am Himmel auf, ruhig und stetig folgte es seiner Bahn. Sein Schatten glitt über die Straßen und Plätze einer im Sonnenschein liegenden Stadt hinweg, wo plötzlich sich regende Menschen Kolonnen bildeten, um im Gleichschritt auf ein riesiges Feld zuzumarschieren, auf dem eine sehnsuchtsvolle Menge das Flugzeug erwartete, das jetzt lautlos auf die Erde herabgeschwebt kam. Willkommen geheißen von tausendstimmigem Rufen, entstieg der Maschine ein Mann, ein Abgesandter des Himmels, und während er seinen Blick über die ihm zujubelnden Massen entlang des Feldes schweifen ließ, trat ein Soldat aus der Menge hervor, um ihn im Namen des Volkes zu begrüßen.

»Mein Führer! Um Sie stehen die Fahnen und Standarten unserer Bewegung. Wenn ihr Tuch einst morsch sein wird, erst dann werden die Menschen ganz fähig sein, die Größe unserer Zeit zu verstehen und zu begreifen, was Sie, mein Führer, für Deutschland bedeuten. Sie sind Deutschland! Wenn Sie handeln, handelt die Nation, wenn Sie richten, richtet das Volk. Adolf Hitler – Sieg Heil!«

Anderthalb Stunden dauerte der Film. Aus immer wieder neuen Perspektiven zeigte er die Verschmelzung des Führers mit seinem Volk. Ob Frauen oder Männer, Kinder oder Greise – sie alle sehnten sich danach, seinen Willen zu tun, seinem Willen zu folgen. Als die letzten Bilder erloschen, die letzten Rufe verklangen und der Vorhang sich wieder über die Leinwand herabsenkte, war es in dem Saal so still wie in einer Kirche. Ergriffen wie nach einem Gottesdienst verharrten die Zuschauer in andachtsvollem Schweigen. Dann aber regten sich die ersten Hände zum Applaus, andere fielen ein, Beifall brandete auf und schwoll zu einem solchen Orkan heran, dass das Palais Chaillot in seinen Grundfesten erbebte. Franzosen und Engländer, Italiener und Russen, Amerikaner und Japaner sprangen von den Sitzen, stampften mit den Füßen und klatschten. Nur ein paar wenigen Zuschauern schien der Film nicht gefallen zu haben. Doch die hatten den Saal schon während der Vorführung verlassen.

Leni drehte sich auf ihrem Sitz zu Edda herum.

»Na, was sagst du jetzt?«

»Das … das ist einfach unfassbar!«

Ein besseres Wort fiel Edda nicht ein. Es war bei Gott nicht das erste Mal, dass Leni für ihren Film gefeiert wurde, den allein in Deutschland zwanzig Millionen Menschen gesehen hatten. Sie hatte den Nationalen deutschen Filmpreis bekommen, den Preis für den besten Dokumentarfilm bei den Filmfestspielen in Venedig und viele weitere nationale und internationale Ehrungen mehr. Doch die Auszeichnung mit dem Grand Prix der Weltausstellung, ausgelobt von den Völkern der Welt, war eine Bestätigung, die Edda nie und nimmer für möglich gehalten hätte und vor der auch ihre letzten Zweifel an dem Film verblassten. Leni hatte es tatsächlich geschafft, Politik in Kunst zu verwandeln, in einer unvergleichlichen Inszenierung, einer einzigartigen Komposition aus Licht und Schatten, einer berauschenden Symphonie der Begeisterung, die offenbar die ganze Menschheit berührte, über alle Grenzen hinweg. Welchem Regisseur war je Vergleichbares gelungen?

Mit einem riesigen Pokal in den Händen kam der Jurypräsident auf die Bühne und trat ans Mikrophon.

»Madame Riefenstahl, s'il vous plaît, faîtes nous le plaisir de venir sur la scène pour vous présenter à vos admirateurs!«

»Was hat er gesagt?«, fragte Leni.

»Er möchte, dass du dich deinen Bewunderern zeigst.«

»Nur zusammen mit dir!«

Leni nahm ihre Hand, und ehe Edda es sich versah, stand sie mit auf der Bühne. Der Jurypräsident begrüßte sie beide nach französischer Art mit Wangenküssen, um sodann die Begründung zu verlesen, weshalb »Triumph des Willens« als weltweit bester Dokumentarfilm ausgezeichnet worden war. Flüsternd übersetzte Edda die Worte. Der Präsident lobte die ungewöhnliche Kameraführung der Preisträgerin, die unkonventionellen Montagetechniken und die suggestive musikalische Untermalung des Films. Damit, so schloss er, sei die Regisseurin Leni Riefenstahl in bislang unbekannte Bereiche der noch jungen Filmkunst vorgedrungen.

Der Pokal war so schwer, dass sie ihn zu zweit von der Bühne tragen mussten. Zum Glück nahm ein dienstbarer Geist ihnen das Monstrum ab, als sie das Foyer betraten, wo Hunderte von Menschen die Regisseurin mit neuerlichem Beifall empfingen.

»Um ehrlich zu sein«, sagte Leni so leise, dass niemand sie hören konnte, »ich habe nicht die geringste Lust auf den Trubel.«

»Was ist denn in dich gefahren?«, fragte Edda. »Die Leute wollen dich doch feiern!«

»Ja und? Ich würde viel lieber mit dir allein sein.« Leni wies mit dem Kinn auf eine Seitentür. »Siehst du dort drüben den Ausgang?« Als Edda nickte, grinste sie wie eine Verschwörerin. »Komm, lass uns verschwinden! Nur wir zwei – du und ich!«

2

Wer war der bessere Autokonstrukteur? Josef Ganz oder Ferdinand Porsche?

Noch bevor Georg seine Stelle in Stuttgart angetreten hatte, hatte er Josef einen Brief in die Schweiz geschickt, um ihm seine Entscheidung mitzuteilen. Die Antwort war postwendend erfolgt. Sie hatte nur aus einem einzigen Satz bestanden: *Wünsche keinen weiteren Kontakt – J.* Bestürzt über die harsche Reaktion, hatte Georg seinem Freund noch viele weitere Briefe geschrieben. Wieder und wieder hatte er um Verständnis und Vergebung gebeten und versucht, Josef die Gründe zu erklären, die ihn zu seiner Entscheidung genötigt hatten, hatte ihn gefragt, wie er sich an seiner Stelle verhalten hätte, und ihn im Namen ihrer langjährigen Freundschaft um ein Treffen gebeten, damit sie sich aussprechen könnten. Er hatte ihm sogar angeboten, sich bei seinem neuen Chef für ihn zu verwenden – Porsche suchte ständig Ingenieure, sicher fände sich in seinem Büro auch ein Platz für Josef, dann könnten die zwei genialsten Autokonstrukteure Deutschlands sich miteinander verbünden. Doch vergebens – Josef hatte eisern geschwiegen. Erst als Georg irgendwann in einer Fachzeitschrift gelesen hatte, dass sein ehemaliger Freund und Chef sich mit einer Handvoll eidgenössischer Techniker zusammengetan habe, um auf der Basis seiner inzwischen in Zürich angemeldeten Patente einen Schweizer Volkswagen zu bauen, in direkter Konkurrenz zu dem deutschen Auto gleichen Namens, das Ferdinand Porsche in Stuttgart entwickelte, hatte er schweren Herzens resigniert und die einseitige Korrespondenz eingestellt.

Inzwischen waren fast zwei Jahre vergangen, das schlechte Gewissen war mit der Zeit der Gewissheit gewichen, dass Josef sich an seiner Stelle nicht anders entschieden hätte, so dass Georg immer seltener an seinen Freund denken musste. Trotzdem war er nicht glücklich im Schwabenland. Ein Grund dafür war sein Liebesleben. Zwar gab es in Stuttgart so viele hübsche Mädchen wie in jeder anderen deutschen Großstadt auch, aber sobald sie den Mund aufmachten, verloren sie schlagartig an Reiz. Wie sollte man ein Mädchen küssen, das einen »Schätzele« nannte? Noch schwerer aber wog die Enttäuschung, die Georg bei der Arbeit erfuhr. Er hatte erwartet, dass man ihm in Stuttgart den roten Teppich ausrollen würde, immerhin war er der engste Mitarbeiter von Josef Ganz gewesen, und der hatte schließlich den Volkswagen erfunden! Zwar hatte Porsche dafür gesorgt, dass er vom Wehrdienst freigestellt worden war, als kurz nach seinem Wechsel in den Süden die Regierung die ehemalige Reichswehr in Wehrmacht umbenannt und im selben Zug die Wehrpflicht wieder eingeführt hatte. Seitdem aber nahm sein neuer Chef kaum noch von ihm Notiz, so sehr Georg auch versuchte, mit seinen Vorschlägen dessen Aufmerksamkeit zu erlangen. Obwohl er einige Ideen beigetragen hatte, um bestehende Konstruktionsmängel zu beheben, insbesondere zur Verbesserung des Fahrgestells, schien Porsche ihn vollständig zu ignorieren. Er war nur einer von fast hundert Ingenieuren, die im vierten Stock des Hauses Kronenstraße 24 unweit der Stuttgarter Innenstadt arbeiteten. Hinzu kam, dass viele seiner Kollegen Österreicher und Tschechen und Ungarn waren, die zum Teil schon seit Jahrzehnten in Porsches Diensten standen und innerhalb des Konstruktionsbüros so etwas wie einen k.u.k.-Hofstaat bildeten. Sie allein genossen das uneingeschränkte Vertrauen des Chefs. Im Gegensatz zu Georg. Wenn Porsche zu einer Besprechung im kleinen Kreis in seine Privatvilla am Feuerbacherweg lud, war er nur selten dabei.

Darum traute er kaum seinen Ohren, als Porsche ihm eines Tages die Aufgabe übertrug, den ersten fertiggestellten Prototyp des Volkswagens einer technischen Kommission vorzustellen. Während die Österreicher lange Gesichter zogen, konnte Georg sein Glück kaum fassen. Hatte sein Chef endlich begriffen, was er an ihm hatte?

In der Nacht vor der Präsentation tat er kaum ein Auge zu. Die Kommission, angeführt von RDA-Präsident Dr. Allmers, war eigens aus Berlin angereist und bestand aus achtundzwanzig Gutachtern, die Hitler persönlich bestimmt hatte, damit sie sich vor Ort ein Bild von den Fortschritten seines Lieblingsprojekts machen konnten. Während Georg aufgeregt hinter dem Lenkrad Platz nahm, inspizierten die Gutachter das stehende Fahrzeug. Unter ihren Blicken ins Wageninnere fühlte er sich wie auf einem Präsentierteller, als würde die Inspektion nicht seinem Auto, sondern ihm selbst gelten. Zum Glück zeigte man sich nicht nur zufrieden, sondern geradezu begeistert, man war beeindruckt von der hohen Verarbeitungsqualität und lobte das großzügige Raumangebot des Wagens. Als Porsche die Heckklappe öffnete, beobachtete Georg im Rückspiegel, wie die Herren sich vorbeugten, um den luftgekühlten Motor in Augenschein zu nehmen.

»Dann würden wir das Fahrzeug gern mal in Betrieb sehen«, sagte Dr. Allmers schließlich.

»Selbstverständlich! Sofort!«

Porsche schlug die Heckklappe zu und gab Georg ein Zeichen. Der drehte den Zündschlüssel um.

Doch nichts geschah. Nur ein leises Klacken ins Nichts.

Dr. Allmers lachte. »Typisches Premierenpech!«

»Noch einmal bitte!«, rief Porsche.

Georg versuchte es erneut, doch wieder sprang der Motor nicht an. Er drehte den Zündschlüssel ein drittes Mal herum, ein viertes, ein fünftes Mal – ohne Erfolg.

»Ich weiß gar nicht, wie ich mir das erklären soll«, sagte Porsche.

Unter den Gutachtern breitete sich eine solche Unruhe aus, dass sie sich bis ins Wageninnere übertrug. Georg probierte es wieder und wieder. Doch der Motor blieb stumm, immer nur das klägliche Klacken. Verärgert wandten die Gutachter sich ab.

»Das muss ich natürlich sofort nach Berlin melden«, sagte Dr. Allmers.

Als der Letzte der Herren verschwunden war, ließ Georg den Kopf auf das Lenkrad sinken.

Wie konnte so etwas geschehen? War das wirklich nur Premierenpech gewesen? Oder war Ferdinand Porsche gar nicht das Genie, das jedermann in ihm sah?

3

Ziellos streiften Edda und Leni durch Paris, ohne jeden Plan, einfach aufs Geratewohl. Leni schien die Stadt wie ihre Westentasche zu kennen, während Edda, die noch nie hier gewesen war, all die Sehenswürdigkeiten nur aus den Büchern kannte, die sie für ihr Studium hatte lesen müssen. Umso mehr genoss sie den Streifzug durch diese prachtvolle Stadt, die vollkommen unberührt schien von der Weltwirtschaftskrise, unter der deutschen Zeitungsberichten zufolge Frankreich angeblich mehr als jedes andere Land in Europa litt. Vom Palais Chaillot am Trocadéro waren es nur zehn Minuten bis zum Triumphbogen, der sich wie ein breitbeiniger Koloss auf dem sternförmigen Platz in der Nachmittagssonne erhob. Hand in Hand bummelten sie die Champs-Élysées mit den verglasten Cafés entlang, von denen eins teurer aussah als das andere, tranken trotzdem einen Kaffee im »Georges V.«, wo angeblich der französischen Präsident sich hin und wieder mit seiner Mätresse traf, bestaunten auf der Place de la Concorde den Obelisken, überlegten vor dem Louvre kurz, ob sie die Mona Lisa besichtigen wollten, entschieden sich dann aber dagegen, um stattdessen in der Rue Saint-Honoré die Auslagen der Juweliere und Luxusgeschäfte zu bewundern, probierten im Printemps, dem ältesten Kaufhaus der Stadt, zum Spaß ein paar Kleider an, ohne eins zu kaufen, bevor sie am Châtelet die Seine überquerten. Auf dem Pont Neuf sahen sie zu, wie die Sonne über dem Fluss unterging, und während die Dämmerung sich allmählich über die Dächer legte, tauchten sie ein in das Quartier Latin, dieses wuselnde Labyrinth von Gassen und Gässchen, in denen die Studenten der Sorbonne mit Büchern unter den Armen an ihnen vorüberhasteten, und schlenderten die Rue Saint-André-des-Arts weiter in Richtung Saint-Germain-des-Prés, wo sie schließlich in der Brasserie Lipp eine Kleinigkeit zu Abend aßen, nur einen Steinwurf von der uralten romanischen Kirche entfernt, nach der das ganze Viertel benannt war.

Als sie auf die Straße zurückkehrten, war es draußen längst dunkel, doch noch immer herrschte so dichter Verkehr wie zur Hauptgeschäftszeit. Stoßstange an Stoßstange drängten die Autos sich in beiden Richtungen, Taxis machten hupend einander die Vorfahrt streitig, die Bürgersteige, die hier so breit waren wie andernorts ganze Straßen, waren bevölkert von vergnügungssüchtigen Nachtschwärmern, die sich, ohne nach links und rechts zu blicken, zwischen den Autos hindurchquetschten.

»Wo wollen wir was trinken? Im ›Deux Magots‹ oder im ›Café de Flore‹?« Leni zeigte auf zwei taghell erleuchtete Lokale gegenüber.

»Entscheide du«, sagte Edda. »Du kennst dich aus.«

»Dann im Flore!«

Wie zwei Pariserinnen quetschten sie sich zwischen den Autos hindurch, um auf die andere Straßenseite zu gelangen. Lachend erreichten sie das Lokal. Doch als sie eintreten wollten, fanden sie die Tür verschlossen. Dabei wimmelte es drinnen von Gästen.

»Wahrscheinlich eine Privatgesellschaft«, sagte Leni.

»Dann gehen wir eben in das andere Café. Wie hieß es noch mal?«

»›Deux Magots‹. Aber halt – nicht so schnell! Warte einen Augenblick!«

Edda, die schon vorausgegangen war, drehte sich um.

Leni winkte sie zu sich zurück. »Ich glaube, da steigt gerade eine Künstlerparty!«

Als Edda durch die Glastür schaute, sah sie um einen großen Tisch herum eine Gesellschaft von mehreren Dutzend Männern und Frauen, die wie zum Karneval geschminkt und verkleidet waren. Lautlos, wie in einem Stummfilm, tranken und lachten sie auf der anderen Seite der Fensterscheibe. Nur einer trug normale Straßenkleider, ein auffallend gutaussehender Mann um die fünfzig, mit hagerem Gesicht wie Cäsar und vollem, weißem Haar, der aufrecht auf seinem Stuhl sitzend an seiner Pfeife zog und dabei erwartungsvoll in Richtung Küche blickte.

»Wenn mich nicht alles täuscht, ist das Max Ernst«, sagte Leni.

»Der berühmte Maler?«

»Ja. Und der mit dem verrückten Bart ist Salvador Dalì.«

Der Mann, auf den Leni zeigte, sah aus wie ein Pfau. Edda hatte den Namen noch nie gehört. Doch dafür glaubte sie jemand anders zu erkennen, einen etwas bullig wirkenden Mann mit dunklem, nach hinten gewelltem Haar, der in seinem schwarzen Umhang wie ein Hohepriester der Gesellschaft vorsaß. André Bréton. Sie hatte sein Gesicht auf dem Umschlag eines Buches gesehen, das sie zwar gelesen, doch von dem sie kein Wort verstanden hatte – »Manifeste du surréalisme«. Ernst hatte es ihr geschenkt und gesagt, der Autor sei Kommunist. Die Erinnerung versetzte ihr einen schmerzhaften Stich.

Plötzlich flog drinnen die Küchentür auf, und zu einer Musik, die Edda nicht hören konnte, tanzte eine wunderschöne Frau in den Saal. Alle Köpfe flogen zu ihr herum. Das Kleid, das sie trug, war so nass wie ihr Haar, als hätte sie darin geduscht. Unter dem Stoff war sie offenbar nackt. Die Spitzen und Fransen klebten an ihrem Körper wie Algen am Leib einer schaumgeborenen Venus.

»Hast du so was schon mal gesehen?«, fragte Leni.

Edda schüttelte den Kopf, ohne die Augen von dem Spektakel abwenden zu können. Die Tänzerin wirbelte jetzt auf bloßen Füßen zwischen den anderen hin und her, bis sie vor dem Mann verharrte, der angeblich Max Ernst war. Der sog an seiner Pfeife und blies Rauch in ihre Richtung. Mit geschlossenen Augen ließ die Tänzerin es geschehen. Während der Rauch von ihren nassen Haaren aufstieg wie die Dämpfe einer magischen Quelle, standen die übrigen Gäste auf, um sie zu umkreisen, und einer nach dem anderen küsste sie auf den Mund, Männer wie Frauen. Während Edda dem seltsamen Schauspiel zusah, verspürte sie eine unbekannte Erregung. Mehr noch als die Küsse der Männer schien die Tänzerin die Küsse der Frauen zu genießen.

Irritiert machte Edda einen Schritt zurück.

»Macht dir das Angst?«, fragte Leni.

Edda musste schlucken. »Ich … ich weiß nicht.«

Leni war jetzt ganz ernst. So ernst, dass Eddas Herz wild zu schlagen anfing. Eine lange Weile schauten sie sich an, ohne ein Wort zu sagen. Edda sah nur Lenis Augen und glaubte in dem magischen Blau zu ertrinken. Und während der Lärm der Straße, das Lachen und Rufen der Passanten, das Motorbrummen und Hupen der Autos um sie herum sich in immer fernere Weiten verlor, spürte sie wieder diese unbekannte Erregung, in der die Erregung dieser ganzen wunderbaren Stadt widerzuklingen schien.

»Und jetzt?«, flüsterte sie.

»Jetzt würde ich dich gern küssen.« Leni lächelte sie an, und dieses Lächeln löste alle Angst. »Darf ich?«

4

War Ferdinand Porsche der richtige Mann, um den Volkswagen zu bauen?

Die blamable Präsentation in Stuttgart hatte sich in der Hauptstadt bereits herumgesprochen, als Staatssekretär Lammers am nächsten Morgen in der Reichskanzlei eine von Hitler persönlich befohlene Sitzung zur Gründung der Volkswagengesellschaft eröffnete. Carl Schmitt, der in Görings Auftrag Protokoll führen würde, beobachtete mit Interesse, wie Porsche, der über Nacht aus Stuttgart angereist war, sich mit ernster Miene und bleichem Gesicht um Haltung bemühte, als er sich am Konferenztisch niederließ. Der Tagesordnung war zu entnehmen, dass Porsche der neuen Gesellschaft als Hauptgeschäftsführer vorstehen sollte, flankiert von dem Generalinspektor des Führers für das Kraftfahrwesen Jakob Werlin sowie Bodo Lafferentz als Vertreter der Deutschen Arbeitsfront, die in Person ihres Leiters Dr. Robert Ley für die Finanzierung und den späteren Vertrieb des Volkwagens verantwortlich zeichnete. Ob dieses Vorstandstableau wohl noch galt? Carl konnte sich vorstellen, dass nicht wenige RDA-Mitglieder sich nach dem Fehlschlag des eitlen Professors ins Fäustchen lachten, manche vielleicht sogar schon auf einen Abbruch des ganzen Volkswagen-Unternehmens spekulierten, zumal ja seit Monaten Gerüchte kursierten, wonach Porsche nicht imstande sei, ein Fahrzeug zu dem vorgegebenen Verkaufspreis von neunhundertneunzig Mark kostendeckend zu produzieren. Die Sitzung versprach also spannend zu werden.

»Um allen Spekulationen vorzubeugen«, erklärte Staatssekretär Lammers anstelle einer Begrüßung, »das kleine Stuttgarter Malheur hat an den Entscheidungen des Führers nichts geändert. So weit Punkt eins der Tagesordnung.«

Porsche atmete sichtlich auf. Das Blutgerüst war aufgeschlagen, aber die Hinrichtung fand nicht statt. Carl war ein bisschen enttäuscht, er mochte Revolutionen, im Kleinen wie im Großen, sie waren das Salz in der Suppe der Geschichte. Doch die kurze Enttäuschung wich sogleich einem Gefühl der Bewunderung. Einmal mehr war er beeindruckt von der Entscheidungskraft des Führers. Das Festhalten an Porsche war ein Sieg des politischen Willens über die ökonomische Vernunft – die Entscheidung eines wahrhaften Souveräns.

Staatssekretär Lammers kam zu Punkt zwei, die Unterzeichnung des Gründungsvertrags. Nachdem die nötigen Unterschriften geleistet waren, fragte Jakob Werlin unter Punkt drei, wie weit man inzwischen in der Standortfrage sei. Alle Augen richteten sich auf Bodo Lafferentz, den DAF-Führer Ley mit der Aufgabe betraut hatte, ein geeignetes Areal für die Errichtung der Fabrikationsstätte zu erkunden. Carl kannte Lafferentz noch aus Studienzeiten, der neue Mitgeschäftsführer des Volkswagen-Unternehmens war promovierter Wirtschaftsjurist, der früher unter seinen Kommilitonen für seinen ausgeprägten Ehrgeiz sowie ein zu Extravaganzen neigendes Geltungsbedürfnis bekannt gewesen war. Vermutlich war er deshalb der SS beigetreten – mit seiner schlanken Gestalt und den blonden Haaren machte er in der schwarzen Uniform eines Sturmbannführers eine glänzende Figur.

Wie einst schon als Student räusperte Lafferentz sich erst einmal bedeutungsvoll, bevor er zu sprechen begann, und rückte dabei den Knoten seiner Krawatte zurecht.

»Meine Kommission war in allen Gauen des Reiches tätig und hat insgesamt dreiundzwanzig in Frage kommende Standorte untersucht. Die wichtigsten Auswahlkriterien waren Flächenangebot, Grundstückspreise, Verkehrslage. Nach eingehender Prüfung habe ich als Kommissionsvorsitzender dem Führer den Ort Fallersleben im Wolfsburger Land vorgeschlagen.«

Bei der Nennung des Namens stutzte Carl. Wie in aller Welt war Lafferentz ausgerechnet auf dieses gottverlassene Nest gekommen?

Carl war offenbar nicht der einzige im Raum, der sich die Frage stellte.

»Was hat Sie zu dem Vorschlag veranlasst?«, wollte Lammers wissen.

Lafferentz brauchte für die Antwort keine Sekunde. »Für den Ort spricht vor allem die geographische Lage in der Mitte des Reichs. Fallersleben liegt am Mittellandkanal, damit ist die Zufuhr von Kohle und Stahl aus dem Ruhrgebiet gesichert. Ferner führt die Haupteisenbahnverbindung Berlin–Lehrte durch das Gebiet, ebenso die künftige Ost-West-Autobahn. Vertriebstechnisch gibt es keine bessere Position in Deutschland. Außerdem ist das Wolfsburger Land eine kaum besiedelte Gegend, mit ausreichend Flächen sowohl für die Errichtung der Fabrikanlage wie auch einer zugehörigen Wohn- und Schlafstadt, und das zu bezahlbaren Preisen.«

»Ist bekannt, wem das Land gehört?«, fragte Werlin.

»Mit Abstand größter Grundbesitzer ist Graf Günther von der Schulenburg. Ein weiterer Vorteil. So haben wir es im Wesentlichen mit einem einzigen Grundherrn zu tun und nicht mit einem Haufen Kleinbauern oder sonstigen Landbesitzern.«

»Ist Schulenburg bereit zu verkaufen? Diese Landadligen sind ja nicht gerade als Jünger des Fortschritts bekannt.«

Während ein paar Männer wissend lachten, meldete Carl sich zu Wort. »Ich bin zufällig mit dem Ortsgruppenleiter von Fallersleben verwandt. Wenn die Herren einverstanden sind, kann ich gern ein wenig vor Ort sondieren.«

5

Edda erwachte aus so tiefem Schlaf, dass sie eine Weile brauchte, bis sie wusste, wo sie sich befand. Das Erste, was sie sah, war ein riesiger Kronleuchter. Natürlich, sie war im Hotel Meurice, dem prächtigsten Hotel von Paris. Verschlafen drehte sie sich zur Seite. Die Sonne, die durchs Fenster schien, stand hoch am Himmel.

Mein Gott, offenbar war es schon Mittag!

Als sie die Bettdecke zurückschlug, merkte sie, dass sie kein Nachthemd trug. Seltsam – hatte sie etwa nackt geschlafen? Das war doch gar nicht ihre Gewohnheit.

Im selben Augenblick fiel ihr ein, was geschehen war.

In dieser Nacht war sie zur Frau geworden.

Während sie zurück aufs Bett sank, fluteten die Erinnerungen in ihr hoch. Wie Leni und sie sich auf der Straße geküsst hatten und nicht hatten aufhören können, sich zu küssen, sogar, als sie im Taxi ins Hotel gefahren waren, hatten sie sich weiter geküsst, ohne sich um den Chauffeur zu kümmern ... Wie sie in ihrem Zimmer angefangen hatten, sich gegenseitig auszuziehen, einander mit ihren Blicken ebenso liebkosend wie mit ihren Berührungen ... Und wie sie schließlich nackt und bloß nebeneinander gelegen hatten, hier in diesem Bett ... Mit einem Seufzer schloss Edda die Augen. Sie hätte nicht geglaubt, dass etwas so schön sein konnte, wovor sie so lange solche Angst gehabt hatte. In keiner Sekunde hatte sie das Gefühl gehabt, etwas Falsches zu tun, Richtig und Falsch hatten aufgehört zu existieren, und zugleich auch alle Angst und Scham. Das, was geschehen war, war in einem wunderbaren Einklang geschehen. Ohne ein Wort zu sagen, hatten sie sich einander offenbart. Dabei hatte Edda ein Glück empfunden, wie sie es nie zuvor empfunden hatte. Weil in dieser Nacht sich eine Tür in ihr geöffnet hatte, von der sie einst glaubte, es gebe für sie keinen Schlüssel.

Armer Ernst, er hatte nichts dafür gekonnt ...

Eine Hand berührte ihre Wange.

»Bist du schon wach oder träumst du noch?«

Als Edda die Augen aufschlug, sah sie ein zärtlich lächelndes Gesicht.

»Guten Morgen.«

Leni beugte sich über sie und küsste sie sanft auf den Mund. Als Edda den Kuss erwiderte, spürte sie, wie das Glück erneut ihren ganzen Leib durchströmte.

»Ich liebe dich«, flüsterte sie.

»Ich dich auch, mein Engel.«

6

Hermann wartete, bis die Gräfin von der Schulenburg Platz genommen hatte, erst dann rückte er seinen Stuhl vom Tisch, um sich gleichfalls zu setzen, zusammen mit seinem Schwager Carl. Da sie nur zu viert waren, hatte man im kleinen Esszimmer der Wolfsburg gedeckt. Der Graf, der am Kopfende saß, forderte einen Diener auf, mit dem Servieren zu beginnen.

»Was für eine schöne Idee, uns Ihre Aufwartung zu machen, lieber Staatsrat«, sagte die Gräfin und entfaltete eine Serviette auf ihrem Schoß. »Ich bin begierig, das Neueste aus Berlin zu erfahren.«

Während die Suppe aufgetragen wurde, begann Carl von einer Jagdgesellschaft in Hermann Görings Landhaus Carinhall zu erzählen, zu der der Minister aus Anlass seiner Ernennung zum Reichsjägermeister in die Schorfheide geladen hatte und bei der alles zugegen gewesen sei, was in der Hauptstadt Rang und Namen hatte – Staat, Partei und Wehrmacht. Propagandaminister Goebbels, der wegen seines Klumpfußes nicht an der Jagd hatte teilnehmen können, habe den ganzen Abend die Ehrengäste Gustav Gründgens und Marianne Hoppe in Beschlag genommen, um den Gastgeber zu düpieren, dem es nicht mal mit seiner berühmten Kunstsammlung gelungen sei, die Aufmerksamkeit des Schauspielerpaars auf sich zu lenken …

Hermann hörte nur mit halbem Ohr zu. Es war das erste Mal, dass man ihn in der Wolfsburg zu Tisch bat. Doch das war nicht der Grund, warum er sich so unwohl fühlte, dass er kaum imstande war, ohne Kleckern die Suppe zu löffeln. Der Grund war sein Auftrag.

So musste Judas sich beim letzten Abendmahl gefühlt haben …

Vor zwei Tagen war Dorothees Bruder überraschend zu Besuch gekommen und hatte von einem in Berlin gefassten Entschluss berichtet, wonach bei Fallersleben die Produktionsstätte für Hitlers Volkswagen entstehen sollte – ein Vorhaben, für das die Regierung große Teile des Wolfsburger Lands erwerben wolle. Da zu befürchten sei, dass Graf Schulenburg sich sperre, hatte der Schwager ihn gebeten, zusammen mit ihm auf der Wolfsburg gut Wetter zu machen. Hermann war die ganze Angelegenheit von Grund auf zuwider, er wusste ja, der Graf hing an seinem Land nicht weniger als er. Wie also sollte er Schulenburg zu etwas bewegen, wozu er selbst nie und nimmer bereit sein würde?

Wenn er dennoch in die Mission eingewilligt hatte, dann nur, weil sein Schwager ihm dringend dazu geraten hatte. Carl war in Berlin zu Ohren gekommen, dass die wiederholten Beschwerden der Kreisleitung über Hermanns »Abweichlertum« Früchte trugen. Angeblich wurde im Wehrwirtschaftsstab im Oberkommando der Wehrmacht schon laut darüber nachgedacht, der Fallersleber Zuckerfabrik den Armeeauftrag zu entziehen. Wenn Hermann jedoch, so die Meinung des Schwagers, dazu beitragen würde, dass Schulenburg sich zum Verkauf seines Lands bereit erklärte, würde ein solches Engagement in der Hauptstadt einen sehr positiven Eindruck machen.

Der Diener servierte bereits den Hauptgang, als Carl die Gräfin fragte, warum sie eigentlich so selten in Berlin zu sehen sei. »Eine Frau wie Sie gehört unbedingt in die Hauptstadt. Sie wären eine solche Bereicherung für uns alle!«

Die Gräfin lächelte geschmeichelt. »Das müssen Sie meinen Mann fragen. Er mag partout nicht in Hotels wohnen. Rumzigeunern nennt er das.«

»Aber wozu brauchen Sie ein Hotel? Im Grunewald oder am Wannsee gibt es doch herrliche Anwesen. Dort könnten Sie wunderbar repräsentieren. Soll ich Ihnen einen Wink geben, wenn ich von einer passenden Okkasion höre?«

»Da überschätzen Sie unsere Möglichkeiten aber gewaltig«, sagte der Graf. »Solche Extravaganzen können wir uns nicht leisten. Wir sind froh, wenn wir hier unseren Stammsitz einigermaßen in Schuss halten. Also setzen Sie meiner Frau bitte keine Flausen in den Kopf.«

»Ich überschätze Ihre Möglichkeiten keineswegs«, erwiderte Carl trocken.

»Na, dann sollte ich wohl mal mit meinem Rendanten sprechen. Offenbar wissen Sie über meine Finanzen besser Bescheid als ich.«

»Ich fürchte, das weiß ich tatsächlich, Graf. In der Hauptstadt sind gerade verschiedene Herren damit beschäftigt, ein Angebot für Sie vorzubereiten, das Sie mit einem Schlag zu einem steinreichen Mann machen würde.«

Schulenburg runzelte irritiert die Stirn. »Meine Frau rühmt Ihren Sinn für Humor, Professor. Ich allerdings muss gestehen, dass ich Ihren Scherzen gerade nicht folgen kann.«

»Ich mache keineswegs Scherze«, entgegnete Carl, um sich dann an Hermann zu wenden. »Wenn du vielleicht die Sache kurz erläutern könntest?«

Hermann legte sein Besteck auf den Teller. »Die Sache ist die«, sagte er und holte tief Luft, »bei Fallersleben soll eine Fabrik gebaut werden, die größte Autofabrik von ganz Europa, mit einer eigenen Stadt drumrum. Und dafür braucht man Land, sehr viel Land sogar – wenn Sie verstehen, was ich meine.«

Der Graf schaute ihn mit großen Augen an. »Begreife ich richtig, Ising? Sie schlagen mir vor, mein Land zu verkaufen? Für eine – *Fabrik*?«

Das letzte Wort hatte er mit solcher Verachtung aus sich herausgeschleudert, dass Hermann zusammenzuckte. Vor lauter Verlegenheit wusste er kaum, wohin er schauen sollte.

»Ich kann Ihre Überraschung verstehen, Herr Graf, das Angebot kommt für Sie ja wie aus heiterem Himmel.«

»Allerdings!«

»Aber so ist das nun mal mit dem Fortschritt«, sagte Hermann, »plötzlich ist er da, auch hier bei uns, und lässt sich dann nicht mehr aufhalten. Dem Auto gehört die Zukunft, das weiß jedes Kind, und im Grunde müssen wir froh sein, wenn man ausgerechnet unsere Gegend vorgesehen hat, um eine solche Fabrik …«

»Sind Sie noch bei Trost?«, fiel Schulenburg ihm ins Wort.

»Fallersleben würde zu neuem Leben erweckt. Unser Städtchen hätte die einmalige Möglichkeit, Großstadt zu werden!«

»Ja und? Eine Großstadt ist das Letzte, was ich vermisse.«

»Aber bedenken Sie das Wohl der Leute! Gemeinnutz vor Eigennutz! Die Arbeitslosigkeit, die seit der Schließung der Kaligrube auch bei uns grassiert, hätte sich damit ein für alle Mal erledigt, im ganzen Wolfsburger Land. Jeder hätte Arbeit und Brot.«

Der Graf schüttelte den Kopf. »Dafür brauchen wir keine Fabrik. Hier gibt es auch ohne die Kaligrube immer noch genug Arbeit für jeden, der wirklich anpacken will, so dass keiner verhungern muss. Seit Generationen leben wir von dem, was das Land hergibt, und sind immer gut damit gefahren. Das alles sollen wir jetzt aufgeben? Es wäre das Ende einer jahrhundertealten Tradition. Einfach unverantwortlich!«

»Aber die Anpassungen an die neue Zeit!«, protestierte Hermann. »Sie haben sich doch selbst in diesem Sinn geäußert, als Sie sich zum Umbau Ihrer Wirtschaftsbetriebe entschlossen.«

»*Anpassungen* – richtig, die sind hin und wieder nötig, durchaus. Aber doch keine solche Revolution. Meine Vorfahren würden sich im Grab umdrehen. Außerdem, die Umbauten kosten mich eine solche Menge Geld, dass die Investitionen sich erst in Generationen amortisieren werden. Fragen Sie Ihren Herrn Schwiegersohn!«

»Für noch nicht abgeschriebene Investitionen werden Sie natürlich in vollem Umfang kompensiert«, mischte Carl sich erstmals wieder in das Gespräch. »Aber vielleicht sollten Sie warten, bis man Ihnen ein konkretes Angebot unterbreitet. Vielleicht werden die Zahlen Sie ja überzeugen.«

»Ich bin weder an irgendwelchen Kompensationen noch an einem konkreten Angebot interessiert«, erklärte Schulenburg. »Alles, was ich will, ist, mein Land behalten, weiter nichts.« Dann wandte er sich wieder an Hermann. »Mensch, Ising, stellen Sie sich vor, jemand käme mit einer solchen Zumutung zu Ihnen und würde verlangen, Sie sollten die Zuckerfabrik opfern, die Ihr Großvater gebaut hat, damit man auf Ihrem Grund und Boden

Benzinkutschen zusammenschraubt. Das würden Sie doch auch von sich weisen – oder?«

»Um ehrlich zu sein, ich ... ich weiß nicht«, stammelte Hermann. »Aber die Aussicht, dass Fallersleben eine richtige Großstadt wird, und dazu die vielen Arbeitsplätze ... Ich meine, muss in diesen Zeiten nicht jeder seinen Beitrag leisten, als Tribut für eine bessere ...« Er brachte den Satz nicht zu Ende. Denn plötzlich schoss ihm eine Frage durch den Kopf, an die er noch gar nicht gedacht hatte.

Wenn die in Berlin für ihre Fabrik und ihre Großstadt so unendlich viel Land brauchten, was war dann eigentlich mit *seinem* Besitz?

Graf Schulenburg tauschte einen Blick mit seiner Frau. »Ich denke, wir verzichten auf das Dessert, nicht wahr?« Er nahm seine Serviette und warf sie ungefaltet auf den Tisch. »Ich danke für Ihren Besuch, meine Herren«, sagte er und stand auf. »Wenn Sie erlauben, begleite ich Sie jetzt hinaus.«

7

Nach seiner Rückkehr aus Berlin hatte Porsche eine Manöverkritik anberaumt, um die verunglückte Präsentation des Volkwagens vor der Regierungskommission zu analysieren. Die Besprechung fand im kleinen Kreis statt, in seiner Privatvilla am Feuerbacherweg, wo er normalerweise nur seinen Hofstaat empfing. Doch diesmal war Georg dabei.

»Wie war ein solches Desaster möglich?«

Georg spürte, wie sich alle Blicke auf ihn richteten, und ihm wurde plötzlich so heiß, dass der Schweiß ihm an den Achseln herunterlief. Porsche war ein Mann mit zwei Gesichtern. Normalerweise war er von ausgesuchter Höflichkeit, dazu humorvoll, zuvorkommend, charmant. Zugleich aber war er ein Choleriker, der gefürchtet war für seine Wutausbrüche, die so unvermittelt über einen hereinbrechen konnten wie ein Gewitter im Sommer. Einmal war er so in Rage geraten, dass er einem Ingenieur vor versammelter Mannschaft die Brille von der Nase gerissen und diese auf dem Boden zertrampelt hatte. Würde Georg heute sein Opfer sein? Er hatte bei der Fahrzeugabnahme nicht nur sich selbst zum Gespött gemacht, er hatte die ganze Firma blamiert. Der Gang ins Büro am nächsten Morgen war zum Spießrutenlaufen geworden, ein paar Österreicher hatten ihn sogar mit höhnischem Applaus empfangen. Auch wenn er mit der Entwicklung des Anlassers nicht das Geringste zu tun gehabt hatte – das Teil war ja nicht mal eine Eigenkonstruktion, er stammte von einem Zulieferer –, er war der Sündenbock, derjenige, der den Zündschlüssel herumgedreht hatte.

»Das Problem ist meiner Meinung nach die fehlende Fertigungstiefe«, erklärte er. »Wir können nur für die Qualität der Teile garantieren, die wir selbst konstruieren.«

Porsche schüttelte so unwillig den Kopf, als könne er sich nur mit Mühe beherrschen. »Wenn wir alles selbst machen wollen, gehen die Kosten noch mehr in die Höhe. Das aber kommt nicht in Frage. Der Führer hat den Verkaufspreis auf neunhundertneunzig Reichsmark festgesetzt. Wir wissen ohnehin nicht, wie wir damit den Anforderungskatalog erfüllen sollen.«

»Trotzdem«, beharrte Georg, »Qualität ist das Letzte, woran wir sparen dürfen. Ich denke, das hat die Präsentation gezeigt. Was nützt ein Auto, das nicht fährt? Das will der Kunde nicht mal geschenkt. Diesmal war es der Anlasser. Beim nächsten Mal kann es genauso gut der Vergaser oder das Getriebe oder sonst irgendein Teil sein, das wir zugekauft haben.«

Einer der Österreicher meldete sich zu Wort. »Ich weiß zwar nicht, welche Zauberkünste Sie bei dem Juden Ganz gelernt haben, verehrter Kollege«, sagte er mit beifallheischendem Seitenblick auf seinen Chef, »wir hier im Schwabenland gehen von der nüchternen Erkenntnis aus, dass man immer nur eins haben kann: entweder niedrigere Kosten oder höhere Qualität. Beides zusammen geht nicht.«

Die Kollegen lachten.

Georg nickte. »Ich weiß, es wäre die Quadratur des Kreises ...«

»Und über die haben sich bekanntlich schon viele große Geister vergeblich die Köpfe zerbrochen«, fiel Porsche ihm ungeduldig ins Wort. »Deshalb wäre ich dankbar, wenn wir unsere Energie nicht weiter an derart müßige Betrachtungen verschwenden würden, sondern stattdessen überlegen, wie wir Kosten sparen können, ohne die Qualität allzu sehr zu gefährden. Nach der aktuellen Kalkulation belaufen sich allein die Kosten für das Fahrgestell auf inzwischen siebenhundertsechsundfünfzig Reichsmark. Da bleiben nur noch hundertvierzig Mark für die Karosserie, ohne eine einzige Mark für Reklame und Vertrieb einzurechnen, vom Gewinn ganz zu schweigen. Das ist vollkommen unrealistisch.«

»Wie wäre es«, fragte ein Ungar, »wenn wir die Bodengruppe in Holz fertigen? Damit würden wir nicht nur Kosten sparen, sondern auch Gewicht. Das wiederum hätte als weiteren Vorteil einen niedrigeren Verbrauch zur Folge und käme so dem Wunsch des Führers entgegen, wonach der Wagen nicht mehr als fünf Liter pro hundert Kilometer verbrauchen soll.«

»Im Prinzip eine gute Idee. Allerdings hat der Führer auch eine Mindestlebensdauer von fünf Jahren vorgegeben, und die lässt sich mit einer Holzlösung nicht verwirklichen. Ich bitte um weitere Vorschläge.«

Da sich niemand meldete, forderte Porsche jeden einzelnen seiner Ingenieure auf, mögliche Maßnahmen zu nennen. Während die Vorschläge diskutiert wurden, musste Georg immer wieder an Josefs Memorandum denken, *Das Auto des kleinen Mannes*. Wie hatte Josef damals geschrieben, nachdem er die Eckdaten des Fahrzeugs benannt und einen Preis von tausend Reichsmark vorgeschlagen hatte? »Ist das möglich? – Ja, das ist möglich!«

»Was zum Kuckuck ist mit Ihnen, Herr Ising? Fällt Ihnen gar nichts ein?«

Georg hatte nicht gemerkt, dass Porsche sich vor ihm aufgebaut hatte. Während er an seinem Chef hinaufschaute, versuchte er seine Gedanken zu sortieren.

»Tut mir leid«, sagte er, »einen konkreten Vorschlag habe ich leider nicht.«

Die Österreicher lachten erneut.

»Aber vielleicht«, fuhr Georg fort, »habe ich eine Verfahrensidee, ich meine, eine Art Suchmethode, um Kosteneinsparungspotentiale systematisch zu identifizieren.«

»Können Sie sich auch so ausdrücken, dass schlichte Gemüter wie wir Sie verstehen?«, fragte Porsche zur weiteren Erheiterung seines Hofstaats.

»Natürlich, gewiss«, sagte Georg. »Allerdings muss ich dazu ein wenig ausholen.«

»Dann spannen Sie uns nicht länger auf die Folter.«

Während Georg den bohrenden Blick seines Chefs auf sich spürte, rekapitulierte er im Geiste kurz das System, nach dem sie in Frankfurt vorgegangen waren. »Also, bei der Kostenkalkulation legen wir den Kilogrammpreis des Wagens zugrunde. Bei einem Gesamtgewicht von dreihundertfünfzig Kilogramm darf dieser maximal und ohne Gewinn gerechnet zwei Mark dreiundachtzig betragen. Diesen Wert überschreiten wir zur Zeit mit exakt neunundvierzig Pfennig. Doch so, wie wir versuchen, Einsparmöglichkeiten zu ermitteln, ist das kein Wunder. Wenn ich einen Vergleich machen darf – wir zielen ins Blaue und hoffen, ins Schwarze zu treffen. Es ist wie das Suchen nach der berühmten Stecknadel im Heuhaufen. Doch wenn man versucht, den ganzen Heuhaufen auf einmal in den Blick zu nehmen, kann man die Nadel unmöglich finden.«

»Haben Sie etwa eine bessere Idee?«

»Ich glaube ja. Um nicht länger planlos zu suchen, schlage ich vor, die einzelnen Baugruppen des Autos jeweils gesondert zu analysieren, wie unter der Lupe sozusagen. Allein das Chassis besteht aus fünfundzwanzig verschiedenen Baugruppen, Motor und Kühlung, Anlasser und Lichtmaschine, Kupplung, Getriebe und so weiter. Ich denke, wenn wir auf diese Weise jede einzelne Gruppe gezielt durchforsten, erhöhen wir unsere Treffsicherheit bei der Ermittlung von Lösungsansätzen und werden viel weiter kommen als bisher. Und jedes Gramm Gewicht, jeder Pfennig Kosten, den wir auf diese Weise sparen, ist ein Gewinn.«

Als Georg zu Ende gesprochen hatte, schaute Porsche ihn mit gerunzelten Brauen an. »Sie meinen, so nach dem Prinzip Kleinvieh macht auch Mist?«

Georg versuchte, im Gesicht seines Chefs zu lesen. War das ein Lob, oder war seine Frage ironisch gemeint und nur der Vorbote eines Wutausbruchs? Auch die Kollegen schienen unsicher, offenbar wussten sie nicht, ob sie lachen oder Beifall klatschen sollten.

Es dauerte eine Ewigkeit, bis Porsche sich endlich äußerte. »Die Idee könnte von Henry Ford stammen.« Anerkennend nickte er Georg zu. »Respekt, Herr Ising. Ich denke, das ist einen Versuch wert.«

8

Für Charly und Benny hatte die Ehe sich als jener Schutzhafen erwiesen, den sie sich erhofft hatten, als sie in der Michaeliskirche vor den Traualtar getreten waren. Beinahe unbehelligt konnten sie ihr Leben führen, zumal sie es sich beide zur Gewohnheit gemacht hatten, missbilligende Blicke oder Bemerkungen in der Öffentlichkeit genauso zu ignorieren wie Horsts Sticheleien im Familienkreis. Ihre beruflichen Tätigkeiten allerdings zwangen sie, den Alltag getrennt voneinander zu verbringen. Während Benny nunmehr in Fallersleben lebte, wo er mit der Umgestaltung von Graf Schulenburgs Wirtschaftsbetrieben beschäftigt war, war Charly in Göttingen geblieben, wo sie als Stationsärztin arbeitete und dazu in ihrer knapp bemessenen Freizeit an ihrer Habilitation schrieb – »Zur Bedeutung der Hygiene in der Neonatologie. Versäumnisse und Gebote«. Längst war sie aus dem Studentenheim in die Wohnung am Theaterplatz umgezogen. Wobei von Wohnen nicht wirklich die Rede sein konnte, denn eigentlich kam sie nur her, um ihre Kleider zu wechseln und ein paar Stunden zu schlafen. Der Stationsdienst und die wissenschaftliche Arbeit nahmen sie fast rund um die Uhr in Anspruch, so dass sie oft nicht mal Zeit fand, ihre Zimmerpflanzen zu gießen, die in erbarmungswürdiger Weise vor sich hin kümmerten. Dafür hatte sie jetzt in der Wohnung ein eigenes Telefon, doch meist war es nur die Klinik, wenn es bei ihr klingelte. Ausnahmen, an denen sie von ihrer Wohnung wirklich Gebrauch machte, waren lediglich die Tage, an denen Benny sie in Göttingen besuchte. Dann versuchte sie, möglichst früh das Krankenhaus zu verlassen, damit beide wie früher am Abend zusammen kochen und essen konnten, bevor sie sich bis zur Erschöpfung liebten.

»Ist es eigentlich normal, dass ich dich immer noch so begehre?« Benny, der mit dem Kopf auf ihrem nackten Bauch lag, schaute fragend zu ihr auf.

»Medizinisch betrachtet nicht«, erwiderte sie lachend. »Medizinisch betrachtet ist das männliche Begehren ja nur eine Funktion der Fortpflanzung. Da ist es also ganz natürlich, wenn nach ein paar Jahren der Trieb allmählich nachlässt, weil dann ja in der Regel …«

An seinem Gesicht erkannte sie, was für dummes, unbedachtes Zeug sie redete, und verstummte. Benny deutete mit dem Kinn auf das Kondom auf dem Nachttisch.

»Was meinst du, wird wohl je der Tag kommen, dass wir das nicht mehr brauchen?«

Ihre ausgelassene Stimmung war mit einem Mal dahin. Benny und sie wünschten sich beide nichts sehnlicher als ein Kind, und trotzdem verhüteten sie. Nein, auch im Schutzhafen ihrer Ehe konnten sie nicht ganz wie andere Paare leben. Nach den Rassegesetzen, die die Hitler-Regierung vor zwei Jahren erlassen hatte, wäre es unverantwortlich gewesen, ein Kind in die Welt zu setzen, dessen Vater Jude war. Nach den neuen Gesetzen hätten sie ja nicht mal mehr heiraten dürfen, weil eine solche Ehe inzwischen als »Rassenschande« galt.

»Erinnerst du dich noch, wie du mal sagtest, wir dürften uns nicht zum Opfer unserer Angst machen?«, fragte Charly.

Benny nickte.

»Jetzt denke ich manchmal, wir sind zum Opfer unseres Ehrgeizes geworden. Du wolltest dir nicht die Chance entgehen lassen, die Graf Schulenburg dir geboten hat, und ich konnte nicht nein sagen, als Professor Wagenknecht mir die Habilitation anbot und ich, statt einfach abzulehnen …«

Das Klingeln des Telefons unterbrach sie.

»Wenn man vom Teufel spricht …«, seufzte Benny. »Können die nicht einmal ohne dich auskommen?«

Charly verließ das Bett und ging an den Apparat. Doch als sie den Hörer abnahm, war am anderen Ende der Leitung nicht die Klinik, sondern ihre Mutter.

»Bitte versprich mir, dass du Papa von meinem Anruf nichts erzählst!«

»Seit wann habt ihr Geheimnisse voreinander?«, wunderte sich Charly. »Das kenne ich gar nicht von euch. Worum geht's überhaupt?«

»Um deinen Bruder.«

»Um Horst oder Georg?«

»Weder noch, es geht um Willy.« Die Mutter zögerte einen Moment. Dann sagte sie: »Ich mache mir große Sorgen, Charlotte. Kann ich mal zusammen mit unserem Schatz nach Göttingen kommen, damit du ihn untersuchst?«

9

Als Dorothee den Hörer auflegte, hörte sie in der Diele die Tür gehen. Hermann kam vom Bahnhof zurück. Normalerweise, wenn Carl wieder nach Berlin fuhr, brachten sie ihn zusammen zum Zug, doch diesmal hatte Hermann sie gebeten, sich zu Hause von ihrem Bruder zu verabschieden, damit er noch ein paar Worte mit seinem Schwager unter vier Augen wechseln konnte, in irgendeiner geschäftlichen Angelegenheit, die mit dem Besuch der beiden auf der Wolfsburg zusammenhing. Dorothee war das nur recht gewesen. Sie hatte die Abwesenheit ihres Mannes genutzt, um mit Charlotte zu telefonieren. Hermann brauchte von dem Gespräch nichts zu wissen, der kleine Willy war ja sein Ein und Alles, und sie wollte ihn nicht belasten, solange sie selbst nur einen Verdacht, aber keine Gewissheit hatte. Vielleicht machte sie sich ja wieder nur vollkommen unnötig Sorgen.

Für den Fall, dass er fragte, was sie in seinem Büro gesucht habe, nahm sie die »Aller-Zeitung« vom Schreibtisch, bevor sie den Raum verließ. Als sie in die Diele trat, stutzte sie. Hermann hockte wie ein Kranker in sich zusammengesunken in seinem Sessel vor dem Kamin und stierte in diesen hinein, obwohl darin gar kein Feuer brannte. Ohne sie zu registrieren, murmelte er mit tonloser Stimme vor sich hin, als spräche er mit einem Geist.

»Zucker schadet? Grundverkehrt! Zucker schmeckt, Zucker nährt ...«

»Hermann! Um Gottes willen! Ist dir nicht gut?«

Endlich nahm er sie wahr. Doch das Gesicht, das er zog, ängstigte sie noch mehr.

»Carl hat mich auf hinterhältige Weise benutzt«, sagte er. »Dieser gemeine, gottverdammte Mistkerl.«

»Wie kommst du dazu, so von meinem Bruder zu reden?«

»Dein Bruder ist ein Verräter! Er hat mich zur Wolfsburg geschleppt, damit ich bei dem Grafen gut Wetter mache für den Landverkauf. Dabei sind wir genauso betroffen.«

»Ich verstehe kein einziges Wort.«

»Das kannst du auch nicht, ich habe ja auch nichts verstanden, bis ich den Judas zur Rede gestellt habe.«

»Bitte, Hermann – sag endlich, was los ist!«

Als er ihren Blick erwiderte, sah sie, dass in seinen Augen Tränen standen.

»Die wollen hier alles platt machen, Dorothee. Alles! Für ihre verfluchte Autofabrik. Dann geht es auch uns an den Kragen, nicht nur dem Grafen. Die wollen auch unser Land, mit allem, was darauf ist, einschließlich der Zuckerfabrik. Dann ist es vorbei mit uns. Alles im Dutt, was mein Vater und mein Großvater aufgebaut haben. Begreifst du?«

Obwohl sie das ganze Ausmaß dessen, was er sagte, nur ahnen konnte, nickte sie. »Das ... das ist ja fürchterlich ...«

Plötzlich rastete sein Blick ein, er straffte seinen Oberkörper, und mit wieder fester Stimme sagte er: »Aber das lasse ich nicht zu! Ich schwöre, das lasse ich nicht zu! So wahr mir Gott helfe!«

10

»When does the next steamer go to New York?«, sagte Mr Whoolley. »Please repeat, Miss Bernstein.«

»When does the next steamer go to New York?«

»Excellent, your pronounciation is quite perfect!«

Gilla strahlte. Seit zwei Jahren erst lernte sie Englisch, doch sie beherrschte die Sprache schon so gut, dass sie sich zutraute, sich auf eigene Faust durch ganz Amerika zu schlagen, von New York bis Los Angeles. Was für ein Glück, dass die Nonnen sie nicht hatten aufnehmen wollen, weil sie erstens evangelisch und zweitens keine »richtige« Deutsche war, und ihre Eltern sie statt ins Klosterinternat in die Dr. Goldschmidt-Schule gesteckt hatten, eine Privatschule für jüdische Auswanderer. Hier war Englisch das wichtigste Unterrichtsfach. Bei den Nonnen hätte sie wie zuvor auf dem Lyzeum nur Französisch und vor allem Latein gelernt.

»Bist du in ihn verknallt?«, fragte ihre Freundin Selma Schönemann, als sie nach Schulschluss das Klassenzimmer verließen.

»In wen?«

»In Mr Whoolley natürlich!«

»I wo«, erwiderte Gilla so harmlos wie möglich, obwohl das eine glatte Lüge war. Natürlich war sie in Mr Whoolley verknallt, wie alle Mädchen in ihrer Klasse. Nicht, weil Mr Whoolley ein besonders schöner Mann gewesen wäre, sondern weil er ein richtiger Engländer war – der einzige nichtjüdische Lehrer an ihrer Schule.

»Und warum wirst du dann plötzlich so rot?«, wollte Selma wissen.

»Ach, du bist blöd!«

Lachend verließen sie den Schulhof. Die Dr. Goldschmidt-Schule lag in der Kronberger Straße, mitten in Grunewald. Die Direktorin Dr. Leonore Goldschmidt hatte sie gegründet, nachdem sie als jüdische Studienrätin aus dem Staatsdienst entlassen worden war. Da an ihrer Schule ausschließlich nichtarische Schüler unterrichtet wurden, ließen die Nazis sie gewähren. Hier konnte man sogar das Abitur machen. Viel wichtiger aber war, dass der zweisprachige Abschluss zum Besuch aller englischsprachigen Universitäten in Europa und Amerika berechtigte.

»Was machen die denn da?«, fragte Selma und zeigte auf zwei Jungvolk-Pimpfe, die, mit Farbeimer und Pinsel bewaffnet, vor der Schulhofmauer standen und ein Werk bewunderten, das sie gerade selbst dort angebracht hatten.

Judenblut stinkt!

»He, was fällt euch ein, ihr Schmierfinken?«

Gilla wollte die beiden zur Rechenschaft ziehen, doch Selma hielt sie zurück.

»Lass sie laufen. Darauf legen sie es doch nur an.«

»Du hast gut reden«, sagte Gilla, während die Pimpfe die Straße hinunter verschwanden. »Du hast mit dem ganzen Mist ja bald nichts mehr zu tun.«

Selmas Familie bereitete schon seit Monaten die Emigration vor. Der Vater, ein Arzt, hatte Verwandte in Brüssel, dort wollte er eine Praxis eröffnen. Sie hatten angeblich so gut wie alle Papiere zusammen, auch die Reichsfluchtsteuer sei bereits bezahlt, behauptete Selma – es fehle nur noch die Ausreiseerlaubnis.

»Und wann ist es bei euch so weit?«, fragte sie.

»Keine Ahnung«, erwiderte Gilla. »Ich bin nur froh, dass mein Vater inzwischen überhaupt bereit ist auszuwandern. Davon hatte er ja nie was wissen wollen.«

»Und was hat ihn zur Vernunft gebracht?«

»Meine Mutter. Sie hat ihm die Hölle heiß gemacht – entweder Auswandern oder Scheidung. Da hat er klein beigegeben und die Kuchenfabrik unserem Prokuristen Schürgers zum Kauf angeboten. Jetzt verhandeln sie über den Preis.«

»So eine Fabrik ist sicher viel mehr wert als eine Arztpraxis.«

Gilla schaute sich kurz um, ob jemand in Hörweite war. »Mein Vater hofft, dass er fünfhunderttausend Reichsmark bekommt«, sagte sie leise.

»So viel?«, staunte Selma.

»Ja. Aber niemandem weitersagen, hörst du?«

»Versprochen! Mein Vater meint, er hätte für die Praxis so gut wie gar nichts bekommen, gerade mal so viel, dass es für die Zugfahrscheine reicht. Weißt du schon, in welches Land ihr zieht?«

»Noch nicht. Aber wenn's nach mir geht, kommt nur eins in Frage.«

»Welches?«, wollte Selma wissen.

»Dreimal darfst du raten«, sagte Gilla. »Amerika natürlich!«

11

Charly wartete, bis nicht nur der letzte Patient, sondern auch die Sekretärin fort war, bevor sie ihre Mutter mit Willy ins Sprechzimmer rief. Sie hatte ihren jüngsten Bruder eine Ewigkeit nicht mehr gesehen. Um so mehr erschrak sie bei seinem Anblick. Nein, Willy war kein gewöhnliches Kind, egal, was sie sich alle eingeredet hatten ... Während sie versuchte, sich nichts anmerken zu lassen, hüpfte ihr Bruder wie ein Gummiball auf ihren Schoß, umarmte und küsste sie und wollte gar nicht mehr von ihr lassen, so dass sie es nur mit sanfter Gewalt schaffte, ihn für die Untersuchung auf die Pritsche zu setzen.

»Ich mache mir Sorgen um seine Entwicklung«, sagte die Mutter. »Der kleine Adi ist ein gutes halbes Jahr jünger als Willy, und trotzdem ist er in allem viel weiter. Irgendetwas stimmt da nicht.«

Willy, der seinen Namen hörte, gluckste und zappelte vor Freude. Charly musste schlucken. Jeder, der das Leben liebte, musste dieses Kerlchen einfach lieb haben.

»Jetzt halt mal ein bisschen still, mein Schatz«, sagte sie, »damit ich dich richtig anschauen kann.«

»Ei machen!«, rief Willy. »Ei machen!«

Charly kraulte seinen Rücken. Das konnte er stundenlang genießen. Während er sie dankbar anstrahlte, beugte sie sich über ihn. Im Grunde konnte sie sich die Untersuchung sparen. Die auffallenden Schlupflider, die schräg sitzenden, leicht nach außen schielenden Augen, der Unterkiefer, der über die Oberlippe hinausragte ... Selbst eine flüchtige Überprüfung der Merkmale genügte, um die Befürchtung zu bestätigen, die Charly schon lange hegte, doch die auch sie als Ärztin so wenig hatte wahrhaben wollen wie der Rest der Familie. Jetzt konnten sie die Augen vor der Wahrheit nicht länger verschließen, auch wenn Willys Aussehen es ihnen drei Jahre lang möglich gemacht hatte. Der Junge glich ja in geradezu lächerlicher Weise seinem Vater, dieselben Glupschaugen, dieselben Schlupflider, dasselbe runde, rosige Gesicht – sogar die Angewohnheit, die Zungenspitze zwischen die Lippen zu schieben, teilte er mit seinem Erzeuger.

Als sie ihrem Bruder Schuhe und Strümpfe auszog, runzelte sie die Brauen. Sofort sprang ihr der klaffende Abstand zwischen großem und zweitem Zeh ins Auge das war die sogenannte Sandalenlücke.

»Warum hast du mir nie was davon gesagt?«, fragte sie.

»Ach, kannst du dir das nicht denken?« Die Mutter schaute sie mit kummervoller Miene an. »Sag mir die Wahrheit, Charlotte – ist es das, was ich glaube?«

Um ganz sicher zu gehen, prüfte Charly noch die Hände ihres Bruders. Beide Innenflächen wiesen die typische, quer verlaufende Vierfingerfurche auf. »Ich fürchte ja, Mama. Willy ist mongoloid. Zwar nur in einer milden Ausprägung, aber es gibt keinen Zweifel. Leider.«

»Aber … aber warum? Ihr anderen Kinder seid doch alle gesund?«

»Uns hast du geboren, als du noch jung warst. Aber bei deiner letzten Geburt warst du schon über vierzig.«

»Um Gottes willen, das ist ja fürchterlich!« Die Mutter schlug die Hände vors Gesicht. »Wie wird Papa das nur verkraften? Willy ist doch sein über alles geliebter Liebling!«

12

Edda war inzwischen mit Leni nach Berlin zurückgekehrt. Hier wartete jede Menge Arbeit auf sie. Leni war nicht nur Deutschlands einzige Filmregisseurin, sondern auch die einzige Filmproduzentin im Reich. Ihr gehörte die Olympia-Film GmbH, die Propagandaminister Goebbels eigens zur Herstellung ihres Films über die Olympischen Spiele vor einem Jahr in Berlin für sie eingerichtet hatte. Jetzt saßen die beiden Frauen im Schneideraum, um das Material zu sichten. Da die Kameraleute so viel Zelluloid belichtet hatten, dass es unmöglich war, die riesige Menge in einem einzigen Film unterzubringen, hatten sie beschlossen, zwei Teile herzustellen: »Fest der Völker« und »Fest der Schönheit«.

»Den Einmarsch der Nationen würde ich am liebsten noch mal drehen«, sagte Leni. »Das Licht gefällt mir überhaupt nicht, vor allem beim Einmarsch der deutschen Mannschaft. Alles viel zu dunkel.«

»Aber dafür müssten die Sportler noch mal ins Stadion kommen.«

»Ja und?«

»Und Zuschauer brauchst du auch. Tausende von Statisten. Das würde ein Vermögen kosten.«

»Du weißt doch«, lachte Leni, »Geld spielt keine Rolle!«

Der Satz war zwischen ihnen zum geflügelten Wort geworden. Das Propagandaministerium hatte Leni ein Budget von fast zwei Millionen Reichsmark zur Verfügung gestellt, allein das Honorar für die Regie betrug vierhunderttausend. Das Einzige, was zählte, hatte Hitler bei der Auftragsvergabe gesagt, sei der Film: »Zeigen Sie der Welt, was die deutsche Filmkunst vermag, Fräulein Riefenstahl!« Leni war fest entschlossen, den Wunsch des Führers zu erfüllen. Mit diesem Film würde sie dem Gedächtnis der Menschheit für immer eine Erinnerung an die wundervollen Spiele von Berlin und deren friedliebenden Gastgeber einprägen.

Fräulein Förster, die Sekretärin der Produktionsfirma, kam in den Schneideraum. »Ein Anruf des Propagandaministeriums, Fräulein Riefenstahl. Dr. Goebbels möchte Sie sprechen.«

»Moment, ich komme.«

Leni stand vom Schneidetisch auf, doch Fräulein Förster schüttelte den Kopf.

»Nicht am Telefon. Der Minister hat Sie ins Ministerium geladen.«

Leni verdrehte die Augen. »Nein, nicht schon wieder.«

Edda verstand. Obwohl Goebbels verheiratet war und einen Stall voll Kinder hatte, nutzte er jedes Zusammentreffen mit Leni, um ihr Avancen zu machen. Einmal hatte er sie sogar in einer Suite des Adlon empfangen, statt im Ministerium, und sie hatte sich nur durch den Hinweis auf ihre »Unpässlichkeit« vor seinen Nachstellungen retten können.

»Soll ich dich begleiten?«, fragte Edda.

Leni warf ihr einen dankbaren Blick zu. »Damit tätest du mir einen großen Gefallen.«

13

Obwohl Benny Graf Schulenburg bei der Arbeit fast jeden Tag sah, hatte dieser ihn offiziell zu einer Unterredung einbestellt. Die Förmlichkeit versprach nichts Gutes, zumal im Ort allerlei geredet wurde, was die Zukunft des Wolfsburger Lands betraf. Angeblich sollte hier eine Großstadt entstehen. Außerdem hatte Charly von dem Gespräch erzählt, das ihre Eltern nach Onkel Carls Besuch in Fallersleben geführt hatten. Da brauchte Benny nicht allzu viel Phantasie, um eins und eins zusammenzuzählen.

Während er in der Halle der Wolfsburg die Ahnengalerie betrachtete, musste er daran denken, wie er zum ersten Mal hier gewesen war. Drei Jahre war das her. In dieser Zeit hatte er nicht nur die Schillermühle und das Sägewerk von Grund auf umgestaltet, sondern auch ein zentrales Lagerhaus gebaut. Der Graf hatte seine Arbeit so großzügig honoriert, dass Benny und Charly sich in Göttingen schon Grundstücke angesehen hatten, um in einer anderen, besseren und hoffentlich nicht mehr allzu fernen Zukunft ein eigenes Haus zu bauen, in dem sie eine Familie gründen und miteinander alt werden würden. Benny hatte sogar schon einen Entwurf für ihr Heim gezeichnet – ein Wohnhaus im Bauhausstil wie in der Stuttgarter Weißenhof-Siedlung oder die Meisterhäuser in Dessau. Lediglich für das Dachgeschoss hatte er noch keine fertigen Pläne. Die Zimmer dort waren für die Kinder vorgesehen, die sie hoffentlich trotz allem irgendwann haben würden, und die sollten selbst entscheiden, wie sie wohnen wollten.

War das jetzt alles aus und vorbei?

»Welche Laus ist Ihnen denn über die Leber gelaufen?«, empfing ihn Schulenburg.

»Nun, ich nehme an, Sie wollen mit mir über die Auflösung unseres Vertrags sprechen.«

»Wieso sollte ich?«

Benny zuckte die Achseln. »Wenn Sie Ihr Land verkaufen, brauchen Sie wohl kaum noch einen Architekten.«

Der Graf schüttelte den Kopf. »Mein Land verkaufen? Ich denke ja nicht daran! Glauben Sie, ich opfere das Erbe meiner

Vorfahren auf dem Altar einer Autofabrik? Da kennen Sie uns Schulenburgs aber schlecht!«

»Aber es heißt doch, es gibt eine Weisung von ganz oben, und auch schon einen ersten Bebauungsplan.«

»Weisungen interessieren mich nicht, und Bebauungspläne, die ohne mein Zutun fabriziert werden, noch weniger.«

»Aber wenn in Berlin ...«

»Berlin lassen Sie mal meine Sorge sein, da sind wir Schulenburgs bestens vertreten. Ich habe schon mit meinen Onkel und Cousins im Generalstab gesprochen, die werden der Reichskanzlei mal einen Besuch abstatten, die Sägemühle ist schließlich ein kriegswichtiger Betrieb, und so wie es aussieht, haben wir das Landwirtschaftsministerium bereits auf unserer Seite, immerhin geht es hier um zweitausend Hektar Ackerboden. Also machen Sie sich mal keine Sorgen, mein lieber Jungblut. Das hier ist der Grund und Boden meiner Familie, seit Jahrhunderten bewirtschaften wir dieses Land! Da lasse ich mir doch keine Vorschriften machen! Erst recht nicht von diesem Obergefreiten und seiner Mischpoke!«

Ein wenig ratlos blicke Benny auf das Parteiabzeichen am Revers des Grafen.

»Aber ... aber warum haben Sie mich dann herbestellt?«

»Das ist die erste vernünftige Frage, die Sie mir stellen!«, lachte der Graf. »Wir haben eine Menge zu besprechen, mein Lieber! Jetzt geht es nämlich erst richtig los!« Er trat an die Wand mit dem Messtischblatt seiner Ländereien und zeigte auf verschiedene Punkte. »Als Nächstes nehmen wir uns den Werkhof und die Stallungen vor, die sind nicht mehr auf der Höhe der Anforderungen, und die Gesindehäuser bedürfen ebenfalls der Renovierung. Außerdem sollten wir über zeitgemäße Futtersilos für die Schweinemast nachdenken. Sind Sie bereit?«

»An mir soll's nicht liegen!«, erwiderte Benny, dem eine ganze Geröllhalde vom Herzen purzelte.

»Dann bin ich gespannt auf Ihre Entwürfe.« Der Graf begleitete ihn zur Tür. Auf der Schwelle blieb er noch einmal stehen. »Ich habe gehört, Ihr Schwiegervater ist mit seinem Besitz wohl auch betroffen. Hat er sich schon entschieden?«

14

In Stuttgart knallten die Champagnerkorken. Mit Georgs Vorschlag war es tatsächlich gelungen, Dutzende von kleineren und größeren Einsparpotentialen zu identifizieren und dadurch den Herstellungspreis des Volkswagens in kurzer Zeit um zweiundzwanzig Pfennig pro Kilogramm Wagengewicht zu senken. Damit lagen die Gestehungskosten zwar immer noch um siebenundzwanzig Pfennig über dem Verkaufspreis, doch die Methode hatte sich eindeutig bewährt und versprach weitere Fortschritte, so dass es vielleicht doch noch gelingen konnte, das Unmögliche möglich zu machen, wie Josef Ganz behauptet hatte und Adolf Hitler forderte.

Mit einem gefüllten Glas in der Hand trat Porsche auf Georg zu. »Den Durchbruch haben wir Ihnen zu verdanken. Gute Arbeit, Herr Ising.«

»Jetzt weiß ich gar nicht, was ich sagen soll«, erwiderte Georg. Mehr noch als das Lob seines Chefs genoss er die neidvollen Blicke des k.u.k-Hofstaats.

»Jetzt mal keine falsche Bescheidenheit. Das ist ein Riesenschritt vorwärts. Und zwar genau zur richtigen Zeit.«

Georg horchte auf. »Sind die Würfel in Berlin also gefallen?«

Porsche nickte. »Ja, es ist so weit, Hitler hat die Deutsche Arbeitsfront offiziell mit dem Bau der Produktionsstätte für den Volkswagen beauftragt. Bei Fallersleben wird die größte Automobilfabrik Europas entstehen.«

Georg war erleichtert. All die Zweifel, die ihm in den letzten Wochen gekommen waren, hatten sich in Nichts aufgelöst. Natürlich war Porsche ein Genie, und die Entscheidung, in sein Büro einzutreten, war die beste Entscheidung seines Lebens gewesen!

»Und Graf Schulenburg?«, fragte er. »Hat er schon verkauft?«

»Noch nicht«, erwiderte Porsche, »aber wo der Wille des Führers beginnt, da hört jeder Widerstand auf. Schon in einem Jahr soll das Werk den Betrieb aufnehmen!«

»Das … das ist ja großartig.« Das Tempo der Entscheidungen verschlug Georg fast die Sprache.

»Ja, jetzt heißt es die Ärmel aufkrempeln«, sagte sein Chef.

»Der Führer kann es gar nicht erwarten, dass der erste Volkswagen vom Band läuft. – Ach übrigens«, fügte er dann wie nebenbei hinzu, »haben Sie Lust, mich in die USA zu begleiten?«

»In die USA?«, wiederholte Georg, der aus dem Staunen gar nicht mehr herauskam.

»Ja«, bestätigte Porsche, »nach Detroit. Zur Besichtigung der Ford-Werke. Ich bin sicher, wir können von unseren Kollegen dort eine Menge lernen.«

15

»Hier stehe ich und kann nicht anders! Gott helfe mir, Amen!«

Der Vater hatte so laut gebrüllt, dass Buchhalter Giesecke, der, nur getrennt durch eine Glasscheibe, im angrenzenden Kontor arbeitete, von seinen Büchern aufschrak. Doch Horst ließ sich dadurch nicht beeindrucken. Inzwischen war entschieden worden, dass, wenn Fallersleben Autostadt würde, man hier, wie in jeder anderen Großstadt auch, eine zweite Ortsgruppe brauchte, und deren Leitung hatte Kreisleiter Sander niemand anderem als Horst Ising in Aussicht gestellt, vorausgesetzt, dass er sich weiterhin als Parteisoldat bewährte. Horst war fest entschlossen, diese einmalige Chance zu nutzen. Nichts auf der Welt würde ihn daran hindern.

»Du kannst dich dem Fortschritt nicht in den Weg stellen, Vater! Oder er fegt dich hinweg!«

»Hast du keinen Respekt vor dem, was deine Vorfahren geschaffen haben? Die Zuckerfabrik ist das Lebenswerk von drei Generationen, dein Urgroßvater hat sie aus dem Nichts aufgebaut. Willst du das zerstören?«

»Jetzt ist nicht die Zeit für Sentimentalitäten.«

»Dann denk wenigstens an die Zukunft, wenn du schon auf deine Herkunft pfeifst! In zwei Jahren ist mein sechzigster Geburtstag, dann nimmst du die Zügel in die Hand, als mein Nachfolger! Davon hast du doch immer geträumt!«

»Hier geht es um Höheres, Vater!«

»Höheres als die Familie? Was soll das sein?«

»Deutschland! Das Wohl unseres Volkes! Die Zukunft des Reichs!«

»Fängst du schon wieder mit deinen Phrasen an? Dir geht es doch nur um deine Karriere in der Partei! Dafür trittst du dein Erbe mit Füßen! Aber das lasse ich nicht zu! Und wenn ich bis zu meinem letzten Atemzug die Firma selber führen muss!«

Seit einer Stunde stritten sie schon, doch Horst redete wie gegen eine Wand. Alle Argumente, die er vorbrachte, prallten an seinem Vater ab.

Doch einen Trumpf hatte er noch. Und der würde stechen.

»Machst du dir eigentlich keine Sorge um den Wehrmachtsauftrag?«

Der Vater zuckte zusammen. »Willst du mir etwa drohen?«

»Von drohen kann keine Rede sein. Ich möchte dich nur daran erinnern, womit die Familie ihr Geld verdient.«

»Wenn du glaubst, du kannst mir Angst machen, bist du schief gewickelt. Ich habe Graf Schulenburg auf meiner Seite. Und solange der sein Land nicht verkauft, könnt ihr euch alle auf den Kopf stellen! Ohne die Schulenburgs wird es keine Fabrik geben.«

So markig die Worte waren – aus der Art, wie der Vater sie vorbrachte, sprach deutliche Verunsicherung. Horst registrierte es mit einer Mischung aus Freude und Verachtung. Wenn es drauf ankam, war sein Vater nichts weiter als die erbärmliche Krämerseele, die er schon immer gewesen war. Ein Mensch ohne wirklichen Glauben, auch wenn er jeden Sonntag in die Kirche rannte.

»Bildest du dir im Ernst ein«, fragte Horst, »die Partei würde sich gefallen lassen, dass ein aufgeblasener Zuckerbaron und ein rückständiger Junker ihr auf der Nase rumtanzen? Ich habe mit Kreisleiter Sander gesprochen, die Schulenburgs sitzen schon lange nicht mehr so fest im Sattel wie noch vor ein paar Jahren. Der alte Landadel hat ausgedient, auch in der Wehrmacht.«

»Unsinn! Das sagst du doch nur, weil …«

»Du hast ja keine Ahnung, was für ein gefährliches Spiel du treibst! Wenn du dich weiter weigerst zu verkaufen, sitzen wir bald auf dem Trockenen. Dann haben wir vielleicht noch unser Land, aber keinen mehr, der uns unseren Zucker abkauft. Das

Wehrwirtschaftsamt ist unser einziger Großkunde, dafür hast du mit deiner Monokultur selbst gesorgt. Ohne die Berliner Aufträge sind wir erledigt.«

Fassungslos erwiderte der Vater seinen Blick. »Was bist du nur für ein erbärmlicher Wicht. Willst du für deinen Ehrgeiz wirklich die eigene Familie vor die Hunde gehen lassen?«

»*Ich* lasse niemanden vor die Hunde gehen. *Du* bist es, der uns mit seinem Starrsinn in den Ruin treibt ...«

Nebenan sprang plötzlich Herr Giesecke von seinem Stuhl auf. Die Mutter hatte das Kontor betreten, zusammen mit dem kleinen Willy.

»Halt ja den Mund«, zischte der Vater. »sie braucht nicht zu wissen, worüber wir streiten.«

»Ja ja, immer alles unter den Teppich kehren«, zischte Horst zurück. »Aber glaub ja nicht, dass hier das letzte Wort gesprochen ist ...«

Die Tür ging auf, und kaum erblickte der kleine Willy seinen Vater, ließ er die Hand der Mutter los, um zu ihm zu laufen.

»Papa, Papa!«

»Ja, da ist ja mein kleiner Goldschatz!« Der Vater hob ihn vom Boden und drückte ihn an sich.

Willy wollte unbedingt etwas erzählen. »Tuff tuff Eierbahn!«

»Was? Du bist mit der Eisenbahn gefahren? Na so was aber auch!«

Mit einem Anflug von Neid sah Horst, welche Wandlung sich im Gesicht des Vaters vollzog. Es war, als hätte jemand eine Osram-Birne darin angeknipst.

Mit Willy auf dem Arm, drehte der Vater sich zur Mutter herum. »Wie war's in Göttingen, meine Liebe? Hattet ihr ein paar schöne Tage?«

16

Da der Hausherr in der Regel über Mittag in der Firma blieb, wurde bei den Bernsteins warm zu Abend gegessen. Heute gab es Essigfleisch mit Matzen, das Lieblingsgericht des

Vaters. Während die Mutter in der Küche am Herd stand, deckte Gilla im Esszimmer den Tisch.

»Vielleicht hat es ja doch sein Gutes, dass du auf dem Lyzeum Französisch gelernt hast«, sagte die Mutter durch die offene Tür.

»Warum das denn?«, wollte Gilla wissen. »Mit Französisch kann man heutzutage fast so wenig anfangen wie mit Latein.«

»Im Elsass könnte es dir sehr nützlich sein. Da sprechen sehr viele Menschen nur Französisch. – Bringst du mir bitte die Deckelterrine, damit ich sie vorwärmen kann?«

Gilla holte die Schüssel aus dem Esszimmerschrank und trug sie in die Küche. »Wann kommen wir schon mal ins Elsass?«

»Onkel Baptiste hat geschrieben.« Die Mutter nahm die Terrine und stellte sie in die Backröhre. »Er bietet Papa eine Stelle an, als Buchhalter in seiner Weinhandlung.«

Gilla brauchte ein paar Sekunden, bis sie verstand. »Und was ist mit Amerika?«

Die Mutter wischte sich mit dem Handrücken über die Stirn. »Glaub mir, Kind, das Elsass ist wunderschön, vor allem Straßburg. Erinnerst du dich, wie wir Onkel Baptiste und Tante Johanna dort besucht haben?«

»Das ist doch eine Ewigkeit her. Da war ich noch nicht mal in der Schule.«

»Du wolltest immer wieder in die Kathedrale, um die astronomische Uhr anzuschauen – mit den Heiligen Drei Königen, wie sie sich vor der Jungfrau Maria verneigen. Und das leckere Essen! Bäckeoffe und Flammkuchen und vor allem dieses herrliche Sauerkraut. Ganze Berge hast du davon verputzt. Tante Johanna konnte gar nicht so viel kochen, wie du gegessen hast.«

»Ich will aber nicht nach Frankreich! Ich will nach Amerika!«

»Und wovon sollen wir da leben?«

»Fragst du das im Ernst? Wir sind doch reich! Papa hat gesagt, er bekommt für die Fabrik fünfhunderttausend Mark!«

»Ach Gilla, die hat er zwar verlangt, aber was wir wirklich bekommen, steht in den Sternen. Herr Schürgers will nicht mal ein Fünftel bezahlen, und bei jeder Verhandlung versucht er, den Preis weiter zu drücken. Und selbst wenn wir Glück haben und Papa einen halbwegs anständigen Preis erzielt, geht davon ja noch die Reichsfluchtsteuer ab.«

»Das reicht immer noch für die Überfahrt!«

»Und dann?« Die Mutter schüttelte den Kopf. »Wir kennen in Amerika keinen Menschen und wären ganz auf uns allein gestellt. In Straßburg dagegen ...« Sie unterbrach sich und schaute in Richtung Flur, wo Schritte zu hören waren. »Das wird Papa sein.«

»So früh?«, fragte Gilla.

»Ich wundere mich auch. Dabei sage ich ihm immer, er soll anrufen, wenn er früher Feierabend macht. Alles bringt er durcheinander.« Die Mutter öffnete die Herdklappe, um die Terrine aus der Röhre zu nehmen. »Komm, hilf mir mal.«

Gilla nahm eine Schöpfkelle, um das Essigfleisch in die Schüssel zu füllen. Doch als die Küchentür aufging, hielt sie erschrocken inne. Der Vater sah aus wie ein geprügelter Hund.

»Um Gottes willen, Papa, was ist passiert?«

»Sie haben die Fabrik zugemacht.«

»Welche Fabrik? Etwa *unsere* Fabrik?«

Der Vater nickte. »Der Wirtschaftskontrolldienst – sie haben die sofortige Einstellung des Betriebs angeordnet. Wegen angeblicher Verstöße gegen die Hygienevorschriften.«

»Das kann doch gar nicht sein, so pingelig wie du bist.«

»Ach, mein Gisela, das dachte ich auch. Aber die Kontrolleure haben sämtliche Mehl- und Zuckersäcke aufgeschlitzt, bis aus einer Ritze irgendwann eine Kakerlake hervorgekrabbelt kam.«

Eine Weile standen Gilla und ihre Eltern wortlos da. Die Mutter fand als Erste die Sprache wieder.

»Das war der Schürgers. Der steckt dahinter. Garantiert!«

»Aber wozu?«, fragte der Vater. »Was hätte er davon?«

Die Mutter schaute ihn kopfschüttelnd an. »Ach, Wilhelm, du bist einfach zu gut für diese Welt. Der Schmock ist in der Partei und hat einflussreiche Freunde! Der hat dir den Wirtschaftskontrolldienst auf den Hals gehetzt! Damit du ihm die Fabrik für einen Apfel und ein Ei verkaufst!«

17

In Fallersleben tagte der Familienrat. Grund für die Zusammenkunft war Charlys Diagnose.

»Willy soll kein gesundes Kind sein? Was für ein Unsinn!«

»Ich habe ihn untersucht, Papa. Es besteht kein Zweifel. Leider.«

»Ach was! Ihr Ärzte seid keine Götter! Ihr könnt euch genauso irren wie andere Menschen auch! Ich habe in dem Alter doch genauso ausgesehen!« Der Vater ging an den Schrank, und während er die Zunge zwischen den Lippen hervorstreckte, kramte er ein paar Fotos hervor, die ihn als Säugling und Kleinkind zeigten. »Hier! Seht nur! Wir hätten Zwillinge sein können! Und ein Spätentwickler war ich auch, erst mit drei habe ich angefangen zu sprechen – das hat meine Mutter immer wieder erzählt. Aber ist deshalb aus mir ein Döfchen geworden?«

Charly sah, wie sehr er litt, und hätte alles dafür gegeben, um ihm den Schmerz zu ersparen. Doch nachdem die Wahrheit einmal heraus war, ließ sie sich nicht mehr rückgängig machen.

Da ihr kein Trost einfiel, drückte sie nur stumm seinen Arm.

»Wie konnte das überhaupt passieren?«, fragte Horst. »Ich meine, Kinderkriegen, in eurem Alter! Da … da muss man sich ja schämen!«

»Schämen?«, rief der Vater. »Für das eigene Fleisch und Blut?«

»Ja, schämen«, wiederholte Ilse, die mit ihrer zweijährigen Tochter Eva, einem goldgelockten, vor Gesundheit strotzenden Dickerchen, an der Seite ihres Mannes saß. »Der Führer nennt so was unwertes Leben.«

Kaum hatte sie das Wort ausgesprochen, wurde es totenstill in der Wohnstube. Fassungslos blickte Charly ihre Schwägerin an. Die nickte trotzig in die Runde.

»Ilse hat recht«, pflichtete Horst ihr bei. »Es ist ein Verbrechen, solche Kinder in die Welt zu setzen. Das steht auch in ›Mein Kampf‹.«

»Haltet endlich den Mund!«, rief der Vater. »Alle beide!«

Während Horst und Ilse verstummten, brach die Mutter in Tränen aus. Eine Weile war nur ihr leises Schluchzen zu hören.

»Willy ist so ein glückliches Kind«, sagte Benny. »Das ist doch die Hauptsache. Seht nur, welchen Spaß er hat!«

Charly drehte sich nach ihrem Neffen um, der in einer Ecke mit dem kleinen Adolf am Boden spielte. Tatsächlich lachte Willy über das ganze Gesicht, während er versuchte, seinen Spielkameraden zu umarmen und zu küssen.

»Das glückliche Kind kannst du dir sonst wohin stecken!« Horst hob seinen Sohn vom Boden, als könnte der sich anstecken, und setzte ihn auf einen Stuhl. »Mein Gott, wenn das rauskommt! Ich will mir gar nicht vorstellen, was für einen Skandal das gibt.« Vor Erregung fing er an, in der Stube auf- und abzumarschieren.

»Ist das deine einzige Sorge?«, fragte Charly. »Was die Leute reden?«

»Ja, ja – mach du es dir nur gemütlich auf deinem hohen Ross. An dir bleibt ja nichts hängen, du bist in Göttingen ja weit vom Schuss. Aber wir müssen mit dieser Schande leben, hier in Fallersleben, wo uns jeder kennt.«

»Mein Gott, du tust ja gerade so, als hätte jemand was verbrochen!«

Horst überhörte ihren Einwand. »Das muss in diesen vier Wänden bleiben, davon darf außerhalb der Familie niemand was wissen. Ist das klar?« Er blieb vor Benny stehen und fasste ihn drohend ins Auge. »Ob das klar ist, habe ich gefragt!«

Benny erwiderte seinen Blick. »Um meine Diskretion brauchst du dir keine Sorgen zu machen. Ich weiß am besten, wie es ist, mit einem Stigma zu leben.«

»Mit einem was?«

»Mit einem Kainsmal«, erklärte die Mutter.

»Also beruhige dich«, fuhr Benny fort. »Von mir geht keine Gefahr aus, höchstens von deinem geliebten Führer und seinen Wahnvorstellungen. Die könnten uns allerdings in der Tat Schwierigkeiten …«

»Du verfluchter Judenbengel!«

Horst packte Benny am Kragen, doch der Vater war mit einem Satz dazwischen.

»Untersteh dich! Noch bin ich der Herr in diesem Haus!«

Während die Männer sich wie in einem Boxring gegenüberstanden, erhob Ilse sich von ihrem Stuhl. »Komm, mein Hotte, wir gehen.« Mit beiden Kindern an den Händen marschierte sie zur Tür.

Ihr Mann warf erst dem Vater, dann Benny einen bösen Blick zu, dann machte er auf dem Absatz kehrt und folgte.

»Du hast recht, mein Ilsebillchen. Wir haben hier nichts verloren.«

Mit lautem Knall schlug er die Tür hinter sich zu.

Erschrocken floh der kleine Willy zu seiner Mutter.

»Ei machen! Ei machen!«

Mit einem verweinten Lächeln nahm die Mutter ihren Jüngsten auf den Schoß und drückte ihn an sich.

»Gibt es denn gar keine Behandlungsmöglichkeiten?«, fragte sie.

Charly schüttelte den Kopf. »Nein, Mama. Die gibt es leider nicht.«

18

Das Reichsministerium für Volksaufklärung und Propaganda befand sich im Prinz-Karl-Palais am Wilhelmsplatz. Während Edda zusammen mit Leni die Eingangshalle betrat und die von Säulen flankierte Marmortreppe hinaufstieg, direkt auf den übergroßen, in Bronze gegossenen Reichsadler zu, der auf dem Treppenabsatz machtvoll seine Schwingen ausbreitete, wurde sie mit jedem Schritt ein bisschen nervöser. Leni hatte gesagt, dass von diesem Gebäude aus das gesamte deutsche Kulturleben geleitet wurde. Ob in der bildenden Kunst oder der Musik, in der Literatur, im Theater oder im Film, in der Presse oder im Rundfunk – was immer die Kulturschaffenden des Reichs hervorbrachten, hier wurde über das Wohl und Wehe ihrer Arbeit entschieden.

»Hast du keine Angst, einen so mächtigen Mann zurückzuweisen?«, fragte Edda leise flüsternd.

»Iwo«, lachte Leni, ohne Rücksicht auf die vielen Uniformierten und Zivilbeamten, die an ihnen vorübereilten. »Der Minister frisst mir aus der Hand!«

»Der Minister ist auch nur ein Mann. Und wenn Männer beleidigt sind …«

»Das Doktorchen erwartet meinen Film so sehnlich herbei wie ein Kind sein Geburtstagsgeschenk. Da kann ich mir jede Freiheit herausnehmen.«

Wie um ihre Worte zu bestätigen, empfing der Minister sie mit strahlendem Lächeln und ausgebreiteten Armen. »Mein liebes Fräulein Riefenstahl«, sagte er mit rheinisch singendem Akzent. »Was für eine Freude, Sie zu sehen!« Vor Charme zerfließend, setzte er zum Handkuss an, als er plötzlich stutzte. »Oh, heute in Begleitung?«

»Fräulein Ising ist meine wichtigste Mitarbeiterin«, erklärte Leni. »Ich dachte, Sie sollten sie kennenlernen.«

»Und ich fürchtete schon, Sie hätten einen Anstandswauwau mitgebracht«, lachte Goebbels, ohne Edda die Hand zu geben.

Leni musterte ihn mit einem koketten Blick. »Haben Sie etwa ein schlechtes Gewissen, Sie Schwerenöter?«, fragte sie und drohte scherzhaft mit dem Finger.

»Sie nennen mich einen Schwerenöter?«, fragte er geschmeichelt zurück.

»Na, manchmal legen Sie ja ein so feuriges Temperament an den Tag, Doktorchen, dass einer anständigen Frau angst und bange werden kann.«

Das Lächeln aus dem Gesicht des Ministers verschwand. »So, tue ich das?«

»Zum Beispiel neulich im Adlon«, fuhr Leni unbekümmert fort. »Da wäre ein Anstandswauwau gar keine schlechte Idee gewesen. Meine Unschuld ist mir nämlich heilig!«

Damit hatte sie den Bogen überspannt. Mit einer Miene wie aus Stein kehrte Goebbels ihr den Rücken zu und hinkte quer durch den Raum, der so groß wie ein Tanzsaal war, um hinter einem überdimensionierten Schreibtisch Platz zu nehmen.

»Genug der Plauderei«, erklärte er so kalt, dass Edda fröstelte. »Der Grund, warum ich Sie einbestellt habe, Fräulein Riefenstahl, sind die exorbitanten Kosten bei der Fertigstellung Ihres Films.« Er nahm eine Mappe und schlug sie auf. »Hier heißt es, Sie wollen den Einmarsch unserer Olympioniken noch einmal nachdrehen?«

»Die Lichtverhältnisse waren leider denkbar schlecht, Herr Minister«, erwiderte Leni in gleichfalls verändertem Ton. »Die deutsche Mannschaft war wie in einen dunklen Schatten getaucht.«

»So, Sie haben also einen Schatten entdeckt?« Goebbels schlug mit der Hand auf den Tisch. »Sind Sie noch ganz bei Trost? Das ist ja ein Fass ohne Boden! Was denken Sie sich eigentlich? Dass die Mittel der Regierung grenzenlos sind?«

Während Edda den Zornausbruch des Ministers ganz physisch an ihrem Leib zu spüren glaubte, reagierte Leni mit bewundernswerter Gelassenheit.

»Von exorbitanten Kosten kann keine Rede sein, Herr Doktor. Dank der Materialfülle ist es mir möglich, der Partei statt des vereinbarten einen Films gleich deren zwei zu liefern. Das bedeutet unterm Strich eine Halbierung der Kosten.«

»Wollen Sie mich veräppeln? Auf eine solche Milchmädchenrechnung lasse ich mich nicht ein! Ihr Künstler in eurem Elfenbeinturm, ihr bildet euch wohl ein, ihr seid niemandem Rechenschaft schuldig. Aber das Gegenteil ist der Fall. *L'art pour l'art* – das war einmal. Der Künstler hat eine Verantwortung gegenüber der Volksgemeinschaft, die ihn hervorgebracht hat. Und alles, was er tut, ist dieser Verantwortung unterzuordnen.«

»Aber die Freiheit der Kunst«, wandte Leni ein. »Ich brauche sie wie die Luft zum Atmen. Der Führer persönlich hat sie mir zugesichert.«

»Die Freiheit der Kunst hört auf, wo die Verantwortung des Künstlers beginnt. Glauben Sie, wir sind dafür da, Ihr Privatvergnügen zu finanzieren? Mein Ministerium hat die Aufgabe, in Deutschland eine geistige Mobilmachung zu vollziehen. Es ist auf kulturellem Gebiet dasselbe, was die Wehrmacht auf dem Gebiet der Wache ist, und die geistige Mobilmachung ist ebenso nötig, ja vielleicht noch nötiger als die materielle Wehrhaftmachung des Volkes. Wen interessiert da irgendein Schatten? Ihr Film, Fräulein Riefenstahl, ist kein Lichtspiel, sondern ein Panzer, der eine Bresche schlagen soll in die morschen Mauern entarteter Kunst, um deutscher Wesensart zum Sieg zu verhelfen.«

Während Goebbels seine Predigt in immer martialischere Bilder kleidete, beobachtete Edda, wie Lenis Miene sich verwandelte. Ihr Mund begann zu zittern, ihr Blick zu flackern.

»Was verlangen Sie von mir?«, fragte sie mit erstickter Stimme. »Soll ich mein eigenes Werk verstümmeln? Ebenso gut können Sie von einer Mutter verlangen, ihrem Kind Arme und Beine auszureißen!« Ein Schluchzer entwand sich ihrer Brust, und zwei dicke Tränen kullerten aus ihren Augen.

Doch der Minister ließ sich davon nicht beeindrucken. »Ich danke Ihnen für die Kostprobe Ihrer Schauspielkunst«, erklärte er ungerührt. »Aber die Waffen der Frauen ziehen bei mir nicht!«

Leni nahm ein Taschentuch aus dem Ärmel und trocknete sich die Augen. »Ich hatte gehofft, wir würden uns friedlich einigen«, sagte sie. »Aber da Sie meine Arbeit so wenig zu würdigen wissen, muss ich wohl offen mit Ihnen reden.«

»Ich bitte darum!«, sagte Goebbels.

Wieder gefasst, erwiderte Leni seinen Blick. »Wenn Sie weiter auf Ihrem Standpunkt beharren, sehe ich mich leider gezwungen, ein Angebot aus Italien anzunehmen. Andernfalls müsste die Olympia GmbH nämlich Konkurs anmelden.«

Sichtlich irritiert runzelte der Minister die Stirn. »Ein Angebot aus Italien?«

»Allerdings«, bestätigte Leni, »und zwar von Mussolini persönlich. Der Duce möchte, dass ich einen Film über die Trockenlegung der Pontinischen Sümpfe drehe. Wie Sie vielleicht wissen, ist das sein ehrgeizigstes Unternehmen, eine nationale Kraftanstrengung, um eine Gegend, in der jahrhundertelang die Pest nistete, urbar zu machen und in Roms Vorgarten zu verwandeln. Darauf warten die Italiener schon seit Caesars Zeiten. Der Duce hat mir für den Film unbegrenzte Mittel versprochen.«

Goebbels wollte etwas einwenden, doch Leni ließ ihn nicht zu Wort kommen.

»Trotzdem habe ich das Angebot abgelehnt«, fuhr sie fort, »aus Rücksicht auf den Olympia-Film und seine schnellstmögliche Fertigstellung. Der Führer weiß Bescheid und ist mir – im Gegensatz zu Ihnen, verehrter Herr Minister – dafür sehr dankbar.«

Goebbels brauchte eine Weile, um sich von dem Schlag zu erholen.

»Aber mein liebes Fräulein Riefenstahl«, sagte er schließlich, wieder ganz der rheinische Charmeur, und erhob sich von seinem Stuhl. »Sie haben mich offenbar völlig missverstanden, und das tut mir unendlich leid. Sie wissen doch, es gibt keinen größeren Bewunderer Ihrer Kunst als mich. Und wenn Sie uns wirklich mit zwei Filmen beglücken, will ich mich auch nicht lumpen lassen. Machen Sie Ihre Arbeit, wie Sie es für richtig halten, Hauptsache, Ihnen gelingt wieder ein solches Meisterwerk wie mit Ihrem wunderbaren Parteitagsfilm. Ich habe ›Triumph des Willens‹ nun schon etliche Male gesehen, und doch bin ich immer wieder aufs Neue zutiefst ergriffen ...«

In schier endloser Rede erging er sich in Lobeshymnen, und Leni ließ sich reichlich Zeit, bevor sie sich gnädig zeigte, so dass Edda schon der Magen knurrte, als sie und Leni die Reichskanzlei verließen.

»Woher nimmst du nur den Mut?«, fragte sie draußen voller Bewunderung. »Zwischendurch hatte ich Angst, du würdest dich um Kopf und Kragen reden.«

»Angst – vor dem Doktorchen?« Leni zuckte lachend die Schultern. »Ich habe dir doch gesagt, der frisst mir aus der Hand.«

19 Was für ein Abenteuer!

Es war Mitte Oktober, und die amerikanischen Ahornwälder hatten sich schon rot und braun gefärbt, als Georg zusammen mit Professor Porsche am River Rouge den Zug verließ, der sie von New York nach Detroit gebracht hatte. Fünf Tage hatte die Atlantik-Überquerung mit der MS Bremen gedauert, fünf Tage, die Georg diesem Augenblick entgegengefiebert hatte.

»Na, was sagen Sie jetzt?«, fragte Porsche. »Das hatten Sie wohl nicht erwartet!«

In der Tat, etwas Vergleichbares hatte Georg nie zuvor gesehen. Die Ford-Werke erstreckten sich bis zum Horizont, eine schier grenzenlose, dabei wohlgeordnete Ansiedlung von Bürogebäuden, Produktionsstätten und Lagerhallen, die ein rechtwinkelig gegliedertes System von Straßen und Zufahrten miteinander verband und aus der in regelmäßigen Abständen himmelhohe Schornsteine aufragten.

In der Eingangshalle des zentralen Verwaltungsgebäudes, einem Wolkenkratzer aus rußgeschwärztem Ziegelstein, wurden sie von Mr Fritz Kuntze erwartet, einem deutschstämmigen Ingenieur, den die Unternehmensleitung damit beauftragt hatte, sie durch das Werk zu führen und alle ihre Fragen zu beantworten.

»Insgesamt arbeiten hundertzwanzigtausend Menschen bei Ford«, erklärte Mr Kuntze. »Allein in dieser Fabrik, deren Gelände sechshundertfünfzigtausend Quadratmeter umfasst, sind fünfundsiebzigtausend Männer und Frauen tätig. Doch auf eine Zahl sind wir ganz besonders stolz: Fünfundneunzig Prozent unserer Arbeiter und Angestellten besitzen einen eigenen Wagen der Marke Ford.«

»Fünfundneunzig Prozent?«, staunte Georg.

»Allerdings«, bestätigte Mr Kuntze. »Das heißt, fünf Prozent fehlen noch zur Erreichung unseres Ziels. Doch auch so haben wir schon ein kleines Problem.« Mit einem Schmunzeln zeigte er hinaus auf den Firmenparkplatz, der sich an das Gebäude anschloss und sich scheinbar in der Unendlichkeit verlor. »Hier ist zwar Platz für fünfundzwanzigtausend Autos, aber wie Sie selbst ausrechnen können, reicht das bei weitem nicht aus.« Er drückte auf einen Knopf, woraufhin die Glastür vor ihnen sich automatisch öffnete. »Womit wollen wir anfangen, meine Herren?«, fragte er, als sie ins Freie traten.

»Mit der Montagehalle«, erwiderte Porsche. »Oder was meinen Sie, Herr Ising?«

»Das wäre auch mein Wunsch gewesen«, pflichtete Georg ihm bei.

»Dann bitte ich Sie, mir zu folgen«, sagte Mr Kuntze und ging voran.

Die Strapazen der Reise waren wie weggeblasen. Georg wusste, die Fließbandmontage war das Herzstück der Ford-Werke, ihrer Einführung verdankte der Firmengründer seinen beispiellosen Erfolg. Als erster Unternehmer der Welt hatte Henry Ford die revolutionären Erkenntnisse des Arbeitswissenschaftlers Frederick Winslow Taylor angewandt, wonach die Zergliederung der Arbeitsprozesse in möglichst viele einfache Handgriffe die Produktivität im Vergleich zur herkömmlichen Herstellungsweise um ein Mehrfaches steigerte. Doch was war die Theorie angesichts der Praxis? In der blitzblank sauberen, von hellem Neonlicht beschienenen Montagehalle standen mehrere Dutzend parallel geführter Fließbänder, an denen Hunderte von Arbeiterinnen und Arbeiter die Autos Teil für Teil zusammensetzten, indem sie immer wieder ein- und dieselben Bewegungen verrichteten, nach dem vorgegebenen Takt der Maschinen.

Das war keine Arbeit, das war Ballett!

Mr Kuntze blickte auf seine Armbanduhr. »Aufgepasst. Gleich legen wir einen Zahn zu!«

Noch während er sprach, beschleunigten sich die Fließbänder, und entsprechend schneller verrichteten die Arbeiterinnen und Arbeiter ihre Handgriffe.

»Morgens fahren wir die Bänder relativ langsam an«, erklärte er. »Die Leute brauchen schließlich eine Weile, bis sie richtig wach sind. Im Verlauf des Vormittags erhöhen wir dann das Tempo allmählich, bis wir um elf die höchste Taktzahl erreichen. Dasselbe wiederholen wir nach der Mittagspause, aber bei einem etwas niedrigerem Grundtempo, weil sonst Ermüdungserscheinungen auftreten könnten und diese unweigerlich zu Fehlern führen würden.«

»Haben Sie alles notiert, Herr Ising?«, fragte Porsche.

Georg kam mit dem Schreiben kaum nach. Sein Chef fragte nach den Stückzahlen pro Stunde, den Produktionszeiten und Kosten, aber auch nach Schweißtechniken und Legierungsmischungen. Mr Kuntze blieb keine Antwort schuldig.

»Wie hoch liegt der Kilogrammpreis bei Ihrem kleinsten Modell?«

»Dem AF? Unter einem Dollar. Zur Zeit exakt neunundachtzig Cent.«

»Und was verdient ein Arbeiter pro Stunde?«

»Im Durchschnitt einen Dollar zwanzig.«

»Und was kostet das Modell beim Händler.«

»Dreihundertsiebzig Dollar.«

Im Geiste rechnete Georg nach. Der Kilogrammpreis belief sich demnach nur auf zwei Mark zweiundzwanzig, bei einem Arbeitslohn von rund drei Mark pro Stunde und einem Verkaufspreis von neunhundertfünfundzwanzig Mark.

Porsche sprach die Frage aus, die Georg auf der Zunge lag.

»Wie schaffen Sie es bei so guten Löhnen, den Wagen so günstig anzubieten?«

»Die Antwort liegt in vielen Details, im Großen und im Kleinen«, erwiderte Mr Kuntze. »Sicher haben Sie das Kraftwerk gesehen, das wir am Fluss gebaut haben. Damit produzieren wir unseren eigenen Strom – dreihundertfünfundzwanzigtausend Kilowatt. Dutzende von Ingenieuren sind mit nichts anderem beschäftigt, als fortlaufend die Produktionsprozesse zu analysieren, um immer wieder neue Verbesserungsmöglichkeiten zu ermitteln. Zigaretten und alkoholische Getränke sind während der Arbeit strengstens verboten, so bleibt jeder bei klarem Verstand. Den Einkauf gestalten wir zentral – je höher die Stückzahlen, desto niedriger die Preise. Damit nichts verlorengeht, müssen die Zulieferer ihre Teile in normierten Holzkisten anliefern, so dass diese zu Brettern zerlegt werden können, um in den Fahrzeugen Verwendung zu finden. Für den Vertrieb sind dreißig betriebseigene Schiffe im Einsatz, die die Autos über den Fluss zu den zentralen Verkaufsstützpunkten transportieren – sieben davon sind sogar hochseetüchtig. Wichtiger aber als alle technischen Rationalisierungsmaßnahmen ist die Motivation, wie wir hier in Amerika sagen – die Einsatzbereitschaft und Zuverlässigkeit der Leute.«

»Verstehe«, sagte Porsche. »Darum die hohen Löhne.«

Mr Kuntze schüttelte den Kopf. »Hohe Löhne allein reichen dazu nicht aus. Die Menschen brauchen außer einer guten Bezahlung auch das Gefühl, persönlich geschätzt zu sein – nur dann sind sie auf Dauer bereit, Spitzenleistungen zu erbringen. Die Unternehmensleitung legt deshalb größten Wert auf ein gutes Miteinander von Führungskräften und Arbeitern. Alle Betriebsangehörigen, vom Generaldirektor bis zu den Hilfskräften, nehmen das Mittagessen gemeinsam in den Kantinen ein. Und für die Sauberkeit im Betrieb sorgen fünftausend Reinigungskräfte, die pro Monat fünftausend Besen und neunundsechzig Tonnen Seife verbrauchen. Auch darin drückt sich nämlich Wertschätzung aus.«

»Donnerwetter!«

Als Georg sah, wie beeindruckt Porsche war, musste er an Josef denken. Der war von der Entwicklung des Volkswagens ausgeschlossen worden, weil das Auto nach Hitlers Willen als eine »Meisterleistung deutscher Technik« in die Geschichte eingehen sollte. Wie aber ließ sich damit vereinbaren, dass sein neuer Chef sich nun offenkundig anschickte, einem amerikanischen Unternehmen nachzueifern?

Georg beschloss, Porsche danach zu fragen, sobald sie unter vier Augen waren.

20

Die Rübenernte war in vollem Gange. Wie jeden Herbst kamen aus dem ganzen Wolfsburger Land die über und über beladenen Fuhrwerke nach Fallersleben, rollten von Ost und West, von Nord und Süd auf den Rübenkamp und Mühlenkamp zu, zwischen denen die Zuckerfabrik lag, stauten sich in der Bahnhofstraße ebenso wie Hinterm Hagen und am Neuen Tor, um irgendwann im Hof der Raffinerie, wo die Arbeiter und Tagelöhner rund um die Uhr tätig waren, ihre Fracht abzuladen.

Zucker schadet? Grundverkehrt! Zucker schmeckt, Zucker nährt!

Ach, wie hatte Hermann diese Wochen und Monate einst geliebt, seit Kindertagen waren sie für ihn die schönste Zeit im Jahr gewesen. Das Gewusel im Hof, das geschäftige Treiben in der Fabrik – nichts hatte so sehr seine Lebensgeister beseelt. Doch in diesem Herbst war alles anders. Er wurde von so vielen Sorgen gleichzeitig geplagt, dass er kaum Gelegenheit fand, sich im Hof bei den Bauern oder in der Raffinerie bei den Arbeitern blicken zu lassen. Er war ein Gefangener seines Kontors, wo ihn immer wieder neue Nachrichten erreichten, von denen eine unheilvoller als die andere war.

Würde dies womöglich seine letzte Kampagne sein?

Die Zeichen aus Berlin standen auf Sturm. Noch hatte die Wehrmacht den Rahmenvertrag nicht gekündigt, doch fast täglich wurden Lieferungen reklamiert, Abnahmemengen reduziert, Aufträge verschoben, und viele Rechnungen blieben unbezahlt. Die Botschaft hinter alledem war unmissverständlich. Man versuchte, ihn mürbe zu machen und so zum Verkauf seines Landes zu bewegen. Dazu saß Horst ihm wie ein Quälgeist im Nacken, und Kreisleiter Sander hatte ihm schon ein Dutzend Mal seine Aufwartung gemacht, um ihm vom Stand der Verhandlungen zwischen der Volkswagen-Gesellschaft und der Wolfsburg zu berichten. Angeblich sei Graf Schulenburg inzwischen zum Verkauf seines Landes bereit – man müsse sich nur noch in ein paar wenigen, untergeordneten Modalitäten einigen! Horst hatte sich daraufhin gegen Hermanns ausdrückliches Verbot zu einer Lagerführer-Schulung der Deutschen Arbeitsfront auf Schloss Erwitte angemeldet, einer Reichsschulungsburg in Westfalen. Kreisleiter Sander hatte ihn dazu aufgefordert. Wenn die Fabrik gebaut würde, würden Tausende von Arbeitern nach Fallersleben kommen, die alle irgendwie hier untergebracht werden müssten – eine Aufgabe, bei der Horst sich für noch höhere Aufgaben empfehlen könnte … Und dann hatte vor fünf Minuten auch noch Hermanns alter Freund und Kriegskamerad Wilhelm Bernstein telefonisch alle Lieferungen storniert. Der Wirtschaftskontrolldienst hatte die Berliner Kuchenfabrik geschlossen, so dass Wilhelm den Betrieb hatte einstellen müssen – »noch bevor er das Land verlasse«. Hermann, der nicht im Traum auf die Idee gekommen wäre, dass die Bernsteins emigrieren wollten, war über die Nachricht so schockiert gewesen, dass ihm ein böser Fehler unterlaufen war. Um seinen Freund aufzumuntern, hatte er ihn an ihr letztes Zusammentreffen erinnert, auf Lottis Hochzeit – »das müssen wir unbedingt wiederholen, bevor Ihr auf Reisen geht«. Noch beim Sprechen war ihm eingefallen, dass er Wilhelm und seine Familie zur Hochzeit seiner Tochter gar nicht eingeladen hatte, und das war ihm so peinlich gewesen, dass er aufgelegt hatte, ohne sich richtig zu verabschieden.

»Graf von der Schulenburg möchte Sie sprechen!«

Herr Giesecke stand in der Tür, doch der Besucher drängte sich schon an ihm vorbei ins Kontor.

»Ist es wahr, dass Sie verkaufen, Ising?«

»Wer hat Ihnen denn das erzählt?«

Hermann stand auf, um den Grafen zu begrüßen. Doch der hatte nicht mal Zeit für einen Handschlag.

»Ich hatte gerade einen Anruf aus Berlin. Von Sturmbannführer Lafferentz.«

»Dem Geschäftsführer der Volkwagen-Gesellschaft?«

Schulenburg nickte. »Er behauptet, Sie hätten um ein schriftliches Angebot gebeten.«

»Das ist ja ungeheuerlich!«

»Das finde ich allerdings auch.« Schulenburg trat auf ihn zu und fixierte ihn mit seinem Blick. »Sagen Sie mir die Wahrheit, Ising. Fallen Sie mir in den Rücken?«

»Nein – ich schwöre! Ich hänge an meinem Besitz doch genauso wie Sie!«

»Warum will Ihr Sohn dann eine Schulung der Deutschen Arbeitsfront besuchen?«

»Damit habe ich nichts zu tun«, erwiderte Hermann. »Aber mit Ihrer Erlaubnis habe ich auch eine Frage. Kreisleiter Sander behauptet, die Verhandlungen mit Ihnen würden zügig vorankommen. Angeblich gebe es nur noch ein paar Kleinigkeiten zu regeln, um den Vertrag zu unterschreiben. Stimmt das?«

Schulenburg schaute ihn mit großen Augen an. »Das hat der Kreisleiter gesagt?«

»So wahr ich hier stehe«, beteuerte Hermann.

»Dann hat Sander Sie belogen! Ich habe jede Verhandlung abgelehnt.« Schulenburg dachte einen Moment nach.

»Denken Sie dasselbe wie ich?«, fragte Hermann.

Der Graf nickte. »Offenbar versuchen sie, uns gegeneinander auszuspielen.«

»Sieht ganz so aus. Wahrscheinlich spekulieren sie darauf, dass, wenn einer von uns nachgibt, der andere auch umfällt.«

Schulenburg zögerte, dann sagte er: »Wollen wir einen Pakt schließen, mein lieber Ising? Und einander versprechen, dass keiner von uns irgendetwas entscheidet oder unterschreibt, ohne den anderen vorher zu konsultieren?«

Hermann grinste. »Ich weiß zwar nicht ganz genau, was konsultieren heißt, Herr Graf, aber hier haben Sie meine Hand drauf.«

Schulenburg schlug ein. »Nach Altväter Sitte?«

»Nach Altväter Sitte!«

21

Als Edda den Blick durch das Rund des Olympiastadions schweifen ließ, musste sie sich kneifen. Träumte sie, oder war das wirklich wahr, was sich da vor ihren Augen abspielte? Während die eine Hälfte der Arena gähnende Leere war, war die andere Hälfte ein einziges Fest der Schönheit und der Völker. Alles schien genau so wie vor einem Jahr, wirkte so verblüffend echt, als hätten die Spiele ein zweites Mal begonnen. Das olympische Feuer brannte in seiner ehernen Schale, die Hakenkreuzfahnen wehten im Wind, und auf der überfüllten Haupttribüne drängten sich Fähnchen wedelnde Menschen und jubelten voller Begeisterung den Sportlern zu, die lachend und winkend auf der Aschenbahn an ihnen vorbeidefilierten, die deutschen Helden der Olympiade von 1936, die längst vergangen und doch noch einmal wiederauferstanden war, für diesen einen Tag.

Leni hatte ihren persönlichen Triumph des Willens über Propagandaminister Goebbels geradezu schamlos ausgenutzt und auf Kosten der Regierung mehrere Hundertschaften echter und falscher Olympioniken sowie zehntausend Statisten im Stadion versammelt, um den Einmarsch der deutschen Mannschaft noch einmal zu drehen. Kein einziger Schatten störte die Szenerie. Bei der Auswahl der Sportler, die sie nach Berlin bestellt hatte, hatte sie sich auf diejenigen Athleten konzentriert, die 1936 eine Medaille für Deutschland errungen hatten. Geld spielte keine Rolle! Zehn Kameraleute, zwanzig Beleuchter und fünf Tontechniker standen zur Verfügung, dazu ein ganzes Heer von Regieassistenten, von denen ein halbes Dutzend keine andere Aufgabe hatte, als dafür zu sorgen, dass das nachgestellte Publikum genauso begeistert jubelte wie das wirkliche Publikum bei den wirklichen Spielen – sogar der Fahrstuhl war wieder montiert worden, damit die Kameraleute Aufnahmen aus schwindelerregenden Höhen machen konnten.

»So, jetzt bin ich zufrieden«, sagte Leni, als sie und Edda am Abend im Studio die tagsüber belichteten Muster begutachteten.

»Wirklich?«, fragte Edda. »Ich hatte den Eindruck, bei der Großaufnahme der Springreiter-Equipe gab es einen Schatten auf den Gesichtern.«

»Sag, dass das nicht wahr ist!« Leni war sichtlich erschrocken, doch dann begriff sie und lachte. »Du böses, kleines Biest! Fast wäre ich reingefallen!« Im nächsten Moment war sie schon wieder ernst. »Soll ich dir ein Geheimnis verraten?« Wie eine Verschwörerin senkte sie die Stimme. »Die Schatten waren mir in Wirklichkeit gar nicht so wichtig. Sie waren nur ein Vorwand, um Hitlers Lieblinge ins rechte Licht rücken zu können.«

»Welche Lieblinge?«

»Die deutschen Medaillengewinner. Bei der ursprünglichen Aufzeichnung standen sie ja noch gar nicht fest, und wir haben scharenweise Verlierer gefilmt. Jetzt sind nur noch die Sieger zu sehen.«

Edda musste grinsen. »Und ausgerechnet du nennst mich ein Biest.«

»Raffiniert, nicht wahr? Ich hoffe, das wird Hitler mit dem Neger versöhnen.«

Edda wusste sofort, wer mit »Neger« gemeint war: Jesse Owens, der vierfache amerikanische Goldmedaillengewinner und überragende Leichtathlet der Spiele, der alle drei Sprintwettbewerbe der Männer und dazu den Weitsprung gewonnen hatte. Es war allgemein bekannt, dass sein Triumph Hitler zur Weißglut gebracht hatte. Trotzdem hatte Leni seine Siege groß inszeniert. Sie wollte mit dem Olympiafilm nicht nur Europa erobern, sondern auch Hollywood, und das konnte sie nur schaffen, wenn sie das amerikanische Lauf- und Springwunder gebührend würdigte.

»Manchmal glaube ich wirklich, du bist ein Genie«, sagte Edda.

»Nur manchmal?«, erwiderte Leni lachend. »Aber sag mal, wie kommt es eigentlich, dass ich dich seit einer Ewigkeit nicht mehr habe rauchen sehen?«

Edda zuckte die Schultern. »Ich glaube, ich habe es mir abgewöhnt.«

»Was heißt das – du glaubst?«

»Das heißt, es ist einfach passiert, irgendwann nach Paris. Ich hatte es mir gar nicht vorgenommen, aber plötzlich habe ich festgestellt, dass ich überhaupt kein Bedürfnis mehr nach Zigaretten habe.«

»Wie ist das möglich? Du hast doch früher gequalmt wie ein Schlot.«

»Ich weiß auch nicht«, sagte Edda. »Ich ... ich glaube, es ... es hat irgendwie mit dir zu tun.«

Es dauerte eine Sekunde, bis Leni verstand. Dann ging ein Lächeln über ihr Gesicht, und ihre blauen Augen strahlten, als wären sie aus Kristall.

»Weiß du eigentlich, was für ein schönes Kompliment du mir da gerade gemacht hast?« Zärtlich nahm sie Edda in den Arm. »Komm her, mein Engel, damit ich dich küssen kann.«

22

Georg und Porsche logierten im »Red Roof«, einem mit roten Ziegeln gedeckten Hotel, das nur wenige Autominuten von den Ford-Werken entfernt lag. Trotzdem erreichten sie ihre Unterkunft erst so spät am Abend, dass sie froh sein konnten, überhaupt noch etwas zu essen zu bekommen – bei der Führung durch die Fabrik hatten sie die Zeit vollkommen vergessen. Die Steaks, die der Kellner ihnen nun servierte, waren so groß, dass sie über den Tellerrand ragten. Beilagen gab es nicht, nur eine dickflüssige, stark gezuckerte Tomatensauce, die auf jedem Tisch des Speisesaals in dickbauchigen Flaschen bereitstand und von der man sich nach Belieben bedienen durfte. Dazu wurde eine schwarzbraune Brause namens Coca-Cola gereicht, die es neuerdings auch in Deutschland gab, doch die Georg noch nie probiert hatte. Vorsichtig nahm er einen Schluck. Die Brause schmeckte überraschend erfrischend, obwohl sie noch süßer war als das zuckrige Tomatenzeugs.

Georg stach in sein Steak und schnitt sich ein Stück ab. »Schadet es nicht dem Ruf deutscher Ingenieurskunst, wenn wir uns ein amerikanisches Unternehmen zum Vorbild nehmen?«

Porsche zuckte die Achseln. »Henry Ford hat das Model T nach der Tayler'schen Massenfertigungsmethode schon zu Zeiten produziert, als die Herren Daimler und Benz ihre Autos noch von Hand in ihren Schmiedewerkstätten zusammenmontiert haben. Die Ford-Werke sind darum das Maß aller Dinge. Schließlich planen wir nicht irgendeine Klitsche, sondern ein Weltunternehmen, das nach dem Willen des Führers mal über eine Millionen Autos im Jahr herstellen soll.«

»Trotzdem«, erwiderte Georg kauend. »So, wie der Führer sich über Amerika und die Amerikaner sonst äußert ...« Er hielt kurz inne, um nach den richtigen Worten zu suchen. »Ich meine, wenn Josef Ganz für die Entwicklung des Volkswagens nicht in Frage kam, weil er kein richtiger Deutscher ist, wie sieht es dann aus, wenn wir uns jetzt so stark an einem amerikanischen Unternehmen orientieren?«

Porsche schüttelte den Kopf. »Henry Ford ist ein Seelenverwandter des Führers – ich würde sogar sagen, seinem innersten Wesen nach ist er eher ein Deutscher als Amerikaner. Er hat bei verschiedenen Gelegenheiten sehr offen seine Sympathien für unsere Regierung zum Ausdruck gebracht. Vor allem teilt er die Ansichten des Führers über das Judentum. Er hält den Zionismus für das alles überragende Weltproblem, daran lassen die Schriften aus seinem Verlag keinen Zweifel.«

»Henry Ford hat einen Verlag?«

»Wussten Sie das nicht? Er besitzt sogar eine eigene Zeitung, den ›Dearborn Independent‹. Das Blatt hat die ›Protokolle der Weisen von Zion‹ herausgegeben, um die geheimen Machenschaften des Weltjudentums zu entlarven.«

Georg nahm einen Schluck von seiner Coca-Cola. Er hatte das Gespräch in der Hoffnung begonnen, vielleicht eine letzte Lanze für Josef Ganz brechen zu können. Doch so, wie es verlief, erübrigte sich jeder weitere Versuch. Nie und nimmer würde Porsche einen Juden in sein Konstruktionsbüro aufnehmen.

»Warum sind Sie eigentlich kein Parteimitglied?«, wollte Porsche plötzlich wissen. »Ein Bonbon am Revers würde Ihnen in Ihrer Position gut zu Gesicht stehen. Meinen Sie nicht?«

Georg sah das Abzeichen am Anzug seines Chefs. »Halten Sie das wirklich für nötig?«, fragte er unsicher.

»Unbedingt«, erwiderte Porsche. »Es könnte nämlich sein, dass Sie in nicht allzu ferner Zukunft dem Führer begegnen. Was würde das dann wohl für einen Eindruck machen, wenn sich herausstellt, dass Sie kein PG sind?«

23

Während Georg im fernen Detroit die neuesten amerikanischen Methoden der Automobilfertigung studierte, traf sein Bruder Horst in der westfälischen Kleinstadt Erwitte zur Lagerführerschulung ein. Bei seiner Ankunft hing ihm noch der Streit in den Knochen, den er vor der Abfahrt mit seinem Vater geführt hatte. Der erblickte in seiner Teilnahme an dem Lehrgang einen Verrat an der Familie und hatte deshalb bis zum letzten Moment versucht, Horst von der Reise abzuhalten. Der Alte wollte einfach nicht einsehen, dass der Geist des Fortschritts, der seit der Machtergreifung das Reich beseelte, sich nicht aufhalten ließ, auch nicht im Wolfsburger Land, und dass vor dieser Bewegung, die Deutschland wieder zu ungeahnter Größe führen würde, kleinkrämerische Eigeninteressen zurückstehen mussten.

Auf dem Bahnsteig streckte Horst seine Glieder. Fast sechs Stunden hatte die Zugfahrt gedauert, viermal hatte er umsteigen müssen. Dazwischen hatte er immer wieder das Prospektmaterial studiert, das er sich hatte zuschicken lassen, um sich auf die Schulung vorzubereiten.

Mit seinem Koffer in der Hand machte Horst sich auf den Weg. Es dauerte keine fünfzehn Minuten, bis er sein Ziel erreichte. Das Schloss Erwitte war zwar nicht so imposant wie die NSDAP-Ordensburgen, die er aus den UFA-Wochenschauen kannte, doch eindrucksvoll genug, dass er sich in den kurzen Hosen seiner HJ-Uniform ein wenig fehl am Platze vorkam, als er die Reichsschulungsburg betrat. Zwei Monate würde der Lehrgang dauern, an dessen Ende er eine schriftliche und mündliche Prüfung ablegen musste. Falls er diese bestand, würde er als »Lagerführer« nach Fallersleben zurückkehren, mit einer Armbinde der Deutschen Arbeitsfront und so für jedermann sichtbar qualifiziert, das dortige Arbeitslager zu leiten. Auch wenn das kurzfristig vielleicht ein Rückschritt in seiner Karriere sein mochte – ein HJ-Bannführer war schließlich so viel wie ein Standartenführer –, aber auf lange Sicht eröffneten sich ihm dadurch ungeahnte Möglichkeiten. Und aus den kurzen Hosen wäre er für immer raus.

Nachdem er sich im Sekretariat gemeldet hatte, wies ein Obertruppführer ihm eine Stube zu, die er mit sieben Kameraden teilen würde, und schärfte ihm die unbedingte Einhaltung der Hausordnung ein, die gedruckt und gerahmt neben der Tür hing und den Tagesablauf minutiös regelte, vom Aufstehen um fünf Uhr morgens bis zum Zapfenstreich um neun Uhr am Abend. Zum Glück war Horst von Natur aus ein Frühaufsteher, und da er seit Jahren jeden Tag mit fünfzig Kniebeugen und fünfundzwanzig Liegestützen begann, konnte der Frühsport, zu dem er und seine Kameraden bei gutem Wetter im Freien, bei schlechtem in einer Turnhalle antreten mussten, ihn nicht in Verlegenheit bringen. Der Unterricht dauerte täglich acht Stunden und umfasste alle Aspekte der Lagerleitung, neben der Verwaltungslehre auch Rassenkunde und Charakterbildung, wobei Fragen der Organisation naturgemäß den größten Raum einnahmen.

Die erste Woche war noch nicht herum, da wusste Horst, dass er seine wahre Bestimmung gefunden hatte. Organisieren lag ihm im Blut! Und die Kameradschaft, die er im Kreis so vieler Gleichgesinnter erlebte, ließ ihn allen Ärger mit seiner Familie vergessen. Wie gering erschien ihm von dieser höheren Warte aus die Nachfolge in der Zuckerfabrik, die ihm früher so viel bedeutet hatte! Oberstarbeitsführer Reichart, der Leiter des Lehrgangs, sprach ihm mehrmals vor versammelter Mannschaft ein Lob aus. Nur sein Isebillchen vermisste Horst ein wenig, vor allem dienstags, wenn der Trieb sich in ihm regte, weil er an diesem Wochentag, so hatte es sich in den letzten Jahren von allein ergeben, seinen ehelichen Pflichten nachkam.

Das einzige Fach, in dem er sich schwertat, war »Psychologie und Menschenführung«. Was musste man zu dem Thema mehr wissen, als dass ein Befehl ein Befehl war? Das Zergliedern der menschlichen Seele empfand er als eher unappetitlich. Psychologie war deutscher Art wesensfremd, eine Erfindung von Juden, geboren aus dem Geist des Widerspruchs. Dies äußerte sich bereits in ihren doppelzüngigen Lehren. Menschenführung, so hieß es im Unterricht, sei einerseits die Einübung unbedingten Gehorsams und andererseits die Förderung spontaner Eigeninitiative.

Wie sollte man sich auf solche Widersprüche einen Reim machen?

Beim Gedanken an die Prüfung in diesem Fach brach Horst schon jetzt der Schweiß aus.

24

Heinz-Ewald Pagels war siebenunddreißig Jahre alt, also ein Mann in den besten Jahren, außerdem von guter Gesundheit und lebensbejahendem Sinn. Was aber die Arbeit anging, fühlte er sich für diese nicht wirklich geschaffen. Das Leben war ohne deren Mühsal doch so viel schöner, und da sich dank seines hübschen Gesichts und seiner braunen Lockenpracht in der Vergangenheit immer wieder Frauen bereitgefunden hatten, ihm ein Leben in Muße zu ermöglichen, hatte er sich nur selten genötigt gesehen, einer geregelten Arbeit nachzugehen. Ließ diese sich jedoch partout nicht vermeiden, hatte er sich, da nicht auf den Mund gefallen, meist als Handelsvertreter betätigt, wahlweise für

Eisenwaren, Spirituosen und Damenunterwäsche, wobei in letzterer Funktion sogar die Arbeit beinahe ein Vergnügen gewesen war.

Doch mit diesem privilegierten Leben war es leider vorbei. Nachdem er wegen Hochstapelei und Heiratsschwindel eine zweijährige Haftstrafe in der westfälischen Justizvollzugsanstalt Werl verbüßt hatte, hatte man ihn vom Gefängnis direkt zur Reichsanstalt für Arbeitsvermittlung in seiner Heimatstadt Essen geschickt, mit der Auflage, durch Ausübung einer ernsthaften Erwerbstätigkeit künftig selbst für seinen Lebensunterhalt zu sorgen – andernfalls drohe Zwangsarbeit.

»Sie haben Glück«, erklärte der zuständige Beamte. »Im Wolfsburger Land werden gerade massenhaft Leute gesucht. Haben Sie schon mal auf dem Bau gearbeitet?«

»Bisher noch nicht.« Heinz-Ewald blickte auf seine sorgfältig gepflegten Hände. »Und um ehrlich zu sein – ich weiß nicht, ob das wirklich etwas für mich ist. Ich bin ja von eher zarter Konstitution. Gibt es keine anderen Möglichkeiten?«

Der Beamte blätterte in seinen Unterlagen. »Nun, da Sie nichts gelernt haben und außerdem vorbestraft sind, kommt sonst wohl nur noch Torfstechen in Frage. Zum Beispiel bei Gützkow in Vorpommern.«

»Hier in Westfalen haben Sie gar nichts? Vielleicht im Verkauf? Ich habe mich darin in früheren Jahren nicht ohne Erfolg betätigt.«

»Tut mir leid. Aber im Augenblick habe ich nichts dergleichen.«

»Schade. Vielleicht ist es dann besser, ich komme ein andermal wieder.«

Heinz-Ewald wollte aufstehen, doch der Beamte hielt ihn zurück.

»Glauben Sie, das hier ist ein Wunschkonzert? Dann haben Sie sich aber geschnitten! Das hier ist Ihre letzte Chance, ein anständiger Mensch zu werden, bevor Sie endgültig auf die schiefe Bahn geraten. Ich würde Ihnen darum dringend empfehlen, sich für eins von beidem zu entscheiden, oder ...«

Er brauchte den Satz nicht zu Ende zu sprechen, Heinz-Ewald verstand ihn auch so. Mit einem resignierten Seufzer nahm er wieder Platz. Als Arbeitsuchender hatte er keinen Anspruch auf freie Ortswahl, so gemein konnte das Leben sein. Friss, Vogel, oder stirb! Wenn er ablehnte, bliebe nur noch die Zwangsarbeit.

»Wie sieht es denn mit dem Lohn aus?«, wollte er wissen.

»Fürs Torfstechen gibt's fünfunddreißig Pfennig die Stunde, Unterkunft in einem Sammellager.«

Heinz-Ewald schloss die Augen. »Und die zweite Möglichkeit?«

»Im Wolfsburger Land? Eine Großbaustelle der Deutschen Arbeitsfront. Überdurchschnittlicher Verdienst. Als Hilfsarbeiter fangen Sie mit zweiundfünfzig Pfennig pro Stunde an. Bei Bewährung bestehen Aufstiegsmöglichkeiten – auch für ungelernte Kräfte.«

»Aufstiegsmöglichkeiten?« Heinz-Ewald horchte auf.

»Ja, in einer ganzen Fülle von Berufen, auch zum Gesellen und Meister. Auf dem Bau werden alle Gewerke gebraucht – Maurer, Zimmerleute, Schreiner, Dachdecker, Anstreicher und so weiter und so fort. Geeignete Kandidaten haben sogar die Möglichkeit, in die Verwaltung zu wechseln.«

Heinz-Ewald schöpfte Hoffnung. Das klang schon deutlich besser als Torfstechen.

»Also gut, wo soll ich unterschreiben?«

25

Die zwei Monate, die Horst auf Schloss Erwitte verbracht hatte, waren wie im Flug vergangen. Als hätte er nur einmal tief durchgeatmet, war die Zeit auch schon herum. In der Schlusswoche fand kein Unterricht mehr statt, die fünf Tage waren allein den Prüfungen vorbehalten. »Psychologie und Menschenführung« stand als letztes Fach auf dem Programm. Alle übrigen Fächer hatte Horst mit »befriedigend« und besser bestanden, in »Arbeitsorganisation« und »Arbeitsverwaltung« hatte er sogar mit »sehr gut« abgeschnitten. Doch er wusste, um den Schulungsbrief, der ihn zum Lagerführer qualifizierte, ausgehändigt zu bekommen, musste er *jedes* Fach bestehen, ein einziger Ausrutscher reichte, um durch das Examen zu rasseln.

Entsprechend nervös betrat er den Prüfungsraum, wo Dr. Testor, der Dozent in Psychologie, ihn zusammen mit Oberstarbeitsführer Reichart sowie zwei Beisitzern und einem Protokollanten erwartete.

»Das Ergebnis der schriftlichen Prüfung ist gerade noch ausreichend«, eröffnete ihm der Lehrgangsleiter. »Also reißen Sie sich am Riemen.«

»Zu Befehl, Oberstarbeitsführer!«

»Gut, dann wollen wir mal loslegen.«

Dr. Testor erhob sich von seinem Platz. Zunächst stellte er ein paar harmlose Fragen, die Horst leicht beantworten konnte. Sie betrafen das Führerprinzip und die hierarchische Gliederung von Organisationen. Schwieriger wurde es, als er den Begriff der Menschenführung definieren sollte. Doch darauf war er vorbereitet und gab zur Antwort, dass deren Kunst darin bestehe, die Einübung blinden Gehorsams mit der Förderung von spontaner Eigeninitiative zu verbinden, obwohl er nach wie vor nicht wusste, wie ein solcher Widerspruch in der Praxis aufzulösen sei. Doch Hauptsache, Dr. Testor nickte zufrieden, und das tat er.

»Dann noch eine letzte Frage«, sagte der Prüfer. »Angenommen, in dem Lager, dem Sie vorstehen, machen sich Anzeichen von Lagerkoller bemerkbar. Welche Maßnahmen ergreifen Sie?«

»Lagerkoller?«, wiederholte Horst. »Was meinen Sie damit?«

»Ist Ihnen der Begriff nicht geläufig?«, fragte Dr. Textor. »Damit meine ich einen erhöhten Unruhepegel, Unzufriedenheit unter den Leuten, eine gereizte Grundstimmung, latente Aggressivität und so weiter.«

»Natürlich, Lagerkoller.«

»Und – was tun Sie dagegen?«

Horst war nicht sicher, worauf die Frage hinauslief. »Vielleicht sportliche Übungen? Damit die Leute müde werden?«

»›Vielleicht‹ ist keine Antwort.«

»Auf jeden Fall würde ich in erhöhtem Maße auf die Einhaltung der Disziplin achten.«

»Und was noch?«

»Auffällige Personen sind zum Rapport zu bestellen.«

»Und was wollen Sie ihnen sagen?«

Endlich wieder eine leichte Frage. »Ich würde Ihnen im Fall wiederholter Auffälligkeit exemplarische Strafen androhen.«

»Zu welchem Zweck?«

»Zu einem doppelten – zur individuellen Einschüchterung einerseits, und andererseits zur kollektiven Abschreckung.«

Horst hoffte, damit den psychologischen Kern der Sache getroffen zu haben. Doch Dr. Testor schüttelte den Kopf.

»Ist das alles, was Ihnen dazu einfällt?«, fragte er. »Die Seele des Menschen ist eine Klaviatur, auf der man beidhändig spielen muss. Ich hatte gehofft, das im Unterricht ausreichend dargelegt zu haben.«

Horst spürte, wie er zu schwitzen begann. »Wenn ich um nähere Erklärung bitten darf?«

Oberstarbeitsführer Reichart sprang ihm zur Seite. »Schon mal vom Prinzip Zuckerbrot und Peitsche gehört?«

»Ach so, natürlich!«

»Ja und?«, fragte Dr. Testor ungeduldig nach.

Während der Schweiß ihm an den Achseln herunterrann, erinnerte Horst sich an seine Aufnahmeprüfung zum Gymnasium. Auch damals hatte es damit angefangen, dass er ins Schwitzen geraten war, und am Ende war er so verwirrt gewesen, dass er keinen einzigen Satz mehr hervorgebracht hatte. Der Schuldirektor hatte schließlich die Prüfung abgebrochen, und statt die höhere Schule in Gifhorn zu besuchen wie seine Geschwister, hatte Horst die Realschule in Fallersleben absolviert und war über die Mittlere Reife nicht hinausgekommen.

»Nun, dürfen wir auf eine Antwort hoffen, bevor es dunkel wird?«

»Offen … offen gestanden, bin ich gerade ein wenig verwirrt.«

»Den Eindruck habe ich allerdings auch.«

Dr. Testor warf Oberstarbeitsführer Reichart einen gequälten Blick zu. Horst wurde heiß und kalt zugleich. Hatte er wieder versagt? Unwillkürlich ging seine Hand zum Mund, und obwohl er es nicht wollte, begann er, an seinem Daumennagel zu kauen – er musste es einfach tun, es ging nicht anders.

Der Lehrgangsleiter sah seine Not. »Jetzt beruhigen Sie sich mal und vergessen für einen Moment die graue Theorie. Ihre Familie hat doch einen Betrieb, eine Zuckerfabrik, nicht wahr? Was tun da die Männer am Freitagabend, um sich zu entspannen?«

»In Fallersleben?« Horst zuckte die Schultern. »Die meisten gehen am Wochenende ins Brauhaus. Um Bier zu trinken und eine Runde Skat zu spielen.«

»Richtig, Brot und Spiele. Das ist schon mal ein Ansatz. Aber – wenn Bier und Skat nicht reichen? Wenn einfach zu viel Dampf auf dem Kessel ist? Wenn der Kessel, wie soll ich mich ausdrücken, zu platzen droht?«

»Dann fahren sie nach Braunschweig in den Puff!« Als Horst realisierte, was ihm da herausgeplatzt war, hätte er sich am liebsten die Zunge abgebissen.

Doch zu seiner Verwunderung schien Oberstarbeitsführer Reichart geradezu erleichtert. »Na also, ist der Groschen endlich gefallen?«

Dr. Testor wiegte den Kopf. »So hätte ich mich zwar nicht ausgedrückt, aber ja, im Prinzip ist es das, worauf ich hinauswollte. Zu den Aufgaben der Lagerleitung gehört die Klärung der Frage, ob zur Aufrechterhaltung von Ordnung und Disziplin die Inbetriebnahme eines Bordells angezeigt scheint, um dem gesteigerten Aggressionsdruck, der in reinen Männergesellschaften stets zu beobachten ist, ein Ventil zu schaffen. Die Befriedigung sexueller Bedürfnisse eignet sich dazu in besonderer Weise.«

Der Lehrgangsleiter machte einen Vermerk in seinen Unterlagen. »Ich denke, der Kandidat hat die Prüfung dann wohl bestanden, nicht wahr, Herr Kollege?«

Dr. Testor schien nicht so ganz überzeugt, doch er nickte. »Von meiner Seite keine Einwände.«

Horst schloss die Augen. Psychologie war manchmal so einfach …

26

Auf den goldenen Herbst folgte im Wolfsburger Land ein so milder Winter, dass es in diesem Jahr eine grüne Weihnacht gab. Nicht eine Schneeflocke fiel, und der Boden blieb vom Frost verschont, so dass noch im Januar Zuckerrüben geerntet werden konnten.

Das Wetter kam nicht nur den Bauern zugute, die mehr Früchte an die Zuckerfabrik lieferten, als man dort verarbeiten konnte, sondern auch der Sanierung der Schulenburg'schen Wirtschaftsbetriebe. Während der Graf sich an alle möglichen Instanzen und Institutionen wandte, um die Ansiedlung einer Autofabrik auf seinem Land zu verhindern, und mit jedem neuen Verbündeten die Hoffnung wuchs, dass er den Kampf gewinnen würde, machten die Bauarbeiten so gute Fortschritte, dass Benny im Februar seinen eigenen Planungen um einen Monat voraus war. Die gewonnene Zeit nutzte er für einen kleinen Urlaub. Zuerst fuhr er natürlich nach Göttingen, um seine Frau zu besuchen, und da es Charly gelungen war, ein ganzes Wochenende frei zu bekommen, konnten sie achtundvierzig Stunden lang einfach in den Tag hinein leben, unbeschwert und unbekümmert wie in früheren Zeiten. Am Morgen schliefen sie bis in die Puppen, tagsüber bummelten sie ziellos durch die Straßen und Geschäfte, am Nachmittag aßen sie Baumkuchen bei Cron & Lanz und am Abend Grünkohl mit Pinkel in ihrer Stammkneipe am Gänselieselbrunnen, bevor sie zur Nacht in ihre Wohnung zurückkehrten. Ja, vor lauter Tagedieberei leisteten sie sich sogar den Luxus, zwei Karten fürs Theater verfallen zu lassen, weil sie einfach nicht aufhören konnten sich zu lieben. Und nur ein einziges Mal sprachen sie über Bennys Eltern und deren ständige Mahnung, Deutschland zu verlassen. Da dies das Letzte war, was Benny brauchen konnte, hatte er beschlossen, die Eltern ein wenig auf Distanz zu halten. Es reichte ihm, wenn seine Frau ihm mit ihren Ängsten ständig in den Ohren lag.

Als Charly am Montag wieder arbeiten musste, machte Benny von Göttingen aus einen Abstecher nach Dessau, um sich bei zwei ehemaligen Professoren Rat für seine Arbeit zu holen. Da das Wetter fast frühlingshaft war, wanderte er eine Woche lang durch die Auenlandschaft zwischen Mulde und Elbe, wie er es früher als Student oft gemacht hatte, und besichtigte auf dem Rückweg nach Fallersleben schließlich im Raum Magdeburg mehrere landwirtschaftliche Musterbetriebe, die für ihre hochmodernen, nach neuesten wissenschaftlichen Erkenntnissen eingerichteten Stallungen und Siloanlagen bekannt waren.

Zwei Wochen war Benny unterwegs gewesen, eine herrliche Zeit im Nirgendwo, fern der Heimat und aller Sorgen. Umso böser war sein Erwachen, als er nach Fallersleben zurückkehrte. Als der Zug Heßlingen passierte, sah er durch das Fenster seines Abteils längs den Gleisen Baracken, die es bei seiner Abfahrt noch nicht gegeben hatte, und zwischen den Baracken marschierten Kolonnen der Deutschen Arbeitsfront.

Das konnte nur eins bedeuten …

Alarmiert verließ er bereits in Rothenfelde den Zug. Dort fand er seine schlimmsten Befürchtungen bestätigt. Über den Bahnhofsplatz brummten Dutzende von Lastwagen, beladen mit Maschinen und Baugerät. Statt nach Fallersleben weiterzufahren, pfiff Benny ein Taxi herbei, um sich zur Wolfsburg bringen zu lassen.

»Sie haben gestern damit begonnen«, erklärte der Graf. »So schaffen sie vollendete Tatsachen.«

Sie standen zusammen am Fenster von Schulenburgs Arbeitszimmer und schauten hinaus in die Landschaft. Der Anblick der Erdarbeiten verschlug Benny die Sprache. Auf der nördlichen Seite des Mittellandkanals war überall schwerstes Gerät im Einsatz, eine ganze Armee von Schaufelbaggern und Planierraupen war aufgezogen, um die Wiesen und Felder umzupflügen und der größten Autofabrik Europas den Boden zu bereiten.

»Aber … aber das dürfen Sie nicht zulassen!«

»Und was soll ich Ihrer Meinung nach dagegen tun?«

»Sie müssen vor Gericht Klage erheben! Das ist Ihr Land!«

Schulenburg schüttelte den Kopf. »Was kümmert diese Herrschaften Recht und Gesetz?«

»Wollen Sie das deshalb einfach hinnehmen? Das kann unmöglich sein!« Benny dachte nach. »Was ist mit Bürgermeister

Wolgast? Haben Sie mit dem schon gesprochen? Er sitzt doch im Reichstag!«

»Wolgast wird einen Teufel tun, er ist der eifrigste Befürworter der Autofabrik. Es winken Zigtausende Arbeitsplätze. Nachdem die Kaligrube stillgelegt wurde, ist das für ihn ein Segen. Außerdem hofft er, Bürgermeister einer Großstadt zu werden.«

»Trotzdem«, sagte Benny, »das können die nicht ohne Ihre Einwilligung tun! Das ist immer noch alles Ihr Besitz!«

Der Graf hob ohnmächtig die Arme. »Natürlich können sie das! So wie sie alles können, was sie wollen. Willkür regiert jetzt in Deutschland. Wir haben ja gerade das zweifelhafte Privileg, es mit eigenen Augen zu bezeugen. Angestammtes Recht hat seine Geltung verloren. Vor nichts haben sie Respekt. Nicht mal die Eichen, die mein Urgroßvater gepflanzt hat, wollen sie stehen lassen.«

Benny verstummte. Schulenburg hatte bei seiner Ankunft auf der Wolfsburg gesagt, Hitler persönlich habe die Sache entschieden. Was zählte da ein Eintrag im Grundbuch?

»Es hat alles nichts genützt«, fuhr der Graf fort. »Die Kreisbauernschaft hat meine Eingabe unterstützt, auch der Landwirtschaftsminister hat Bedenken gegen den Bau der Fabrik erhoben, weil dadurch zweitausend Hektar bester Ackerboden vernichtet werden.«

»Aber was ist mit der Sägemühle?«, fragte Benny. »Die wurde doch als kriegswichtig eingestuft! Wenn es keine Eichen mehr gibt, gibt es auch kein Sägewerk mehr!«

»Glauben Sie, das hätte ich in Berlin nicht vorgetragen? Meine Cousins im Generalstab sind von Pontius zu Pilatus gelaufen, sogar mit Erfolg, zumindest beim Oberkommando der Wehrmacht. Aber auch davon hat man sich in der Reichskanzlei nicht beeindrucken lassen. So wenig wie von der Tatsache, dass die Tankanlagen, die so eine Autofabrik mit sich bringt, im Kriegsfall eine Gefahr für die ganze Gegend darstellen.«

Benny brauchte eine Weile, um das alles zu verdauen. »Und was wird aus unseren Plänen?«, fragte er schließlich. Nachdem die Renovierungsarbeiten am Werkshof und an den Gesindehäusern so gut wie abgeschlossen waren, standen im Frühjahr der Neubau der Stallungen sowie die Errichtung der Futtersilos für die Schweinemast an. So war jedenfalls der Plan.

Mit einem Seufzer wandte Schulenburg sich vom Fenster ab. »Ich würde Ihnen bei Gott gern etwas anderes sagen, Jungblut. Aber ich fürchte, die Zeit ist gekommen, dass Sie sich neu orientieren müssen. Wie Sie sehen, bin ich nicht mehr Herr im eigenen Haus.«

27

Als Charly am Abend des darauf folgenden Tages aus der Klinik nach Hause kam, eilten die letzten Theaterbesucher auf das Schauspielhaus zu. Vor Müdigkeit gähnend, suchte sie in ihrer Handtasche nach dem Hausschlüssel. Wann war sie eigentlich zum letzten Mal im Theater gewesen? Es musste eine Ewigkeit her sein, sie konnte sich nicht mal erinnern, welches Stück gegeben worden war. Als Benny sie besucht hatte, hatten sie sich fest vorgenommen, eine Aufführung des »Wilhelm Tell« zu besuchen. Doch da sie nur für ein Wochenende frei bekommen hatte, war ihnen die Zeit dann doch zu schade gewesen, um sie mit Schiller zu verbringen.

Sie schloss die Haustür auf und betrat den Flur. Sie hatte einen Vierundzwanzigstunden-Dienst hinter sich: acht Stunden Bereitschaft, acht Stunden Nachtschicht, acht Stunden Station – dazwischen keine zwei Stunden Schlaf. Dabei brauchte sie ihren Schlaf mehr als Essen und Trinken – als junges Mädchen war sie ein richtiges Murmeltier gewesen, und als Studentin hatte sie manche Vorlesung verschlafen, weil sie nicht aus den Federn gekommen war. Doch wie alle Assistenzärzte musste auch sie die Tortur des Vierundzwanzigstunden-Diensts einmal pro Woche auf sich nehmen. Wenn es also *einen* Grund gab, sich je um eine Oberarztstelle zu bewerben, dann war das die Aussicht darauf, sieben oder acht Stunden am Stück schlafen zu dürfen, ohne dass eine rot blinkende Lampe oder das Klingeln eines Telefons sie weckte.

Sie war schon auf der Treppe, als ihr einfiel, dass sie nicht nach der Post geschaut hatte. Mit dem Schlüsselbund in der Hand kehrte sie zum Briefkasten zurück. Beim Öffnen der Klappe fiel ihr ein einzelner Brief entgegen. Mit einem Mal war sie wieder hellwach. Die Schrift auf dem Kuvert war Bennys Schrift – eines der Billets d'amour, die er ihr von seiner Reise schickte, um ihr von seinen Erlebnissen zu berichten. Und am Ende schrieb er jedes Mal, wie sehr er sie liebte und vermisste. Charly liebte diese kleinen Briefchen und hob ein jedes davon auf, um vor dem Einschlafen darin zu lesen. Dann spürte sie Benny bei sich, ganz nah, auch wenn sie voneinander getrennt in ihren Betten lagen …

Mit dem Daumennagel riss sie den Umschlag auf. Doch als sie das Billet las, stutzte sie. Keine Liebeserklärung, kein Seufzer, keine Beteuerung, wie sehr er sich nach ihr sehnte – nur ein paar dürre Worte, die er offenbar in großer Eile auf die Karte gekritzelt hatte:

Bitte nimm Dir nächsten Dienstag frei. Es ist dringend! Ich komme nach Göttingen. Mittags 12 Uhr in unserer Kneipe. B

28

Seit der letzten Erntekampagne hatte Hermann das Lagerhaus der Zuckerfabrik nicht mehr betreten, aus Angst vor der Überproduktion, die es dort zu besichtigen gab, seitdem die Wehrmacht einen Auftrag nach dem anderen stornierte. Doch Buchhalter Giesecke hatte nicht lockergelassen, angesichts der Geschäftslage sei eine Inventur unabdingbar, es habe keinen Zweck, die Augen vor den Tatsachen zu verschließen. Zu Hermanns Unglück hatte Giesecke nicht übertrieben, im Gegenteil, die Realität übertraf seine schlimmsten Befürchtungen.

»So voll war das Lager noch nie«, sagte der alte Lübbecke, der es schließlich wissen musste, und zeigte mit dem Stiel seiner Pfeife auf die Zuckersäcke, die sich bis unter die Decke stapelten. »Nicht mal bei der Inflation, als dein Vater nur gegen Wertsachen verkauft hat.«

»Das ist alles gebundenes Geld«, erklärte Giesecke. »An die

hunderttausend Mark. Vom kaufmännischen Standpunkt aus müssten wir den Raffineriebetrieb für Monate ruhen lassen.«

»Und was ist mit den Leuten?«, erwiderte Hermann. »Die brauchen doch ihren Lohn! Nein, kommt gar nicht in Frage! Wenn die Wehrmacht uns hängenlässt, müssen wir neue Kunden finden. In Nürnberg gibt es doch neuerdings eine Süßwarenmesse. Kümmern Sie sich mal ein bisschen, Giesecke, finden Sie den Termin heraus und machen Sie eine Liste möglicher Großkunden ...«

»Das wäre nur ein Tropfen auf den heißen Stein«, entgegnete der Buchhalter. »Damit die Zuckerbäcker uns aus der Patsche helfen, müssten schon Ostern und Weihnachten auf einen Tag zusammen fallen.«

»Und das mindestens zehn Jahre lang«, ergänzte der alte Lübbecke. »So viele Schokoladenhasen und Nikoläuse, wie unser Zucker hergibt, könnte nicht mal der Reichsjägermeister fressen.«

Ein Ton schrillte, der Hermann durch Mark und Bein ging.

»Was zum Teufel ist das denn?«

»Das Telefon«, sagte Giesecke.

»Ach so, ja richtig.« Hermann hatte ganz vergessen, dass er in Zeiten, als es mehr Bestellungen gab, als die Firma Zucker produzieren konnte, auch im Lagerhaus einen Apparat hatte installieren lassen.

Es klingelte erneut, noch schriller als zuvor.

»Das macht ja einen Buckligen verrückt ...« Der alte Lübbecke schlurfte zu dem Wandapparat und nahm den Hörer ab. »Der Chef ist nicht da«, bellte er in die Muschel. Dann änderte er plötzlich den Ton. »Oh, nichts für ungut, Herr Graf – sofort.«

Hermann nahm ihm den Hörer aus der Hand.

Am anderen Ende der Leitung ertönte Schulenburgs Stimme. »Wir haben uns vor einiger Zeit ein Versprechen gegeben, Ising. Erinnern Sie sich?«

Hermann wusste sofort, wovon der Graf sprach. »Sie meinen, dass wir einander konsultieren, wenn ... wenn einer von uns beiden ...« Er brachte den Satz nicht über die Lippen.

»Ja, nach Altväter Sitte.« Schulenburg zögerte einen Moment. Dann fügte er hinzu: »Ich habe mit meinen Vertrauensmännern in

Berlin gesprochen, Fritz-Dietlof und Friedrich-Werner, und sie um ihren Rat gebeten.«

»Und – was haben sie gesagt?«

»Die Sache ist vollkommen aussichtlos. Wir zwei, Ising, wir stehen auf verlorenem Posten.«

Hermann spürte, wie sich ihm der Hals zuschnürte. »Soll ... soll das heißen – Sie verkaufen?«

In der Leitung herrschte ein langes Schweigen. Dann sagte der Graf: »Ich werde noch einmal meine Anwälte befragen, welche Rechtsmittel uns zur Verfügung stehen. Aber ich fürchte, zu wirklicher Hoffnung besteht kein Anlass.«

Hermann nickte. »Ich ... ich danke Ihnen für Ihren Anruf.«

Ohne sich zu verabschieden, legte er auf. Während seine Augen an den übereinandergestapelten Säcken hinauf zur Decke wanderten, erfasste ihn eine entsetzliche Müdigkeit.

Musste er nun auch die Waffen strecken?

Ihm blieb nicht viel Zeit, darüber nachzudenken – für den Nachmittag hatte Kreisleiter Sander seinen Besuch angekündigt.

»Nu mal nicht den Kopf hängenlassen, min Jong«, sagte der alte Lübbecke und zog ein paarmal an seiner Pfeife, bis sie wieder qualmte. »Denk an die Worte deines Großvaters. *Zucker schadet? Grundverkehrt! Zucker schmeckt, Zucker nährt*!«

29

Wie in alten Zeiten saßen Benny und Charly in ihrer Kneipe am Gänselieselbrunnen, und wie in alten Zeiten hatten sie Einbecker Bier und Grünkohl mit Pinkel bestellt. Doch der Schein trog. Die Zeiten hatten sich geändert, und sie sich in ihnen. Denn abgesehen von dem Bier und dem Grünkohl, den die Kellnerin gerade brachte, war nichts mehr, wie es früher gewesen war.

»Warum wolltest du, dass wir uns hier treffen statt in der Wohnung?«, fragte Charly, nachdem die Kellnerin fort war, und nahm ihr Besteck.

Benny schaute sich um, ob jemand sie hören konnte. »Weil wir da in fünf Minuten im Bett gelandet wären. So wie immer.«

Irritiert ließ Charly Messer und Gabel wieder sinken. »Und was wäre daran falsch gewesen?«

»Nichts«, erwiderte er. »Beziehungsweise alles. Weil das, was wir zu besprechen haben, ist so verflucht ernst, dass …« Benny wusste nicht, wie er es ihr sagen sollte. Also sagte er einfach, was zu sagen war. »Ich denke, es hat keinen Sinn mehr.«

»Was hat keinen Sinn mehr?«

»Hierzubleiben. In Deutschland. Es … es geht nicht länger.«

Sie legte das Besteck zurück auf den Tisch. »Soll das heißen, du willst deinen Eltern folgen?«

Er nickte. »Ich habe schon mit ihnen telefoniert. Sie sind froh, dass ich endlich ›vernünftig‹ geworden bin.«

Charly sah ihm in die Augen. »Und du? Bist du es auch?«

Er erwiderte ihren Blick. »Vernünftig – vielleicht. Aber froh? Natürlich bin ich das *nicht*.«

»Aber warum in aller Welt willst du dann nach England? Du hast hier doch deine Arbeit.«

»Fragt sich nur, wie lange noch.«

»Aber Mama hat mir geschrieben, dass Graf Schulenburg über eine Klage nachdenkt.«

Benny schüttelte den Kopf. »Ich habe mit Graf Schulenburg gesprochen. Er hat mir zwar noch nicht gekündigt, aber mehr als deutlich zu verstehen gegeben, dass er keine Verwendung mehr für mich hat. Er wird sein Land verkaufen, was anderes bleibt ihm nicht übrig. Und was dann? Dann kann ich einpacken.«

Charly biss sich auf die Lippe. »Findest du das nicht ein bisschen übertrieben? Graf Schulenburg ist schließlich nicht der einzige Bauherr auf der Welt.«

»Glaubst du noch ans Christkind? So, wie die Dinge inzwischen liegen, wird niemand mehr die Dienste eines jüdischen Architekten in Anspruch nehmen, nicht mal mehr für eine Wurstküche.«

»Aber Goebbels hat doch vor kurzem erst die Juden als Gastvolk bezeichnet. Das zeigt doch, dass die Dinge sich wieder zum Besseren wenden.«

»Das hat nichts zu bedeuten. Das sagt Goebbels doch nur, um dem Ausland Sand in die Augen zu streuen. Nein, Charly, ich habe mir lange genug Illusionen gemacht, aber damit ist es vorbei. Du solltest die Bagger mal sehen, wie sie alles umgraben, was ihnen unter die Schaufeln kommt. Und was sie nicht umgraben, walzen die Planierraupen nieder. Riesige, stählerne Ungeheuer, die über das Land herfallen wie die biblischen Plagen. Wir müssen raus hier, und zwar so schnell wie möglich. Besser heute noch als morgen!«

»Dann ... dann bist du also wirklich entschlossen?«

»Ja, das bin ich.« Er zögerte einen Moment. Eine völlig absurde Frage kam ihm in den Sinn. »Du etwa nicht?«

Anstatt seinen Blick zu erwidern, schaute sie auf ihren Teller, auf dem der Grünkohl genauso kalt wurde wie auf seinem. Mit leiser Stimme sagte sie: »Ach, Benny. Wenn das nur so einfach wäre.«

Er griff nach ihrer Hand. »Ich weiß, die Möglichkeiten, die Professor Wagenknecht dir bietet, wirst du in England so schnell nicht bekommen. Aber dafür können wir in England leben, frei und ohne Angst. Ist das nicht viel wichtiger als alles andere?«

»Natürlich ist es das, und wenn es nach mir gegangen wäre, wären wir schon längst dort. Aber jetzt ...«

»Was – aber jetzt?«

»Jetzt ... jetzt geht es nicht mehr. Jetzt muss ich hierbleiben.«

»WAS sagst du da?« Entsetzt ließ er ihre Hand los. »Ist dir deine Karriere so wichtig? Wichtiger als das, was mit uns geschieht?«

»Meine Karriere?« Endlich schaute sie ihn an, doch mit einem Blick, als hätte er etwas vollkommen Unsinniges gesagt. »Um die geht es doch gar nicht.«

Benny verstand überhaupt nichts mehr. »Wenn es nicht um deine Karriere geht – worum geht es dann?«

»Um Willy!«, erwiderte Charly, mit solcher Verzweiflung in der Stimme, dass sich ihm das Herz zusammenzog. »Er ist der Grund, warum ich nicht fort kann – mein kleiner Bruder. Er braucht mich doch! Wer weiß, was sie sonst mit ihm machen ...«

30

»Willy!«, rief Dorothee voller Angst. Und noch einmal: »Willy! Wo steckst du? So antworte doch!«

Immer wieder ließ sie den Blick über den Hof schweifen, tastete mit den Augen jeden Winkel ab, doch Willy war wie vom Erdboden verschwunden. Eben noch hatte Dorothee mit ihrem Jüngsten im Garten Unkraut gejätet. Dann aber hatte sie einen Moment lang nicht aufgepasst, weil Bruni mit dem Wäschekorb gekommen war und sie gedacht hatte, Willy würde mit ihr »Wäsche hängen« spielen, was er für sein Leben gern tat, und schon war es geschehen. Seitdem waren Bruni und sie auf der Suche.

»Willy! Wo bist du? Wo hast du dich versteckt?«

Sie schauten hinter jedem Busch nach, hinter jedem Strauch, öffneten die Türen vom Haus, vom Geräteschuppen, von der Garage – doch er war und blieb verschwunden.

»Vielleicht ist er auf die Straße gelaufen«, sagte Bruni. »›Wastlagen‹ gucken.«

»Um Himmels willen! Ich schau nach!«

»Ich komme mit!«

»Nein, bleib du hier. Vielleicht steckt er ja doch noch irgendwo.«

Als Dorothee auf dem Rübenkamp stand, überlegte sie kurz, in welche Richtung sie weiterlaufen sollte. Links ging es zum Brunnen, wo Willy immer planschen wollte, rechts war die Metzgerei Schmale, wo er immer eine Scheibe Wurst bekam.

Als sie sich nach links wandte, sah sie am Ende der Straße den alten Lübbecke heranschlurfen. Kurz entschlossen eilte sie ihm entgegen.

»Hast du Willy gesehen?«

»Ja, hab ich.« Lübbecke zeigte mit seiner Pfeife über die Schulter in Richtung Fabrik. »Ich glaube, er will seinem Vater einen Besuch abstatten.«

»Und du hast ihn einfach allein weiterlaufen lassen?«

»Warum nicht? Der kennt den Weg genauso gut wie ich.«

Statt sich über den alten Lübbecke aufzuregen, nahm Dorothee die Beine in die Hand. Fünf Minuten später war sie in der Firma.

Im Treppenhaus scholl ihr die Stimme von Kreisleiter Sander entgegen, so laut, dass sie den Fabriklärm übertönte.

»Sie glauben wohl, in Ihrer Uniform könnten Sie sich alles leisten, Ortsgruppenleiter Ising. Aber ich warne Sie! Berlin hat die Schnauze langsam voll!«

»Sie können mich kreuzweise. Ich gebe mein Land nicht her.«

»Das wollen wir ja sehen! Dann werden wir Sie eben enteignen!«

Zwei Stufen auf einmal nehmend, rannte Dorothee die Treppe hinauf. Außer Atem erreichte sie Gieseckes Büro, das vor Hermanns Kontor lag. Doch der Buchhalter war nicht da. Durch die gläserne Trennscheibe sah Dorothee Hermann und Kreisleiter Sander, die wie zwei Stiere einander gegenüberstanden und sich anbrüllten.

Plötzlich hörte sie ein leises, vertrautes Stimmchen.

»Mama ...«

Der kleine Willy stand vor dem Kontor seines Vaters und wollte hinein.

»Papa ei machen! Papa ei machen!«

Er reckte den Arm in die Höhe und griff nach der Türklinke. Im selben Moment war Dorothee bei ihm.

»Um Gottes willen – nein!« Sie packte seine Hand und riss ihn von der Tür zurück.

Der kleine Willy begann zu schreien. »Papa ei machen!«

»Pssst, mein Schatz! Sei still!«

Doch er schrie immer lauter. »Papa ei machen! Papa ei machen!«

Kurzentschlossen nahm sie ihn auf den Arm und eilte mit ihm hinaus, die Treppen hinunter.

Unten im Hof angekommen, lugte sie hinauf zum Kontor. Zum Glück schaute niemand herunter.

Erleichtert atmete sie auf. Nicht auszudenken – eine Sekunde später, und Kreisleiter Sander hätte den kleinen Willy gesehen.

31

Horst hatte es geschafft! Statt in kurzen Hosen war er in nigelnagelneuer Uniform aus Westfalen zurückgekehrt, im Rang eines Lagerführers der Deutschen Arbeitsfront. Ein Schulungsbrief war der Beweis, dass er den Lehrgang auf Schloss Erwitte erfolgreich absolviert hatte und nunmehr imstande war, in eigener Verantwortung ein Arbeitslager zu leiten.

Noch bevor die Kolonnen der Deutschen Arbeitsfront im Wolfsburger Land angerückt waren, hatte Sturmbannführer Dr. Bodo Lafferentz, Geschäftsführer der Volkswagen-Gesellschaft, ihn nach Berlin zitiert, um ihn offiziell und im Namen von Reichsleiter Dr. Robert Ley zum »Hauptlagerführer« des Arbeitslagers Fallersleben zu ernennen. Die zugehörige Urkunde hatte Horst wie auch seinen Schulungsbrief rahmen lassen, um sie in dem Barackenbüro aufzuhängen, in dem er fortan zuständig war für die Einquartierung und Versorgung der Arbeiter, die in immer größeren Scharen aus den Gauen des Reiches ins Wolfsburger Land strömten, um die Autostadt zu bauen, die erste Großstadt im Wolfsburger Land, zu der Fallersleben heranwachsen und in der es außer einem Ortsgruppenleiter Hermann Ising den womöglich noch mächtigeren Ortsgruppenleiter Horst Ising geben würde.

Doch seine Freude war nur von kurzer Dauer. Am Nachmittag hatte Kreisleiter Sander eine Unterredung mit seinem Vater gehabt, die höchst unerfreulich und ohne Ergebnis verlaufen war, und war im Anschluss daran direkt von dort in sein Büro geplatzt. Seit einer Stunde prasselten Sanders Vorwürfe nun schon auf Horst nieder wie Hagelschlag bei einem Sommergewitter.

»Das ist einfach ungeheuerlich! Die Adelsmischpoke haben wir so gut wie weichgeklopft, aber der Ortsgruppenleiter von Fallersleben weigert sich weiterhin, seine Scheißzuckerfabrik zu verkaufen!«

»Glauben Sie mir, Kreisleiter, ich habe getan, was ich kann, um meinen Vater zu bekehren.«

»Wenn das alles ist, was Sie können, habe ich mich schwer in Ihnen getäuscht! Sie müssen jetzt Farbe bekennen! Entweder die Partei oder die Familie!«

Trotz seiner neuen Uniform fühlte Horst sich wie ein Schüler, der vom Lehrer zu Unrecht gemaßregelt wird. Er bewies doch mit allem, was er tat, dass er sich längst entschieden hatte – für die Partei, gegen die eigene Familie! Doch was immer er zu seiner Verteidigung vorbrachte, es war zu wenig. Keines seiner Opfer – weder sein Verzicht auf die Nachfolge in der Firma noch die ewigen Streitereien mit seinem Vater – hielt vor dem Kreisleiter stand. Stattdessen sah er sich Verdächtigungen ausgesetzt, die ihn in seiner Ehre als Parteisoldat zutiefst verletzten.

»Kann es vielleicht sein, dass Sie doppeltes Spiel treiben?«

»Was ... was meinen Sie damit?«

»Vielleicht stecken Sie mit Ihrem Alten ja unter einer Decke und spielen uns nur was vor, um Ihrer Parteikarriere nicht zu schaden! Damit Sie eines Tages trotz allem als sein Nachfolger durch die Gegend stolzieren können, als der neue Zuckerbaron von Fallersleben!«

»Ich schwöre, dass ich nur die Interessen der Partei im Sinn habe!« Zur Bekräftigung hob Horst die rechte Hand in die Höhe.

»Tatsächlich?« Sander zuckte die Schultern. »Blut ist bekanntlich dicker als Wasser.«

»Sie wissen, dass ich meinen Schiller gelesen habe – Sentimentalitäten sind mir fremd!«

»Dann beweisen Sie es! Oder ich sehe mich gezwungen, Ihnen mein Vertrauen zu entziehen, noch bevor Sie sich hier breitgemacht haben!«

Vor lauter Verzweiflung nahm Horst Haltung an. »Ich gebe Ihnen mein Ehrenwort, dass ich das Problem lösen werde! Im Sinne der Partei! Ich werde Sie nicht enttäuschen!«

Sander musterte ihn mit seinem stechenden Blick. »Nun gut«, sagte er schließlich. »Aber seien Sie sich bewusst, dass dies Ihre letzte Chance ist. Sollten Sie in dieser Sache versagen, kommen Sie für höhere Aufgaben nicht in Frage. Dann werde ich mich für die neue Ortsgruppe nach jemandem umsehen, der dafür besser geeignet ist als Sie. Heil Hitler!«

»Heil Hitler!«

Am Boden zerstört, kam Horst am Abend nach Hause. Wie

um Himmels willen sollte er das Ehrenwort halten, das er Sander gegeben hatte? Er hatte doch alles versucht, was in seiner Macht lag, aber nichts hatte genützt. Sein Vater würde lieber den Ruin in Kauf nehmen, als die Fabrik aufzugeben. Wie sollte er daran etwas ändern?

Beim Abendbrot brachte er keinen Bissen herunter.

»Warum bittest du nicht den um Hilfe, zu dem in eurer Familie alle rennen, wenn Feuer unterm Dach ist?«, fragte Ilse. »Jetzt soll er ausnahmsweise dir mal helfen. Schließlich ist er ein hohes Tier in Berlin, und du bist der einzige zuverlässige Parteigenosse in der Familie. Wenn jemand seine Hilfe verdient hat, dann du!«

32

Charly schloss die Augen, um ganz bei ihrem Mann zu sein. Sie hatten das Essen in der Kneipe einfach stehen lassen und waren im Eilschritt vom Gänselieselbrunnen zum Theaterplatz gelaufen, so sehr hatte es sie plötzlich nach Hause gedrängt. Kaum hatten sie die Wohnungstür hinter sich geschlossen, hatten sie sich die Kleider vom Leib gerissen. Jetzt knieten sie nackt voreinander auf dem Bett. Während Benny ihr Gesicht mit seinen Küssen bedeckte, spürte Charly seinen Atem auf ihrer Haut. Mit beiden Armen umfasste sie seine Schultern, um ihn an sich zu pressen. Sie gehörten doch zusammen, nur zusammen waren sie ganz! Auch er verlangte nach ihr, wuchs ihr pochend entgegen, kaum hielt sie es noch aus, ihn zu empfangen, sie wollte, sie *musste* ihn in sich spüren, ganz tief in ihrem Innern – jetzt gleich!

Als er endlich in sie drang, wünschte sie sich für einen Moment, das Kondom würde platzen. Wenn sie jetzt ein Kind empfing, wären Benny und sie für immer vereint, nichts könnte sie mehr trennen, auch wenn er nach England zog und sie in Deutschland zurückbleiben musste, wären sie noch eins … Bei der Vorstellung erfasste Charly eine Lust, als würde sie gen Himmel fahren, in einem Rausch von Leib und Seele, der alles hinter sich ließ und den es nirgendwo anders auf der Welt gab als in Bennys Armen …

Wie sollte sie darauf je verzichten?

Obwohl sie noch am ganzen Körper zitterte, kehrte die Vernunft allmählich wieder, um von ihr Besitz zu nehmen. Mit behutsamer Hand half sie Benny, sich aus ihr zurückzuziehen, ohne dass das Kondom abglitt.

Nein, es wäre unverantwortlich gewesen, was immer sie beide auch empfinden oder wünschen mochten.

Die Wirklichkeit war wieder da.

»Am wichtigsten ist die Bestätigung vom Finanzamt«, sagte Benny.

»Was für eine Bestätigung?«, fragte sie.

»Dass ich die Reichsfluchtsteuer bezahlt habe. Vorher lassen sie mich nicht raus.«

»Was glaubst du wohl, wie lange das dauert?«

»Keine Ahnung. Angeblich kommt es dabei ganz auf das Wohlwollen des Sachbearbeiters an. Vielleicht ein paar Wochen, vielleicht ein paar Monate.«

Charly musste schlucken. Ein paar Wochen oder ein paar Monate – das war die Frist, die ihrer Liebe blieb ... Sie nahm Bennys Hand und führte sie an ihre Wange. Wie sollte sie denn weiterleben, ohne zu wissen, wann sie ihn wiedersah? Fast wünschte sie, er würde ihr Vorwürfe machen, vielleicht würde die Trennung ihr dann leichterfallen, dann könnten sie streiten und ihre Liebe vergessen, zumindest für die Dauer des Streits. Seine Eltern hatten sich ja sogar schon nach Arbeit für sie erkundigt – ein Hersteller für Säuglingsnahrung hatte Interesse geäußert, wegen ihrer Dissertation ... Doch er hatte ihr keine Vorwürfe gemacht, noch hatte er sie bedrängt, mit ihm nach England zu ziehen, er hatte einfach verstanden, warum sie bleiben musste, hatte verstanden, dass ihr kleiner Bruder jetzt wichtiger war, wichtiger noch als ihre Liebe, weil sie Willy doch nicht ohne Schutz hier zurücklassen durfte. Und dafür liebte sie Benny noch mehr, als sie es ohnehin tat – so sehr, dass es nur noch schmerzte.

»Warte, ich muss mal kurz verschwinden«, sagte er und entzog ihr seine Hand.

Er nahm das Kondom vom Nachttisch und ging ins Bad. Als

er den Abfalleimer öffnete, der unter dem Waschbecken stand, wandte Charly den Kopf zur Seite.

Sie wollte nicht, dass Benny ihre Tränen sah.

33

Der Schnellzug Berlin–Brüssel stand zur Abfahrt bereit. Der Schaffner hob seine Kelle, und aus dem Lautsprecher tönte die Stimme des Stationsvorstehers.

»Achtung an Gleis sechs! Bitte einsteigen und Türen schließen!«

Während Dr. Schönemann und seine Frau in nervöser Eile ihre Koffer in den Waggon hinaufwuchteten, nahm Gilla auf dem Bahnsteig Abschied von ihrer besten und gleichzeitig einzigen Freundin.

»Ich vermisse dich schon jetzt«, sagte sie und nahm Selma in den Arm.

»Ich dich auch! Aber sei nicht traurig, wir werden uns schon bald wiedersehen.«

»Glaubst du wirklich?«

»Na klar! Von Brüssel bis Straßburg ist es doch gar nicht so weit. Da können wir uns in den Ferien gegenseitig besuchen.«

Gilla musste sich beherrschen, um nicht in Tränen auszubrechen. Die Schönemanns hatten es wirklich geschafft, sie hatten die Ausreisegenehmigung bekommen und durften Deutschland verlassen. Doch sie? Auch ihre Eltern lösten gerade den Haushalt auf, aber nicht, um auszuwandern und woanders ein neues Leben anzufangen, sondern um von Wilmersdorf in den Wedding zu ziehen.

»Ich kann dir gar nicht sagen, wie sehr ich dich beneide.«

»Glaub mir, ihr schafft das auch. Ganz bestimmt! Wer weiß, vielleicht klappt es ja sogar mit Amerika.«

»Ja, vielleicht.« Nie hatte Gilla sich so verlassen gefühlt wie in diesem Augenblick. »Vergiss nicht, mir zu schreiben«, sagte sie, um irgendwas zu sagen. »Hörst du?«

»Natürlich schreibe ich dir«, erwiderte Gilla. »Ich schicke dir eine Ansichtskarte, gleich nach der Ankunft. Von Manneken Pis.«

Gilla versuchte zu lächeln, doch sie schaffte es nicht. Dr. Scheunemann öffnete das Fenster seines Abteils und beugte sich hinaus.

»Wo bleibst du denn? Los, beeil dich! Oder soll der Zug ohne dich abfahren?«

Selma nahm Gilla in den Arm. »Grüß Mr Whoolley von mir!«

»Of course.«

Gilla wusste, wenn der Abschied noch eine Sekunde länger dauerte, war es mit ihrer Beherrschung vorbei.

»Leb wohl, Selma.«

Sie gab ihrer Freundin einen Kuss, dann riss sie sich mit einem Ruck von ihr los. Ohne sich noch einmal umzudrehen oder zu winken, eilte sie zum Ausgang.

Vor ihrem Elternhaus in der Kantstraße 21 wartete schon der Möbelwagen.

34

Horst saß am Schreibtisch seines Büros und telefonierte. Dabei blickte er immer wieder auf seine Armbanduhr. In einer Stunde ging sein Zug nach Berlin, und bevor er sich auf den Weg machen konnte, musste er noch einen Trupp Arbeiter, der heute aus Westfalen gekommen war, in seine Unterkunft in Lagerabschnitt 4 einweisen. Normalerweise hätte er das Telefonat längst abgebrochen, doch das war in diesem Fall nicht möglich. Denn der Mann, der sich mit ihm hatte verbinden lassen, war Sturmbannführer Dr. Bodo Lafferentz, Geschäftsführer der Volkswagen-Gesellschaft, und der hatte überaus wichtige Dinge mit ihm zu besprechen. Aufgrund des so energisch vorangetriebenen Autobahnbaus sah sich die Reichsanstalt für Arbeitsvermittlung nicht mehr imstande, Bauarbeiter in den Mengen bereitzustellen, wie sie für die Errichtung des Volkswagenwerks benötigt wurden. Die ohnehin schwierige Lage würde sich, wie Lafferentz unter dem Siegel der Verschwiegenheit hinzugefügt hatte, zudem noch verschärfen, wenn die Arbeiten am Westwall beginnen würden, mit dem Deutschland für den Fall eines neuerlichen Krieges die Flanke gegen den Erzfeind Frankreich sichern wolle. Aus diesen Gründen habe der Führer seinen Freund und Verbündeten Benito Mussolini gebeten, dem Reich mit Arbeitskräften auszuhelfen, und der Duce habe die gewünschte Hilfe zugesagt.

»Tausende italienische Kameraden, die in den nächsten Monaten in Fallersleben eintreffen und untergebracht werden müssen«, schloss Lafferentz. »Sehen Sie sich in der Lage, die Aufgabe zu bewältigen?«

Horst knallte am Schreibtisch die Hacken zusammen. »Selbstverständlich, Sturmbannführer!«

»Sehr gut, Ising. Ich hatte nichts anderes erwartet. Heil Hitler!«

»Heil Hitler!«

Kaum hatte Horst aufgelegt, eilte er hinaus. Ein Blick auf die Uhr verriet, dass ihm bis zur Abfahrt eine Dreiviertelstunde Zeit blieb. Für den Weg vom Sandfeld, wo sich die Baracken der Lagerleitung befanden, zum Bahnhof Rothenfelde brauchte er höchstens zehn Minuten, doch da er noch keinen Fahrschein besaß, musste er sich in spätestens einer halben Stunde auf die Socken machen.

Wo waren die westfälischen Neuankömmlinge?

Er hatte angeordnet, dass sie vor ihrer Baracke in Abschnitt 4 auf ihn warten sollten, damit er die ordnungsgemäße Einquartierung vornehmen konnte. Man musste den Männern ja nicht nur die Schlafplätze zuweisen, damit es kein Gerangel gab, sondern ihnen auch einschärfen, welche Vorschriften im Lager galten. Doch als er die Baracke erreichte, war dort keine Menschenseele zu sehen.

Was zum Teufel hatte das zu bedeuten?

Ein Zivilist Mitte dreißig, der ganz und gar nicht wie ein Bauarbeiter aussah, sondern Horst mit seinen braunen Locken auf unangenehme Weise an seinen Bruder Georg erinnerte, trat aus der Barackentür und salutierte.

»Melde gehorsamst – Einquartierung erfolgt.«

»Wie bitte?«

Horst wollte den Kerl zusammenstauchen, doch der kam ihm zuvor.

»Wenn Sie sich vielleicht überzeugen möchten?«

Als Horst die Baracke betrat, traute er seinen Augen nicht. An jedem Doppelbett hatten jeweils zwei Männer Aufstellung genommen, die Betten waren piccobello bezogen, die Decken und Kissen wie mit einem Lineal glattgestrichen, und neben der Stubentür hing wie vorgeschrieben die gedruckte Lagerordnung.

»Wohl schon mal in einem Arbeitslager gewesen, wie?«, fragte Horst verdutzt.

»So ungefähr!« Erneut salutierte der braune Lockenkopf. »Melde gehorsamst, ich habe in der Lagerverwaltung einen Unterführer gebeten, zwecks Arbeitseinsparung die Einquartierung selbständig vornehmen zu dürfen. Der Kamerad war so freundlich, mir die Erlaubnis zu erteilen, und hat mir die Lagerordnung ausgehändigt. Sollte ich damit meine Befugnisse überschritten haben, bitte ich um Verzeihung!«

Horst wusste nicht, was er davon halten sollte. Eigentlich war der Vorgang eine Ungeheuerlichkeit! Der Mann hatte ohne jeden Befehl gehandelt. Andererseits aber bewies sein Handeln ebenjene Eigeninitiative, von der auf Schloss Erwitte so oft die Rede gewesen war. Außerdem, stellte Horst mit einen Blick auf die Uhr fest, würde er jetzt auf jeden Fall noch seinen Zug nach Berlin erwischen.

»Stehen Sie bequem, Mann«, befahl er.

Der Lockenkopf nahm die Hand von der Stirn und stellte den rechten Fuß vor.

»Name?«

»Heinz-Ewald Pagels. Stets und mit Freuden zu Diensten!«

Horst musterte ihn mit einem misstrauischen Blick. War der Kerl ein Hallodri wie Georg? Oder vielleicht genau der Mann, den er brauchen würde, wenn die Itaker nach Fallersleben kamen?

»Beruf?«, fragte er.

»Für jede Aufgabe einsetzbar!«, erwiderte Pagels wie aus der Pistole geschossen.

Horst beschloss, es auf einen Versuch ankommen zu lassen. »Gut, weitermachen! Ab sofort sind Sie mir für die Ordnung in dieser Baracke verantwortlich! Halten Sie sich zu meiner Verfügung!«

35

Als Gilla nach Hause kam, war der Umzug im vollen Gange.

»Wo sollen wir mit all den Sachen nur hin?«, fragte Wilhelm Bernstein und raufte sein schütteres Haar. »Die neue Wohnung ist doch viel zu klein!«

»Erst mal nehmen wir alles mit, was wir besitzen«, erklärte seine Frau, die die Möbelpacker beaufsichtigte. »Was wir nicht unterbringen können, verkaufen wir. Und was sich nicht verkaufen lässt, wird verschenkt. Das jüdische Altersheim kann immer Möbel gebrauchen.«

Gilla ließ den Blick durch die fast leergeräumte Wohnung schweifen, die ihr Zuhause gewesen war, so lange sie zurückdenken konnte. Wie abgenutzt und schäbig sah jetzt alles aus! Die alten, vergilbten Tapeten, die sich an vielen Stellen vom Untergrund lösten ... Die leeren Rechtecke an den Wänden, wo früher die Bilder gehangen hatten ... Die Spinnweben, die überall hinter den Möbeln zum Vorschein gekommen waren ... Die dunklen Spuren auf dem Parkettfußboden, an denen man ablesen konnte, welche Wege sie in der Wohnung genommen hatten ... Wie schön würde es sein, jetzt neben Selma zu sitzen und mit Mr Whoolley zu schäkern. *When does the next steamer go to New York ...* Bei der Vorstellung schnürte es ihr die Kehle zu. Nicht mal das Versprechen, das sie ihrer Freundin gegeben hatte, konnte sie halten. Denn sie würde Mr Whoolley so wenig wiedersehen wie Selma, nie wieder seine freundliche Stimme hören, nie wieder von ihm ein Lob für ihre gute Aussprache bekommen. Ihre Eltern hatten kein Geld mehr, um das Schulgeld zu zahlen, und hatten sie vom Unterricht abgemeldet.

Ja, die Mutter hatte richtig vermutet. Herr Schürgers, der Prokurist, der für den Vater arbeitete, seit er als Lehrling in die Firma eingetreten war, hatte dafür gesorgt, dass der Wirtschaftskontrolldienst die Kuchenfabrik geschlossen hatte. Statt einer halben Million hatte er am Ende den Schandpreis von zehntausend Mark bezahlt.

Warum war der Vater nicht Arzt geworden wie Dr. Schönemann, statt eine Kuchenfabrik zu betreiben, die nichts wert war, wenn es darauf ankam?

»Ich will nicht in den Wedding«, sagte Gilla.

»Kinder, die was wollen, kriegen was auf die Bollen«, erwiderte die Mutter. »Komm, wir müssen uns von unseren Hausnachbarn verabschieden. Du auch, Wilhelm!«, fügte sie an die Adresse ihres Mannes hinzu.

Zu dritt gingen sie die Treppe hinauf. Im Obergeschoss betätigte die Mutter die Wohnungsklingel von Kommerzienrat Bender und seiner Frau, die jahrelang denselben Lesezirkel besucht hatte wie sie. Doch niemand machte auf. Mit gerunzelter Stirn blickte sie den Vater an, doch der hob ohnmächtig die Arme. Unverrichteter Dinge gingen sie ins Erdgeschoss hinunter. Aber auch die Tür von Studiendirektor Wilke, mit dessen Sohn Gilla konfirmiert worden war, in der selben Kirche, in der der Vater als Presbyter amtiert hatte, bis er vor zwei Jahren auf Drängen der Gemeinde seines Dienstes enthoben worden war, blieb verschlossen.

»Offenbar sind sie nicht zu Hause«, sagte der Vater. »Da kann man wohl nichts machen.«

»Natürlich sind sie zu Hause«, widersprach die Mutter. »Frau Wilke hat eben noch durch ihre Wohnungstür in den Hausflur gelugt, und die Frau Kommerzienrat stand im Wohnzimmer hinter der Gardine, als ich die Stehlampe zum Möbelwagen gebracht habe. Das habe ich von der Straße aus gesehen«

»Aber warum machen sie dann nicht auf?«, wollte der Vater wissen.

Die Mutter schaute ihn kopfschüttelnd an. »Fragst du das wirklich im Ernst, Wilhelm?«

36

Es war Abend in Berlin, Carl hatte die Pflichten des Tages hinter sich und freute sich auf ein paar ungestörte Mußestunden. Nachdem er von der Universität nach Hause gekommen war, hatte er eine Flasche Châteauneuf-du-Pape entkorkt und es sich mit seiner Lieblingslektüre gemütlich gemacht – Theodor

Däubler, *Das Nordlicht*. Doch er hatte kaum zu lesen begonnen, da riss ihn die Wohnungsklingel aus den herrlichen Daktylen.

Sein Neffe Horst stand in der Tür. Zum Glück trug er nicht seine alberne HJ-Uniform, sondern einen normalen Straßenanzug.

»Ich brauche deine Hilfe, Onkel Carl.«

»Na, dann komm mal rein.«

Den Châteauneuf-du-Pape lehnte Horst ab und bat stattdessen um ein Bier. Carl holte also eine Flasche Schultheiß aus der Speisekammer, wo er stets einen Kasten vorrätig hielt für den Fall, dass Menschen vom Schlag seines Neffen ihn besuchten, und während er sich selbst weiter an den Rotspon hielt, hörte er Horsts Bericht aufmerksam zu.

»Das heißt, ich soll mit Göring reden?«, fragte er, als sein Neffe zu Ende gesprochen hatte. »Um irgendwie Druck auf deinen Vater zu machen? Habe ich das richtig verstanden?«

»Ich wäre dir unendlich dankbar«, erwiderte Horst. »Du weißt ja, wie wichtig die Sache ist. Ich darf Kreisleiter Sander auf keinen Fall enttäuschen. Sonst wird das nichts mit der neuen Ortsgruppe, und die Lagerleitung bin ich dann wahrscheinlich auch los.«

»Das könnte wohl sein«, bestätigte Carl. »Allerdings hat die Sache einen Haken. Wie sich inzwischen herausgestellt hat, ist Göring alles andere als begeistert von Fallersleben als Standort der Volkswagen-Fabrik. Die Reichswerke in Salzgitter, die seinen Namen tragen, sind nur einen Katzensprung entfernt. Wenn jetzt in der Nachbarschaft eine so riesige neue Fabrik entsteht, ist zu befürchten, dass die Göring-Werke Arbeitskräfte an das neue Unternehmen verlieren. Und das ist natürlich ganz und gar nicht im Interesse des Ministers.«

Horst brauchte eine Weile, bis er den Zusammenhang begriff. »Dann meinst du also, Göring ist es vielleicht sogar ganz recht, wenn Vater weiter Schwierigkeiten macht?«

Das Entsetzen, das die Schlussfolgerung in ihm auslöste, zeichnete sich in seinem Gesicht ab. Zu allem Überfluss begann er auch noch an den Nägeln zu kauen. Carl mochte kaum hinschauen.

»Ich fürchte, aus Berlin ist keine Hilfe zu erwarten«, sagte er. »So leid es mir tut.«

Horst schien den Tränen nahe. »Aber kannst du denn wirklich überhaupt nichts tun?«

»Ich bedaure«, erwiderte Carl. »Aber wie ich sehe, hast ja noch gar nichts getrunken?« Er griff nach der Flasche Schultheiß, um seinem Neffen einzuschenken, da kam ihm plötzlich eine Idee. »Das heißt, vielleicht gibt es ja doch eine Möglichkeit ...«

Während er die Flasche wieder auf den Tisch stellte, flackerte in Horsts Gesicht ein Flämmchen Hoffnung auf, so winzig klein wie sein Verstand. »Welche?«

Carl nahm einen Schluck von seinem Châteauneuf. »Lass mir ein wenig Zeit, damit ich in Ruhe darüber nachdenken kann. Ich werde mich um eine Lösung bemühen, die möglichst alle Seiten befriedigt.«

37

Die neue Wohnung der Bernsteins befand sich im Halbsouterrain einer Mietskaserne Ecke Sansibar-/Afrikastraße und hätte mit ihren vierzig Quadratmetern fünfmal in die alte Wohnung hineingepasst. Ein Wohnzimmer gab es nicht, nur eine Wohnküche und zwei winzig kleine Schlafkammern, eine für die Eltern und eine für Gilla, so dass der weitaus größte Teil der Möbel im Keller und auf dem Dachboden hatte gelagert werden müssen, in der vagen Hoffnung, irgendwann ein paar Stücke verkaufen zu können, um nicht alles an das jüdische Altersheim verschenken zu müssen. Die Toilette lag im Treppenhaus, wo es nach abgestandenem Kohl roch, und die feuchten Wände waren großflächig von Schimmelpilz befallen. Trotzdem betrug die Miete fast die Hälfte des früheren Monatszinses, was dem Vater vollkommen unverständlich war, der Mutter aber nicht. In entsprechend gedrückter Stimmung fand das erste Abendessen der Familie in der neuen Wohnung statt.

»Warum sind wir überhaupt noch mal umgezogen, statt wie die Schönemanns gleich auszuwandern?«, fragte Gilla.

Sie schaute den Vater an, doch der blickte einfach durch sie hindurch, in eine unbestimmte Ferne, die irgendwo jenseits der vier Wände ihrer Wohnküche lag, und kaute dabei stumm sein Brot.

»Weil unser Geld dafür nicht reicht«, erklärte die Mutter an seiner Stelle.

»Nicht mal fürs Elsass?«

»Auch dafür nicht.«

»Aber das kann doch gar nicht sein! Wir haben zehntausend Mark von Herrn Schürgers bekommen!«

»Von dem Geld ist kaum noch was übrig! Den Löwenanteil hat das Finanzamt kassiert, und der Umzug war auch nicht umsonst. Wir haben gerade noch so viel, dass wir damit ein paar Monate über die Runden kommen. Bis Papa Arbeit hat.«

»Papa soll arbeiten? Als Angestellter?«

»Was anderes wird ihm wohl nicht übrigbleiben.«

»Aber das geht doch nicht, er war doch immer sein eigener Herr.« Gilla versuchte, sich den Vater als Untergebenen eines fremden Vorgesetzten vorzustellen, aber es gelang ihr nicht. »Gibt es denn keinen Menschen, der uns helfen kann?«

»Wer denn?«, fragte die Mutter. »Den anderen Juden, die so dumm waren wie wir und geblieben sind, geht es ja nicht besser. Und was wir von unseren arischen Volksgenossen zu erwarten haben, hast du heute selbst gesehen. Sowohl die Benders als auch die Wilkes haben sich hinter ihren Türen verschanzt, als hätten wir die Krätze. Aber jetzt hör auf zu fragen und iss. Wer weiß, wie lange wir noch satt zu essen haben.«

Um mit gutem Beispiel voranzugehen, biss sie in ihr Eierbrot. Gilla blickte auf ihren Teller. Auch ihr Brot war mit gekochtem Ei belegt, wie zwei übergroße Augen glotzten die beiden Hälften sie an. Keinen Bissen würde sie davon runterkriegen! In der Wohnküche war es so still, dass man nur das leise Geschirrklappern hörte, das die Mutter erzeugte, als sie einen Schluck von ihrem Hagebuttentee nahm.

Warum heißt das Leben »Leben«? Natürlich, um was zu erleben …

»Und was ist mit Onkel Hermann?«, fragte Gilla.

»Auf gar keinen Fall!«, sagte der Vater, der bei der Nennung des

Namens plötzlich aus seiner Apathie erwachte. »Nur über meine Leiche!«

»Aber warum denn nicht? Onkel Hermann ist doch dein ältester Freund, der kleine Willy ist sogar dein Patenkind. Außerdem hast du ihm diesen Wehrmachtsauftrag verschafft! Da kann er jetzt auch mal was für dich tun.«

»Kein Wort mehr! Ich will nichts davon hören!« Der Vater war so erregt, dass seine Stimme zitterte. »Mit Hermann Ising und seiner Familie bin ich fertig! Die sind keinen Deut besser als die anderen! Sie haben uns nicht mal zu Charlottes Hochzeit eingeladen.«

»Lotti hat geheiratet?«, fragte die Mutter verwundert. »Das ist ja das Allerneueste! Warum hast du mir nie was davon gesagt?«

»Weil ich dir den Kummer ersparen wollte, mein Thildchen. Ich habe es ja auch nur durch Zufall erfahren, weil mein sogenannter bester Freund sich am Telefon verplappert hat. Es war ihm so peinlich, dass er gleich aufgelegt hat.«

Gilla sah, dass ihrem Vater Tränen in den Augen standen.

»Ach, Papa«, sagte sie und streichelte seine Hand auf dem Tisch.

Unendlich müde erwiderte er ihren Blick. Dann richtete er sich auf und rückte den Knoten seiner Krawatte zurecht. »Vielleicht versteht ihr jetzt, warum ich Hermann Ising nicht um Hilfe bitten kann. Sie können uns alles nehmen, was wir besitzen – aber nicht unseren Stolz. Wir sind doch keine Bettler!«

38

Die Stimme des Führers Adolf Hitler ertönte aus dem Radio.

»Die Abspaltung meiner österreichischen Heimat von Deutschland und die Auflösung des großdeutschen Reichs ist widernatürlich, ein Verrat am Heiligen Römischen Reich Deutscher Nation, und es ist meine Bestimmung, diese Sünde der Geschichte zu korrigieren.«

Dorothee trat an die Musiktruhe, um den Sender zu wechseln.

»Nein!«, protestierte Hermann. »Vielleicht kommt ja noch was Wichtiges.«

»Etwas Wichtigeres als mein Wunschkonzert?«, erwiderte sie und schaltete um.

Mit einem Seufzer fügte Hermann sich in sein Schicksal. Er wusste ja, das Wunschkonzert war Dorothee heilig, jeden Abend schaltete sie es ein, um nach dem Essen noch ein bisschen Musik zu hören, bevor sie Willy zu Bett brachte. Während aus dem Lautsprecher irgendeine Operettenmelodie ertönte, schaute Hermann seinem Jüngsten beim Spielen zu. Kaum hatte Bruni den Tisch abgeräumt, hatte Willy seinen Kindersitz verlassen und war zu seinen Bauklötzen zurückgekehrt. Er konnte Stunden damit verbringen, immer wieder denselben Turm zu bauen, auch wenn es ihm nie gelang, mehr als höchstens zwei oder drei Klötzchen aufeinanderzuschichten. Sobald der Turm einstürzte, fing er wieder von neuem an. Hermann erkannte sich in ihm wieder. Auch er gab nicht auf, egal, was passierte, genauso wenig wie sein Sohn. Und der sollte ein Döfchen sein?

»Sie haben heute den Rahmenvertrag gekündigt«, platzte es aus ihm heraus, obwohl er mit der Nachricht eigentlich hatte warten wollen, bis Willy im Bett war.

Dorothee drehte sich um.

»Meinst du den Wehrmachtsauftrag?«

Hermann nickte. »Nachdem Kreisleiter Sander mir monatelang die Hölle heißgemacht hat, war das keine Überraschung mehr. Die Ortsgruppe werden sie mir wohl auch wegnehmen. Aber das ist mir egal. Ich bin heilfroh, wenn ich den Affenzirkus nicht mehr mitmachen muss.«

Dorothee kehrte zurück an den Tisch. »Und wie soll es jetzt weitergehen?«

Hermann zuckte die Achseln. »Verhungern werden wir nicht. Zum Glück haben wir in den letzten Jahren ja gut verdient. Erpressen lasse ich mich jedenfalls nicht. Die Zuckerfabrik bleibt – basta! Und wenn die in Berlin sich auf den Kopf stellen und mit den Füßen Hurra schreien!«

»Tu, was du für richtig hältst, ich werde dich immer unterstützen«, sagte Dorothee. »Und wenn alle Stricke reißen, können wir ja auch das Haus verkaufen. Jetzt, wo es wieder aufwärtsgeht, bekommst du sicher einen guten Preis. Für uns ist es sowieso viel zu groß.«

»Das ist lieb von dir.« Hermann gab ihr einen Kuss. »Aber so weit lasse ich es nicht kommen. Das Haus habe ich für die Familie gebaut, das nimmt uns niemand weg!«

»Oh!«, machte der kleine Willy. Wieder war sein Turm eingestürzt, doch im Nu hatte er die Enttäuschung verwunden und versuchte erneut sein Glück.

Dorothee zupfte an ihrem Ohrläppchen. »Manchmal denke ich, das neue Haus hat uns mehr Unglück als Glück gebracht.«

Hermann runzelte die Stirn. »Was willst du damit sagen?«

»Überleg doch nur, was alles passiert ist. Am Anfang die drückenden Schulden und die Angst, dass wir uns womöglich übernommen haben. Edda und das Drama mit ihrem Ernst. Die ewigen Streitereien mit Horst. Und jetzt auch noch die Sorge um unseren kleinen Goldschatz.«

Mit der Zunge zwischen den Lippen hielt Willy ein Klötzchen über seinen neu errichteten Turm, doch statt es obendrauf zu legen, ließ er es zu Boden fallen.

»Lotti hat gesagt, wir sollen uns keine Sorgen machen«, sagte Hermann. »Sie will sich um alles kümmern.«

»Das lastet mir auch auf der Seele«, erwiderte Dorothee. »Charlotte opfert sich für ihren kleinen Bruder auf. Dabei packt Benjamin schon die Koffer. Wie sollen die zwei denn so eine Ehe führen – sie in Göttingen, er in England? Das ist doch unmöglich!«

In Hermanns Privatkontor klingelte das Telefon. Im nächsten Moment steckte Bruni den Kopf durch die Tür.

»Der Professor ist am Apparat!«

»Mein Bruder?«, fragte Dorothee. »Moment, ich komme.«

»Nein, nicht Sie.« Bruni schüttelte den Kopf. »Er möchte Ihren Mann sprechen.«

»Na, ich kann mir schon denken, was er will.«

Mit einem Seufzer stemmte Hermann sich in die Höhe. Im Büro nahm er den Hörer, und ohne einen Gruß sagte er: »Wenn du mich überreden willst, mein Land zu verkaufen, kannst du dir die Mühe sparen.«

»Ich will dich zu gar nichts überreden, lieber Schwager«, erwiderte Carl. »Die Sache ist doch längst entschieden, egal, was du tust oder lässt. Nicht mal Göring hat sich mit seinen Bedenken durchsetzen können. Du wirst die Fabrik also auf jeden Fall verlieren. Die Frage ist nur, ob das Ganze für dich und deine Familie im Guten oder im Bösen über die Bühne geht.«

»Rede nicht um den heißen Brei herum! Weshalb rufst du an?«

Einen Moment lang war es still in der Leitung. Dann hörte Hermann seinen Schwager sagen: »Ich möchte dir einen Vorschlag machen. Versprechen kann ich zwar nichts, aber mit ein bisschen Glück wirst du nicht nur mit einem ordentlichen Batzen Geld entschädigt, sondern kannst vielleicht auch noch ein Problem lösen, das schon seit einiger Zeit auf deiner Familie lastet und sich vielleicht zu einer Katastrophe für euch alle ausweiten könnte.«

»Würdest du dich bitte etwas klarer ausdrücken? Welches Problem meinst du?«

Diesmal kam die Antwort ohne Zögern: »Benjamin Jungblut.«

Hermann musste schlucken. Sein Schwiegersohn war in der Tat ein Problem. Seit dem Fortzug von Amtmann Scheelhase und seiner Familie aus Fallersleben war er der einzige Jude im Ort, und ob er tatsächlich nach England verschwinden würde, war längst nicht ausgemacht. »Was zum Teufel hat Benno damit zu tun?«

»Schön, dass ich dein Interesse wecken konnte«, erwiderte Carl. »Hast du fünf Minuten Zeit?«

39

Das Reichsluftfahrtministerium war so monumental wie der Geltungsdrang des Mannes, der darin residierte. Alles an dem klotzigen Gebäude, von der Fassade über die Treppenaufgänge bis hinauf zu den Fluren, war darauf angelegt, dass der Besucher sich vorkam wie eine Ameise. Carl jedoch ließ sich von solchen architektonischen Mätzchen nicht beeindrucken. Aufgrund seines geringen Körperwuchses war er von Kindesbeinen an daran gewöhnt, dass man auf ihn herabschaute. Dabei hatte er die kuriose Erfahrung gemacht, dass es oft sogar von Vorteil war, wenn jemand sich ihm gegenüber größer wähnte, als er in Wirklichkeit war. Solche Menschen waren in der Regel eitle Popanze, und die konnte man wunderbar manipulieren.

Göring empfing ihn in der weißen, goldbehangenen Uniform des Generalfeldmarschalls, zu dem er im Februar ernannt worden war. Obwohl Carl angekündigt hatte, über die Autofabrik in Fallersleben sprechen zu wollen, schwadronierte Göring endlos über den Anschluss Österreichs. Carl verbarg mühsam seine Ungeduld, das alles war doch hinlänglich bekannt, und es war noch nicht lange her, da hatte Hitler vor hochrangigen Wehrmachtsgenerälen laut über die Eingliederung Österreichs wie auch des zur Tschechoslowakei gehörenden Sudetenlands nachgedacht. Nachdem England und Frankreich sich trotz aller Proteste gegen die großdeutschen Pläne zu keiner Garantieerklärung für Hitlers einstiges Vaterland hatten entschließen können, schien die Zeit gekommen, mit Österreich den Anfang zu machen, um neuen Lebensraum für das deutsche Volk zu erschließen. Görings Aufgabe war es, unter Androhung militärischer Gewalt Kanzler Schuschnigg und seine Regierung zum Rücktritt zu bewegen, damit die Annexion des Nachbarlandes vor den Augen der Welt als freiwillige Entscheidung des österreichischen Volkes dargestellt werden konnte. Mit dem Säbel zu rasseln war ganz nach Görings Geschmack. Er liebte den großen Auftritt – kein Wunder bei der Familie, sein Bruder Albert war ein überaus erfolgreicher Filmagent. Besondere Freude machte es dem Minister, mit allergeheimsten Geheimnissen zu prahlen, und er wurde nicht müde, Carl unter dem Siegel der Verschwiegenheit auch solche Einzelheiten der Operation zu verraten, die angeblich nur Göring selbst und dem Führer bekannt waren. Dabei ließ sich kaum unterscheiden, ob seine Augen vor Begeisterung oder von einer zu starken Gabe Morphium glänzten. Während Carl sich einmal mehr fragte, wie ein notorischer Morphinist zum zweitmächtigsten Mann im Staat hatte aufsteigen können, wartete er ab, bis der Zeitpunkt für einen Themenwechsel gekommen war. Schließlich war er nicht zum Vergnügen hier, er wollte das scheinbar unentwirrbare Knotengeflecht auflösen, in dem sich die Familie seiner Schwester verheddert hatte.

»Ich teile natürlich Ihre Ansicht«, sagte er, als Göring endlich auf das geplante Volkswagenwerk zu sprechen kam, »die Festlegung auf Fallersleben war ein Fehler.«

»Allerdings«, erwiderte der Minister. »Die Autofritzen werden meinen Reichswerken in Salzgitter Arbeitskräfte abspenstig machen, anders kann es ja gar nicht sein. Was für ein Aberwitz – zwei Staatsbetriebe, die miteinander konkurrieren! Man hätte die Fabrik östlich der Elbe ansiedeln sollen. Da gibt es immer noch ganze Landstriche ohne Industrie, für die Leute dort wäre das ein Segen gewesen. Aber der Führer hat in dieser Sache ja meinen Rat nicht annehmen wollen.«

»Ich hoffe, Sie wissen, dass meine Familie getan hat, was sie konnte, um der Ansiedlung entgegenzuwirken?«, fragte Carl. »Und dies sogar immer noch tut?«

»Sie meinen diesen Ortsgruppenleiter, der sich weigert, seine Zuckerfabrik zu verkaufen?«

Carl nickte. »Hermann Ising, der Mann meiner Schwester. Sein Großvater hat die Fabrik gegründet, der erste Industriebetrieb in der ganzen Region.«

»Also ein florierendes Unternehmen, das nun den Betrieb einstellen und seine Leute um Lohn und Brot bringen muss?« Göring schüttelte den Kopf. »Eine Schande ist das!«

»Mein Schwager hat immer noch nicht unterschrieben, obwohl er dadurch seinen eigenen Ruin riskiert. Die Wehrmacht als sein größter Abnehmer hat ihm bereits den Vertrag gekündigt.«

»Beeindruckend«, sagte Göring, »aber natürlich führt der gute Mann einen aussichtslosen Kampf. Genauso wie Graf Schulenburg. Die beiden sollten lieber verkaufen, bevor sie enteignet werden.«

Carl hob die Brauen. »Darf ich dies meinem Schwager als Ihren persönlichen Rat übermitteln?«

»Selbstverständlich. Und vielleicht gibt es ja irgendetwas, womit wir ihm unsere Anerkennung bekunden können. Es muss schmerzlich sein, einen Familienbesitz zu opfern, das würde auch mir nicht leichtfallen. Wenn Sie zufällig eine Idee haben?«

Carl tat, als müsse er überlegen. Dabei hatte er die Antwort längst parat. Er kannte Göring seit 1933, als dieser zum preußischen Ministerpräsidenten und er selbst zum preußischen Staatsrat ernannt worden war. Er wusste deshalb, wie gern Göring mit Ehrungen und Vergünstigungen um sich schmiss, die ihn nichts kosteten, und hatte auf eine solche Gelegenheit nur spekuliert.

»Mein Schwager hat einen tüchtigen Architekten zum Schwiegersohn«, sagte Carl nach seiner Kunstpause. »Vielleicht könnte man ihn für die Erschließung des Geländes empfehlen. Der junge Mann kennt die Gegebenheiten vor Ort wie kein zweiter, er hat jahrelang für Graf Schulenburg gearbeitet. Er könnte dem Städteplaner assistieren, den der Führer mit dem Bau der Autostadt beauftragt hat.«

»Hm«, machte Göring. »Um ehrlich zu sein, die Vorstellung schmeckt mir nicht besonders.«

»Was ich natürlich verstehe«, beeilte Carl sich zu sagen. »Warum sollten Sie ein Unternehmen unterstützen, dem Sie selbst kritisch gegenüberstehen?«

»Ich muss gestehen, dass mir genau diese Frage in den Sinn kam.«

»Natürlich. Aber wie wäre es, wenn Sie die Sache von einer anderen Seite betrachten? Ein solches Engagement wäre hervorragend geeignet, mögliche Ressentiments in der Umgebung des Führers wegen Ihrer früher vorgetragenen Einwände zu zerstreuen.«

»Das ist allerdings eine Überlegung wert«, erwiderte Göring mit einem Schmunzeln. »Sie sind wirklich ein kluger Kopf, Professor. Ja, das ist ein sehr reizvoller Gedanke. Ich denke, so machen wir's!«

»Es wird mir eine Freude sein, meinem Schwager und vor allem meiner Schwester die frohe Botschaft zu überbringen.« Carl hielt einen Moment inne. »Allerdings gibt es ein Problem. Und dieses Problem ist nicht ganz unerheblich. Vielleicht stößt man dabei sogar an Grenzen, die es selbst Ihnen schwermachen könnten …«

»Heraus mit der Sprache!«, fiel Göring ihm ins Wort. »Das Problem, das ich nicht lösen kann, möchte ich kennenlernen!«

Carl wusste, er riskierte eine Menge, wenn er Farbe bekannte. Vielleicht würde er mit einem Schlag die Gunst seines Gönners verlieren. Aber seiner Schwester zuliebe nahm er die Gefahr in Kauf. Außerdem gab es da ja noch einen gewissen Hermann von Epenstein, den jüdischen Patenonkel des Ministers …

Also gab Carl sich einen Ruck und sprach.

Tatsächlich entglitten Göring für einen Moment die Gesichtszüge, doch nur für einen Moment. Dann nahm seine Miene wieder jenen selbstgefälligen Ausdruck an, den das deutsche Volk von unzähligen Zeitungsfotos und Wochenschauberichten kannte.

»Keine Sorge, Professorchen«, sagte er und strich sich mit beiden Händen über den Bauch. »Wer Jude ist, bestimme ich!«

40

Mit zitternden Händen öffnete Benny den Brief vom Finanzamt, nahm den Bogen aus dem Umschlag und faltete ihn auseinander. Bevor er den Bescheid las, schloss er kurz die Augen. Er hatte alles Geld, das er besaß, zusammengekratzt, um die Reichsfluchtsteuer zu bezahlen. Doch würde das Finanzamt die Zahlung auch bestätigen?

Als er die Augen aufschlug, sprang ihm sogleich das alles entscheidende Wort entgegen: *Unbedenklichkeitsbescheinigung*.

Er hatte es geschafft, er durfte Deutschland verlassen!

Eigentlich sollte ihm jetzt ein Stein vom Herzen fallen. Tatsächlich aber verspürte er nichts dergleichen, kein Aufatmen, keine Erleichterung – im Gegenteil. Während er das Schreiben mitsamt den Ausführungsbestimmungen las, überkam ihn eine Trauer, in der jedes andere Gefühl unterging.

Denn er würde nicht nur Deutschland verlassen, sondern auch seine Frau.

Der Gedanke an die bevorstehende Trennung tat so weh, dass er ihn mit Gewalt unterdrückte. Mit der Unbedenklichkeitsbescheinigung konnte er ab sofort die Ausreisegenehmigung beantragen, und sobald er die in Händen hielt, würde es kein Zurück mehr geben. Er steckte den Brief wieder in den Umschlag und legte ihn zu seinen Unterlagen auf dem Tisch, wo auch der Entwurf lag, den er noch in Göttingen gezeichnet hatte, für das Haus der Familie, die er und Charly hatten gründen wollen. Obwohl die Pläne erst wenige Monate alt waren, gehörten sie einer Zeit an, die es nicht mehr gab.

Er nahm den Entwurf und fügte ihn den Papieren hinzu, die er mit nach England nehmen wollte. Vielleicht würde er das Haus ja in Cambridge bauen. Irgendwann.

Im Treppenhaus wurden Schritte laut, und gleich darauf klopfte es an der Tür. Benny zögerte. Wer konnte das sein? Vielleicht sein Schwager, der sich an seinem Unglück weiden wollte? Charly hatte der Familie ja bereits verkündet, dass er das Land verlassen würde.

Es klopfte ein zweites Mal, diesmal energischer.

Benny machte auf. Doch auf dem Treppenabsatz stand nicht sein Schwager, sondern sein Schwiegervater, in der Uniform des Ortgruppenleiters.

»Bist du schon am Packen?«

»Ja, warum?«, erwiderte Benny.

Sein Schwiegervater rückte das Koppel zurecht. »Wie wär's, wenn du mich mal reinlassen würdest?«

41

Charly hatte gehofft, in der Mittagspause ein paar Minuten Ruhe zu haben, bevor sie dem Chef am Nachmittag bei einer Magen-OP assistieren würde, doch als sie das Stationszimmer betrat, wo die Ärzte und Schwestern ihr Essen auf einer elektrischen Kochplatte aufwärmen konnten, hatten schon Oberarzt Dr. Winkelmann und Schwester Johanna den kleinen Raum in Beschlag genommen. Und wie immer, wenn die beiden hier saßen, hatten sie den Volksempfänger eingeschaltet, um die neuesten Nachrichten zu hören.

Aus dem Lautsprecher schnarrte die Stimme des Führers: »Meine Regierung hat weder die Absicht noch den Willen, sich in die inneren österreichischen Verhältnisse einzumischen, Deutschland wird Österreich weder annektieren noch auf sonst eine Weise dem Reich anschließen, solange das österreichische Volk das nicht will. Doch niemand wird sich dem österreichischen Volk entgegenstellen, wenn es von sich aus den Willen bekundet, heim ins Reich zu kehren.«

Während Dr. Winkelmann und Schwester Johanna Hitlers Rede mit beifälligem Nicken quittierten, nahm Charly ihren Henkelmann und stellte ihn auf den Herd. Obwohl sie den beiden den Rücken zukehrte, wusste sie, dass diese sie mit ihren Blicken verfolgten. Wie alle in der Kinderklinik wussten sie, dass Charly mit einem jüdischen Mann verheiratet war – der Name sprach schließlich Bände –, und machten keinerlei Hehl daraus, was sie darüber dachten. Dabei war Dr. Winkelmann früher mal ein ganz netter Kerl gewesen, doch je weiter er die Karriereleiter hinaufgeklettert war, desto mehr hatte er sich verändert. Er stammte aus ärmlichen Verhältnissen, sein Vater war ein einfacher Arbeiter gewesen, und dass er es geschafft hatte, zum Oberarzt einer Universitätsklinik aufzusteigen, glaubte er weder seiner eigenen Tüchtigkeit noch der Einstellung durch Professor Wagenknecht zu verdanken, sondern allein der neuen Regierung, weshalb er ein glühender Bewunderer des Führers war. Obwohl er verheiratet war, war Schwester Johanna, die ihm in ihrer Hitler-Verehrung nicht nachstand, hoffnungslos in ihn verliebt. Als sie bei der letzten Weihnachtsfeier ein Glas zu viel getrunken hatte, hatte sie öffentlich erklärt, dass ein Mann mit so wertvollem Erbgut wie der Oberarzt mit mehr als nur einer Frau Kinder zeugen sollte, zum Wohle des Deutschen Reichs, und sie selbst würde keine Sekunde zögern, sich zur Verfügung zu stellen.

Auf Hitlers Rede folgte die Übertragung eines Violinkonzerts. Charly nahm den Henkelmann von der Kochplatte und setzte sich an den zweiten Tisch. Während sie ihren Eintopf aß, versuchte sie sich auf das Konzert zu konzentrieren. Doch Schwester Johanna und Dr. Winkelmann sprachen so laut, dass sie nicht zu überhören waren.

»Also, den Heinz Rühmann kann ich wirklich nur bewundern.«

»Ja, ein großartiger Schauspieler. Und immer so lustig.«

»Nein, nicht deshalb. Sondern weil er sich hat scheiden lassen. Von seiner jüdischen Frau. Das hat er dem Führer zuliebe getan.«

Obwohl Charly es nicht wollte, schaute sie über die Schulter.

Als sie das böse Grinsen sah, mit dem Schwester Johanna ihren Blick erwiderte, ließ sie ihr Essen stehen und verließ den Raum. Mit lautem Knall schloss sie die Tür hinter sich. Wenn sie solche Reden hörte, war sie fast froh, dass Benny nicht länger in Deutschland blieb. In Cambridge würde er vor solchen Menschen sicher sein.

Auf dem Flur lief sie Professor Wagenknecht in die Arme.

»Gut, dass ich Sie treffe«, sagte er. »Ich habe Sie schon gesucht.«

Charly knöpfte sich den Kittel zu. »Ich dachte, die Magen-OP ist erst für vierzehn Uhr angesetzt.«

»Das ist sie auch, also kein Grund zur Eile.« Professor Wagenknecht rückte an seiner Brille. »Dr. Winkelmann hat den Wunsch geäußert, sich zu verändern, und er hat wohl auch schon einige Bewerbungen abgeschickt. Für den Fall, dass er uns wirklich verlässt – wären Sie bereit, seine Nachfolge anzutreten?«

»Ich?«, erwiderte Charly überrascht. »Als Oberärztin? Trauen Sie mir das zu?« Vor ihrem geistigen Auge sah sie plötzlich ein großes, frisch bezogenes, weiches Bett, in dem sie schlafen konnte, stundenlang, ohne dass ein Notruf sie weckte.

»Natürlich, würde ich Sie sonst fragen? Auch wenn zu befürchten ist, dass die Berufung einer Frau für Irritationen sorgen könnte. Aber das nehme ich gern in Kauf. Schließlich sind Sie mein bestes Pferd im Stall.«

Während er sie über den Rand seiner Brille anschaute, überschlugen sich in ihrem Kopf die Gedanken. Was wären die Folgen, wenn sie ja sagte? Als Oberärztin hätte sie mehr Zeit für ihre Habilitation, außerdem würde sie vielleicht bessere Möglichkeiten haben, ihren kleinen Bruder zu schützen … Doch andererseits, wenn sie an Benny dachte …

»Kann ich also mit Ihnen rechnen?«

Das Stationstelefon enthob sie der Antwort. Schwester Johanna kam auf den Flur, um das Gespräch anzunehmen.

»Frau Doktor! Für Sie!«

»Für mich?« Charly ließ Professor Wagenknecht stehen.

Schwester Johanna empfing sie mit einem Gesicht, als hätte sie eine verdorbene Speise gegessen. »Der Jude Jungblut.«

Ohne auf die Beleidigung einzugehen, nahm Charly ihr den Hörer aus der Hand. »Benny – bist du's?«

»Auf jeden Fall nicht der Jude Jungblut«, erwiderte er am anderen Ende der Leitung.

»Oh, hast du Schwester Johanna gehört?«

»Natürlich, sie hat es ja darauf angelegt. Aber ich muss sie leider enttäuschen – sie irrt.«

Charly sah, wie Schwester Johanna sie neugierig beobachtete, und kehrte ihr den Rücken zu.

»Ich verstehe kein Wort«, sagte sie leise in den Hörer. »Was gibt's, Benny? Ist etwas passiert? Hat das Finanzamt dir die Bescheinigung verweigert?«

»Sitzt du gerade?«, fragte er. »Wenn nicht, solltest du dich besser festhalten.« Er machte eine kurze Pause, dann sagte er. »Dein Mann ist reinblütiger Arier, bis ins siebte Glied.«

»Bist du verrückt geworden?«

»Nicht im Geringsten. Dein Vater hat mir den Nachweis selber ausgehändigt. In seiner Eigenschaft als Ortsgruppenleiter von Fallersleben.«

»Was für einen Nachweis?«

»Den Ariernachweis. Mit einem schönen Gruß von Onkel Carl. Anscheinend ist dein Onkel doch nicht die intellektuelle Hure, für die Ernst ihn gehalten hat. Er hat nämlich den Nachweis besorgt. Ich denke, ich schreibe ihm einen Brief, um Abbitte zu leisten.«

Charly war so verwirrt, dass sie nicht imstande war, ihre Gedanken zu ordnen. Ihr Kopf war ein Kaleidoskop, das jemand einmal durchgeschüttelt hatte, so dass kein Muster mehr zu erkennen war.

»Soll ... soll das etwa heißen«, fragte sie schließlich, »du kannst bleiben?«

»Genau das!«, bestätigte Benny. »Ja, mein Liebling. Ich bleibe hier – bei dir. Bis dass der Tod uns scheidet.«

Charlys Knie wurden plötzlich so weich, dass sie sich tatsächlich festhalten musste. Kaum schaffte sie es, den Hörer in der Hand zu behalten.

»Aber das ist noch nicht alles«, hörte sie Benny sagen. »Mit ein bisschen Glück habe ich bald wieder Arbeit. Eine ganz wunderbare Arbeit sogar!«

42

Hermann und Graf von der Schulenburg hatten sich gegenseitig versprochen, einander in Kenntnis zu setzen, wenn einer von ihnen sich irgendwann genötigt sehen würde, dem Drängen der Regierung nachzugeben. Nicht anders als der Graf hatte auch Hermann sein Wort gehalten und darum von dem Gespräch berichtet, das sein Schwager mit Generalfeldmarschall Göring in Berlin geführt hatte. Hermann war nichts anderes übriggeblieben, als dem Rat des zweitmächtigsten Mannes im Reich zu folgen. Er hatte dem Verkauf seines Landes jedoch nur unter zwei Bedingungen zugestimmt: dass erstens das neue Wohnhaus der Familie erhalten bliebe, und dass zweitens jene Lösung verwirklicht würde, die sich sein Schwager für seinen Schwiegersohn ausgedacht hatte.

Jetzt waren sie auf der Wolfsburg zusammengekommen, um die Verträge zu unterschreiben, die der Geschäftsführer der Volkswagen-Gesellschaft Dr. Bodo Lafferentz mitgebracht hatte, um den vollendeten Tatsachen, die mit Beginn der Erdarbeiten geschaffen worden waren, den Anschein der Rechtmäßigkeit zu verleihen. Für seine Bereitschaft, sich von den fast zweitausend Hektar umfassenden Ländereien derer von der Schulenburg zu trennen, wurde der Graf mit achteinhalb Millionen Reichsmark entschädigt. Für die Familie Ising, deren Grund und Boden sich samt umliegendem Ackerland auf sechshundertzwanzig Hektar belief, fielen immerhin noch stolze zwei Millionen ab. Obwohl damit auch Hermann ein steinreicher Mann war, zitterte seine Hand, als er den Vertrag unterschrieb.

»Das ist heute ein bedeutender Tag«, sagte Lafferentz, als er die Verträge in seine Mappe steckte. »Nicht nur für das Wolfsburger Land, sondern für das gesamte Reich. Ein Meilenstein in der Geschichte des deutschen Volkes!«

»Mag sein«, erwiderte der Graf. »Doch was uns angeht, ist dieser Tag wohl eher ein Grund zur Trauer. Nicht wahr, mein lieber Ising?«

Dr. Lafferentz blickte auf seine Uhr. »Ich fürchte, ich muss mich verabschieden, meine Herren. Man erwartet mich heute noch in Berlin.« Er schnippte mit dem Finger in Richtung Tür, wo sich sein Adjutant bereithielt. »Meinen Wagen!«

»Es hat wohl so sollen sein«, sagte Hermann, als er mit dem Grafen allein war. »Unsere Väter mögen uns verzeihen.«

»Ich fürchte, unsere Väter hätten auch nicht anders handeln können«, erwiderte Schulenburg. »Nicht in einer Zeit, in der ganze Staaten enteignet werden.«

43

Es war Frühling im Wolfsburger Land. Während die Natur überall zu neuem Leben erwachte, die Wiesen allmählich grünten und die Knospen an den Bäumen erste Blüten trieben, wehte über dem Rathaus von Fallersleben die Hakenkreuzfahne, und von der Michaeliskirche läuteten die Glocken, um den Anschluss Österreichs an das Deutsche Reich zu feiern, für den auch die Einwohner von Fallersleben mit überwältigender Mehrheit gestimmt hatten – von tausendvierhundertachtundsechzig abgegebenen Stimmen waren lediglich vier Nein-Stimmen verzeichnet worden. Im Hof der Zuckerfabrik aber ragte ein Kran in den Himmel empor, so hoch wie die beiden Schornsteine, die für immer aufgehört hatten zu qualmen, und eine Abrissbirne, die schwarz und bedrohlich von dem Ausleger herabhing, nahm Schwung, einmal, zweimal, dreimal – dann krachte sie mit schwerem Schlag gegen das Ziegelsteingebäude, und ein erster Riss brach in dem alten Mauerwerk auf.

»Zucker schadet? Grundverkehrt! Zucker schmeckt, Zucker nährt ...«

Hermann sprach so leise, dass Dorothee die Worte nur ahnen konnte. Sie hatte ihn beschworen, sich den Anblick zu ersparen, doch er hatte dabei sein wollen, und wenn es ihm das Herz zerriss, wollte mit eigenen Augen bezeugen, wie die Fabrik, die sein

Großvater erbaut hatte, abgerissen wurde, um Platz zu machen für den Fortschritt, der im Wolfsburger Land Einzug halten sollte nach dem Willen von Führer, Volk und Vaterland. Dorothee hatte nicht mehr für ihn tun können, als ihn zu begleiten, damit er diese Stunde, in der er für immer verlor, was sein Leben lang sein Leben gewesen war, wenigstens nicht allein durchleiden musste. Von den Arbeitern, die einst hier gearbeitet hatten, war nur noch der alte Lübbecke übrig geblieben. Als sie sich auf den Weg gemacht hatten, um dem Abriss beizuwohnen, war er, unaufgefordert und ohne zu fragen, einfach in seinen Holzpantinen hinter ihnen her geschlurft, wie er es früher unzählige Male getan hatte, weil er nun mal dazugehörte – ein menschliches Überbleibsel aus plötzlich vergangenen Zeiten. Horst, der die Firma ab dem nächsten Jahr hätte weiterführen sollen, war dem traurigen Schauspiel Gott sei Dank ferngeblieben. Er hatte an diesem Morgen einen Termin bei Kreisleiter Sander in Gifhorn. Vielleicht hätte es sonst Mord und Totschlag gegeben – Horst hatte ja das Seinige dazu beigetragen, dass alles so gekommen war, nicht viel anders als die Bagger und Planierraupen, und er war auch noch stolz darauf.

»Nur gut, dass dein Vater und Großvater das nicht mehr erleben«, sagte der alte Lübbecke und sog an seiner Pfeife.

Hermann antwortete nur mit stummem Nicken. Wieder krachte die Stahlkugel gegen das Gemäuer, doch auch diesmal gab es nur einen Riss, ohne dass die Wand wankte. Noch ein halbes Dutzend Schläge hielt das Mauerwerk stand, so wie auch Hermann standgehalten hatte in den vergangenen Wochen und Monaten, dann endlich brach die Fassade zusammen, und mit ihr fielen auch die Schornsteine. Danach ging es Schlag auf Schlag. Während Dorothee die Hand ihres Mannes nahm, schaute sie zu dem Kranführer hinauf, der sich nun in seiner gläsernen Kanzel die übrigen Außenwände vornahm, eine nach der anderen. Stück für Stück, Meter für Meter, stürzten sie in sich zusammen und zersplitterten, als wären sie nicht aus Stein, sondern aus Holz. Ruhig und bedacht führte der Mann sein Vernichtungswerk fort, bis die einstige Fabrik ein einziger Trümmerhaufen war. Nun stand nur noch das alte Wohnhaus. Der Ausleger schwenkte noch einmal über den

Hof, die Abrissbirne holte ein letztes Mal Schwung – dann gehörte auch das Haus, in dem Hermann geboren war genauso wie vor ihm sein Vater und nach ihm jedes seiner fünf Kinder, der Vergangenheit an. Dorothee konnte nur ahnen, was in diesem Moment in ihm vorging. Ein kurzer Druck seiner Hand, der tränenfeuchte Glanz seiner Augen – das war alles, was er von seinen Gefühlen preisgab.

Sie wollte ihm etwas Tröstliches sagen, ihn daran erinnern, wofür er dieses Opfer gebracht hatte, doch es fehlten ihr die Worte.

»Tja«, sagte der alte Lübbecke und nahm seine Pfeife aus dem Mund. »Das wär's dann wohl gewesen.«

Er spuckte einmal zu Boden, dann steckte er sich die Pfeife wieder in den Mund und schlurfte davon.

44

»Danke«, hatte Benny gesagt, als sein Schwiegervater ihm den Ariernachweis ausgehändigt hatte.

»Glaub ja nicht, das hätte ich für dich getan«, hatte Hermann Ising erwidert. »Wenn du dich bei jemand bedanken willst, dann bei Lotti. Wenn sie nicht gewesen wäre ...«

»Ich weiß«, hatte Benny geantwortet. »Aber trotzdem ...«

Jetzt stand er am Reichsbahnhof von Fallersleben und wartete auf die Ankunft des Zuges, mit dem Peter Koller aus Berlin kommen sollte, der Architekt, der den Auftrag hatte, die Wohn- und Schlafstadt für das Volkswagenwerk zu bauen. Koller kam nicht zum ersten Mal ins Wolfsburger Land, es hieß, er sei schon einige Male hier gewesen, allerdings ohne jemand davon in Kenntnis zu setzen, um ungestört die örtlichen Gegebenheiten in Augenschein zu nehmen und den Gesamtbebauungsplan zu entwerfen, mit dem es ihm gelungen war, die Autoritäten in Berlin einschließlich Hitler persönlich zu überzeugen und die Ausschreibung zu gewinnen. Obwohl er mit seinen einunddreißig Jahren blutjung war und außerdem ohne nennenswerte Eignungsnachweise für ein Vorhaben solchen Ausmaßes, war er drei ebenso renommierten wie ortskundigen Professoren der Technischen Hochschule Braunschweig vorgezogen worden. Benny fragte sich, wie so etwas möglich war. War Peter Koller ein Wunderknabe? Ein Hochstapler? Ein Günstling der Bonzen? Gerüchten zufolge hatte Albert Speer, der Generalbauinspektor des Führers, ihn den Direktoren des Volkswagenwerks mit großem Nachdruck empfohlen.

Der Bahnsteiglautsprecher kündigte den D-Zug aus Berlin an. »Planmäßige Ankunft achtzehn Uhr drei.«

Benny tastete nach dem Arierausweis in der Brusttasche seines Jacketts – er musste dieses Stück Papier, das ihm sein Leben zurückgegeben hatte, noch einmal fühlen. Das Glück, dass er in Deutschland bleiben und, wenn Koller ihn akzeptierte, sogar daran mitwirken durfte, eine ganze Stadt zu erbauen, hatte er allein diesem Stück Papier zu verdanken. Der Schein war in Leipzig ausgestellt worden, auf der Grundlage von sieben Tauf- und Heiratsurkunden, die sich angeblich von seinen Vorfahren in den Verzeichnissen der Nicolai-Kirche gefunden hatten und vom Pfarrer dort beglaubigt worden waren. Benny konnte es immer noch nicht wirklich fassen. Ein paar Tropfen Taufwasser und ein Stück Papier, versehen mit ein paar Stempeln – sie hatten entschieden, dass er ein vollwertiges Mitglied der deutschen Volksgemeinschaft war, ausgestattet mit dem Privileg, frei über seine Zukunft zu bestimmen, allein nach Maßgabe seines Fleißes und seiner Talente.

»Vorsicht an Gleis zwei. Der D-Zug aus Berlin läuft ein. Bitte von der Bahnsteigkante zurücktreten!«

Fauchend kam der Zug zum Stehen. Nur eine Handvoll Menschen verließ die Waggons. Benny erkannte den Mann, auf den er wartete, sofort: ein schlanker, feingliedriger, fast ein wenig feminin wirkender Mann mit schwarz gelockter Künstlermähne und ebenfalls schwarzem Schnauzbart.

»Willkommen in Fallersleben«, sagte Benny und trat auf ihn zu. »Herr Koller, nicht wahr?«

Der musterte ihn mit hochgezogenen Augenbrauen und runtergezogenen Mundwinkeln. »Dann müssen Sie wohl Herr Jungblut sein.«

»Oh, Sie kennen meinen Namen?«

»Allerdings. Sie wurden mir bereits in Berlin angedroht. Als möglicher Assistent, wenn ich recht verstanden habe. Na, wir werden ja sehen.«

45

Horst liebte die Stunde nach dem Abendbrot mehr als jede andere Stunde des Tages, und die ließ er sich durch nichts und niemanden verderben, gleichgültig, welche Niederlagen oder Demütigungen das Leben ihm zufügte. Sobald der kleine Adolf und die kleine Eva ihre Teller leergegessen hatten, brachte Ilse, die inzwischen als BdM-Führerin zurückgetreten war, um sich ausschließlich um ihre eigenen Kinder zu kümmern, sie ins Bett, und er war ganz für sich allein, so dass er sich ungestört seiner Lieblingsbeschäftigung widmen konnte. Aus der Küche holte er eine Flasche Bier, dann schaltete er in der Wohnstube das Radio ein und setzte sich an den Tisch. Während aus dem Volksempfänger leise Marschmusik ertönte – eine Übertragung aus Wien, aus Anlass des österreichischen Anschlusses –, schenkte er sich ein Glas ein, und nachdem er einen tiefen Schluck getrunken hatte, um den Ärger des Tages hinunterzuspülen, nahm er aus der Tischschublade die Sparkarte hervor, auf deren Vorderseite ein Volkswagen abgebildet war, und begann, die Sparmarken zu zählen, die er im Werte von jeweils fünf Reichsmark schon in das Heft eingeklebt hatte und mit denen er Woche für Woche seinen Anspruch auf den Erwerb eines Autos, wie es auf dem Deckblatt zu sehen war, vervollständigte. Vor knapp einem Jahr hatte die Deutsche Arbeitsfront das Ansparsystem eingeführt, damit jeder Volksgenosse sich den Traum vom eigenen Auto erfüllen konnte, zum Preis von neunhundertneunzig Reichsmark, und Horst war einer der Ersten gewesen, der einen solchen Vertrag abgeschlossen hatte. *Fünf Mark die Woche musst du sparen, willst du einen eigenen Wagen fahren!* Auch wenn es noch ein weiter Weg war, bis ihm ein Auto gehören würde, empfand er es als überaus befriedigend, anhand der Sparkarte den mählichen, aber stetigen Fortschritt zu beobachten, mit dem er sich seinem Ziel näherte, und wenn wie heute ein Tag kam, an dem es galt, eine neue Wochenmarke in das Heft einzukleben, war er fast ein glücklicher Mensch.

»*Denn heute gehört uns Deutschland und morgen die ganze Welt …*«, tönte es aus dem Radio.

Ilse kam ins Zimmer und bückte sich nach dem Nähkorb unter dem Tisch. »Deine Familie macht dich zum Affen!«, sagte sie, während sie mit dem Korb zum Sofa ging. »Immer wieder führen sie dich an der Nase herum!«

Horst, der gerade die Marke anlecken wollte, schaute unwillig zu ihr herüber. Kaum waren die Kinder im Bett, war es mit der Behaglichkeit vorbei. Doch da er nicht gewillt war, sich den Abend verderben zu lassen, beschloss er, die Bemerkung zu ignorieren, und statt seiner Frau zu antworten, nahm er einen zweiten Schluck Bier.

»Benjamin Jungblut soll plötzlich Arier sein?«, fuhr Ilse fort. »Dass ich nicht lache! Nein, dafür habe ich dir nicht geraten, deinen Onkel um Hilfe zu bitten!«

Während sie auf dem Sofa Platz nahm, befeuchtete er mit der Zunge die Sparmarke und klebte sie in das Heft.

»Immer hast du was zu meckern! Kreisleiter Sander hat mir eine dicke Belobigung ausgesprochen. Schließlich hat er sich an dem alten Sturkopf lange genug die Zähne ausgebissen, ohne was zu erreichen.«

»So? Du hast ein Lob bekommen?«, fragte sie, über ihr Nähzeug gebeugt. »Das ist ja reizend! Aber weiß der Kreisleiter auch, wie du deinen Vater rumgekriegt hast?«

»Glaubst du, das binde ich ihm auf die Nase? Für wie blöd hältst du mich?«

»Und wenn es irgendwann rauskommt?«

»Ach was! Alles, was passiert ist, geschah im Auftrag von oben. Von *ganz* oben, wenn du verstehst, was ich meine.«

»Nein, das verstehe ich nicht. Du setzt Himmel und Hölle in Bewegung, um den Karren aus dem Dreck zu ziehen, und am Ende bist du mal wieder der Idiot.«

Horst spürte, wie ganz tief in seinem Bauch die Wut rumorte und von ihm Besitz ergreifen wollte. Ilse hatte ja tausendmal recht, mit jedem Wort, das sie sagte! Es war genauso wie früher, wenn seine Geschwister ihm den Sonntagspudding vor der Nase weggeschnappt hatten, und dass der Jude Jungblut plötzlich ein Volksgenosse sein sollte, war mehr, als seine deutsche Seele verkraften konnte. Trotzdem war er entschlossen, sich nicht aus der Fassung bringen zu lassen.

»Hauptsache, ich kriege meine eigene Ortsgruppe«, sagte er und klopfte die Marke mit der geballten Faust auf der Sparkarte fest. »Die hat Sander mir versprochen. In die Hand.«

»Dann wollen wir hoffen, dass er Wort hält«, sagte Ilse. »Aber ganz egal, was der Kreisleiter dir verspricht – du darfst dir das von deiner Familie nicht gefallen lassen! Sonst verlieren sie jeden Respekt vor dir und tanzen dir auf der Nase herum.«

Horst warf ihr über die Schulter einen Blick zu. »Und was soll ich deiner Meinung nach tun?«

Ihre kleinen Augen wurden noch kleiner. »Ich an deiner Stelle würde mir mal den Ariernachweis des Herrn Jungblut ein bisschen genauer anschauen.«

»Wozu? Der Schein wurde von einem Pfarrer in Leipzig ausgestellt, da ist nicht dran zu rütteln.«

»Ein Betrug, der zum Himmel stinkt! Es muss nur jemand den Mut haben, der Sache auf den Grund zu gehen. Vielleicht sprichst du mal mit Superintendent Wedde.«

Horst schüttelte den Kopf. »Kommt Zeit, kommt Rat«, erwiderte er, um sich dann wieder seinen Sparmarken zu widmen. »Wer zuletzt lacht, lacht am besten.«

46

Schlaf, Kindlein schlaf, der Vater hüt' die Schaf' ...

Der kleine Willy war aus einem bösen Traum aufgewacht und hatte vor Angst ganz fürchterlich geweint. Wie immer, wenn das passierte, hatte Dorothee sich zu ihm ans Bett gesetzt, um ihn wieder in den Schlaf zu singen. Sie hatte ihm über den Kopf gestrichen und dann einfach ihre Hand auf seiner Wange ruhen lassen. Es hatte nur wenige Augenblicke gedauert, dann hatte er aufgehört zu weinen. Jetzt schaute er voller Dankbarkeit mit seinen tränennassen Augen zu ihr auf. Was war das nur, was ihn nachts so quälte? Es kam immer öfter vor, dass während des Schlafs irgendetwas in ihm arbeitete, irgendetwas Unbekanntes, wovor er große Angst hatte. Dann half nur noch ihre Hand, die wie ein Zaubermittel wirkte.

Die Mutter schüttelt's Bäumelein, da fällt herab ein Träumelein …

Während Dorothee sang, spürte sie auf ihrer Haut Willys Atem schon wieder ganz gleichmäßig gehen, in ruhigen, langen Zügen. Es war jedes Mal ein kleines Wunder, wie gut die Berührung ihm tat. Ihm auf diese Weise helfen zu können, erfüllte sie mit einem Glücksgefühl, das sie bei ihren anderen Kindern nicht gekannt hatte. Ach, der Junge war ein solcher Goldschatz. Warum musste er nur diese schlimme Krankheit haben? Sie konnte einfach nicht verstehen, weshalb Gott ein so unschuldiges Kind wie Willy damit gestraft hatte – es sei denn, Gott hatte *sie* damit strafen wollen.

Schlaf, Kindlein, schlaf …

Sie hatte die erste Strophe noch nicht beendet, da begannen Willys Augen zu rollen, und nach ein paar Sekunden fielen sie zu. Mit einem Lächeln in seinem Gesichtchen schlummerte er wieder ein. Dorothee ließ ihre Hand noch eine Weile auf seiner Wange ruhen, während sie leise die Melodie des Liedes weitersummte, dann löschte sie das Licht und kehrte zu ihrem Mann zurück.

Hermann saß in der Wohnstube und las die »Aller-Zeitung«. Der Anblick, obwohl seit einer Ewigkeit vertraut, rührte sie auf einmal so sehr, dass sie zu ihm trat und ihm einen Kuss gab.

»Oh, womit habe ich den denn verdient?«, fragte er und ließ die Zeitung sinken.

»Ach, für so vieles, mein Lieber. Vor allem dafür, dass Charlotte ihren Mann behalten kann. Ich weiß ja, welches Opfer das für dich war.«

Ein schmerzlicher Ausdruck trat in sein Gesicht. »›Alles hat seine Zeit‹«, sagte er, »›und ein Jegliches unter dem Himmel hat seine Stunde.‹« Er nahm sein Glas Rotwein und trank einen Schluck. »Es war nun mal nicht anders möglich, außerdem hätten wir die

Fabrik ja sowieso verloren, da beißt keine Maus einen Faden ab.«

»Trotzdem«, sagte Dorothee. »Ich habe heute mit Charlotte telefoniert. Sie ist dir unendlich dankbar. Und ich bin es auch. Jetzt ist sie wieder glücklich.«

Hermann nickte. »Das ist die Hauptsache. Dafür sind Eltern schließlich da. Lotti behält ihren Mann, und Horst kann auch zufrieden sein. Seiner Karriere steht nun nichts mehr im Wege.«

»Ach, Hermann«, sagte sie und gab ihm noch einen Kuss.

Fast schien er verlegen. »Nun übertreib aber mal nicht. Ich hab' doch immer gesagt – nichts wird so heiß gegessen wie gekocht.«

Obwohl er sich alle Mühe gab, sich seinen Kummer nicht anmerken zu lassen, wusste Dorothee, wie sehr er immer noch litt – die Fabrik war doch sein Leben gewesen. Während er sich wieder in die Zeitung vertiefte, stellte sie das Radio ein. Musik half immer, und vielleicht würde sie ja auch Hermann ein bisschen helfen.

Erst nur ein grünlicher Schimmer, glühte die Röhre ihrer Musiktruhe allmählich auf. Doch statt des Wunschkonzerts, das sonst zu dieser Zeit lief, wurde eine Rede des Reichskanzlers aus dem Reichstag übertragen.

»Es ist mein unabänderlicher Entschluss, unsere Landsleute im Sudetenland bei der Durchsetzung ihres Selbstbestimmungsrechts zu unterstützen, damit sie sich von dem Joch der tschechoslowakischen Bevormundung befreien können.«

Dorothee fröstelte. »Gibt er denn niemals Ruhe?«

Hermann hob den Kopf und blickte über den Rand seiner Zeitung. »Wenn du willst, kannst du von mir aus ruhig auf Musik umschalten.«

47

Mit gemischten Gefühlen verließ Benny am nächsten Morgen das Haus im Rübenkamp. Obwohl die Frühlingssonne schon ihre ersten Strahlen aussandte, war es noch so frisch von der Nacht, dass er in seinem dünnen Straßenanzug fröstelte. Es war ausgemacht, dass er Koller um Punkt sieben Uhr im Gasthof

Schulze in der Bahnhofstraße abholen sollte, wo er ihn am Vorabend einquartiert hatte, um dann zusammen das Baugelände zu erkunden. Die Vorfreude, mit der er der Begegnung gestern noch entgegengesehen hatte, war ihm inzwischen gründlich vergangen. Zwar hatte Onkel Carl gesagt, dass man ihn in Berlin nur *empfohlen* habe, die endgültige Entscheidung über seine Anstellung jedoch Koller selbst treffen würde, aber das hatte er als Formsache betrachtet. Wenn man ihn im Handumdrehen zum Arier machen konnte, warum dann nicht auch zum Assistenten des Berliner Städteplaners? Dabei aber war offenbar der Wunsch der Vater des Gedankens gewesen. Nach der frostigen Begrüßung am Bahnhof machte Benny sich keine Illusionen mehr. Koller zeigte nicht die geringste Neigung, einen Assistenten zu akzeptieren, den er nicht selber ausgesucht hatte. Und das konnte Benny ihm nicht mal verdenken.

Als er den Gasthof erreichte, fand er Koller im Schankraum, wo außer dem Architekten nur noch zwei Gäste beim Frühstück saßen. Koller hatte seine Mahlzeit bereits beendet und schien nur auf ihn zu warten. Auf dem abgeräumten Tisch hatte er eine so große Karte ausgebreitet, dass sie fast die ganze Fläche in Anspruch nahm.

»Wenn Sie mal einen Blick darauf werfen wollen?«

Benny hasste Prüfungen, sie machten ihn nervös, schon in der Schulzeit war das so gewesen, und dass dies eine Prüfung war, daran bestand kein Zweifel. Während sein Puls sich beschleunigte, trat er an den Tisch. Die dort ausgebreitete Karte war Kollers Gesamtbebauungsplan. Der Mittellandkanal trennte das Gelände waagerecht in zwei Hälften, die durch eine breite Auto- und Fußgängerbrücke miteinander verbunden waren. Auf der Nordseite waren die Werkshallen der künftigen Autofabrik nur grob in Schraffur skizziert, die auf der Südseite gelegene Wohn- und Schlafstadt hingegen war detailliert mitsamt den verschiedenen Ortsteilen eingezeichnet. Diese schlossen neben bisher unbebauten Flächen auch Gemarkungen der Gemeinden Rothehof, Rothenfelde und Heßlingen ein sowie Grundstücke der Gemeinden Fallersleben, Sandkamp, Mörse und Hattorf, allerdings nicht mit

Fallersleben, wie Benny erwartet hatte, sondern mit Rothenfelde als Zentrum. Das alles war nicht nur klar und übersichtlich gegliedert, sondern auch auf ebenso einfühlsame wie intelligente Weise den örtlichen Gegebenheiten angepasst. Benny war beeindruckt, vor allem von der großzügigen Verteilung der Grünflächen zwischen den Wohnsiedlungen. Ob Koller ein Wunderknabe oder ein Günstling der Bonzen war, konnte er nicht sagen, aber eines stand fest: Ein Hochstapler war er nicht.

»Nun, fällt Ihnen irgendetwas dazu ein?«

Für eine Sekunde zuckte Benny der Gedanke durch den Kopf, dass über diesen Plan sich auch schon Adolf Hitler gebeugt haben musste. Die Vorstellung löste ein seltsames Gefühl in ihm aus.

»Hat der Fallersleber Gemeinderat den Entwurf schon gesehen?«, fragte er.

»Nein«, erwiderte Koller. »Warum?«

»Bürgermeister Wolgast hat für die Fabrik vor allem damit geworben, dass Fallersleben durch die neuen Ansiedlungen Großstadt würde. Das hat in der Bevölkerung Hoffnungen geweckt, besonders bei Kaufleuten und Handwerkern. Nach Ihrem Plan wird der Ort jedoch eher ein Anhängsel der künftigen Großstadt sein.«

»Die ursprüngliche Planung wurde auf mein Betreiben aufgegeben. Die Idee, Fallersleben zum Zentrum zu machen, erschien mir wenig sinnvoll. Ich konnte die Herren in Berlin davon überzeugen, dass, wenn man etwas von Grund auf Neues erschaffen will, es zweckmäßiger ist, wo immer möglich auf freien Flächen zu bauen, ohne Rücksicht auf bestehende Strukturen. Darum habe ich die gesamte Anlage weiter nach Osten verlegt.«

Benny musste an seinen Schwiegervater denken. Hätte bei dem vorliegenden Gesamtbebauungsplan die Zuckerfabrik überhaupt abgerissen werden müssen?

»Ist das alles, was Sie zu meinem Plan zu sagen haben?«, fragte Koller, als er schwieg.

Benny wusste nicht, worauf der Architekt hinauswollte. Also sagte er nur: »Offenbar haben Sie sich von der Idee der Gartenstadt inspirieren lassen.«

Koller musterte ihn wieder mit seinem abschätzigen Blick. »Oh,

Sie haben sich tatsächlich schon mal mit Stadtplanung beschäftigt?«

Der Hochmut, der aus der Frage sprach, ärgerte Benny so sehr, dass er sowohl seinen Schwiegervater wie auch seine Nervosität vergaß. Glaubte Koller, er hätte einen Idioten vor sich?

»Beschäftigt wäre übertrieben«, sagte er. »Ich habe im Studium mal ein Referat über Ebenezer Howard gehalten – und wie seine Ideen in Deutschland aufgegriffen wurden. Außerdem kommt meine Mutter aus dem Sauerland, wo sein Konzept hierzulande wohl zum ersten Mal konsequent umgesetzt wurde.«

»Im Sauerland?«, fragte Koller sichtlich überrascht.

»Haben Sie das etwa nicht gewusst?«, fragte Benny zurück, die Irritation seines Gegenübers genießend. »Die Knerling-Siedlung in Altena, einer kleinen Industriestadt am Rand des Ruhrgebiets.«

»Oh, das ist mir neu«, gestand Koller. »Haben Sie die Siedlung gesehen?«

»Allerdings«, erwiderte Benny. »Eine Gartenstadt, wie sie im Buche steht. Die Altenaer Fabriken sind fast ausnahmslos Drahtziehereien, die Arbeiter also vor allem Drahtzieher – ein sehr schwerer, schweißtreibender und besonders dreckiger Beruf. Die Männer sollten in der Wohnsiedlung möglichst viel Grün und frische Luft um sich haben, um sich von den täglichen Strapazen zu erholen – ganz in Howards Sinn, der sein Konzept ja als Antwort auf die katastrophalen Wohn- und Lebensverhältnisse in den englischen Industriestädten verstand. Leider konnte aufgrund der bergigen Landschaft in Altena die ringförmige Anordnung der Howard'schen Gartenstadt nicht ganz übernommen werden. Da kommen Sie mit Ihrem Entwurf dem Ideal wesentlich näher.« Zur Veranschaulichung fuhr er mit dem Finger über den Bebauungsplan. »Ein klares Zentrum und sternförmig darum herum die übrigen Gemarkungen als Trabanten. Allerdings sind hier die landschaftlichen Voraussetzungen, abgesehen von der nördlichen Begrenzung durch den Mittellandkanal, auch geradezu perfekt, weshalb Sie das Ganze ja nach Osten verschoben haben. Bei der Gesamtanlage haben Sie sich offenbar an der Ludwigshafener Gartenstadt und an Hamburg-Marienthal orientiert, weniger hingegen am Dresdner Villenviertel, wo man ja auf ähnliche Gegebenheiten Rücksicht nehmen musste wie bei der Planung der Knerling-Siedlung in Altena ...«

Benny hatte sich so in Rage geredet, dass er kaum noch ein Ende fand. Als er schließlich innehielt, schaute Koller ihn an. Doch nicht mehr abschätzig wie zuvor, sondern mit einem Blick, aus dem unverkennbar Hochachtung sprach.

»Ich glaube, ich muss mich bei Ihnen entschuldigen«, sagte er. »Als man mich in Berlin drängte, Ihre Dienste in Anspruch zu nehmen, war ich sicher, dass Sie über keinerlei Qualifikation verfügen würden außer der Protektion irgendwelcher hohen Tiere. Aber zu meiner freudigen Überraschung stelle ich fest, dass Sie wirklich etwas von Stadtplanung verstehen.«

»Um ehrlich zu sein«, erwiderte Benny, »etwas ganz Ähnliches hatte ich auch über Sie gedacht.«

In Kollers Gesicht zuckte es einmal kurz, dann lachte er laut auf. »Ich danke für Ihre Offenheit«, sagte er. »Dann wären wir wohl quitt. Und nachdem ich Sie mit meinen Fragen gequält habe, ist es wohl ein Gebot der Fairness, dass jetzt Sie an der Reihe sind, Fragen zu stellen. Also, wenn Sie irgendetwas wissen möchten – nur zu. Ich will Ihnen gern Rede und Antwort stehen.«

Benny zögerte einen Moment. Von Kollers Qualitäten als Architekt musste er sich nicht weiter überzeugen, sein Plan sprach für sich. Doch eines hätte er schon gern gewusst.

»Darf ich Ihnen eine indiskrete Frage stellen?«

Ein wenig irritiert runzelte Koller die Stirn. »Ja sicher, natürlich, tun Sie sich keinen Zwang an.«

Benny überlegte, wie er seine Frage möglichst taktvoll formulieren könnte, doch da ihm keine elegante Wendung einfiel, entschloss er sich, sie ganz direkt und unverblümt zu stellen. »Ich weiß, es geht mich nichts an, aber wie haben Sie es geschafft, einen solchen Auftrag an Land zu ziehen? Ich meine, Sie sind ja kaum älter als ich?«

Koller schien plötzlich verlegen, und seine hellen Wangen röteten sich. »Das verrate ich Ihnen nur, wenn Sie versprechen, es keinem weiterzuerzählen.«

»Versprochen!«, sagte Benny.

»Also gut.« Koller machte eine kurze Pause, dann fuhr er fort: »Um aufrichtig zu sein, ich bin zu dem Auftrag gekommen wie die Jungfrau zum Kind. Bevor Speer zum Architekt des Führers wurde, war er Assistent am Lehrstuhl des Professors, bei dem ich mein Examen gemacht habe, daher kannten wir uns. Auf seine Empfehlung hat Dr. Lafferentz mich letzten Herbst zu sich gerufen – ohne dass ich einen Schimmer hatte, weshalb. Nach einer kurzen Erläuterung, worum es ging, hat er mich aus heiterem Himmel gefragt, ob ich der richtige Mann sei, um eine Stadt für sechzigtausend Menschen zu bauen. Ich hatte drei Sekunden Bedenkzeit, und ich wusste, in diesen drei Sekunden würde sich mein Schicksal entscheiden. Also habe ich gesagt: Ja, das bin ich – ich bin sogar der Einzige, der überhaupt dafür in Frage kommt!« Noch bei der Erinnerung schüttelte Koller den Kopf. »Ich rechnete schon damit, dass Lafferentz mich aus dem Büro werfen würde, doch stattdessen nickte er nur, als hätte ich etwas vollkommen Vernünftiges gesagt. Ein Handschlag, und dann ging's los!«

»Alle Achtung!«, sagte Benny. »Das nennt man wohl gesundes Selbstvertrauen.«

»Von wegen!«, erwiderte Koller. »Mit Selbstvertrauen hatte das nichts zu tun – das war eher ein Akt der Verzweiflung. Aber welcher Architekt würde nicht das Blaue vom Himmel herunterlügen, um einen solchen Auftrag zu ergattern? Sie etwa?«

Benny musste grinsen. »Ich glaube, ich hätte an Ihrer Stelle auch meine gute Erziehung vergessen.«

»Na, da bin ich ja beruhigt«, lachte Koller. Dann wurde er wieder ernst. »Also, nachdem wir nun wissen, woran wir miteinander sind – wollen Sie mir helfen, diese Stadt zu bauen? Es gibt viel zu tun, am Himmelfahrtstag soll schon die Grundsteinlegung für die Fabrik stattfinden.«

48

Georg hatte Post von der Partei bekommen. Darin hatte man ihm mitgeteilt, dass er in die Reihen der NSDAP aufgenommen worden war. Dem Schreiben beigefügt waren seine Mitgliedskarte Nr. 6.875.931 sowie die Anstecknadel mit dem Hakenkreuz.

Bei Arbeitsbeginn führte ihn sein erster Weg ins Büro des Chefs. Schließlich hatte der ihn dazu aufgefordert, die Mitgliedschaft zu beantragen.

»Und?«, fragte Porsche, »hat es weh getan?«

»Kein bisschen!«, grinste Georg.

»Na also!« Porsche blickte auf sein Revers. »Aber wo ist der Bonbon? Ich hätte gedacht, Sie könnten es gar nicht abwarten, die Nadel zu tragen? Glauben Sie mir, die Frauen stehen darauf!«

»Oh«, machte Georg, »daran habe ich noch gar nicht gedacht.«

»Na, so wie ich Sie kenne, werden Sie es schon noch herausfinden.« Porsche hielt einen Moment inne, dann sagte er: »Aber da Sie gerade da sind, schließen Sie doch bitte mal kurz die Tür. Ich habe etwas mit Ihnen zu besprechen.«

Während Georg der Aufforderung nachkam, nahm Porsche an seinem Schreibtisch einen Aktendeckel zur Hand.

»Ich habe eine Anfrage der Wehrmacht vorliegen«, sagte er, nachdem Georg Platz genommen hatte. »Das Oberkommando bittet um Vorschläge für ein leichtes, geländegängiges Militärfahrzeug auf der Basis des Volkswagens. Haben Sie dazu vielleicht eine Idee?«

Die Frage traf Georg so unvermittelt, dass er aus dem Stegreif keine Antwort geben konnte. »Hat man in Berlin die Vorstellungen nicht näher präzisiert?«

»Doch, das hat man.« Porsche schlug den Aktendeckel auf. »Das Chassis ist zur Zeit so ausgelegt, dass unser Fahrzeug Platz für drei Erwachsene und ein Kind bietet. Nach Vorstellung der Heeresleitung sollte es dahingehend modifiziert werden, dass der Wagen bei Wegfall des Aufbaus drei Soldaten und ein Maschinengewehr aufnehmen kann. Außerdem sollte er über ausreichend

Bodenfreiheit verfügen, um im Kriegsfall auch auf unwegsamem Gebiet einsatzbereit zu sein.«

Georg runzelte die Stirn. Zwar wusste er, dass bei Besprechungen in Berlin immer mal wieder die Rede von militärischen Nutzungsmöglichkeiten des Käfers war, doch das hatte in Stuttgart bislang niemand wirklich ernst genommen. In Berlin dachte man sich alles Mögliche aus und spintisierte herum, hier in Stuttgart dagegen waren nach wie vor die Kosten das alles beherrschende Thema, obwohl es dank der in Amerika gewonnenen Erkenntnisse inzwischen gelungen war, den Kilogrammpreis des Wagens um weitere fünfzehn Pfennig zu reduzieren. Wenn aber jetzt die Heeresleitung ein so konkretes und präzise formuliertes Ansinnen stellte, drängte sich eine Frage auf, die Georg kaum zu stellen wagte.

»Ich weiß, was Ihnen gerade durch den Kopf geht«, sagte Porsche. »Da haben wir es endlich geschafft, unsere Kosten halbwegs in den Griff zu kriegen, und schon werfen die in Berlin alle unsere Berechnungen wieder über den Haufen.«

»Daran habe ich zwar auch gedacht, aber …« Georg zögerte einen Moment, dann nahm er seinen ganzen Mut zusammen, um die Frage auszusprechen, die ihm wirklich auf der Seele lag. »Glauben Sie, es könnte Krieg geben?«

Porsche erwiderte seinen Blick. »Darüber machen Sie sich Sorgen? Nur weil die Wehrmacht einen Geländewagen will?«

»Nein, nicht darum. Zumindest nicht nur.«

»Sondern?«

Georg zögerte. Sein Chef war der Liebling des Führers, eine falsche Bemerkung konnte genügen, um sich die Zunge zu verbrennen.

»Sie denken an die Ereignisse in meiner Heimat, nicht wahr?«, fragte Porsche.

»Um ehrlich zu sein, ja«, sagte Georg. »Nach dem Anschluss Österreichs ging ein Aufschrei der Empörung durch Europa. Das Ausland hat unsere Regierung scharf kritisiert.«

Porsche machte eine wegwerfende Handbewegung. »Ich glaube, darum brauchen wir uns keine Sorgen zu machen. Der Anschluss war eine freie Entscheidung des österreichischen Volkes. Die Wiener haben die deutschen Soldaten mit Blumen empfangen und ihnen zugejubelt. Der Führer hat sie heim ins Reich geholt, und dafür sind sie ihm dankbar. Ich weiß, wovon ich rede. Ich bin ja immer noch ein halber Österreicher.«

»Ich habe die Wochenschauberichte auch gesehen, die Freude unserer neuen Landsleute war unverkennbar«, pflichtete Georg ihm bei. »Und die Regierung in der Hofburg hat sich dem Volkswillen nicht in den Weg gestellt. Aber was, wenn der Führer ...« Wieder zögerte er.

»Wenn der Führer was?«, hakte Porsche nach. »Herrgott, jetzt lassen Sie sich doch nicht jedes Wort einzeln aus der Nase ziehen!«

Georg gab sich einen Ruck. »Ich meine, was passiert, wenn der Führer sich nicht mit dem Anschluss Österreichs begnügt und womöglich auch noch Anspruch auf das Sudetenland erhebt?«

Porsche hob die Brauen. »Dann haben Sie also auch die Rede im Radio gehört?«

Georg nickte. »Ich wünsche mir die Wiederherstellung des großdeutschen Reichs natürlich auch, wie jeder anständige Volksgenosse. Aber – ich kann mir nicht vorstellen, dass England und Frankreich ein zweites Mal tatenlos zuschauen werden, wenn unsere Truppen in die Tschechoslowakei einmarschieren.«

Porsche hob die Arme. »Darüber kann man nur spekulieren. Aber das ist Gott sei Dank nicht unsere Aufgabe – schließlich sind wir keine Politiker, sondern Ingenieure. Unsere Aufgabe ist es einzig und allein, den Volkswagen zu bauen.«

»Den Volkswagen und ein militärisches Geländefahrzeug«, ergänzte Georg.

Porsche schüttelte energisch den Kopf. »Jetzt aber mal mit der Ruhe, Herr Ising. Egal, welche Gerüchte gerade durch die Welt geistern, für den Führer hat nicht die Entwicklung eines Militärwagens, sondern die Entwicklung der Familienlimousine nach wie vor oberste Priorität. Das weiß ich von Jakob Werlin persönlich, und der muss es als Generalbevollmächtigter für das Kraftfahrwesen schließlich wissen. Aber wenn Sie trotzdem Zweifel haben«, fügte er mit einem Schmunzeln hinzu, »warum fragen Sie nicht einfach den Führer selbst?«

Georg zog ein so dummes Gesicht, dass Porsche laut auflachte.

»Nein, nein, ich scherze keineswegs«, erklärte er. »Der Führer will, dass wir Testfahrten durch ganz Deutschland unternehmen, um die Alltagstauglichkeit unseres Autos in der Öffentlichkeit zu demonstrieren. Eine Art Reklamefahrt für das Ansparsystem der DAF – damit die Leute das Auto sehen, für das sie ihre Pfennige zusammenkratzen. Das Endziel wird der Berghof auf dem Obersalzberg sein, Hitlers Feriendomizil. Was meinen Sie, sind Sie dabei?«

»Es ... es würde mir eine große Freude sein«, stammelte Georg, »eine sehr große Freude sogar. Und eine noch größere Ehre.«

»Schön«, sagte Porsche »dann sind wir uns also einig. Aber«, fügte er hinzu, als Georg sich bedanken wollte, »wenn Sie dem Führer gegenübertreten, tun Sie mir bitte einen Gefallen. Vergessen Sie nicht, vorher den Bonbon anzustecken, ja?«

49

Hermann reckte die geballten Fäuste zum Himmel. Gleichzeitig spritzten ihm die Tränen aus den Augen.

»Diese gottlosen Menschen! Wie konnten sie das nur tun? Was mein Vater und Großvater aufgebaut haben, das Werk von Generationen – alles haben sie zerstört! Für nichts und wieder nichts!«

»Ich kann dir gar nicht sagen, wie leid mir das für dich tut.«

»Einfach, weil sie beschlossen haben, die ganze verfluchte Stadt auf der Landkarte ein paar Kilometer weiter nach rechts zu verschieben.«

Dorothee legte die Hand auf seine Schulter. »Und wenn du noch mal von vorn anfangen würdest?«

Hermann drehte sich zu ihr herum. »Was meinst du damit?«

»Vielleicht ist es ja möglich, das Grundstück zurückzukaufen«, erwiderte sie. »Dann könntest du eine neue Fabrik bauen. Das Geld dafür hast du doch.«

Er schaute sie an, doch fand er in ihrem Gesicht so wenig Trost wie in ihren Worten. Als sein Schwiegersohn den Verdacht geäußert hatte, dass die Zuckerfabrik womöglich umsonst abgerissen worden sei, hatte Hermann, wie immer, wenn er nicht mehr weiterwusste, bei seiner Frau Zuflucht gesucht. Doch diesmal konnte auch sie ihm nicht helfen.

»Noch mal von vorn anfangen? In meinem Alter?« Er schüttelte den Kopf. »Nein, Dorothee, dafür habe ich nicht mehr die Kraft. Vielleicht, wenn meine Söhne an meiner Seite wären. Aber so? Georg ist in Stuttgart, und Horst kann es gar nicht erwarten, den Lohn für den Verrat zu ernten, zu dem er mich angestiftet hat! Jetzt hat er die Möglichkeit, Ortsgruppenleiter einer Großstadt zu werden, da pfeift er auf die Zuckerfabrik. Außerdem – würde eine Raffinerie sich überhaupt noch lohnen? Die früheren Rübenäcker sind doch fast alle zu Bauland geworden.«

Dorothee strich ihm über die Wange »Verzeih mir, das war ein dummer, unüberlegter Vorschlag.« Sie schwieg einen Moment, dann sagte sie: »Aber so fürchterlich das alles ist, und wie sehr dich das Ganze schmerzen muss – in einem Punkt muss ich dir widersprechen. Du hast niemanden verraten.«

»Natürlich habe ich das! Mein Vater und Großvater müssen sich im Grab umdrehen!«

»Nein, das ist nicht wahr! Die Entscheidung lag nicht mehr in deiner Hand – was geschehen ist, wurde doch alles in Berlin entschieden. Egal, was du getan hättest, du hättest sie nicht daran hindern können.«

Hermann spürte, wie ihm abermals die Tränen kamen. »Trotzdem, ich habe in den Vertrag eingewilligt, mit meiner Unterschrift.«

»Hör auf, dich zu quälen. Den Vertrag haben sie dir aufgezwungen, genauso wie Graf Schulenberg. Der hat sich doch auch nicht wehren können, trotz seiner Verbindungen in Berlin.«

»Du vergisst eins, Dorothee – ich habe das Geld genommen. Damit habe ich mich zum Judas gemacht.«

»Du hast das Beste aus der Sache gemacht, was überhaupt möglich war. Für deine Kinder und deine Familie – für uns alle!«

Hermann war ihr für jedes Wort dankbar. Allein, weil sie ihm damit zu spüren gab, dass sie an seiner Seite war und zu ihm hielt. Doch was immer sie vorbrachte – es änderte nichts an den Tatsachen. Zu bitter war die Erkenntnis, die ihn seit dem Gespräch mit seinem Schwiegersohn verfolgte und die er nicht mehr zurückdrängen konnte.

»Ich glaube, du hattest neulich recht, Dorothee. Mit dem, was du über unser neues Haus gesagt hast. Es hat uns mehr Unglück als Glück gebracht.«

Statt ihm zu antworten, sah sie ihn eine lange Weile an. »Du hast immer nur das Beste gewollt«, sagte sie schließlich mit ihrem wehmütigen Lächeln. »Für die Kinder und mich. Mehr kann ein Mann nicht tun.«

Hilflos erwiderte er ihren Blick. »Soll ich deshalb so tun, als wäre nichts passiert? Nein, das kann ich nicht!«

»Aber was kannst du denn tun? Vor Gericht gehen? Das bringt uns die alten Zeiten auch nicht wieder. Oder willst du Protest einlegen? Bei Kreisleiter Sander? Oder Gauleiter Telschow? Oder in Berlin? Das hat doch alles keinen Sinn! Die Dinge lassen sich nicht mehr rückgängig machen.«

»Das weiß ich ja selbst. Wenn die einmal was beschlossen haben, gehen sie über Leichen, ob mit Gerichtsbeschluss oder ohne. Und erst recht bei jemandem wie mir, ich bin bei den Parteibonzen ja schon lange in Verschiss, da mache ich mir keine Illusionen – dass sie uns bis jetzt überhaupt in Ruhe gelassen haben, haben wir wahrscheinlich nur deinem Bruder zu verdanken. Aber ein Zeichen kann ich trotzdem setzen. Und das werde ich auch. Das bin ich meiner Selbstachtung schuldig.«

»Zeichen? Was für ein Zeichen?«

»Wenn es schon keine Gerechtigkeit gibt, will ich wenigstens Genugtuung. Die Saubande soll wissen, was ich von ihr halte.«

»Tu bitte nichts, was du später bereust.«

»Keine Angst, zum Helden bin ich nicht geboren. Aber ich kann und will aus meinem Herzen nicht länger eine Mördergrube machen. Ich spiele nicht mehr mit!«

Dorothee zupfte an ihrem Ohrläppchen. »Willst du etwa dein Amt niederlegen?«

Hermann nickte. »Ich kann dir gar nicht sagen, wie oft ich schon den Tag verflucht habe, an dem ich mich breitschlagen ließ, die Ortsgruppe zu übernehmen. Aber damit ist jetzt Schluss, ein für alle Mal. Ich will mit dieser Sorte Menschen nichts mehr zu tun haben. Ich schmeiße ihnen die Uniform vor die Füße.«

Dorothee trat ans Fenster und schaute hinaus auf den Rübenkamp, wo gerade eine Horde Jungvolk entlangmarschierte. Mit Pfeifen und Trommeln zogen die Pimpfe in Richtung Hopfengarten, wahrscheinlich zu irgendeinem Geländespiel oder einer Schießübung. Als sie den Melassering hinunter verschwanden, drehte Dorothee sich wieder um.

»Ich fürchte, dafür ist es zu spät«, sagte sie. »Du hast diese Menschen schon zu sehr gegen dich aufgebracht. Wenn du jetzt öffentlich aus der Reihe tanzt, bist du vogelfrei.«

»Aber ich kann doch nicht einfach so weitermachen wie bisher!«

»Bleibt dir etwas anderes übrig?« Sie zog ein Taschentuch aus dem Ärmel ihrer Bluse und wischte ihm die Tränen fort. »Die Uniform ist dein bester Schutz«, sagte sie und küsste ihn auf die Wange. »Du darfst sie nicht ablegen, Hermann, du musst sie weiter tragen. Zu unser aller Sicherheit.«

50

In der Grunewaldvilla klapperte Geschirr. Während das Dienstmädchen in der Küche das Abendessen vorbereitete, deckte Edda im Esszimmer den Tisch. Leni musste jeden Moment nach Hause kommen, sie hatte am Nachmittag einen Termin bei Staatssekretär Lammers in der Reichskanzlei gehabt. Da Edda wusste, dass sie nach einem langen Arbeitstag gern an einem hübsch gedeckten Tisch aß, holte sie den silbernen Leuchter aus dem Schrank. Doch als sie die Kerzen anzündete, war sie in Gedanken nicht bei ihrer Freundin, sondern bei Ernst.

Armer Ernst …

Heute wäre sein dreiunddreißigster Geburtstag gewesen. Noch immer tat es Edda in tiefster Seele leid, dass sie ihm so weh getan hatte. Er hätte es verdient gehabt, genauso geliebt zu werden, wie er selbst geliebt hatte, aber sie hatte ihm diese Liebe nicht geben können. Er war ein so durch und durch anständiger Kerl gewesen, der nichts anderes gewollt hatte, als dass Menschen wie seine Eltern es ein bisschen besser haben sollten. Warum hatte er das Leben nur nicht leichter nehmen können? Wenn Edda an ihn dachte, schämte sie sich beinahe für den Luxus, in dem sie lebte.

»Ich soll schon wieder einen Film für die Partei drehen!«

»Oh, du bist zurück?« Edda hatte gar nicht gehört, dass Leni nach Hause gekommen war.

»Einen Film über die Grundsteinlegung.« Leni warf sich auf die Couch und streifte die Schuhe von den Füßen.

»Was für eine Grundsteinlegung?«

»Für die Autofabrik des Führers.«

»In Fallersleben?«, erwiderte Edda. »Aber das wäre ja wunderbar!«

Leni schaute mit einem Grinsen zu ihr auf. »Kann es vielleicht sein, dass du zu Hause ein bisschen mit deiner berühmten Freundin angeben möchtest?«

»Und wenn es so wäre?«, fragte Edda zurück. »Wäre das so schlimm?«

Lachend schüttelte Leni den Kopf. »Um ehrlich zu sein, ich könnte mir Schlimmeres vorstellen.« Dann wurde sie ernst. »Ich würde dir den Gefallen wirklich gern tun. Aber das geht nicht, wir sind mit dem Olympiafilm noch nicht fertig, und die Uraufführung soll an Hitlers Geburtstag im Zoopalast stattfinden. An dem Termin ist nicht zu rütteln.«

»Und wann wird die Grundsteinlegung sein?«

»Am Himmelfahrtstag.«

»Aber der ist doch erst Ende Mai«, sagte Edda. »Dazwischen hätten wir über einen Monat Zeit.«

»Du weißt ganz genau, wie lange ich für die Vorbereitungen brauche.«

»Wenn du willst, würde ich mich um alles kümmern. Du bräuchtest nur Regie zu führen. Bitte, ich würde mich so sehr freuen.«

Doch Leni blieb bei ihrem Entschluss. »Nein«, sagte sie, »tut mir leid. Die Kunst geht vor. Und von dem Olympiafilm hängt so viel ab. Da will ich einfach kein Risiko eingehen.«

Darauf konnte Edda nichts erwidern. Sie wusste ja, was von dem Olympiafilm abhing: Amerika …

»Jetzt sei nicht enttäuscht.« Leni stand auf und nahm sie in den Arm. »Außerdem, wenn du in deinem Kuhdorf mit deiner Freundin angeben würdest – hättest du dann nicht auch Angst?«

Edda erwiderte ihren Blick. »Du meinst, weil man vielleicht merken würde, was mit uns beiden ist?«

Statt einer Antwort gab Leni ihr einen Kuss.

51

An die hundert Reporter, Fotografen und Kameramänner waren der Einladung des Propagandaministeriums gefolgt und hatten sich in Stuttgart versammelt, um vom Beginn des Langstreckentests zu berichten, mit dem die herausragenden Eigenschaften des Volkswagens vor den Augen der Öffentlichkeit unter Beweis gestellt werden sollten, um für den Kauf des Fahrzeugs zu werben. Das war auch bitter nötig, denn die Zahl der Sparer, die einen Vertrag abgeschlossen hatten, lag weit hinter den Erwartungen zurück. Nur hundertfünfzigtausend Volksgenossen waren bisher bereit, wöchentlich fünf Reichsmark einzuzahlen, um sich das Anrecht auf einen Käfer zu sichern – viel zu wenig, um die Entwicklung des Autos zu finanzieren.

Georg, der zum Chef der Testfahrer ernannt worden war, ging mit dem Modell V3/3 an den Start, dem fünften Prototyp, der in der Werkstatt am Stuttgarter Feuerbacherweg gebaut worden war. Die Innenausstattung des Autos war spartanisch. Das Armaturenbrett enthielt nur ein einziges Instrument mit Tachometer, Kilometerzähler und ein paar Warnleuchten, das Fernlicht wurde mit dem Fuß eingeschaltet, und eine Heizung gab es so wenig wie einen Rückspiegel.

»Wozu brauchen wir einen Rückspiegel?«, fragte Jakob Werlin, der als oberster Verkäufer der Volkwagen-Gesellschaft nach Stuttgart gekommen war, lachend in die Kameras der Wochenschau. »Wir Deutschen fahren immer nur vorwärts!« Mit einer Flagge gab er das Zeichen zum Start. »Auf Wiedersehen auf dem Obersalzberg!«

Die Route, die Georg ausgearbeitet hatte, führte einmal hinauf in den Norden bis Flensburg, dann in großen Schleifen wieder hinunter in den Süden und schließlich über München und Salzburg in die neuen österreichischen Gaue, in denen trotz des Anschlusses ans Reich immer noch Linksverkehr herrschte, bevor es von dort via Innsbruck und den bei allen Autofahrern gefürchteten, auf zweitausendfünfhundert Metern Höhe gelegenen Großglocknerpass zurück nach Bayern ging. Rund achthundert Kilometer betrug die tägliche Fahrstrecke, die durch alle zweiundvierzig Gaue des Reichs führte, über Landstraßen, Feldwege und Autobahnen, um zu demonstrieren, dass der Wagen jeder Beanspruchung standhielt. Die besondere Aufmerksamkeit galt allerdings der Autobahnfestigkeit. Hier zeigte der Käfer erstaunliche Qualitäten. In nur dreißig Sekunden erreichte er die Dauergeschwindigkeit von achtzig Stundenkilometern und in anderthalb Minuten die Spitzengeschwindigkeit von fünfundneunzig km/h.

Obwohl Georg täglich bis zu fünfzehn Stunden am Steuer saß, erlebte er die Fahrt wie im Rausch. Überall erkannten die Menschen den Volkswagen und jubelten am Straßenrand den Fahrern zu, manche Schaulustige winkten sogar mit ihren Sparkarten, um sich als künftige Besitzer zu erkennen zu geben. Und wo immer sie abends ans Ziel einer Tagesetappe gelangten, standen Frauen und Mädchen zu ihrem Empfang Spalier, die sie wie veritable Rennfahrer anhimmelten, so dass Georg nur selten eine Nacht allein in seinem Bett schlafen musste, obwohl er von seiner Parteinadel noch gar keinen Gebrauch gemacht hatte.

Am Mittag des zwanzigsten April, Hitlers neunundvierzigstem Geburtstag, trafen die Testwagen am Obersalzberg ein. Leider herrschte bei der Ankunft alles andere als Führerwetter. Die Wolken hingen so tief über dem Berchtesgadener Land, dass der Berghof fast zur Gänze in den weißlichen Schwaden verschwand.

Trotzdem schien der Führer bestens gelaunt, als er den Konvoi empfing, zusammen mit den drei Geschäftsführern der Volkswagen-Gesellschaft Werlin, Lafferentz und Porsche, die aus Berlin beziehungsweise Stuttgart angereist waren, sowie Luftfahrtminister

Hermann Göring und Dr. Robert Ley, Reichsleiter der Deutschen Arbeitsfront, in deren Auftrag der Volkswagen produziert wurde.

Angesichts der geballten Parteiprominenz war Georg ziemlich flau im Magen, als er seinen Käfer an der Spitze des Konvois zu Füßen des Berghofs parkte. Hoffentlich passierte kein ähnliches Malheur wie bei der Präsentation des Fahrzeugs in Stuttgart vor der technischen Kommission des Führers! Doch ausgerechnet Hitler selbst nahm ihm alle Befangenheit. Vor freudiger Erregung schien er beinahe zu hüpfen, als Georg aus dem Wagen stieg.

»Nun sagen Sie schon – wie hat sich mein Auto bewährt?«

»Ganz hervorragend, mein Führer!«

»Irgendwelche besonderen Vorkommnisse?«

»Habe nichts dergleichen zu berichten, mein Führer! Die Fahrzeuge haben eine Gesamtleistung von über zweihunderttausend Kilometer nahezu schadensfrei absolviert. Es gab lediglich eine gebrochene Kurbelwelle und den Ausfall eines Scheibenwischers sowie eine defekte Fensterkurbel zu bemängeln.«

»Ausgezeichnet. Und wie verhielt sich mein Auto am Großglockner? Mir wurde berichtet, dass auf der Hochalpenstraße viele Fahrzeuge mit überhitztem Motor ausfallen.«

»Das betrifft nur Fahrzeuge herkömmlicher Bauart, mein Führer. Dank der Luftkühlung des Volkswagens blieben wir von solchen Problemen verschont. Wir haben den Pass geradezu mühelos überquert.«

»Es freut mich außerordentlich, das zu hören.«

Hitler fuhr mit der Hand über das Dach des Käfers, als wolle er ihn streicheln, dann verschränkte er seine Arme hinter dem Rücken, um den Wagen einmal zu umkreisen und von allen Seiten in Augenschein zu nehmen. Seine Entourage folgte ihm auf dem Fuß.

»Der Bonbon!«, zischte Porsche Georg ins Ohr.

Georg fuhr mit der Hand an sein Revers. Um Gottes willen – er hatte das Abzeichen tatsächlich vergessen! Während Werlin die Heckklappe des Wagens öffnete, um die Funktionsweise der Luftkühlung zu erläutern, tastete Georg nach der Nadel in seiner Jackentasche. So unauffällig wie möglich steckte er sie sich an, gerade noch rechtzeitig, bevor Hitler seine Inspektion beendet hatte.

Sofort fiel sein Blick auf den Bonbon, und seine Augen leuchteten auf.

»Sie sind Parteigenosse?«

Georg nahm Haltung an. »Selbstverständlich, mein Führer. Ehrensache!«

Es war das erste Mal, dass er den Kanzler aus solcher Nähe sah. Umso größer war seine Überraschung, wie anders dieser in der persönlichen Begegnung wirkte als auf den Fotos in der Zeitung oder in den Filmen der Wochenschau. Keine Spur von dem Mann mit der finsteren Miene und dem stechenden Blick. Vor Georg stand vielmehr ein Herr mit freundlichem Gesicht und ebenso freundlichen Augen, die ihn voller Wohlwollen anschauten.

Porsche hatte recht. Hitler wollte keinen Krieg.

»Dann wollen wir mal hinaufgehen«, sagte er. »Vielleicht haben wir ja Glück und die Wolkendecke reißt auf, so dass wir unseren Imbiss auf der Terrasse einnehmen können. Der Ausblick von dort oben ist herrlich. – Ach ja«, fügte er hinzu, wie einer plötzlichen Eingebung folgend. »Während wir uns stärken, würden sich ein paar Herren von der Wehrmacht gern das Auto ansehen, um es auf seine militärische Eignung zu prüfen. Dem steht doch nichts im Wege, oder?«

»Natürlich nicht, mein Führer«, erwiderte Georg. »Der Schlüssel steckt im Zündschloss.«

Hitler bedankte sich mit einem zufriedenen Kopfnicken und stieg dann die breite Außentreppe hinauf, die zum Berghof führte. Wieder hefteten die anderen sich ihm an die Fersen.

»Gratuliere«, sagte Porsche leise, als Georg und er sich den anderen anschlossen. »Ich habe den Führer selten so gutgelaunt gesehen.«

52 Wo blieb der Führer?

Im UFA-Palast am Berliner Zoo breitete sich allmählich Unruhe aus. Aus Anlass von Hitlers Geburtstag sollte an diesem Abend hier die Uraufführung der beiden Olympia-Filme »Fest der Völker« und »Fest der Schönheit« stattfinden, doch schon seit über einer Stunde musste das Premierenpublikum sich in Geduld üben, weil Hitlers Ankunft sich immer wieder verzögerte. Angeblich hatte es heftige Gewitter im Raum München gegeben, so dass der Abflug der JU52, die den Führer in die Hauptstadt bringen sollte, mehrmals hatte verschoben werden müssen.

»Ich bin untröstlich, liebes Fräulein Riefenstahl«, sagte Propagandaminister Goebbels, der zusammen mit Leni in der ersten Reihe saß. »Statt sich vom Führer huldigen zu lassen, müssen Sie nun mit mir vorliebnehmen.«

»Wie können Sie nur so Ihr Licht unter den Scheffel stellen, Doktorchen?«, erwiderte Leni. »Sie sind der charmanteste Plauderer, den ich kenne! Wenn ich in diesem Land etwas zu sagen hätte – ich würde Sie ohne zu zögern zum Reichsplaudermeister ernennen!«

Goebbels quittierte die Auszeichnung mit einem gequälten Lächeln. »Was für eine originelle Idee. Ach ja, Ihr Künstler seid schon ein besonderes Völkchen.«

Mit Sorge verfolgte Edda, wie ihre Freundin sich über den mächtigen Mann lustig machte. Sie selbst war in der zweiten Reihe platziert – eine Vorsichtsmaßnahme, damit kein Gerede aufkam. Als offizieller Begleiter saß Leni ein Kameramann zur Seite, ihr angeblicher Freund. Das Versteckspiel, das sie seit nunmehr einem Jahr in der Öffentlichkeit trieben, tat Edda jedes Mal aufs Neue weh – als wäre ihre Liebe ein Verbrechen. Trotzdem wusste sie, dass es dazu keine Alternative gab, auch andere Paare waren gezwungen, sich zu verstellen, Gustav Gründgens und Marianne Hoppe zum Beispiel. Um die Form zu wahren, wollten die zwei Schauspieler angeblich sogar heiraten, obwohl sie nicht das geringste geschlechtliche Interesse aneinander hatten.

»Sie müssen es ja wissen, Doktorchen«, scherzte Leni weiter. »Sie sind ja selbst ein Künstler.«

Goebbels schien geschmeichelt. »Sie meinen die paar Gedichte, die ich in meiner Jugend geschrieben habe?« Mit gespielter Bescheidenheit winkte er ab. »Tempi passati, Gnädigste!«

»Ach, Sie haben Gedichte geschrieben?« Leni schien aufrichtig überrascht. »Sie beeindrucken mich immer wieder! Aber um ehrlich zu sein – Ihre Gedichte meinte ich gar nicht. Ich meinte eher Ihren Lebenswandel, vor allem im Umgang mit dem schönen Geschlecht. *Sehr* künstlerisch, würde ich sagen!«

Leni war sich offenbar ihres Triumphs an diesem Abend schon jetzt so gewiss, dass sie ihrem Übermut freien Lauf ließ. Edda teilte diese Gewissheit nicht. Das Gelingen eines Films entschied sich nicht bei den Dreharbeiten, sondern im Schneideraum, bei der Komposition des Materials. Dabei hatten sie die aufgezeichneten Szenen so oft montiert und wieder neu montiert, dass Edda nicht mehr wusste, ob die letzte Fassung tatsächlich die beste war oder ob sie womöglich vor lauter Verbesserungen am Ende das Ganze verdorben hatten. Jetzt konnte sie nur hoffen, dass die zwei Teile des Films Gnade vor Hitlers Augen fanden.

Plötzlich ging ein Raunen durch den Saal, und alle Köpfe flogen herum.

»Endlich«, sagte Goebbels und erhob sich, »der Führer!«

Der ganze Saal stand auf, Applaus und »Sieg Heil!«-Rufe ertönten, doch Hitler bat mit einer energischen Geste um Ruhe und ordnete die sofortige Vorführung des Films an, um dann zwischen Leni und seinem Propagandaminister Platz zu nehmen.

Eine Fanfare erscholl, und der Vorhang ging auf. Auf der Leinwand erschienen die Lettern des Titels, ehern in Marmor gemeißelt: *Olympia – der Film von den Olympischen Spielen in Berlin 1936. Zur Ehre und zum Ruhme der Jugend der Welt.* Begleitet von dunklen Orchesterklängen, dämmerte ein neuer Tag heran, im Zwielicht zeichneten sich die Umrisse antiker Säulen ab, die sich nach und nach als die Säulen der Akropolis zu erkennen gaben, während über der Ruine am Himmel von Athen allmählich die Sonne aufging. In gespannter Nervosität beobachtete Edda die Miene des Führers, der kaum eine Armlänge entfernt vor ihr saß. Gebannt verfolgte er, wie aus dem Dunkel der Vergangenheit die griechischen Gottheiten eine nach der anderen ins Licht traten, erhaben in ihrer marmornen Schönheit, von Athene, der Göttin der Weisheit, bis hin zu Mars, dem Gott des Krieges. Die Skulptur eines Olympioniken löste die Gottheiten ab, ein Diskuswerfer in gebückter Haltung, zum Wurf bereit, hielt er am ausgestreckten Arm die Scheibe in der Hand. Plötzlich kam Leben in die Skulptur, der Marmor wurde zu Fleisch und Blut, und ein Athlet mit nacktem, muskulösem Oberkörper schraubte sich aus der gebückten Haltung heraus in die Höhe, einmal, zweimal, dreimal wirbelte er um die eigene Achse, um seine Wurfscheibe in den Himmel zu schleudern – in den Himmel über Berlin, der Hauptstadt des Deutschen Reiches, wo, von Fackel zu Fackel weitergereicht, über alle Zeiten und Entfernungen hinweg, nun das Olympische Feuer brannte, entfacht unter Glockengeläut und dem Jubel von hunderttausend Zuschauern im Stadion, über dessen gewaltigem Rund die Fahnen der Völker gehisst waren …

Drei Stunden dauerte die Vorführung, doch nicht eine Sekunde ließ der Führer in seiner Aufmerksamkeit nach. Beim Einmarsch der Nationen ging ein Strahlen über sein Gesicht, in Großaufnahme erschienen die deutschen Olympiasieger, die von allen Nationen die meisten Medaillen errungen hatten, noch vor den Vereinigten Staaten. Als säße er auf der Tribüne im Stadion, fieberte er bei den Wettkämpfen mit. Mal spiegelte sich in seiner Miene die ganze Anspannung eines Athleten vor dem Start wider, dann die Erleichterung über einen geglückten Lauf oder Sprung, die Freude über einen errungenen Sieg oder der Schmerz nach einer Niederlage. Nur einige wenige Male zuckte es unwillig in seinem Gesicht. Edda brauchte gar nicht auf die Leinwand zu schauen, um zu wissen, weshalb – es waren die Momente, in denen Jesse Owens triumphierte, der Neger aus Amerika … Hatte Leni sich doch zu weit vorgewagt? Edda spähte zu Hitler hinüber. Nein, seine Miene hatte sich schon wieder entspannt, schon war er wieder eingetaucht in den Film, voll und ganz versunken in das berauschende Fest der Völker und der Schönheit …

Als der Vorhang fiel, brach ein Applaus los, der noch stürmischer war als der Beifall, den Leni in Paris für ihren Parteitagsfilm bekommen hatte. Alle Zuschauer hatten sich von den Stühlen erhoben, auch Hitler und seine Minister, und erst als der Führer sich mit einem Handkuss bei Leni bedankte, schwoll der Lärm im Saal wieder ab.

»Ein Meisterwerk, Fräulein Riefenstahl«, sagte er. »Tragen Sie den Film hinaus in die Welt, um allen Völkern das wahre Gesicht Deutschlands zu zeigen, das Gesicht einer Nation, die nichts mehr liebt als den Frieden, was immer die internationale Lügenpresse behaupten mag.«

53

Horst überprüfte noch einmal den Sitz seiner Uniform, dann verließ er sein Lagerführerbüro. Draußen vor der Baracke wartete Heinz-Ewald Pagels in seinem Dienstwagen auf ihn, um ihn zu einem Termin zu bringen. Der Regierungspräsident hatte aus Lüneburg einen Sonderbeauftragten nach Fallersleben geschickt, der als kommissarischer Bürgermeister den Auftrag hatte, für die in der Entstehung befindliche Autostadt eine Verwaltung aufzubauen. Bis zum Himmelfahrtstag waren es keine drei Wochen mehr – höchste Zeit also, dass der künftige Ortsgruppenleiter Fühlung mit dem Mann aufnahm, damit die Zusammenarbeit zwischen Partei und ziviler Verwaltung von Anfang an in den richtigen Bahnen verlief – sprich, im Sinne der Partei.

»Haben Sie schon die neuesten Nachrichten gehört?«, fragte Pagels, als er ins Auto stieg. »Der Führer macht jetzt Ernst.«

»Ernst – womit?«, fragte Horst zurück, neugierig und gleichzeitig verärgert, dass sein Fahrer besser informiert zu sein schien als er selbst. Vielleicht sollte er sich angewöhnen, künftig beim Frühsport Radio zu hören.

Pagels startete den Motor. »Hitler hat den Sudetendeutschen versprochen, sie heim ins Reich zu holen. Wie die Österreicher auch.«

Nur mühsam gelang es Horst, seine Erregung zu verbergen. »Nun ja, ich hatte nichts anderes erwartet«, erklärte er dann so gleichgültig wie möglich.

»Es heißt, die Tschechen haben mobilgemacht«, fuhr Pagels fort.

»Das wird ihnen nichts nützen, mit denen macht die Wehrmacht kurzen Prozess.«

»Leider sind die Tschechen wohl nicht allein. Angeblich haben die Franzosen und Engländer ihnen ihre Unterstützung zugesagt.«

»Nachdem sie bei Österreich gekniffen haben? So viel Mut hätte ich denen gar nicht zugetraut. Aber worauf warten Sie? Fahren Sie endlich los!«

Die Fahrt gab Horst Gelegenheit, die Fortschritte der Bauarbeiten in Augenschein zu nehmen. Die Baracken des Lagerabschnitts eins bis sieben, die zehntausend Männern Unterkunft boten, waren so gut wie fertiggestellt, und die Errichtung der östlichen Lagerabschnitte, die sich entlang des Mittellandkanals in Richtung Fallersleben anschlossen, waren im vollen Gange. Beim Anblick der riesigen Barackensiedlung ging ihm das Herz auf, eine Vorahnung künftiger Macht erfüllte ihn. Was für ein Glück, dass die Pläne zur Erschließung und Bebauung des Landes sich verschoben hatten. Fallersleben würde das Kaff bleiben, das es schon immer gewesen war, die Großstadt aber, die hier entstand, würde die neue Autostadt sein, und deren Ortsgruppe, die die von Fallersleben um ein Zigfaches an Größe und Bedeutung übertreffen würde, würde niemand anderes als Horst Ising leiten.

Fast bedauerte er, dass sie schon nach nur wenigen Minuten ihr Ziel erreichten. Der Sonderbeauftragte des Regierungspräsidenten war noch ein ziemlich junger, kaum dreißig Jahre alter Assessor namens Dr. Karl-Heinrich Bock und sah aus wie der geborene Bürohengst: korrekter Anzug, korrekter Haarschnitt, korrekte Miene, dazu eine Nickelbrille. Zusammen mit einer Sekretärin hatte er ein Zimmer im alten Amtsgericht von Fallersleben bezogen. Das Mobiliar seines Büros bestand aus einer Holzplatte auf zwei Untergestellen als Schreibtisch, vier Stühlen, einem Telefon und einer Schreibmaschine.

»Woran fehlt es Ihrer Meinung nach am meisten, Lagerführer Ising?«, eröffnete Dr. Bock das eigentliche Gespräch, nachdem sie ein paar Worte über die neuesten politischen Ereignisse gewechselt hatten. »Sie stehen ja mit den Männern am engsten in Kontakt.«

Horst brauchte für die Antwort nicht lange nachzudenken. »Die Männer brauchen vor allem Geschäfte für den täglichen Bedarf, damit sie nicht für jede Kleinigkeit nach Fallersleben müssen. Ich denke dabei insbesondere an einen Kolonialwarenladen, einen Bäcker und einen Metzger, vielleicht auch noch an einen Friseur. Und weil jeder Einkauf bezahlt werden muss, sollte es auch eine Raiffeisen- oder Sparkasse geben. Und nicht zu vergessen natürlich eine ordentliche Kneipe.«

Der Assessor, der jedes Wort mitschrieb, blickte von seinen Notizen auf. »Eine Kneipe? Halten Sie die wirklich für so wichtig?«

»Und ob! Ein frisch gezapftes Bier und eine Runde Skat sind die besten Mittel gegen Lagerkoller. Sonst gibt's leicht Streit und Schlägereien. Ein paar gemütlich eingerichtete Hinterzimmer wären deshalb auch nicht von Schaden.«

»Hinterzimmer? Bitte verzeihen Sie meine Begriffsstutzigkeit. Wozu das denn?«

»Für den *nächtlichen* Bedarf, sozusagen«, erklärte Horst mit einem Grinsen. Und da sein Gegenüber ihn immer noch ansah, als würde er Chinesisch reden, fügte er sicherheitshalber hinzu: »Mit ein paar hübschen Mädchen darin, die sich um das leibliche Wohl der Gäste kümmern.«

Das Gesicht des Assessors verriet, dass der Groschen endlich gefallen war. »Ach so, Sie meinen ein Bordell?«

»Sozusagen! Damit die Männer nicht über Hecken und Zäune springen. Irgendwo müssen sie ja hin mit ihren überschüssigen Kräften. Und der nächste Puff ist erst in Braunschweig.«

Dr. Bocks Stirn legte sich in Falten. »Hm, ich weiß nicht. Ich hatte eher gedacht, wir bräuchten eine katholische Kirche. Im Herbst treffen die ersten italienischen Arbeiter ein. Das sind alles strenggläubige Leute.«

»Katholiken und strenggläubig?« Horst lachte. »Eher fresse ich einen Besen! Am Freitagabend wird gevögelt, am Samstag gebeichtet und am Sonntag zur Messe gegangen, frei nach dem Motto: ›Es lebe das Leben, die Liebe, der Suff – der tägliche Beischlaf, der Papst und der Puff!‹«

Dr. Bock verzog keine Miene.

»Im Ernst, Herr Doktor«, fuhr Horst fort. »Wenn so viele Männer auf so engem Raum zusammenleben, ist ein Ventil nötig, sonst kochen die Gemüter über. Das ist so sicher wie das Amen in der Kirche.«

Der Assessor machte sich eine Notiz. »Nun gut, ich werde darüber nachdenken und mit dem Regierungspräsidenten sprechen. Ein Bordell unterliegt schließlich der behördlichen Genehmigungspflicht.«

»Tun Sie das, Herr Doktor. Sie werden es nicht bereuen.«

Zufrieden erhob Horst sich von seinem Stuhl, um sich zu verabschieden. Mit dem Bürohengst würde er leichtes Spiel haben.

54

Gilla hätte sich nicht träumen lassen, dass das Leben in ein und derselben Stadt sich so plötzlich und radikal verändern konnte, wie sie es nach dem Umzug der Familie erfahren hatte. Auf der Stadtkarte waren Wilmersdorf und der Wedding zwei verschiedene Teile Berlins, die nur wenige Kilometer auseinanderlagen, doch in Wahrheit waren es Welten, die beide Orte voneinander trennten. In Wilmersdorf hatte ihr jeder Tag bestätigt, dass sie ein Sonntagskind war, so leicht und unbekümmert war ihr Leben dort gewesen. Im Wedding hingegen war alles nur »Mühe und Arbeit«, wie der Lindenkirchenpfarrer im Konfirmandenunterricht über das Leben im »irdischen Jammertal« gesagt hatte. Allein der Kohlgestank im Hausflur, zusammen mit dem ewigen Geschrei, weil sich in einer der vielen kleinen Wohnungen immer irgendwelche Nachbarn stritten. Und diese Enge! Gilla konnte sich in ihrer Kammer kaum um die eigene Achse drehen, ohne sich blaue Flecke zu holen. Nur weil ihre Vorfahren in grauer Vorzeit Isaak oder Rahel geheißen hatten. Fast hasste sie diese dafür genauso wie Adolf Hitler und seine Verbrecherbande.

Was war nur aus ihren Träumen geworden? Ein Star hatte sie werden wollen, ein richtiger Star, der im »Wintergarten« auftrat und dem die Männer zu Füßen lagen. Jetzt lebte sie in einer Souterrainwohnung, an deren Wänden der Schimmelpilz blühte.

Am schlimmsten war die Geldnot. Armut hatte Gilla früher nur aus Grimms Märchen gekannt. Jetzt bestand die Mutter bei jeder noch so winzigen Ausgabe darauf, dass der Pfennig dreimal herumgedreht wurde, denn von dem Geld, das der Vater für die Kuchenfabrik bekommen hatte, war nach dem Umzug nur noch eine Notreserve übrig geblieben, und von den Möbeln, die sie auf dem Dachboden und im Keller gelagert hatten, hatten sie nur wenige Stücke losschlagen können, und die auch nur zu Schleuderpreisen, weil die Käufer ja von ihrer Notlage wussten, so dass der größte Teil der Wilmersdorfer Wohnungseinrichtung an das jüdische Altersheim gegangen war. Eine Anstellung hatte der Vater bisher nicht gefunden. Jeden Morgen ging er zur Reichsanstalt für Arbeitsvermittlung, doch da die Liste der Berufe, die einen Ariernachweis zur Voraussetzung hatten, immer länger wurde, kam er abends noch deprimierter zurück, als er morgens gegangen war. Sogar am Essen mussten sie sparen. Vorbei waren die Zeiten, in denen die Mutter die üppigen Rezepte der Großmutter gekocht hatte – jetzt gab es dreimal in der Woche Pellkartoffeln mit Margarine. Doch was immer es gab, der Vater rührte so gut wie nichts an, um das wenige seiner Frau und Tochter zu lassen, denn mehr noch als unter dem Hunger litt er unter der Scham für sein vermeintliches Versagen. Bei jeder ihrer kärglichen Mahlzeiten klagte er sich an und machte sich für den Niedergang der Familie verantwortlich. »Dass ich euch das angetan habe, das werde ich mir nie verzeihen …« Das einzige Geld, das er verdiente, verdiente er im »Kakadu«. Gilla hatte Direktor Karsunke gebeten, den Vater vorspielen zu lassen, und da sein Klavierspiel ganz passabel war und der Hauspianist des »Kakadu« an Arthrose litt, durfte er hin und wieder einspringen. Pro Abend bekam er dafür zwei Mark fünfundsiebzig pauschal.

Nein, Bettler waren sie noch nicht. Aber außer ihrem Stolz würden sie bald wirklich nichts mehr besitzen, wenn nicht endlich etwas geschah.

»Warum lasst ihr mich nicht singen?«, fragte Gilla eines Abends, als es mal wieder Pellkartoffeln gab. »Direktor Karsunke würde mir zehn Mark pro Auftritt bezahlen.

»Du willst wieder auftreten?«, erwiderte der Vater. »In diesem Tingeltangel?«

»Warum denn nicht? Du wärst doch dabei, Papa, und könntest aufpassen, dass nichts passiert!«

Grimmig schüttelte er den Kopf. »Meine Vorfahren würden mich im Jenseits verfluchen. Nein, mein Gisela, du musst zurück zur Schule, damit du etwas lernst. Wir Bernsteins haben immer größten Wert auf Bildung gelegt. Bildung ist ein Pfund, mit dem man überall auf der Welt wuchern kann. Ich werde mit Frau Dr. Goldschmidt sprechen, ob sich nicht doch noch was machen lässt. Vielleicht ist sie ja bereit, uns das Schulgeld zu stunden.«

»Aber die Schule ist doch inzwischen geschlossen«, erwiderte die Mutter. »Wie oft soll ich dir das noch sagen, Wilhelm?«

»Wie – geschlossen?«, fragte der Vater irritiert. »So plötzlich? Warum das denn? Das war doch eine Goldgrube.«

»Frau Dr. Goldschmidt wurde die Lizenz entzogen.«

»Aber was soll dann aus unserer Tochter werden?«

Während Gilla auf ihre Pellkartoffeln schaute, hörte sie, wie in der Wohnung nebenan die Hirschfelds stritten, ein junges Ehepaar aus vormals reichem Hause, das früher mal in einer Villa am Wannsee gelebt hatte. Gilla ahnte den Grund ihres Streits. Vera Hirschfeld, die nur fünf Jahre älter war als sie und sich mit ihr ein wenig angefreundet hatte, hatte ihr ein Kleid gezeigt, das sie im KaDeWe gekauft hatte – »ab und zu muss man sich doch auch mal über etwas freuen können«. Als sie ihrem Mann die Ausgabe gestanden hatte, hatte der einen Tobsuchtsanfall bekommen. Abgesehen davon, dass sie sich solchen Luxus nicht leisten konnten, stand Vera das Kleid so gut, dass er sie darin vor lauter Eifersucht nicht mehr allein aus dem Haus lassen wollte.

Plötzlich hatte Gilla eine Idee.

»Ich weiß jetzt, was ich werde. Modezeichnerin!«

»Modezeichnerin?«, fragte die Mutter. »Ich kann mich nicht erinnern, dass du je meinen Nähkorb angerührt hast.«

»Ja und?« Gilla zuckte die Schultern. »Im Lyzeum war ich in Handarbeit gar nicht so schlecht. Außerdem habe ich ja nicht vor, Kleider zu *nähen*. Ich will Kleider *entwerfen*.«

»Was sind das schon wieder für Flausen?«

»Warum denn Flausen, Mathilde?«, fragte der Vater. »Vielleicht ist das ja gar keine schlechte Idee. Gisela hat einen ausgezeichneten Geschmack. Insofern könnte ich mir durchaus vorstellen, dass …«

»Willst du sie in dem Unsinn auch noch unterstützen?«, fiel die Mutter ihm ins Wort. »Modezeichnerin ist ein Ausbildungsberuf! Den kann man nicht einfach so ausüben, den muss man erlernen!«

»Als ob ich das nicht wüsste«, sagte Gilla. »Aber in Charlottenburg gibt es eine Modeschule. In der Bleibtreustraße, glaube ich.«

»Die warten gerade auf dich«, entgegnete die Mutter. »Du bist Jüdin, hast du das vergessen?«

»Gut, dass du mich daran erinnerst!«

»Werd ja nicht frech! Und selbst wenn sie dich nehmen, was ich nie und nimmer glaube – wovon willst du das Schulgeld bezahlen?«

Das wusste Gilla auch nicht. Aber sollte sie deshalb bis an ihr Lebensende Pellkartoffeln essen?

»Keine Sorge«, sagte sie. »Mir wird schon was einfallen. Wozu bin ich ein Sonntagskind?«

55

Ubi bene, ibi patria. Heinz-Ewald Pagels hatte vergessen, von wem der Spruch stammte, aber er sprach ihm so sehr aus dem Herzen, dass er ihn trotz vorzeitig abgebrochenem Gymnasium und nur drei Jahren Latein behalten hatte: »Wo es mir gutgeht, da ist mein Vaterland.«

Ja, Wohlergehen war Heinz-Ewald Pagels' Lebenszweck. Allerdings hätte er sich nicht träumen lassen, dass ausgerechnet diese norddeutsche Einöde ihm je zur Heimat werden würde. Als man ihn in Essen zu der Entscheidung genötigt hatte, entweder als Bauarbeiter ins Wolfsburger Land oder als Torfstecher nach Pommern zu ziehen, hatte er geschwankt. Was für ein Segen, dass er sich richtig entschieden hatte! Seit seiner Ankunft hatte er keine Minute von seiner zarten Hände Arbeit leben müssen, er hatte weder Zementsäcke geschleppt noch eine Spitzhacke angerührt. Um die Gunst des Lagerführers zu erlangen, hatte es gereicht, die Vorschriften in Anwendung zu bringen, die er in der Strafvollzugsanstalt Werl erlernt hatte. Nach nur einer Woche, die er für die Ordnung in seiner Baracke verantwortlich gewesen war, hatte Arbeitsführer Ising ihn zum Unterführer befördert, zu einer Art »Mädchen für alles« – er war Laufbursche, Schreiber und Fahrer in einer Person. Eine Tätigkeit ganz nach Heinz-Ewalds Geschmack. Dadurch kam er mit allen wichtigen Leuten im Lager in Kontakt, und er war gewillt, diese Kontakte zu nutzen.

Jetzt saß er im Büro seines Vorgesetzten, und während dieser seine Dienstpost las, verglich er die Listen der Neuzugänge mit den Belegungsplänen der Baracken. Lagerführer Ising liebte korrekt geführte Listen, die er mit seiner Paraphe versehen konnte, und Heinz-Ewald legte ihm täglich so viele vor, wie er nur wollte, in der Hoffnung, sich auf diese Weise bald so unersetzlich zu machen, dass er ein eigenes Büro bekam. Das würde er nämlich brauchen, wenn seine Pläne in Erfüllung gingen. Im Lager wurden italienische Fremdarbeiter erwartet, und da Heinz-Ewald als ehemaliger Handelsvertreter für Damenunterwäsche wusste, dass italienische Dessous sich bei der Damenwelt noch größerer Beliebtheit erfreuten als die Erzeugnisse französischer Hersteller, müsste es schon mit dem Teufel zugehen, wenn sich daraus nicht ein Geschäft machen ließ.

»So eine gottverdammte Sauerei!«

Heinz-Ewald blickte von seinen Listen auf. Lageführer Ising pfefferte einen gerade geöffneten Brief auf seinen Schreibtisch.

»Die Lüneburger Sesselfurzer verweigern mir mein Bordell.«

»Darf man fragen, weshalb?«

»Angeblich wegen mangelnden Bedarfs. Weil es bislang noch gar keine richtige Stadt gibt, sondern nur eine Barackensiedlung.«

Heinz-Ewald wusste, der Puff war das Lieblingsprojekt seines Vorgesetzten.

»Gerade darum ist ein Freudenhaus doppelt notwendig«, erklärte er beflissen. »Damit die Männer Dampf ablassen können. Sonst bricht noch Lagerkoller aus.«

»So ist es. Jeder, der auch nur ein bisschen was von Psychologie und Menschenführung versteht, weiß das. Nur diese Bürohengste nicht.«

»Ist der Bescheid denn endgültig?«, fragte Heinz-Ewald.

Lagerführer Ising nahm das Schreiben noch einmal zur Hand. »Sieht ganz so aus – ›kein Widerspruch möglich‹, steht da.«

»Scheibenkleister!« Heinz-Ewald dachte einen Moment nach. »Vielleicht sollte man in dem Fall die Dinge selbst in die Hand nehmen?«

»Hm.« Unsicher erwiderte der Lagerführer seinen Blick. »Sie meinen – ein bisschen Eigeninitiative entwickeln?«

56

Gilla hatte sich nicht geirrt, die Modeschule, von der sie gesprochen hatte, befand sich tatsächlich in der Bleibtreustraße. Betrieben wurde sie von Herward Senftleben, einem Mann mittleren Alters mit onduliertem Haar und manikürten Nägeln, der in Tonfall und Gebaren unzweideutig an Heini Grätjens erinnerte, den Conférencier des »Kakadu«.

»Sie wollen also Modezeichnerin werden, mein schönes Kind?«, fragte er, nachdem sie sich vorgestellt hatte.

»Das war schon immer mein Traum.«

»Da haben wir ja etwas gemeinsam.« Er schlug eine Kladde auf und begann zu blättern. »Sie haben Glück, letzte Woche ist ein Platz in unserem Anfängerkurs frei geworden – eine Schülerin, deren Eltern kurzfristig beschlossen haben, ins Ausland zu ziehen.« Dabei klimperte er auffällig mit den Wimpern. Gilla wusste nicht, ob er ihr damit irgendetwas signalisieren wollte, oder ob das einfach so seine Art war.

»Knorke«, sagte sie so schnodderig wie möglich, um sich ihre Überraschung nicht anmerken zu lassen. »Wann ... wann könnte ich anfangen?«

»Sobald Sie wollen.«

»Auch schon morgen?«

»Warum nicht?« Er griff unter den Empfangstresen und reichte ihr ein Formular. »Hier – der Aufnahmeantrag. Sie können ihn entweder gleich ausfüllen oder mit nach Hause nehmen, falls Sie erst noch einmal alles in Ruhe durchlesen möchten.«

»Nein, nicht nötig, ich erledige das gleich.«

Gilla konnte ihr Glück kaum fassen. Doch als sie das Formular nahm, zuckte sie zusammen. In einer Fußnote war das Schulgeld vermerkt – dreißig Mark pro Monat.

»Irgendwas nicht in Ordnung?«

»Nein, nein, alles prima.«

Sie beschloss, sich später um das Geld zu kümmern, irgendeine Lösung würde es schon geben – Hauptsache, sie war erst mal angenommen! Ohne weiter zu zögern, trug sie ihren Namen und ihre Adresse ein sowie die Nummer ihres Passes. Zum Glück hatte sie ihre Papiere dabei.

»Sehr schön«, sagte Herward Senftleben, als sie ihm das ausgefüllte Blatt reichte. »Ich freue mich, Sie als neue Schülerin unseres Instituts begrüßen zu dürfen.«

Gillas Herz begann vor Freude schneller zu schlagen. »Dann bis morgen«, sagte sie und wandte sich zum Gehen.

»Ja, bis morgen. Um acht Uhr ist Unterrichtsbeginn.«

»Ich werde pünktlich da sein.«

Sie war schon bei der Tür, als ihm noch etwas einfiel. »Ach ja, beinahe hätte ich es vergessen – nur eine Kleinigkeit.«

Gilla drehte sich um. »Nämlich?«

»Ihr Ariernachweis.«

Das eine Wort genügte, um ihre Träume zum Platzen zu bringen. »Mein ... mein Ariernachweis?«

Herward Senftleben nickte. »Eine Formalität – und bei Ihrem Aussehen ja eigentlich überflüssig. Aber die Behörden bestehen nun mal darauf«, fügte er mit einem Seufzer hinzu. »Sie wissen ja, die neuen Vorschriften.«

Gillas Herz schlug jetzt so heftig, dass es ihr fast aus der Brust sprang. Doch nicht mehr vor Freude, sondern vor Angst.

»Natürlich, einen Moment.« Obwohl es vollkommen unsinnig war, kramte sie in ihrer Handtasche. »Ich ... ich glaube, ich habe ihn gerade nicht dabei ...«, sagte sie schließlich.

Herward Senftleben schaute sie mit erhobenen Brauen an. Unter seinem fragenden Blick spürte sie, wie sie rot anlief, und schlug die Augen nieder.

»Sie haben gar keinen, nicht wahr?«, fragte er.

Gilla schüttelte stumm den Kopf. In ihrem Innern hörte sie die Stimme ihrer Mutter. *Die warten gerade auf dich. Du bist Jüdin, hast du das vergessen?* … Wenn Herward Senftleben ein Mann wie alle anderen Männer gewesen wäre, hätte Gilla gewusst, was zu tun war – aber so? Als sie die Augen aufschlug und seinen Blick erwiderte, fiel ihr Heini Grätjens ein. Der hatte früher mal behauptet, dass alle Männer in Berlin, die so waren wie er, sich untereinander kennen würden. Plötzlich wusste sie, was sie zu tun hatte.

»Ich soll Sie übrigens von Heini Grätjens grüßen«, behauptete sie aufs Geratewohl. »Er hat gesagt, Sie wären miteinander bekannt.«

Herward Senftlebens Augen leuchteten auf. »Oh, Sie kennen den schönen Heini?«, fragte er. »Wie geht's ihm? Ich habe ihn ja schon eine Ewigkeit nicht mehr gesehen. Sie müssen mir unbedingt von ihm erzählen.«

57

Die Braunschweiger Bruchstraße begann an der Wallstraße im Süden und zog sich mit ihren geduckten Fachwerkhäusern bis zur Friedrich-Wilhelmsstraße im Norden hinauf. Schon im Mittelalter, so hieß es, hatten Männer hier Dampf abgelassen, wenn zu viel Druck auf dem Kessel war. Heute gab es in der Straße exakt dreiunddreißig einschlägige Häuser, erkennbar an den Kobererfenstern, in denen die Damen unter Darbietung ihrer Reize für die Inanspruchnahme ihrer Dienste warben. Horst hatte die Häuser selbst gezählt.

»Na, mein Süßer?«, raunte eine Blondine ihm zu, als er an ihrem offenen Fenster vorüberkam. »Wie wär's mit uns zwei?«

Ohne sie eines Blickes zu würdigen, marschierte er weiter. Sein Ziel war das Haus Nummer siebenundzwanzig. Heinz-Ewald Pagels hatte recht – nachdem die Lüneburger Sesselfurzer seinen Antrag abgelehnt hatten, war Eigeninitiative gefragt. Trotzdem war Horst allein nach Braunschweig gefahren. Er hatte sich noch kein abschließendes Urteil über seinen neuen Unterführer gebildet. Dieser Pagels war zwar findig und rege, aber irgendwie erinnerte er ihn zu sehr an seinen Bruder Georg. Außerdem war die Bruchstraße vertrautes Terrain, wo er keine Unterstützung brauchte. Vor seiner Ehe hatte er hier regelmäßig verkehrt, vor allem in der Nummer siebenundzwanzig.

Madame Roswitha, eine rothaarige Matrone, die seit dem Weltkrieg das Haus führte und wie stets in ihrem Negligé auf einem rosafarbenen Plüschhocker am Eingang thronte, empfing ihn als alten Bekannten.

»Je später der Abend ...«

»... desto schöner die Gäste.«

»Schon lange nicht mehr gesehen ...«

»... und trotzdem wiedererkannt.«

Aufmerksam musterte sie ihn. »Ein bisschen grau im Gesicht bist du geworden. Und ein bisschen dicker auch. Hast du geheiratet?«

Horst fasste sich an seinen Bauch. »Sieht man mir das so deutlich an?«

»Keine Sorge«, erwiderte Madame Roswitha, »das Eheleben scheint dir zu bekommen, du siehst stattlicher aus als früher. Aber wenn du wegen Lulu hier bist, die arbeitet nicht mehr. Sie hat inzwischen einen Sohn und ist katholisch geworden.«

»Ich bin nicht wegen Lulu hier«, erwiderte Horst. »Sondern wegen einem Geschäft.«

»Einem Geschäft?« Madame Roswitha horchte auf.

»Ja. Die Sache ist die ...« In groben Zügen erklärte er ihr, worum es ging.

Madame Roswitha begriff. »Damit die Kerle nicht über Hecken und Zäune springen?«

»Genau.« Horst nickte. »Ich dachte für den Anfang an drei bis vier Damen, nach Möglichkeit im wöchentlichen Schichtverfahren, um für Abwechslung zu sorgen. Die Räumlichkeiten werden selbstverständlich von uns zur Verfügung gestellt.«

»Zu welchen Konditionen?«

»Ich muss doch sehr bitten! Die Deutsche Arbeitsfront hat in der Sache keine finanziellen Interessen! Es handelt sich um eine Maßnahme psychologischer Menschenführung.«

»Ist ja schon gut«, erwiderte Madame Roswitha. »Besser, man klärt solche Dinge vorab, als sich später zu streiten. – Aber jetzt«, wechselte sie das Thema, »da wir das Geschäftliche geregelt haben …« Statt den Satz zu Ende zu sprechen, reckte sie den Kopf ins Treppenhaus hinauf. »Betty!«

Im nächsten Moment erschien ein zartes, blondgelocktes Mädchen, das Lulu zum Verwechseln ähnlich sah. Und genauso wie früher Lulu steckte sie den kleinen Finger in den Mund, wie ein Schulkind, und begrüßte ihn mit einem Knicks.

»Na, wäre das was nach deinem Geschmack?«

Horst musste schlucken. Und ob das was nach seinem Geschmack war! Jetzt machte das kleine Luder auch noch einen Schmollmund.

Madame Roswitha grinste. »Dachte ich mir's doch. Dann wünsche ich viel Vergnügen. Geht aufs Haus.«

»Aufs Haus?«

»Eine kleine Gratifikation.«

Horsts Blut geriet in Wallung. Wie lange war es her, dass ein weibliches Wesen ihn so angeschaut hatte? Er beugte sich an das Ohr der Madame und senkte seine Stimme. »Ist sie denn auch sauber?«

Madame Roswitha nickte. »So sauber wie ein frisch gewaschener Kinderpopo.«

»Na, dann vielen Dank. Da sage ich nicht nein.«

58

Als Gilla am Abend nach Hause kam, traf sie nur ihre Mutter an, die in der Wohnküche das Essen zubereitete. Als hätte sie geahnt, dass es etwas zu feiern gab, gab es heute ausnahmsweise keine Pellkartoffeln, sondern Buchweizen mit Beeren, ein richtiges jüdisches Gericht, auch wenn es das einfachste Gericht aus dem Rezeptbuch der Großmutter war.

»Wo ist Papa?«

»Der hat Probe.«

Gilla hatte sich eigentlich vorgenommen zu warten, bis sie alle zusammen waren, um ihre Freudennachricht zu verkünden. Doch so lange hielt sie es nicht aus.

»Stell dir vor – sie haben mich genommen!«

Die Mutter drehte sich am Herd zu ihr um. »Wer hat dich genommen?«

»Die Modeschule. In der Bleibtreustraße! Ich hab euch doch davon erzählt!«

»Das glaube ich nicht!«

»Doch!«

»Aber das ist ja wunderbar!« Die Mutter legte den Kochlöffel beiseite, um ihr zu gratulieren.

»Habe ich nicht gesagt, ich bin ein Sonntagskind?«, fragte Gilla stolz.

»Ja, das bist du wohl wirklich.« Die Mutter griff wieder zu ihrem Kochlöffel, um den Weizen umzurühren. »Nur – wie sollen wir das Schulgeld bezahlen?«, fragte sie dann. »Mit den paar Pfennigen, die Papa verdient, können wir dich nicht unterstützen.«

»Herr Senftleben sagt, ich dürfte das Schulgeld abarbeiten. Er hat reiche Kundinnen, die bei ihm schneidern lassen.«

»Aber du kannst doch noch gar nichts!«

»Das habe ich ihm auch gesagt. Aber das ist kein Problem, ich bekomme am Anfang nur Sachen zum Flicken und Stopfen. Und dafür wird's schon reichen.«

»Glaubst du wirklich, dass du das schaffst?«

»Und ob ich das schaffe! Herr Senftleben hat versprochen, mir zu helfen. Ich darf schon morgen anfangen.«

»Ach, Kindchen, ich kann dir gar nicht sagen, wie sehr ich mich freue! Und Papa wird glücklich sein. Du weißt ja, wie wichtig es für ihn ist, dass du was Ordentliches lernst.«

»Ja, ja«, lachte Gilla. »Die Bernsteins haben immer größten Wert auf Bildung gelegt. Bildung ist ein Pfund, mit dem man überall auf der Welt wuchern kann.«

»Mach du dich nur lustig. Ach, komm mal her, ich muss dich einmal drücken.«

Die Mutter wischte sich die Hände an der Schürze ab und nahm sie in den Arm. Gilla konnte sich nicht erinnern, wann sie das zum letzten Mal getan hatte. Auf jeden Fall nicht mehr, seit sie aus Wilmersdorf in den Wedding gezogen waren.

Fast war ihr die Umarmung peinlich.

59

Es war Dienstagabend in Fallersleben. Der kleine Adolf und die kleine Eva schliefen brav in ihren Betten, Horst hatte seine Sparmarken gezählt, und Ilse hatte das geblümte Hochzeitsnachthemd übergestreift, bevor sie unter die Zudecke geschlüpft war, und ihr offenes Haar flutete auf das Paradekissen.

Doch Horst war nicht in Stimmung.

»Willst du nicht langsam ins Bett kommen, mein Hotte? Dein Ilsebillchen wartet schon.«

»Von mir aus kannst du ruhig schon schlafen«, erwiderte er, während er so langsam wie möglich sein Hemd aufknöpfte.

»Aber heute ist doch Dienstag.«

»Ich weiß. Aber … aber mir ist heute irgendwie nicht danach.«

Ilse richtete sich im Bett auf. »Sitzt der Ärger noch so tief?«

»Welcher Ärger?«

»Über deinen Onkel. Und deine Familie. Wie sie wieder mit dir umgesprungen sind.«

»Ach so – *den* Ärger meinst du.« Horst war froh, dass Ilse eine Ausrede für ihn gefunden hatte, und beschloss, sie in dem Glauben zu lassen. »Ja, natürlich, das sitzt tief.«

»Mein armer Hotte …«

Während sie mit der freien Hand in ihrem aufgelösten Haar spielte, spielte um ihre Lippen ein dünnes Lächeln. Horst wusste nicht, wohin er blicken sollte. Wenn sie ihn sonst so anschaute, bekam er sofort einen Steifen, doch heute rührte sich nichts. Und es *durfte* sich auch nichts rühren! Zwei Tage, nachdem er aus Braunschweig zurückgekehrt war, hatte er beim Wasserlassen zum ersten Mal diese Schmerzen gespürt, und seitdem waren sie mit jedem Tag schlimmer geworden. Von wegen frisch gewaschener

Kinderpopo ... Offenbar war das kleine Luder alles andere als sauber gewesen. Und das ausgerechnet vor der Grundsteinlegung, wo er für den Führer Spalier stehen sollte.

Ilse lüftete die Bettdecke. »Komm ins Körbchen. Dein Ilsebillchen wird dich trösten.«

»Hör endlich auf, mir ist heute nicht danach – wie oft soll ich das noch sagen?«

»Unsinn, der Appetit kommt beim Essen.« Während ihre Augen sich zu zwei Schlitzen verengten, leckte sie sich über die Lippen. »Wenn du willst, mache ich auch, was ich sonst immer nur an deinem Geburtstag mache ...«

»Himmel, Arsch und Zwirn!«, platzte er heraus. »Hast du was mit den Ohren? Wir sind doch keine Neger!«

Mit großen Augen starrte sie ihn an. »Aber mein Hotte ...«

»Ist doch wahr ...«, knurrte er.

Eine Weile blickte sie ihn noch an, doch als er keinerlei Anstalten machte, ihrer Einladung zu folgen, gab sie auf. »Na gut, wer nicht will, der hat schon.« Sie warf sich herum und kehrte ihm den Rücken zu. »Vergiss nicht, das Licht zu löschen.«

Horst zog Hemd und Hose aus und faltete beides auf einem Stuhl. Dann knipste er den Schalter aus. Kaum war es dunkel, hörte er an ihrem gleichmäßigen Atem, dass sie eingeschlafen war. Oder wenigstens so tat.

Gott sei Dank, für heute war er noch mal davongekommen.

Jedes Geräusch vermeidend, wartete er ein paar Minuten ab, bis er ganz sicher sein konnte, dass sie ihn in Ruhe lassen würde. Dann zog er auch die Socken aus und legte sich ins Bett.

Er musste unbedingt zum Arzt. Hoffentlich schaffte er es noch vor der Grundsteinlegung.

60

Strahlender Sonnenschein herrschte in Fallersleben, als am Himmelfahrtstag des Jahres 1938 der Grundstein für die größte Autofabrik Europas gelegt wurde. Man hatte mit Absicht einen Feiertag für den Festakt gewählt, um so vielen

Volksgenossen wie möglich die Teilnahme zu ermöglichen, auch wenn dadurch die Himmelfahrtsfeier, zu der sich die katholischen Gemeinden der Umgebung alljährlich auf dem Klieversberg versammelten, ausfallen würde. Und tatsächlich, einen solchen Massenauftrieb hatte man im Wolfsburger Land noch nicht erlebt. Fanfarenzüge der HJ, der SS-Junkerschule Braunschweig und der DAF-Werkscharen standen am Bahnhof bereit, um die in Sonderzügen anreisenden Besucher zu begrüßen: Volkswagen-Sparer aus allen Gauen des Reichs, dazu Ehrenformationen der Wehrmacht, Mitglieder des Nationalsozialistischen Kraftfahrkorps, Delegierte der SA und SS, Abordnungen des Reichsarbeitsdienstes, der Hitlerjugend sowie Parteigenossen aller Art – an die hunderttausend Menschen, die dabei sein wollten, wenn der Führer die Mobilisierung Deutschlands ausrief. Vor dem blumengeschmückten Geburtshaus des Dichters August Heinrich Hoffmann in Fallersleben intonierte eine Militärkapelle das Deutschlandlied, von dort aus ging es mit klingendem Spiel über die bereits fertiggestellte Brücke zur Baustelle auf der anderen Seite des Mittellandkanals. Wie im Minutenprotokoll vorgesehen, nahm um zwölf Uhr fünfundzwanzig auf dem Festgelände ein über hundertköpfiger Fahnenblock Aufstellung, um die Ehrenpforte zu bilden, die exakt eine Stunde später Adolf Hitler mit seinem Gefolge durchschritt, darunter Dr. Robert Ley als Reichsleiter der Deutschen Arbeitsfront sowie Jakob Werlin und Dr. Bodo Lafferentz als Geschäftsführer der Volkswagen-Gesellschaft.

Auf dem Podium trat DAF-Leiter Ley ans Mikrophon, um den Führer zu begrüßen. Georg, der zusammen mit Professor Porsche am äußersten Rand der Ehrentribüne saß, wünschte sich plötzlich, Josef Ganz würde jetzt neben ihm sitzen – niemand hatte einen Platz auf dieser Tribüne mehr verdient als sein früherer Freund. Doch als sein Blick auf Paul Erhardt fiel, der wie sein Bruder Horst in dem Fahnenblock Spalier stand, wurde ihm bewusst, wie absurd diese Vorstellung war.

»Statt Sturmbannführer Lafferentz und Generalinspektor Werlin sollten eigentlich Sie heute an der Seite des Führers sein«, sagte er. »Schließlich ist es Ihr Auto, das hier gebaut werden soll.«

»›Man muss auch jönne könne‹, wie die Kölner sagen«, knurrte Porsche. »Wir wollen an einem solchen Tag doch nicht kleinlich sein, oder?«

Georg wunderte sich über den Gleichmut, mit dem sein Chef die öffentliche Missachtung hinnahm. Doch während sein Blick über die festliche Szenerie schweifte, musste er ihm innerlich recht geben – angesichts der großartigen Dinge, die hier geschahen, verboten sich kleinliche Einwände. Wenn irgendwo im Reich der Fortschritt mit Händen zu greifen war, dann hier, im Wolfsburger Land!

Georg war Weihnachten zum letzten Mal hier gewesen. Das war noch kein halbes Jahr her, doch in dieser kurzen Zeit hatte die ganze Gegend sich so sehr verändert, dass er sie kaum noch wiedererkannte. Kein Stein war auf dem anderen geblieben, auf beiden Seiten des Kanals waren die Erdarbeiten im vollen Gange, und überall, im Wellekamp, am Bullenberg, am Schillersee waren Barackensiedlungen wie Pilze aus dem Boden geschossen, so dass man die entstehende neue Großstadt schon in ihren Grundzügen ahnen konnte. Dass den Umwälzungen auch die Zuckerfabrik zum Opfer gefallen war, bereitete ihm keinen Kummer, im Gegenteil, auf diese Weise hatte sich sein größtes Problem auf überaus elegante Weise erledigt, zumal auch der Vater inzwischen seinen Frieden damit gemacht zu haben schien – kein Wunder, er war jetzt ein reicher Mann, der dank der Abfindung bis ans Ende seiner Tage für sich und die Mutter ausgesorgt hatte. Und auch die übrigen Mitglieder der Familie waren nicht leer ausgegangen. Horst, der trotz der Ehre, für den Führer Spalier zu stehen, seltsamerweise ein Gesicht zog wie sonst ihr Vater, wenn diesen die Hämorrhoiden quälten, konnte sich jetzt voll und ganz der Parteiarbeit widmen, Edda hatte an der Seite der berühmten Leni Riefenstahl offenbar zu ihrer wahren Berufung gefunden, und selbst Georgs Schwager hatte vom Ende der Zuckerfabrik profitiert – Benny war nicht nur alle Sorgen um seine Zukunft los, sondern sogar zum Assistenten des Stadtplaners ernannt worden. Allen ging es dank der Autofabrik besser, als es ihnen je gegangen war.

Es gab nur einen einzigen Wermutstropfen: der kleine Willy. Die Nachricht hatte Georg ziemlich mitgenommen – er hatte ja nicht die leiseste Ahnung gehabt ... Aber mit Charlys Hilfe würde sich hoffentlich auch dafür eine Lösung finden. Wozu war seine Schwester Ärztin geworden?

»Das Wort hat der Kanzler des Deutschen Reichs!«

Die Führerfanfare ertönte, und Dr. Ley machte auf der Bühne Platz. Georg spitzte die Ohren: Was würde der Führer sagen? Hitler war dafür bekannt, Anlässe wie diesen für Überraschungen zu nutzen. Doch seine Rede fiel merkwürdig blass aus. Alles, was er sagte, hatte man schon viele Male gehört. Auffallend war nur, wie sehr er die Verdienste der Deutschen Arbeitsfront betonte, namentlich der Herren Ley und Lafferentz. Professor Porsche hingegen erwähnte er mit keinem Wort. Auch wenn Georg dahinter parteipolitische Gründe vermutete, war er doch irritiert. Wo war die Begeisterung des Autoenthusiasten geblieben, die er auf dem Obersalzberg erlebt hatte?

»Um Gottes willen«, sagte Porsche plötzlich. »Haben Sie das gehört?«

»Nein«, erwiderte Georg, der einen Moment nicht aufgepasst hatte. »Was ist denn?«

Porsches Gesicht war bleich wie eine Wand. »Der Führer hat unser Auto umgetauft. Es soll nicht länger Volkswagen heißen, sondern KdF-Wagen.«

»Wie bitte?«

Georg schaute zur Bühne, wo Hitler gerade die Umbenennung begründete.

»Es ist mein Wille, dass der Wagen den Namen der Organisation tragen soll, die sich am meisten bemüht, die Massen unseres Volkes mit Freude und folglich mit Kraft zu erfüllen.«

»Was für ein Schlag ins Kontor!«, sagte Georg leise.

»Schlag ins Kontor?«, wiederholte Porsche so laut, dass sich mehrere Köpfe nach ihm umdrehten. »Eine Katastrophe ist das! Mit dem Namen lässt sich das Auto unmöglich im Ausland verkaufen.« Er hielt inne, um sich zu beruhigen, offenbar gelang es ihm nur mit Mühe, die Beherrschung zu wahren, dann fuhr er fort:

»Aber vielleicht ist es ja auch gar nicht mehr das Ziel, unseren Käfer zu exportieren, weil ...«

»Weil was?«

Porsche senkte die Stimme. »Wenn Hitler ohne Not auf Devisen verzichtet, ist zu befürchten, dass die Prioritäten sich verschoben haben.«

Er blickte Georg bedeutungsvoll an. Der brauchte einen Moment, um zu begreifen. »Sie meinen – von der zivilen zur militärischen Nutzung unseres Autos?«

Porsche nickte. »Der Streit um das Sudetenland spitzt sich immer weiter zu. Und eine Lösung scheint nicht in Sicht.«

61

Nur mit der Unterwäsche bekleidet, nahm Horst Haltung an. Der Arzt wartete, bis die Sprechstundenhilfe den Raum verlassen hatte, dann ließ er sich vor ihm auf einen Schemel nieder und setzte sich die Brille auf.

»Runter mit der Unterbux!«

Horst tat, wie ihm geheißen. Dabei blickte er angestrengt zum Fenster hinaus. Zum Glück hockten auf dem Dach des gegenüberliegenden Hauses ein paar Spatzen und putzten ihr Gefieder, so dass es etwas gab, worauf er seine Aufmerksamkeit richten konnte. Es war zum ersten Mal in seinem Leben, dass ein Mann da unten an ihm herumfingerte, und er hatte fürchterliche Angst, dass er einen Steifen bekam.

»Wie lange haben Sie die Schmerzen schon?«

»Ungefähr drei Wochen.«

»Eitriger Ausfluss?«

»Jeden Morgen.«

»Und warum kommen Sie dann erst jetzt damit zu mir?«

»Zu viel Arbeit, Herr Doktor.«

Das war nicht die ganze Wahrheit. Horst hatte die Sache vor allem deshalb so lange vor sich hergeschoben, weil er in Fallersleben unmöglich hätte zum Arzt gehen können – als Sohn des ehemaligen Zuckerbarons und Hauptlagerführer war er hier bekannt wie ein bunter Hund. Deshalb hatte er sich für Salzgitter entschieden, selbst Gifhorn war ihm zu unsicher erschienen, doch da ein Arztbesuch dort mit Hin- und Rückfahrt über einen halben Tag in Anspruch nahm, hatte er es vor der Grundsteinlegung nicht mehr geschafft. Als er für den Führer Spalier gestanden hatte, hatte sein bestes Stück wie Feuer gebrannt, und die ganze Zeit hatte er das Gefühl gehabt, in die Hose machen zu müssen.

»Gonorrhoe«, erklärte der Arzt.

»Wie bitte?«

»Sie haben sich einen Tripper gefangen, und zwar ein ziemliches Prachtexemplar der Spezies. – Sie können sich wieder anziehen.«

Während Horst der Aufforderung eilig nachkam, wechselte der Arzt an den Schreibtisch.

»Zur Schmerzlinderung empfehle ich Ihnen eine spezielle Salbe der Rathaus-Apotheke. Verlangen Sie einfach ›Hermann Görings Wundermittel‹. Der Apotheker weiß dann Bescheid, die Arbeiter der Reichswerke sind seine besten Kunden.«

»Verstehe«, sagte Horst, obwohl er die Namensgebung reichlich salopp fand.

»Da lösen Sie am besten auch das Rezept für die Tabletten ein. Protargol, ein Antiseptikum. Das haben die dort vorrätig.« Der Arzt riss das Rezept vom Block und reichte es über den Schreibtisch.

»Ich danke Ihnen, Herr Doktor.«

»Danken Sie nicht mir, sondern Arthur Eichengrün.«

»Wem?«

»Dem Mann, der Protargol erfand.«

»Eichengrün?«, wiederholte Horst. »Klingt nicht besonders vertrauenerweckend.«

Der Arzt schaute ihn durch seine Brillengläser an. »Protargol ist das beste Mittel, das wir haben, ohne das wären wir in Fällen wie Ihrem aufgeschmissen. Aber wenn Sie vaterländische Bedenken hegen, können Sie Ihren Johannes auch gern mit einem dreifachen Sieg Heil behandeln.«

Horst verzog das Gesicht zu einem schiefen Grinsen. »Wie lange muss ich das Mittel nehmen?«

»Sechs bis acht Wochen. Dann sollten Sie kuriert sein. Aber so lange lassen Sie bitte Ihre Frau in Ruhe.«

»Ehrensache, Herr Doktor.«

Der Arzt schüttelte den Kopf. »Das will ich Ihnen auch geraten haben. Die Folgen einer Gonorrhoe sind für die Frau viel gefährlicher als für den Mann. Und damit Abmarsch, Herr Rittmeister!«

62

Nur wenige Wochen nach der Grundsteinlegung der Fabrik erfolgte die Gründung der zugehörigen Stadt, die laut Willen des Führers »Stadt des KdF-Wagens bei Fallersleben« heißen sollte. Da diese bislang nur aus Barackensiedlungen bestand, wurde auf öffentliche Feierlichkeiten verzichtet. Die Stadtgründung war ein rein bürokratischer Akt, der allenfalls Philatelisten interessierte – die Reichspost hatte zu dem Anlass eine Sondermarke herausgegeben, die man sich auf dem Postamt von Fallersleben mit dem Tagesdatum abstempeln lassen konnte.

Das Stadtbaubüro befand sich in einer Baracke, die schon im Februar des Jahres, gleich zu Beginn der Erdarbeiten, am Bullenberg errichtet worden war. Hier arbeitete Peter Koller mit seinem Stab von Architekten, Landvermessern und Ingenieuren fast rund um die Uhr, denn täglich wurde er mit neuen Erfordernissen konfrontiert, die seine Pläne immer wieder über den Haufen warfen und fortlaufende Veränderungen am Gesamtbebauungsplan nötig machten. Auch Benny ertrank in Arbeit. Seine Mahlzeiten, die ohnehin nur aus belegten Broten bestanden, nahm er meistens am Schreibtisch oder auf einer Baustelle ein, und selten gab es eine Nacht, in der er mehr als fünf oder sechs Stunden Schlaf fand. Fast war er froh, dass Charly in Göttingen war. Ein normales Eheleben wäre unter diesen Bedingungen unmöglich gewesen.

Eines Abends – es war schon fast Mitternacht, er wollte sich gerade auf den Heimweg machen – sah er durch den Türspalt von Kollers Büro, dass sein Chef mit dem Kopf auf dem Schreibtisch zusammengesunken war.

Leise klopfte er an den Türpfosten. »Ist Ihnen nicht gut?«

Koller richtete sich auf. Seine Augen lagen in tiefen Höhlen, sein Gesicht war bleich.

»Kein Grund zur Sorge«, sagte er. »Es ist alles in Ordnung. Ich bin nur ein bisschen erschöpft.«

»Dann sollten Sie besser Feierabend machen. Morgen ist auch noch ein Tag.«

»Und übermorgen auch, ich weiß.« Koller schüttelte den Kopf. »Wissen Sie, was ich manchmal denke? Vielleicht wäre es besser gewesen, ich hätte damals nein gesagt.«

»Sie meinen, als Dr. Lafferentz Sie fragte, ob Sie die Stadt bauen wollen?«

Koller nickte. »Speer hat mich heute angerufen. Berlin hat beschlossen, dass ich nicht nur irgendeine Wohn- und Schlafstadt bauen soll, sondern die Musterstadt des Führers!«

»Was soll das denn sein?«

»Eine Modellstadt, ein Vorbild für den gesamten deutschen Städtebau. Die Stadt des KdF-Wagens ist die erste und bislang einzige Stadt in Deutschland, die seit der Machtergreifung gegründet wurde, also sozusagen die erste Stadt des tausendjährigen Reichs. Deswegen will man ordentlich auf die Pauke hauen.«

»Das … das ist ja großartig«, sagte Benny, obwohl er wusste, dass das nur eine Seite der Medaille war. »Eine außerordentliche Ehre, die Sie sicher mit Stolz erfüllt.«

Verzweiflung stand in Kollers Gesicht. »Haben Sie eine Ahnung, was das bedeutet? Ich kann praktisch noch mal von vorn anfangen.«

»Wurde das Konzept der Gartenstadt etwa aufgegeben?«

»Nein, das nicht, die Gartenstadt soll bleiben. Aber den hohen Herren in Berlin reicht es nicht aus, dass die Menschen sich hier später wohl fühlen, die Stadt soll ein ›Olymp der Arbeit‹ werden. Darum müssen außer den Wohnsiedlungen und Grünanlagen jede Menge Parteibauten her, Prachtstraßen für Paraden und Aufmärsche. Sogar eine Kultstätte wollen sie haben.«

»Eine Kultstätte?«

»Ja, für Sonnenwendfeiern, Erntedankfeste, Muttertage – weiß der Teufel was. Wie in aller Welt soll das mit einer Gartenstadt zusammenpassen? Nächste Woche muss ich meinen ersten Entwurf liefern. Aber mir fällt absolut nichts ein!« Koller zeigte auf einen Haufen Skizzen auf seinem Schreibtisch. »Da, schauen Sie selbst!«

Benny genügte ein Blick, um Kollers Verzweiflung zu verstehen. Die Blätter zeigten nur konfuses, sichtlich unentschlossenes Gekritzel, von dem das meiste durchgestrichen war.

»Darf ich?« Er trat näher und nahm eine Zeichnung in die Hand.

Koller zuckte die Schultern. »Wenn Sie sich an meinem Elend weiden möchten – nur zu.«

Die Skizze zeigte eine Allee, die auf einen halbkreisförmig umbauten See führte.

»Der Schillersee?«, fragte Benny.

»Ja«, sagte Koller. »Ich dachte, den könnte man vielleicht für irgendwelche Wasserspiele nutzen. Aber ich weiß nicht, ob Wasserspiele wirklich zu SA- und SS-Aufmärschen passen. Wenn Sie also einen besseren Vorschlag haben, tun Sie sich keinen Zwang an.«

Benny legte das Blatt zurück auf den Schreibtisch und dachte nach. Aber ihm fiel auch nichts ein.

Er wollte sich schon verabschieden, da kam ihm doch noch eine Idee.

»Wie haben Sie gerade gesagt? ›Olymp der Arbeit‹?«

Koller nickte. »Was immer man sich darunter auch vorstellen soll.«

»Hm, vielleicht ist das ja ein Ansatz.« Benny trat an den Gesamtbebauungsplan, der an der Barackenwand hing, und fuhr mit dem Finger über die Karte. »Dann wäre vielleicht der Klieversberg der geeignete Ort.«

»Weshalb?«

»Das ist die höchste Erhebung innerhalb des vorgesehenen Stadtgebiets – also die Stadtkrone. Schon die Völker der Antike haben ihre Kultstätten an solchen Orten errichtet. Zum Beispiel die alten Griechen. Haben Sie den Olympiafilm gesehen?«

»Von Leni Riefenstahl?«, fragte Koller. »Natürlich – wer hat das nicht? Aber was hat der Film damit zu tun?« Während er sprach, wurden seine Augen plötzlich groß. »Ich glaube, jetzt weiß ich, was Sie meinen. Die Eingangssequenz!«

Benny grinste.

»Die Akropolis! Herrgott, warum bin ich nicht selbst darauf gekommen?« Koller sprang auf und schüttelte ihm die Hand. »Wissen Sie, dass Sie mir gerade das Leben gerettet haben?«

63

Edda trat auf die Terrasse ihrer Suite, um den Sonnenuntergang zu genießen. Sie war zum ersten Mal in Rom und konnte sich kaum sattsehen. Auf Mussolinis persönliche Einladung logierten Leni und sie im Hotel Hassler, das noch luxuriöser war als das Meurice in Paris und sich oberhalb der Spanischen Treppe befand, so dass man von der Terrasse aus einen wunderbaren Blick über die Stadt hatte. Alles schien wie in Gold getaucht, die Kuppeln und Türme der Gotteshäuser, die Dächer der Palazzi wie auch der uralten, halb verfallenen Gemäuer, die vermutlich schon zu Christi Zeiten hier gestanden hatten. Fast meinte sie den Atem der Geschichte zu spüren. Seit über zweitausend Jahren ging die Sonne über dieser Stadt unter, Abend für Abend, in dem immer wieder gleichen Schauspiel.

»Ich glaube, ich muss mich mal kneifen.« Über die Schulter warf sie Leni einen Blick zu, die drinnen im Schlafzimmer gerade ihren Hut ablegte. »Das ist alles viel zu schön, um wahr zu sein.«

»Führer befiehl, wir folgen!« Lachend ließ Leni sich rücklings auf das große Doppelbett fallen. Mit dem Kinn deutete sie auf den Pokal, der auf dem Nachttisch stand. »Ist das nicht ein Prachtkerl?«

Der Pokal war die Coppa Mussolini, die höchste Auszeichnung für Künstler, die es in Italien gab. Der Duce hatte ihn ihr nach der Vorführung des Olympiafilms überreicht. Ja, sie hatte den Befehl des Führers befolgt, ihren Film in die Welt hinauszutragen, um den Völkern das wahre Gesicht Deutschlands zu zeigen, und wo immer der Film aufgeführt worden war, hatten die Menschen seiner Regisseurin zugejubelt. Auf ihrer Tournee durch Europa, die nun in Rom ihren Abschluss fand, war sie mit Preisen nur so überhäuft worden, sie hatte den schwedischen Polar-Preis ebenso bekommen wie den Ehrenpreis der Regierung von Griechenland, und die internationale Presse feierte sie als die größte lebende Filmkünstlerin.

Leni klopfte neben sich auf die Matratze. »Komm mal her zu mir, ganz schnell, ich brauche jetzt dringend einen Kuss.«

Edda verließ die Terrasse und kehrte zurück ins Zimmer. Leni stützte sich im Bett auf den Ellbogen auf und sah sie mit ihren blauen Augen an.

»Du hast mir Glück gebracht«, flüsterte sie.

»Du mir auch.«

Edda beugte sich über sie, doch bevor ihre Lippen einander berührten, klopfte es an der Tür.

»Mach jetzt nicht auf«, sagte Leni und öffnete den obersten Knopf von Eddas Bluse.

»Und wenn es was Wichtiges ist?«

»Was sollte jetzt wichtiger sein als wir zwei?«

»Du bist so süß.«

Edda ging trotzdem zur Tür. Im Flur stand ein Hotelpage mit einem Umschlag in der Hand.

»Oh, ein Telegramm?«, rief Leni. Noch während sie sprach, verließ sie das Bett. Sie kramte ein paar Münzen aus ihrer Handtasche, gab dem Pagen ein Trinkgeld und nahm das Kuvert, um es zu öffnen.

»Und?«, fragte Edda, während Leni las. »Ist es wichtig?«

»Überhaupt nicht«, sagte Leni, doch ihr Gesicht verriet das Gegenteil.

»Jetzt sag schon. Was steht drin?«

Sie ließ das Telegramm sinken und sagte nur ein Wort. »Amerika.«

»Amerika?«, wiederholte Edda. Obwohl sie sich nicht traute zu glauben, was sie hoffte, begann ihr Herz schneller zu schlagen.

»Das Motion Picture Artists Committee«, sagte Leni, »die Vereinigung der amerikanischen Filmkünstler – sie laden mich nach New York City ein! Ich soll dort meinen Film zeigen!«

»Das ist nicht wahr!«, rief Edda.

»Und ob das wahr ist!« Leni zeigte ihr das Telegramm. »Da, lies selbst! Sie haben sogar schon eine Schiffspassage gebucht, von Hamburg nach New York, für zwei Personen. Im Herbst soll's losgehen! Sie warten nur noch auf meine Bestätigung!«

64

Nein, Porsche hatte sich nicht geirrt: Die Prioritäten hatten sich tatsächlich verschoben. Jede Anfrage, die in diesen Wochen aus Berlin in Stuttgart eintraf, war dafür ein weiterer Beweis. Die Entwicklung der Familienlimousine spielte praktisch keine Rolle mehr, es ging fast nur noch um die militärischen Nutzungsmöglichkeiten des Volkswagens. Der Grund dafür lag auf der Hand: Nachdem die tschechoslowakische Regierung aus Furcht vor einem deutschen Einmarsch mobilgemacht hatte, hatte Hitler im Gegenzug die Wehrmacht in Bereitschaft versetzt.

Georg blieb darum nichts anderes übrig, als vorerst die Pläne für den Käfer beiseitezulegen, um sich mit dem Kübelwagen zu befassen. Der Name war sein Einfall gewesen, die Form des offenen, kübelförmigen Fahrgastraums, den Porsche in wenigen Tagen entwickelt hatte, hatte ihn darauf gebracht. Mehr Kopfzerbrechen als die Karosserie des Wehrmachtsautos bereitete allerdings dessen Gewicht. Bei einer vorgegebenen Obergrenze von maximal neunhundertfünfzig Kilo blieben nach Abzug des Chassis sowie der Zulast von drei Soldaten mit kriegsfähiger Ausrüstung und Maschinengewehr nur noch hundertfünfzig Kilo übrig.

Trotz aller Dringlichkeit schaffte Georg es jedoch nicht, sich auf seine Aufgabe zu konzentrieren. Er hatte in der Fachpresse eine Meldung gelesen, die ihn wie ein Schlag in die Magengrube getroffen hatte. Angeblich war Josef Ganz mit der Entwicklung des Schweizer Volkswagens inzwischen so weit vorangeschritten, dass er das Auto in Serie produzieren konnte. Wenn das stimmte, hatte Georg den größten Fehler seines Lebens begangen, als er Josef im Stich gelassen hatte, um zu Porsche zu wechseln. Denn es gab nur einen einzigen Grund, mit dem er seinen Freundschaftsverrat vor sich selbst rechtfertigen konnte und drei Jahre lang auch gerechtfertigt hatte: dass nicht Josef Ganz das Genie war, sondern Ferdinand Porsche – der einzige Autokonstrukteur der Welt, der den Traum vom Volkswagen Wirklichkeit werden lassen konnte. Blieb Porsche aber der Erfolg versagt und Josef gewann das Rennen, wäre der Stab über Georg gebrochen.

»Wie kommen Sie voran?«

Georg hatte nicht gehört, dass sein Chef ins Büro gekommen war.

»Womit meinen Sie, Herr Professor?«

»Mit der Gewichtsreduzierung«, erwiderte Porsche gereizt. »Womit sonst?«

Georg hatte das Gefühl, dass ein Gewitter im Anzug war. »Ach so, natürlich, Entschuldigung«, beeilte er sich zu sagen, »Nun, ich denke, wir müssen so viel Leichtmetall verwenden wie irgend möglich.«

»Was sind die Alternativen?«

»Alternativen? Da sehe ich leider keine. Eine andere Lösung gibt es nicht.«

Der eine Satz reichte, um Porsche auf die Palme zu bringen. »Das wagen Sie mir ins Gesicht zu werfen, Ising? Ich dachte, Sie sind Ingenieur! Es gibt immer eine andere Lösung, zum Teufel noch mal! *Immer!* Egal, wie schwierig ein Problem ist! Nur Stümper kennen keine Alternativen! Sind Sie ein Stümper? Ich warne Sie – Stümper dulde ich nicht in meiner Umgebung …«

Während die Worte in einer schier endlosen Salve auf ihn niederprasselten, zog Georg den Kopf ein und versuchte, sich möglichst unsichtbar zu machen. Er hatte keine Ahnung, weshalb Porsche so geladen war, er wusste nur, es hatte keinen Sinn, dem Chef zu widersprechen, solange dieser in Rage war. Dann riskierte man nur eine Kündigung, das hatte Georg schon einige Male bei Kollegen erlebt. Froh, dass er keine Brille trug, die man ihm von der Nase reißen konnte, nahm er also die Beschimpfungen hin, ohne zu protestieren, und wartete ab, dass sein Chef sich wieder beruhigte, in der Hoffnung, dass der Sturm vorüberging, ohne größere Schäden anzurichten.

Doch Porsche beruhigte sich nicht. »Sie sind das Geld nicht wert, das ich Ihnen zahle, Ising! Leichtmetall ist eine knappe Ressource! Mit Ihrer einfältigen Idee kommen wir in Berlin nicht durch. Aber was sitzen Sie da wie ein Ölgötze und glotzen vor sich hin? Machen Sie endlich den Mund auf, statt Maulaffen feilzuhalten!«

Georg beschloss, sich aus der Deckung zu wagen. Wenn er, aus welchen Gründen auch immer, seinen Chef so in Rage gebracht hatte, dass ihm die Kündigung drohte, wollte er zumindest nicht kampflos untergehen. Dies war der Augenblick, um endlich für Klarheit zu sorgen!

Obwohl seine Hand zitterte, fuhr er über seine Berechnungen und sagte: »Wenn Sie mich fragen, verschwenden wir gerade in verantwortungsloser Weise unsere Zeit.«

Porsche sah ihn an, als wäre er nicht ganz bei Trost. »Reicht es Ihnen nicht, Ihre Inkompetenz zu beweisen? Wollen Sie jetzt auch noch unverschämt werden?«

Georg erwiderte fest seinen Blick. »Ich kann mir einfach nicht vorstellen, dass es Krieg gibt.«

»Ach so, auf einmal? Haben Sie nicht vor kurzem noch das glatte Gegenteil behauptet? Darf ich vielleicht nach dem Grund Ihres plötzlichen Sinneswandels fragen?«

»Der Friedenswille des Führers«, antwortete Georg wie aus der Pistole geschossen. »Ich habe Hitler in die Augen gesehen. Seitdem weiß ich – dieser Mann will keinen Krieg.«

»Oh, Sie können Gedanken lesen? Herzlichen Glückwunsch, Herr Diplomingenieur! Mit solchen Talenten sollten Sie im Zirkus auftreten!«

»Bitte höflichst um Entschuldigung, Herr Professor – aber haben Sie etwa Zweifel am unerschütterlichen Friedenswillen unseres Kanzlers?«

Porsches Augen blitzten, und für einen Augenblick sah er aus, als wolle er schon wieder explodieren. Doch er beherrschte sich. »Natürlich habe ich daran nicht den geringsten Zweifel – was für eine Frage! Aber was, wenn die Alliierten Deutschland in einen Krieg hineintreiben?«

»Das wird Hitler nicht zulassen!«, erklärte Georg. Er zögerte einen Moment, um die Reaktion seines Chefs abzuwarten, doch als der nicht widersprach, machte er den nächsten Schritt, um auf sein wahres Anliegen zu kommen: »Weiß der Führer eigentlich, dass wir uns kaum noch mit seinem Auto beschäftigen?«

Porsche zuckte unwillig die Schultern. »Was weiß ich? Warum fragen Sie?«

»Nun, ich könnte mir vorstellen, dass ihm das gar nicht gefällt.«

»Mag sein, aber das ändert nichts an den Tatsachen. Auch wenn Hitler vielleicht nicht mit sämtlichen Details vertraut ist, steht außer Frage, dass alle Anweisungen aus Berlin mit der Reichskanzlei abgestimmt sind.«

Georg beschloss, jetzt alles auf eine Karte zu setzen. »Ist Ihnen bekannt, dass Josef Ganz die Entwicklung des Schweizer Volkswagens so gut wie abgeschlossen hat?«

Porsches Miene verdüsterte sich, und mit Grabesstimme erwiderte er: »Ja, ich habe davon gelesen – natürlich habe ich das! Was glauben Sie denn, warum ich mich so aufrege?«

»Die Rapid Motormäher AG wird das Auto wohl bauen«, sagte Georg. »Ein Landmaschinenhersteller aus dem Kanton Aargau. Stellen Sie sich vor, die sind schneller als wir und drehen uns eine Nase!«

Porsches Miene verdüsterte sich noch mehr. »Das wäre eine Blamage, die ich mir gar nicht vorstellen mag.«

»Blamage ist untertrieben! Eine nationale Katastrophe wäre das! David gegen Goliath! Ein kleiner Landmaschinenhersteller gegen die größte Autofabrik Europas! Nicht auszudenken! Dabei ist unser Auto doch serienreif, im Winter könnten wir mit der Produktion beginnen, in Fallersleben geht ja auch alles planmäßig voran. Und was tun wir? Wir doktern an dem Kübelwagen herum, den kein Mensch brauchen wird und der aller Wahrscheinlichkeit nach im Museum landet.«

Georg verstummte, um seine Worte wirken zu lassen. Es war an Porsche, nun die Schlüsse aus dem Gesagten zu ziehen. Der schwieg eine lange Weile, bis er sich endlich räusperte.

»Meinen Sie, ich würde Ihre Sorgen nicht teilen? Auch ich wäre froh, wenn wir unsere Anstrengungen wieder ausschließlich auf den Käfer richten könnten. Für dieses und kein anderes Auto haben wir doch alles in die Waagschale geworfen.«

»Warum beschäftigen wir uns dann die ganze Zeit mit dem Kübelwagen, statt uns endlich wieder unserer eigentlichen Aufgabe zu widmen?«, fragte Georg.

»Erstens, weil Berlin das so will«, erwiderte Porsche. »Und zweitens, weil auch wir den Kübelwagen brauchen. Vielleicht noch mehr sogar als das Militär.«

»Wie bitte?« Jetzt war es Georg, der nicht verstand. »Was kann der Kübelwagen uns schon nützen?«

Porsche senkte die Stimme. »Es fehlt hinten und vorne am Geld. Unsere Reklamefahrt durchs Reich war leider nur in den Wochenschauen der UFA ein Erfolg. Tatsächlich stagniert die Zahl der abgeschlossenen Sparverträge weiterhin auf viel zu niedrigem Niveau. Die Finanzierung des Volkswagens steht auf tönernen Füßen.«

Das Gesicht, das Porsche zog, erschreckte Georg noch mehr als seine Worte. »Soll das heißen, es fehlt womöglich am nötigen Geld, um unser Auto zu bauen?«

Porsche zupfte an seinem Schnauzbart. »Das kann letztlich nur der Führer entscheiden, von seinem Willen hängt ja alles ab. Aber rein wirtschaftlich betrachtet …« Er machte eine kurze Pause. »Um mich zynisch auszudrücken – ein bisschen Krieg könnte nicht schaden, damit bei uns das nötige Kleingeld in der Kasse klingelt.«

65

Carl hatte Post bekommen, höchst erfreuliche Post sogar.

Sehr geehrter Herr Professor,
mit einiger Verspätung, doch darum umso herzlicher,
möchte ich Ihnen für die außerordentliche Hilfe danken, die
Sie mir zuteilwerden ließen. Wohl wissend, dass ein solcher

Akt in diesen Zeiten alles andere als selbstverständlich ist, möchte ich aus ebendiesem Grund hier schriftlich nicht näher auf die besonderen Umstände eingehen, die ja doch Ausweis der Besonderheit dieser Zeiten sind, in denen wir gerade leben.
Darum nur so viel: Ich fühle mich Ihnen zutiefst verpflichtet.
Mit dem Ausdruck meiner vorzüglichsten Hochachtung
Ihr
Benjamin Jungblut

Mit dem befriedigenden Gefühl, die das Bewusstsein, eine gute Tat begangen zu haben, auch in ihm hervorrief, lehnte Carl sich zurück. Die Hochachtung beruhte ganz auf Gegenseitigkeit. Charlottes Mann wusste offenbar, was sich gehörte. Das konnte man leider nicht von jedem Mitglied der Familie sagen. Charlottes Bruder zum Beispiel, der doch der Bittsteller in der ganzen Angelegenheit gewesen war, hatte es mit keinem Wort für nötig gefunden, sich zu bedanken, obwohl ohne Carls Intervention der Verkauf der Zuckerfabrik kaum zustande gekommen wäre und sich Horsts Parteikarriere in dem Fall für immer erledigt hätte. Aber sein Neffe war nun mal ein eher schlichtes Gemüt, ein dumpfer Teutone, kein delikater Schöngeist wie der Jude Jungblut.

Carl nahm noch einmal den Brief zur Hand. Ja, Charlottes Mann hatte Stil. Allein schon die elegante Begründung, weshalb sich eine explizitere Danksagung verbiete, doch mit der er zugleich seine Erkenntlichkeit zum Ausdruck brachte. War er sich der Möglichkeit bewusst, dass seine Post gelesen werden könnte? Die Formulierung legte die Vermutung nahe. Trotzdem war es ihm gelungen, alles zu sagen, was er hatte sagen wollen. *Quel raffinement …*

Das Telefon riss Carl aus seinen Gedanken. Nur widerwillig verließ er seinen Sessel, um abzuheben. Reichsluftfahrtminister Göring war am Apparat.

»Ich brauche Sie, Professor!«, verkündete er anstelle einer Begrüßung.

»Selbstverständlich! Jederzeit!«

»Dann halten Sie sich für den 29. bereit!«

»Darf ich fragen, in welcher Sache?«

»Es geht um die endgültige Klärung der Sudetenfrage.«

Carl horchte auf. Das versprach ein interessanter Termin zu werden.

»Alle Beteiligten kommen in München zusammen«, fuhr der Minister fort. »Ihre Aufgabe wird es sein, Protokoll zu führen.«

»Mit dem größten Vergnügen«, erklärte Carl. »Ich werde meine Sekretärin gleich morgen früh anweisen, mir eine Zugfahrkarte zu besorgen.«

»Nicht nötig«, erwiderte Göring. »Sie werden zusammen mit mir von Berlin aus fliegen.«

66

Obwohl die Stadt des KdF-Wagens bislang nur eine Ansammlung von Barackensiedlungen war, gab es, in der Mitte zwischen dem Wellekamp und Rothenfelde gelegen, bereits eine Mehrzweckhalle, die Platz bot für fünftausend Menschen. Auch sie war ein Provisorium, errichtet in schlichter Holzbauweise, doch in Berlin legte man größten Wert darauf, dass es schon während der Entstehung der Stadt einen Ort zur Durchführung von Parteiversammlungen gab. Außerdem ließ sich die Halle für Sport- und Kulturveranstaltungen nutzen, zur Zerstreuung und Erholung der Arbeiter, damit diese in ihrer Freizeit Kraft durch Freude schöpfen konnten. Die Einweihung der Halle war für Oktober geplant, bei der Feier sollte sie nach einem italienischen Arbeiterführer Tullio-Cianetti-Halle getauft werden – als Ausdruck der deutsch-italienischen Freundschaft im Allgemeinen, im Besonderen aber zu Ehren der italienischen »Kameraden der Arbeit«, die seit Beginn des Monats in die Stadt des KdF-Wagens strömten, um dafür zu sorgen, dass die Arbeit am Bau der Fabrikanlagen und Wohnsiedlungen nicht ins Stocken geriet.

Die Unterbringung solcher Massen von Fremdarbeitern und deren Eingliederung stellte eine gewaltige organisatorische Herausforderung dar. Diese oblag Hauptlagerführer Ising, und der packte sie ebenso beherzt wie tatkräftig an. Zunächst galt es zu entscheiden, ob man die deutschen und italienischen Arbeiter in gemeinsamen oder getrennten Baracken beherbergen sollte. Aus Sicherheitsgründen entschied Horst sich für getrennte Unterkünfte. Auch wenn Deutschland und Italien politische Verbündete und der Führer und der Duce persönlich dicke Freunde waren – zu unterschiedlich waren doch die kulturellen Eigenarten. Diese betrafen nicht nur die Sprache, auch die Essgewohnheiten waren kaum miteinander zu vereinen: Kartoffeln hier, Nudeln dort – da bedurfte es ja sogar getrennter Küchen. Und dann die gegensätzlichen Temperamente! Während der Deutsche als solcher ja eher zurückhaltend in seinen Gefühlsäußerungen war, reichten dem Italiener nicht mal die naturgegebenen Sprechwerkzeuge aus, um seinen Empfindungen Ausdruck zu verleihen, außer Zunge und Lippen benötigte er dazu auch noch Hände und Füße. Da waren Konflikte vorprogrammiert.

Doch wozu hatte Horst die Lagerleiterschulung absolviert? Auf Schloss Erwitte hatte er alles gelernt, was es zum Thema Menschenführung zu wissen gab.

»Wir werden ein Fußballspiel veranstalten«, erklärte er seinem Unterführer Heinz-Ewald Pagels.

»Deutsche gegen Italiener?«

»Ja, dann können beide Seiten sich ein bisschen beschnuppern, um warm miteinander zu werden.«

»Großartige Idee! Elf Freunde sollt ihr sein!«

Bereits am nächsten Sonntag wurde die Partie ausgetragen. Horst selbst pfiff das Spiel an. In dieser Auseinandersetzung, die der Vertiefung der Völkerfreundschaft dienen sollte, war die Aufgabe des Schiedsrichters psychologisch zu anspruchsvoll, als dass er sie einem anderen hätte überlassen dürfen, und da das Mittel, das der Arzt in Salzgitter ihm verschrieben hatte, gut anschlug, fühlte er sich auch körperlich dazu in der Lage. Bei herrlichem Spätsommerwetter traten die beiden Mannschaften auf dem freien Feld vor der Mehrzweckhalle an, angefeuert von einer jeweils tausendköpfigen Anhängerschaft. Die Begeisterung hüben und drüben erfüllte Horst mit Freude und Stolz. Ja, das Fußballspiel war eine Glanzidee gewesen – schade, dass es nur neunzig Minuten dauern würde.

Die erste Halbzeit endete torlos, doch kurz nach Wiederanpfiff gingen die Italiener in Führung. Jetzt konnte die Sache allerdings brenzlig werden, und tatsächlich breitete sich Unruhe unter den Zuschauern aus. Angetrieben von ihren Anhängern, brauchte die deutsche Mannschaft zum Glück jedoch nur eine Viertelstunde, um sich von dem Rückschlag zu erholen, dann glich der aufgerückte Vorstopper mit einem kernigen Distanzschuss aus. Horst atmete auf, ein Unentschieden war das perfekte Ergebnis – bei einem Unentschieden gab es weder Sieger noch Besiegte, nur Freunde. Doch in der vorletzten Minute versenkte der italienische Mittelstürmer per Kopf den Ball im Netz. Während die Italiener jubelten, reklamierten die Deutschen Abseits. In seiner Not blickte Horst zu seinem Linienrichter hinüber, doch der zuckte die Schultern.

Um das Unentschieden zu retten, entschied Horst kurzerhand auf Abseits. Die Italiener protestierten. Aber davon ließ er sich nicht beeindrucken – er war der Mann mit der Pfeife, er bestimmte, was geschah! Als er das Spiel jedoch wieder anpfeifen wollte, stürmten Scharen aufgebrachter Fremdarbeiter das Feld, woraufhin von der anderen Seite des Platzes die Anhänger der deutschen Mannschaft mobilmachten, um sich den Kameraden der Arbeit entgegenzuwerfen.

»Auseinander! Sofort aufhören! Das ist ein Befehl!«

Horst blies in seine Pfeife und ruderte mit den Armen, doch niemand achtete auf ihn. Als wäre er gar nicht da, stürzten die verfeindeten Parteien übereinander her. Steine und Flaschen flogen durch die Luft. Messer blitzten auf. Es drohte eine Massenschlägerei.

Plötzlich krachte ein Schuss.

Horst fuhr herum. Mit erhobener Pistole stand Heinz-Ewald Pagels am Spielfeldrand – offenbar war er es, der den Schuss abgefeuert hatte. Jetzt rief er den Männern irgendwas auf Italienisch zu, was Horst nicht verstand.

»Tutte le donne disponibili – per i nostri amici ...«

Es war wie ein Wunder. Die Spaghettifresser, die eben noch außer Rand und Band gewesen waren, waren plötzlich wie verwandelt. Ihre Wut schien einfach weggeblasen, lachend liefen sie in Richtung Sandfeld, als gäbe es dort etwas umsonst. Während Heinz-Ewald Pagels die Pistole einem Wachmann zurückgab, trabte Horst zu ihm, um ihm ein Lob auszusprechen.

»Gut gemacht, Kamerad«, sagte er. »Das war Rettung in höchster Not. Aber was zum Teufel haben Sie den Itakern zugerufen? Die waren ja auf einmal nicht wiederzuerkennen.«

Heinz-Ewald Pagels nahm Haltung an. »Melde gehorsamst, habe den Kameraden der Arbeit mitgeteilt, dass die Damen in der Barackengaststätte aus Anlass des Länderspiels heute unentgeltlich ihre Dienste anbieten.«

»Sie sind ja ein Teufelskerl! Offenbar verstehen Sie was von Psychologie!« Horst klopfte ihm auf die Schulter. »Aber – woher können Sie eigentlich Italienisch?«

»Nicht der Rede wert«, erwiderte Heinz-Ewald Pagels. »Ich hatte in der Schule ein paar Jahre Latein. Davon ist noch ein bisschen was hängengeblieben.«

Horst nickte ihm anerkennend zu. »Guter Mann. Schätze, wir zwei werden zusammen noch Großes leisten.«

67

Krieg lag in der Luft – Krieg in Europa!

Carl Schmitt hatte sein ganzes bisheriges Leben damit verbracht, Geschichte zu interpretieren. Doch als er am Abend des 29. September 1938 an Görings Seite den Führerbau am Münchner Königsplatz betrat, war ihm bewusst: In dieser Nacht würde Geschichte nicht interpretiert, in dieser Nacht würde Geschichte *geschrieben*!

Ein ehrfurchtsvoller Schauer lief ihm über den Rücken, als er im Konferenzsaal Platz nahm, um Protokoll zu führen. Wohin er sah, blickte er in ernste Gesichter. Jeder am Tisch wusste: Wenn heute keine Lösung für die Sudetenkrise gefunden wurde, waren die friedlichen Möglichkeiten, den Konflikt zu bewältigen, erschöpft.

Sowohl der englische Premierminister Neville Chamberlain, ein hagerer, hoch aufgeschossener Brite mit Schnauzbart, als auch der französische Regierungschef Édouard Daladier, ein Mann von eher gedrungenem, untersetztem Wuchs, waren der Einladung nach München gefolgt. Der Streit um das Sudetenland, in dem sich die widerstreitenden Interessen der europäischen Großmächte wie unter einem Brennglas bündelten, hatte sich in den letzten Wochen derart zugespitzt, dass die Lösung dieser Frage über die Zukunft des ganzen Kontinents entscheiden würde. Voller Bewunderung blickte Carl auf den Führer, der der Konferenz vorsaß. War dieser Mann der Napoleon der Neuzeit? Seinem Gesichtsausdruck nach war Hitler zu allem entschlossen. Mit seiner unvergleichlichen Chuzpe war es ihm seit der Machtergreifung vor fünf Jahren gelungen, sich über nahezu alle Bestimmungen des Versailler Vertrags, mit dem die Siegermächte nach dem verlorenen Weltkrieg Deutschland für immer hatten am Boden halten wollen, hinwegzusetzen. Er hatte die Wehrpflicht wiedereingeführt, das Rheinland besetzt und den Anschluss Österreichs vollzogen, ohne dass jemand es gewagt hatte, ihm entgegenzutreten. Nun hielt er alle Trümpfe in der Hand und verlangte eine Volksabstimmung zur Auslösung des Sudetenlands aus dem Hoheitsgebiet der Tschechoslowakei. Seinen Anspruch begründete er damit, dass die Mehrheit der dortigen Bevölkerung deutschsprachig sei und diesen Menschen niemand das Recht auf Selbstbestimmung verweigern dürfe. Für den Fall, dass seiner Forderung nicht entsprochen werde, drohte er mit dem Einmarsch der Wehrmacht. Da die Franzosen und Engländer sich ihrerseits vertraglich verpflichtet hatten, der Prager Regierung zur Seite zu stehen, würden sie, sobald ein deutscher Soldat seinen Fuß auf tschechoslowakischen Boden setzte, gezwungen sein, Hitler den Krieg zu erklären.

War dieser damit unausweichlich? Angeblich hatte die englische Regierung bereits fünfunddreißig Millionen Gasmasken an die Bevölkerung ausgegeben, um für den Fall der Fälle gerüstet zu sein, und von Friedrich Sieburg, einem frankophilen Schriftsteller aus Altena im Sauerland, hatte Carl erfahren, dass auf dem Pariser Marsfeld unter dem Eiffelturm Kriegsgräben und Bunker ausgehoben wurden.

Vertreter der Tschechoslowakei saßen nicht mit am Tisch, sie waren so wenig wie die Sowjets nach München geladen worden. Dafür nahm der italienische Staatschef Benito Mussolini an der Konferenz teil – es war Carls Idee gewesen, den Duce als Vermittler einzuschalten, und Göring hatte Hitler von dieser Idee überzeugt.

Carl saß mit gezücktem Schreibzeug bereit, doch im Plenum wurde so wenig verhandelt, dass es kaum etwas zu protokollieren gab. Umso intensiver wurden die Separatgespräche geführt: Hitler und der Duce, der Duce und Chamberlain, Chamberlain und Daladier, Daladier und Hitler – ein ständiges Kommen und Gehen, das kein Ende zu nehmen schien. Carl versuchte, in den Gesichtern der Akteure zu lesen. Während Mussolini in jederlei Richtung lächelndes Wohlwollen verströmte, drückte Chamberlains Miene größte Sorge aus, wogegen Daladier eher trotzig wirkte. Doch was immer die anderen dachten oder meinten, am Ende würde es allein auf Hitler ankommen. Wollte er wirklich Frieden, wie Göring behauptete, und drohte er mit dem Einmarsch nur im Vertrauen darauf, dass die Franzosen und Engländer wie schon zuvor beim Anschluss Österreichs klein beigeben würden?

Die Engländer legten immer wieder neue Vorschläge auf den Tisch, mit denen die Franzosen sich nur zögerlich einverstanden erklärten, um den Führer zu besänftigen, und Mussolini wurde nicht müde, zu vermitteln. Doch Hitler gab keinen Millimeter in seinen Forderungen nach, obwohl selbst Hermann Göring ihn unter vier Augen zu wenigstens symbolischen Zugeständnissen geraten hatte, wie der Minister Carl hinter vorgehaltener Hand zuraunte. Je länger die Verhandlungen sich hinzogen, desto mehr verfestigte sich der Eindruck, dass Hitler in Wirklichkeit gar keinen Frieden wollte. Aber warum? Wenn der Führer diese Konferenz mit der Nachricht verließ, dass es Krieg geben würde, setzte er sich beträchtlicher Gefahr aus. Immer wieder rumorte es in den

Reihen der Wehrmachtsführung, hochrangige Generäle warnten ausdrücklich vor einer militärischen Lösung der Sudetenfrage, ja, es gab in Berlin sogar Gerüchte, dass es im Kriegsfall zu einem Staatsstreich kommen könnte, um Hitler zu entmachten. Carl konnte für das Verhalten des Führers deshalb nur eine Erklärung finden. Hitler wollte Krieg, weil er ihn *brauchte*! Nicht zur Wiederherstellung des großdeutschen Reichs, wie es offiziell hieß, sondern zur Eroberung von Ressourcen, an denen es Deutschland mangelte, zur Finanzierung der Arbeitsbeschaffungsmaßnahmen wie dem Bau der Autobahnen, mit denen die Regierung die Wirtschaft angekurbelt hatte, ohne sie aus eigenen Mitteln bezahlen zu können.

Carl war fasziniert. Krieg als Konkursverschleppung ...

Wenn die Vermutung zutraf, hatte Hitler in Daladier einen unfreiwilligen Verbündeten. Aufgebracht von Chamberlains Beschwichtigungsstrategie, zeigte der französische Regierungschef sich immer weniger bereit, die Kröten zu schlucken, die der nachgiebige Brite ihm servierte, so dass um Mitternacht die Situation so verfahren war, dass ein Abbruch der Konferenz drohte.

»Den Franzmann nehme ich mir jetzt mal persönlich zur Brust!«, sagte Göring, als Mussolini einmal mehr unverrichteter Dinge mit Daladier ins Plenum zurückkehrte.

Während der Reichsluftfahrtminister mit dem französischen Premier den Raum verließ, glaubte Carl in der Miene des Führers Verärgerung zu erkennen. Handelte Göring etwa auf eigene Faust – ohne zu wissen, was Hitler in Wirklichkeit wollte? Carl war sicher, dass Göring alles daransetzen würde, dem Franzosen die Hölle heißzumachen. Bekanntermaßen befand sich die französische Armee in einem liederlichen Zustand und würde der deutschen Wehrmacht kaum standhalten, sollte es wirklich zu einer kriegerischen Auseinandersetzung kommen. Die Vorstellung, dass deutsche Landser in Paris über die Champs-Élysées marschierten, musste dem Premier ein Schreckgespenst sein. Chamberlain, der vor zwei Wochen dem Führer schon auf dem Obersalzberg seine Aufwartung gemacht hatte, war ohnehin inzwischen bereit, alles zu unterschreiben, was man ihm vorlegte.

Als Göring mit Daladier wieder in den Konferenzraum kam, schien der Franzose ein gebrochener Mann.

»Der Friede ist gerettet!«, verkündete Göring.

Was für ein Schauspiel! Carl schloss für eine Sekunde die Augen, um sich der Bedeutung des Moments innezuwerden. Hatte Göring, ohne es zu ahnen, Hitlers Kriegspläne durchkreuzt? Und hatten Chamberlain und Daladier umgekehrt mit ihrer Kapitulation den Führer womöglich vor einem Putsch bewahrt?

Als Carl die Augen wieder öffnete, setzte Daladier sich mit bleichem Gesicht an den Tisch, um die fertigen Verträge, die ihm ein deutscher Adjutant vorlegte, zu unterschreiben. Nachdem er den Füllfederhalter an Chamberlain weitergegeben hatte, zögerte dieser keine Sekunde, gleichfalls seine Unterschrift zu leisten. Im Gegensatz zu Hitler. Unwillig blickte der Führer auf das Schriftstück, wie ein Kind auf einen Teller Spinat, bevor er seinen Namen daruntersetzte.

»Nun, wie war ich?«, fragte Göring, als sie im Morgengrauen den Führerbau am Königsplatz verließen. Dem Glanz seiner Augen nach zu schließen, hatte sein Leibarzt ihm eine Höchstdosis an Morphium injiziert, damit er die Strapazen dieser Nacht hatte überstehen können.

»Kennen Sie Goethes Worte, die er bei der Kanonade von Valmy sagte?«, erwiderte Carl.

»Kanonade von Valmy?«

»Die Schlacht, mit der Napoleon Bonaparte zufolge die französische Revolutionsarmee ihren Siegeszug in Europa begann.«

»Ach ja, natürlich«, sagte Göring, offenbar ohne jeden Schimmer.

Carl hatte mit nichts anderem gerechnet. Also wiederholte er Goethes Worte, Göring zur Erinnerung und sich selbst zur Freude: »›Von hier und heute geht eine neue Epoche der Weltgeschichte aus. Und ihr könnt sagen, ihr seid dabei gewesen.‹«

68

Ein Aufatmen ging durch Europa. In München war es gelungen, die Kriegsgefahr in allerletzter Sekunde zu bannen. Während das Ausland darüber rätselte, wie das Ergebnis der Konferenz zu deuten sei, huldigte das deutsche Volk dem Führer als Friedensstifter. Auch in Stuttgart schaute man wieder zuversichtlich in die Zukunft. Um das Münchner Abkommen zu feiern, knallten in der Kronenstraße sogar die Sektkorken.

»Die Arbeit am Kübelwagen kann damit wohl erst mal zurückgestellt werden«, verkündete Porsche seinen Ingenieuren. »Bis auf weiteres werden wir wieder alle unsere Kräfte auf den Volkswagen konzentrieren.« Er hob sein Glas, um einen Toast auszubringen. »Auf unseren Führer Adolf Hitler! Sieg Heil!«

»Sieg Heil!«

»Ex!«

Der Aufforderung wurde gern entsprochen. Während eine Sekretärin die Gläser nachfüllte, trat Porsche auf Georg zu.

»Sie scheinen ein guter Menschenkenner zu sein«, sagte er. »Zumindest ein besserer als ich.«

Georg fühlte sich geschmeichelt. »Weil ich prophezeit habe, dass der Führer keinen Krieg will?«

»Um ehrlich zu sein«, sagte sein Chef mit einem Schmunzeln, »ich war mir nicht sicher, ob das wirklich Ihre Meinung war. Oder ob Sie dabei nicht ganz andere Hintergedanken hatten.«

»Ich habe nicht die geringste Ahnung, was Sie meinen, Herr Professor«, erwiderte Georg mit breitem Grinsen.

»Und ob Sie das wissen, mein Lieber!« Porsche wurde wieder ernst. »Wie auch immer – natürlich bin ich froh, dass Sie recht behalten haben. Wäre ja auch noch schöner gewesen, wenn Josef Ganz mit seiner Schweizer Klitsche uns überholt hätte.«

»Ganz, wie Sie sagten – das wäre eine Blamage gewesen.«

»Na, dann wollen wir mal die Ärmel hochkrempeln und dem Juden Ganz zeigen, was deutsche Ingenieurskunst ist, nicht wahr?«

Georg drückte sein Kreuz durch und hielt mit angewinkeltem Arm sein Glas vor die Brust. »An mir soll es nicht fehlen, Herr Professor.«

Porsche nickte ihm zu. »Auf dass der Sieg unser sei!«, sagte er und stieß mit ihm an. »Prosit, Herr Ising – auf Ihr Wohl!«

69

Ein wenig ratlos sichtete Gilla die Berge von Kleidern, die sie aus der Modeschule mitgebracht hatte, während draußen vor dem Fenster der Souterrainwohnung das Schaufensterlicht des kleinen Haushaltswarengeschäfts erlosch, das die Weinbaums im Erdgeschoss betrieben. Offenbar schlossen die alten Leute gerade ihren Laden.

»Soll ich dir helfen?«, fragte die Mutter, die Gillas Blicke sah.

»Das wäre wirklich nett.«

»Vielleicht sortieren wir erst mal ein bisschen vor. Hosen zu Hosen, Röcke zu Röcken. Ah, die Teile sind alle mit Zetteln versehen. Sehr praktisch. Dann wissen wir ja, was gemacht werden muss.«

Im Treppenhaus wurden Schritte laut, ein Schlüsselbund rasselte, und im nächsten Moment stand der Vater in der Wohnküche. Seiner verwirrten Miene nach verstand er mal wieder die Welt nicht mehr.

»Gott sei Dank, dass wir keine Polen sind«, sagte er.

»Keine Polen?«, fragte die Mutter. »Was ist das denn für ein Unsinn? Hast du getrunken?«

Der Vater schüttelte den Kopf. »Ihr könnt euch nicht vorstellen, was ich heute erfahren habe.«

»Dann sag es doch endlich! Herrgott, sei nicht immer so ein Umstandskrämer!«

Als hätte er Angst, dass ihn jemand belauschen könnte, schaute er sich um, bevor er Antwort gab. »Im Reich werden jetzt Polen erfasst.«

»Was für Polen?«

»Jüdische Polen.«

»Also Juden!«, erklärte die Mutter.

»Wenn du es unbedingt so ausdrücken willst.«

»Und wozu werden die erfasst?«

»Um sie in ihre Heimat zurückzubringen.«

Die Mutter legte ihr Nähzeug beiseite. »Du meinst, sie werden aus Deutschland ausgewiesen?«

Der Vater nickte. »Zigtausende. Angeblich werden sie in Sonderzüge verfrachtet.« Er zog drei schmale, bunte Hefte aus seinem Jackett.

»Was ist das?«, fragte Gilla neugierig. Auf den Deckblättern der Hefte war ein Ozeandampfer abgebildet.

»Schiffsfahrscheine«, sagte der Vater. »Von Lissabon nach New York. Einzulösen innerhalb der nächsten drei Jahre.«

Gillas Herz begann zu klopfen. »Gehören ... gehören die etwa uns?«

»Wie kommst du denn darauf? Nein, die gehören Adam Miszewski.«

»Dem Gitarristen aus dem ›Kakadu‹? Und ich dachte schon ...« In ihrer Enttäuschung sprach sie den Satz nicht zu Ende.

»Herr Adam wird auch nach Polen gebracht, zusammen mit seiner Frau und seiner Mutter. Er hat mich gebeten, die Karten für ihn aufzubewahren. Er hat Angst, dass man sie ihm beim Transport womöglich abnimmt.«

»Aber warum hat er sie dann dir gegeben?«

»Ich soll sie ihm später nach Krakau schicken. Er will mit seinen Angehörigen von dort nach Lissabon fahren. Er hat seit Jahren für die Überfahrt gespart.«

Gilla erinnerte sich, Adam hatte schon früher davon gesprochen, als sie noch mit ihm zusammen aufgetreten war. Immer wieder schaute sie auf die Fahrscheine. MS Franconia hieß das Schiff, das darauf abgebildet war, reitend auf einer blauen Woge bahnte es sich seinen Weg über das Weltmeer. Fast glaubte Gilla das Schiffshorn tuten zu hören.

»Und was, wenn wir die Karten einfach behalten und selber damit nach Amerika fahren?«

Voller Entsetzen schaute der Vater sie an. »Willst du, dass ich Herrn Adam bestehle?«

»Natürlich nicht. Wir schicken ihm neue Fahrscheine, von Amerika aus, wenn wir selbst erst mal da sind.«

Der Vater schüttelte den Kopf. »Haben deine Mutter und ich

dich dazu erzogen, solche Sachen zu machen?«, fragte er. »Nein, mein Gisela, niemals – Diebstahl ist Diebstahl. So etwas tun wir Bernsteins nicht.«

Während er sprach, schaute er sie so traurig an, dass sie die Augen niederschlug.

»Ich meinte ja nur …«, sagte sie leise.

Die Mutter griff in einen Kleiderberg und reichte ihr eine zerrissene Hose.

»Komm, machen wir uns an die Arbeit.«

70

Was zum Teufel hieß »Damenstrümpfe« auf Latein?

Obwohl Heinz-Ewald Pagels die Sprache Caesars drei Jahre lang gelernt hatte, bevor er vom Gymnasium geflogen war, weil er sich einen Kredit aus der Klassenkasse genehmigt hatte, konnte er sich nicht erinnern. Doch er war einfallsreich genug, um sich auch so verständlich zu machen – wenn nicht mit Hilfe des Lateinischen, dann eben mit Händen und Füßen, wie die Italiener es selber ja auch am liebsten taten.

»Ecco«, rief Umberto, dem endlich ein Licht aufging. *»Calze da donna!«*

Umberto war ein »Kamerad der Arbeit«, vor allem aber Heinz-Ewalds Lieferant für italienische Dessous. Jeden Samstagabend, wenn die anderen ihren Wochenlohn für Bier und Weiber in der Barackenkneipe auf den Kopf hauten, suchte Heinz-Ewald ihn auf, um seine Orders zu tätigen. Dank einer ebenso zahlreichen wie weitverzweigten Verwandtschaft sah Umberto sich imstande, ihn mit allem, was das Frauenherz begehrte, zu versorgen. Heinz-Ewald veräußerte die Ware, die er auf diese Weise aus Mailand, Rom und Neapel bezog, an ausgesuchte Modehäuser in Braunschweig, Gifhorn und Salzgitter, mit einem Preisaufschlag von hundert Prozent. Vor Lagerführer Ising hielt er diesen Handel freilich verborgen. Obwohl sein Vorgesetzter inzwischen kein Hehl mehr aus seiner Wertschätzung für ihn machte, war Heinz-Ewald sich bewusst, dass Horst Ising einer von diesen Überkorrekten war, ganz ähnlich wie sein einstiger Mathematiklehrer, der ihm auch gewogen gewesen war, bis er ihn bei seinem Griff in die Klassenkasse ertappt hatte, um so Heinz-Ewalds akademische Karriere zu beenden, bevor sie begonnen hatte. Ein solcher Fehler sollte ihm kein zweites Mal unterlaufen. Erstens, weil er das Wohlergehen, das er in seiner neuen Heimat genoss, nicht gefährden wollte. Und zweitens, weil er ein Auge auf die Schwester seines Vorgesetzten geworfen hatte, eine zwar verheiratete, aber sehr hübsche blonde Ärztin, die regelmäßig aus Göttingen zu Besuch kam, um ihre Familie und ihren Mann zu besuchen, mit dem sie jedoch den auffälligen Nachnamen »Jungblut« teilte – ein Name, der für die Zukunft möglicherweise Vorteile zu Heinz-Ewalds Gunsten versprach.

»E ancora – cosa vuole mai?«, fragte Umberto, mit dem Orderblock in Händen.

Heinz-Ewald deutete gestisch einen Büstenhalter an. *»Per pectum.«*

»Bene, reggipetti. Quanti?«

»Centum.«

»Benissimo. Di quale colore?«

»Farbe? *Nero* – schwarz.«

Umberto grinste. *»Chiaro.«*

Voller Dankbarkeit erinnerte sich Heinz-Ewald seines Lateinlehrers, der Goethe zitierend behauptet hatte, dass das Italienische nichts weiter als eine drollige Spielart des Lateinischen sei. Doch bei der nächsten Order stieß er wieder an seine Grenzen. Während er überlegte, wie er das Wort »Strumpfhalter« darstellen konnte, ohne sich lächerlich zu machen, drang plötzlich lautes Geschrei von draußen herein.

Umberto verdrehte die Augen. *»Il vino e le donne …«*

Heinz-Ewald trat an das Barackenfenster. Vor der Kneipe wand sich eine halbnackte Hure, an der gleichzeitig ein betrunkener Italiener und ein betrunkener Deutscher herumzerrten.

»Ich glaube, ich muss mal nach dem Rechten schauen«, sagte Heinz-Ewald und wandte sich zur Tür. »Aber nicht weggehen, ich komme gleich wieder. *Ritorno subito*!«

71

Kaum war Ilse im Kinderzimmer verschwunden, um den kleinen Adolf und seine Schwester ins Bett zu bringen, schloss Horst sich im Badezimmer ein, um unbemerkt von seiner Frau »Hermann Görings Wundermittel« aufzutragen, das der Arzt ihm verschrieben hatte. Seit er in Salzgitter gewesen war, sah er sich Abend für Abend gezwungen, das liebgewonnene Zählen seiner bereits eingeklebten Sparmarken diesem Versteckspiel zu opfern. Problematisch wurde es allerdings dienstags, wenn Ilse gewisse Erwartungen hatte. Um peinliche Diskussionen zu vermeiden, versuchte er darum alle Termine, die aus irgendwelchen Gründen abends stattfinden mussten, auf diesen Wochentag zu legen.

Zum Glück war heute Samstag, es stand also nicht zu befürchten, dass Ilse auf dumme Gedanken kam. Horst beschloss, mal wieder ins Brauhaus zu gehen, das hatte er schon lange nicht mehr getan. In der Vorfreude auf einen gemütlichen Skatabend cremte er sein bestes Stück ein. Die Salbe tat offenbar ihre Wirkung, er verspürte beim Wasserlassen kaum noch Schmerzen, und der eitrige Ausfluss, den er beobachtet hatte, war dank der Tabletten, die er zweimal täglich einnahm, auch zum Stillstand gekommen. Trotzdem nahm er weiter seine Medizin, schließlich war die Frist, die der Arzt genannt hatte, noch nicht herum, und er wollte den Heilungsprozess nicht gefährden, sonst würde alles nur noch länger dauern, bis er seine Ehepflichten wieder wahrnehmen konnte.

Er war mit seiner Prozedur fast fertig, als es plötzlich an der Badezimmertür klopfte.

»Hast du keine Ohren?«, rief Ilse von draußen. »Telefon!«

»Ist ja schon gut! Ich komme!«

Eilig zog Horst die Hose hoch. Im Flur drückte seine Frau ihm den Hörer in die Hand. Der Wirt der Lagerkneipe war am Apparat und meldete, dass es eine Schlägerei zwischen Deutschen und Italienern gab.

»Das ist doch zum Kotzen! Die ganze Woche schuftet man, dass einem das Blut unter den Nägeln hervorspritzt, und wenn man dann am Samstag mal fünf Minuten seine Ruhe haben will ...«

Wütend knallte Horst den Hörer auf die Gabel.

»Was ist los?«, fragte Ilse.

»Nichts, was dich etwas angeht!«

Er schnappte seine Uniformjacke vom Haken und eilte aus dem Haus. Eine Schlägerei war an sich kein Grund, auf einen Skatabend zu verzichten, doch er wollte nicht riskieren, dass auf diese Weise den Lüneburger Sesselfurzern zu Ohren kam, was in den Hinterzimmern der Lagerkneipe getrieben wurde. Schließlich gab es für den Puff keine behördliche Genehmigung.

Im Hof stand sein Dienstwagen bereit. Beim Einsteigen sah er, dass in der Dachwohnung Licht brannte. Durch das Fenster waren die Umrisse von Lotti und ihrem Juden zu erkennen, aufgeregt gestikulierend liefen die beiden hin und her. Der Anblick verschaffte Horst Genugtuung. Die würden an diesem Wochenende keine Rassenschande treiben, dafür hatte er persönlich gesorgt.

Er startete den Motor und legte den ersten Gang ein. Wenige Minuten später war er im Sandfeld, wo er den Wagen direkt vor der Lagerkneipe parkte. Als er den Schlag öffnete, tönte ihm von innen bereits der Lärm entgegen. Mit zwei Sätzen eilte er die Holztreppe der Baracke hinauf und trat in den Schankraum.

»Was ist hier los?«

Zu seiner Verwunderung war überhaupt nichts los. Entweder war die Meldung ein Fehlalarm gewesen, oder die Gemüter hatten sich schon wieder beruhigt. Deutsche und Italiener saßen friedlich an den Tischen, rauchten und tranken und palaverten bestens gelaunt durcheinander. Auffallend war nur ein Matratzenlager, das auf dem Boden ausgebreitet war und auf dem gerade eine nackte Hure ihre Kleider zusammenlas. Horst stutzte. Hatte sie etwa hier vor versammelter Mannschaft …? Während er versuchte, sich einen Reim darauf zu machen, trat Heinz-Ewald Pagels aus einer Gruppe Saufbrüder hervor, flankiert von einem Italiener und einem Deutschen, die beide nur mit einer Unterhose bekleidet waren.

»Eine kleine Meinungsverschiedenheit unter Freunden«, erklärte er, als er Horsts fragendes Gesicht sah. »Die beiden Herren hatten sich gleichzeitig um die Gunst der Dame beworben. Doch da diese sich nicht entschließen konnte, welchem Kavalier sie den Vorzug geben sollte, wurde die Sache sportlich ausgetragen.«

Horst brauchte eine Weile, bis er begriff. »Sie meinen, Sie haben hier eine Art öffentliches Wettvögeln veranstaltet?«

Mit einem Gesicht, so unschuldig wie das eines Kindes, zuckte Pagels die Schultern. »Ich wollte die Gelegenheit nutzen, die deutsch-italienische Freundschaft mit Leben zu erfüllen. Angesichts der persönlichen Sympathie, die unser Führer Adolf Hitler und der Duce füreinander hegen, hielt ich das für meine Pflicht.«

Obwohl Horst unsicher war, ob sein Unterführer damit nicht seine Kompetenzen überschritten hatte, musste er grinsen.

»Und – wie ist die Sache ausgegangen?«

Heinz-Ewald Pagels nahm Haltung an. »Melde gehorsamst, überlegener Sieg für Deutschland. Zwar startete der Kamerad der Arbeit furios, doch am Ende bewies unser Mann das bessere Stehvermögen.«

»Na, dann wollen wir mal ein Auge zudrücken«, erklärte Horst, der insgeheim bedauerte, bei dem Wettkampf nicht dabei gewesen zu sein. Die kleine Hure, die gerade mit ihren Kleidern unter dem Arm in Richtung Hinterzimmer verschwand, hatte einen wirklich süßen Hintern. »Weitermachen!«, rief er den Männern zu.

Ein Italiener stand auf und stimmte ein Lied an.

»Quant' è bella, giovinezza, che si fugge tuttavía ...«

Kaum hatte er die ersten Worte gesungen, fielen seine Landsleute ein, und bald ertönte ein Chor, der es mit dem Opernchor des Braunschweiger Stadttheaters hätte aufnehmen können. Sogar die Deutschen sangen mit, obwohl keiner von ihnen den Text verstand. Überwältigt von der allgemeinen Verbrüderung, kam Horst eine Frage in den Sinn, die ihn gleichzeitig verwirrte und beglückte.

War Heinz-Ewald Pagels, der Georg äußerlich so auffällig glich, im Innern aber einen ganz anderen Charakter hatte, vielleicht der Bruder, den er nie gehabt hatte?

Bevor er wusste, was er tat, nahm er zwei frisch gezapfte Gläser Pils vom Tresen, um mit seinem Unterführer anzustoßen.

»Kameraden sagen du zueinander!«, erklärte er. »Prosit – ich bin der Horst!«

72

Im Halbschlaf spürte Charly eine zarte Berührung im Gesicht – kaum mehr als ein Hauch. Blinzelnd öffnete sie die Augen. Benny hatte sich über sie gebeugt und gab ihr einen Kuss.

»Guten Morgen, du Schlafmütze!«

»Guten Morgen, Liebster.«

Noch müde sich räkelnd erwiderte sie seinen Blick. Konnte es ein schöneres Aufwachen geben? Während er mit den Lippen ihre Wange streifte, zupfte er an der Brustschleife ihres Nachthemds. In wohliger Vorfreude, was gleich passieren würde, spürte sie in ihrem Nacken ein sanftes Kribbeln, das sich über ihren ganzen Rücken ausbreitete. Sie hob den Kopf, um ihn zu küssen, doch bevor ihre Münder sich berührten, fiel ihr plötzlich alles wieder ein, was gewesen war.

Im selben Moment erlosch das Kribbeln.

»Sei mir nicht böse«, sagte sie. »Aber ich ... ich kann nicht.«

Enttäuscht hielt er inne, doch er ließ die Schleife ihres Nachthemds nicht los. »Wir sehen uns so selten. Da sollten wir das bisschen Zeit lieber genießen, statt uns graue Haare wachsen zu lassen. Ich bekomme sowieso schon welche, ganz von allein. Da, sieh nur«, sagte er, schon wieder mit einem Grinsen, und deutete auf eine Stelle an seinem Scheitel. »Die habe ich gestern beim Rasieren entdeckt. Dein Mann wird alt. Wir sollten uns also beeilen, bevor es zu spät ist.«

»Mach jetzt bitte keine Witze«, sagte Charly und entzog sich seiner Umarmung. »Natürlich würde auch ich die Zeit mit dir lieber genießen. Aber wie sollen wir das denn, wenn sie uns nicht lassen?«

Sie küsste ihn auf die Wange, dann verließ sie das Bett und ging ins Bad. Benny und sie hatten es sich am Abend gerade gemütlich gemacht, als Horst geläutet hatte, um ihnen von der neuen Verordnung Mitteilung zu machen. Die Nachricht war so unfassbar, dass Charly zuerst geglaubt hatte, ihr Bruder hätte sie erfunden, nur um ihr Angst zu machen, doch der Vater hatte alles bestätigt. Ausgerechnet auf Wunsch der Schweiz, die doch als Hort des Friedens und der Freiheit galt, hatte die Hitler-Regierung ein

Gesetz erlassen, wonach alle Juden künftig ein großes, rotes J im Pass eintragen lassen mussten, und Jüdinnen und Juden, aus deren Vornamen die Abstammung nicht zweifelsfrei zu erkennen war, den zusätzlichen Zwangsvornamen »Sara« beziehungsweise »Israel« erhielten. Nach einer Konferenz in dem französischen Badeort Evian, auf der Dutzende Länder die Verfolgung der Juden in Deutschland zwar wortreich verurteilt hatten, doch ohne irgendwelche Hilfsmaßnahmen zu beschließen, fürchtete die Schweiz nun offenbar eine Massenflucht in ihr Land.

Im Spiegel sah Charly, wie Benny ihr ins Badezimmer folgte.

»Warum zerbrichst du dir nur immerzu deinen hübschen Kopf?«, fragte er und schlang von hinten seine Arme um sie. »Es gibt keinen Grund, sich Sorgen zu machen. Die Verordnung betrifft mich doch gar nicht.«

»Bist du dir da so sicher?«

»Natürlich bin ich das«, sagte er. »Ich brauche mir weder ein rotes J in den Pass stempeln zu lassen, noch werde ich jemals ›Israel‹ heißen. Ich bin doch ein reinblütiger Arier, das habe ich schwarz auf weiß. Hast du das vergessen?«

In seinen Armen drehte sie sich zu ihm herum. »Ach Benny. Ich hoffe nur, die anderen wissen das auch.«

73

Als der Herbst kam, wusste Dorothee, dass für ihren Mann eine Zeit der Leiden anbrach. Früher, als es die Zuckerfabrik noch gegeben hatte, war der Herbst stets seine liebste Jahreszeit gewesen. Doch jetzt, da keine Rüben mehr geerntet wurden, keine Fuhrwerke mehr durch die alten Dorfstraßen rollten, keine Maschinen mehr stampften und keine Schornsteine qualmten, wurde Hermann von einer Unrast erfasst, die kaum mit anzusehen war. Die Hände auf dem Rücken, wanderte er stundenlang durch die Wohnung, schaute zum Fenster hinaus, als erwarte er jemanden, starrte endlose Minuten in den Himmel, um sich dann kopfschüttelnd abzuwenden, manchmal mit Tränen in den Augen. Dorothee hatte ihm vorgeschlagen, zu verreisen, in die Berge oder an die See, Geld hatten sie ja mehr als genug, doch er hatte davon nichts wissen wollen. »Ich muss mich daran gewöhnen«, hatte er gesagt, »irgendwann, und das kann ich nur hier.«

Inzwischen war der November gekommen, und im Kamin knackte ein Feuer. Zum Abendbrot hatte es Rübenkraut gegeben, Hermanns Lieblingsbrotbelag, von dem Dorothee immer noch einen Vorrat im Keller hatte, und der kleine Willy schlief tief und fest in seinem Kinderbett. Während sie einen Pullover strickte, den Georg zu Weihnachten bekommen sollte, las Hermann in einem Buch, das Schwager Carl ihm vor Jahren zum Geburtstag geschenkt hatte, »Der Mythus des 20. Jahrhunderts«. Über den Rand ihrer Brille, die sie seit einiger Zeit bei der Handarbeit brauchte, sah sie, wie schwer es ihm fiel, sich zu konzentrieren. Immer wieder blätterte er vor und zurück, als wüsste er nicht, an welcher Stelle er sich befand. Wahrscheinlich, weil er in Gedanken wieder in der Vergangenheit war. Vielleicht aber auch, weil er außer der »Aller-Zeitung« sonst höchstens mal ein paar Seiten von Hermann Löns las. Oder aber, weil im Radio gerade eine Rede des Propagandaministers übertragen wurde, vom Jahrestreffen der NSDAP-Führerschaft zum Gedenken an den vaterländischen Aufstand am 9. November 1923, nach dessen Niederschlagung Hitler zur Festungshaft in Landsberg verurteilt worden war.

Dorothee hörte nur mit halbem Ohr zu. Goebbels war mal wieder bei seinem Lieblingsthema, der Verschwörung des Weltjudentums. Anlass seiner Tirade war diesmal die Ermordung eines deutschen Diplomaten namens vom Rath in Paris – angeblich hatte ein polnischer Jude den Legationssekretär erschossen. Als Goebbels erklärte, die Partei werde antijüdische Aktionen deshalb zwar nicht befehlen, aber auch nicht verhindern, wenn der Volkswille sich rege, schaltete Dorothee den Apparat ab. Schließlich war auch ihr Schwiegersohn jüdischer Abstammung.

»Edda ist jetzt mitten auf dem Ozean«, sagte sie, um an etwas Schönes zu denken.

»Ozean?« Zerstreut blickte Hermann von seinem Buch auf.

»Ihre Reise nach New York. Fräulein Riefenstahl soll in Amerika den Olympiafilm zeigen.«

»Ach ja, natürlich. Verzeih, ich war nur kurz in Gedanken.«

»Bestimmt ist sie schon ganz aufgeregt. Mein Gott, wenn man sich vorstellt, wie das Kind in der Welt herumkommt …« Sie zögerte einen Moment, dann fügte sie hinzu: »Trotzdem, um ehrlich zu sein, ich würde mich noch mehr für sie freuen, wenn sie endlich einen Mann finden würde.«

»Kommt Zeit, kommt Rat«, sagte Hermann. »Edda ist unter die Künstler gegangen. In diesen Kreisen herrschen andere Sitten als bei uns auf dem Lande.«

Verwundert schaute Dorothee ihn an. »Machst du dir denn gar keine Sorgen?«

»Sorgen? Warum? Nur weil sie noch nicht verheiratet ist? Das wird schon noch. Ein so hübsches Mädchen wie sie – da müssen die Männer doch Schlange stehen.«

»Das ist es ja gerade, was ich nicht verstehe.«

»Was verstehst du nicht?«

Dorothee wusste nicht, wie sie ein so heikles Thema ansprechen sollte. »Nun«, sagte sie schließlich, »ich finde es schon ein wenig seltsam, dass unsere Tochter, gerade weil sie so hübsch ist, immer noch keinen …«

Das Telefon unterbrach sie. Hermann legte sein Buch beiseite und verließ den Raum, um das Gespräch in seinem Büro anzunehmen. Mit einem Seufzer nahm Dorothee wieder ihr Strickzeug auf. Vielleicht war es ja gut, dass sie nicht hatte aussprechen können. Edda war ja immer seine Lieblingstochter gewesen, trotz allem.

Als Hermann zurückkam, war er so rot im Gesicht, dass sie erschrak.

»Um Gottes willen, ist etwas passiert?«

»Kreisleiter Sander – dieses … dieses gottverdammte Arschloch!« Er war so aufgeregt, dass er kaum sprechen konnte. »Ich … ich soll meine Leute zusammentrommeln! Jeden erreichbaren Mann! … Jetzt gleich!«

»Um diese Zeit?«, fragte Dorothee. »Wozu das denn?«

»Eine Nacht- und Nebelaktion … Befehl an alle Ortsgruppenleiter …« Hermann packte sein Buch und warf es in den Kamin. »Aber nicht mit mir – *nicht mit mir*!«

74

Gilla hätte nicht geglaubt, dass Strümpfe stopfen und Hemden flicken ihr jemals so viel Freude bereiten könnte, wie es jetzt der Fall war. Früher hatte sie ja wirklich den Nähkorb kaum angerührt, wie ihre Mutter sagte. Aber das war etwas anderes gewesen. Ihre eigenen Strümpfe zu stopfen oder ein Hemd des Vaters zu flicken war öde Hausarbeit gewesen. Jetzt hingegen leistete sie dieselbe Arbeit für ein Ziel. Sie würde Modezeichnerin werden, mit etwas Glück sogar in der Hauptstadt der Mode! Nach dem Schrecken, den die Zwangsdeportation der polnischen Juden ihnen eingejagt hatte, hatten die Eltern noch einmal Kassensturz gemacht und waren zu dem Schluss gekommen, dass ihr Geld für die Auswanderung ins Elsass mit knapper Not wohl doch reichen würde. Der Vater hatte schon alles dazu Erforderliche in die Wege geleitet. Nach Zahlung der Reichsfluchtsteuer waren zu seiner eigenen Überraschung noch tausend Mark übrig geblieben, und der Beamte, bei dem er die Ausreiseerlaubnis beantragt hatte, hatte versprochen, den Vorgang wohlwollend zu prüfen. Bis spätestens Weihnachten, hatte er gesagt, würden die Bernsteins Bescheid bekommen. Gilla zählte bereits die Tage. Wenn sie erst in Straßburg wäre, würde sie es auch nach Paris schaffen.

Warum hieß das Leben »Leben«? Natürlich, um was zu erleben!

Obwohl es schon auf Mitternacht zuging, öffnete sie einen weiteren Kleiderbeutel.

»Wollen wir nicht langsam Schluss machen?«, fragte die Mutter. Um den Vater nicht zu wecken, der über einem Buch auf dem Wohnküchensofa eingeschlafen war, sprach sie nur im Flüsterton.

»Nur noch diesen einen Beutel«, sagte Gilla.

Das Aufhören mit der Arbeit fiel ihr inzwischen fast so schwer wie früher das Anfangen. Beim Flicken der Kleiderstücke konnte sie nämlich abends wunderbar memorieren, was sie tagsüber in der Modeschule lernte, und es war ihr Ehrgeiz, dort die Beste zu sein – egal, wie viel es zu lernen gab. Allein die verschiedenen Kragenformen für Hemden und Blusen waren eine Wissenschaft für sich. Über ein Dutzend galt es zu unterscheiden: vom Kentkragen über den Haifischkragen bis zum Stehkragen. Und dann die Frage der Saumlänge! In jeder Saison wurde sie aufs Neue gestellt. Doch um eine Antwort zu finden, durfte man sie nicht gesondert betrachten, die perfekte Saumlänge ergab sich vielmehr aus dem Gesamtentwurf eines Kleides oder Rocks. Jedes Detail musste stimmen, vor allem aber musste jedes einzelne Detail mit allen anderen Details zusammenpassen, damit aus einem Stück Stoff ein Kunstwerk wurde. Aber mehr noch als alle theoretischen Kenntnisse zählte laut Herward Senftleben etwas, das man nicht lernen konnte, sondern das man entweder hatte oder auch nicht – Geschmack. Und davon hatte Gilla mehr als genug.

»Was ist das denn?«, fragte die Mutter und betrachtete mit gerunzelter Stirn ein kurzes, an den Enden rund geschnittenes, paillettenbesetztes Jäckchenen, an dem ein Ärmelsaum aufgegangen war.

»Das ist ein Bolero«, erklärte Gilla, stolz, etwas zu wissen, was ihre Mutter offenbar nicht wusste.

»Nicht so laut!« Die Mutter hielt sich den Finger an die Lippen und deutete mit dem Kopf auf den Vater.

Der aber war schon aufgewacht. »Wegen mir braucht ihr nicht zu flüstern. Ich habe sowieso nicht geschlafen.«

Gilla tauschte mit ihrer Mutter einen amüsierten Blick.

»Und wofür braucht man so was?«

»Einen Bolero? Für gar nichts. Der ist einfach nur schick. Man trägt ihn vorne offen und kann ihn mit einem Kleid oder einem Rock kombinieren. Aber am besten passt er natürlich zu einer Marlene-Hose.«

»Was ist das denn schon wieder?«

»Eine weite Damenhose, wie Marlene Dietrich sie trägt. Deshalb heißt sie ja auch so. Die Hose ist in Amerika gerade der letzte Schrei!«

»Was du nicht alles weißt«, staunte die Mutter.

Der Vater richtete sich auf dem Sofa auf. »Ich habe ja immer gesagt, Bildung ist wichtiger als alles andere. Darauf haben wir Bernsteins stets größten Wert gelegt. Bildung ist ein Pfund, mit dem man überall auf der Welt wuchern kann.«

Während er sprach, gab es plötzlich einen lauten Knall, als wäre irgendwo ein großes Teil aus Porzellan oder Glas geplatzt.

»Was um Himmels willen war das?«, fragte die Mutter.

Der Vater zuckte die Achseln. »Vielleicht feiert jemand Polterabend?«

Draußen ging schon wieder etwas zu Bruch, direkt vor ihrem Souterrainfenster. Stimmen wurden laut, vermischt mit weiterem Geschepper.

»Ich gehe mal nachschauen«, sagte Gilla.

»Nein, tu das nicht!«, rief die Mutter. »Bleib lieber hier!«

Doch Gilla hatte die Wohnungstür schon geöffnet. Das Treppenhaus dröhnte von Stiefelschritten wider.

»Das soll dir eine Lehre sein, du Judensau!«, rief oben eine Stimme.

Vorsichtig lugte Gilla um die Ecke. Als sie hinaufsah, schrak sie zusammen. Auf dem Treppenabsatz zerrten SA-Männer das alte Ehepaar Weinbaum im Nachtzeug hinaus auf die Straße. Herrn Weinbaums Gesicht war blutüberströmt, doch ein SA-Mann prügelte immer weiter auf ihn ein.

»Bitte, hören Sie auf!«, rief seine Frau. »Sie bringen ihn ja um!«

Auf dem Absatz machte Gilla kehrt. Doch zu spät – einer der SA-Männer hatte sie bereits entdeckt. In langen Sätzen kam er die Treppe heruntergeschossen und packte sie im Genick.

»Na, dann zeig mir mal, wo du wohnst, du kleine Judenfotze! Damit wir ein bisschen bei dir aufräumen können!«

75

Edda hatte in der Nacht kaum ein Auge zugetan. Noch im Dunkeln war sie aufgestanden und hatte in der ebenso großräumigen wie luxuriösen Kabine, die sie mit Leni teilte, gefrühstückt, um seit dem Morgengrauen an Deck der MS Bremen zu wachen, damit sie nur ja nicht das Einlaufen des Schiffes in den Hafen von New York verpasste. Während der Reise hatte sie sich immer wieder vorgestellt, wie es wohl sein würde, zum ersten Mal Amerika zu sehen, doch die Wirklichkeit übertraf ihre Phantasie bei weitem. Vor dem Küstenstreifen mit den Wolkenkratzern tauchte im Glanz der Morgensonne die Freiheitsstatue aus dem

Meer wie eine Siegesgöttin auf, die Fackel triumphierend in den Himmel gereckt – glorreiche Verheißung eines Landes, in dem die Möglichkeiten angeblich unbegrenzt waren.

»Was uns hier wohl erwartet?«, fragte Edda, ganz und gar in den Anblick vertieft.

»Wenn ich das wüsste«, sagte Leni, die inzwischen mit ihr an der Reling stand und fast genauso aufgeregt war wie sie. »Vielleicht wird Amerika die Krönung von allem.«

»Ich würde es dir so sehr wünschen. Du hast es verdient – du und dein Film.«

»Meinst du wirklich? Oder sagst du das nur, weil du mich liebst?

»Umgekehrt! Ich liebe dich, weil ich das meine.«

Leni strahlte. Dann wurde sie wieder ernst. »Wie viele Aufführungen sind bis jetzt geplant? Siebenundachtzig?«

»Siebenund*neunzig*«, verbesserte Edda, die das Programm mit den Organisatoren abgesprochen und jeden Termin der Tournee auswendig im Kopf hatte. »In über dreißig Städten, von New York bis Los Angeles. Und alle werden kommen, um dich zu bewundern, die bedeutendsten Regisseure und berühmtesten Filmschauspieler. Clark Gable, Barbara Stanwyck, Greta Garbo, Spencer Tracy, Marlene Dietrich …«

»Die auch?«, unterbrach Leni. »Obwohl sie Deutschland und den Führer verraten hat? – Na, egal!«, lachte sie. »Hauptsache ihr gefällt mein Film!«

»Das wird er bestimmt«, sagte Edda. »Sogar Charlie Chaplin will ihn sehen. Ach, ich traue mich gar nicht, mir das alles vorzustellen. Das bringt sonst noch Unglück.«

»Mein süßer, abergläubischer Engel«, sagte Leni und nahm sie in den Arm.

Edda schmiegte sich an ihre Schulter. »Ich kann dir gar nicht sagen, wie dankbar ich dir bin. Ohne dich würde ich das alles nie erleben.«

Leni drückte sie an sich. »Und ich kann dir gar nicht sagen, wie glücklich ich bin, dass du bei mir bist. Ohne dich wäre das alles doch gar nichts wert.«

Sechs Tage war es her, dass sie den Hamburger Hafen verlassen hatten. Vor der Abfahrt hatte Edda Angst gehabt, dass sie die Seereise womöglich nicht vertragen würde – ihr wurde ja oft schon im Auto übel. Doch während der Überfahrt hatte durchgehend schönes Wetter geherrscht, der Atlantik war glatt wie ein Spiegel gewesen, und sie hatte jeden Augenblick genossen. Georg, der auch mit der Bremen gereist war, hatte ihr von dem Luxus an Bord bereits vorgeschwärmt, doch ihr Bruder war nur zweiter Klasse gefahren. Das Motion Picture Artists Committee hingegen hatte für Leni und sie die Luxusklasse gebucht. Jeder Tag begann mit Frühsport und Spielen, wer wollte, konnte unter Deck in einem Swimmingpool baden, nachmittags wurden Lesungen und Konzerte veranstaltet, und jeden Abend gab es ein Sieben-Gänge-Gala-Menü, bevor eine Zwanzig-Mann-Kapelle in dem vor lauter Kristall nur so funkelnden Ballsaal zum Tanz aufspielte.

Tutend näherte die Bremen sich dem Kai. Von Bord schossen Taue ans Land, mit denen Matrosen das Schiff an den Pollern festmachten.

»Kannst du das Empfangskomitee schon sehen?«, fragte Leni und beugte sich über die Reling.

Edda ließ die Augen über den Kai wandern, wo Hunderte von Menschen sich die Hälse verrenkten und Fähnchen schwenkten oder Namensschilder hochhielten, auch spielte an der Anlegestelle eine Kapelle. Doch von einem Empfangskomitee war weit und breit keine Spur.

»Komisch«, sagte Edda. »Ob sie vielleicht im Hotel auf dich warten?«

»Keine Ahnung.« Leni zuckte die Schultern. »Andere Länder, andere Sitten.«

Als Fahrgäste der ersten Klasse brauchten sie sich nicht in die Reihe der übrigen Passagiere zu stellen, sondern konnten gleich im Anschluss an die Passkontrolle, die noch an Bord vorgenommen wurde, das Schiff verlassen.

Als sie die Gangway hinunterliefen, trat ein Mann mit grauem Filzhut auf sie zu, dessen Krempe vorne seltsam hochgestülpt war.

»Miss Riefenstahl?«

»Ja, und wer sind Sie?«, antwortete Leni.

Der Fremde lüftete seinen komischen Hut. »King Vidor.« Als er ihr verständnisloses Gesicht sah, fügte er in gebrochenem, aber verständlichem Deutsch hinzu: »Ich bin amerikanischer Filmregisseur und habe als Mitglied des Motion Picture Artists Committee die Ehre, Sie in New York City zu begrüßen.«

»Sie ganz allein?«

Lenis Frage war ihm sichtlich unangenehm. »Es tut mir leid, Miss Riefenstahl«, sagte er. »Eigentlich hatten wir einen großen Empfang für Sie vorbereitet. Aber es hat während Ihrer Überfahrt in Deutschland Vorfälle gegeben, die in der amerikanischen Öffentlichkeit nicht gut angekommen sind. Sie haben leider unser ganzes Programm durcheinandergebracht.«

76

Die Wohnung der Bernsteins war ein Ort der Verwüstung. Ein halbes Dutzend SA-Männer, bewaffnet mit Eisenstangen und Äxten, war bei ihnen eingedrungen, um »aufzuräumen«, wie ihr Anführer gesagt hatte. Sie hatten Bilder und Spiegel von den Wänden gerissen und alles eingesackt, was nicht niet- und nagelfest gewesen war, darunter auch den siebenarmigen Chanukka-Leuchter, der noch von Gillas Großeltern stammte, sowie das alte Tafelsilber der Familie. Unter dem Vorwand, nach Waffen zu suchen, hatten sie Bettdecken und Matratzen aufgeschlitzt, und weil sie keine Waffen gefunden hatten, hatten sie vor Wut Kleider und Wäschestücke zerrissen, darunter viele Teile, die Gilla aus der Modeschule mitgebracht hatte. Dann hatten sie in der Wohnküche die Schränke geleert und alles Geschirr auf dem Boden zertrümmert. Sogar Tisch und Stühle hatten sie kurz und klein geschlagen. Nur das Sofa, in dessen Polstern das letzte Geld der Familie versteckt war, war wie durch ein Wunder heil geblieben. Zum Glück hatte die Mutter das Geld dort eingenäht, zusammen mit Adams Miszewskis Schiffsfahrscheinen, statt beides, wie der Vater vorgeschlagen hatte, unter die Matratze zu legen. Doch sonst war nichts mehr da, kein Essteller, keine Kaffeetasse, kein Löffel – nichts.

»Warum haben wir nur alles dem Altersheim gegeben?«, fragte Gilla, die mit Eimer und Besen der Mutter half, wieder Ordnung zu schaffen.

»Weil wir das so beschlossen hatten. Wir wussten doch nicht, wohin damit.«

»Aber wir könnten die Möbel jetzt so gut gebrauchen. Wenn wir sie behalten hätten, hätten wir jetzt …«

»Ja, ja, wenn das Wörtchen wenn nicht wär' …« Die Mutter wischte sich mit dem Handrücken über die Stirn. »Ich bin nur froh, dass sie dir nichts zuleide getan haben. Wenn ich an die arme Frau Hirschfeld denke …«

Gilla hatte die Schreie der Nachbarin noch im Ohr. Die Hirschfelds hatten sich in ihrer Wohnung verschanzt, und als sie auf das Klopfen der SA nicht geöffnet hatten, war ein Schlägertrupp mit Gewalt eingedrungen. Vor den Augen ihres Mannes hatten die SA-Leute Vera vergewaltigt. Im Vergleich dazu hatte Gilla noch Glück gehabt. Sie hatte man nur geschlagen, genauso wie die Eltern. Während die Hirschfelds sich vor Scham kaum noch aus der Wohnung trauten, waren die Bernsteins mit ein paar blauen Flecken davongekommen.

»Dass ich euch davor nicht habe beschützen können«, sagte der Vater, »das werde ich mir nie verzeihen.«

»Jammern hilft nichts, Wilhelm«, erwiderte die Mutter. »Komm, pack lieber mit an.«

Doch dazu war er nicht imstande. Der Schreck saß ihm noch in den Gliedern, wie ein Häufchen Elend hockte er auf dem Sofa und starrte ins Leere. Wie hatte so etwas nur passieren können, fragte er wieder und wieder. Sie waren doch unbescholtene Menschen, er war für sein Vaterland in den Krieg gezogen, hatte sein Leben für Deutschland eingesetzt und dafür sogar das Eiserne Kreuz bekommen, genauso wie der Führer.

»Die Weinbaums können jetzt auch Bankrott anmelden«, sagte er. »Der Laden ist ja nur noch ein Scherbenhaufen.«

»So wie alle jüdischen Geschäfte«, sagte die Mutter. »Aber das ist nun nicht mehr zu ändern. Heb mal deine Füße hoch, damit Gilla Platz hat!«

Folgsam wie ein Kind tat er, was seine Frau ihm sagte. »Ich erinnere mich noch wie heute, wie wir meine Bar-Mizwa gefeiert haben. In der Großen Synagoge. Die ist jetzt sicher auch im Dutt.«

»Aber du warst doch nicht mehr in der Synagoge, seit ich auf der Welt bin, Papa«, sagte Gilla, während sie unter seinen Füßen fegte. »Wir sind immer nur in die Lindenkirche gegangen. Du warst sogar Presbyter.«

»Das ist ja das Schlimme. Ich hätte mich niemals taufen lassen dürfen. Und Mama und dich auch nicht. Nur deshalb ist alles so gekommen, nur durch meine Schuld.«

»Was redest du denn da? Schuld sind die, die das hier angerichtet haben. – Aber glaub mir, Papa«, fügte sie hinzu, als sie seine Verzweiflung sah, »es kommen auch wieder andere Zeiten. Dann werden diese Verbrecher bestraft. Das schwöre ich!«

Der Vater schüttelte den Kopf. »Ich weiß ja, du meinst es gut, mein Gisela, aber das sind fromme Wünsche, und die ändern nichts an der Wahrheit. Das alles wäre nicht passiert, wenn wir unserem Glauben treu geblieben wären.«

Gilla wusste nicht, wie sie ihn noch trösten sollte. Während er die Hände zum Himmel hob und leise irgendwelche hebräischen Worte flüsterte, die sie nicht verstand, nahm sie ein Kehrblech, um einen Haufen Scherben zusammenzukehren. Die Mutter hatte recht, Jammern half nichts, helfen konnte nur Arbeit. Sie hatten schließlich ein Ziel, und ein bisschen Geld hatten sie auch.

Die Mutter hielt ein brokatbesetztes Abendkleid in die Höhe, an dem sie am Abend eine Knopfleiste versetzt hatte. Jetzt hatte es einen Riss, der vom Dekolleté bis zum Schoß reichte.

»Hoffentlich müssen wir das nicht ersetzen …«

77

Leni hatte sich in ihrer Suite im Waldorf Astoria eingeschlossen und weinte bittere Tränen in die Kissen ihres Betts. Außer Edda wollte sie keinen Menschen sehen.

»Ich hasse New York! Ich hasse dieses Land! Warum sind wir bloß hierhergekommen?«

Alles in Edda drängte danach, sie in den Arm zu nehmen, doch jeden Versuch, sie zu berühren, wies Leni zurück, genauso wie jedes tröstende Wort. Was immer Edda versuchte, um ihren Schmerz zu lindern, es machte alles nur noch schlimmer. Was Lenis größter Triumph hatte werden sollen, war zur größten Enttäuschung ihres Lebens geworden. Voller Abscheu hatten die amerikanischen Zeitungen berichtet, was in Deutschland passiert war. Die Artikel waren illustriert mit Bildern von wütenden SA- und SS-Horden, von brennenden Synagogen und zertrümmerten Geschäften, von Männern, die verprügelt, und Frauen, die misshandelt worden waren. Angeblich waren in einer einzigen Nacht Hunderte von Menschen umgekommen, und Tausende hatte man verhaftet, um sie ins Konzentrationslager zu stecken. Die Berichte hatten für solche Empörung gesorgt, dass in den USA kein Mensch mehr den Olympiafilm sehen wollte – die Titel der zwei Teile, »Fest der Schönheit« und »Fest der Völker«, empfand man nun als blanken Hohn. In den Zeitungen wurde Leni Riefenstahl als Repräsentantin eines Deutschland angeprangert, das in die Barbarei zurückgefallen sei. Sogar das Motion Picture Artist Committee, das sie doch nach Amerika eingeladen hatte, hatte zum Boykott aufgerufen, dem sich fast alle Filmproduzenten, Regisseure und Schauspieler angeschlossen hatten. Außer King Vidor hatte allein Walt Disney, der Erfinder der Mickey Maus, sich den Film zeigen lassen. Wie konnte das sein, dass ein unbekannter Regisseur und der Mickey-Maus-Erfinder die einzigen Menschen in dem riesigen Land waren, die Leni und ihre Kunst verstanden? Um die Presse nicht zu reizen, hatte die Vorführung in einem winzigen Kino stattgefunden, in das keine hundert Zuschauer passten. Trotzdem war der Saal halb leer geblieben, und als der Vorhang gefallen war, hatte es laute Buhrufe gegeben.

»Wie können sie mir das nur antun?«, schluchzte Leni.

Edda wusste nicht, was sie erwidern sollte. Wenn nur die Hälfte dessen stimmte, was die amerikanischen Zeitungen schrieben, mussten zu Hause fürchterliche Dinge passiert sein. Sie konnte nur hoffen, dass ihr Schwager verschont geblieben war – auch wenn Benny mit einer deutschen Frau verheiratet war und sich hatte taufen lassen, war er immer noch Jude. Von solchen Dingen wollte Leni allerdings nichts wissen. Sie dachte nur an ihren Film. Wahrscheinlich konnte sie gar nicht anders. Sie war nun mal eine Künstlerin, und Künstler waren eben so.

»Nimm das alles nicht so schwer«, sagte Edda schließlich. »Sie meinen dich ja gar nicht persönlich. Sie meinen in Wirklichkeit Hitler und seine Regierung.«

»Aber warum soll ausgerechnet ich dann dafür büßen? Ich habe doch nichts verbrochen!« Leni hob den Kopf und drehte sich zu ihr herum. »Ich hoffe, du hast die Termine abgesagt?«

»Ja, alle siebenundneunzig.«

»Und – wie haben sie reagiert?«

Edda zögerte. In Wirklichkeit hatte sie keinen einzigen Termin abgesagt, vielmehr waren ihr sämtliche Termine abgesagt *worden*, mit einem einzigen Anruf, von einer namenlosen Sekretärin des Committees. Doch Leni schaute sie mit ihren tränennassen Augen so mitleiderregend an, dass sie ihr die Wahrheit unmöglich zumuten konnte.

»Sie waren natürlich maßlos enttäuscht«, sagte Edda schließlich. »Und manche haben gefragt, ob ich dich vielleicht noch umstimmen könnte. Aber ich habe erklärt, dass deine Entscheidung unumstößlich ist.«

Leni nickte. »Richtig. Sie sollen wissen, was sie angerichtet haben. Vielleicht ist ihnen das ja eine Lehre.« Sie griff in den Ärmel ihrer Bluse und holte ein Taschentuch hervor.

»Und jetzt?«, fragte Edda.

Leni putzte sich die Nase. »Jetzt fahren wir zurück nach Deutschland, so schnell wie möglich. In der Heimat weiß man meine Arbeit wenigstens zu schätzen.«

78

Wie jeden Morgen nach dem Frühstück, wenn Dorothee mit Bruni durch Wohnung und Garten ging, um die für den Tag anstehende Hausarbeit zu besprechen, blieb Hermann noch bei einer Tasse Kaffee am Küchentisch sitzen, um in Ruhe die »Aller-Zeitung« zu lesen. Seit er nicht mehr in die Firma musste, hatte er mehr Zeit als genug. Doch die Lektüre war alles andere als erbaulich. »Reichskristallnacht« hatten die Berliner die Nacht vom neunten auf den zehnten November getauft, wegen der vielen Glasscherben, mit denen die Straßen der Hauptstadt übersät gewesen waren. Obwohl inzwischen fast eine Woche vergangen war, beherrschte das Thema immer noch die Titelseite. Einmal mehr wurde Propagandaminister Goebbels zitiert, der die Ereignisse jener Nacht als spontanen Ausdruck des Volkwillens deutete, den hinterhältigen Mord des polnischen Juden Herschel Grynszpan an dem deutschen Legationssekretär Ernst Eduard vom Rath in Paris zu rächen. Hermann ließ die Zeitung sinken. Von wegen spontaner Volkswille! Das war eine durch und durch geplante Aktion gewesen – er hatte ja selbst Befehl bekommen, mit »Freiwilligen« seiner Ortsgruppe mitzuwirken. Doch ohne ihn! Mit einem Seufzer lüftete er sein Gesäß, um sich zu kratzen, die Hämorrhoiden juckten mal wieder wie die Hölle. Er hatte ein paarmal daran gedacht, Wilhelm Bernstein in Berlin anzurufen, um sich zu vergewissern, dass sein alter Freund und Kriegskamerad das Tohuwabohu mit seiner Familie heil überstanden hatte. Doch wann immer ihm der Gedanke gekommen war, hatte er ihn jedes Mal verworfen. Das Fräulein vom Amt konnte schließlich mithören, und man wusste ja nie, wer das Fräulein vom Amt gerade war. Außerdem waren die Bernsteins vielleicht auch schon über alle Berge.

Er griff zu seiner Kaffeetasse, um einen Schluck zu trinken, da flog die Tür auf, und sein Sohn Horst kam hereinmarschiert, gestiefelt und gespornt.

»Was? Du bist noch hier?«, rief er ihm entgegen.

»Wo sollte ich sonst sein?«, erwiderte Hermann.

»In Gifhorn natürlich. Kreisleiter Sander hat dich für neun Uhr zum Rapport bestellt.«

»Kreisleiter Sander kann mich mal.«

»Das war Befehlsverweigerung, was du dir geleistet hast!«

»Befehlsverweigerung? Unmöglich!« Hermann tippte auf die Zeitung. »Hier steht, das war der spontane Volkswille. Propagandaminister Goebbels persönlich hat das erklärt, und der muss es ja wohl wissen. Befehle hat es also keine gegeben.«

Horsts Augen funkelten vor Wut, und sein blondes Hitlerbärtchen zitterte. »Die Ortsgruppe Fallersleben war ein Totalausfall. Dafür bist du Kreisleiter Sander Rechenschaft schuldig. Und der Familie auch. Du bringst uns alle in Verruf. Hast du nur einmal daran gedacht, wie sehr du mir mit deinem Verhalten schadest?«

Hermann schlürfte seinen Kaffee. »Zu deiner Beruhigung – ich habe mich bei Kreisleiter Sander krank gemeldet. Damit alles seine gute Ordnung hat.« Abermals lüftete er das Gesäß, doch diesmal nicht, um sich zu kratzen, sondern um einen Furz zu lassen. »Schwere Magen- und Darmverstimmung.«

79

Kreisleiter Sander war auf hundertachtzig, längst hatte er seinen Platz hinter dem Schreibtisch verlassen. Mit der linken Hand am Koppel, mit der Rechten in der Luft gestikulierend, marschierte er in seinem Büro auf und ab, um seinem Zorn über das Fehlverhalten des Ortsgruppenleiters von Fallersleben in immer lauter werdender Rede freien Lauf zu lassen. Mit eingezogenem Kopf ließ Horst die Standpauke über sich ergehen. Da sein Vater sich gedrückt hatte, hatte er den Canossagang auf sich genommen und war anstelle seines Erzeugers nach Gifhorn gefahren. Was war ihm auch anderes übriggeblieben? Am Ende war es ja immer dasselbe, genau, wie Ilse sagte. Die anderen machten, was sie wollten, und wenn die Karre im Dreck steckte, musste er sie wieder herausziehen.

»Um es klipp und klar zu sagen«, brüllte Sander, »ich habe das Vertrauen in Sie und Ihre Familie verloren. Ein einziger Sauhaufen ist das! Politisch unzuverlässig und außerdem jüdisch versippt.«

Horst wagte kaum, seine Stimme zu erheben. »Ich möchte Sie in aller Höflichkeit bitten, das absolut inakzeptable und ehrlose Verhalten des Ortsgruppenleiters nicht auf meine Person …«

»Ach was – Person! Der Kerl ist Ihr Vater, und der Apfel fällt bekanntlich nicht weit vom Stamm!« Der Kreisleiter hielt in seiner

Wanderung inne. »Mensch, Ising, ich weiß langsam nicht mehr, was ich mit Ihnen machen soll.«

Horst straffte seinen Oberkörper und warf den Kopf in den Nacken. »Ich kann Ihnen nur versichern, dass ich in meinem Glauben an den Führer sowie meiner nationalsozialistischen Überzeugung unerschütterlich bin und zutiefst bedaure, dass ich durch die Fehlentscheidung des Ortsgruppenleiters vom Aufbegehren des Volkszorns ausgeschlossen wurde.«

»›Die Worte hör' ich schon, allein, mir fehlt der Glaube‹. Goethe, Faust I.« Sander schüttelte den Kopf. »Ich will Taten sehen, Kamerad Ising, handfeste Beweise, dass ich mich auf Sie verlassen kann, wenn Ihre Sippe schon eine solche Katastrophe ist. Andernfalls sehe ich mich gezwungen, die Sache Gauleiter Telschow zu melden.«

»Stehe voll und ganz zu Ihrer Verfügung, Kreisleiter«, erwiderte Horst. »Wenn Sie mir bitte erklären wollen, an welche Art Taten Sie denken?«

Der Kreisleiter, der die sechzig schon überschritten hatte, doch immer noch so drahtig war wie zu der Zeit, als er Horst den Purzelbaum beigebracht hatte, richtete seinen stechenden Blick auf ihn. »Haben Sie wirklich keine eigene Idee? Ich würde Ihnen nur ungern vorbuchstabieren, worauf Sie auch genauso gut selbst kommen können.«

80

Heinz-Ewald Pagels' Geschäfte florierten, dass es eine Freude war. Umberto lieferte die georderten Waren mit einer Zuverlässigkeit, von denen sich mancher deutsche Lieferant, mit denen er in seiner Vergangenheit als Handelsvertreter zu tun gehabt hatte, eine Scheibe hätte abschneiden können. Umgekehrt hatte Heinz-Ewald keinerlei Mühe, die Dessous, die er aus Mailand, Rom und Neapel bezog, bei seinen Kunden abzusetzen. Ob Büstenhalter oder Höschen, Seidenstrümpfe oder Mieder – die Modehäuser in Gifhorn, Braunschweig und Salzgitter rissen ihm aus den Händen, was immer er ihnen anbot, und konnten gar nicht genug bekommen, trotz seiner Gewinnspanne von hundert Prozent.

Zum Glück stand ihm inzwischen in der Verwaltungsbaracke ein eigener Raum zur Verfügung. Diesen nutzte er nicht nur als Büro für seine dienstliche Tätigkeit, sondern auch als Zwischenlager für seinen privaten Handel. Allerdings konnte das nur ein Provisorium sein. Obwohl er den einzigen Schlüssel für den Spind besaß, in dem er seine Waren hortete, war ihm höchst unwohl bei dem Gedanken, dass sein überkorrekter Vorgesetzter in derselben Baracke wie er seinen Dienst versah. Außerdem war angesichts der erfreulichen Geschäftsentwicklung der Spind viel zu klein, um auf Dauer den Anforderungen zu genügen.

Er musterte gerade eine frisch hereingekommene Kollektion Strumpfhalter, als es an der Tür klopfte. Eilig ließ er die Dessous in seinem Schreibtisch verschwinden.

Sein Vorgesetzter betrat den Raum. Heinz-Ewald sprang von seinem Stuhl auf.

»Heil Hitler!«

»Heil Hitler!«, erwiderte Lagerführer Ising seinen Gruß. »Aber bleib doch sitzen, Kamerad.« Während Heinz-Ewald wieder Platz nahm, schloss Horst die Tür hinter sich, um sich dann auf der Schreibtischkante vor ihm niederzulassen. »Du bist doch früher viel herumgekommen, nicht wahr?«, fragte er in jovialem Ton.

»Das kann man wohl sagen. Als Handelsvertreter gehört das Reisen dazu.«

»Verstehe. Welche Regionen hast du denn so bereist?«

»Vor allem Westfalen, insbesondere das Ruhrgebiet sowie das Sauerland.«

»Das Sauerland? Eine schöne Gegend, ich habe dort Verwandtschaft, in Plettenberg.« Horst zögerte einen Moment. »Aber du bist doch sicher auch mal nach Sachsen gekommen, zum Beispiel nach Leipzig, oder?«

»Leipzig?«, wiederholte Heinz-Ewald. »Tut mir leid. Da bin ich nie gewesen.«

»Wirklich nicht?«

»Wirklich nicht.«

»Seltsam.« Horst schaute ihn an. »Ein so rühriger und weltläufiger Mann wie du – und nie in der Hauptstadt der Sachsen? Wo da doch die schönen Mädchen an den Bäumen wachsen? Das ist ja geradezu unvorstellbar. Vielleicht strengst du dein Gedächtnis mal ein bisschen an?«

Heinz-Ewald erwiderte seinen Blick. Die Anspielung auf die schönen Mädchen machte ihn nervös. Hatte Horst etwa herausgefunden, dass er wegen Heiratsschwindel im Gefängnis gesessen hatte? Auch erinnerte er sich an eine Liebelei im Sauerland, die vielleicht nicht ohne Folgen geblieben war. Aber das war nicht in Plettenberg gewesen, sondern in Altena.

Horst rückte ihm auf der Schreibtischplatte immer näher. »Nun, kommt die Erinnerung langsam wieder?«

Obwohl Heinz-Ewald immer noch nicht wusste, worauf das Frage-und-Antwort-Spiel hinauslief, wusste er doch eins: Aus irgendeinem Grund wollte sein Vorgesetzter, dass er in Leipzig gewesen war.

»Natürlich!«, rief er, als wäre es ihm plötzlich wieder eingefallen. »Ich habe damals mit Kurzwaren gehandelt. War eine sehr, sehr schwere Zeit, mitten in der Inflation. Vielleicht hat mir darum mein Gedächtnis einen Streich gespielt. Um mir die Erinnerung zu ersparen.«

Horst nickte zufrieden. »Na, siehst du? Ich wusste es doch.« Er griff in die Brusttasche seines Uniformhemds und zog ein Foto hervor. »Wenn du in Leipzig warst, kennst du sicher auch diesen Mann, nicht wahr?«

Als Heinz-Ewald das Bild sah, traute er seinen Augen nicht. Den Mann kannte er tatsächlich! Darum brauchte er weder zu lügen noch etwas zu erfinden, um die richtige Antwort zu geben.

»Das ist zweifelsfrei Herr Jungblut«, erklärte er mit fester Stimme. »Benjamin Jungblut, wenn ich mich nicht irre, Architekt von Beruf.«

Sein Vorgesetzter nickte erneut. »Benjamin *Israel* Jungblut – um korrekt zu sein.«

81

Der Weg hinauf zum Klieversberg führte immer noch über Stock und Stein, und Benny, der am Steuer von Kollers Dienstwagen saß, musste in den ersten Gang zurückschalten, damit sie die Anhöhe erreichten, ohne dass das Auto Schaden nahm. Der Wald war seit ein paar Wochen abgeholzt, so dass man von hier oben einen Blick über das ganze Wolfsburger Land hatte – eine einzige gigantische Baustelle, die sich von einem Ende des Horizonts bis zum anderen erstreckte.

»Das Plateau ist wirklich wie geschaffen für eine Akropolis«, sagte Koller. »Fast schäme ich mich, dass ich nicht selbst auf die Idee gekommen bin.«

Benny stellte den Motor ab, und zusammen stiegen sie aus. Der Klieversberg befand sich auf der Südseite des Mittellandkanals, und bildete zusammen mit dem Wohltberg und Laagberg einen Gürtel von zwei Kilometern Länge und einem Kilometer Breite. Berlin war begeistert von der Idee gewesen, hier eine Kultstätte zu errichten, und Adolf Hitler hatte den Entwurf, den Koller eingereicht hatte, eigenhändig mit Ergänzungen versehen. Aufgrund des Mangels an Baustoffen aber, die bevorzugt für die Errichtung der Werksanlagen benötigt wurden, stand der Baubeginn noch in den Sternen, genauso wie für die meisten Wohnhäuser. Während auf der Nordseite des Kanals die Autofabrik in erstaunlicher Geschwindigkeit aus dem Boden wuchs, nahm die Stadt am Südufer nur sehr langsam Konturen an. Mit Ausnahme der Siedlung am Steimker Berg, wo die Verwaltungsangestellten und Ingenieure schon bald moderne Mietshäuser beziehen konnten, kam der Ausbau der Wohnquartiere für die Arbeiterschaft kaum vom Fleck – die Baracken im Wellekamp und in Heßlingen würden darum wohl noch auf lange Zeit die einzigen Unterkünfte für die Arbeiter bleiben. Wenn Benny und Koller trotzdem an diesem Dezembertag den Klieversberg aufsuchten, geschah dies auf ausdrücklichen Wunsch Albert Speers. Der Führer verlangte zu wissen, ob seine Ergänzungen mit den Gegebenheiten vor Ort vereinbar waren.

»Für die Katholiken in der Gegend tut es mir leid«, sagte Benny.

»Ihre Gemeinden haben hier oben seit ewigen Zeiten Christi Himmelfahrt gefeiert.«

»Damit wird es wohl vorbei sein«, erwiderte Koller. Er zögerte einen Moment, dann fuhr er fort: »Ich weiß zwar nicht, wie Sie es mit dem Glauben halten – aber meiner Meinung nach ist es ein Fehler, das christliche Erbe so zu ignorieren. Dass sie eine zusätzliche evangelische Kirche nicht für nötig halten, kann ich ja noch verstehen, obwohl zwei Gotteshäuser bei geplanten sechzigtausend Einwohnern natürlich auch zu wenig sind. Aber sie würden mir am liebsten auch noch die einzige katholische Kirche streichen, die ich im Gesamtbebauungsplan vorgesehen habe.«

»Trotz der vielen Italiener? Die kleine Kapelle, in der sie sonntags die Messe feiern, platzt doch aus allen Nähten.«

Koller zuckte die Schultern. »In Berlin ist man der Ansicht, dass in der Musterstadt des Führers Gotteshäuser überflüssig sind.«

Benny schüttelte den Kopf. »Glauben Sie, dass die Kirchen dann je gebaut werden?«

»Das weiß Gott allein. Aber um ehrlich zu sein, wenn sie schon an ihren Prachtbauten sparen ...«

Lautes Motorbrummen unterbrach Koller. Benny drehte sich um. Ein schwarzer Horch rumpelte auf sie zu. Als der Wagen hielt, stiegen zwei Männer aus. Sie trugen beide lange Ledermäntel.

»Wer von Ihnen ist der Jude Jungblut?«, fragte der Ältere von ihnen.

Bei der Anrede zuckte Benny zusammen. »Mein Name ist zwar Jungblut, aber ...«

»Ihre Papiere!«, fiel der andere ihm ins Wort.

Benny griff in die Innentasche seines Mantels. »Hier, bitte sehr.«

Der Beamte warf einen kurzen Blick auf seinen Ausweis. »Da fehlt ein Eintrag«, stellte er mit erhobenen Brauen fest.

»Was für ein Eintrag?«

»Der Buchstabe J auf der ersten Seite. Offenbar haben Sie versäumt, Ihren Ausweis stempeln zu lassen. Und der korrekte Zweitvorname fehlt natürlich auch. Aber keine Sorge«, fügte er hinzu, als er die Angst in Bennys Gesicht sah, »ich bin sicher, das lässt sich leicht korrigieren.«

82

Wie jedes Jahr in der dritten Adventwoche hatte Professor Wagenknecht die Ärzte und Schwestern der Kinderklinik zu einer Weihnachtsfeier in sein Ordinationszimmer geladen, und wie jedes Jahr kam Charly zu spät, weil sie auf der Station aufgehalten worden war. Es hatte Komplikationen bei einem Neugeborenen gegeben – die gebärende Mutter war Alkoholikerin, und der Säugling zeigte nach der Niederkunft Entzugserscheinungen. Den Fall hatte Charly nicht einem Assistenzarzt überlassen wollen. Dabei hatte Professor Wagenknecht sie ausdrücklich gebeten, pünktlich zu sein. Er wollte die Veranstaltung zum Anlass nehmen, ihre Beförderung zur Oberärztin zu verkünden. Sie sollte die Nachfolge von Dr. Winkelmann antreten, der nach Abschluss seiner Habilitation in Bayern eine neue Stelle gefunden hatte, als stellvertretender ärztlicher Leiter einer Anstalt namens »Lebensborn«, die vor zwei Jahren als Einrichtung der SS mit dem Ziel gegründet worden war, rassisch und erbbiologisch wertvolle ledige Mütter und deren Kinder zu betreuen. Die Aufgabe passte zu Dr. Winkelmanns akademischem Werdegang. Er war mit einer Arbeit über Erbkrankheiten promoviert worden und hatte sich in seiner Habilitationsschrift mit Fragen natürlicher und künstlicher Selektion auseinandergesetzt.

Als Charly den übervollen Raum betrat, hatten die Versammelten gerade ihre Gläser erhoben, um auf ihren Vorgänger anzustoßen. Obwohl sie Dr. Winkelmann nicht ausstehen konnte, nahm auch sie ein Glas und prostete ihm zu.

»Schön, dass Sie es noch geschafft haben, Frau Collega«, sagte er, nachdem alle auf sein Wohl getrunken hatten. »Ich wäre untröstlich gewesen, wenn ich Ihnen den Oberarztkittel nicht persönlich hätte übergeben können – um bildlich zu sprechen.«

»Ich fühle mich in meinem alten Kittel recht wohl«, erwiderte Charly. »Sie werden in Zukunft wohl in Uniform ordinieren, nicht wahr?«

»Ich habe Ihren Humor schon immer geschätzt«, sagte Dr. Winkelmann mit säuerlichem Lächeln. »Wie kommen Sie mit Ihrer Habilitation voran?«

»Ach, Sie wissen ja, wie das ist. Die Station geht im Zweifelsfall immer vor.«

»Natürlich, aber wenn Sie tatsächlich die akademische Laufbahn anstreben, noch dazu als Frau, kommen Sie um eine Habilschrift nicht herum«, erklärte er gönnerhaft, als wäre er seit einer Ewigkeit Ordinarius und sie irgendeine kleine Assistentin. »Wie war noch mal das Thema?«

»Hygiene in der Neonatologie«, erwiderte Charly und ärgerte sich gleichzeitig, dass sie wie auf Kommando Auskunft gab.

»Richtig, ein wichtiges Thema. Hygiene kann ja nicht groß genug geschrieben werden. Nicht nur im Kleinen, auch im Großen.«

Charly schaute ihn an. »Sie meinen – den Volkskörper betreffend?«

Mit spöttischem Lächeln blickte er auf sie herab. »Mein Kompliment für Ihre Auffassungsgabe, verehrte Frau Collega. Aber ich fürchte, ich muss mich entschuldigen. Ich bekomme ein Geschenk überreicht.«

Auf dem Absatz machte Dr. Winkelmann kehrt und ließ sie stehen. Schwester Johanna, die seit Wochen schon seinen Fortgang betrauerte, trug ihm eine Torte entgegen, die mit dem Lebensborn-Emblem samt SS-Runen in Marzipan verziert war.

»Die haben wir bei Cron & Lanz für Sie bestellt«, sagte sie mit tränenerstickter Stimme. »Ach, wir werden Sie so sehr vermissen, Herr Doktor.«

»Ich wohl eher weniger«, raunte jemand in Charlys Rücken.

Als sie sich umdrehte, stand Professor Wagenknecht vor ihr.

»Gott sei Dank, dass wir den Kerl los sind«, sagte er leise. Dann nickte er ihr zu. »Sind Sie bereit? Bevor Dr. Winkelmann noch auf die Idee kommt, uns ein Stück von seiner geschmackvollen Torte aufzunötigen?«

Als Charly nickte, nahm Professor Wagenknecht sein Stethoskop aus dem Kittel und klingelte mit dem Bügel an sein Glas. Während er darauf wartete, dass die Gespräche verstummten, ging plötzlich die Tür auf, und ein Mann trat herein.

Bei seinem Anblick stutzte Charly. »Benny? Was machst du denn hier?«

83

An diesem Abend klebte Horst weder Marken in seine Sparkarte, noch verschanzte er sich im Bad. Stattdessen öffnete er in der Wohnstube eine Flasche Moselwein und stellte das Radio an. Da er zur Feier des Tages heute von Politik nichts wissen wollte, suchte er einen Sender mit Musik. Eine leise Operettenmelodie schwebte im Raum. Hoffentlich waren die Kinder bald im Bett und schliefen.

Als Ilse endlich kam, empfing er sie mit einem gefüllten Glas.

»Oh«, sagte sie, »gibt es was zu feiern?«

»Allerdings«, erwiderte er. »Der Jude Jungblut ist enttarnt.«

»Wirklich?«

Horst reichte ihr das Glas. »Ich habe dafür gesorgt, dass man der Sache auf den Grund ging. Der Ariernachweis war natürlich glatter Schwindel.«

Ilse strahlte übers ganze Gesicht. »Dann hast du also meinen Rat befolgt und mit Superintendent Wedde gesprochen?«

Vor Freude glucksend, stieß sie mit ihm an. Horst war so glücklich, dass ihm der Wein fast so gut schmeckte wie ein frisch gezapftes Bier.

»Habe ich es nicht gesagt? Wer zuletzt lacht, lacht am besten! Vater hat das Land verkauft, und den Juden sind wir trotzdem los. Herz, was willst du mehr?«

Ilse schaute ihn an, wie sie ihn sonst nur anschaute, wenn sie im Bett auf ihn wartete. »Ich bin ja so stolz auf dich …«

Horst musste schlucken. Für einen Moment überlegte er, wie viel Zeit seit Salzgitter vergangen war, aber nur für einen Moment.

Er musste sie haben – jetzt gleich!

Er stellte sein Glas ab und nahm ihre Hand. »Komm her, mein Ilsebillchen.«

Immer noch mit diesen Augen, erwiderte sie seinen Blick. »Obwohl heute gar kein Dienstag ist?«

»Manchmal geht es nicht anders …« Er riss sie an sich und bedeckte ihr Gesicht mit Küssen.

»Aber mein Hotte …« Laut stöhnte sie auf. »Du bist ja wilder als ein Neger …«

84

Benny stand am Fenster der Göttinger Wohnung und schaute hinaus auf den nächtlich verschneiten Theaterplatz. Nur noch ein einzelnes verspätetes Paar eilte die freigeräumten Stufen zum Schauspielhaus hinauf, dessen säulengeschmückte Fassade im Glanz der Weihnachtsdekoration erstrahlte. Kein Laut störte den Frieden, als würde der Schnee, der in dicken Flocken vom Himmel fiel, allen Lärm der Welt verschlucken. Benny dachte daran, wie auf diesem Platz Bücher verbrannt worden waren. Fünfeinhalb Jahre war das her. Es war am Abend nach Charlys erster Examensprüfung gewesen, und während die Flammen in den Himmel gelodert waren, hatten sie miteinander angestoßen und gefeiert und sich die ganze Nacht hindurch geliebt, ohne sich von dem widerlichen Spektakel daran hindern zu lassen. Jetzt war Charly zur Oberärztin befördert worden, doch sie hatten weder eine Flasche Wein aufgemacht, noch waren sie fähig gewesen, einander zu lieben.

»Wie konnte das passieren?«, fragte Charly und trat zu ihm ans Fenster.

»Sie haben herausgefunden, dass mit meinem Ariernachweis was nicht stimmt. Irgendein Baustellenarbeiter, der früher Handelsvertreter in Leipzig war, hat mich angeblich wiedererkannt. Daraufhin haben sie den Pfarrer verhört und das Kirchenregister überprüft. Um seinen Kopf zu retten, hat der Pfarrer alles gestanden.«

»Wir müssen Onkel Carl anrufen«, erklärte Charly. »Er soll Göring um Hilfe bitten.«

Benny schüttelte den Kopf. »Dein Vater hat schon mit deinem Onkel telefoniert. Aber der kann nichts machen. Göring ist auf das Thema nicht ansprechbar. Es heißt, sein Bruder Albert hätte den Familiennamen dazu benutzt, einen jüdischen Filmproduzenten vor dem Zugriff der Gestapo außer Landes zu bringen. Du kannst dir vorstellen, was für eine Blamage das für den Reichsjägermeister bedeutet. Goebbels wird angeblich nicht müde, die Geschichte überall rumzuerzählen. Nein, eher legt Göring sämtliche Orden ab, als sich noch mal für einen Juden einzusetzen.«

Charly schaute in die Nacht hinaus. »Warum lassen sie dich nicht einfach ausreisen? Du hast die Reichsfluchtsteuer doch schon bezahlt.«

»Ich weiß es nicht. Wahrscheinlich wäre ihnen das eine zu milde Strafe. Zur Sicherheit haben sie meinen Reisepass einbehalten. So bleibe ich in ihrer Gewalt.«

Sie drehte sich zu ihm herum. »Und was wird jetzt aus uns?«

Benny zuckte die Schultern. »In Fallersleben darf ich nicht länger bleiben. Ich muss zurück nach Leipzig und mich dort jede Woche einmal bei der Polizei melden.«

»Leipzig?«, wiederholte Charly. »Ich wette, dahinter steckt Horst. Er hat von Anfang an alles dafür getan, uns auseinanderzubringen.«

»Es würde mich nicht wundern«, sagte Benny. »Wenigstens hat dein Vater erreicht, dass sie mich nicht ins Konzentrationslager stecken.«

Charly schaute ihn an, die Augen voller Angst. »Und woher sollen wir wissen, dass sie das auch in Zukunft nicht tun?«

Benny erwiderte ihren Blick. »Laut Auskunft von Onkel Carl ist der Fall ausgestanden. Zumindest haben sie das versprochen. Aber nur unter einer Bedingung.«

»Welcher?«, fragte Charly leise.

Benny nahm sie in den Arm. »Unter der Bedingung, dass du dich von deinem jüdischen Mann scheiden lässt.«

TEIL DREI

Volksmobilmachung

1939

1

Die Wohnstube war in friedliches Weihnachtslicht getaucht. Obwohl der Januar schon fast herum war, stand der Christbaum immer noch an seinem Platz. Es war der Wunsch des kleinen Willy gewesen, ihn stehen zu lassen. Als sein Vater den Baum zu Dreikönig hatte abräumen wollen, hatte er so herzzerreißend geweint, dass man beschlossen hatte, die Weihnachtszeit in diesem Jahr bis Mariä Lichtmess zu verlängern, wie die Katholiken es taten, auch wenn der Baum inzwischen so stark nadelte, dass Bruni dreimal am Tag staubsaugen musste. Jetzt spielte Willy selig mit seinen Zinnsoldaten, die er von Onkel Horst und Tante Ilse geschenkt bekommen hatte, während sein Vater in die »Aller-Zeitung« vertieft war und Dorothee ihrem geliebten Wunschkonzert lauschte, wie immer mit halb geschlossenen Augen, so dass sie ihren Jüngsten im Blick behielt. Es war das erste Mal gewesen, dass sie Weihnachten zu dritt in ihrer Wohnung gefeiert hatten statt nach Altväter Sitte in der Gemeinschaftsdiele mit Kindern und Kindeskindern, doch nach den vielen Streitereien im letzten Jahr hatte sich das irgendwie ganz von allein so ergeben.

»Ich glaube, ich sollte meinen Sechzigsten im größeren Rahmen feiern«, sagte Hermann hinter seiner Zeitung.

»Eine gute Idee«, erwiderte Dorothee. »Schon um des Familienfriedens willen. Das würde uns alle wieder ein bisschen mehr zusammenbringen.«

»Ich denke dabei nicht nur an die Familie. Mit der Partei ist ja auch manches aus dem Lot geraten. Irgendwie müssen wir uns ja wieder zusammenraufen, trotz allem. Pack schlägt sich und verträgt sich. Das Leben geht schließlich weiter.«

»Ach ja, das tut es wohl. Aber glaubst du, dass Kreisleiter Sander dir seine Aufwartung machen wird? Die Vorstellung fällt mir einigermaßen schwer.«

»Wer weiß, wir werden sehen ...«

Überrascht schaute Dorothee auf. »Was führst du im Schilde? Willst du Horst bitten zu vermitteln? Dann müsstet ihr beide allerdings erst mal wieder selbst miteinander ins Reine kommen.«

»Wie kommst du auf Horst?« Hermann ließ seine Zeitung sinken. »Nein, ich habe mir was anderes überlegt. Ich werde Gauleiter Telschow einladen. Und wenn der die Einladung annimmt, muss Sander wohl oder übel auch kommen.«

»Aber wie willst du das anstellen? Du hast doch gar keinen Draht zum Gauleiter.«

»Ich nicht. Aber Graf Schulenburg. Der hat mir versprochen, mit seinem Cousin Fritz-Dietlof zu reden. Dessen Frau ist wohl mit den Telschows um ein paar Ecken verwandt.«

Im Radio verstummte die Musik, der Sprecher kündigte eine Rede des Führers an, zum sechsten Jahrestag der Machtergreifung. Dorothee verließ das Sofa, um den Sender zu wechseln, doch sie hatte den Apparat noch nicht erreicht, da schnarrte die Stimme schon aus dem Lautsprecher. Durch das Münchener Abkommen, erklärte Hitler, sei die Kriegsgefahr keineswegs gebannt.

»Und sollte es dem internationalen Finanzjudentum gelingen, die Völker noch einmal in einen Weltkrieg zu stürzen, dann wird das Ergebnis die Vernichtung der jüdischen Rasse in Europa sein ...«

Dorothee schaltete das Radio aus. Voller Sorge blickte sie auf ihren am Boden spielenden Sohn, dem sein Anderssein inzwischen unverkennbar im Gesicht geschrieben stand.

»Ostern wird Willy eingeschult«, sagte sie. »Was soll dann nur werden?«

»Es wird höchste Zeit, dass wir mit Lotti sprechen«, erwiderte Hermann. »Warum rufst du sie nicht einfach an?«

»Jetzt gleich?« Dorothee schüttelte den Kopf. »Ich fürchte, Charlotte hat gerade genug mit ihren eigenen Sorgen zu tun.«

2

Sechs Wochen hatte Charly gebraucht, bis sie sich hatte durchringen können, die Scheidung einzureichen. Doch dann war alles ganz schnell gegangen. Kaum war Weihnachten vorbei, war der Termin anberaumt worden. Jetzt stand sie zusammen mit Benny im Amtsgericht Göttingen vor dem Scheidungsrichter, der nach Verlesung ihres Antrags sowie einer kurzen Befragung beider Parteien ihre Ehe für null und nichtig erklärte, als hätten Benny und sie weder auf dem Göttinger Standesamt noch in der Michaeliskirche von Fallersleben einander das Jawort gegeben.

Während der Richter seine Unterlagen ordnete, spürte Charly von der Seite Bennys Blick. Doch sie schaffte es nicht, ihn zu erwidern. Sie musste daran denken, wie Dr. Winkelmann und Schwester Johanna einmal in ihrer Gegenwart über Heinz Rühmann und dessen Scheidung von seiner jüdischen Ehefrau gesprochen hatten. Damals hätte sie sich nicht vorstellen können, es dem Schauspieler je gleichzutun. Doch jetzt, nicht mal ein Jahr später, hatte sie es getan. Weil es keine andere Lösung gab, solange sie in diesem Land lebten.

Der Richter raschelte mit seinen Papieren. »Es steht Ihnen frei, Frau Dr. Jungblut, wieder Ihren alten Namen anzunehmen. Möchten Sie von diesem Recht Gebrauch machen?«

Charly drehte sich zu Benny um. Kaum merklich nickte er ihr zu.

»Ja ... ja, das möchte ich«, brachte sie zögernd hervor.

»Sehr schön, Frau Dr. Ising. Dann wollen wir das so festhalten. Die ausgefertigten Urkunden gehen beiden Parteien mit gesonderter Post in Kürze zu.«

Charly war froh, dass sie noch nichts mit ihrem alten neuen Namen unterschreiben musste. Wenigstens das war ihr erspart geblieben.

»Auch wenn es persönlich vielleicht schmerzt, Frau Dr. Ising«, sagte der Richter, während Benny den Saal bereits verließ, »Sie haben das einzig Richtige getan, was man in einer solchen Situation tun kann. Das klare und eindeutige Bekenntnis zur eigenen Rasse, das ist es, was die Volksgemeinschaft von einer deutschen Frau in dieser Zeit erwartet.«

3 Weltpremiere in Berlin!

Seit Wochen hatte Georg dem Ereignis entgegengefiebert, zusammen mit seinem Chef und allen Ingenieuren des Stuttgarter Konstruktionsbüros, und endlich, endlich war es so weit! Auf der 29. Internationalen Automobil- und Motorradausstellung, die am 17. Februar des Jahres 1939 durch den Führer und Reichskanzler Adolf Hitler vor Tausenden Gästen aus Politik, Wirtschaft und Kultur eröffnet wurde, wurde der Volkswagen, nach über einem Jahrzehnt unermüdlicher Arbeit und zahlloser Irrungen und Wirrungen, erstmals offiziell der Weltöffentlichkeit vorgestellt.

Die Nachricht von der Präsentation hatte bereits vor Eröffnung der Ausstellung für Furore gesorgt. Obwohl man zwanzig Exemplare des nunmehr serienreifen Fahrzeugs nach Berlin gebracht hatte, reichte die Zahl nicht aus, um die Neugier des Publikums zu befriedigen. Zu Hunderten drängten sich die Schaulustigen am Stand des Volkswagen-Unternehmens, in der Hoffnung, einen Blick auf das Auto zu erhaschen, Journalisten aus aller Herren Länder wollten eine Probefahrt mit dem deutschen Wunderwagen machen. Man war begeistert von dem großzügigen Platzangebot, mehr noch von der Durchzugskraft des Motors und dem vorbildlichen Fahrverhalten, vor allem aber von dem sensationellen Preis von nur neunhundertneunzig Reichsmark. Das Auto für jedermann – es war Wirklichkeit geworden! Welch überragender Beweis deutscher Ingenieurskunst!

Wohin Georg sah, sah er in strahlende Gesichter. Doch niemand war über den Erfolg des Volkswagens glücklicher als er selbst. Er hatte recht behalten, Ferdinand Porsche und niemand sonst war der geniale Konstrukteur, der das Unmögliche möglich gemacht hatte! Von Josef Ganz und seinem Konkurrenzfahrzeug war auf der Ausstellung nichts zu sehen. Kein Wunder, dass Josef den Vergleich vor den Augen der Welt scheute – zwar hatte der Schweizer Volkswagen im letzten Herbst ebenso wie sein deutscher Namensvetter eine Reihe öffentlichkeitswirksamer Testfahrten absolviert, um Werbung für den Verkauf zu machen, doch mit kläglichem Erfolg. Gerüchten zufolge plante die Rapid Motormäher AG für das laufende Jahr eine Serienproduktion von gerade mal fünfzig bis sechzig Exemplaren. Wer sollte sich für so ein Auto interessieren, wenn in Fallersleben schon bald Hunderttausende Volkswagen vom Band rollen würden?

»Wann geht's denn endlich los?«

Immer wieder kamen stolze Sparkartenbesitzer an den Stand, zeigten ihre eingeklebten Marken vor und stellten jedes Mal dieselbe Frage. Ihre kindliche Vorfreude beglückte Georg fast so sehr wie die triumphale Präsentation, und er wurde nicht müde, immer wieder dieselbe Antwort zu geben.

»Sobald die Fabrikhallen fertig sind und die Maschinen und Montagebänder eingerichtet. Aber keine Angst, es kann sich nur noch um Monate handeln. Weihnachten werden Sie mit Ihrer Familie in Ihrem eigenen Käfer zur Kirche fahren.«

»Und was ist mit dem Kübelwagen?«, fragte ein Reporter des »Völkischen Beobachters«. »Ist der hier auch zu besichtigen?«

Georg schaute seinen Chef an. Er wusste nicht, ob er befugt war, in dieser Frage Auskunft zu geben.

Porsche nahm ihm die Antwort ab. »Die IAMA ist zivilen Fahrzeugen vorbehalten. Der Kübelwagen ist darum auf der Messe nicht vertreten. Doch wir haben ihn bereits vor einem Monat in Wien präsentiert – ebenfalls serienreif!«

Der Reporter nickte. »Großartig!«, sagte er und kritzelte etwas in seinen Notizblock. »Dann ist Deutschland ja für den Fall der Fälle gerüstet!«

4

»Und du musst wirklich heute schon wieder zurück nach Leipzig?«, fragte Charly.

»Ja, um zehn nach acht geht mein Zug«, erwiderte Benny.

»Aber du bist doch erst heute Morgen angekommen.«

»Ich durfte die Stadt nur für den Gerichtstermin verlassen. Und wenn ich mich morgen früh nicht bei der Polizei melde, dann ...«

Statt auszusprechen, was sie beide wussten, gab er ihr einen Kuss. Die regelmäßige Meldung bei der Polizei gehörte zu den

Bedingungen, die Charlys Onkel ausgehandelt hatte, ebenso wie die Scheidung und der Wohnortswechsel, als Voraussetzung dafür, dass er in Freiheit beziehungsweise dem, was für Menschen wie ihn davon im Deutschen Reich übrig geblieben war, leben konnte. Wenn er nur eine der Auflagen verletzte, so hatte man ihm eingeschärft, würde es mit der »Vorzugsbehandlung« vorbei sein.

»Komm, gehen wir weiter.«

Sie hatten die Stadt verlassen, um ungestört von fremden Blicken voneinander Abschied nehmen zu können, und waren den Feldweg in Richtung Bovenden gelaufen. Früher, als es noch das Göttinger Kleeblatt gegeben hatte, hatten sie diesen Weg so manches Mal genommen, wenn sie am Wochenende mit Edda und Ernst einen Ausflug nach Parensen gemacht hatten, um in der Sommerfrische von Bauer Sondhoff einzukehren, wo es diesen wunderbar leichten Apfelwein gegeben hatte, von dem man trotzdem nach zwei Bechern schon beschwipst war. Jetzt wehte ein kalter Wind über das flache, wintergraue Ackerland, das am Horizont mit dem ebenso grauen Himmel verschmolz. Sie hatten sich nicht getraut, ihre Wohnung am Theaterplatz aufzusuchen, um sich dort ein letztes Mal zu lieben. Dann wäre der Abschied noch schwerergefallen – so schwer, dass sie es vielleicht nicht geschafft hätten. Auch war nicht auszuschließen, dass ihre Wohnung observiert wurde. Und in ein Hotel hatten sie nicht gehen können, sie waren ja nicht länger verheiratet, nicht länger Mann und Frau, sondern ein geschiedenes Paar – zwei Menschen, die nichts mehr miteinander zu tun haben durften.

»Bist du mit der Arbeit zufrieden?«, fragte Charly.

Benny zuckte die Schultern. »Es reicht, um die Miete zu zahlen.« Durch die Vermittlung eines Freunds war er in einem Leipziger Architekturbüro untergekommen. Da eine Erwerbstätigkeit in seinem Beruf inzwischen jedoch den Ariernachweis zur Voraussetzung hatte, war er offiziell nicht als Architekt, sondern als Bürobote eingestellt worden. Obwohl er in Wirklichkeit an allen wichtigen Entwürfen und Ausschreibungen beteiligt war, wurde er schlechter bezahlt als eine Putzfrau, so dass er sich lediglich ein

Zimmer in Untermiete leisten konnte, bei einer Kriegerwitwe in Plagwitz, am westlichen Stadtrand von Leipzig.

Wieder blieb Charly stehen. »Wie hat es nur so weit kommen können?«, flüsterte sie. »Hätten wir damals doch nur rechtzeitig …«

»Psst«, machte er und legte seinen Finger auf ihre Lippen.

Während er ihren Blick erwiderte, strich er ihr den blonden Pony aus der Stirn. In kleinen Wölkchen stob ihr Atem aus ihrem etwas zu breiten Mund, den er so gerne küsste, und ihre Wangen waren von der Kälte gerötet. Mein Gott, wie sollte er nur weiterleben, ohne zu wissen, wann sie sich wiedersehen würden.

»Glaub mir, es hätte schlimmer kommen können«, sagte er. »Viel, viel schlimmer …« Er gab ihr einen Kuss, dann stellte er ihren Kragen hoch und zog den Knoten ihres Schals fest. »Damit du mir nicht erfrierst, mein Liebling.«

5

»Ein Glück, dass wir den Kübelwagen haben«, sagte Porsche und forderte Georg mit einer Handbewegung auf, zusammen mit ihm Platz zu nehmen. »Ich wüsste sonst nicht, wie wir den Volkswagen finanzieren sollten.«

»Ziehen die Zahlen immer noch nicht an?«

»Kommt ganz darauf an, welche Zahlen Sie meinen. Nach den Verbesserungen am Motor und Fahrgestell sind die Produktionskosten wieder gestiegen, die Zahl der Sparer aber stagniert nach wie vor. Obwohl der Führer alle zweiundvierzig Gaue in die Pflicht genommen hat, so viele Autos wie möglich zu verkaufen.«

Nach einem anstrengenden Messetag saßen sie in der Times-Bar des »Savoy«-Hotels, um vor dem Abendessen einen Aperitif zu nehmen. Während der Kellner die Bestellungen brachte, musste Georg daran denken, wie er hier mit Josef gesessen und sie zusammen von *ihrem* Volkswagen geträumt hatten. Sie waren sich in dem teuren Hotel wie zwei Hochstapler vorgekommen.

»Wenn Berlin meinen Kostenplan absegnet, können wir für den Kübelwagen fast den dreifachen Preis des Volkwagens in Rechnung stellen«, erklärte Porsche. »Ich verhandle mit dem Beschaffungsamt der Wehrmacht im Moment in einer Spanne zwischen zweitausendzweihundert und zweitausendsiebenhundert Mark pro Einheit. Da bleibt trotz des erhöhten Aufwands ein ansehnlicher Gewinn übrig.«

»Nach der Führerrede zum Jahrestag der Machtergreifung dürfte die Nachfrage gewaltig sein«, erwiderte Georg. »Mit dem luftgekühlten Motor ist unser Auto unter allen klimatischen Bedingungen einsetzbar. Ein unschlagbarer Vorzug gegenüber der Konkurrenz.«

»Richtig, und der Preis spricht auch für uns, der Kübelwagen kostet nicht mal ein Drittel so viel wie der Stoewer. Aber die Herren Offiziere sind trotzdem nicht zufrieden. Sie bemängeln die unzureichende Bodenfreiheit und stellen in Frage, ob ein zweiradgetriebenes Fahrzeug den Anforderungen auf einem Schlachtfeld genügen kann. Außerdem ist unser Wagen im Gegensatz zum Stoewer nicht imstande, eine Kanone zu ziehen.«

»Also ist unsere Lage nicht gerade rosig?«

»Auf jeden Fall nicht so rosig, wie wir sie auf der Messe darstellen. Und das ist auch der Grund, weshalb ich Ihnen das alles erzähle.« Porsche legte seine Hand auf Georgs Arm. »Ich brauche Ihre Hilfe.«

»Sie wissen, dass ich zu allem bereit bin, wenn es um den Volkswagen geht.«

Porsche hob die Brauen. »Wirklich – zu allem?«

»Natürlich.«

»Gut«, sagte er und klopfte mit der Hand auf seinen Arm. »Dann sind Sie ab sofort der verantwortliche Ingenieur für den Kübelwagen.«

Georg schluckte. »Wie bitte?«

»Ja, Herr Ising. Wenn wir unser Versprechen, dass die Volkswagen-Sparer schon Weihnachten in ihrem eigenen Käfer zur Kirche fahren können, halten wollen, müssen wir das dazu nötige Geld mit dem Kübelwagen verdienen, und dafür brauche ich meinen besten Mann.« Porsche beugte sich vor und schaute ihm in die Augen. »Kann ich mich auf Sie verlassen?«

Georg holte einmal tief Luft, dann nickte er. »Wat mut, dat mut – wie wir bei uns zu Hause sagen. Hauptsache, der Volkswagen geht dieses Jahr noch in Serie.«

Eine auffallend hübsche Blondine betrat die Bar. Während ihr Begleiter, der dem Alter nach ihr Vater sein konnte, dem Benehmen nach aber wohl eher ihr Ehemann war, nach einem Platz Ausschau hielt, bedachte sie Georg mit einem Lächeln, das für den Abend hoffen ließ.

Porsche schnippte lachend nach seinem Revers. »Habe ich Ihnen nicht gesagt, dass der Bonbon auf die Damen Eindruck macht?«

6

Die große Uhr über dem Eingang des Auditorium Maximum zeigte auf fünf vor acht. In einer Viertelstunde fuhr Bennys Zug, und bis zum Bahnhof dauerte es zehn Minuten. Um nicht zu riskieren, mit ihrem geschiedenen Mann in der Stadt gesehen zu werden, konnte Charly ihn nur bis hierher begleiten, und da Benny noch keinen Fahrschein hatte, blieben ihnen genau zwei Minuten Zeit, um Abschied zu nehmen.

»Du musst mir etwas versprechen«, sagte er.

»Was, mein Liebster?«

»Du darfst keinem Menschen verraten, dass wir nur zum Schein getrennt sind.«

»Auch Edda nicht?«

»Nein, auch Edda nicht.«

»Aber sie ist doch meine Schwester.«

»Sie arbeitet für Leni Riefenstahl, und der traue ich nicht über den Weg. Ein einziges falsches Wort kann genügen, um uns in Gefahr zu bringen.«

Nach Stunden in der Kälte fror Charly am ganzen Leib. Doch als sie in sein Gesicht sah, wurde ihr für einen Moment ganz warm. War er wirklich so gefasst, wie er sich den Anschein gab, oder schauspielerte er nur, um es ihr leichterzumachen? Sie warf einen Blick auf die Uhr über dem Eingang des Universitätsgebäudes: Der große Zeiger war bereits eine Minute vorgesprungen.

Hier, vor dem Auditorium Maximum, hatte sie vor Jahren versucht, Benny zur Emigration zu überreden. Es war an dem Tag gewesen, als SA-Männer zum ersten Mal die Geschäfte von jüdischen Kaufleuten mit ihren Parolen beschmiert hatten. Doch Benny hatte nichts von Emigration wissen wollen, hatte behauptet, das seien nur Auswüchse einiger weniger Fanatiker, und die Mehrheit der Leute würde weiter so nett und menschenfreundlich sein wie Metzgermeister Schweinske und seine Frau, die ihm nicht nur versprochen hatten, ihn weiter zu beschäftigen, sondern ihm sogar einen Kringel Fleischwurst geschenkt hatten. Stundenlang waren sie zwischen dem Audimax und dem Wilhelmsplatz hin und her gelaufen und hatten so lange diskutiert, bis Charly vor Hunger der Magen geknurrt hatte und sie irgendwann, als Benny ihr die Fleischwurst unter die Nase hielt, in den Kringel gebissen hatte, statt weiter zu versuchen, ihn zur Vernunft zu bringen.

Sie spürte, wie ihr die Tränen kamen.

»Gib die Hoffnung nicht auf«, sagte Benny und strich ihr den Pony aus der Stirn. »Ich bin sicher, wir finden irgendein Schlupfloch, um hier herauszukommen.«

»Glaubst du wirklich?«

»Was bleibt uns anderes übrig? Glaube und Hoffnung – das sind die beiden einzigen Dinge, die uns diese Unmenschen nicht nehmen können.«

Als Charly zu ihm aufblickte, sah sie, dass auch in seinen Augen Tränen schimmerten.

»Du hast eins vergessen.«

»Was?«, fragte Benny.

»Die Liebe«, flüsterte sie und küsste ihn ein letztes Mal.

7

Drei Monate war es her, dass Leni Riefenstahl in New York die größte Demütigung ihres Lebens erfahren hatte. Drei Monate hatte sie sich in ihrer Grunewaldvilla verkrochen, um ihre Wunden zu lecken, unfähig, etwas Sinnvolles zu tun. Sie verschlief die Tage bis zur Mittagszeit, und auch dann konnte es

Stunden dauern, bis sie sich außerhalb des Schlafzimmers blicken ließ. Meistens schaffte sie es nur bis zur Küche, wo sie sich mit irgendetwas Essbarem versorgte, um es wahllos in sich hineinzustopfen. Im Morgenmantel schlurfte sie, für niemanden ansprechbar, mit stumpfem Blick durchs Haus, inspizierte in der Küche ein zweites und manchmal auch ein drittes Mal die Vorräte, nahm in der Bibliothek irgendein Buch aus dem Regal, bevor sie wieder in ihrem Zimmer verschwand. Edda hatte ausgerechnet, dass sie dort im Schnitt etwa zwanzig Stunden am Tag verbrachte, die meiste Zeit davon vermutlich schlafend. In all den Wochen und Monaten hatte ihre Freundin kein einziges Mal das Haus verlassen, noch hatte sie Besuch empfangen.

Dann aber, Anfang März, draußen im Garten zeigten die ersten Krokusse ihre Spitzen, hörte Edda eines Morgens Schreibmaschinengeklapper aus dem Arbeitszimmer. Als sie die Tür öffnete, saß Leni vergnügt am Schreibtisch und strahlte sie an.

»Ich habe die Idee für einen neuen Film – Penthesilea!«

»Heißt so nicht irgendein Drama?«

»Ja, von Kleist. Kennst du das Stück?«

»Nein, nur den Titel. Worum geht es?«

Als hätte Leni auf die Frage nur gewartet, sprudelte sie los. Penthesilea war die Königin eines Volks von Amazonen, die zur Zeugung ihres Nachwuchses fremde Stämme unterwarfen und sich deren Männer bedienten, um diese nach der Paarung jedoch genauso zu töten wie ihre eigenen männlichen Nachkommen. Dabei war es ihnen von den Göttern verboten, die Väter ihrer Kinder zu lieben. Doch Penthesilea lehnte sich gegen das Gesetz auf und verliebte sich in Achill – um am Ende den Geliebten im Kampf von eigener Hand hinzurichten …

»Ist das nicht ein großartiger Stoff?«, fragte Leni. »Die Rolle der Penthesilea werde ich natürlich selber spielen.«

Edda sah wieder das alte Leuchten in den Augen ihrer Freundin und war glücklich. »Ich glaube, ich weiß, warum du dich in den Stoff verliebt hast.«

»Wirklich? Da bin ich aber gespannt!«

»Ganz einfach – die Amazonenkönigin, das bist du selbst!«

Leni dachte einen Moment nach. »Ja, vielleicht hast du recht«, sagte sie. Dann fügte sie mit einem Lächeln hinzu: »Nur mit einem Unterschied – dass ich nicht Achill zuliebe gegen die Götter aufbegehre, sondern einzig und allein wegen dir.«

Die Worte trafen Edda mitten ins Herz. Sie trat zu ihrer Freundin, um sie zu küssen, doch Leni redete schon wieder weiter.

»Und weißt du, was das Beste an der Geschichte ist? Sie ist vollkommen unpolitisch. Kein Mensch kann mir daraus je einen Strick drehen, wie die Amis mit dem Olympia-Film. Alles nur Kunst, so unschuldig und rein wie die Seele eines neugeborenen Kinds.« Plötzlich hielt sie inne, und ihre Miene verdunkelte sich. »Allerdings gibt es ein Problem.«

Edda lachte. »Du meinst, weil du am Ende deine große Liebe umbringen musst?«

Leni schüttelte den Kopf. »Wie könnte ich das jemals tun?« Sie streckte den Arm nach ihr aus und drückte ihre Hand. »Nein, das ist es nicht. Aber der Stoff ist so aufwändig, dass ich den Film ohne Förderung nicht produzieren kann. Und leider steht zu fürchten, dass Goebbels ein wenig verschnupft ist.«

»Das ist allerdings nicht auszuschließen, du hast du es ja regelrecht darauf angelegt. Aber – vielleicht kannst du ja einen anderen Gönner finden?«

Leni schaute sie an. »Hast du jemand Bestimmtes im Sinn?«

Edda zuckte die Schultern. »Vielleicht Albert Speer? Ich weiß von meinem Onkel, dass er großen Einfluss auf den Führer hat. Und mein Schwager Benny hat mal erwähnt, dass beim Bau der Autostadt kein Entwurf eine Chance hat, den Speer nicht zuvor im Namen des Führers abgesegnet hat.«

Edda nickte. »Ruf noch heute in Speers Büro an und mach einen Termin aus. Wollen wir doch mal sehen, ob der Reichsplaudermeister der einzige Mann in der Partei ist, der meinem Charme erliegt.«

»Leni, Leni, Leni ...« Edda schüttelte lachend den Kopf. »Ich sehe, du bist schon ganz und gar in deiner neuen Rolle.«

8

Wie an so vielen Abenden, wenn Benny von der Arbeit nach Hause kam, empfing ihn säuerlicher Fischgeruch in seiner Plagwitzer Wohnung. Diese befand sich in der Industriestraße Nr. 10, in der zweiten Etage eines fünfstöckigen Gründerstilhauses, in dem vor allem höhere Angestellte der Sächsischen Wollgarnfabrik mit ihren Familien lebten. Auch der verstorbene Ehemann von Bennys Zimmerwirtin, der Kriegerwitwe Stubbe, war dort tätig gewesen, bevor er sich freiwillig an die Front gemeldet hatte – »als Oberbuchhalter der Einkaufsabteilung, mit zehn Leuten unter sich«, wie Frau Stubbe oft betonte, und weil er für sein Leben gern Fisch gegessen hatte, gab es auch zwanzig Jahre nach seinem Heldentod auf dem Schlachtfeld von Verdun dreimal in der Woche Fisch für die vier Zimmerherren seiner Witwe. Benny hasste Fisch und hätte lieber auswärts gegessen. Doch da die Verpflegung in der Miete inbegriffen war und er es sich nicht leisten konnte, doppelt fürs Essen zu zahlen, war er gezwungen, Frau Stubbes Verpflegung in Kauf zu nehmen. Die Wirtin vermietete nur in Halbpension, ohne die abendliche Mahlzeit hätte er das Zimmer nicht bekommen.

Mit der Aktentasche unterm Arm betrat er den Flur und zog die Wohnungstür leise hinter sich zu. Frau Stubbe hatte ihn zum Glück nicht bemerkt – zufrieden vor sich hin summend, deckte sie in der Küche den Tisch. Benny verschwand in seinem Zimmer und legte sich mit den Schuhen aufs Bett, um sich vor dem Essen ein paar Minuten auszuruhen. Von seiner Arbeitsstelle in der Leipziger Innenstadt waren es gut drei Kilometer, die er zweimal am Tag zu Fuß marschierte, um das Geld für den Omnibus zu sparen, und er hatte heute außerdem noch einen Umweg über den Brühl gemacht, um ein Bier in der »Traube« zu trinken, einer Kneipe zwischen der im letzten November zerstörten Ez-Chaim-Synagoge und dem Neuen Israelitischen Friedhof, wo sich die Leipziger Juden trafen und die neuesten Nachrichten austauschten. Dort schaute er regelmäßig vorbei, in der Hoffnung, von irgendeinem Schlupfloch zu erfahren, durch das er aus Deutschland herauskommen konnte, zusammen mit Charly. Denn die Lage wurde von Tag zu

Tag hoffnungsloser. Die Ausnahmen von dem Arierparagraphen waren zum größten Teil wieder aufgehoben worden, und nach dem Attentat auf den deutschen Legationssekretär vom Rath in Paris hatte die Regierung eine Verordnung zur Ausschaltung der Juden aus dem deutschen Wirtschaftsleben erlassen, sogar gegen den öffentlich erklärten Willen von Wirtschaftsminister Hjalmar Schacht. Stattdessen gab es nun eine Verordnung zum Einzug jüdischen Vermögens, die alle Juden zwang, ihr gesamtes Eigentum, ob im Inland oder Ausland, den Behörden bekanntzugeben, und die ihnen den Besitz von Gold, Silber und Edelsteinen untersagte, damit sie ihr Vermögen nicht außer Landes schmuggeln konnten. Jüdische Ärzte verloren scharenweise ihre Zulassung, jüdische Autofahrer mussten ihre Führerscheine zurückgeben, der Reichsbund der Haus- und Grundbesitzer hatte die freie Kündbarkeit für jüdische Mieter durchgesetzt, jüdischen Kindern und Jugendlichen war der Besuch deutscher Schulen verboten, die Mitgliedschaft in Sportvereinen wurde ihnen entzogen, in manchen Regionen und Städten konnten Juden sich nicht mehr frei bewegen, das Betreten bestimmter Bezirke war ihnen bei Strafe untersagt, woanders waren zeitlich festgelegte Ausgehverbote verhängt worden, und in fast allen Theatern, Museen und Konzerthäusern war ihnen der Zutritt verwehrt. Ja, der Irrsinn ging schon so weit, dass man Juden in Zukunft das Halten von Haustieren verbieten wollte. Und aus dem Ausland, das sich zwar lautstark über all die Verbrechen empörte, kam auch keine Hilfe – im Gegenteil. Immer mehr Staaten weigerten sich Juden aufzunehmen, so dass die von der Propaganda verbreitete Aufforderung an die noch in Deutschland verbliebenen Juden, sie sollten doch »freiwillig« auswandern, nichts als blanker Hohn war …

Benny nahm den Bilderrahmen mit Charlys Foto vom Nachttisch. Obwohl es leichtsinnig war, hatte er das Bild von seiner geschiedenen Frau dort aufgestellt. Er konnte ohne Charlys Gesicht einfach nicht leben. Jeden Morgen, wenn er die Augen aufschlug, war es das Erste, was er ansah, und wenn er sich abends schlafen legte, erzählte er ihr mit ihrem Gesicht vor Augen, was er am Tag erlebt hatte. Doch das Foto war nur ein sehr unvollkommener

Ersatz für ihre Gegenwart. Obwohl Edda, die doch eine sehr gute Fotografin war, das Bild gemacht hatte, war Charly darauf nicht sie selbst. Der Mund wirkte viel breiter, als er in Wirklichkeit war, und die Ähnlichkeit mit ihrem Vater kam auf dem Bild in geradezu absurder Weise zum Vorschein. Benny wusste, warum. Charlys Schönheit war nicht statisch, sondern dynamisch, sie entfaltete sich erst durch ihre Mimik, wenn Leben in ihre Züge kam. Erst dann leuchtete ihre Seele aus ihrem Gesicht.

Frau Stubbe klopfte an die Tür von Bennys Zimmernachbarn, dann bei den beiden Zimmerherren gegenüber, und schließlich auch bei ihm.

»Essen ist fertig!«

Da die Dauer des Mietverhältnisses die Reihenfolge bestimmte, wurde Benny stets als Letzter zu Tisch gerufen. Als er in die Küche kam, saßen die anderen Zimmerherren schon vor ihren Tellern.

»Was gibt's denn?«, fragte Karl Reimann, der immer noch bei Frau Stubbe wohnte, obwohl er laut eigener Auskunft schon seit drei Jahren verlobt war.

Die Zimmerwirtin stellte eine Terrine auf den Tisch und hob den Deckel. »Heringsstipp mit Roter Bete. Das Leibgericht meines Verstorbenen.«

»Nicht nur seins!« Karl Reimann griff zu seinem Besteck. »Mir läuft schon das Wasser im Mund zusammen.«

Benny lugte vorsichtig in die Schüssel. Beim Anblick der rosafarbenen Masse, die aussah wie Erbrochenes, drehte sich ihm der Magen um.

»Sie können meine Portion mitessen, Herr Reimann«, sagte er und stand auf. »Ich habe so ein Grummeln im Magen und sollte besser verzichten.«

9

Albert Speer, der Generalbauinspekteur des Führers, war ein blendend aussehender Mann von dreiunddreißig Jahren und ausgesuchten Manieren, der im Gegensatz zu den meisten anderen bürgerlich geborenen Parteigrößen gar nicht erst den Versuch machte, seine Herkunft zu verleugnen. Statt einer Uniform trug er einen eleganten Straßenanzug, und als er in Babelsberg, wo Edda zusammen mit Leni auf ihn wartete, aus seinem schweren Mercedes stieg, küsste er zur Begrüßung beiden Frauen die Hand, nicht nur der berühmten Regisseurin, sondern auch deren Produktionsleiterin.

»Darf ich Ihnen eine neugierige Frage stellen«, wandte er sich dann an Leni.

»Wie könnte ich Ihnen etwas abschlagen?«

Speer lächelte sichtlich geschmeichelt. »Welchem glücklichen Umstand habe ich eigentlich zu verdanken, dass Sie sich an mich und nicht an den Propagandaminister gewandt haben? Der ist doch für die Filmwirtschaft zuständig.«

»Meinen Sie den Reichsplaudermeister?«, fragte Leni zurück, die natürlich wusste, dass Speer und Goebbels ebenso wenig Freunde waren wie Goebbels und Göring oder Göring und Speer. »Ach, wissen Sie, ich gehe nicht gern unter mein Niveau.«

Die Replik zeigte sogleich die gewünschte Wirkung. »Reichsplaudermeister?«, wiederholte Speer amüsiert. »Was für ein großartiger Titel! Da wird ja selbst der Reichsjägermeister blass vor Neid.«

Edda bewunderte einmal mehr, mit welcher Chuzpe Leni die Gefolgsleute des Führers gegeneinander ausspielte. Tatsächlich hatte ihre Freundin es mit einer einzigen Bemerkung geschafft, dass Speer seine eigentliche Frage bereits vergessen hatte, zumindest kam er nicht wieder auf sie zurück. Eddas Idee, sich an Hitlers Generalbauinspektor und künstlerischen Berater zu wenden, hatte sich als Volltreffer erwiesen. Speer war so begeistert von dem Penthesilea-Projekt, dass er es dem Führer vorgetragen hatte, und der hatte ihm freie Hand gegeben, das Vorhaben zu unterstützen.

»Im Grunde seines Herzens ist Hitler ja vor allem ein Künstler«, sagte er.

»Sie nehmen mir das Wort aus dem Mund, *mon cher*«, erwiderte Leni, als wäre Französisch ihre eigentliche Muttersprache. »Ich denke, das verbindet Sie mit dem Führer in ganz besonderer Weise.«

»Sie machen mir ein Kompliment, das Sie viel mehr verdienen als ich.«

»Nun ja, vielleicht verdienen wir es ja beide.«

Speer antwortete mit einem so charmanten Lächeln, das es Edda einen Stich versetzte. Übertrieb Leni es nicht ein wenig mit ihrem Flirt? Sie hatten sich am Rand von Potsdam getroffen, um ein Areal zu erkunden, das zweihundertfünfundzwanzigtausend Quadratmeter umfasste. Darauf sollte eigens für Lenis neuen Film ein Studio von gigantischen Ausmaßen entstehen. Auf Hitlers persönlichen Wunsch hatte die NSDAP sich bereit erklärt, die Kosten dafür zu übernehmen. Das war zweifellos Speers Verdienst. Im Herbst sollten die Dreharbeiten beginnen – die Studioaufnahmen hier in Potsdam-Babelsberg, die Außenaufnahmen in der Wüste Libyens.

»Gibt es schon ein Drehbuch?«, fragte er.

»Nein, das muss noch geschrieben werden.« Leni drehte sich zu Edda herum. »Dafür werden meine Produktionsleiterin und ich den Sommer über auf Sylt verbringen.«

»Ich beneide Ihre Produktionsleiterin.«

»Dazu besteht kein Grund. So eine Schreibklausur ist harte Arbeit. Nichts für Männer. Dafür braucht man Amazonen.«

Hatte Leni gemerkt, dass der Flirt Edda weh tat, und dem Generalbauinspekteur einen Hinweis auf die besondere Art ihrer Beziehung geben wollen? Wenn ja, ließ Speer sich nicht anmerken, dass er die Botschaft verstanden hatte. Auffällig war nur, dass er es plötzlich ziemlich eilig hatte, sich zu verabschieden.

»Leider bin ich nicht Herr meiner Zeit«, sagte er und küsste noch einmal beiden Frauen die Hand. »Ich wünsche Ihnen für Ihre Schreibklausur gutes Gelingen und bin gespannt auf das Ergebnis. Heil Hitler!«

»Heil Hitler!«

Edda und Leni warteten, bis Speer in seinen Mercedes gestiegen war und der schwere Wagen davonrollte.

»Ein Mann von Format«, sagte Leni. »Kein Vergleich mit Goebbels.«

Wieder spürte Edda einen Anflug von Eifersucht. »Was meinst

du«, fragte sie zögernd, »wirst du wohl Zeit haben, mich auf einen Abstecher nach Fallersleben zu begleiten, wenn wir nach Sylt fahren?«

Leni, die Speers Mercedes hinterhergewinkt hatte, drehte sich zu ihr herum. »Nach Fallersleben?«

»Ja«, sagte Edda. »Zum sechzigsten Geburtstag meines Vaters. Er will ihn wohl recht groß feiern und würde sich bestimmt freuen, wenn du mitkommst.«

»Also doch ein bisschen angeben mit deiner berühmten Freundin?«, lachte Leni. Dann schaute sie Edda mit ihren kristallblauen Augen an. »Aber natürlich begleite ich dich, mein Engel. Wie kannst daran nur zweifeln?«

10

Anders als früher, hatte Charly es nach der Arbeit kaum noch eilig, von der Klinik nach Hause zu kommen, nicht mal nach einem Vierundzwanzig-Stunden-Dienst. Die Wohnung am Theaterplatz, in der sie mit Benny zusammen die schönsten Stunden ihrer Ehe genossen hatte, war so unerträglich leer geworden, dass ihr die Einsamkeit darin entgegenschlug wie eine unsichtbare Wand. Alles in der Wohnung erinnerte sie daran, dass ihr Mann nicht mehr da war. Wenn sie den Flur betrat, glaubte sie in der Stille seine Stimme zu hören, wenn sie in den Spiegel schaute, sah sie plötzlich sein Gesicht, und wenn sie sich auszog, überkam sie die schmerzhafte Ahnung eines Glücks, das sie bis vor kurzem noch wie selbstverständlich genossen hatte und jetzt für unbestimmte Zeit entbehren musste.

Sie hängte den Mantel an die Garderobe und ging in die Küche. Obwohl sie nicht den geringsten Appetit verspürte, beschloss sie, noch eine Kleinigkeit zu essen, bevor sie sich schlafen legte, es ging ja nun mal nicht anders. Im Küchenschrank stand noch die letzte Flasche Wein, die Benny für sie beide geöffnet hatte. Charly hatte es nicht über sich gebracht, den Rest allein zu trinken, wahrscheinlich war der Wein inzwischen auch gar nicht mehr genießbar.

Als sie das Brot aus dem Kasten nahm, spürte sie ein Ziehen im

Unterleib. Sie war jedes Mal erleichtert, wenn ihre Regel sich ankündigte. Und zugleich war sie traurig. Die Vorstellung, ein Kind von Benny zu bekommen, war zu schön, als dass sie sich ihr hingeben durfte.

Das Telefon klingelte. Charly ging in den Flur, um abzuheben. Ihre Mutter war am Apparat.

»Wie geht es dir, mein Kind?«

»Ach, Mama«, antwortete Charly. Ihre Gemütsverfassung war das Letzte, worüber sie sprechen wollte. »Weshalb rufst du an?«

Die Mutter zögerte. Doch zum Glück bohrte sie nicht nach.

»Wegen Willy«, sagte sie. »Seine Einschulung steht bevor. Und Papa und ich – wir ... wir wissen einfach nicht, was dann werden soll.«

11

Da Kreisleiter Sander kleiner war als er selbst, beugte Horst sich vor, um zu seinem ehemaligen Turnlehrer aufschauen zu können, als dieser ihm die Hand auf die Schulter legte, um die erlösenden Worte zu sagen.

»Jetzt, da die Dinge endlich den Lauf nehmen, den sie nehmen sollen, können wir das Kriegsbeil mit Ihrer Familie wohl begraben. Ihrer Ernennung zum Leiter der neuen Ortsgruppe steht nichts mehr im Wege.«

Horst schlug die Hacken zusammen. »Danke gehorsamst! Ich bin mir der Ehre sowie der damit verbundenen Pflichten zutiefst bewusst. Darf ich fragen, ob schon ein Termin ins Auge gefasst ist?«

»Na, Sie können es wohl gar nicht mehr erwarten?«

»Ich bitte um Entschuldigung, aber ein Termin wäre hilfreich – ich meine, wegen der Uniform.«

Sanders stechender Blick nahm einen schwärmerischen Glanz an. »›Wohl geht der Jugend Sehnen / Nach manchem schönen Traum; / Mit Ungestüm und Tränen / Stürmt sie den Sternenraum.‹«

»Tränen?«, wiederholte Horst irritiert.

»Die Worte des Dichters«, erwiderte der Kreisleiter. »Ludwig Uhland. Aber Sie haben ja recht, wenn Ihr Schneider schon mal Maß nimmt, ist das kein Fehler. Mitte Februar sollte es so weit sein.«

»Danke ergebenst, Kreisleiter!«

»Na, dann fahren Sie mal zu Ihrer braven Frau und machen Meldung. Heil Hitler!«

»Heil Hitler!«

Im Hochgefühl künftiger Bedeutung verließ Horst das Büro. Sein schönster, kühnster Traum wurde Wirklichkeit! Bald konnte er allen zeigen, was in ihm steckte ... Nur ein Wermutstropfen trübte sein Glück. Dass Sander ihm wieder wohlgesonnen war, hatte er nicht seiner eigenen Tüchtigkeit zu verdanken, sondern seinem Vater. Dem war es tatsächlich gelungen, dass Gauleiter Telschow die Einladung zu seinem sechzigsten Geburtstag angenommen und sein Kommen fest zugesagt hatte. Aber war das ein Grund, sich weniger zu freuen? Die neue Uniform hing ja schon längst im Schrank und wartete nur darauf, getragen zu werden!

Horst war froh, dass er allein nach Gifhorn gefahren war, ohne seinen Unterführer Heinz-Ewald Pagels, der an diesem Nachmittag die Einquartierung einer Hundertschaft neu eingetroffener Italiener übernommen hatte. So konnte er sich auf der Heimfahrt seinen schönen Gedanken ungestört hingeben. Ortsgruppenleiter Ising ... Diesen Titel hatte bis jetzt nur sein Vater führen dürfen. Horst war entschlossen, ihm mehr Ehre zu machen als sein Erzeuger.

Am Ortsrand von Fallersleben fiel ihm plötzlich ein, dass heute Dienstag war. Was für eine glückliche Fügung! Um sicherzugehen, dass die Kinder im Bett sein würden, wenn er nach Hause kam, beschloss er, im Brauhaus eine Runde Skat zu spielen. Ilse sollte Zeit haben, mal wieder ihr Hochzeitsnachthemd anzuziehen. Das hatte sie lange genug nicht mehr getan.

Es war kurz nach neun, als er sein Auto im Hof abstellte. Punktgenaue Landung – das Licht im Kinderzimmer wurde im selben Moment gelöscht, als er den Motor abstellte. In freudiger Erwartung betrat er das Haus und lief hinauf in die Wohnung. Doch zu seiner Enttäuschung war Ilse nicht in der Schlafkammer, sondern saß mit ihrem Nähkorb in der Wohnstube.

»Du bist schon zurück?«, fragte sie verwundert.

»Ja, ich habe mich extra beeilt. Für dich«, fügte er nach einer kleinen Pause hinzu.

Doch Ilse ignorierte die Kunstpause ebenso wie den Klang seiner Stimme. »Ich hatte nicht so früh mit dir gerechnet«, sagte sie nur und legte ihr Nähzeug beiseite. »Dann gehe ich mal in die Küche und mache dir was zu essen.«

Horst stellte sich ihr in den Weg. »Will mein Ilsebillchen ihrem Hotte denn gar nicht gratulieren?«

Ihr Gesicht leuchtete auf. »Dann wird es also endlich wahr?«

Er nickte. »Ortsgruppenleiter Ising – *Horst* Ising. Na, wie hört sich das an?«

»Großartig!«

»Nicht wahr? Ich glaube, dein Hotte hat jetzt einen Kuss verdient.«

Er schlang seine Arme um sie, doch sie machte sich so schmal wie eine Katze.

»Du hast ja eine Bierfahne!«

»Ja und? Seit wann stört dich das?«

»Habe ich gesagt, dass mich das stört?« Sie wand sich aus seiner Umarmung. »Jetzt lass mich durch, ich muss in die Küche. Sonst kriegst du nichts zu essen.«

Er rückte nicht von der Stelle. »Ich brauche nichts zu essen. Ich habe ganz anderen Hunger – einen Bärenhunger sogar, wenn du verstehst, was ich meine.«

Endlich schien bei ihr der Groschen zu fallen. »Aber mein Hotte …«

»Ja, mein Ilsebillchen?«

Er nahm ihr Gesicht zwischen die Hände, um sie zu küssen. Doch sie warf den Kopf so heftig zur Seite, dass seine Lippen auf ihrem Kinn landeten.

»Himmel, Arsch und Zwirn – was ist denn los mit dir?«

Ilse wich seinem Blick aus. »Es … es geht nicht.«

»Was geht nicht?«

»Was wohl? – DAS!«

»Aber warum denn nicht? Heute ist doch Dienstag!«

Obwohl in der Stube nur die Stehlampe brannte, sah er, dass sie rot wurde.

»Es ist wegen … wegen einer – Frauengeschichte.«

Horst wollte ihr in die Augen schauen, aber sie hielt weiter den Blick gesenkt. Dabei platzte ihm fast die Hose. Seit Wochen war er nicht mehr zum Schuss gekommen – genau genommen, seit er selbst wieder in Schuss war. Ein paarmal hatte sie über Kopfschmerzen geklagt, ein anderes Mal über Übelkeit, und gleich ein halbes Dutzend Mal hatte sie in den letzten drei Monaten angeblich die Regel gehabt, obwohl doch sonst immer drei bis vier Wochen zwischen den Blutungen lagen, weshalb die Sauerei ja auch Monatsregel hieß. Und jetzt eine Frauengeschichte? Da war doch etwas faul im Staate Dänemark!

»Was zum Teufel soll das heißen?«

Endlich hob sie den Blick. »Darüber spricht eine deutsche Frau und Mutter nicht mit ihrem Mann.«

Eine dunkle Ahnung überkam ihn. Entsetzt ließ er sie los. Ilse sah aus wie das Fleisch gewordene schlechte Gewissen.

»Wenn … wenn du darüber nicht mit deinem Mann reden kannst – warum verdammt nochmal gehst du dann nicht zum Arzt?«

12

»Das Kinn bitte etwas höher, Fräulein Gisela. Und den Oberkörper nicht so weit zurück. Dabei die freie Hand an der Schläfe lassen. Ja, genau so, als wollten Sie sich eine Locke aus der Stirn streichen.«

Gilla schaute auf die Wanduhr des Zeichensaals. Seit einer Stunde und fünfundzwanzig Minuten saß sie bereits Modell für die Studenten der Meisterklasse von Professor Breker. Noch fünf Minuten, dann hatte sie es geschafft. Mit den Augen suchte sie nach ihrer neuen Freundin Petra, doch die war ganz und gar in ihre Zeichnung vertieft. Spannte sie Gilla absichtlich auf die Folter? Oder hatte sie mehr versprochen, als sie halten konnte? Eine Cousine von Petra arbeitete als Dienstmädchen in Carinhall, dem Landsitz von Hermann Göring, und hatte fast täglich Umgang mit Emmy Göring, der Gattin des zweitmächtigsten Mannes in Deutschland, die früher eine berühmte Theaterschauspielerin gewesen war. Mit ihrer Hilfe wollte Gilla den Durchbruch schaffen, den Durchbruch als Modezeichnerin, und sie war sicher, dass ihr Plan aufgehen würde. Sie selbst hatte alles vorbereitet. Jetzt kam es nur noch auf Petra und ihre Cousine an.

»Mehr Körperspannung, Fräulein Gisela! Und die Schenkel ein bisschen weiter öffnen. Aber nur ein bisschen! Gut – so bleiben!

Während sich die Sekunden zu Minuten dehnten, wusste Gilla kaum noch, wie sie ihren Stützarm halten sollte, auf dem ihr ganzes Gewicht ruhte. Sobald Professor Breker sich seinen Schülern zuwandte, veränderte sie jedes Mal ein klein wenig ihre Haltung. Sie hätte nicht gedacht, dass Modellsitzen so anstrengend sein würde, aber inzwischen war sie immerhin so weit darin geübt, dass sie eine volle Sitzung schaffte. Dafür bekam sie zwei Mark zwanzig die Stunde, fast so viel, wie ihr Vater für einen ganzen Abend im »Kakadu«. Das Geld hatte sie bitter nötig. Nachdem nicht wenige der Kleider, die sie aus der Modeschule mit nach Hause gebracht hatte, dem Überfall der SA-Männer zum Opfer gefallen waren, hatte sie für den Schaden selbst aufkommen müssen. Zwar hatte Herr Senftleben ihr geholfen, indem er seinen Kundinnen die zerstörten Stücke an ihrer Stelle im Voraus ersetzt hatte, doch nun musste sie bei ihm ihre aufgelaufenen Schulden abstottern. Herr Senftleben hatte ihr den Rat gegeben, sich als Aktmodell an der Hochschule für Bildende Künste zu bewerben, weil bei dieser Tätigkeit niemand nach ihrem Ariernachweis fragen würde.

»Nicht schummeln, Fräulein Gisela. Die Brust muss sich dem Himmel entgegenwölben.«

Vollkommen nackt posierte sie auf ihrem Podest, während die Blicke der Studenten an ihrem Körper entlangglitten. Zu Hause hatte sie nichts von der Vereinbarung erzählt, die sie mit Herrn Senftleben getroffen hatte, geschweige denn von ihrer neuen Tätigkeit – das hätte ihr Vater nicht überlebt. Ihr selber machte es nichts aus, sich vor fremden Menschen zu entblößen. Sie war sich der Schönheit ihres Körpers bewusst, sogar Professor Breker hatte seiner Bewunderung unverhohlen Ausdruck verliehen, als sie sich zum ersten Mal vor seinem prüfenden Blick ausgezogen hatte, und dieses Bewusstsein erhob sie nun über diejenigen, die ihren nackten Leib anschauten und zeichneten genauso, wie früher ihr Gesang und ihr Tanz sie über ihr Publikum im »Kakadu« erhoben hatten. Was immer ihre Bühne war – solange die anderen zu ihr aufblicken mussten, war sie keine Jüdin, sondern ein Star.

»Genug für heute«, rief Professor Breker und klatschte in die Hände. »Sie können sich anziehen, Fräulein Gisela.«

Dankbar reckte Gilla ihre Glieder, dann stieg sie vom Podium herab. Während sie in ihre Kleider schlüpfte, erwiderte Petra endlich ihren Blick und nickte ihr zu.

13

Mit einem Koffer in der Hand betrat Heinz-Ewald Pagels den Braunschweiger Bahnhof von Fallersleben. Hoffentlich hatte der Zug keine Verspätung. In dem Koffer befand sich die Ware, die dank Umbertos Organisationsgeschick die neu aus Italien eingetroffenen Kameraden der Arbeit mitgebracht hatten und die einem Großkunden in Braunschweig versprochen war. Der Wert der Strümpfe und Dessous belief sich auf gut und gerne fünfhundert Mark – wenn Heinz-Ewald damit aufflog, war es mit dem schönen Leben im Wolfsburger Land vorbei. Der Transport der Ware war stets der kritischste Teil seines Geschäfts. Gott sei Dank war heute das Risiko, erwischt zu werden, gering. Am Nachmittag würde Lagerführer Ising zum Ortsgruppenleiter der Stadt des KdF-Wagens ernannt werden. Da er die Zeit bis dahin mit Sicherheit vor dem Spiegel verbrachte, hatte Heinz-Ewald sich kurzerhand für ein paar Stunden vom Lagerdienst befreit. Bis zur Feier würde er wieder in Fallersleben sein.

Keine Minute zu spät traf der Zug ein. Pünktlich wie die Eisenbahn, dachte Heinz-Ewald zufrieden. Während er darauf wartete, dass die aussteigenden Fahrgäste den Zug verließen, bedauerte er nur, die Uniform gegen den Straßenanzug gewechselt zu haben – in Zivil hatte er leider keinen Vortritt. Als endlich der letzte Passagier ausgestiegen war, packte er seinen Koffer. Doch als er ihn in die Höhe wuchten wollte, sah er plötzlich in das Gesicht einer auffallend hübschen blonden Frau mit Ponyfrisur und einem ganz klein wenig zu breiten Mund, die er schon seit langem aus der Ferne anhimmelte, doch der er noch nie so nah gekommen war wie in diesem Augenblick: Frau Dr. Ising, geschiedene Jungblut.

War das Zusammentreffen ein Zeichen des Himmels?

Während sie durch ihn hindurchschaute, machte er im Geiste eine Kosten-Nutzen-Rechnung auf, die zum Ergebnis hatte, dass er so schnell wie möglich im Zug verschwinden sollte, um sein Geschäft planmäßig über die Bühne zu bringen. Doch seine Gefühle siegten über die Vernunft.

»Bitte entschuldigen Sie, dass ich Sie unbekannterweise anspreche, Frau Doktor. Aber man hat mir den Auftrag gegeben, Sie abzuholen. Pagels, mein Name – stets und mit Freuden zu Diensten.«

Er stellte seinen Koffer ab, um sie zu begrüßen. Während sie zögernd seine Hand ergriff, fiel ihr Blick auf sein Gepäck.

»Sie wundern sich sicher über den Koffer«, sagte er lachend. »Den habe ich eben am Stückgutschalter abgeholt. Eine Sendung für meinen Vorgesetzten.«

»Ach so, ich verstehe.«

»Sie wissen schon, zwei Fliegen mit einer Klappe. Leider war die Zeit so knapp, dass ich den Koffer nicht vorher in den Wagen bringen konnte. Darf ich um Ihre Tasche bitten?«

»Aber Sie haben doch schon ...«

Ehe sie aussprechen konnte, hatte er sich ihre Tasche bereits unter den Arm geklemmt. »Wenn ich vorausgehen darf?«

Heinz-Ewald hatte keine Ahnung, wie es jetzt weitergehen sollte. Er verließ sich einfach auf sein Glück. Und wie so oft in seinem Leben kam es ihm auch diesmal zu Hilfe. Auf dem Vorplatz stand ein Taxi bereit, als würde es nur auf ihn warten. Mit elegantem Schwung stellte er das Gepäck ab, um den Wagenschlag zu öffnen.

Irritiert schaute sie ihn an. »Haben Sie kein eigenes Auto?«

Er schenkte ihr sein strahlendstes Lächeln. »Sie müssen einen fürchterlichen Eindruck von mir haben, Frau Doktor. Doch leider sind sämtliche Dienstfahrzeuge heute für den großen Tag Ihres Herrn Bruders im Einsatz. Ich nehme an, Sie sind auch aus diesem Anlass in die Heimat gekommen?«

»Welchen großen Tag meinen Sie?«

»Die Ernennung Ihres Herrn Bruders zum Ortsgruppenleiter der Stadt des KdF-Wagens.«

Sie schüttelte so heftig den Kopf, dass ihr der Pony aus der Stirn flog. Als Heinz-Ewald den Widerwillen sah, den die Erwähnung des Lagerführers in ihr auslöste, gratulierte er sich zu der Entscheidung, auf die Uniform verzichtet zu haben.

»Um ehrlich zu sein, das Partei-Gedöns ist auch nicht nach meinem Geschmack.« Noch während er sprach, fuhr seine Hand zum Mund. »Bitte verstehen Sie mich nicht miss – ich wollte damit natürlich in keiner Weise zum Ausdruck bringen, dass ich … ich meine, dass es mir etwa am nötigen Respekt in irgendeiner Weise fehlen könnte, beziehungsweise …« Er hielt inne, um tadelnd über sich selbst den Kopf zu schütteln. »Mein Gott, wenn das Ihr Herr Bruder erfährt.«

Sie sah seine Not und schenkte ihm ein Lächeln. »Keine Sorge, der wird mich kaum zu Gesicht bekommen.«

»Der Ärmste!«

»Wie bitte?«

Heinz-Ewald wusste, wenn Frauen etwas an Männern mochten, dann das Eingeständnis eines Fehlers, der keiner ist. Also fasste er seinen ganzen Mut zusammen und sagte: »Ich bin untröstlich, Frau Doktor – schon wieder ist mir etwas rausgerutscht, was ich nicht hätte sagen sollen. Aber nun, da es heraus ist, kann ich Sie nur bitten, es als Kompliment aufzufassen.«

Erwartungsvoll schaute er sie an.

Mit erhobenen Brauen erwiderte sie seinen Blick. Täuschte er sich, oder war das tatsächlich ein zweites Lächeln, das da an ihren Lippen zupfte?

14

Petras Cousine hieß Inge, und sie hatte exakt dieselben Kleidermaße wie ihre Herrin Emmy Göring, die »Hohe Frau des Reichs«.

»Was meint ihr?«, fragte Gilla, während Inge in dem Kleid, das sie für die Gattin des Generalfeldmarschalls und zweitmächtigsten Mannes in Deutschland angefertigt hatte, vor den Spiegel trat. »Sitzt es?«

»Absolut perfekt«, bestätigte Petra.

»Kneift es auch nicht?«

Inge schüttelte den Kopf. »Kein bisschen.«

»Und wie gefällt es euch?«

»Es ist wunderschön«, sagte Petra.

»Ein Traum!«, fügte Inge hinzu. »Frau Göring wird begeistert sein!«

»Wirklich? Oder sagt ihr das nur, um mir Hoffnung zu machen?«

Die Anprobe fand in Petras Studentenbude statt. Von dem Kleid hing Gillas Zukunft ab. Ihr Plan war, es Emmy Göring zum Geschenk zu machen. Auf diese Weise hoffte sie, dass die »Hohe Frau des Reichs«, zu der Hitler, der selbst ja nicht verheiratet war, die Gattin seines wichtigsten Ministers erhoben hatte, ihr Talent erkennen und ihr zu Ansehen und Ruhm verhelfen würde. Gilla hatte Dutzende von Entwürfen gemacht, nichts war ihr gut genug gewesen, bis ihr ein Abendkleid geglückt war, das sie sich selbst nicht zugetraut hätte – eine nachtblaue Symphonie aus Samt und Seide, dessen Schnitt die Figur der Trägerin in atemberaubender Weise zur Geltung brachte, wie die Anprobe bewies.

»Und was soll ich sagen, wenn ich ihr das Kleid übergebe?«, fragte Inge.

»Sag einfach, es sei ein Geschenk – von ihrer größten Bewunderin.«

»Das wird ihr gefallen. Seit sie nicht mehr auf der Bühne steht, ist sie noch eitler als früher.«

»Ach, ich kann es kaum erwarten.«

»Keine Angst, ich werde die erstbeste Gelegenheit nutzen.«

Petra trat hinter ihre Cousine, und während sie das Kleid am Ausschnitt ein wenig raffte, sagte sie: »Sie wird bestimmt wissen wollen, wer dieses Kunstwerk erschaffen hat. Und mit ein bisschen Glück lädt sie dich sogar nach Carinhall ein.«

»Meinst du?«

»Ganz sicher! Wenn sie in dem Kleid erst Furore macht, wird sie noch andere Sachen von dir haben wollen!«

Die Zuversicht der beiden wirkte ansteckend. Ein ganz und gar verrückter Gedanke kam Gilla in den Sinn. Wenn Emmy Göring sie tatsächlich einlud und ihr weitere Aufträge gab – wer weiß, vielleicht würde ihr Mann dann sie, Gisela »Sarah« Bernstein, sogar zur Ehrenarierin erheben? So etwas sollte es ja hin und wieder geben.

Aber das traute Gilla sich nicht laut zu sagen, das dachte sie nur heimlich bei sich.

15

Über zwanzig Jahre war es her, dass Dorothee ihren Sohn Horst in der »Eulenschule« angemeldet hatte, wie die Fallersleber Volksschule in der Bevölkerung hieß – als vermeintlich letztes ihrer Kinder. Doch dann hatte sie im fortgeschrittenen Alter völlig unverhofft den kleinen Willy bekommen, so dass sie jetzt noch einmal in dem nach Bohnerwachs riechenden Flur des alten Schulhauses saß und darauf wartete, dass Rektor Bemmelmann sie in sein Büro bat.

»Ach ja«, sagte Charlotte, die eigens zu diesem Anlass aus Göttingen gekommen war, »bevor ich's vergesse: Danke, dass ihr mir den netten Herrn Pagels geschickt habt.«

»Was für einen Herrn Pagels?«, fragte Dorothee.

»Der mich vom Bahnhof abgeholt hat. Kaum zu glauben, dass so ein sympathischer Mann für meinen Bruder arbeitet.«

»Ich habe keine Ahnung, von wem du redest. Wir wussten ja nicht mal, mit welchem Zug du kommen würdest. Sonst hätten wir dich doch selbst abgeholt.«

»Komisch …«

Bevor Charlotte noch etwas sagen konnte, läutete der Pedell die Schulglocke. Die Klassenzimmertüren flogen auf, Scharen johlender Kinder strömten auf den Flur, und dann erschien auch schon Rektor Bemmelmann.

»Wenn ich die Damen in mein bescheidenes Reich bitten darf?«

Dorothee war so nervös, dass sie ihrer Tochter den Vortritt ließ. Zum Glück übernahm Charlotte sogleich das Reden. Nachdem sie in aller Ausführlichkeit die Schmetterlingssammlung des Schulmeisters bewundert hatte – Herr Bemmelmann streifte an sonnigen Sommersonntagen gern mit seinem Netz durch Wald und Flur, wovon die Schaukästen an den Wänden eindrucksvoll Zeugnis gaben –, kam sie auf den eigentlichen Grund ihres Besuchs zu sprechen.

»Meine Eltern sind der Meinung, wir sollten die Einschulung meines jüngsten Bruders um ein Jahr verschieben.«

Der Rektor hob die Brauen. »Gibt es dafür besondere Gründe? Der Sohn Ihres Herrn Bruders ist, soweit ich weiß, fast ein halbes Jahr jünger und soll nach dem Willen seiner Eltern trotzdem Ostern eingeschult werden.«

»Ich weiß«, erwiderte Charlotte. »Aber Willy ist ein sehr zarter Junge, der leider ein wenig zum Kränkeln neigt. Er hat alle Kinderkrankheiten bekommen, die ein Kind nur bekommen kann. Und beim Scharlach hätten wir ihn fast verloren. Zweiundvierzig Grad Fieber, fast eine Woche lang. Wir hatten schon Pastor Witzleben gerufen.«

»Na, das wundert mich aber«, sagte Herr Bemmelmann. »Wenn ich mich daran erinnere, mit was für einem kräftigen Stimmchen er sich damals beim Richtfest zu Wort gemeldet hat, im Anschluss an die Rede Ihres Herrn Vaters? Was haben wir gelacht«, fügte er schmunzelnd hinzu. »Aber warum haben Sie den jungen Mann nicht einfach mitgebracht, damit ich mir selbst einen Eindruck machen kann?«

»Das hätten wir ja gerne getan, aber Willy hat in der Nacht über Kopfweh geklagt, und weil er am Morgen Temperatur hatte, haben wir ihn vorsichtshalber zu Hause gelassen.«

Das Schmunzeln verschwand ebenso rasch aus dem Gesicht des

Rektors, wie es gekommen war. »Ich hoffe, Sie verzärteln den Jungen nicht. Der beste Arzt ist immer noch die freie Natur – auch wenn ich Ihnen damit natürlich nicht zu nahe treten möchte, Frau Dr. Jungblut.«

»Ising«, korrigierte Charlotte.

»Ach ja, richtig, ich hörte davon«, sagte er. »Aber die Eltern von Nachzüglern neigen leider nun mal dazu, ihre Kinder mit Samthandschuhen anzufassen. Das habe ich in meiner pädagogischen Laufbahn nur allzu oft beobachtet. Meine Aufgabe ist es, dem entgegenzuwirken. Sie kennen ja die Worte des Führers: Flink wie die Windhunde, zäh wie Leder, hart wie Kruppstahl – so soll die deutsche Jugend sein!«

Dorothee schüttelte innerlich den Kopf. Mit seinen krummen Beinen, seiner Kurzatmigkeit sowie seiner Leibesfülle verkörperte Herr Bemmelmann das vollkommene Gegenteil dessen, was er gerade als Ideal des Führers pries.

»Seien Sie unbesorgt«, erwiderte Charlotte. »Als Ortsgruppenleiter ist mein Vater sich der Verantwortung bewusst, die er bei der Erziehung seines Sohns trägt.«

Der Schulmeister wiegte den nur spärlichen behaarten Kopf. »Wenn elterliche Gefühle ins Spiel treten, geraten oft die gesündesten Überzeugungen ins Schwanken. Dagegen ist auch ein Ortsgruppenleiter nicht gefeit.«

Je länger das Gespräch dauerte, desto nervöser wurde Dorothee. Es war Charlottes Idee gewesen, Willys Einschulung um ein Jahr zu verschieben. Dabei war sie davon ausgegangen, dass ihre Autorität als Ärztin ausreichen würde, um den Schulmeister zu überzeugen. Hatte sie sich getäuscht? Dorothee musste an den fürchterlichen Familienstreit denken, den Willys Befund ausgelöst hatte. Horst hatte damals seinen Eltern an den Kopf geworfen, es sei ein Verbrechen, in ihrem Alter noch ein Kind zu zeugen. Der Vorwurf hatte Dorothee zutiefst getroffen und nagte seitdem immerfort an ihr. Schließlich hatte Charlotte bei der Untersuchung ja auch gesagt, dass vor allem Kinder spät gebärender Mütter sich so wie Willy von anderen Kindern unterschieden. War es also ihre Schuld, wenn ihr Jüngster … Sie mochte sich gar nicht vorstellen, woran sie womöglich schuld sein könnte. Während ihr Blick über die präparierten Schmetterlinge in den Wandvitrinen glitt, summte ihr ein Begriff im Kopf herum wie ein gefährliches, giftiges Insekt: *unwertes Leben …*

Charlotte schlug plötzlich einen anderen Ton an. »Ich denke, mein Bruder Horst ist der beste Beweis dafür, wie meine Eltern ihre Kinder erziehen«, erklärte sie mit einer Schärfe, die Dorothee gar nicht an ihrer Tochter kannte. »Wie Sie vielleicht wissen, wird auch er heute zum Ortsgruppenleiter ernannt.«

»Man kann Ihrer Familie nur gratulieren«, erwiderte Bemmelmann. »Das ändert jedoch nichts an meiner Pflicht, mir selbst ein Bild von den mir anvertrauten Zöglingen zu machen.«

»Soll das heißen«, fragte Dorothee, »Sie bestehen darauf, dass wir Ihnen den kleinen Willy vorführen, ohne Rücksicht auf seine Verfassung?«

»So ist das nun mal üblich.«

»Aber der Junge ist doch kein Zirkuspferd!«

»Jetzt muss ich aber sehr bitten, Frau Ising.«

Dorothee wollte protestierten, doch ihre Tochter kam ihr zuvor. »Im Moment ist das leider nicht möglich«, sagte Charlotte. »Mein Bruder muss bis auf weiteres das Bett hüten. Wenn Sie es wünschen, lege ich Ihnen natürlich ein ärztliches Attest vor. Allerdings würde ich das zugleich bei der Kreisleitung einreichen.«

Herr Bemmelmann zuckte sichtlich zusammen. »Wozu sollte das nötig sein?«

»Um zu belegen, mit welch vorbildlichem Eifer Sie Ihren Pflichten nachkommen. Kreisleiter Sander wird beeindruckt sein.«

Bei der Nennung des Namens verzog der Schulmeister das Gesicht, als hätte er in eine Zitrone gebissen. Es war im ganzen Ort bekannt, dass er den Kreisleiter nicht ausstehen konnte. Sander war früher ja nur ein kleiner Turnlehrer gewesen, der keine seriöse pädagogische Ausbildung genossen hatte – Herr Bemmelmann wurde nicht müde, das beim Skat im Brauhaus zu verkünden. Dass sein früherer Hilfslehrer jetzt im ganzen Kreis das Sagen hatte, empfand er als eine Art persönliche Beleidigung.

»Nun lassen wir die Kirche aber mal im Dorf«, sagte er, plötzlich wie verwandelt. »Wenn die Eltern der Überzeugung sind, dass ihr Sohn noch ein Jahr braucht, um am Unterricht so mitzumachen, wie wir uns das alle wünschen, und Sie als Ärztin diese Meinung teilen, Frau Dr. Ising, dann wollen wir es dabei bewenden lassen.«

16

Charly fiel ein Stein vom Herzen, als sie zusammen mit ihrer Mutter das Schulhaus verließ. Hätte Herr Bemmelmann auf seinem Wunsch bestanden, ihren kleinen Bruder persönlich in Augenschein zu nehmen – sie hätte nicht gewusst, was sie noch weiter dagegen hätte einwenden können.

»Ich bin dir so dankbar«, sagte die Mutter auf der Straße und drückte ihre Hand.

Stumm erwiderte Charly den Händedruck. Auch wenn sie keine Ahnung hatte, was in einem Jahr sein würde – jetzt hatten sie erst einmal zwölf Monate Aufschub.

»Du hast ihm mit dem Kreisleiter gedroht?«, fragte der Vater, als die Mutter und sie von ihrem Besuch im Schulhaus berichteten. »Frechheit siegt! Um ehrlich zu sein, das hätte ich dir gar nicht zugetraut.«

»Ich mir auch nicht«, sagte Charly, deren Hände immer noch feucht von der Anspannung waren. »Ich hoffe nur, dass Bemmelmann es sich nicht noch mal anders überlegt.«

»Keine Sorge! Bevor der Fürteklopper riskiert, einen Anschiss von seinem ehemaligen Hilfslehrer zu kassieren, wirft er lieber seine Schmetterlingssammlung in die Aller.« Der Vater nahm sie in den Arm und gab ihr einen Kuss. »Das hast du gut gemacht!«

»Eiersüchtig! Eiersüchtig!«

Der kleine Willy, der in einer Zimmerecke mit seinen Zinnsoldaten gespielt hatte, ohne sich um die Erwachsenen zu kümmern, sprang plötzlich in die Höhe und wollte auf den Arm seiner Schwester. Als Charly sein Gesichtchen sah, wurde ihr ganz warm ums Herz. Aus seinen braunen Augen sprach nichts als Liebe und Vertrauen und Zuversicht.

»Wollen wir ein bisschen ei machen?«, fragte sie.

Willy strahlte. »Ja! Ei machen! Ei machen!«

Sie hob ihn vom Boden, und sofort schlang er seine Arme um ihren Hals und drückte sie an sich, als wollte er sie zerquetschen. Während sie seinen kleinen, vor Freude zappelnden Körper an ihrem Körper spürte, sie seinen Rücken streichelte und er ihr Gesicht mit seinen Küssen bedeckte, spürte sie, wie seine ganze Liebe auf sie überströmte, und auf einmal hatte sie das Gefühl, dass alles gut und richtig war. Dafür hatte sie die Trennung von Benny in Kauf genommen. Dafür, dass dieses lebensfrohe kleine Kerlchen keinen Schaden nahm.

»Wirst du über Nacht bleiben?«, wollte die Mutter von ihm wissen.

»Damit ich Horst in seiner neuen Uniform bewundern kann?« Charly gab Willy der Mutter wieder auf den Arm. »Auf gar keinen Fall! Ich fahre heute noch zurück nach Göttingen. Schließlich habe ich morgen früh Dienst.«

17

So hatte Horst sich seinen großen Tag nicht vorgestellt!

Als er seine Uniform hatte schneidern lassen, bei demselben Uniformschneider in Lüneburg, bei dem auch Gauleiter Telschow arbeiten ließ, hatte er darauf gehofft, dass es zu seiner Amtseinführung eine öffentliche Feier geben würde, mit einem Aufmarsch von SA und SS oder zumindest der Hitlerjugend. Einen solchen Akt erwartete er nicht aus Respekt vor seiner Person, wohl aber vor seiner Funktion als Leiter der neuen Ortsgruppe. Deren Gründung war schließlich ein Vorgang von nicht zu überschätzender Bedeutung, noch bedeutsamer als der Aufbau der zivilen Verwaltung der Autostadt, da diese ja nur dann in der Lage sein würde, ihre Aufgaben im Sinne der Bewegung zu erfüllen, wenn sie sich auf einen funktionierenden Parteiapparat stützen konnte. Insofern empfand Horst es als maßlose Enttäuschung, dass Kreisleiter Sander ihn gleichsam unter Ausschluss der Öffentlichkeit zum Ortsgruppenleiter ernannt hatte, in der Baracke am Schillerteich, in der die Parteiführung der Stadt des KdF-Wagens bis auf weiteres untergebracht war, noch dazu in einem Aufwasch mit der Einsetzung des neuen Bürgermeisters Werner Steinecke, der den kommissarischen Bürgermeister Dr. Bock ablöste, ein Mann, mit dem es nach Horsts Einschätzung Schwierigkeiten geben würde – Steinecke war kein PG und hatte seinen Amtseid mit der Formel »so wahr mir Gott helfe« geleistet.

Umso wohltuender war der Empfang, der ihm am Abend zu Hause zuteilwurde.

Wenigstens auf Ilse war Verlass! Sie hatte nicht nur die ganze Wohnung mit Hakenkreuzfähnchen geschmückt, sondern mit ihrem Sohn auch ein Gedicht eingeübt, von Will Vesper, dem Lieblingsdichter des Führers. In einer Pimpfenuniform trug der kleine Adolf es vor.

So gelte denn wieder
Urväter Sitte:
Es steigt der Führer
aus Volkes Mitte.

Sie kannten vorzeiten
nicht Krone noch Thron.
Es führte die Männer
ihr tüchtigster Sohn,

die Freien der Freie!
Nur eigene Tat
gab ihm die Weihe
und Gottes Gnad'!

So schuf ihm sein Wirken
Würde und Stand.
Der vor dem Heer herzog,
ward Herzog genannt.

Herzog des Reiches,
wie wir es meinen,
bist du schon lange
im Herzen der Deinen.

Ohne ein einziges Mal steckenzubleiben, rasselte der Junge das Gedicht herunter, alle fünf Strophen hintereinander. Horst, der in dem Herzog, »der vor dem Heer herzog«, nicht nur den Führer, sondern ein kleines bisschen auch sich selbst wiedererkannte, blieb die Spucke weg. Sein Sohn war kaum ein Jahr älter, als das Gedicht Strophen hatte, und trotzdem diese Gedächtnisleistung. Kolossal!

»Damit hast du deinem Vater eine sehr große Freude gemacht. Brav, Kamerad!«

Platzend vor Stolz über das Lob, hob der kleine Adolf die Hand zum Hitlergruß. Seine Schwester Eva, der die Mutter zur Feier des Tages das Haar über den Ohren zu zwei Schnecken geflochten hatte, machte es ihm nach.

»Was seid ihr zwei doch für Prachtkinder!« Während Horst den beiden über die Köpfe strich, drehte er sich zu seiner Frau herum, um sich bei ihr für den wunderbaren Empfang zu bedanken.

Als er jedoch ihr Gesicht sah, stutzte er. »Ist irgendwas?«

In Ilses Augen standen Tränen. »Ach nichts«, sagte sie.

War das die Rührung? Horst kannte seine Frau gut genug, um Zweifel zu haben.

»Na na na, was ist denn das für ein Beispiel, das du da den Kindern gibst?«

Statt einer Antwort schlug Ilse laut aufschluchzend die Hände vors Gesicht. Horst hatte es geahnt. Nein, das war keine Rührung. Da steckte etwas anderes dahinter.

»Abmarsch, ihr beiden!«, befahl er Sohn und Tochter, die verängstigt ihre weinende Mutter anschauten. »Geht schon mal ins Kinderzimmer.«

Ohne ein Widerwort verließen die zwei den Raum. Er wartete, bis sie die Tür hinter sich geschlossen hatten.

»Was ist los?«

Immer noch schluchzend, schüttelte Ilse den Kopf.

»Was los ist, will ich wissen!«

Er hatte so scharf gesprochen, dass sie die Hände vom Gesicht nahm.

»Heraus mit der Sprache! Was gibt's zu plärren? Oder versaust du mir nur so zum Spaß meinen Ehrentag?«

Sie war kaum imstande zu reden. »Ich … ich war heute beim Arzt«, brachte sie stammelnd hervor.

»Ja und?«

Mit tränenverschmierten Augen erwiderte sie seinen Blick. »Ich … ich werde … niemals … hörst du: *niemals!* … das Mutterkreuz bekommen …«

»Was sagst du da?« Horst schwante Böses. Das Mutterkreuz hatte der Führer letztes Jahr gestiftet, um alle deutschen Frauen zu ehren, die dem Führer, Volk und Vaterland fünf Kinder oder mehr schenkten. »Wieso nicht?«

»Ich … ich habe – einen *Infekt*!« Das letzte Wort sprach sie mit solchem Nachdruck aus, als würde dadurch jede weitere Erklärung überflüssig.

Doch das wurde sie nicht.

»Infekt? Was zum Teufel für ein Infekt?«

»Wahr … wahrscheinlich von einer Toilette … meint der Arzt … von einer *öffentlichen* Toilette … Deshalb kann ich … deshalb kann ich … keine Kinder mehr kriegen …« Sie musste so heftig schluchzen, dass ihre Worte darin untergingen.

»Und dafür führst du diesen Affenzirkus auf?« Horst war so erleichtert, dass er Ilse am liebsten umarmt hätte. Wenn das alles war … »Und ich dachte schon …« Gerade noch rechtzeitig hielt er seine Zunge im Zaum.

»Was dachtest du?«

»Gar nichts – ich … ich meine, das ist zwar alles höchst bedauerlich, ich meine, der Verlust des Mutterkreuzes, es wäre schließlich eine verdammte Ehre gewesen, der Führer persönlich als Pate und so weiter. Aber davon geht die Welt nicht unter.«

Unsicher schaute Ilse ihn an. »Dann bist du mir also nicht böse?«

»I wo, mein Ilsebillchen«, sagte er und tätschelte ihre Wange. »Jetzt wisch du dir mal in Ruhe die Tränen ab und mach wieder ein freundliches Gesicht. Ich gehe so lange ein Bier holen. Ich denke, das habe ich mir heute verdient.«

Froh, einen Grund gefunden zu haben, verließ er den Raum. Er hatte keine Lust auf Ilses Gejammer – sie beide hatten einen gesunden Jungen und ein gesundes Mädchen, wozu noch weitere Bälger? Hauptsache, Ilse hatte nicht sein Souvenir aus Braunschweig geerbt, da konnte er auf das Mutterkreuz zur Not verzichten …

Zum Glück hatten die Kinder pariert, aus ihrem Zimmer drang kein einziger Mucks in den Flur. Doch statt in die Küche ging Horst zur Toilette. Bevor er sein wohlverdientes Bier trank, wollte er erst mal die Blase entleeren – heute würde es wohl kaum bei einer Flasche bleiben. Außerdem war er den ganzen Nachmittag nicht zum Schiffen gekommen.

Während er mit kräftigem Strahl in die Kloschüssel strullte, fiel sein Blick auf das Apothekenschränkchen an der Wand. Die Klappe stand halb offen. Durch den Spalt sah er ein Tablettenröhrchen, das ihm irgendwie bekannt vorkam.

Als er den Schriftzug las, verfehlte er vor Schreck sein Ziel.

Protargol.

PROTARGOL!

Ohne auf seine eingenässte Hose zu achten, schnappte Horst sich das Röhrchen und schoss damit zurück zu seiner Frau.

»Was ist das?«

»Das … das hat der Arzt mir verschrieben«, antwortete Ilse.

»Der Arzt? Dir? Meiner Frau? Damit kurieren sich Nutten im Puff, wenn sie sich was gefangen haben!«

»Aber … aber was kann ich denn dafür? Ich habe doch nur einen *Infekt*!«

»Nur einen Infekt? Dass ich nicht lache! Du hast einen Tripper! Herrgott, wie kann man nur so dämlich sein, seinen Arsch auf ein öffentliches Scheißhaus zu setzen!«

Voller Wut schaute Horst seine Frau an. Die war vollkommen verstummt und traute sich nichts mehr zu sagen.

»Mehr fällt dir dazu nicht ein?« Auf dem Absatz machte er

kehrt und marschierte hinaus auf den Flur. »Himmel, Arsch und Zwirn! Das kommt davon, wenn man die Tochter von Tagelöhnern heiratet!«

In der Tür zum Kinderzimmer standen der kleine Adolf und die kleine Eva, die Gesichter voller Angst blickten sie zu ihm auf. Aber darauf konnte er jetzt keine Rücksicht nehmen. Er zog sein Koppel fest und griff zu der Uniformmütze am Haken.

»Wo ... wo willst du hin?«, fragte Ilse.

»Wohin wohl?«, erwiderte er und setzte die Mütze auf. »Feiern natürlich! In diesem Scheißsaftladen geht das ja nicht!«

18

»Mea culpa, mea culpa, mea maxima culpa ...«

Geborgen im Zwielicht des Beichtstuhls, klopfte Carl Schmitt sich an die Brust. Zu Beginn der Fastenzeit hatte er seinem Gott geschworen, bis Karfreitag keusch und enthaltsam zu leben, ad maiorem dei gloriam, doch er hatte versagt. Zwei Tage nur war er standhaft geblieben, dann hatte das Verlangen über seinen Willen gesiegt, wie schon unzählige Male zuvor in seinem Leben. Fast täglich hatte er ein gewisses Etablissement in der Oranienburger Straße aufgesucht, und wenn er sich nicht dort bei einer der Damen Abfuhr verschafft hatte, hatte er sich selbst befleckt, um die nötige Ruhe und Konzentration für die Anstrengung seines Geistes zu finden.

»Ich bin ein Stück Vieh, ehrwürdiger Vater«, flüsterte er, »und ich ekle mich vor mir selbst. Doch so sehr ich dagegen ankämpfe, Gott täglich im Gebet um Beistand bitte – es ist stärker als ich.«

»Sagst du das, um dich vor mir reinzuwaschen?«, fragte der Priester auf der anderen Seite des Gitters. »Oder sagst du das, weil du wahrhaftig bereust?«

»Weil ich bereue, ehrwürdiger Vater, wirklich und wahrhaftig. Auch wenn mein Herz schwarz ist vor Sünde.«

»Bist du bereit, künftig zu widerstehen?«

»Ich werde es versuchen. Aber kann ich es versprechen, ohne dass die Zunge mir im Mund abfault?«

»Ich spüre deine Zerknirschung, mein Sohn. Und ich bin froh, dass die Sünde des Fleisches dich demütig stimmt. Damit du nicht der schlimmsten aller Sünden anheimfällst, der Sünde wider den Heiligen Geist. – In deo te absolvo.«

»Dank sei Jesus Christus.«

»In aeternam. Zur Buße trage ich dir auf, hundert Vaterunser zu beten.«

Carl hörte die Soutane des Priesters rascheln und schloss die Augen für den Segen.

»In nomine patris et filii et spiritu sancti.«

»Amen.«

Nachdem er den Beichtstuhl verlassen hatte, kniete er vor einem Seitenaltar nieder, um in der Einsamkeit seines Herzens hundert Vaterunser zu beten, wie der Priester ihm aufgetragen hatte. Und da er wirklich und wahrhaftig bereute, betete er freiwillig noch zehn Rosenkränze dazu, um sich gegen die Versuchungen der Welt zu wappnen, bevor er den Schutz des Gotteshauses hinter sich ließ.

Am Ausgang tauchte er seine Hand in das Weihwasserbecken und schlug das Kreuzzeichen. Dann winkte er ein Taxi herbei. Bei allem Vertrauen auf Gott und die Kraft der Sakramente – sicher war sicher. Es war bereits dunkle Nacht, und der Fußweg führte an Orten vorbei, an denen Carl schon manches Mal schwach geworden war. Außerdem musste er am nächsten Morgen in aller Frühe aus den Federn. Göring hatte ihn ins Adlon bestellt, zu einem Arbeitsfrühstück mit Propagandaminister Goebbels und Admiral Canaris, dem Chef der Auslandsabwehr im Oberkommando der Wehrmacht – ein Termin, auf den Carl sich keinerlei Vers machen konnte.

19

Irritiert schaute Heinz-Ewald auf die Hose seines Vorgesetzten. Fast konnte man meinen, dieser habe Probleme, sein Wasser zu halten. Aber natürlich war Heinz-Ewald klug genug, um sich seine Irritation nicht anmerken zu lassen. Stattdessen hob er sein Glas, um seinem Vorgesetzten zuzuprosten.

»Meinen allerherzlichsten Glückwunsch, Ortsgruppenleiter! Auf Ihr ganz Spezielles!«

»Danke, danke«, erwiderte Horst Ising jovial. »Aber den Ortsgruppenleiter wollen wir nach Feierabend mal weglassen.«

»Ehre wem Ehre gebührt!«

»Außerdem duzen wir uns, wie das unter Kameraden üblich ist. Hast du das vergessen?«

»Keineswegs, Ortsgruppenleiter. Aber wie sagt man hier? Wat mut, dat mut!«

»Na gut. Wat mut, dat mut. Ex!«

»Ex!«, schallte es aus hundert Männerkehlen wider. »Auf den Ortsgruppenleiter!«

Horst prostete dankend in die Runde. Als er in seiner neuen Uniform die Lagerkneipe betreten hatte, war er mit so donnerndem Applaus begrüßt worden, dass er nicht darum herumgekommen war, eine Lokalrunde zu schmeißen. Während er trank, musterte Heinz-Ewald mit Kennerblick die Uniform. Sie war aus bestem Krefelder Tuch gearbeitet und musste ein Vermögen gekostet haben.

»Das habe ich jetzt gebraucht«, sagte Horst und stellte sein Glas auf den Tresen. Doch kaum hatte er sich den Schaum vom Mund gewischt, wurde er schon wieder dienstlich. »Irgendwelche besonderen Vorkommnisse während meiner Abwesenheit?«

Heinz-Ewald dachte an seine Dessous-Lieferung, die ihm fast sechshundert Mark eingebracht hatte, und musste sich ein Grinsen verkneifen. »Nichts dergleichen zu melden, Ortsgruppenleiter! Alle Arbeiten gehen planmäßig voran.«

Horst nickte zufrieden. »Ja, das soll uns Deutschen erst mal jemand nachmachen – eine ganze Stadt aus dem Boden stampfen, und dazu die größte Automobilfabrik Europas, in kaum mehr als einem Jahr.«

Heinz-Ewald fiel es immer schwerer, ernst zu bleiben. Glaubte der Einfaltspinsel wirklich an den Scheiß, den er da sagte? Zwar strebte die Fabrik inzwischen ihrer Vollendung entgegen, doch die Errichtung der Wohnanlagen kam wegen des Mangels an Baumaterial kaum voran, so dass die sogenannte Musterstadt des Führers immer noch eine hässliche Barackensiedlung war. Ein Blick in das Gesicht seines Vorgesetzten allerdings genügte, um Heinz-Ewald zu belehren, dass Horst Ising von seinen Worten voll und ganz durchdrungen war.

»Und das Beste daran ist«, fügte er verschwörerisch hinzu, »kein Mensch vermisst den verfluchten Itzig.«

Heinz-Ewald begriff natürlich sofort, wer gemeint war – immerhin war er an der Beseitigung des Juden Jungblut maßgeblich beteiligt gewesen. Obwohl er nicht wusste, ob dies eine Chance war, war er gewillt, sie zu nutzen.

»Ich hatte heute übrigens das Vergnügen, Ihre – pardon, ich meine natürlich: *deine* Schwester kennenzulernen.«

»Welche Schwester?«, erwiderte Horst verwundert.

»Frau Dr. Ising, ehemals Jungblut. Ich habe sie vom Bahnhof abgeholt. Eine fabelhafte Frau.«

Heinz-Ewald hatte noch nicht ausgesprochen, da erkannte er, dass er einen Fehler gemacht hatte. Mit widerwillig gerunzelten Brauen schaute Horst ihn an.

»Machst du dir etwa Hoffnungen? Wenn ja, schlag dir das so schnell wie möglich aus dem Kopf! Glaubst du, ich hätte deine Akte nicht gelesen, du Hochstapler? Meine Schwester ist für einen Heiratsschwindler wie dich tabu! Kapiert?«

Heinz-Ewald schlug die Hacken zusammen, dass es nur so knallte. »Kapiert! Bemerkung war auch keineswegs so gemeint. Nur Ausdruck meiner vorzüglichen Hochachtung.«

»Das will ich dir auch geraten haben«, erwiderte Horst. »Aber – wenn du unbedingt Dampf ablassen musst«, fügte er, schon wieder milder gestimmt, hinzu, »warum nicht hier? Da drüben geht's zu den Hinterzimmern.«

Die unverhohlene Aufforderung brachte Heinz-Ewald in Verlegenheit. Er machte sich nichts aus Huren und hatte nie verstanden, was Männer daran reizte, ihre Dienste in Anspruch zu nehmen. Er selbst hatte einmal in seinem Leben die Probe aufs Exempel gemacht, in einem Bordell in Castrop-Rauxel. Dabei hatte er festgestellt, dass er für den Austausch von Intimitäten gegen Bezahlung zu romantisch veranlagt war. Die Hure war ein reizendes, bildhübsches Mädchen gewesen, doch bevor sie ihn empfing, hatte sie die Augen vor dem verschlossen, was sie tat – offenbar hatte sie sich vor ihm geekelt. Der eine Moment hatte gereicht, dass ihm die Lust vergangen war, so dass er unverrichteter Dinge sich von ihrem Lager erhoben hatte. Seit diesem Erlebnis wusste er, ohne die Lust einer Frau war auch er unfähig zur Lust – nicht mal in Ausübung seiner früheren beruflichen Tätigkeit war das anders gewesen. Doch so, wie Horst Ising geartet war, schien es Heinz-Ewald besser, das für sich zu behalten.

»Ich denke, an diesem ganz speziellen Tag hat jemand anderer das Prevenir«, sagte er. »Jemand Würdigeres als meine Wenigkeit.«

Es dauerte eine Weile, bis Horst verstand. Dann grinste er übers ganze Gesicht. »Soll das heißen, du willst mir den Vortritt lassen?«

»Jawoll, Ortgruppenleiter! Ehre, wem Ehre gebührt!«

»Sehr anständig von dir, Kamerad!« Horst rückte sein Koppel zurecht. »Na dann – wat mut, dat mut!«

20

Als Carl einen Schritt hinter Göring den kleinen Konferenzraum im Adlon betrat, stellte er zu seiner Verwunderung fest, dass dort nur zwei Herren warteten: Josef Goebbels und Admiral Canaris, und auch das Mobiliar gab keinen Anlass zu der Vermutung, dass mit weiteren Teilnehmern zu rechnen war. Es gab drei Stühle am Haupttisch sowie einen Stuhl an einem winzigen Sekretär. Also war man komplett.

Carl wartete, bis die anderen Platz genommen hatten, bevor er sich selbst setzte, um Protokoll zu führen. Obwohl Canaris offiziell der Gastgeber war und sogar persönlich Kaffee einschenkte, war es Goebbels, der das Gespräch eröffnete. Nachdem er dem Chef der Abwehr für die Ermöglichung der Zusammenkunft gedankt und die Anwesenden um strikte Verschwiegenheit gebeten hatte, kam er sogleich auf das Thema zu sprechen: die Charter eines Luxusdampfers namens MS St. Louis von der HAPAG Reederei in Hamburg.

»Und zu welchem Zweck, wenn ich fragen darf?«, unterbrach Göring.

Bei der Antwort, die Goebbels gab, stockte Carl die Tinte im Füllfederhalter.

»Für die Ausreise von rund neunhundert Israeliten nach Kuba.«

Auch der Generalfeldmarschall brauchte einen Moment, bis er die Sprache wiederfand. »Habe ich richtig verstanden? Sie planen eine Atlantik-Kreuzfahrt, um einer Horde Juden die Reichsflucht zu ermöglichen? Auf einem Luxusdampfer? Soll das ein Witz sein?«

»Keineswegs«, erwiderte Goebbels. »Mit der Aktion treten wir Anschuldigungen der internationale Lügenpresse entgegen, mit denen Deutschland seit den Ereignissen in der Nacht vom neunten November letzten Jahres überzogen wird.«

»Sie meinen die Reichskristallnacht? Was hat die damit zu tun?«

»Wenn ich ausreden darf, verehrter Herr Kollege, will ich Ihnen den Zusammenhang gern erklären. In den Ereignissen dieser Nacht hat sich, wie wir alle wissen, nichts anderes manifestiert als die spontane Reaktion des Volkswillens auf die feige Ermordung des Legationssekretärs Ernst vom Rath in Paris durch den Juden Herschel Grynszpan. Im Spiegel der jüdischen Agitation jedoch stellen sich die Dinge ganz anders dar, nämlich als Angriff auf das angeblich so geschundene Volk Israel. Um dem Schaden, den das Ansehen des Reichs in der Weltöffentlichkeit dadurch genommen hat, entgegenzuwirken, bedarf es einer eindrucksvollen Demonstration deutscher Humanität und Großzügigkeit. Dazu scheint mir die Ausreise einer ansehnlichen Zahl von Juden mit der Zustimmung und sogar Unterstützung der Regierung ein überaus geeignetes Mittel zu sein.«

Carl war so begeistert, dass er am liebsten laut Beifall geklatscht hätte. Obwohl Goebbels in seinem Judenhass höchstpersönlich den Plan zur Reichskristallnacht ausgeheckt hatte, um damit fast das gesamte Ausland gegen das Reich aufzubringen, präsentierte er sich jetzt mit diesem Vorschlag als Retter des deutschen Ansehens in der Weltöffentlichkeit. Göring hingegen schien weitaus weniger angetan – vielleicht, weil er selbst nie und nimmer auf eine so brillante Idee gekommen wäre, vielleicht aber auch, weil er tatsächlich Zweifel hegte.

»Ist die Sache mit der kubanischen Regierung abgesprochen?«, wollte er wissen.

»Selbstverständlich«, erwiderte Goebbels. »Wir haben eine schriftliche Bestätigung aus Havanna vorliegen, für die Aufnahme von bis zu tausend ausreisewilligen deutschstämmigen Juden.«

»Hm«, machte Göring. »Verstehe. Und jetzt wollen Sie dazu meinen Segen. Aber die Sache hat einen Haken. Wie wollen Sie eine solche Verhätschelung der Ölbergtiroler unseren deutschen Volksgenossen vermitteln? Sie werden zugeben, für das gesunde Volksempfinden ist das eine ziemlich harte Nuss.«

»Sicherlich, doch auch daran wurde gedacht. Wir werden die Operation als eine Art ›Hausreinigung‹ darstellen, als Teil der allgemeinen Entjudung des Reiches.«

Göring nickte.

»Entscheidend aber ist die Wirkung nach außen«, fuhr Goebbels fort. »Wenn die Passagiere in Havanna von Bord gehen, wird das Ausland einsehen müssen, dass Juden unbehelligt und – sofern sie über die nötigen Mittel verfügen – sogar mit den Annehmlichkeiten eines Fünf-Sterne-Hotels unser Land verlassen dürfen.«

Göring lachte. »Eins muss man Ihnen lassen, Goebbels – Humor haben Sie!«

Der Angesprochene lächelte geschmeichelt, und auch Canaris' Miene drückte Zufriedenheit aus. Carl fragte sich, was eigentlich dessen Funktion bei dem Treffen war. Sollte Canaris nur die beiden Minister an einen Tisch bringen? Jetzt wandte der Admiral sich an Göring.

»Dürfen wir Ihre Zustimmung also zu Protokoll nehmen, Herr Minister?«

»Na gut, meinetwegen«, brummte Göring. »Jeder Jude, der Deutschland verlässt, ist schließlich ein Jude weniger in Deutschland.«

Canaris warf Carl einen kurzen Blick zu. »Dann stelle ich fest, dass die Operation so durchgeführt werden kann, wie von Minister Goebbels vorgeschlagen. Ich danke den Herren für Ihr Kommen. Heil Hitler!«

»Heil Hitler!«

Goebbels und der Admiral verabschiedeten sich. Carl packte seine Sachen, um ihnen zu folgen. Doch Göring hielt ihn zurück.

»Noch eine Sekunde.«

»Selbstverständlich.«

Göring wartete, bis die anderen Herren in der Hotellobby verschwunden waren. Dann sagte er: »Schlechte Nachrichten, Professor. Mir ist zu Ohren gekommen, dass die SS Sie auf dem Kieker hat.«

»Die SS?«, fragte Carl. »Mich? Ich habe nicht die leiseste Ahnung, wie ich dazu hätte Anlass …«

»Ich auch nicht«, fiel Göring ihm ins Wort. »Aber machen Sie sich auf was gefasst. Angeblich wird heute im »Schwarzen Korps« ein Artikel über Sie erscheinen. Das verspricht nichts Gutes, wenn Sie mich fragen – ganz und gar nichts Gutes.«

21

Anders als der Name des Lokals vermuten ließ, war die »Traube« im Leipziger Brühl nicht etwa wegen ihrer Weinkarte bekannt, sondern wegen der Reibeplätzchen, die Mama Meta, wie die beleibte, in Ehren und vor allem in ihrer Küche ergraute Wirtin allgemein genannt wurde, in einer schmiedeeisernen Bratpfanne zubereitete, deren Geheimnis darin bestand, dass sie angeblich nie mit Spülmittel gereinigt wurde, sondern stets nur mit einer fetten Speckschwarte, obwohl das alles andere als koscher war. Die darin gebratenen Plätzchen schmeckten jedenfalls so gut, dass Benny immer, wenn er die Kneipe in der Hoffnung auf irgendwelche neuen Nachrichten besuchte, in Versuchung geriet, sich eine Portion zu bestellen, trotz seiner angespannten Finanzlage, wobei die Aussicht, bei der Witwe Stubbe wieder ein Fischgericht zur Erinnerung an ihren auf dem Feld der Ehre gefallenen Ehemann vorgesetzt zu bekommen, die Versuchung durchaus verstärkte.

An diesem Abend aber interessierte er sich weder für die Weinkarte noch für Mama Metas Reibeplätzchen. Denn in der Kneipe machte ein Gerücht die Runde, das so unglaublich war, dass die Gäste sich gegenseitig daran berauschen konnten, ohne auch nur einen Tropfen Alkohol zu trinken: Ein Schiff der HAPAG Reederei, der Luxusdampfer St. Louis, bekannt für sündhaft teure Transatlantik-Kreuzfahrten, lag angeblich in Hamburg bereit, um über neunhundert Juden an Bord zu nehmen und nach Havanna zu bringen in die Hauptstadt der Zuckerrohrinsel Kuba, am anderen Ende der Welt, wo es keine Nazis und keine Verfolgung gab, sondern nur Sonne, Strand und Meer und Rum.

»Woher willst du das wissen?«, fragte Benny den früheren Rechtsanwalt und jetzigen Müllkutscher Kurt Silberstein, mit dem er sich in der »Traube« angefreundet und der ihm die Nachricht brühwarm erzählt hatte.

»Ein ehemaliger Kommilitone und Bundesbruder arbeitet als Justitiar bei der HAPAG. Der hat mich extra angerufen. Schon im Mai soll es losgehen.«

»Und die nehmen wirklich Juden an Bord?«

»*Ausschließlich* Juden sogar.«

»Kannst du das schwören?«

»So wahr mir Gott helfe!«

Benny spürte, wie ein ununterdrückbarer Jubel in ihm aufstieg. War das das Schlupfloch, auf das er gehofft hatte? Das winzige Tor zur Freiheit, um aus Deutschland herauszukommen?

Aufgeregt drehte er sich zur Theke herum. »Zahlen!«

Mama Meta blickte ihn kopfschüttelnd an. »Was willst du denn zahlen, Jungele? Du hast doch weder was gegessen noch getrunken.«

»Egal«, sagte Benny und legte zwei Mark auf den Tresen. »Und ein Trinkgeld bekommst du auch!« Er beugte sich über die Theke, nahm ihr altes Gesicht zwischen die Hände und gab ihr einen schmatzenden Kuss auf die Stirn.

»Dass ich das noch erleben darf«, lachte sie. »Ein Kuss von Rudolph Valentino.«

Doch Benny war schon fort. Er konnte es gar nicht erwarten, Charly die wunderbare Neuigkeit zu verkünden.

22

Carl liebte den Anhalter Bahnhof, den Hauptbahnhof von Berlin. Schon als Student hatte er Stunden damit verbracht, in das unablässig brodelnde Menschenmeer einzutauchen, dessen Energie sich aus den elementarsten Regungen der Seele speiste, aus Angst und Furcht, Hoffen und Sehnen, Aufbruch, Ankommen und Scheitern. Die von unzähligen Stimmen summende kathedralengroße Halle war eine einzige, gigantische Schaubühne der menschlichen Komödie, erhabene Dramen und billiges Schmierentheater lösten einander hier in bunter Folge ab, und zwischen herzzerreißenden Trennungsszenen namenloser Verzweifelter und leidenschaftlichen Wiedersehensfeiern glücklich einander in die Arme sinkender Liebender lag oft nur ein Bahngleis.

Heute Abend aber hatte Carl keinen Sinn für dieses Schauspiel. Gefangen in Ängsten, die ihm vor wenigen Stunden noch vollkommen fremd gewesen waren, umkreiste er den Zeitungskiosk in der Mitte der Halle. Göring hatte ihm einen solchen Schreck eingejagt, dass er den ganzen Tag gebraucht hatte, um Mut zu fassen.

»Einmal das ›Schwarze Korps‹.«

»Hier, bitte sehr. Macht zwanzig Pfennige, Meister.«

Mit vor Nervosität zitternden Händen nahm Carl das Kampfblatt der SS, gab dem Budenbetreiber ein Fünfzigpfennigstück, und ohne auf das Wechselgeld zu warten, begann er zu lesen. Auf der Titelseite keine Spur von seinem Namen, auch nicht auf der zweiten oder dritten Seite. War Göring einem Gerücht aufgesessen? Halb erleichtert blätterte Carl weiter. Die vierte Seite – nichts. Die fünfte Seite – nichts. Doch dann, auf Seite sechs, entdeckte er seinen Namen, wie ein Menetekel sprang er ihm entgegen.

Seine Hände zitterten plötzlich so sehr, dass er Mühe hatte, die Buchstaben zu entziffern. Wort für Wort nahm die Katastrophe Gestalt an. Nein, Göring hatte sich nicht geirrt, ganz und gar nicht – der Artikel war eine einzige wüste Kampfansage an seine Person. In rüden Worten wurde er als »Opportunist« beschimpft, dem die »wahre nationalsozialistische Gesinnung« fehle. Zum Beweis führte man seine Nähe zum »Volk Israel« an, brachte in Erinnerung, dass er vor der Machtergreifung in einem Prozess, den Preußen gegen das Reich geführt hatte, zusammen mit einem jüdischen Rechtsverdreher die reaktionäre Zwischenregierung Schleicher unterstützt habe, und ließ zwischen den Zeilen, doch unmissverständlich, anklingen, dass er immer noch Kontakt zu Juden pflege, um sich für diese sogar in allerhöchsten Kreisen zu verwenden.

Entsetzt ließ Carl die Zeitung sinken.

Was jetzt?

Darauf konnte es nur eine Antwort geben: Um seinen Leumund zu retten, musste er sich zur Wehr setzen, am besten in einem öffentlichen Artikel, in dem er sich mit größter Entschlossenheit zum Führer, zur Bewegung sowie zu den Prinzipien der nationalsozialistischen Weltanschauung bekannte, insbesondere die Judenfrage betreffend. Im Nu stand ihm die Gliederung des Artikels vor Augen, und er überlegte bereits, wo er sein öffentliches Treuebekenntnis ablegen sollte, in einem wissenschaftlichen Fachorgan oder besser im »Völkischen Beobachter«, als ihm plötzlich Zweifel kamen.

Würde ein Artikel, und sei er noch so glänzend geschrieben, ausreichen, um ihn von so schwerwiegenden Vorwürfen reinzuwaschen?

23

Gilla wartete an Gleis drei, wo gerade die S-Bahn aus Groß Schönebeck eintraf. Mit dieser Bahn fuhr Inge, die Cousine ihrer Freundin Petra, jeden Abend nach der Arbeit in Carinhall von der Schorfheide nach Berlin, um im Anhalter Bahnhof für das letzte Stück ihres Heimwegs in die U-Bahn zu wechseln. Seit Gilla ihr das Kleid für Frau Göring gegeben hatte, fing sie, wann immer sie konnte, Inge am Bahnsteig ab, um ihr jedes Mal dieselbe Frage zu stellen.

»Hat sie mein Kleid?«

Jedes Mal hatte Inge die Frage verneint. Bis heute. Heute nickte sie.

»Und – was hat sie gesagt?«

Inge zog ein Gesicht, als fiele ihr die Antwort schwer. Doch Gilla durchschaute sie. Inge wollte sie in die Irre führen, ihr Angst machen, damit sie sich am Ende doppelt und dreifach freute.

»Komm schon, spann mich nicht auf die Folter. Hat sie es anprobiert?«

Inge schüttelte den Kopf.

»Warum nicht? Hatte sie noch keine Zeit?«

»Nein. Das war nicht der Grund.«

»Weshalb dann?

Inge nahm ihre Hand. »Ich ... ich weiß gar nicht, wie ich es dir sagen soll ...«

Statt den Satz zu Ende zu sprechen, schaute sie Gilla nur an. Als Gilla diesen Blick sah, wusste sie, dass dies kein Spiel war – Inge wollte sie weder in die Irre führen noch ihr zum Spaß ein bisschen Angst machen. Sie fand einfach nur nicht die richtigen Worte, um ihr die Wahrheit beizubringen.

»Dann ... dann hat ihr mein Kleid also nicht gefallen?«

Wieder schüttelte Inge den Kopf. »Sie hat es nicht mal richtig angeschaut, sondern einfach einer Putzfrau geschenkt, die gerade in der Nähe war.«

»WAS hat sie?«

»Sie hat dein Kleid verschenkt.«

»Das ist nicht wahr!«

»Ich habe alles versucht, damit sie es wenigstens einmal anzieht. Aber sie wollte nichts davon wissen, und als ich sie ein zweites Mal dazu drängte, ist sie richtig böse geworden und hat mich angeschrien, was mir eigentlich einfalle, sie mit einem solchen Fummel zu belästigen.«

»Fummel?« Gilla schluckte. »Mein Kleid? Das ... das kann sie unmöglich gesagt haben.«

»Doch, das hat sie – leider.«

»Aber ... ich ... ich habe mir doch solche Mühe gegeben. Und auch Herr Senftleben war ganz begeistert, und der muss es doch wissen ...«

Inge nahm sie in den Arm. »Nimm's nicht so schwer, Süße, dir fällt bestimmt noch was anderes ein. Du bist doch ein Sonntagskind!« Sie schaute auf die Uhr. »Aber jetzt muss ich weiter, sonst verpasse ich meinen Anschluss.«

»Aber … aber du kannst mich doch jetzt nicht hier allein so stehenlassen.«

»Lass uns ein andermal darüber reden. Vielleicht nächste Woche?« Inge drückte sie einmal kurz an sich, dann lief sie die Treppe hinunter zur U-Bahn.

Wie betäubt stand Gilla da und blickte ihr nach, in der absurden Hoffnung, Inge würde sich vielleicht noch einmal umdrehen und »April! April!« rufen, und alles wäre wieder gut.

Aber das tat Inge nicht. Stattdessen stieg sie einfach in die U-Bahn und verschwand.

Gilla spürte, wie ihr die Tränen kamen. Sie hatte doch ihre ganze Zukunft darauf gebaut, dass Emmy Göring genauso begeistert von ihrem Kleid sein würde wie Herr Senftleben und das Kleid ihr passte und ihr gefiel und sie noch mehr Kleider von ihr wollte und sie nach Carinhall einlud und zu ihrer persönlichen Modistin machte und irgendwann dafür sorgte, dass ihr Mann sie zur Ehrenarierin ernannte.

Was für eine gottverdammte Närrin war sie gewesen …

Mit Beinen, die so schwer waren wie Blei, machte Gilla sich auf den Heimweg. Zu Hause würde es sicher wieder Pellkartoffeln mit Margarine geben.

»Fräulein Bernstein?«

Als Gilla sich umdrehte, stand vor ihr ein elegant gekleideter Herr, der einen halben Kopf kleiner war als sie. In der Hand hielt er eine Zeitung.

»Professor Schmitt?«

Mit einem Lächeln erwiderte er ihren Blick. »Was für eine schöne Überraschung an diesem garstigen Abend.« Er warf die Zeitung in einen Abfalleimer und begrüßte sie mit einem Handkuss. »Aber, wenn uns der Zufall so unverhofft zusammenführt – darf ich Sie vielleicht zu einem kleinen Imbiss einladen? Ich könnte gerade ein wenig Gesellschaft gebrauchen. Oder haben Sie schon etwas Besseres vor?«

24

Charly blutete so stark, dass sie schon wieder die Toilette aufsuchen musste. Dabei hatte sie erst vor zwei Stunden die Binde gewechselt. Warum gab ihr Körper sich solche Mühe, nur um ihr zu demonstrieren, dass ihre klammheimliche Hoffnung sich wieder einmal in Nichts aufgelöst hatte? Sie hatte doch längst begriffen, dass sie nicht schwanger war.

Mit einem Seufzer versorgte sie die Binde. Was war das nur für ein Leben, das sie inzwischen führte … Alles hatte sich in sein Gegenteil verkehrt. Ein Kind von Benny war ihr größter Wunsch gewesen, seit sie verheiratet war. Jetzt konnte sie nicht mal mehr darüber traurig sein, wenn die Regel ihren Wunsch zunichtemachte. Weil die Erleichterung ja noch größer war als ihre Trauer.

Als sie auf den Flur zurückkehrte, klingelte das Stationstelefon. Da keine Schwester in der Nähe war, hob sie selber ab.

»Ortsgruppenleiter Ising«, meldete sich eine Männerstimme am anderen Ende der Leitung. »Ich würde gern meine Schwester sprechen, Frau Dr. Ising.«

Charly erkannte die Stimme sofort. Das war nicht ihr Bruder, sondern ihr Mann. Unwillkürlich schirmte sie mit der Hand die Muschel ab.

»Um Gottes willen – bist du verrückt, hier anzurufen?«

»Was ist denn das für eine Begrüßung, Schwesterherz?«

»Was soll der Unsinn? Stell dir vor, Schwester Johanna hätte abgenommen. Sie kennt deine Stimme.«

»Das will ich hoffen. Du hast uns einander doch vorgestellt. Hast du das vergessen?«

Endlich fiel bei Charly der Groschen. Benny hatte Angst, dass man sie belauschte. Nicht nur Schwester Johanna, auch das Fräulein in der Zentrale war eine Gefahr. Zwar war es den Telefonistinnen verboten, Gespräche mitzuhören, aber darauf konnte sich niemand verlassen.

»Stimmt, Bruderherz. Ach ja, mein Gedächtnis, ich werde wohl langsam alt. Was gibt's in der Heimat?«

»Gute Nachrichten. Ich glaube, ich habe ein interessantes Reiseangebot gefunden.«

»Ein Reiseangebot?« Charly war mit einem Schlag wie elektrisiert. »Erzähl!«

Benny drückte sich so verklausuliert aus, dass sie nur mit Mühe dahinterkam, was er sagen wollte, und manches blieb ihr trotz aller Anstrengung ein Rätsel. Doch das wenige, was sie begriff, war genug, um sich von seiner Hoffnung anstecken zu lassen. Offenbar hatte er eine Möglichkeit entdeckt, Deutschland zu verlassen – wenn sie richtig verstand, auf einem Schiff. Vor Freude hätte Charly am liebsten getanzt! Mein Gott, wenn ihm das gelang, dann konnte nichts sie daran hindern, ihm zu folgen. Raus aus Deutschland! Irgendwohin, wo sie frei sein würden – frei, sich zu lieben.

»Wer ist der Reiseveranstalter?«, fragte sie so harmlos wie möglich.

Bevor Benny antworteten konnte, öffnete sich die Tür von Krankensaal sechs, und Schwester Johanna trat auf den Flur.

»Ich glaube, ich muss Schluss machen«, sagte Charly. »Aber vielleicht kannst du ja noch mal nach Dienstschluss anrufen, zu Hause.«

Schwester Johanna warf ihr einen misstrauischen Blick zu.

»Privatgespräche auf der Station?«

»Mein Bruder Horst«, erwiderte Charly. »Er ist kürzlich zum Ortsgruppenleiter ernannt worden und lässt Ihnen schöne Grüße ausrichten.«

»Oh, da gratuliere ich aber. Danke.«

»Danke gleichfalls«, erwiderte Charly triumphierend und legte auf.

25

»Aber warum haben Sie sich denn nicht an mich gewandt?«, fragte Professor Schmitt. »Vielleicht hätte ich Ihnen ja helfen können.«

»Kennen Sie denn Frau Göring?«, fragte Gilla.

»Allerdings. Ich bin regelmäßig auf Carinhall zu Gast.«

»Wirklich?«

»Nun ja, der Generalfeldmarschall bittet mich hin und wieder um Rat. Aber ich fürchte, jetzt, nachdem Ihre Freundin sich diese Abfuhr eingehandelt hat, dürfte es schwer sein, mit einem zweiten Versuch zu reüssieren.«

»Zu reü – was?«

»Erfolg zu haben.«

»Ach so. Ja, das ist wohl so, leider …«

Für einen Moment hatte Gilla Hoffnung geschöpft. Wenn sie sich vorstellte, der Professor hätte Emmy Göring das Kleid überbracht anstelle eines Dienstmädchens … Bei der Vorstellung musste sie an sich halten, um nicht in Tränen auszubrechen. Eine solche Chance würde sich ihr kein zweites Mal bieten. Trotzdem war sie froh, dass sie die Einladung des Professors angenommen hatte. Auch wenn er ihr nicht mehr helfen konnte, hatte es gutgetan, einem anderen Menschen ihr Herz auszuschütten. Zu Hause konnte sie von ihrem Unglück ja niemandem erzählen, ihr Vater hätte sich die Haare gerauft, wenn er erfahren hätte, dass sie um die Gunst von Görings Frau gebuhlt hatte, und ihre Mutter hätte ihr wahrscheinlich eine Ohrfeige verpasst. Der Professor hingegen hatte ihr so mitfühlend und aufmerksam zugehört, dass er darüber seine Erbsensuppe hatte kalt werden lassen. Er habe ohnehin keinen Appetit, hatte er gesagt, als sie sich für ihre Redseligkeit entschuldigt hatte. Zuerst hatte Gilla sich gewundert, dass ein so vornehmer Mann wie er sie nicht in den Speisesaal erster Klasse geführt hatte, sondern zu Aschinger am Askanischen Platz, wo es so rappelvoll war, dass sie kaum einen Tisch bekommen hatten. Doch nachdem sie beobachtet hatte, wie er sich während des Gesprächs immer wieder umschaute, als hätte er Angst, beobachtet zu werden, konnte sie sich denken, warum er das Schnellrestaurant gewählt hatte. In dem Trubel hier fiel man weniger auf, wahrscheinlich wollte er mit einer wie ihr in der Öffentlichkeit nicht gesehen werden. Jedermann musste sich schließlich schützen, so gut er konnte.

Jetzt schaute er sich schon wieder um. »Haben Sie mal daran gedacht, das Land zu verlassen?«, fragte er so leise, dass niemand außer ihr es hören konnte.

»Natürlich«, sagte Gilla. »Schon viele Male. Am liebsten nach Amerika, nach New York oder Hollywood – das war immer mein Traum. Aber meine Eltern haben zu lange gezögert, jetzt ist kein Geld mehr da. Wir ... wir sind so arm, dass wir sogar umziehen mussten, von Wilmersdorf in den Wedding, in eine Souterrainwohnung.«

Vor Scham senkte sie den Blick. Doch der Professor hob ihr Kinn, so dass sie ihn anschauen musste. »Kopf hoch, schönes Kind. Es gibt immer einen Ausweg.«

»Das habe ich früher auch gedacht. Und glauben Sie mir, ich habe alles dafür getan, was ich konnte – alles! Aber jetzt ...«

»Kein Aber.« Aufmunternd nickte er ihr zu. »Wie heißt es so schön? ›Wenn du denkst, es geht nicht mehr, kommt von irgendwo ein Lichtlein her‹ ...«

Gilla spürte einen Kloß im Hals. »Woher soll ein solches Lichtlein denn kommen?«

Der Professor rieb nachdenklich den Daumen und Zeigefinger seiner rechten Hand gegeneinander, während sein Blick in die Ferne schweifte. »Lassen Sie mir ein paar Tage Zeit. Ich glaube, ich habe eine Idee.«

26

Der Plan war nicht wirklich ein Plan, sondern eher eine verzweifelte Hoffnung. Das Schlupfloch, das Benny entdeckt hatte, war kleiner als ein Nadelöhr – und die Möglichkeit, dass ausgerechnet er zu den Auserwählten zählen sollte, die durch dieses Nadelöhr hindurchgelangen würden, war ungefähr so wahrscheinlich wie ein Lottogewinn mit sechs Richtigen. Neunhunderteinunddreißig Plätze gab es auf der St. Louis, und im Deutschen Reich lebten immer noch Hunderttausende ausreisewilliger Juden. Entsprechend groß war der Andrang. Während Benny von Pontius zu Pilatus lief, um sich um einen der Plätze zu bewerben, kamen ihm die unterschiedlichsten Gerüchte zu Ohren, nach welchen Kriterien die Auswahl erfolgte. Angeblich sollte ein großes Kontingent an KZ-Häftlinge vergeben werden, die unter der Bedingung, dass sie Deutschland für immer verließen, auf ihre »Enthaftung« hoffen durften. Für diese Glücklichen wurde angeblich die ganze Prozedur, die zur Einschiffung erforderlich war, von staatlicher Seite geregelt.

Fast beneidete Benny sie. Denn für ihn begann nun wie für alle übrigen Bewerber ein bürokratischer Spießrutenlauf. Eine Schikane bedingte die andere. Nur wenn er eine Reiseerlaubnis hatte, würde er seinen eingezogenen Pass wieder ausgehändigt bekommen. Für die Reiseerlaubnis jedoch war ein Einreisevisum für Kuba erforderlich. Voraussetzung für dieses wiederum war die beglaubigte Entrichtung der Reichsfluchtsteuer sowie der erst kürzlich in Kraft getretenen Judenvermögensabgabe, einer zusätzlichen Kontributionszahlung, die allen Juden seit letztem November abverlangt wurde, als »Sühneleistung« für ihre vermeintlich feindliche Gesinnung gegenüber dem deutschen Volk, wie sie in dem Attentat auf den deutschen Legationsrat in Paris zum Ausdruck gekommen sei, und mit der sie sich die von ihnen in der sogenannten »Reichskristallnacht« selbst angerichteten Schäden in den Straßen und an öffentlichen Gebäuden von ihren Opfern bezahlen ließen.

Trotzdem ließ Benny sich nicht entmutigen. Obwohl nicht auszuschließen war, dass auch die Telefonate, die er mit Charly unter ihrem privaten Anschluss führte, mitgehört wurden, hatte er alle Schritte mit ihr besprochen. Dabei waren sie zu dem Schluss gekommen, dass ihre Scheidung sich verrückterweise jetzt vielleicht sogar als Segen erweisen würde. Da Charly sich ja offiziell von ihm losgesagt hatte, würde niemand Verdacht schöpfen, wenn sie eine Reise ins Ausland unternahm, falls er tatsächlich zu den Glücklichen zählen sollte, die mit der St. Louis ausreisen durften, und er in Kuba gelandet war.

Charlys Idee war es auch gewesen, als Erstes die Frage der Reichsfluchtsteuer zu klären. Benny hatte ja immer noch die Unbedenklichkeitserklärung vom Göttinger Finanzamt. Die legte er nun der Leipziger Behörde vor, um ihre Gültigkeit bestätigen zu lassen.

»Wie stellen Sie sich das vor?«, fragte der zuständige Beamte mürrisch. »So einfach geht das nicht! Bevor ich das unterschreiben kann, muss ich mir ein Bild über Ihre aktuelle Vermögenslage verschaffen.«

»Aber das hat doch schon Ihr Kollege in Göttingen getan.«

»Das weiß ich selbst, aber das ist schon eine Weile her. Vielleicht sind Sie ja in der Zwischenzeit zu neuem Vermögen gelangt.«

»Wie das denn?«

»Zum Beispiel durch eine Erbschaft.«

»Meine Eltern erfreuen sich Gott sei Dank bester Gesundheit.«

»Werden Sie nicht frech!«

»Bitte verzeihen Sie«, sagte Benny eilig, um seinen Fehler wiedergutzumachen. »Ich ... ich wollte nicht unhöflich sein, sondern nur zum Ausdruck bringen, dass ich zwischenzeitlich nicht in den Genuss einer Erbschaft gelangt bin. Und was meine Einkommenssituation angeht, so habe ich meine letzten Lohnabrechnungen dabei.«

»Wenigstens etwas«, brummte der Beamte. »Zeigen Sie mal her.«

Benny holte die vorbereiteten Papiere aus der Tasche. Als er sie dem Mann reichte, fiel sein Blick auf ein großformatiges Briefmarkenalbum, das aufgeschlagen zwischen zwei Aktenstapeln auf dem Schreibtisch lag. Offenbar hatte sein Besitzer gerade erst darin geblättert.

Plötzlich hatte Benny eine Idee.

»Sie sammeln Briefmarken?«, fragte er.

Schlagartig hellte die Miene seines Gegenübers sich auf. »Allerdings. Meine große Leidenschaft. Ihre auch?«

»Leider nein«, erwiderte Benny. »Aber durch Zufall bin ich im Besitz einer kleinen Rarität. Einer Sondermarke, die zur Gründung der Stadt des KdF-Wagens herausgegeben wurde.«

»Sie Glücklicher!«

»Ein Verwandter aus dem Wolfsburger Land hat sie mir vermacht. Allerdings glaube ich, dass sie einen würdigeren Besitzer als mich verdient. Eine solche Rarität gehört in die Hände eines wirklichen Sammlers, eines Philatelisten.«

Der Beamte hob die Brauen. »Was wollen Sie damit sagen?«

Benny zögerte. Das Interesse war geweckt, kein Zweifel – die

Augen seines Gegenübers glänzten wie die eines Verliebten. Doch jetzt kam es auf jedes Wort an. Eine falsche Bemerkung, die auf den Versuch einer Beamtenbestechung schließen ließ, und sein Fall war erledigt. Aber angesichts der unverhofften Chance war er bereit, das Risiko einzugehen.

»Ich weiß, Sie sind ein vielbeschäftigter Mann«, sagte er. »Aber wären Sie vielleicht trotzdem so freundlich, einmal einen Blick auf die Marke zu werfen? Als philatelistischer Experte? Vielleicht hat mein Verwandter ja maßlos übertrieben.«

Für einen Moment runzelte der Beamte die Stirn. »Wurde die Marke abgestempelt?«

Benny nickte: »Im Postamt von Fallersleben. Am Tag der Erstausgabe.«

»Donnerwetter. Dann ist das ja wirklich eine Rarität!«

27

»Hat das Fräulein sich inzwischen entschieden?«

»Tut mir leid, ich warte noch auf jemanden. Wir bestellen dann zusammen.«

»Dann hoffe ich, dass Ihr Verehrer bald erscheint. Auch andere Leute haben Hunger.«

Schon dreimal hatte der Kellner sich nach Gillas Wünschen erkundigt, doch dreimal hatte sie ihn wieder fortgeschickt, ohne eine Bestellung aufzugeben. Jedes Mal hatte er seinen Unmut deutlicher gezeigt, ein viertes Mal würde er ihre Ausreden nicht mehr akzeptieren. Denn wie jeden Abend standen bei Aschinger die Gäste am Eingang Schlange, um einen frei werdenden Tisch zu ergattern.

Nervös schaute Gilla auf die Uhr. Der Professor hatte sie für sieben herbestellt, jetzt war es fast halb acht. Hatte er sie versetzt? Oder einfach vergessen? Oder war die Idee, von der er gesprochen hatte, nur leeres Gerede gewesen?

Gilla beschloss, bis tausend zu zählen – wenn er dann immer noch nicht da war, würde sie gehen und draußen vor dem Eingang weiter auf ihn warten. Sie war gerade bei achthundertsiebenundneunzig angelangt, da kam der Professor endlich zur Drehtür herein. Mit einem entschuldigenden Lächeln trat er zu ihr an den Tisch.

»Bitte tausendmal um Vergebung, aber ich wurde leider aufgehalten. Eine nicht enden wollende Fakultätsratssitzung.«

Er hatte noch nicht Platz genommen, da war der Kellner schon da.

»Kann ich die Bestellung jetzt aufnehmen?«

»Bringen Sie, was Sie wollen«, erwiderte der Professor. »Wir werden sowieso nichts essen.«

»Wie bitte?«

»Wir überlassen Ihnen die Auswahl.«

»Dann empfehle ich die Rinderleber«, knurrte der Kellner.

»Gut, dann zweimal Rinderleber.«

»Aber zahlen müssen Sie auch, wenn Sie nichts anrühren.«

»Keine Sorge. Freuen Sie sich auf ein schönes Trinkgeld.«

Während der Kellner sich kopfschüttelnd entfernte, setzte der Professor sich zu Gilla an den Tisch und schob ihr ein Kuvert zu. »Vielleicht fällt es Ihnen damit leichter, mein Zuspätkommen zu entschuldigen.«

»Für mich?«, fragte sie.

»Ja«, sagte er. »Wollen Sie nicht aufmachen?«

Der Umschlag war nicht zugeklebt. Unsicher öffnete Gilla die Lasche. Als Erstes sah sie die Abbildung eines Schiffes, als Zweites die Namen zweier Häfen: Hamburg–Havanna.

»Aber … aber das ist ja …«

Plötzlich war sie so aufgeregt, dass sie keinen Satz mehr hervorbrachte. Natürlich hatte auch sie von der St. Louis gehört, dem Schiff, das tausend Juden nach Kuba bringen sollte – jeder Jude in Berlin wusste davon. Aber die Passage kostete über fünfhundert Mark, pro Person! Als sie davon zu Hause erzählt hatte, hatten ihre Eltern nur den Kopf geschüttelt. Sie hatten erst gar nicht den Versuch gemacht, Plätze für die Überfahrt zu bekommen.

Der Gedanke an ihre Eltern holte Gilla schlagartig in die Realität zurück.

»Was ist?«, fragte der Professor. »Freuen Sie sich denn gar nicht?«

»Doch … natürlich – natürlich freue ich mich … Nur …«

»Nur was? – Ach so, ich verstehe …« Er zog zwei weitere Tickets aus seinem Jackett und reichte sie ihr über den Tisch. »Ihre Eltern sollen Sie natürlich begleiten. Sie sind noch ein bisschen zu jung, um allein ans andere Ende der Welt zu reisen. Und was die übrigen Formalitäten angeht, machen Sie sich bitte keine Sorgen. Dabei werde ich Ihnen und Ihren verehrten Eltern natürlich helfen.«

Während er sprach, brachte der Kellner die Bestellungen. »Zweimal Rinderleber, bitte sehr.«

Ohne auf ihn zu achten, schlang Gilla die Arme um den Professor und küsste ihn auf beide Wangen.

»Olalala«, machte der. »Das ist mehr, als ich verdiene.«

»Es ist viel, viel, viel zu wenig«, sagte sie. »Ach, ich weiß gar nicht, wie ich Ihnen danken soll!«

Er nahm ihre Hände und legte sie zurück auf den Tisch. Dabei blickte er sie so eindringlich an, dass sie plötzlich das Gefühl hatte, vollkommen nackt vor ihm zu sitzen.

»Wissen Sie das wirklich nicht?«, fragte er.

28

Der erste Schritt war getan, und jede Reise, so lang sie auch sein mochte, begann mit dem ersten Schritt. Zum Glück hatte Benny sich an die Sondermarke erinnert, die die Reichspost zur Gründung der Stadt des KdF-Wagens herausgegeben hatte, und nachdem es Charly gelungen war, mit Hilfe ihrer Mutter ein am Tag der Erstausgabe abgestempeltes Exemplar der unter Philatelisten begehrten Rarität in Fallersleben zu besorgen, hatte der Finanzbeamte in Leipzig sich bereit erklärt, die Unbedenklichkeitsbescheinigung seines Göttinger Kollegen anzuerkennen.

Mit dem Nachweis, dass er seine Reichsfluchtsteuer bezahlt hatte, konnte Benny die nächsten Schritte in Angriff nehmen. Dabei half ihm ein emeritierter Kollege seines Vaters, den die Eltern eingeschaltet und dem sie ihr Wort gegeben hatten, für ihren Sohn zu bürgen. Der alte Geschichtsprofessor streckte die Summe vor, die Benny brauchte, um die Judenvermögensabgabe zu zahlen. Jede freie Minute, die die Arbeit ihm ließ, verbrachte er auf einer anderen Behörde, und da selbst die Herausgabe des Antragsformulars auf ein kubanisches Einreisevisum persönliches Erscheinen auf dem Konsulat voraussetzte, musste er eigens zu diesem Zweck nach Berlin fahren. Um den dafür nötigen Tag frei zu bekommen, war er mit einem dicken Schal um den Hals zur Arbeit erschienen und hatte so überzeugend eine Grippe simuliert, dass sein Chef ihn nach Hause geschickt hatte. Während der Fahrt in die Hauptstadt hatte er Blut und Wasser geschwitzt, doch nicht vor Fieber, sondern vor Angst – offiziell durfte er Leipzig ja nicht verlassen. Doch was blieb ihm anderes übrig? Die Gerüchte, die von Anfang an in der »Traube« kursierten, hatten sich inzwischen bewahrheitet. Tatsächlich wurden die meisten Plätze auf der St. Louis an jüdische KZ-Häftlinge vergeben, die, so hieß es, am Tag der Abreise direkt aus den Lagern an Bord gebracht würden.

Das Gestrüpp an Bestimmungen und Vorschriften erwies sich als solcher Dschungel, dass Benny sich manchmal fühlte, wie sich einst der Hauptmann von Köpenick gefühlt haben musste, der keine Arbeit ohne Aufenthaltserlaubnis und keine Aufenthaltserlaubnis ohne Arbeit bekommen hatte. Doch da er nicht aufgab und, wo immer es nötig war, auch drei- oder vier- oder fünfmal vorstellig wurde, ohne sich abwimmeln zu lassen, kam trotz aller Hindernisse und Fallstricke das große Ziel allmählich in Sicht wie ein wolkenumhüllter Gebirgsgipfel am Horizont. Nachdem Benny dem Reich gegenüber keine finanziellen Verpflichtungen mehr hatte, traf aus England schließlich auch das Geld ein, das er für die Schiffspassage brauchte. Auch wenn es noch so fraglich war, ob er zu den Auserwählten gehören würde, denen es möglich war, ein Ticket zu kaufen, musste er den für den Erwerb nötigen Betrag zur Erlangung der Ausreiseerlaubnis ebenso im Voraus nachweisen wie die Zahlung der Reichsfluchtsteuer und der Judenvermögensabgabe.

Mit allen Belegen versehen, erschien er auf dem Einwohnermeldeamt, um die Rückgabe seines Reisepasses zu beantragen. Nur wenn er den wieder besaß, durfte er auf die Ausreiseerlaubnis hoffen, die wiederum Voraussetzung dafür war, dass er überhaupt in die Liste der Bewerber um einen Platz an Bord der St. Louis eingetragen wurde.

Der Beamte, an den man ihn verwiesen hatte, machte einen eher gelangweilten Eindruck, als Benny sein Anliegen vortrug, er unterbrach nicht mal sein zweites Frühstück, das er auf dem Schreibtisch ausgebreitet hatte, während er die Unterlagen prüfte. Verstohlen schielte Benny auf das Revers seines Anzugs. Offenbar war der Mann kein Parteigenosse – jedenfalls trug er nicht den Bonbon.

»Kuba?«, fragte er. »Wo ist das denn? In Afrika?«

»In der Karibik«, sagte Benny. Und sicherheitshalber fügte er hinzu: »Südamerika.«

Der Beamte verzog das Gesicht. »O je, ich glaube, das wäre nichts für mich, da wäre es mir zu heiß. Ab zwanzig Grad komme ich ins Schwitzen. Ich bleibe lieber in meinem Leipzig. Da ist nicht nur das Wetter besser, sondern auch der Kaffee.« Wie um seine Worte zu bekräftigen, nahm er einen Schluck von seiner Tasse.

»Das ganz bestimmt«, stimmte Benny ihm zu. »Den Kaffee haben wir Leipziger ja praktisch erfunden.«

Beifällig nickend, stellte sein Gegenüber die Tasse zurück auf den Schreibtisch, nahm ein Käsebrot zwischen die Hände und biss hinein. »In Südamerika wäre unserem Johann Sebastian Bach die Kaffee-Kantate wohl kaum eingefallen.«

Während Benny sich ein pflichtschuldiges Lächeln abrang, blätterte der Beamte kauend und schmatzend in den Unterlagen, um schließlich zu einem Stempel zu greifen.

»Na, dann wollen wir mal.«

Benny starrte auf den Stempel, als könne er dessen Bewegung mit seinen Blicken steuern.

Der Beamte holte ein Formular aus einer Schreibtischschublade und drückte den Stempel auf das Stempelkissen. Doch als er die Aktendeckel, in denen die Unterlagen zu einem Dossier vereint waren, zuklappen wollte, stutzte er.

»Nanu, was ist denn das?«

Benny stockte der Atem. »Stimmt etwas nicht?«

»Hm, ich weiß nicht«, murmelte der Beamte und nahm ein Blatt aus dem Dossier. »Hier sehe ich gerade einen Vermerk, dass Sie sich angeblich als Arier ausgegeben haben.« Er hob den Kopf und sah Benny stirnrunzelnd an. »Ist das wahr?«

29

Auf dem Nachttisch lagen die Ausreisegenehmigungen bereit – drei Stück an der Zahl. Sie waren Gilla sofort ins Auge gesprungen, als sie das Schlafzimmer betreten hatte. Ja, der Professor hatte Wort gehalten und sich um alles gekümmert. Ihr Traum war Wirklichkeit geworden. In weniger als einem Monat würde die St. Louis in Hamburg ablegen, um in See zu stechen, mit ihr und ihren Eltern an Bord – zuerst nach Kuba und von dort aus weiter nach Amerika!

Jetzt war die Stunde gekommen, um sich zu bedanken.

Zweimal war der Professor zum Höhepunkt gelangt, als er sich ganz langsam und behutsam aus ihr zurückzog. Gilla öffnete die Augen, erleichtert und ein wenig überrascht, denn der Professor hatte sich so rücksichtsvoll verhalten, dass sie fast vergessen hatte, warum sie in seinen Armen lag. Von ihr aus hätte er ruhig noch ein wenig bleiben können. Doch zu ihrem Erstaunen stand er nicht auf, sondern ließ sich an ihrem Körper hinabgleiten. Um Himmels willen, was hatte er vor? Gilla lief ein Schauer über den Rücken. Mit betörender Langsamkeit und jeden Zentimeter seines Weges mit seinen Händen, seinen Lippen, seiner Zunge liebkosend, glitt er immer weiter an ihr herab, bis er jene äußerste Stelle erreichte, von der aus die Erregung Gilla auf einmal durchflutete.

»Was … was tun Sie da?«

Der Professor hielt einen Moment inne und schaute zwischen ihren Schenkeln zu ihr auf. »Soll ich aufhören?«

Gilla schloss die Augen. »Nein, bitte nicht. Machen Sie … machen Sie weiter … bitte …«

Er war der erste Mann gewesen, der ihr einen Handkuss gegeben hatte, und voller Neugier hatte sie sich damals gefragt, mit welchen Küssen dieser Mann eine Frau wohl noch verwöhnen würde.

Jetzt wusste sie die Antwort.

Der eine Kuss genügte, dass sich die Lust in ihr ausbreitete, Welle um Welle.

Warum hieß das Leben ›Leben‹? Natürlich, um was zu erleben …

Als sie wieder zu Atem kam, spürte sie an den Schenkeln, dass das Bettlaken unter ihr durchnässt war von ihrer eigenen Lust.

»O Gott, ist mir das peinlich.«

Mit einem Lächeln schüttelte der Professor den Kopf. »Kein Grund, sich zu schämen«, sagte er. »Im Gegenteil, das darfst du getrost als eine Auszeichnung auffassen. Die weibliche Ejakulation ist nur sehr wenigen Frauen vergönnt, und wir Männer verehren diese Frauen als die wahren Göttinnen der Lust. Aber wenn du duschen möchtest – das Bad findest du auf dem Flur hinter der zweiten Tür links.«

Trotz seiner Worte wusste Gilla nicht, wohin sie schauen sollte. So etwas war ihr noch nie passiert. Der Professor sah ihre Verlegenheit und ließ sie taktvoll allein. Sie wartete, bis er den Raum verlassen hatte und sie draußen auf dem Flur eine Tür gehen hörte, bevor auch sie das Bett verließ, um das Bad aufzusuchen.

Dieses war ein schwarzweiß gekacheltes Kabinett mit goldenen Armaturen. Was für ein Luxus! Die Brause hatte sogar eine Mischbatterie, mit der sich das kalte und warme Wasser ganz nach Belieben temperieren ließ. Während Gilla unter die Dusche trat und sich mit einem weichen Schwamm zu waschen begann, verlor sich allmählich die Scham, die sie empfunden hatte.

Wie hatte der Professor gesagt? Göttinnen der Lust? Was für ein charmanter Mann.

Nachdem sie das Bad verlassen und sich angezogen hatte, fand sie ihn in der Bibliothek. Auch er war inzwischen wieder bekleidet. In der Hand hielt er die drei Ausreisegenehmigungen.

»Darf ich noch eine kleine Bitte äußern?«, fragte er.

»Aber natürlich«, erwiderte sie. »Ich stehe so sehr in Ihrer Schuld.«

»Nicht der Rede wert – du hast dich doch auf die schönste Weise bedankt, die ein Mann sich nur wünschen kann. Darum will ich dich auch nur um etwas bitten, was dir keinerlei Mühe macht.«

»Was immer es ist, es wird mir eine Freude sein.«

»Wie reizend von dir.« Er zögerte einen Moment, ganz kurz nur, doch als er weitersprach, klang seine Stimme anders als zuvor, härter, fordernd, als würde er keine Bitte äußern, sondern einen Befehl. »Ich möchte, dass du mir Informationen beschaffst.«

»Informationen?«

Der Professor nickte. »Sicher hast du von dem neuen Gesetz gehört, das es Juden verbietet, ihr Geld in Gold und Diamanten anzulegen. Leider gibt es einige unehrenhafte Menschen, die sich nicht an die Vorschriften halten.«

»Ja, davon habe ich gehört«, sagte Gilla, verunsichert durch den plötzlich veränderten Ton. »Nur – was habe ich damit zu tun?«

»Hoffentlich nichts! Ich möchte nur, dass du ein Auge auf solche Leute hast und mich von entsprechenden Vorkommnissen in Kenntnis setzt. Denn diese lassen in der Regel darauf schließen, dass jemand illegal das Reich verlassen will, und das gilt es zu unterbinden.«

Gilla brauchte einen Moment, um zu begreifen, was die Worte bedeuteten.

»Verlangen Sie etwa von mir … ich soll …«

»… dabei mithelfen, dass Recht und Gesetz die gehörige Achtung finden«, vollendete er ihren Satz. »Ja, genau das ist es, worum ich dich bitte!«

Sie spürte, wie ihr der Mund austrocknete. »Um ehrlich zu sein – dabei ist mir gar nicht wohl.«

Der Professor warf ihr einen missbilligenden Blick zu. »Ich dachte, du wärest mir dankbar? Hast du das nicht eben noch behauptet?«

»Ja, das … das habe ich … und das bin ich auch, aber …«

»Aber was?« Verärgert schüttelte er den Kopf. »Jetzt hör mal gut zu, Gisela *Sarah* Bernstein. Um die Ausreisegenehmigungen für dich und deine Eltern zu bekommen, bin ich ein hohes persönliches Risiko eingegangen. Allein die Tatsache, dass ich mit einer wie dir Umgang pflege, kann mich Kopf und Kragen kosten. Ich denke, da hast du allen Grund, ein bisschen mehr Entgegenkommen zu zeigen.«

»Aber … aber das wäre doch Verrat!«

»Schon wieder ein Aber?«, herrschte er sie an, und seine Augen blitzten gefährlich. Doch als er sah, wie sie zusammenzuckte, verschwand die Härte auch schon wieder aus seinem Gesicht, und sein Ton wurde so sanft wie zuvor, fast schmeichelnd. »Ich will dich zu nichts drängen, mein schönes Kind, das ist nicht meine Art. Ein wenig kann ich deine Gefühle ja sogar verstehen. Wer möchte andere Menschen schon daran hindern, sein Glück in der Ferne zu suchen?«

»Dann … dann zwingen Sie mich also nicht?«

»Natürlich nicht. Es ist allein deine Entscheidung. Allerdings mache ich dich darauf aufmerksam, dass ohne das hier«, er schnippte mit dem Finger gegen die Papiere in seiner Hand, »die Schiffspassagen keinerlei Wert für dich und deine Eltern haben.«

Entgeistert erwiderte Gilla seinen Blick. »Das heißt – entweder, ich tue, was Sie verlangen, oder …« Die Vorstellung war so niederschmetternd, dass sie sie nicht aussprach.

Er schenkte ihr ein anerkennendes Lächeln. »Du bist nicht nur schön, Gilla B., sondern auch klug. *Entweder oder* – präziser kann man es nicht formulieren.«

Die grauen Augen auf sie gerichtet, fächerte er die Genehmigungen in seiner Hand auf wie ein Kartenspiel. Mit großen Augen starrte Gilla auf die abgestempelten Formulare. Versündigte sie sich nicht an ihrem Schicksal, wenn sie sie ausschlug?

»Nun, wie lautet deine Entscheidung?«, wollte der Professor wissen.

Während ihr Blick zwischen seinem lächelnden Gesicht und den Papieren hin- und herwanderten, glaubte sie plötzlich die Stimme ihres Vaters zu hören.

Nein, mein Gisela, so etwas tun wir Bernsteins nicht …

Ohne dass sie eine Entscheidung traf, formte sich diese von ganz allein.

»Es ... es tut mir leid – aber das kann ich nicht!«

Noch bevor der Professor etwas entgegnen konnte, machte sie auf dem Absatz kehrt und rannte aus der Wohnung.

30

Es wäre zu schön gewesen, um wahr zu sein.

Benny war sicher, der Beamte im Einwohnermeldeamt, der seinen Fall bearbeitet hatte, war bereit gewesen, ihm die Rückgabe seines Reisepasses zu bewilligen, und hätte er nicht im letzten Moment den verfluchten Aktenvermerk entdeckt, hätte er seinen Antrag abgestempelt, und die Aushändigung wäre erfolgt. Jetzt aber stand er mit leeren Händen da, wie der Hauptmann von Köpenick hatte er sich nur ein paarmal im Kreis gedreht, ohne einen einzigen Schritt voranzukommen. Ohne Reisepass keine Ausreisegenehmigung, ohne Ausreisegenehmigung kein Visum, und ohne Visum kein Platz auf der St. Louis.

Vor lauter Enttäuschung hatte Benny in der »Traube« eine doppelte Portion Reibeplätzchen bestellt und dazu ein großes Glas Bier. Scheiß auf das Abendessen bei der Witwe Stubbe! Das Geld, das seine Eltern geschickt hatten, brauchte er jetzt nicht mehr. Jedenfalls nicht für die St. Louis!

»Guten Appetit«, wünschte Kurt Silberstein, als Mama Meta die Bestellung brachte.

Benny rührte weder das Bier noch die Reibeplätzchen an. Sein Magen war plötzlich wie zugenäht.

»Wir sitzen in der Falle«, sagte er.

»Jetzt übertreibst du aber. Es gibt nicht nur die St. Louis, um aus Deutschland rauszukommen.«

»Hör schon auf! Du weißt so gut wie ich, dass praktisch kein Land der Welt mehr bereit ist, uns aufzunehmen.«

»Das ist nicht wahr! Palästina hält seine Grenzen weiterhin offen. Da werden wir nicht nur geduldet, da sind wir sogar willkommen.«

»Palästina!«, schnaubte Benny. »Was zum Teufel soll ich in Palästina? Sandkörner zählen?«

»Shanghai ist auch eine Möglichkeit. Ich habe eine Cousine, deren Mann die Flucht dorthin bereits gelungen ist. In ein paar Wochen will sie ihm mit ihren Kindern folgen.«

»Warum nicht gleich zum Mond? Oder zum Mars? Nein, das ist doch alles nur noch absurd.« Benny nahm sein Glas Bier und leerte es in einem Zug. Dann ging er zum Tresen und zahlte.

»Wo willst du hin?«, fragte Kurt.

»Ich habe noch was zu erledigen.«

»Und was ist mit den Reibeplätzchen?«

»Die kannst du von mir aus essen. Mir ist der Appetit vergangen.«

Auf der Straße schaute Benny sich um. Wo war die nächste Telefonzelle? Er wollte den Anruf, den er den ganzen Tag schon vor sich hergeschoben hatte, endlich hinter sich bringen.

Die nächste Telefonzelle befand sich gegenüber den Trümmern der Ez-Chaim-Synagoge. Zum Glück war sie leer. Benny kramte ein paar Münzen hervor und warf sie in den Schlitz. Die Nummer kannte er auswendig.

Am anderen Ende der Leitung hob Schwester Johanna ab. »Universitätsklinik Göttingen, Kinderstation. Wer ist am Apparat?«

»Ortsgruppenleiter Ising«, sagte Benny. »Ich würde gern meine Schwester sprechen.«

»Merkwürdig, die Frau Doktor hat gesagt, sie würde nach Fallersleben fahren, zum sechzigsten Geburtstag ihres Vaters«, erwiderte die Schwester mit hörbarem Misstrauen in der Stimme. »Ist sie denn nicht angekommen?«

Benny wusste auf die Schnelle nicht, was er antworten sollte. Mein Gott, den Geburtstag hatte er ganz vergessen! Eilig überlegte er eine Ausrede.

»Gerade deshalb rufe ich ja an«, sagte er schließlich. »Ich ... ich stehe hier in Fallersleben am Bahnhof, um sie abzuholen, aber sie ist nicht da. Na ja, kein Beinbruch, wahrscheinlich hat sie in Braunschweig den Anschluss verpasst und kommt mit dem nächsten Zug.«

31

An diesem Abend gab es bei den Bernsteins ausnahmsweise keine Pellkartoffeln, sondern Tscholent, ein Eintopfgericht aus Hackfleisch, Bohnen, Graupen und Kartoffeln nach einem Rezept der Großmutter. Während die Mutter das Essen auftrug, saßen Gilla und ihr Vater schon am Tisch, den, da der Vater zu solchen Arbeiten nicht geeignet war, Herr Hirschfeld von nebenan notdürftig wieder zusammengezimmert hatte, genauso wie die drei Stühle, damit sie nach dem Überfall der SA-Männer ihre Mahlzeiten wieder halbwegs zivilisiert zu sich nehmen konnten. Ein paar Teller und Besteck hatten sie vom Jüdischen Altersheim bekommen, zum Dank für die Möbel, die sie dem Heim überlassen hatten.

Schnuppernd beugte der Vater sich über den Topf. »Wie in der guten alten Zeit«, sagte er mit verklärtem Blick.

»So lange ist das nun auch wieder nicht her, dass wir satt zu essen hatten«, erwiderte die Mutter.

»Das meinte ich doch gar nicht, mein Thildchen, ich meinte die *wirklich* gute alte Zeit – früher, bei meinen Eltern. Da hat es Tscholent immer zum Sabbat gegeben.« Er tätschelte ihren Arm. »Sag, mein Thildchen, hast du das gekocht, weil heute Freitag ist?«

»Wie kommst du denn darauf? Das habe ich gekocht, weil heute Hackfleisch im Angebot war. Und Graupen und Bohnen hatte ich noch vorrätig.«

»Ich will dich ja nicht kritisieren, aber eigentlich wird Tscholent ja nicht mit Hackfleisch gemacht, sondern mit richtigem Rindfleisch. Darauf hat man in meiner Familie immer sehr großen Wert gelegt.«

»Tut mir leid, wenn ich dich enttäusche, Wilhelm. Aber Rindfleisch können wir uns nicht leisten.«

Der Vater stieß einen Seufzer aus. »Ja, das kommt davon, wenn man sich nicht an die Gebote hält. Was meinst du, wollen wir vielleicht die Kerzen anzünden? Wie es sich am Sabbat gehört? Es ist jetzt genau die richtige Zeit dafür. Ich bin sicher, ich könnte keinen grauen Wollfaden mehr von einem blauen unterscheiden.«

»Was redest du da von Wollfäden?«

»So hat mein Vater immer den Zeitpunkt bestimmt. Wenn er die Fäden nicht mehr unterscheiden konnte, hat er die Kerzen angezündet.« Suchend schaute er sich in der Wohnküche um. »Wir hatten doch mal so einen schönen Chanukka-Leuchter? Wo ist der eigentlich geblieben?«

Die Mutter runzelte die Brauen. »Hast du das wirklich vergessen? Den haben sie doch damals eingesackt!«

»Damals?«, wiederholte er irritiert. »In der guten alten Zeit?«

»Nein, als die SA-Männer hier alles kurz und klein geschlagen haben.« Kopfschüttelnd gab sie ihm eine Kelle Tscholent auf den Teller. »Aber jetzt hör endlich auf zu reden. Sonst wird das Essen kalt.« Sie schloss mit einem Deckel den Topf und nahm ebenfalls Platz.

»Erst muss ich den Segen sprechen«, sagte der Vater.

»Wozu das denn?«

»Du kannst aber fragen. Weil das Gesetz es so will.«

Die Mutter verdrehte die Augen. »Bitte sehr. Tu, was du nicht lassen kannst.«

»Mach du dich nur lustig. Aber du wirst schon sehen, wenn wir wieder nach dem Gesetz leben, wird alles gut. Wenn ich nur noch wüsste, wie der Segen ging ...«

Während er versuchte, sich zu erinnern, drehte die Mutter sich zu Gilla herum. »Welche Laus ist dir heute eigentlich über die Leber gelaufen? Die ganze Zeit sitzt du nur stumm da und starrst vor dich hin. Kein einziges Wort hast du gesprochen.«

Gilla wich ihrem Blick aus. »Ich ... ich habe Kopfschmerzen.«

»Kopfschmerzen? Wie kommt denn das? Die hast du doch sonst nie!«

Gilla spürte, wie sie rot wurde. Natürlich hatte sie keine Kopfschmerzen, sie wusste ja nicht mal, wie Kopfschmerzen sich anfühlten. In Wahrheit war sie immer noch in der Wohnung des Professors und sah im Geiste die abgestempelten Ausreisegenehmigungen vor sich, die er wie ein Kartenspiel in seiner Hand aufgefächert hatte. Seit sie nach Hause zurückgekommen war, tanzten die Formulare vor ihrem inneren Auge herum, und sie konnte nicht aufhören, daran zu denken, was passiert wäre, wenn sie den Wunsch des Professors erfüllt hätte.

Hatte sie ihr Glück mit Füßen getreten?

Endlich fiel dem Vater wieder ein, wie der Segensspruch ging.

»Gelobt seist Du, Ewiger, unser Gott, König der Welt ...«

Während er mit erhobenen Händen die Worte sprach, musste Gilla an die Worte denken, die der Professor zu ihr gesagt hatte. Göttinnen der Lust ... Die Vorstellung, eine solche Göttin zu sein, hatte sie in ihrem tiefsten Innern berührt. In diesem Augenblick hätte sie alles für ihn getan. Doch jetzt? Obwohl sie geduscht hatte, fühlte sie sich immer noch besudelt. Dieser Mann hatte sie missbraucht, er hatte ihr den Himmel gezeigt, nur um sie in die Hölle zu stoßen. Für ihr Glück sollte sie das Glück anderer Menschen opfern, die doch nichts anderes wollten als sie selbst. Nein, niemals würde sie tun, was er von ihr verlangt hatte, um keinen Preis der Welt! Damit hätte sie nicht weiterleben können, nicht mal in New York.

»... der du uns mit seinen Geboten geheiligt und uns befohlen hast, das Sabbatlicht anzuzünden ...«

»Jetzt hör endlich mit dem Unsinn auf«, unterbrach die Mutter das Gebet des Vaters. »Wir haben in unserer ganzen Ehe kein einziges Mal den Sabbat gefeiert, jetzt brauchen wir damit auch nicht mehr anzufangen. Fehlt ja nur noch, dass du dir Schläfenlocken wachsen lässt«

»Das wäre vielleicht gar nicht mal das Dümmste.«

»Und du«, fuhr sie an Gilla gerichtet fort, ohne auf seine Bemerkung einzugehen, »zieh nicht länger so ein Gesicht. Sondern iss endlich!«

Wie oft hatte ihre Mutter sie seit ihrer Kindheit zurechtgewiesen? Hundertmal? Tausendmal? Gilla wusste es nicht. Sie wusste nur, dass sie sich immer darüber aufgeregt hatte, wenn sie gemaßregelt worden war.

In diesem Moment aber brachten die Worte ihrer Mutter sie zur Besinnung.

»Du hast recht, Mama, es wäre schade um das gute Essen.«

Sie griff zu ihrem Besteck und nahm einen Bissen. War es das

Rezept der Großmutter oder der Segensspruch des Vaters? Der Tscholent schmeckte jedenfalls köstlich.

»Na also.« Die Mutter nickte zufrieden. »Das wäre ja auch noch schöner gewesen.«

Noch bevor die Mahlzeit beendet war, fasste Gilla einen Entschluss. Um nicht in Versuchung zu geraten, würde sie die Tickets für die St. Louis in einen Umschlag stecken und dem Professor zurückschicken – gleich morgen früh.

32

Obwohl ihm eigentlich die Lust dazu vergangen war, feierte Hermann Ising seinen sechzigsten Geburtstag in dem großen Rahmen, der sowohl dem Anlass als auch seinem Ansehen entsprach. Alle Gäste, die er eingeladen hatte, waren gekommen, um dem langjährigen Ortsgruppenleiter von Fallersleben ihre Aufwartung zu machen, darunter auch Gauleiter Telschow und in dessen Gefolge sogar Kreisleiter Sander. Graf Schulenburg erschien nicht nur in Begleitung seiner Ehefrau, sondern auch seines Cousins Fritz-Dietlof, der dem Gauleiter die Einladung übermittelt hatte, sowie seines Onkels Friedrich Werner, der gerade auf der Wolfsburg zu Gast war. Im Erdgeschoss des Hauses herrschte bald solche Enge, dass Bruni und die Lohndiener mit den Tabletts kaum noch ein Durchkommen fanden, der alte Lübbecke musste immer wieder Sekt aus dem Keller holen, damit niemand beim Begrüßungstrunk zu kurz kam, und als der Hausherr in der Diele die Begrüßungsrede hielt, drängten seine Gäste sich die Treppe hinauf bis in den ersten Stock, wo Horst mit seiner Familie lebte.

Charly, die schon vor zwei Tagen aus Göttingen gekommen war, um ihrer Mutter bei den Vorbereitungen zu helfen, glaubte in den Augen ihres Vaters Tränen schimmern zu sehen, als dieser am Schluss das Glas hob, um den Gästen zuzuprosten.

»Auf dass dieser Tag uns alle wieder unter einem Dach vereine!«

»Prost! Prost!«

Charly spürte, wie ihre Mutter neben ihr nach ihrer Hand tastete und diese einmal kurz drückte. Bei der Berührung musste auch sie mit den Tränen kämpfen. Sie wusste, was die Mutter ihr mit der Geste sagen wollte. Nein, nicht alle waren heute hier vereint – einer fehlte: Benny, ihr Mann. Am Vorabend hatte er in Fallersleben angerufen. Bruni war an den Apparat gegangen, und nicht mal ihr hatte er getraut, sondern sich mit verstellter Stimme als Professor Wagenknecht ausgegeben, um sich mit Charly verbinden zu lassen. In dem Gespräch hatte er ihr alle Hoffnung genommen. Das vermeintliche Schlupfloch, hatte er gesagt, habe sich als Sackgasse erwiesen.

Als nächster Redner ergriff ausgerechnet Horst das Wort. Mit markigen Worten brachte er einen Toast auf den Führer und die herrlichen Zeiten aus, die nirgendwo im Reich so eindrucksvoll Gestalt annehmen würden wie hier im Wolfsburger Land, in der Stadt des KdF-Wagens, wo es früher nichts als Zuckerrübenfelder gegeben habe, doch wo schon bald Millionen und Abermillionen Autos von den Fließbändern rollen würden, um das ganze Reich zu mobilisieren.

»Sieg Heil! Sieg Heil! Sieg Heil!«

Alle fielen in das Gebrüll ein, nicht nur die uniformierten Gäste, auch Georg in seinen Knickerbockern, der in Stuttgart frei bekommen hatte, damit er sich bei der Gelegenheit von den Baufortschritten der Autofabrik ein Bild machen sollte, genauso wie Edda, die zusammen mit Leni Riefenstahl gekommen war. Charly musste sich beherrschen, um ihnen nicht die Wahrheit ins Gesicht zu schreien: dass sie nur deshalb hier als geschiedene Frau stand, ohne Mann, weil ihr eigener Bruder ihn verraten hatte. Doch sie beherrschte sich, sie durfte keine Szene machen. Denn eine Möglichkeit gab es vielleicht ja doch noch, dass Benny und sie aus Deutschland herauskommen würden, und auch wenn diese Möglichkeit noch so gering war, wollte sie sie nicht gefährden.

»Wo ist eigentlich der kleine Willy?«, fragte sie darum nur leise ihre Mutter.

»Ilse passt in der Wohnung auf ihn auf, zusammen mit Adi und Eva. Du weißt ja – es darf ihn niemand sehen.«

Charly nickte. »So weit haben diese Unmenschen es schon gebracht, dass man seine Kinder verstecken muss.«

»Nicht so laut.« Die Mutter fasste nach ihrem Arm. »Ach, übrigens«, sagte sie dann, »da gibt noch etwas, worüber ich gern mit dir sprechen würde.«

Charly sah ihr besorgtes Gesicht. »Worüber, Mama?«

33

»Nun, wie hat dir meine Rede gefallen?«, fragte Horst.

»Sie war auf jeden Fall sehr laut«, erwiderte Georg. »Keiner kann behaupten, dich nicht verstanden zu haben.«

»Willst du mich verarschen?«

»Nein, im Ernst, bei dem Getümmel hier ist das wirklich eine Leistung.«

Während Horst sich fragte, ob sein Bruder das Kompliment tatsächlich aufrichtig meinte, blieb sein Blick an dessen Revers hängen.

»Das ist ja das Allerneuste«, sagte er mit gespielter Überraschung. »Hast auch du es endlich kapiert?«

»Na, so neu ist das nun auch wieder nicht.« Georg fasste an sein Abzeichen und rückte es zurecht. »Ich bin schon über ein Jahr in der Partei. Hast du das nicht gewusst? Schließlich wäre es sehr unhöflich gewesen, dem Führer persönlich zu begegnen, ohne PG zu sein.«

Horst biss sich ein Stück von seinem Daumennagel ab. Natürlich hatte er gewusst, dass sein Bruder in die Partei eingetreten war. Er hatte die Bemerkung nur gemacht, um ihm zu verstehen zu geben, dass er seine niederen Beweggründe durchschaute. Doch er hatte nicht damit gerechnet, dass Georg die Bemerkung zum Anlass nehmen würde, ihm seine Begegnung mit Hitler unter die Nase zu reiben. Wie hatte er nur so dämlich sein können? Georg benutzte schließlich jede Gelegenheit, um ihn zu demütigen. Heute erst recht. Offensichtlich war er sauer, dass die Leute ausnahmsweise mal nicht ihm applaudierten, sondern seinem kleinen, dämlichen Bruder.

»Ach, meinst du deine Fahrt zum Obersalzberg?«, fragte Horst.

»Als du einen von euren Versuchswagen kutschieren durftest?« Verächtlich spuckte er das Stück Nagel aus. »Das kann man wohl kaum als persönliche Begegnung bezeichnen.«

Leider ging der Angriff ins Leere. Georg zeigte nicht die geringste Wirkung, stattdessen grinste er nur sein verfluchtes Grinsen.

»Willst du mich zwingen, dich zu ärgern?«, fragte er.

»Du – mich ärgern? Unmöglich!«

»Da bin ich aber beruhigt. Rücksichtsvoll, wie ich bin, hätte ich dir nämlich sonst verschwiegen, dass ich dem Führer inzwischen sogar ein zweites Mal begegnet bin. Wie du vielleicht weißt, bin ich der verantwortliche Ingenieur für die Entwicklung des Kübelwagens, und in dieser Eigenschaft hatte ich vor wenigen Wochen die Ehre, dem Führer und einigen Generälen in Berlin ein Modell vorzuführen. Er hat mir sogar die Hand geschüttelt.«

»Die Hand geschüttelt?«, wiederholte Horst wie ein Idiot und hätte sich am liebsten dafür selbst geohrfeigt. Auch wenn er noch so gern geglaubt hätte, dass sein Bruder Lügengeschichten erzählte, wusste er doch, dass das nicht der Fall war. Ein Blick in Georgs vor Selbstsicherheit nur so strotzendes Gesicht genügte, um sich davon zu überzeugen. Wieder fuhr Horsts Daumen unwillkürlich Richtung Mund. Warum hatte der Führer das getan? Obwohl Horst inzwischen Ortsgruppenleiter war, war alles immer noch genauso wie früher, wenn er versucht hatte, es dem Vater recht zu machen, der ihm jedoch stets den Bruder vorzog, selbst wenn Georg einem den Sonntagspudding vor der Nase wegfraß ... Aber so war die Welt, seit jeher genoss der verlorene Sohn mehr Anerkennung als der treue, das war schon in der Bibel so.

»Da kann ich ja nur gratulieren. Dann hat es sich ja offenbar für dich mächtig gelohnt, zum richtigen Zeitpunkt die Pferde zu wechseln.«

»Du meinst meinen Eintritt in die Partei?«

»Nein, deinen Wechsel von Frankfurt nach Stuttgart. Von dem Juden Ganz zu Professor Porsche.«

Endlich – das hatte gesessen! Georg verzog das Gesicht, als hätte ihm jemand in die Eier getreten. Horst registrierte es mit Genugtuung.

»Kein Grund zur Sorge«, sagte er. »Ist der Dünnschiss noch so locker, alles hält der Knickerbocker!«

»Wie bitte?«

»Ach nichts, ich wollte nur sagen, du hast absolut das Richtige getan«, rieb Horst weiter Salz in Georgs Wunde. »Auf Sentimentalitäten können wir in diesen heroischen Zeiten keine Rücksicht nehmen. Frag Edda. Die war mal mit einem Kommunisten liiert – und jetzt?«

Während er mit dem Kopf zu seiner Schwester hinüberwies, die gerade Gräfin Schulenburg mit Leni Riefenstahl bekannt machte, trat Gauleiter Telschow auf sie zu.

»Kann ich Sie mal kurz sprechen, Herr Ising?«, fragte er.

Horst nahm Haltung an. »Selbstverständlich, Gauleiter.«

»Nein, nicht Sie, Ortsgruppenleiter«, erwiderte Telschow. »Ich meinte Ihren Herrn Bruder.«

34

Dorothee wusste nicht, wie sie das heikle Thema anschneiden sollte. Es war ja nur ein vages Gefühl, das sie manchmal beschlich, wenn sie nachts nicht schlafen konnte, eine dunkle, unbestimmte Ahnung, mehr nicht. Fast bereute sie, überhaupt den Mund aufgemacht zu haben.

»Nun sag schon, Mama, was hast du auf dem Herzen?«, drängte Charlotte.

»Ach nichts.«

»Von wegen. Ich sehe doch, dass dich etwas bedrückt. Ist wieder was mit unserem Sorgenkind?«

»Dem kleinen Willy?« Dorothee schüttelte den Kopf. »Nein, der erfreut sich Gott sei Dank seines Lebens, und nachdem die Einschulung verschoben wurde, machen wir uns im Moment keine allzu großen Sorgen um ihn. Sorgen mache ich mir eher um deine Schwester.«

»Um Edda? Was ist mit ihr?«

»Eigentlich nichts. Das heißt, dein Vater und ich, wir … wir fragen uns langsam, ob sie denn gar keine Familie gründen will.«

»Eine Familie? Wie denn? Sie hat ja nicht mal einen Freund.«

»Das ist es ja, was uns Sorgen macht – ich meine, in ihrem Alter. Weißt du, ob es vielleicht einen Mann in ihrem Leben gibt, von dem sie uns noch nichts verraten hat? Ihr zwei, ihr habt euch früher doch immer alles erzählt.«

Charlotte zuckte die Schultern. »Die Zeiten sind vorbei«, sagte sie. »Leider. Seit Edda mit der da zusammen ist …« Sie deutete mit dem Kopf auf Leni Riefenstahl, die gerade Bürgermeister Wolgast ein Autogramm gab, »nehme ich mich in Acht.«

»Was willst du damit sagen?«

»Kannst du dir das nicht denken? Die Riefenstahl ist doch Hitlers Zeremonienmeisterin, ein weiblicher Goebbels, wenn du mich fragst.«

»Findest du das nicht ein bisschen übertrieben?«, erwiderte Dorothee. »Ich denke, Leni Riefenstahl ist vor allem eine großartige Künstlerin. Auf der ganzen Welt wird sie für ihre Filme gefeiert und mit Preisen überhäuft, nicht nur in Deutschland.«

Charlotte nickte. »Ja, sie ist wirklich eine großartige Künstlerin, auch wenn es mir schwerfällt, das zuzugeben. Aber das ist ja gerade das Schlimme. Genau das macht sie so gefährlich.«

»Das verstehe ich nicht.«

»Wirklich nicht? Ihre Filme sind doch eine einzige, ungeheuerliche Lüge. Sie schwelgen in wunderschönen Bildern und gaukeln Dinge vor, die mit der Wirklichkeit nicht das Geringste zu tun haben. Schon die Titel! ›Fest der Schönheit‹, ›Fest der Völker‹ – als wäre das Leben in Deutschland ein einziges Fest und hier zu leben das größte Glück auf Erden. Aber wenn man weiß, was hier wirklich passiert …«

Sie brauchte den Satz nicht zu Ende zu sprechen, Dorothee hatte auch so verstanden. Statt etwas zu sagen, nahm sie ihre Tochter in den Arm und drückte sie kurz an sich.

»Um ehrlich zu sein«, sagte Charlotte, »ich traue Edda nicht mehr.«

»Deiner eigenen Schwester?« Dorothee musste schlucken.

»Würdest *du* ihr etwa trauen, wenn du an meiner Stelle wärst?«

Dorothee hielt den Blick ihrer Tochter kaum aus. So hatte Charlotte sie schon als Kind angeschaut, wenn sie sich über eine Ungerechtigkeit empört hatte. Damals war es ums Taschengeld oder Weihnachtsgeschenke oder die Aufgabenverteilung bei der Hausarbeit gegangen. Doch jetzt? Dorothee stieß einen Seufzer aus. Was hätte sie darum gegeben, wenn ihr Schwiegersohn mit ihnen hätte feiern können.

»Du hast recht«, sagte sie schließlich. »Keiner kann mehr dem anderen trauen. Nicht mal unter Geschwistern.«

Während sie sprach, breitete sich in der Diele plötzlich Unruhe aus. Der Grund dafür war der kleine Adolf. Ausstaffiert in einer Pimpfenuniform und mit dem Tornister auf dem Rücken, den er zur Einschulung bekommen hatte, kam er die Treppe heruntergerannt und lief schnurstracks auf Gauleiter Telschow zu, der gerade mit Georg plauderte, um wie ein Soldat vor dem Ehrengast strammzustehen. Die ganze Festgesellschaft applaudierte. Horst platzte fast vor Stolz. Jetzt tätschelte der Gauleiter auch noch Adis Wange.

»Das ist ja widerlich«, sagte Charlotte.

»Jetzt sei nicht so streng, er ist doch noch ein Kind.«

»Er ja, aber seine Eltern nicht. Ich wette, das haben die beiden so geplant.«

»Glaubst du?«

»Du etwa nicht?«

Dorothee wandte sich ab, das Spektakel gefiel ihr ja auch nicht. Plötzlich zuckte sie zusammen. Auf dem Treppenabsatz im ersten Stock stand der kleine Willy und blickte mit großen Augen auf die Festgesellschaft in der Diele. Dorothee wollte zu ihm eilen, um ihn in Horsts Wohnung zurückzubringen, doch zu spät. Kaum hatte Willy in der Menge seinen Cousin entdeckt, kam auch er die Treppe heruntergerannt.

»Willy auch Schule«, rief er und versuchte dem kleinen Adolf den Tornister vom Rücken zu reißen. »Willy auch lesen und schreiben!«

Um Gottes willen – wenn jemand den Jungen sah …

Zum Glück rettete Horst die Situation, indem er ohne jede Vorankündigung einen Toast auf den Gauleiter ausbrachte. Wie auf

Kommando hob die ganze Gesellschaft die Gläser und prostete dem Ehrengast zu. Im selben Moment kam Ilse herbei, packte ihren Neffen und brachte ihn in Windeseile fort.

»Das ist ja gerade noch mal gutgegangen«, flüsterte Dorothee.

»Hoffentlich«, sagte Charlotte. »Hoffentlich …«

35

Hatte Gauleiter Telschow etwas gemerkt?

Georg hatte kurz das Herz stillgestanden, als Willy wie aus dem Nichts in der Diele aufgetaucht war. Jetzt empfand er zum ersten Mal in seinem Leben so etwas wie Bewunderung für Horst. Eine solche Geistesgegenwart hätte er dem Esel gar nicht zugetraut. Das Ablenkungsmanöver war tatsächlich geglückt, der Gauleiter leerte sein Glas, als wäre nichts geschehen. Nur bei Kreisleiter Sander war Georg sich nicht sicher. Sein ehemaliger Turnlehrer blickte mit gerunzelter Stirn auf die Tür, durch die Ilse mit dem kleinen Willy verschwunden war, als würde er sich so seine Gedanken machen. Aber vielleicht bildete Georg sich das auch nur ein.

»Was ich Sie fragen wollte, Herr Ising«, sagte Telschow, ein Mann von Anfang sechzig mit graumeliertem, hochgescheiteltem Haar, »wie kommen Sie eigentlich mit dem Kübelwagen voran?«

»Die Entwicklung verläuft nach Plan«, erwiderte Georg, obwohl das nicht ganz die Wahrheit war.

Der Gauleiter nickte. »Ja, die deutsche Ingenieurskunst. Wie Sie sicher wissen, hat Flugkapitän Wendel mit der Messerschmitt gerade einen neuen Weltrekord aufgestellt – siebenhundertfünfundfünfzig Kilometer in der Stunde. Das ist fast Schallgeschwindigkeit!«

»Ja, ich habe den Bericht in der Wochenschau gesehen. Großartige Leistung!«

»Allerdings«, sagte Telschow mit plötzlicher Schärfe in der Stimme. »Im Vergleich dazu sollte so ein Geländewagen doch wohl ein Klacks sein, oder?«

Georg registrierte die veränderte Tonlage mit Unbehagen. »Darf ich fragen, wie Ihre Bemerkung gemeint ist?«

Der Gauleiter zupfte an seinem gleichfalls graumelierten Schnauzbart. »Nun, nach allem, was man so hört, haben Sie sich bei der Präsentation vor dem Führer ja nicht gerade mit Ruhm bekleckert.«

Georg biss sich auf die Lippe. Telschow hatte recht, die Vorstellung des Kübelwagens in Berlin war ganz und gar nicht so verlaufen, wie er es seinem Bruder gegenüber dargestellt hatte, und der Führer hatte ihm auch nicht die Hand gedrückt, sondern vielmehr unverhohlen seinen Missmut zum Ausdruck gebracht, weil die Entwicklung ihm nicht schnell genug voranging. Nachdem die Wehrmacht den Vierradantrieb zur Auflage gemacht hatte, um die Geländegängigkeit des Wagens zu verbessern, hatte man in Stuttgart in kürzester Zeit ein neues Getriebe entwickeln müssen, das noch nicht einwandfrei funktionierte – bei höheren Geschwindigkeiten sprang der vierte Gang immer wieder heraus. Außerdem hatten die Generäle kritisiert, dass ihre Soldaten in dem offenen Wagen bei Minustemperaturen ja erfrieren müssten und deshalb im Einsatz unfähig zu Kampfhandlungen sein würden.

»Kein Grund zur Sorge«, erklärte Georg forscher, als ihm zumute war. »Nur die üblichen Kinderkrankheiten. Aber die werden rasch behoben sein.«

»Das will ich hoffen«, erwiderte der Gauleiter. »Könnte nämlich sein, dass wir den Kübelwagen schneller brauchen als geplant.«

Georg horchte auf. »Nur damit ich Sie nicht missverstehe«, sagte er. »Sie sprechen vom Ernstfall?«

»Dazu kann ich mich nicht äußern. Nur so viel.« Der Gauleiter schaute um sich, ob jemand in Hörweite war, dann fuhr er mit gesenkter Stimme fort: »Der Führer wird demnächst den Westwall inspizieren.«

»Verstehe«, sagte Georg, obwohl er nicht wirklich verstand.

Telschow nickte bedeutungsvoll. »Vorsicht ist die Mutter der Porzellankiste. Wir sind auf jeden Fall gerüstet, egal, was der Feind im Schilde führt.« Er hielt für einen Moment inne, und plötzlich irgendwie nervös, zupfte er schon wieder an seiner Rotzbremse. »Aber da wir gerade so angeregt miteinander plaudern – wie wär's, wenn Sie mich mal mit dem Fräulein Riefenstahl bekannt machen würden? Wie ich höre, ist Ihre Frau Schwester ja wohl ihre Assistentin, und ich hatte bisher persönlich noch nicht die Freude, ihre Bekanntschaft zu machen.«

»Aber mit dem größten Vergnügen«, sagte Georg, froh, das heikle Thema hinter sich lassen zu können. »Wenn Sie mir bitte folgen wollen …«

36

»Verstehst du jetzt, was ich meine?«, fragte Charlotte.

»In Bezug worauf?«, erwiderte Dorothee.

»In Bezug auf die Riefenstahl.« Charlotte deutete mit dem Kinn auf die Regisseurin, die sich ein paar Meter weiter von Gauleiter Telschow hofieren ließ und dessen Honneurs sichtlich genoss. »Sie ist der Liebling aller Nazi-Bonzen.«

»Wer ist der Liebling aller Nazi-Bonzen?«

Dorothee drehte sich um. Vor ihr stand ihre älteste Tochter. »Wo kommst du denn so plötzlich her?«

»Störe ich?«, fragte Edda.

»Nicht im Geringsten«, erwiderte Charlotte. »Ich wollte sowieso gerade gehen.«

»Aber wir haben uns doch noch gar nicht richtig begrüßt …«

Ohne ihrer Schwester zu antworten, steuerte Charlotte auf eine Gruppe zu, in der ihr Onkel mit den Schulenburgs zusammenstand.

»Ich weiß, warum sie mir die kalte Schulter zeigt«, sagte Edda. »Aber sie tut Leni unrecht, sie hat ein völlig falsches Bild von ihr.«

»Hat sie das wirklich?«, fragte Dorothee. »Ich meine, wenn sie von den Parteigrößen so umschwärmt wird, hat das ja vielleicht auch seinen Grund.«

Edda schüttelte den Kopf. »Was kann Leni dafür, dass die Menschen ihre Filme mögen? Glaub mir, Mama, sie ist keine Fanatikerin, sondern einfach nur eine Künstlerin, die nichts anderes möchte, als die Zuschauer mit ihrer Kunst zu erfreuen. Sie ist ja nicht mal in der Partei. Außerdem ist sie der liebste Mensch der

Welt. Obwohl sie vor lauter Arbeit nicht weiß, wo ihr der Kopf steht, hat sie sich zwei volle Tage frei genommen, nur um hier zu sein und mit uns Papas Geburtstag zu feiern. So was tut sie sonst nie. Für niemanden.«

»Das ist wirklich sehr lieb von ihr«, sagte Dorothee. »Aber – um ehrlich zu sein, dein Vater und ich hätten uns noch mehr gefreut, wenn du nicht in Begleitung deiner Chefin, sondern eines Mannes gekommen wärst.«

»Was meinst du damit – eines Mannes?«

»Ist das so schwer zu erraten? Du bist schon über dreißig. Wie lange willst du denn noch warten? Bis dich keiner mehr will?«

Verlegen nagte Edda an ihrer Lippe, Dorothee entging es nicht. Hatte sie einen wunden Punkt getroffen? Sie hoffte nicht, hoffte vielmehr, dass ihre Tochter sich verteidigen würde, um die Dinge klarzustellen. Doch das tat sie nicht. Stattdessen ging sie zum Angriff über.

»Das sagst du doch nur, weil Charlys Ehe sich als ein solches Desaster entpuppt hat. Darum erwartet ihr jetzt von mir, dass ich für Enkelkinder sorge. Aber so funktioniert das nicht, die Liebe lässt sich nicht so einfach kommandieren.«

37

»Was war das eigentlich für ein merkwürdiger Artikel neulich im ›Schwarzen Korps‹ über Sie, Professor?«, erkundigte sich Fritz-Dietlof von der Schulenburg, ein untersetzter, glatzköpfiger Haudegen Mitte dreißig mit auffallendem Wangenschmiss.

»Oh, ein Artikel über unseren verehrten Staatsrat?«, fragte Gräfin Schulenburg, bevor Carl etwas erwidern konnte. »Noch dazu im ›Schwarzen Korps‹?« Sie drehte sich zu ihm herum. »Das freut mich aber, dass man Sie an so prominenter Stelle würdigt.«

»Von Würdigung kann wohl kaum die Rede sein«, sagte Friedrich Werner von der Schulenburg, ein ebenfalls glatzköpfiger Mann, der die Sechzig bereits überschritten hatte und mit seinem Kaiser-Wilhelm-Bart aussah war der preußische Geheimrat längst vergangener Zeiten. »Der Artikel war alles andere als schmeichelhaft, eher eine gepfefferte Kritik.«

»Das wundert mich aber sehr! Was kann man einem so untadeligen Mann wie unserem Staatsrat denn vorwerfen?«

So gelassen wie möglich zuckte Carl die Schultern. »Der Verfasser nannte mich einen Opportunisten und zweifelte meine nationalsozialistische Gesinnung an.« Den Vorwurf, dass er zu große Nähe zu Juden pflege, ließ er vorsichtshalber unerwähnt. Beide Schulenburgs waren schließlich PG's.

»Was für ein Unsinn«, sagte die Gräfin. »Mir ist kein Mensch bekannt, der die Idee des Nationalsozialismus eleganter verkörpern würde als Sie. Aber machen Sie sich nichts daraus, mein Lieber. Große Geister rufen immer Neid hervor. Doch Neid muss man sich bekanntlich verdienen, und was kümmert es den Mond, wenn ihn der Hund ankläfft?«

Carl nötigte sich ein Lächeln ab. Die Gräfin hatte gut reden, ein solcher Artikel im »Schwarzen Korps« kam einer öffentlichen Bloßstellung gleich und konnte die Karriere eines Mannes von heute auf morgen zerstören. Tatsächlich hatte er mehrere Tage lang Blut und Wasser geschwitzt aus Angst vor den Folgen, vor allem, nachdem Gisela Bernstein nicht nur die Zusammenarbeit verweigert, sondern ihm sogar die Fahrscheine für die St. Louis zurückgeschickt hatte. Damit hatte sich die Hoffnung, mit ihrer Hilfe seinen Leumund aufzupolieren, in Luft aufgelöst. Doch zum Glück hatte Hermann Göring die Attacke der SS als indirekten Angriff auf seine eigene Person aufgefasst und Heinrich Himmler damit gedroht, irgendwelchen SS-Größen in ähnlicher Weise öffentlich an den Karren zu fahren, wenn der Reichsführer SS seine Kettenhunde nicht zurückpfeife. Seitdem hatte die Lage sich beruhigt, zumindest hatte es keinen weiteren Artikel im »Schwarzen Korps« zum »Fall Carl Schmitt« mehr gegeben. Wenn der Burgfrieden hielt, würde die ganze Angelegenheit hoffentlich bald in Vergessenheit geraten.

Um die Aufmerksamkeit von sich abzulenken, beschloss Carl, das Thema zu wechseln. »Nehmen Sie noch nachträgliche Glückwünsche zu Ihrer Beförderung entgegen?«, wandte er sich an

Fritz-Dietloff von der Schulenburg, der unlängst zum stellvertretenden schlesischen Oberpräsidenten ernannt worden war. »Eine solche Stellung in so jungen Jahren? Respekt! Und das sogar als ›roter Graf‹? So nennt man Sie ja wohl bisweilen, nicht wahr?«

Dem Angesprochenen schien die Frage wenig zu gefallen. »Was heißt hier – sogar?«, erwiderte er ohne jeden Humor. »Die NSDAP führt das Bekenntnis zum Sozialismus schließlich in ihrem Namen.«

»Da haben Sie natürlich recht«, bestätigte Carl, »einerseits zumindest. Doch anderseits«, fügte er an die Adresse von Friedrich Werner Schulenburg hinzu, der als Botschafter das Reich in der Sowjetunion vertrat, »ist der Bolschewismus nicht seinem Wesen nach der natürliche Feind des Nationalsozialismus?«

Der Diplomat zwirbelte seinen Kaiser-Wilhelm-Bart. »Das mag, philosophisch betrachtet, so sein. Aber realpolitisch tun wir gut daran, den Führer in seinem Bemühen um einen Friedenspakt mit Russland nach Kräften zu unterstützen.«

Carl verstand. Zu Hitlers fünfzigstem Geburtstag war erst kürzlich in Berlin die größte Militärparade veranstaltet worden, die es in Europa je gegeben hatte. Jetzt war klar, wem diese Machtdemonstration galt. Bei der Münchner Konferenz zur Beilegung der Sudetenkrise hatte Carl im letzten Herbst selbst miterlebt, mit welchem Widerwillen Hitler den Friedensvertrag unterschrieben hatte. Der Führer hatte Krieg gewollt, nicht Frieden! Indem er das verbleibende Gebiet Tschechiens nach dem Abkommen als »Rest-Tschechei« bezeichnet hatte, hatte er bereits deutlich gemacht, dass er den Vertrag nicht einhalten würde, und kaum hatte die Slowakei ihre Unabhängigkeit von der Tschechoslowakei erklärt, hatte er Wehrmachtstruppen in Mährisch-Ostrau einmarschieren lassen, um anschließend in einer zermürbenden Nachtkonferenz den herzkranken tschechoslowakischen Staatspräsidenten Hácha stundenlang so unter Druck zu setzen, bis dieser »freiwillig« darum gebeten hatte, die Landesteile Böhmen und Mähren unter deutsches Protektorat zu stellen. Gleichzeitig hatte Hitler den schon lange schwelenden Streit mit Polen um die Freie Stadt Danzig und den Danziger Korridor aufs Neue entfacht und ultimativ die Rückgliederung der nach dem Krieg an Polen verlorenen Gebiete an das Reich gefordert. »Danzig war deutsch, Danzig ist deutsch, Danzig wird immer deutsch bleiben!« Durch das tschechoslowakische Beispiel abgeschreckt, hatte Polen für den Fall, dass die Wehrmacht nun auch auf ihr Hoheitsgebiet vorrückte, von England und Frankreich eine Garantieerklärung erwirkt, wonach die Alliierten fünfzehn Tage nach Beginn deutscher Kriegshandlungen dem Nachbarland des Reichs mit einem Angriff auf die deutsche Westflanke zu Hilfe eilen würden. Solche Hilfe hatte aber nur dann Aussicht auf Erfolg, wenn sich auch die Sowjetunion gegen Deutschland stellte. Ein Friedensabkommen zwischen Berlin und Moskau würde das vereiteln.

Carl überlegte, mit welchen Worten er den genialen Plan angemessen würdigen konnte, da trat seine Nichte Charlotte an ihn heran.

»Hast du vielleicht eine Minute Zeit für mich?«

38

Um ungestört miteinander reden zu können, führte Charly ihren Onkel in das Privatkontor ihres Vaters.

»Sie haben ihm also die Rückgabe des Reisepasses verweigert?«, fragte er, nachdem sie berichtet hatte, wie Benny bei seinem Versuch gescheitert war, einen Platz auf der St. Louis zu bekommen.

»Ja, wegen eines Aktenvermerks. Weil er sich als Arier ausgegeben hat.«

»Sonst hatte er alle Papiere zusammen?«

Charly nickte. »Alle. Es fehlte nur noch der Pass.«

Sie hatte lange gezögert, bevor sie sich an ihren Onkel gewandt hatte. Zwar hatte er Benny schon einmal geholfen, doch inzwischen war so viel passiert, dass sie nicht mehr wusste, ob sie ihm noch trauen konnte. Immer wieder musste sie daran denken, was Eddas ehemaliger Freund Ernst Hartlieb über Onkel Carl gesagt hatte: »Dieser Mann ist ein Chamäleon, eine intellektuelle Hure.« Als Benny erzählt hatte, wie Ernst über ihren Lieblingsonkel sprach, hatte sie sich hellauf empört, so gewiss war sie sich damals seiner gewesen. Aber solche Gewissheiten gab es schon lange nicht mehr.

»Bitte, Onkel Carl. Du musst uns helfen. Es gibt sonst niemanden, an den ich mich wenden kann.«

Sein Gesicht verdüsterte sich. »Du weißt, Charlotte, wie sehr ich dich mag, und ich würde von Herzen gern was für dich tun. Aber wie stellst du dir das vor? Ich bin nicht allmächtig, sondern nur ein kleines Rädchen im Getriebe. Außerdem«, fügte er hinzu, als sie etwas einwenden wollte, »muss ich mich gerade selbst in Acht nehmen. Ich bin ins Visier der SS geraten, zusammen mit ein paar anderen Professoren, und Himmlers Leute fahren scharfe Geschütze gegen uns Intellektuelle auf. Ein Aufstand des Parteipöbels. Wenn ich mir in dieser Situation irgendetwas zuschulden kommen lasse, dann …«

»Dann was, Onkel Carl?«, fragte sie mit erstickter Stimme. »Die Regierung hat die St. Louis doch selbst gechartert. Also ist es der Wille des Führers, dass die Juden das Land verlassen können.«

»Ja, mag schon sein, vielleicht«, sagte er. »Aber das heißt noch lange nicht, dass deshalb Recht und Gesetz außer Kraft getreten sind.«

»Recht und Gesetz? So nennst du das, was gerade in Deutschland geschieht?« Voller Entsetzen schaute sie ihn an, kaum imstande, die aufsteigenden Tränen zurückzuhalten. »Bitte, Onkel Carl. Ohne Pass lassen sie Benny nicht raus. Und wenn er hier bleibt, weiß ich nicht, ob er dann noch seines Lebens sicher ist.«

39

Als Carl die Tränen in den Augen seiner Nichte sah, regte sich in ihm spontaner Widerwille. Wollte Charlotte ihn moralisch erpressen? Wenn ja, war sie bei ihm an der falschen Adresse, gegen Moral war er von Natur aus immun, und auf keinen Fall war er bereit, seine Existenz aufs Spiel zu setzen, nur um ihrem jüdischen Mann zu helfen, der nicht mal mehr ihr wirklicher Mann war. Das war ihm schon einmal sauer aufgestoßen. Der Vorwurf des »Schwarzen Korps«, dass er Kontakt zu Juden pflege, ließ darauf schließen, dass man von dem Dankesschreiben des Juden Jungblut auf irgendeine Weise Kenntnis erlangt hatte.

Er wollte das Gespräch beenden, da fiel sein Blick auf eine gerahmte Fotografie, die auf dem Schreibtisch seines Schwagers stand. Das Bild war das Hochzeitsfoto seiner Schwester und ihres Mannes Hermann Ising. Mit stolz geschwellter Brust, als hätte er auf einer Landwirtschaftsausstellung den ersten Preis gewonnen, hielt dieser seine Frau am Arm. Dorothee hingegen sah so unglücklich aus, dass Carl schlucken musste. Kein Zweifel, schon damals, am Tag ihrer Trauung, im Moment dieser Aufnahme, hatte ihr das ganze Elend ihres künftigen Schmalzstullenlebens vor Augen gestanden, das sie auf sich genommen hatte, damit er, ihr kleiner Bruder, hatte studieren können.

»Liebst du ihn noch immer?«, hörte er sich plötzlich fragen.

Charlotte nickte. »Ja, das tue ich.«

»Obwohl diese Liebe dir nichts als Schwierigkeiten bereitet?«

»Kann ich es mir denn aussuchen?«

Carl sah ihr verzweifeltes Gesicht. Und wusste zugleich, dass es keine Alternative zu dieser Verzweiflung gab, weil diese nur die Kehrseite von Charlottes vermeintlich größtem Glück war. Was waren die Menschen doch für seltsame Wesen – meist war ihr Wille nicht ihr Himmelreich, sondern ihre Verdammnis. Sie konnten alles Mögliche wollen – nur *was* sie wollten, das entzog sich ihrem Willen. Jeder Mensch wollte, was er wollte, ohne Sinn und Verstand, weil nicht die Vernunft sein Steuerungsorgan war, sondern sein Gefühl, dem die Vernunft nur als Ausführungsorgan diente. Und kein Gefühl war stärker als die Liebe. Darum blieb Charlotte nichts anderes übrig, als sich weiter mit ihrem Juden unglücklich zu machen.

»Versprichst du mir, keinem Menschen zu sagen, was ich dir jetzt sage?«, fragte er.

»Ich schwöre es!«

»Na gut.« Er hielt kurz inne, um sich noch einmal zu besinnen, bevor er einen Fehler machte, der sich womöglich nicht mehr reparieren ließ. Doch dann fielen ihm Hermann Görings Worte wieder ein. *Jeder Jude, der Deutschland verlässt, ist ein Jude weniger in Deutschland* … Also holte Carl tief Luft und sagte: »Ich bin zufällig im Besitz eines Fahrscheins für die St. Louis.«

Ungläubig blickte Charlotte ihn an. »Wirklich?«

»Glaubst du, ich mache Witze?«

»Und du würdest … du würdest ihn … vielleicht … meinem Mann geben?«

Mit einem Lächeln zuckte er die Schultern. »Da ich mich nicht mit der Absicht trage auszuwandern, kann ich die Frage wohl bejahen.«

»Ach, Onkel Carl!«

Charlotte schlang die Arme um ihn und küsste ihn auf beide Wangen. Für einen Moment fragte er sich, ob er ihr auch eine zweite Karte geben sollte, Gisela Bernstein hatte ihm ja alle drei Tickets zurückgeschickt, doch kaum, dass ihm der Gedanke gekommen war, entschied er sich dagegen. Nein, wenn seine Nichte zusammen mit diesem Mann Deutschland verließ, würde das ihr Unglück bis in alle Ewigkeit verlängern. Nur wenn der Atlantik zwischen ihr und dem Juden lag, bestand Hoffnung, dass ihre Liebe irgendwann verging und das Elend ein Ende hatte. Ein paar tausend Seemeilen bewirkten in solchen Fällen bekanntlich mehr als alle Appelle an die Vernunft.

»Ist ja schon gut«, sagte er und löste sich mit sanfter Gewalt aus ihrer Umarmung. »Du bringst mich ja um.«

»Ach, ich weiß gar nicht, wie ich dir danken soll!«

Mit tränennassen Augen strahlte sie ihn an, gleichzeitig lachend und weinend. Carl war beinahe gerührt.

»Wofür sind Patenonkel da, wenn nicht für so was?«, fragte er. »Und was den Pass angeht, habe ich vielleicht eine Idee.«

»Welche?«

Carl rieb seine Fingerspitzen gegeneinander. »Ich habe zu Hause ein Schatzkästchen, ein kleines Privatarchiv mit manchmal recht nützlichen Informationen. Gut möglich, dass sich darin eine Lösung findet, bei der ich selbst nicht Kopf und Kragen riskiere.«

40

Benny konnte es kaum glauben, als er seinen Reisepass in Händen hielt.

»Sie scheinen einen prima Schutzengel zu haben«, sagte der Beamte bei der Verabschiedung. »Ich wünsche Ihnen viel Glück.«

Wie hatte Charlys Onkel das bloß zuwege gebracht? Benny wusste es nicht, aber erstens hatte er jetzt nicht die Zeit, um es herauszufinden, und zweitens war es ihm auch egal. Hauptsache, er durfte raus aus Deutschland!

Auf der Straße suchte er als Erstes eine Telefonzelle auf. Er konnte es gar nicht erwarten, Charly die wunderbare Neuigkeit mitzuteilen. Doch bevor er in Göttingen anrief, wollte er zuerst bei der HAPAG anrufen, um sich von der Reederei bestätigen zu lassen, dass er für die Transatlantikpassage auf der St. Louis einen gültigen Fahrschein besaß.

Der Angestellte am anderen Ende der Leitung war ein Mensch von ausgesuchter Unfreundlichkeit. Eine telefonische Auskunft, behauptete er, sei nicht statthaft, Benny solle seine Adresse angeben, dann erhalte er in Kürze ein Schreiben mit allen die Schiffsreise betreffenden Informationen und Vorschriften.

Was hieß »in Kürze«?

Drei Tage verbrachte Benny wie auf glühenden Kohlen, dann endlich, an einem Donnerstagabend, als er von der Arbeit zurückkehrte, händigte die Witwe Stubbe ihm die sehnlichst erwartete Post aus. Er riss der Wirtin den Umschlag aus der Hand und verschwand damit auf sein Zimmer. Dort brauchte er seinen ganzen Mut, um den Brief zu öffnen. Doch schon im ersten Satz wurde ihm mitgeteilt, dass sein Fahrschein gültig war.

»... teilen wir Ihnen mit, dass Ihrer Registrierung nichts mehr im Wege steht ...«

War das wirklich und wahrhaftig wahr? Benny las den Satz wieder und wieder. Ja, er hatte es tatsächlich geschafft – er durfte an Bord der St. Louis, als einer der wenigen Auserwählten, die mit dem Luxusdampfer nach Kuba reisen würden.

Betrunken vor Glück sank er auf den einzigen Stuhl in seinem Zimmer. Die ganze Welt schien stillzustehen, nicht mal der

Fischgeruch aus der Küche erreichte ihn. Er brauchte eine Weile, bis er imstande war, den Rest des Schreibens zu lesen, das in detaillierter Auflistung die Vorschriften für die Reise enthielt. Um sicherzustellen, dass die Flüchtlinge durch ihren Aufenthalt auf Kuba dem Staat nicht zur Last fielen, mussten sie eine Summe von umgerechnet zweihundert Dollar hinterlegen, die bei der Ausgabe der Landekarten in Havanna fällig würde. Diese Summe war bei der Registrierung in Hamburg auf ein Bordkonto einzuzahlen, die Auszahlung würde am Ziel der Reise durch den Zahlmeister der St. Louis erfolgen. Über diesen Betrag hinaus war es den Passagieren nur noch gestattet, zwanzig Reichsmark in bar mit an Bord zu nehmen, eine höhere Ausfuhr von Devisen gleich welcher Währung ins Ausland war unter Androhung von Strafe untersagt.

Als Benny den Betrag las, runzelte er die Stirn. Nur zwanzig Mark? Wie sollte er damit am anderen Ende der Welt ein neues Leben anfangen?

Die Antwort fand sich im nachfolgenden Paragraphen. Jedem Passagier wurde eine »Warenfreigrenze« von tausend Mark eingeräumt. Bis zu diesem Betrag durften mit an Bord genommene Wertgegenstände kosten, die sich am Ankunftsort wieder zu Geld machen ließen. Benny zählte seine Ersparnisse nach, die er hinter einer losen Fußleiste versteckt hatte. Obwohl er sich in der Zeit, da er sich keine Hoffnungen mehr auf einen Platz auf der St. Louis hatte machen können, fast jeden Abend Mama Metas Reibeplätzchen und mehrere Gläser Bier geleistet hatte, besaß er von dem Geld seiner Eltern aus England immer noch vierhundertneunzig Mark und sechzig Pfennige. Wenn er bis zur Abfahrt den Fraß seiner Zimmerwirtin runterwürgte und auch sonst jeden Pfennig sparte, blieben ihm noch an die zweihundert Mark übrig – genug, um eine Armbanduhr zu kaufen, am besten ein Schweizer Fabrikat. Das konnte man an jedem Ort der Welt losschlagen.

»Essen ist fertig«, rief die Witwe Stubbe auf dem Flur.

Benny legte den Brief zur Seite, da fiel sein Blick auf den allerletzten Paragraphen. Dieser lautete, dass die Passagiere der

St. Louis vor der Einschiffung eine Kaution von zweihundertdreißig Mark zu hinterlegen hatten – »sicherheitshalber«, für eine eventuelle Rückfahrt.

Was zum Teufel hatte das zu bedeuten?

Benny wusste es nicht. Er wusste nur, den Betrag konnte er in den Wind schreiben. Denn nie und nimmer würde er nach Deutschland zurückkehren.

Jetzt reichte sein Geld allerdings für keine Schweizer Uhr mehr, höchstens noch für ein bisschen Klimpergeld, das er an Bord verjubeln konnte.

41

»Was sagst du da?«, fragte Edda. »Benny wandert aus? Für immer?«

Sie hatte so laut in den Telefonhörer gesprochen, dass Leni, die auf dem Wohnzimmersofa lag und in der neuesten Ausgabe der »Berliner Illustrierten« blätterte, auf deren Titelseite ihr eigenes Konterfei prangte, irritiert aufblickte.

»Ja«, erwiderte die Mutter. »Auf einem Schiff der HAPAG Reederei. Damit dürfen fast tausend Juden Deutschland verlassen.«

»Heißt das Schiff zufällig St. Louis und fährt nach Kuba?«

»Ja, woher weißt du das? Stand das etwa in der Zeitung?«

»Nein, aber ich kenne einen Kameramann, der sich auch um einen Platz bemüht hat. Nur bei ihm hat's nicht geklappt.«

»Das überrascht mich nicht. Charlotte hat mir erzählt, wie groß der Andrang war. Benjamin hat wohl erstaunliches Glück gehabt. Du kannst dir gar nicht vorstellen, wie erleichtert deine Schwester ist.«

Leni richtete sich auf dem Sofa auf und hielt die Illustrierte in die Höhe. »Dreizehn Seiten«, flüsterte sie.

Edda legte die Hand auf die Sprechmuschel. »Was meinst du damit – dreizehn Seiten?«

»Der Artikel über mich.«

»Ach so, das ist ja großartig! Gratuliere!« Während sie Leni eine Kusshand zuwarf, hielt sie wieder den Hörer ans Ohr. »Ich freue mich auch für die beiden«, sagte sie. »Aber warum erfahre ich das eigentlich von dir? Warum nicht von Charly selbst?«

»Ich weiß es nicht«, sagte die Mutter. »Weißt du es vielleicht?«

Die Gegenfrage versetzte Edda einen Stich. Natürlich wusste sie es, der Grund lag ja unübersehbar vor ihr auf dem Sofa. Leni. Weil es sie gab, war es zwischen ihr und Charly nicht mehr wie früher. Früher hatte es nie Geheimnisse zwischen ihnen gegeben, im Gegenteil, da wäre sie die Erste gewesen, der Charly eine solche Neuigkeit anvertraut hätte. Doch jetzt ...

Leni hatte sich wieder in ihre Illustrierte vertieft und las mit seligem Lächeln den dreizehn Seiten langen Artikel über sich.

»Bist du noch am Apparat?«, fragte die Mutter.

»Ja, natürlich«, sagte Edda. »Gibt es ... gibt es irgendetwas, das ich für die zwei vielleicht tun kann?«

»Nicht, dass ich wüsste«, erwiderte die Mutter, »angeblich ist alles geregelt. – Das heißt«, fügte sie nach kurzem Zögern hinzu, »ein Problem gibt es wohl doch. Die Passagiere dürfen praktisch kein Bargeld mit auf die Reise nehmen, nur Wertsachen, so dass sie mit dem bloßem Hemd am Leibe in der Fremde ankommen.«

42

Seit Bennys Ausreise feststand, erhielt Charly zweimal täglich von ihm Post – einmal am Morgen, wenn sie ihre Wohnung am Theaterplatz verließ, um zur Arbeit zu gehen, und einmal am Abend, wenn sie von der Klinik nach Hause zurückkam.

... ich werde die Tage zählen, die ich auf der anderen Seite des Ozeans auf Dich warte. Sagte ich Tage? Ach was – jede Stunde, jede Minute, jede Sekunde werde ich zählen, bis Du endlich bei mir bist und wir zwei wieder ganz sind und eins ...

Am dreizehnten Mai würde die St. Louis im Hamburger Hafen auslaufen, mit Benny an Bord. Es war sein Wunsch gewesen, ein Wunsch wider Willen, bis dahin einander nur noch zu schreiben, statt zu telefonieren. Wenn er ihre Stimme höre, hatte er gesagt, würde er die Trennung nicht aushalten. Sein Verlangen, sie dann noch einmal vor der Abreise zu sehen, würde so groß sein, dass er für nichts garantieren könne, wahrscheinlich würde er sich in den nächsten Zug setzen, um nach Göttingen zu fahren, obwohl es ihm verboten war, Leipzig zu verlassen, bevor er an Bord der St. Louis ging, und sie durften doch nicht riskieren, dass das Schlupfloch, das sich so unverhofft noch einmal geöffnet hatte, sich ein zweites Mal schließen würde, nur weil sie irgendeinen Fehler machten.

... Damit ich in der Nacht von Dir träume, stelle ich mir jeden Abend beim Einschlafen Dein Gesicht vor. Und ob Du es glaubst oder nicht – es funktioniert. Es gibt keine einzige Nacht, die ich ohne Dich verbringe. Und wenn ich morgens aufwache, spüre ich Dich immer noch bei mir, ganz nah. Einmal habe ich sogar von unserem Wiedersehen in Havanna geträumt. Hand in Hand sind wir an einem Strand entlanggelaufen, bis wir an eine abgeschiedene Bucht gelangten, wo wir uns gegenseitig ausgezogen und geliebt haben, halb im Sand und halb im Meer ...

Charly schloss die Augen. Während sie in ihrem Innern sein lächelndes Gesicht sah, hörte sie das Rauschen der Wellen, spürte den Wind und das Wasser und den Sand auf ihrer nackten Haut, die warmen Strahlen der Sonne, Bennys zärtliche Liebkosungen ...

Es klingelte an der Wohnungstür. Mit einem Seufzer stand sie auf und zog sich den Morgenmantel über.

Als sie aufmachte, stand auf dem Flur ein Postbote mit einem Paket.

»Frau Dr. Ising?«

»Die bin ich.«

Der Bote reichte ihr das Paket. »Achtung, es ist ziemlich schwer.«

Charly nahm es vorsichtshalber mit beiden Händen. »Gut, dass Sie mich gewarnt haben«, sagte sie lachend, denn er hatte nicht übertrieben.

Als sie auf den Absender sah, stutzte sie.

Das Paket war in Berlin aufgegeben worden. Von Edda.

»Stimmt etwas nicht?«, fragte der Bote.

»Nein, nein«, erwiderte Charly, »ich war nur kurz überrascht.«

»Und ich dachte schon, Sie wollten die Annahme verweigern«, sagte er. »Aber dann ist es ja gut. Wenn Sie hier bitte den Empfang quittieren wollen …«

43

Edda hatte das Paket am letzten Tag in Berlin aufgegeben, bevor sie mit Leni auf die Nordseeinsel Sylt gereist war, wo sie fernab des Hauptstadtgetriebes an dem Drehbuch für den nächsten Film arbeiten wollten, »Penthesilea«, nach dem Drama Heinrich von Kleists. Das Grundgerüst der Geschichte von der männermordenden Amazonenkönigin, die sich gegen den Willen der Götter in einen Mann verliebte, stand fest, doch da im September die Dreharbeiten beginnen sollten, wurde es Zeit für den Feinschliff, das Ringen um jedes einzelne Wort, das viel mehr Arbeit und Aufwand erforderte als der grobe Handlungsentwurf.

Die besten Einfälle kamen ihnen am Strand, wenn sie barfuß durch den feuchten Sand liefen, die Lungen von der Seeluft geweitet, das Haar im Wind. Oft wanderten sie den ganzen Tag, von Kampen, wo sie sich in einem kleinen, reetgedeckten Kapitänshaus einquartiert hatten, über Westerland bis Keitum oder noch weiter nach Süden bis Rantum. Wenn sie den Blick über das Meer schweifen ließen, sprudelten die Ideen nur so aus ihnen hervor, als würde die endlose Weite des Ozeans in ihnen Quellen freilegen, die in der Enge der Stadt verschlossen blieben.

Heute waren sie bis hinunter nach Hörnum gelaufen, zur südlichsten Spitze der Insel. Auf einer Düne, von der aus sie im Meer die Nachbarinseln Föhr und Amrum sehen konnten, setzten sie sich in den Sand. Es war ein wunderbarer, wolkenloser, schon sommerlich warmer Frühlingstag. Der Wind war fast vollkommen abgeflaut, ruhig und glatt lag die See da, und die Luft umschmeichelte so zart und seidig die Haut, dass Edda sie wie eine einzige Liebkosung empfand.

Leni nahm ihre Hand und führte sie an ihren Bauch. »Ich glaube, es hat sich gerade bewegt. Spürst du es auch?«

»O ja, ganz deutlich sogar.« Lachend schüttelte Edda den Kopf. »Bei aller Liebe – aber das schaffst nicht mal du.«

Statt in ihr Lachen einzustimmen, erwiderte Leni mit ernster Miene ihren Blick. »Ich allein nicht, da hast du recht. Aber zusammen mit dir schon.«

Edda brauchte einen Moment, bis sie verstand. »Du meinst den Film?«

Leni nickte. »Ist der nicht unser Kind? Andere Paare bekommen Jungen oder Mädchen, unsere Kinder sind unsere Filme. In ihnen sind wir für immer vereint.«

Edda beugte sich zu ihr und gab ihr einen Kuss. »Danke. So etwas Schönes hat noch nie jemand zu mir gesagt.«

»Du musst dich nicht bedanken«, erwiderte Leni, »es ist ja nur die Wahrheit.« Dann fügte sie mit einem Grinsen hinzu: »Aber um ehrlich zu sein, unsere Kinder sind mir auch viel lieber als die normalen kleinen Hosenscheißer. Statt in die Windeln zu kacken und einen nachts um den Schlaf zu bringen, machen sie uns reich und berühmt.«

Unwillkürlich zog Edda ihre Hand zurück.

»Was ist?«, fragte Leni. »Habe ich was Falsches gesagt?«

Edda zögerte. »Nein, nein, schon gut. Aber wenn ich auch ehrlich sein soll – ich hätte nichts dagegen, so ein süßes kleines Geschöpf zu haben, auch wenn es in die Windeln macht und mich nachts vielleicht ab und zu weckt.«

Leni strich ihr über die Schulter. »Verzeih. So war das nicht gemeint. Du kennst mich doch. Manchmal rede ich los, ohne vorher den Verstand einzuschalten.«

»Ich weiß. Aber trotzdem …« Edda verstummte und schaute aufs Meer.

»Trotzdem was?«

»Ach nichts.«

»Jetzt komm schon. Raus mit der Sprache. Und zieh nicht so ein Gesicht. Wo ist dein Humor geblieben?«

»Mit Humor hat das nichts zu tun.«

»Womit sonst?«

Edda drehte sich zu ihr herum. »Manchmal frage ich mich, ob es nicht vielleicht falsch ist, was wir tun.«

Jetzt wurde auch Leni ernst. »Du meinst – dass wir uns lieben?«

Edda nickte.

Leni legte ihren Arm um sie. »Warum zerbrichst du dir nur immer den Kopf? Kannst du nicht einfach die Dinge so nehmen, wie sie sind? Und unser Glück genießen? Wir haben doch nur dieses eine Leben.«

Edda hätte sich gern an sie geschmiegt, aber sie konnte es nicht. »Ich weiß, ich mache mir zu viele Sorgen. Schon als Kind habe ich das getan.«

»Dann wird es erst recht Zeit, dass du damit aufhörst.«

»Aber so bin ich nun mal, ich kann es nicht ändern. – Außerdem …«

»Außerdem was?«

Edda zögerte ein zweites Mal. »Meine Mutter fängt schon an, Fragen zu stellen«, sagte sie schließlich. »Wann ich endlich eine Familie gründen wolle. Und ob es denn gar keinen Mann gäbe, der mich heiraten möchte.« Sie schaute wieder aufs Meer. »Wenn ich mir vorstelle, meine Eltern ahnen womöglich, dass wir beide …«

»Ach Edda.«

»Ja?«

Statt zu antworten, spitzte Leni die Lippen und begann ein Lied zu pfeifen. Als Edda die Melodie erkannte, musste sie gegen ihren Willen lachen.

»Das ist nicht fair!«

Leni pfiff unverdrossen weiter.

»Das ist mein Lieblingslied, das weißt du genau! Dagegen bin ich machtlos.«

Leni zuckte nur die Achseln.

Mit beiden Fäusten trommelte Edda auf sie ein. »Schluss jetzt! Oder ich schlage dich windelweich.«

Endlich hörte Leni auf zu pfeifen. »Na, hast du deinen Humor wiedergefunden? Gott und Zarah Leander sei Dank!« Mit dem Ellbogen stieß sie ihr in die Seite und zwinkerte ihr zu. »Komm, jetzt zusammen! Drei – vier!« Sie holte kurz Luft, dann sang sie den Schlager, der gerade von allen Radiostationen gespielt wurde. »›Kann denn Liebe Sünde sein? Darf es niemand wissen, wenn man sich küsst ...‹«

Edda wiegte den Kopf, um in den Takt zu finden, dann stimmte sie in ihr Lieblingslied ein: »... ›wenn man einmal alles vergisst – vor Glüüüüüück ...‹«

Noch während sie sangen, fielen sie einander in die Arme, und singend und lachend rollten sie zusammen die Düne hinunter.

44

Der dreizehnte Mai, der Tag, an dem die St. Louis im Hamburger Hafen den Anker lichten sollte, war ein Samstag, doch schon drei Tage früher, am Mittwoch, musste Benny im Büro der Reederei erscheinen, um sich registrieren zu lassen, die Kaution für eine Rückfahrt zu hinterlegen, die er niemals antreten würde, und sein Bordkonto für die in Havanna zu zahlende Landegebühr einzurichten. Das alles war eine Sache von nur wenigen Minuten und verlief ohne Probleme. Danach hatte er nichts anderes mehr in der großen, fremden Stadt zu tun, als zu warten. Warten darauf, dass das Schiff, das ihn in die Freiheit bringen würde, endlich auslief.

Die St. Louis hatte bereits an den Landungsbrücken festgemacht, in Sichtweite des HAPAG-Büros. Benny konnte sich an dem schneeweißen Luxusdampfer nicht sattsehen. Frisch gestrichen und mit Fähnchengirlanden geschmückt lag das Schiff da, als hätte es sich für die große Fahrt extra herausgeputzt. Zum Glück herrschte sonniges Frühlingswetter, so dass Benny sich während des Tages im Freien aufhalten konnte. Um die Zeit totzuschlagen, bummelte er stundenlang durch die Einkaufsstraßen der Innenstadt und betrachtete die Auslagen der Geschäfte, lief vom Bahnhof die Mönckebergstraße hinauf zum Gänsemarkt und dann durch die Speicherstadt zurück zur Alster, um zuzuschauen, wie Rentner Schwäne und Tauben fütterten, stieg mehrere Male die vierhundertdreiundfünfzig Stufen zum Turm des Michel hinauf, von wo aus man einen herrlichen Blick über ganz Hamburg hatte, besichtigte mindestens ein Dutzend Kirchen sowie jedes Museum, an dem er zufällig vorüberkam und wo kein Eintritt verlangt wurde, schlenderte durch öffentliche Parkanlagen und las auf Bänken liegengelassene Zeitungen. Und immer wieder kehrte er zurück zu den Landungsbrücken, um sich zu vergewissern, dass die St. Louis dort noch immer am Kai lag.

Weit schwieriger als bei Tage war es bei Nacht, die endlosen Stunden herumzubringen. Nach Abzug der Rückfahrt-Kaution und der Gebühr für die Landekarten, der Kosten für die Zugfahrt und sonstiger Kleinspesen waren Benny außer den zwanzig Mark, die er an Bargeld mit auf die Reise nehmen durfte, exakt siebzehn Mark zweiundvierzig übrig geblieben. Davon konnte er sich drei Tage lang am Morgen ein Frühstück, am Mittag eine warme Mahlzeit und am Abend ein Glas Bier leisten. Um abends möglichst lange irgendwo sitzen zu können, suchte er stets eine Kneipe mit verlängerter Sperrstunde auf. Dort nippte er dann in winzig kleinen Schlucken an seiner Bestellung, bis der Wirt ihn irgendwann rauswarf.

Geld für ein Hotel hatte er nicht. Doch selbst wenn er es gehabt hätte, hätte es ihm nichts genützt. In ganz Hamburg gab es so gut wie keine Herberge mehr, die Juden aufnahm. Mehr noch als Benny, der jung und kräftig war und nur einen Koffer mit sich führte, litten darunter die ausreisebereiten Familien. Sie waren leicht zu erkennen. Wie Obdachlose vagabundierten sie mit ihren Kindern und ihrem Gepäck durch die Stadt, schliefen in Parks und unter Brücken, immer in der Angst, festgenommen zu werden, weil man ja nie wusste, ob man sich vielleicht in eine Gegend verirrt hatte, die für Juden verboten war, um dann womöglich in einer Arrestzelle zu sitzen, wenn die St. Louis den Hafen verließ. Nur einige wenige Hotels machten Ausnahmen und beherbergten

Juden, darunter das berühmte Vier Jahreszeiten, das vornehmste und teuerste Hotel der Stadt. Aber da kostete eine Übernachtung so viel wie andernorts ein halber Urlaub und kam für niemanden in Frage.

Wenn Benny sein Abendbier in einer Kneipe ausgetrunken hatte, blieb ihm für den Rest der Nacht nur noch die Straße. Auf seinen Wegen durch die Dunkelheit mied er menschenleere Gegenden genauso wie die Vergnügungsviertel von St. Pauli oder St. Georg. Wo keine Menschen waren, fiel man auf, und wo es Amüsierbetriebe gab, gab es oft Schlägereien, zu denen jederzeit die Polizei hinzugerufen werden konnte. Eine Begegnung mit der Staatsgewalt aber war das Letzte, wonach er sich sehnte. Also trieb er sich meistens in der Gegend des Hauptbahnhofs herum, wo es auch zu nächtlicher Stunde Leute gab wie ihn – Leute mit einem Koffer in der Hand. Dabei machte er um die Schalterhalle stets einen Bogen, nicht nur aus Angst vor der Polizei, auch aus Angst vor sich selbst. Zwischen Hamburg und Göttingen lagen keine dreihundert Kilometer – zwischen Hamburg und Kuba über achttausend! Der Gedanke, dass er nur eine Fahrkarte zu kaufen brauchte, um in drei Stunden bei Charly zu sein, brachte ihn fast um den Verstand. Um nicht in Versuchung zu geraten, memorierte er den Inhalt seiner Briefe, die er ihr auch von Hamburg aus zweimal täglich schrieb, einen für die Morgen- und einen für die Abendpost, und versuchte sich dabei vorzustellen, wie sie seine Briefe las, vielleicht an einer Stelle die Stirn runzelte oder an einer anderen Stelle lächelte oder sich über eine seiner Liebesbekundungen freute. Aber es gelang ihm immer seltener. Es war, als würden schon jetzt die Bilder von ihr in seinem Kopf verblassen. Vielleicht lag es auch einfach daran, dass er von ihr keine Antwort mehr bekam – da er in Hamburg keine Adresse hatte, konnte sie ihm ja nicht zurückschreiben.

Am letzten Abend hielt er es nicht länger aus. Wenn er sie vor seiner Abreise nicht mehr sehen konnte, wollte er wenigstens noch einmal ihre Stimme hören. Da sein Geld inzwischen so weit verbraucht war, dass es nicht mal mehr für eine Zugfahrkarte reichte, konnte er das Risiko eingehen.

Zuerst rief er in der Klinik an, wie immer unter dem Namen ihres Bruders. Eine Schwester namens Gabriele, die wohl neu auf der Station war, zumindest hatte er den Namen noch nie gehört, teilte ihm mit, dass Charly heute ihren Dienst früher beendet habe und bereits nach Hause gegangen sei. Doch als er in der Wohnung anrief, nahm sie auch dort nicht ab. Wieder und wieder ließ er das Telefon klingeln, versuchte es auch später noch mehrere Male. Doch jedes Mal ohne Erfolg.

War Charly etwa ausgegangen? Ausgerechnet heute?

Er blickte auf die Turmuhr des Michel. Bis die Einschiffung auf der St. Louis begann, dauerte es noch über dreizehn Stunden. Was sollte er bis dahin tun? Um nicht im letzten Moment noch aufgegriffen zu werden, nur weil er sich irgendwo aufhielt, wo er sich nicht aufhalten durfte, beschloss er, zur Anlegestelle zu gehen und einfach dort zu warten, bis man ihn an Bord ließ.

Als er die Landungsbrücken erreichte, stellte er fest, dass er nicht als Einziger auf diesen Gedanken gekommen war. Hunderte seiner künftigen Reisegefährten kampierten bereits mit ihrem Gepäck im Schatten des Schiffes. Die meisten hockten am Boden und versuchten zu schlafen. Männer wachten über die Habseligkeiten ihrer Familien, Frauen hielten schlummernde Kinder auf dem Arm. Trotz der vielen Menschen herrschte über dem ganzen Kai eine gespenstische Ruhe. Diejenigen unter den Wartenden, die keinen Schlaf fanden, aßen oder tranken schweigend ein wenig, andere sprachen miteinander, aber nur im Flüsterton, als wäre offenes Reden verboten.

Benny schaute sich gerade nach einem Platz um, wo er die Nacht verbringen konnte, da trat aus der Menge eine Gestalt auf ihn zu.

»Gott sei Dank, da bist du ja! Ich hatte schon Angst, ich würde dich nie finden.«

Als er die Stimme hörte, war es, als spräche sie aus einer anderen Welt zu ihm. Im selben Moment wurde sein Herz ganz weit.

»Charly – du? Bist du es wirklich?«

45

»Ich hatte es einfach nicht ausgehalten. Ich musste dich noch mal sehen.«

»Das war die beste Idee, die du je hattest.«

Charly lag mit dem Kopf auf Bennys Brust und schaute durch das mit schweren Atlasstores gerahmte Fenster in die Morgendämmerung. Während über der Alster der neue Tag anbrach, war von draußen das Kreischen der Möwen zu hören. Sie hatten sich im Vier Jahreszeiten einquartiert, zum Glück hatte Charly in Göttingen ihr Konto geplündert, bevor sie nach Hamburg gefahren war, so dass sie genügend Geld gehabt hatten, um sich ein Zimmer in dem sündhaft teuren Hotel zu leisten. Sie hatten in der Nacht weder etwas gegessen noch getrunken, sie hatten sich all die Stunden hindurch nur geliebt, bis sie nicht mehr wussten, wo der eine von ihnen anfing und der andere aufhörte.

Konnten zwei Menschen glücklicher sein, als sie es in diesem Augenblick waren?

Charly atmete im selben Rhythmus wie sich Bennys Brust unter ihrem Kopf hob und senkte. Während sie seine Haut auf ihrer Haut spürte, fühlte sie sich mit ihm ganz und gar eins, ein Leib, ein Körper, eine Seele, als würde nur ein einziges Herz in ihnen beiden schlagen, in einem einzigen Blutkreislauf. Sie hätte ihr Leben dafür gegeben, wenn sie die Zeit hätte anhalten können, damit dieser Augenblick nie verging.

»Was ist das eigentlich für ein Paket?«, fragte Benny irgendwann und deutete mit dem Kinn auf den Karton, den sie auf dem Tisch abgestellt hatte.

»Ein Geschenk für dich.«

»Ein Geschenk? Für mich?«

»Ja. Willst du es nicht auspacken?«

Sie rückte zur Seite, damit Benny aufstehen konnte.

»Es fällt mir zwar schwer, dich zu verlassen. Aber wenn ich nicht unhöflich sein will, bleibt mir wohl nichts anderes übrig.« Er richtete sich auf, und nackt, wie er war, ging er an den Tisch.

Als er das Paket öffnete, stutzte er. »Das ist ja eine Kamera!«

»Eddas Leica«, sagte Charly. »Sie hat sie aus Berlin geschickt.«

»Und hat sie auch gesagt, wozu?«

»Damit du sie in Havanna verkaufen kannst und ein bisschen Geld für den Anfang hast. Edda hat mit Mutter telefoniert, und die hat ihr gesagt, dass du nur zwanzig Mark ausführen darfst.«

Mit großen Augen blickte Benny auf die Kamera. »Das ist ja unglaublich.« Kopfschüttelnd drehte er sich um. »Und du hattest deine Schwester im Verdacht, sie wäre jetzt auch eine von denen, nur weil sie mit dieser Leni Riefenstahl …«

»Du hast recht«, sagte Charly. »Ich hätte es besser wissen müssen.«

»Das Göttinger Kleeblatt.« Er legte die Kamera zurück in den Karton. »Um ehrlich zu sein, jetzt schäme ich mich fast ein bisschen.«

»Warum? *Du* hast Edda ja nicht im Verdacht gehabt. Das war ich.«

»Ich weiß. Aber deshalb schäme ich mich ja auch gar nicht.«

»Sondern weshalb dann?«

»Weil du mir so ein großartiges Geschenk mitgebracht hast. Und ich – ich stehe mit leeren Händen da.«

Spielte er nur den Zerknirschten? Oder war es ihm ernst? Charly konnte es nicht unterscheiden. Der Anblick seines nackten Körpers erregte sie viel zu sehr.

»Wenn das alles ist«, sagte sie, »das lässt sich leicht ändern.« Sie schlug die Bettdecke beiseite und winkte ihn zu sich. »Komm noch einmal her zu mir. Dann kannst du mich beschenken, so viel du willst.«

»Mit dem größten Vergnügen!«, sagte er. »Aber vorher muss ich noch kurz was erledigen.« Statt ins Bett zurückkommen, verschwand er im angrenzenden Bad.

»Was hast du vor?«

»Das wirst du gleich sehen!«

Mit einem Stück Seife in der Hand kehrte er zurück. Auf der Verpackung prangte das Hotelemblem.

»Für dich!«

Charly war so gerührt, dass sie schlucken musste.

»Ich weiß«, sagte er, »Seife ist als Geschenk so wenig originell wie ein paar Socken oder ein Schlips und für die wunderbarste Frau der Welt geradezu eine Beleidigung. Aber das war leider das Einzige, was ich auf die Schnelle auftreiben konnte. Die Geschäfte haben ja noch nicht auf. Und die Hotelbibel wollte ich nicht klauen. Das hätte Unglück gebracht.«

»Du süßer Quatschkopf!« Sie nahm die Seife und schnupperte daran. »Was für ein schönes Geschenk! Ich werde ganz sparsam damit umgehen, und jedes Mal, wenn ich sie benutze, werde ich an dich denken.« Dann legte sie das Päckchen auf den Nachttisch, streckte beide Arme aus und zog ihn zu sich. »Aber jetzt küss mich endlich, Benny, bitte! Ich halte es nicht länger aus.«

»Ganz, wie Sie wünschen, Madame …«

Während sie sich küssten, suchte er tastend zwischen den Schenkeln nach ihr. Mit einem Seufzer nahm sie ihn noch einmal in sich auf. Ohne sich zu bewegen, genossen sie einander, mit ihren Blicken ebenso ineinander versunken wie mit ihren Leibern.

»Bitte, pass auf dich auf …«, flüsterte sie.

»Versprochen …«

»Und du musst dich sofort melden, wenn du angekommen bist. Ich werde alles tun, um dir so schnell wie möglich zu folgen …«

»Sobald ich in Havanna bin, gehe ich zur Post. Telefone wird es da ja hoffentlich geben, und wenn nicht, schicke ich ein Telegramm. Und dann werde ich von morgens bis abends am Kai sitzen und jede Sekunde auf dich warten …«

»Ach Benny.« Sie schlang die Arme um ihn und drückte ihn an sich. »Du wirst mir so sehr fehlen. Ich kann jetzt schon nicht mehr erwarten, dass wir uns wiedersehen.«

»Ich auch nicht«, flüsterte er, so nah an ihrem Ohr, dass sie seinen Atem spürte. »Ich auch nicht …«

46

War es wirklich erst drei Stunden her, dass er Charly in den Armen gehalten hatte?

Als Benny die Landungsbrücken erreichte, schien ihr Abschied schon so weit zurückzuliegen, als hätte er in einem anderen Leben stattgefunden. Gleichzeitig waren alle Gefühle noch da, das Glück des Zusammenseins, der Schmerz der Trennung, die Angst, einander für Wochen oder vielleicht sogar Monate nicht wiederzusehen. Obwohl das Frühstück im Übernachtungspreis inbegriffen gewesen war, hatten sie darauf verzichtet. Statt im Speisesaal mit fremden Menschen zu sitzen, die bei Kaffee und Brötchen über Museumsbesuche oder Bootsfahrten auf der Alster plapperten, waren sie auf dem Zimmer geblieben, um so lange wie möglich zusammen zu sein, allein und ungestört, und sich ein letztes Mal all die Dinge zu sagen, von denen ihre Herzen überliefen, ein letztes Mal die Worte und Blicke und Berührungen zu tauschen, die sie von nun an für unbestimmte Zeit entbehren würden. Nachdem sie sich ein allerletztes Mal geküsst hatten, hatte Benny sie unter Aufbietung seiner ganzen Willenskraft verlassen und war im Eilschritt zum Hafen gelaufen, während Charly im Hotel zurückgeblieben war, um die Rechnung zu begleichen. Jetzt würde sie im Zug sitzen und zurück nach Göttingen fahren, und er wartete darauf, dass man ihn an Bord der St. Louis ließ.

Die Einschiffung ging nur schleppend voran. Zuerst kamen die Passagiere an die Reihe, die direkt aus den Konzentrationslagern nach Hamburg gebracht worden waren und nun unter der Aufsicht bewaffneter Wachmannschaften das Fallreep hinaufstolperten, ausgemergelte Männer und Frauen in viel zu weiten Kleidern, die ihnen um die knochigen Leiber schlotterten. Benny fragte sich, was diese Menschen wohl erlebt haben mochten. Aus ihren Gesichtern sprach das ganze Elend des Menschengeschlechts – und gleichzeitig alle Hoffnung der Welt … Auf die KZ-Häftlinge folgten die Familien mit Kindern, darunter zwei kleine, elternlose Geschwister, Evelyne und Caroline Alber, die erst fünf und sieben Jahre alt waren. Es hieß, sie würden in Amerika von ihrem Vater erwartet, der bereits vor einigen Monaten emigriert war. Eigentlich hatten sie zusammen mit ihrer Mutter reisen sollen, einer nichtjüdischen Deutschen, doch da die sich inzwischen in einen anderen Mann verliebt und sich deshalb im letzten Moment gegen ihren jüdischen Ehemann und damit zugleich gegen die Auswanderung entschieden hatte, mussten die Mädchen allein die Fahrt antreten. Eine Berliner Arztfamilie versuchte die weinenden Kinder zu trösten und erklärte sich bereit, sich während der Reise um sie zu kümmern, bis der Vater sie in Havanna in seine Obhut nehmen würde.

Benny gehörte zu den letzten Passagieren, die an Bord durften. Zusammen mit einem anderen allein reisenden Mann, der ungefähr so alt war wie er und sich als Max Seligmann vorstellte, Theaterschauspieler von Beruf, stieg er das Fallreep hinauf. An Deck drängten sich die Fahrgäste um einen Steward, der mit einer Liste in der Hand die Namen der Passagiere aufrief, um ihnen die Kabinen zuzuweisen. Benny hatte Mühe, in dem Lärm seine Stimme zu hören, da meldete sich über Bordlautsprecher der Kapitän und verkündete, dass die St. Louis ablegen werde.

Wie auf Kommando eilte jeder an die Reling. Trotz des Gedränges ergatterte Benny einen Platz, von dem aus er auf den Kai blicken konnte. Das Fallreep war schon eingezogen, und unter dem Beifall der Passagiere lösten die Matrosen die Taue, die das Schiff noch immer mit Deutschland verbanden, von den Pollern. Das Schiffshorn tutete, und während die St. Louis sich mit quälender Langsamkeit von der Kaimauer entfernte, begann an Land eine Kapelle zu spielen.

Muss i denn, muss i denn
zum Städtele hinaus, Städtele hinaus,
und du mein Schatz bleibst hier …

Benny spürte, wie sich ihm die Kehle zuschnürte. Während der Dampfer in langsamer Fahrt die Elbe hinauffuhr, fransten am Ufer die Ausläufer des Hafens und der Stadt immer weiter aus, bis die letzten Gebäude sich allmählich im Alten Land verloren. Wahrscheinlich gab es niemanden an Bord, der Deutschland freiwillig den Rücken kehrte. Viele der Passagiere waren erst von den Nazis zu »Juden« gestempelt worden, ohne dass sie sich selber zuvor als solche empfunden hatten, weil ihre Familien ja schon seit Generationen in Deutschland lebten. Sie waren Juden, wie andere Deutsche Katholiken oder Protestanten waren, vor allem aber waren sie Deutsche! Sie ließen in diesem Land nicht nur ihre Heimat zurück, sondern auch Menschen, die sie liebten.

Wie du weinst, wie du weinst,
Dass i wandere muss, wandere muss,
Wie wenn d' Lieb' jetzt wär' vorbei …

Bei dem Gedanken an Charly konnte Benny die Tränen nicht länger zurückhalten. Würde ihr Plan aufgehen, würde Charly es wirklich schaffen, ihm nach Amerika zu folgen? Bislang hatten sie sich nur darum gekümmert, wie er das Land verlassen konnte, ohne zu fragen, welche Hindernisse sich ihr womöglich in den Weg stellen würden. Dabei konnte so vieles passieren. Es reichte ja schon, wenn Horst ihr auf die Schliche kam, um sie an der Ausreise zu hindern.

Bin i dann, bin i dann
Dein Schätzele noch, Schätzele noch,
So soll die Hochzeit sein …

Benny versuchte, die Gedanken zu verdrängen. Die Hoffnung und der Glaube und die Liebe waren doch alles, was ihnen geblieben war – nur wenn sie glaubten und hofften und liebten, konnten sie ihr Ziel erreichen! Aber die Angst, die auch nach dem Auslaufen der St. Louis immer noch an Bord herrschte, ließ ihn so wenig los wie seine Mitreisenden. Niemand traute sich, an Rettung zu glauben, bevor sie auf hoher See waren. Die aber würden sie erst in der Nacht erreichen, bis dahin befanden sie sich in deutschen Hoheitsgewässern und waren weiterhin der Willkür der Nazis ausgesetzt.

»Das haben wir alles nur denen da zu verdanken«, sagte Max Seligmann, der neben Benny an der Reling stand, und deutete auf eine Schar orthodoxer, in schwarze Kaftane gewandete Juden, die in einem Kreis miteinander beteten. »Die haben uns das eingebrockt.«

»Wie bitte?«, erwiderte Benny.

Statt zu antworten, blickte Seligmann mit zusammengekniffenen Augen auf ihre Leidensgenossen. »Die mit ihren Schläfenlocken und Käppis – die sind der Grund, warum die Deutschen uns hassen. Ohne die hätten wir die Heimat niemals verlassen müssen.«

47

Zwei Tage waren vergangen, seit die St. Louis in Hamburg abgelegt hatte, doch Charly wusste immer noch nicht, ob Benny heil aus Deutschland herausgekommen war. Wie schon am Tag zuvor nutzte sie die Mittagspause, um den Lesesaal der Uni-Bibliothek aufzusuchen, wo beinahe alle deutschen Zeitungen und Zeitschriften auslagen. Es war Bennys Idee gewesen, dass sie die Presse durchforsten sollte, die Wahrscheinlichkeit, dort eine Meldung über die St. Louis zu finden, war groß – schließlich war die Ausschiffung von fast tausend Juden eine Aktion des Propagandaministeriums und sollte das Ansehen Deutschlands in der Welt aufpolieren. Also war zu erwarten, dass die Nazis sich damit irgendwann brüsten würden, zum Beweis ihrer menschenfreundlichen Gesinnung.

Charly klaubte alle Zeitungen und Zeitschriften, derer sie habhaft werden konnte, zusammen, suchte sich einen freien Platz im Lesesaal und begann zu blättern. Doch nirgendwo ein Hinweis auf die St. Louis – kein einziges Wort. Sie weitete ihre Suche auf die wenigen ausländischen Presseerzeugnisse aus, die es in der Bibliothek gab, aber auch in denen fand sich keine Spur von dem Schiff.

Mit jeder Schlagzeile, die sie überflog, mit jedem Artikel, den sie las, wuchs ihre Angst. War das Ganze vielleicht nur ein Ablenkungsmanöver? Fuhr die St. Louis am Ende gar nicht nach Kuba, sondern an irgendeinen anderen Ort, wo man dann weiß Gott was mit den Passagieren machte? Bei der Vorstellung, dass Benny womöglich einer gigantischen Täuschungsaktion zum Opfer gefallen war, trocknete ihr der Mund aus.

Eigentlich dauerte ihre Mittagspause nur bis zwei, und Professor Wagenknecht duldete keine Unpünktlichkeit. Trotzdem standen die Zeiger der Uhr im Lesesaal schon auf halb drei, als Charly den Stapel Zeitungen und Zeitschriften zu dem Presseregal zurückbrachte, um für heute die Suche zu beenden. Während sie die Titel eilig wieder in die Fächer einsortierte, trat ein Bibliothekar an ihre Seite, mit einem druckfrischen Exemplar des »Stürmer«. Noch bevor er es an seinen Platz legen konnte, riss Charly es ihm aus der Hand.

Schon beim ersten Umblättern sprang ihr die Überschrift entgegen.

JUDEN WANDERN AUS

Mit klopfendem Herzen begann sie zu lesen. Gott sei Dank, der Artikel betraf die St. Louis! Entsprechend dem Ruf des »Stürmer« als radikalstem Kampfblatt der Nazis war er eine einzige Schmähschrift, in der die Ausschiffung der »Israeliten« als Teil der vom Führer geplanten »Hausreinigung« und »Entjudung« des Reichs gepriesen wurde.

Noch nie hatte Charly einen Beitrag in diesem Hetzblatt mit solcher Freude gelesen. Es war geschafft, Benny war in Sicherheit! Ihre Erleichterung machte sich in einem kurzen Jubelschrei Luft, so dass sich mehrere Köpfe nach ihr umdrehten und der Bibliothekar sie mit einem tadelnden Blick bedachte.

»Pssssst!«

Auf Zehenspitzen schlich sie aus dem Lesesaal. Jetzt konnte sie in Ruhe abwarten, dass Benny sich meldete – aus Havanna, aus der Freiheit!

Dann würde auch sie die Koffer packen.

48

Tatsächlich, die St. Louis befand sich auf hoher See, außerhalb der Dreimeilenzone, und war somit vor dem Zugriff der Nazis sicher. Obwohl Benny inzwischen zwei Tage an Bord war, konnte er immer noch nicht glauben, wie ihm und seinen Mitreisenden geschah. Ihre Ausreise erfolgte auf so luxuriöse Weise, als wären sie nicht auf der Flucht, sondern auf einer Vergnügungsfahrt, veranstaltet für Millionäre. In Deutschland hatten sie, nur weil sie Juden waren, kein Schwimmbad und kein Kino mehr betreten dürfen, jetzt wurden sie von den Stewards freundlich ermuntert, den Swimmingpool auf dem Promenadendeck zu benutzen, und täglich lief zu ihrer Unterhaltung ein neuer Film an Bord. Der Service war wie in einem Grand Hotel, zur Hauptmahlzeit gab es Sieben-Gänge-Menüs, und rund um die Uhr wurden kulturelle Veranstaltungen angeboten. Dabei erwies sich Kapitän Schröder, ein Mann Anfang fünfzig von zierlichem Wuchs mit graumeliertem Schnauzbart und dunklen, ernsten Augen, als das zuvorkommendste Mitglied der ganzen Besatzung, stets um das Wohl seiner Schützlinge bemüht und persönlich dafür sorgend, dass jeder auf seinem Schiff die Gastfreundschaft erfuhr, die man auf einer Kreuzfahrt erwarten durfte. Benny erschien die St. Louis wie ein unwirkliches Paradies. Doch wie unwirklich musste all der Luxus erst auf die Passagiere wirken, die direkt aus einem Konzentrationslager an Bord gekommen waren? Gegenüber denjenigen ihrer Mitreisenden, die in keinem Lager gewesen waren, sprachen sie nie darüber, welcher Hölle sie entronnen waren, und sie zu fragen scheute Benny sich. Wahrscheinlich hatten sie Dinge erlebt, für die es keine Worte gab.

Am Nachmittag des zweiten Tages fand er in seiner Kabine ein Billett: Kapitän Schröder lud ihn zum abendlichen Captain's Dinner! Die Einladung brachte ihn in Verlegenheit. Natürlich hatte er weder Smoking noch Frack, und in seinem schlichten Straßenanzug konnte er unmöglich erscheinen. Doch dank der freundlichen Besatzung fand sich dafür schon bald eine Lösung. Ein Steward, dem Benny sich anvertraute, führte ihn zum Fundus des Bordtheaters, wo er unter einer ganzen Reihe von Abendanzügen die Auswahl hatte. Nach einer Anprobe entschied er sich für ein weißes Dinnerjacket mit schwarzem Querbinder.

Als er so gewandet im Speisesaal erschien, waren die anderen Ehrengäste des Abends bereits am Kapitänstisch versammelt, darunter auch Dr. Spanier, dessen Ehefrau sowie deren beider erwachsenen Töchter – die Berliner Arztfamilie, die sich um die beiden elternlos reisenden Mädchen kümmerte, Caroline und Evelyne Alber. Dr. Spanier, ein dunkelblonder, rundlicher Mittfünfziger, dessen Miene freundliches Wohlwollen verströmte, trug offenbar seinen eigenen Frack – dieser kleidete seine Figur so vorteilhaft, dass er unmöglich dem Theaterfundus entstammen konnte, so wenig wie die teuren Abendroben seiner Damen. An Bord ging das Gerücht, dass der Arzt, der mit der ganzen Familie erster Klasse reiste, bis vor kurzem eine sehr einträgliche Privatpraxis in Charlottenburg betrieben habe, und dank der Intervention eines SS-Offiziers, der lange Jahre sein Patient gewesen sei, sei ihm sogar gestattet worden, sein ärztliches Instrumentarium mit auf die Reise zu nehmen, damit er nach der Ankunft in Amerika gleich eine neue Praxis eröffnen könne. Während Dr. Spanier zusammen mit dem Kapitän am Tisch das Wort führte, wurde seine Frau Babette, eine elegante, schwarzhaarige Erscheinung, von Max Seligmann in Beschlag genommen. Dieser schien in Wahrheit jedoch weniger an der Mutter interessiert, sondern viel mehr an deren Tochter Ines, der älteren und hübscheren der beiden »Spanierinnen«, wie die Arzttöchter unter den Passagieren hießen – darauf ließen zumindest die vielen Seitenblicke schließen, mit denen er immer wieder bei Ines um Beifall für seine Bemerkungen heischte. Benny wunderte sich nicht, Ines stand der Mutter an Schönheit nicht nach. Allerdings gab sie nicht zu erkennen, dass sie Max Seligmanns Interesse erwiderte – im Gegensatz zu ihrer jüngeren Schwester Renate, einem etwas pummeligen Mädchen, das eher dem Vater nachgeraten war und den Theaterschauspieler ganz unverhohlen anhimmelte.

Der einzige noch freie Platz am Tisch befand sich zwischen den beiden Schwestern.

»Ist es gestattet?«, fragte Benny.

Um keinen falschen Eindruck zu erwecken, hatte er sich an Renate gewandt. Die aber hatte nur Augen und Ohren für Max Seligmann und nahm ihn gar nicht wahr, so dass er sich für einen Moment wie bestellt und nicht abgeholt fühlte.

Zum Glück war ihre Schwester aufmerksamer. »Sehr gerne«, sagte sie. »Aber nur, wenn Sie mir ein Autogramm geben.«

»Autogramm?«, wiederholte Benny verblüfft.

»Allerdings«, erwiderte Ines lachend. »Wenn Rudolph Valentino mein Tischherr ist, brauche ich einen Beweis. Sonst glaubt mir das später ja kein Mensch.«

Während die Mutter in ihr Lachen einfiel und Max Seligmann die Bemerkung mit einem säuerlichen Lächeln quittierte, nahm Benny Platz. Hoffentlich merkte keiner, wie unangenehm ihm zumute war. Komplimente konnte er nur genießen, wenn sie von Charly stammten, sonst waren sie ihm peinlich und machten ihn nur verlegen.

Ines drückte ihm die Speisenkarte in die Hand. »Damit Sie wissen, was es zu essen gibt.«

Dankbar nahm Benny die Karte. Bei der Lektüre floss ihm das Wasser im Mund zusammen. Das Menü war eine Symphonie von Köstlichkeiten: Kaviar auf Röstbrot, Kraftbrühe mit Markklößchen, Seezunge Mirabeau, Lendchen à la Rossini, Mastputer mit Selleriefüllung, Stangenspargel und Rahmspinat, kalifornische Pfirsiche, Himbeer-Sorbet, Eisbecher Carmen, Holländer und Brie-Käse, Früchteauswahl, Kaffee – nur dass die Sauce hollandaise »Holländische Tunke« genannt wurde, erinnerte leise daran, woher sie kamen. Doch als der erste Gang serviert wurde, beschloss Benny, keinen Gedanken mehr daran zu verschwenden. Stattdessen befreite er die Damastserviette auf seinem Teller aus ihrem Elfenbeinring, griff zu dem Silberbesteck, das wunderbar schwer in der Hand lag, und begann zu essen. Das Menü schmeckte noch besser, als es sich gelesen hatte, und da passend zu jedem Gang die exquisitesten Weine ausgeschenkt wurden, die noch nie geschmeckte Aromen an seinem Gaumen explodieren ließen, konzentrierte er sich ganz und gar auf die Mahlzeit, ohne sich an dem Tischgespräch zu beteiligen.

Sie waren bereits beim Dessert, als er plötzlich seinen Namen hörte.

»… nicht wahr, Herr Jungblut?«

»Wie bitte?« Benny drehte sich zu Dr. Spanier herum, der das Wort an ihn gerichtet hatte. »Bitte um Verzeihung, ich war gerade in Gedanken.«

»Hatten die Gedanken zufällig Himbeergeschmack?«, fragte Ines spöttisch.

»Jetzt lass mal deine Witze«, sagte ihr Vater, während Benny sich an seinem Sorbet fast verschluckte. »Dafür ist die Sache zu ernst. Es geht das Gerücht, dass in Rotterdam zwei weitere Schiffe mit Kurs auf Havanna in See stechen werden, angeblich gleichfalls mit mehreren Hundert jüdischen Flüchtlingen an Bord. Offen gestanden macht mir das einige Sorge.«

Benny ahnte, was der Arzt meinte. Entsprechend ließ sein Appetit nach. »Fürchten Sie, die kubanische Regierung könnte womöglich die Einreiseerlaubnis widerrufen?«

Dr. Spanier zuckte die Schultern. »Wenn so viele fremde Menschen auf ihre Insel strömen?«

Kapitän Schröder schüttelte den Kopf. »Ich möchte darauf hinweisen, dass es sich nur um ein Gerücht handelt, das bisher nicht offiziell bestätigt wurde. Da wir in Cherbourg sowieso einen Zwischenhalt machen, um noch einige Passagiere aufzunehmen, werde ich die Gelegenheit nutzen, um mich zu informieren. Bis dahin bitte ich Sie dringend, Ruhe zu bewahren.«

49

Charly schloss die Badezimmertür, dann beugte sie sich über die Wanne und drehte den Heißwasserhahn auf, um sich ein Bad einlaufen zu lassen. Darauf freute sie sich, seit sie die Klinik verlassen hatte. Obwohl laut Kalender Frühling war, schien der Winter noch einmal zurückgekehrt zu sein, der ganze Tag war grau und feucht und kalt gewesen, als wäre nicht Mai, sondern November, und auf dem Heimweg hatte sie in ihrem dünnen Mantel so gefroren, dass sie sogar hatte niesen müssen.

Auf der Spiegelablage lag das noch unberührte Stückchen Seife, das Benny ihr beim Abschied in Hamburg geschenkt hatte. Sollte sie es heute benutzen, zum allerersten Mal? Da die Seife nur für einige wenige Male reichen würde, hatte Charly sie noch nicht ausgepackt – die wollte sie sich für ganz besondere Momente aufsparen.

Während das Wasser dampfend in die Wanne floss, legte sie ihre Kleider ab. Obwohl sie inzwischen zwei Tage über ihrer Regel war, war in ihrem Schlüpfer kein einziger Tropfen Blut. Das allein hatte noch nicht viel zu bedeuten, es kam immer wieder vor, dass ihre Periode sich verzögerte. Doch normalerweise hatte sie dann ein Ziehen im Unterleib, das oft auch von Kopfschmerzen begleitet wurde. Davon war diesmal nichts zu spüren.

Sie sah im Spiegel ihr lächelndes Gesicht. Sollte es wirklich passiert sein? Bevor sie nach Hamburg gefahren war, hatte sie zwar ihr Konto geplündert, doch sie hatte nicht daran gedacht, Präservative einzustecken, und Benny hatte natürlich auch keins parat gehabt, so dass sie hatten »aufpassen« müssen.

Obwohl Charly kaum wagte, sich jetzt schon zu freuen, wurde ihr Lächeln im Spiegel immer breiter. Wäre eine Schwangerschaft nicht ein Zeichen des Himmels, eine zweite Vermählung mit ihrem Mann?

Das dampfende Wasser lief beinahe schon über. Eilig drehte Charly den Hahn zu, dann wickelte sie das Stück Seife aus der Verpackung und stieg in die Wanne. Das Wasser umfing sie wie eine wohlige Umarmung. Ganz langsam rieb sie die Seife zwischen den Händen, bis sie schäumte.

Während sie sich einseifte, schloss sie die Augen und stellte sich vor, wie sie Benny in der neuen Welt wiedersah und ihm sagte, dass sie ein Kind von ihm erwartete.

50

In Cherbourg nahm die St. Louis achtunddreißig weitere Fahrgäste auf, darunter sechs Kubaner und Spanier, die internationales Flair mit an Bord brachten. Die anderen zugestiegenen Passagiere waren allesamt jüdische Emigranten deutscher Herkunft, die es in den vergangenen Monaten ins französische und belgische Ausland verschlagen hatte und die nun die Gelegenheit nutzen wollten, um den Atlantik zwischen sich und die Nazis zu bringen.

Beim Hafenkommandanten hatte Kapitän Schröder in Erfahrung gebracht, dass die Gerüchte von zwei anderen Schiffen mit jüdischen Flüchtlingen tatsächlich zutrafen. Die Schiffe hießen

Flandre und Orduna, sie hatten den Hafen von Rotterdam bereits verlassen und befanden sich nun auf hoher See, auf dem Weg nach Kuba.

»Warum legen wir dann nicht endlich ab?«, fragte Benny, der mit einigen anderen Fahrgästen den Kapitän nach dessen Rückkehr von Land an Deck empfangen hatte.

»Weil wir noch auf vier Kinder warten.«

»Was für Kinder?«, wollte jemand wissen.

»Sie waren in einem Heim in Brüssel, Verwandte hatten sie dorthin gebracht, weil ihre Eltern in einem Lager interniert gewesen waren. Die Eltern sind schon seit Hamburg an Bord.«

»Wo sind die Kinder jetzt? Etwa noch in Brüssel?«

»Keine Sorge, sie sind bereits in Cherbourg, ich habe sie in der Hafenkommandantur gesehen. Aber es muss noch geklärt werden, ob ihre Einreisegenehmigungen für Havanna gültig sind.«

»Und darum warten wir hier tatenlos herum?«, fragte Max Seligmann.

»Der Hafenkommandant hat versprochen, die Sache noch heute zu entscheiden«, erklärte der Kapitän.

»Und wenn nicht?« Max Seligmann schüttelte den Kopf. »Nein, ich verlange, dass wir noch heute in See stechen. Am besten sofort!«

»Auch wenn ich Ihre Haltung verstehe – ich möchte Sie bitten, noch ein wenig Geduld aufzubringen. Ich habe den Eltern versprochen, den Bescheid des Hafenkommandanten abzuwarten.«

»Wenn Sie das getan haben, war das unverantwortlich! Mit jeder Stunde, die wir hier vertrödeln, gefährden Sie die Einreise von uns allen!«

»So kann nur jemand reden, der selbst keine Kinder hat«, sagte Babette Spanier, die zusammen mit einer anderen Dame, die Benny nicht kannte, zu der Gruppe hinzutrat. »Sie sollten sich schämen!«

»Bitte missverstehen Sie mich nicht, gnädige Frau«, sagte Max Seligmann. »Ich möchte ja auch, dass die Kinder wohlbehütet nach Kuba gelangen. Aber was spricht dagegen, dass sie mit einem anderen Schiff nachkommen, sobald ihre Papiere für gültig befunden sind? Das wäre doch für alle die einfachste Lösung. Stellen Sie sich vor, wir verbringen hier noch weitere Stunden oder Tage, und es stellt sich am Ende heraus, dass die Papiere *nicht* gültig sind. Was dann?« Er hielt einen Moment inne, dann fügte er mit bedeutungsvollem Blick hinzu: »Wollen wir wirklich riskieren, dass wir womöglich vollkommen sinnlos die Zeit hier verstreichen lassen und deswegen zu spät in Havanna ankommen?«

Kapitän Schröder nickte. »Der Einwand ist berechtigt, aber ein Wort ist ein Wort.« Er warf einen Blick auf seine Uhr. »Folgender Entschluss: Wir haben jetzt zwanzig vor fünf. Sollten die Kinder bis um sechs nicht an Bord sein, werde ich Befehl geben …«

Ein Aufschrei vom Bug des Schiffes unterbrach ihn. Als Benny sich umdrehte, sah er eine Frau, die sich aufgeregt über die Reling beugte und mit dem Finger auf ein Auto am Kai zeigte, aus dem gerade vier Kinder stiegen.

»Da sind sie! Da sind sie ja! Endlich!«

»Gott sei Lob und Dank!«, sagte Babette Spanier.

Auch Kapitän Schröder war die Erleichterung anzusehen. »Ich denke, damit hat sich unser kleines Problem erledigt.« Er legte die Hand an die Mütze und grüßte in die Runde. »Bitte entschuldigen Sie mich, meine Herrschaften. Ich werde jetzt auf der Brücke gebraucht.«

51

Charly hatte kaum noch Zweifel, dass sie schwanger war. Sechs Tage war sie inzwischen über ihrer Regel, also fast eine volle Woche, das war noch nie vorgekommen. Auch verspürte sie nicht das geringste Ziehen im Unterleib, und von Kopfschmerzen keine Spur. Jeden Morgen, wenn sie aufwachte, überprüfte sie als Erstes ihren Schlüpfer, und mit jedem Tag, den die Überprüfung ohne Ergebnis blieb, traute sie sich, sich ein bisschen mehr zu freuen.

Nur noch ein paar wenige Wochen, und sie würde Benny die wunderbare Nachricht überbringen!

Jede freie Minute, die die Arbeit in der Klinik ihr ließ, nutzte sie für die Vorbereitung ihrer Reise. Mit Benny hatte sie ausgemacht, dass sie sich in New York treffen wollten – das Geld, das er in Havanna für Eddas Leica bekommen würde, musste für die Reise von Kuba dorthin problemlos reichen. Sie selbst würde über Dänemark auswandern, die Buchung einer Passage von Hamburg oder Bremen aus in die USA konnte Verdacht erregen, das wollte sie nicht riskieren. Wenn sie aber ein paar Tage Urlaub nahm, um das schöne Kopenhagen zu besichtigen, würde niemand auf dumme Gedanken kommen. Dass sie dort dann ein Schiff besteigen würde, um damit über den Atlantik zu fahren, würde sie niemandem verraten, nicht mal ihren Eltern. Die würde sie erst in Kenntnis setzen, wenn es kein Zurück mehr gab, sie würden verstehen, warum sie nicht anders handeln konnte. An Willy mochte sie dabei gar nicht denken – es tat einfach zu weh.

Nachdem sie vorsorglich ihren Pass hatte verlängern lassen, buchte sie in dem einzigen Reisebüro, das es in Göttingen gab, eine Hin- und Rückfahrkarte nach Kopenhagen und ein Hotelzimmer für eine Woche in der dänischen Hauptstadt, obwohl sie es hoffentlich nur eine Nacht brauchen würde – sicher war sicher, schließlich musste sie in Kopenhagen noch ein Visum besorgen. Die Buchung der Transatlantikpassage wollte sie allerdings nicht in Göttingen vornehmen, als Ärztin kannten sie zu viele Menschen in der Stadt. Darum nutzte sie ihren ersten freien Tag, um nach Braunschweig zu fahren.

»Einmal Kopenhagen–New York?«, fragte der Inhaber des dortigen Reisebüros, sichtlich erfreut über das in Aussicht stehende Geschäft. »Sehr wohl, gnädige Frau. Aber bitte, nehmen Sie doch Platz.«

Während Charly es sich auf dem angebotenen Stuhl bequem machte, begann er, in verschiedenen Katalogen zu blättern und gleichzeitig zu telefonieren. Doch je länger er beides tat, umso ernster wurde seine Miene.

»Wie es aussieht«, erklärte er schließlich, »sind in dem von Ihnen gewünschten Zeitraum nur noch Plätze erster Klasse frei. Sonst ist alles ausgebucht.«

Charly konnte sich denken, was das bedeutete. »Wie groß ist der Preisunterschied?«

»Mehr als das Doppelte, leider.«

»Und was macht das in Mark und Pfennig?«

»Einen Moment, gnädige Frau, der Betrag wurde mir in Dänischen Kronen genannt, ich muss ihn kurz umrechnen.« Er nahm einen Stift und kritzelte ein paar Zahlen auf ein Blatt Papier. Als er damit fertig war, zog er ein Gesicht wie ein Leichenbestatter. »Eintausenddreihundertsiebzehn Mark«, sagte er, »und sechsundzwanzig Pfennig, um genau zu sein.«

Als Charly die Summe hörte, bereute sie fast die Übernachtung mit Benny im Vier Jahreszeiten, für die sie hundertachtzig Mark bezahlt hatte. Nie und nimmer konnte sie so viel Geld in so kurzer Zeit auftreiben. In ihrer Not fiel ihr Edda ein, doch die konnte sie nicht fragen – nicht auszudenken, wenn Leni Riefenstahl von ihren Plänen erfuhr.

Nein, es gab nur einen Menschen, den Charly jetzt um Hilfe bitten konnte. Am besten, sie rief noch heute an.

52 Zauber der Seereise!

Über eine Woche war vergangen, seit die St. Louis Deutschland verlassen hatte, und mit jedem weiteren Tag, der auf See verging, schienen all die Nöte und Schrecken, die die Passagiere in der Heimat erlebt und durchlitten hatten, sich weiter und weiter in der Vergangenheit zu verlieren.

Das anfangs bedeckte Wetter hatte inzwischen aufgeklart, und die Sonne schien von einem blitzblanken Himmel auf das endlos blaue Meer herab. Die Liegestühle an Deck waren von morgens bis abends belegt, wohin man blickte, sah man lachende, sonnengebräunte Gesichter. In zunehmend gehobener Stimmung reiste man der Neuen Welt entgegen, geborgen auf der St. Louis, einem sanft schaukelnden Paradies, irgendwo im Nirgendwo zwischen dem Deutschen Reich und Amerika.

Dank der Fürsorge des Kapitäns und seiner Mannschaft war nicht nur für das leibliche Wohl der Passagiere bestens gesorgt, auch deren seelischer Bedürfnisse wurde Rechnung getragen. Da sich an Bord sowohl weltlich gesinnte wie auch orthodoxe Juden befanden, die nicht zusammen einen Raum für ihre Gebete nutzen wollten, reichte der Andachtsraum, der auf anderen Fahrten überkonfessionell genutzt wurde, allein nicht aus. Kapitän Schröder gab darum Erlaubnis, dass für die Gottesdienste zusätzlich auch der Festsaal in Anspruch genommen werden durfte. Damit sich dort niemand in seiner Andacht gestört fühlte, wurde dazu sogar jedes Mal das Hitlerbild abgehängt, das an der Stirnseite des Saals prangte.

Noch größeren Zuspruch als die Gottesdienste aber fand das Unterhaltungsprogramm. Das Leben an Bord der St. Louis bot täglich neue, aufregende Abwechslung. Bei den Mahlzeiten schloss man rasch Bekanntschaft, ebenso bei den sportlichen Aktivitäten, die vor allem die Vormittage füllten, wie auch bei den nachmittäglichen Kulturveranstaltungen, und abends beim Tanz im Festsaal, wenn das Hitlerbild wieder an seinem Platz hing, wurde unter den jungen Leuten geschäkert, was das Zeug hielt.

Ines, die ältere und hübschere der zwei Spanierinnen, hatte sichtlich Sympathie zu Benny gefasst. Da unter den Fahrgästen das Gerücht ging, einer der Stewards, Otto Schiendick mit Namen, sei ein Gestapo-Spitzel, der vom Geschehen an Bord nach Deutschland berichtete, ging Benny zum Schein auf ihre Avancen ein. Sollte der Steward wirklich ein Spitzel sein, konnte es nicht schaden, wenn er sich als geschiedener Mann in der Öffentlichkeit so benahm, als wäre er tatsächlich frei und ungebunden. Allerdings zog er damit den Unmut von Max Seligmann auf sich, der an Ines so interessiert war wie diese an Benny, was wiederum deren Schwester Renate gar nicht gefiel, die ihrerseits ein Auge auf Max geworfen hatte.

Die dankbarsten Passagiere an Bord aber waren die Kinder. Für sie war die St. Louis ein einziger großer Abenteuerspielplatz. Bald gab es keinen Winkel mehr auf dem Schiff, den sie nicht erkundet hatten, und da viele von ihnen in ihrem Leben noch keinen Spielplatz gesehen hatten, weil das Betreten von Spielplätzen jüdischen Kindern in Deutschland ja genauso verboten war wie ihren Eltern das Betreten von Parkanlagen, machten sie vor lauter Begeisterung oft ein solches Hallo, dass sie von den Stewards zur Ruhe ermahnt werden mussten.

Heute führten sie in der Bibliothek gerade ein Schauspiel auf, als Benny den Raum betrat. Dorthin zog er sich mittags gern zurück, um Ines aus dem Weg zu gehen. Fast nach jeder Mittagsmahlzeit forderte sie ihn nämlich auf, mit ihr ein wenig über das Promenadendeck zu bummeln, und er wollte ihr weder einen Korb geben noch ihr falsche Hoffnungen machen. Normalerweise war die Bibliothek der ruhigste Ort an Bord. Doch jetzt wimmelte es dort von kleinen, aufgeregten Schauspielern und deren Eltern, die, nicht weniger aufgeregt als ihre Sprösslinge, das Publikum spielten. Auch Ines Spanier war darunter, zusammen mit den beiden Schützlingen der Familie, Evelyne und Caroline Alber, doch als Benny sie in der Menge entdeckte, war es zu spät, um kehrtzumachen. Also stellte er sich zu ihr, um zusammen mit ihr zuzuschauen.

Die Aufführung war bereits im Gange. Eine Reihe nebeneinander aufgestellter Stühle bildete auf der Bühne eine Barriere, vor der ein größerer Junge mit einer Polizeimütze auf dem Kopf einen kleineren Jungen verhörte, während jenseits der Stuhlreihe eine Schar Kinder Geburtstag oder sonst irgendein fröhliches Fest zu feiern schien.

»Hat das Stück einen Namen?«, fragte Benny leise.

»Ja«, flüsterte Ines. »›Zutritt verboten!‹«

»Und worum geht's?«

»Keine Ahnung. Wir sind auch gerade erst gekommen.«

Benny schaute wieder zur Bühne.

»Was willst du?«, fragte der große Junge in herablassendem Ton.

»Ich möchte herein, um mitzufeiern.«

»Das wollen alle.« Mit strenger Amtsmiene musterte er den Kleinen von Kopf bis Fuß. »Du hast aber eine ziemlich lange Nase. Bist du etwa ein Jude?«

»Ja«, erwiderte der andere kleinlaut.

»Dann scher dich auf der Stelle fort! Juden haben keinen Zutritt!«

Betroffen blickten Ines und Benny sich an, zutiefst irritiert, wie die meisten Zuschauer im Raum. Offenbar spielten die Kinder einfach nach, was sie selbst oft erlebt hatten.

Doch der Kleine gab nicht auf.

»Können Se denn keene Ausnahme machen, Wachtmeester?«, fragte er in breitestem Berlinerisch. »Ick bin zwar een Jude, doch blos'n janz kleener.«

Das Publikum hielt für eine Sekunde den Atem an, dann entlud sich die Beklemmung in einem Lachen. Die zwei Hauptdarsteller sowie die Komparsen nahmen am Bühnenrand Aufstellung und verbeugten sich, um den Applaus entgegenzunehmen.

»Ach ja, Kind müsste man noch mal sein«, sagte eine Zuschauerin und klatschte. »Beneidenswert.«

»Wirklich?«, erwiderte Ines und tauschte dabei einen Blick mit Benny, der ihn nicht unberührt ließ.

53

Als ihr Zug im Bahnhof einlief, wusste Dorothee nicht, warum Charlotte sie nach Göttingen eingeladen hatte. Ihre Tochter hatte bei dem Anruf nur gesagt, dass sie darüber am Telefon nicht sprechen könne – und dass sie tausend Mark brauche. So sehr der Anruf Dorothee irritiert hatte, hatte sie den Betrag und noch ein bisschen mehr von ihrem persönlichen Konto bei der Raiffeisenkasse abgehoben und sich in den Zug gesetzt. Der Ton in Charlottes Stimme hatte ihr keine Wahl gelassen. Außerdem hatte sie eine dunkle Ahnung, was vielleicht dahinterstecken könnte.

Da sie bereits am nächsten Morgen wieder zurückfahren würde, hatte sie nur einen kleinen Handkoffer dabei mit ihrem Kulturbeutel, ein bisschen Wäsche zum Wechseln und dem Geld. Als sie den Zug verließ, sah sie ihre Tochter schon von weitem am anderen Ende des Bahnsteigs. Jetzt hatte Charlotte auch sie entdeckt und kam ihr entgegen. Der Anblick befremdete sie. Wie anders sah ihre Tochter in der ungewohnten Umgebung aus, sie wirkte hier viel älter und reifer als zu Hause – kein Kind mehr, sondern eine erwachsene, selbständige Frau mitten im Leben.

»Was gibt es so Geheimnisvolles, dass du darüber am Telefon nicht reden kannst?«, fragte Dorothee, als sie eine halbe Stunde später in der hintersten Ecke von Cron & Lanz saßen, wo niemand sonst im Café sie hören konnte. »Vor allem – wozu brauchst du das viele Geld?«

»Bevor ich das sage, musst du mir versprechen, keinem etwas zu verraten.«

»Auch Papa nicht?«

»Auch Papa nicht.«

Dorothee zögerte. Hermann und sie hatten normalerweise keine Geheimnisse voreinander. Doch dann fiel ihr ein, dass sie ihrer Tochter vor nicht allzu langer Zeit ein ganz ähnliches Versprechen abgenommen hatte, und nickte. »Also gut – versprochen!«

Charlotte wartete, bis die Kellnerin am Nebentisch das Geschirr abgeräumt hatte und mit ihrem Tablett in der Küche verschwand. Dann sagte sie: »Ich werde Benny nach Amerika folgen. Dafür brauche ich das Geld.«

Voller Anspannung sah sie ihre Mutter an.

Dorothee nickte. »Jetzt denkst du wahrscheinlich, dass ich überrascht bin. Aber um ehrlich zu sein, das bin ich nicht, ich hatte mir schon so was gedacht. Wie sehr ihr beide euch liebt, wissen wir ja alle, und Mann und Frau gehören zusammen, egal, was passiert. – Auch wenn der Gedanke«, fügte sie mit einem Kloß im Hals hinzu, »dass du Deutschland vielleicht für immer verlässt, für mich als Mutter …« Bei der Vorstellung versagte ihr die Stimme.

Charlotte griff nach ihrer Hand. »Glaub mir, Mama, wenn es irgendeine Möglichkeit gäbe, zusammen mit Benny hier zu leben, würde ich bleiben.«

»Ich weiß.«

»Außerdem muss es ja nicht für immer sein. Irgendwann ist der Spuk ja hoffentlich vorbei und Deutschland wieder ein normales Land. Dann sind wir alle wieder eine Familie.«

»Vielleicht. Vielleicht auch nicht.«

»Jetzt mach es mir bitte nicht noch schwerer. Was glaubst du wohl, wie ich mich dabei fühle, so klammheimlich zu verschwinden?«

»Das heißt, du willst nicht mal von uns Abschied nehmen?«

Charlotte schüttelte den Kopf. »Außer dir darf niemand davon wissen, bis ich in Sicherheit bin. Weil, wenn Horst etwas erfährt – er wäre imstande, mich einsperren zu lassen.«

»Ach Kind, ich fürchte, da könntest du sogar recht haben. Seine Parteikarriere ist ihm heilig. Dafür würde er alles tun.«

»Am schlimmsten ist es, dass ich Willy im Stich lassen muss. Ich kann nicht an ihn denken, ohne ein schlechtes Gewissen zu haben.«

Dorothee sah die Sorge im Gesicht ihrer Tochter und erwiderte den Druck ihrer Hand. »Das brauchst du nicht. Du hast schon so viel für deinen Bruder getan. Bis zu seiner Einschulung dauert es noch fast ein Jahr, und danach sehen wir weiter.«

»Dann bist du mir also nicht böse?«, fragte Charlotte.

»Nein«, sagte Dorothee. »Es ist ja nun mal so, wie es ist. Und sollte Horst Probleme wegen dir bekommen, hat er die sich redlich verdient.«

»Danke, Mama.« Charlotte gab ihr einen Kuss auf die Wange. »Ich bin so froh, dass du mich verstehst. – Außerdem«, fügte sie nach kurzem Zögern hinzu, »es gibt noch einen Grund, warum ich bei meinem Mann sein muss ...«

»Nämlich?«

Statt zu antworten, erfüllte ein solches Leuchten ihr Gesicht, dass es dafür nur einen Grund geben konnte.

»Ist es das, was ich denke?«, fragte Dorothee.

»Ich glaube ja«, sagte Charlotte und strahlte noch heller. »Ich bin schon eine Woche überfällig.«

»Das ist ja wunderbar!« Dorothee nahm sie in den Arm und drückte sie an sich. »Meine große, erwachsene Tochter. Ach, wie ich mich freue! Ich gratuliere dir, von ganzem Herzen, und Benjamin natürlich auch. Das heißt – weiß er überhaupt schon Bescheid?«

Charlotte schüttelte den Kopf. »Nein, es muss passiert sein, als wir in Hamburg voneinander Abschied genommen haben. Und auf dem Schiff kann ich ihn ja nicht erreichen.«

»Du warst in Hamburg?«

»Ja. Ich habe es einfach nicht ausgehalten. Ich musste ihn vor seiner Abreise einfach noch einmal sehen.«

»Ach, Kindchen.« Dorothee wischte sich über die Augen. »Auch wenn es vielleicht seltsam klingt – fast beneide ich dich ein bisschen.«

»Jetzt übertreibst du aber«, lachte Charlotte. Dann wurde sie wieder ernst. »Papa und du, ihr liebt euch doch genauso, wie Benny und ich uns lieben, und ich bin sicher, du würdest an meiner Stelle genauso handeln wie ich, oder?«

»Natürlich«, bestätigte Dorothee, doch ohne den Blick ihrer Tochter zu erwidern. »Aber jetzt sag mal, wie viel Geld brauchst du? Sind tausend Mark wirklich genug?«

54

An Bord der St. Louis verlor sich nach und nach jedes Gefühl für die Zeit. Eingetaucht in die Unendlichkeit des Meeres, verging ein Tag wie der andere, mit Essen und Trinken, Spielen und Lachen, Sonnenbaden und Müßiggang.

»Manchmal wünsche ich mir, die Reise würde niemals aufhören«, sagte Ines.

Es war ein Dienstag, oder vielleicht auch ein Mittwoch, Benny wusste es nicht so genau, als sie nach dem Mittagessen über das Promenadendeck schlenderten.

»Das klingt ja fast so, als hätten Sie Angst anzukommen«, sagte er.

»Haben wir das nicht alle?«, fragte sie.

»Die meisten wahrscheinlich ja. Aber Sie? Ausgerechnet?«

»Was soll das heißen – ausgerechnet ich?«

»Nun, wenn es stimmt, was man sich erzählt, werden Sie ja nicht lange auf Kuba bleiben, sondern in die USA weiterreisen. Nach New York, nicht wahr? Ich könnte mir Schlimmeres vorstellen.«

»Das sagt der Richtige«, erwiderte sie lachend. »Ist New York nicht auch Ihr Ziel?«

»Schon«, sagte er. »Aber mit einem kleinen Unterschied. Ihr

Vater wird in New York eine Praxis eröffnen, Sie müssen sich also keine Sorgen machen. Ich dagegen habe nicht die geringste Ahnung, was mich erwartet.«

Ines blieb stehen und schaute ihn an. »Ist das der einzige Unterschied?«

Die Art, wie sie ihn ansah, irritierte ihn so sehr, dass er weitergehen wollte, doch sie hielt ihn am Arm zurück.

»Gibt es eigentlich zwingende Gründe, dass wir uns immer noch siezen?«, fragte sie. »Oder wollen wir nicht einfach du zueinander sagen?«

Die Frage hatte Benny schon lange befürchtet. Da er nicht wusste, was er antworten sollte, senkte er den Blick. Mit ihren kurzen braunen Haaren, den grünen Augen und dem roten Schmollmund war sie schließlich alles andere als hässlich.

»Nun, wie lautet Ihre Antwort?«

Als er den Kopf hob, sah er, wie Otto Schiendick, der gerade an Deck Tee servierte, sie beäugte.

»Nein, keine zwingenden Gründe, Fräulein Spanier – im Gegenteil. Sehr gerne. Es … es würde mich freuen.«

»Schön, dann wäre das also beschlossen.« Sie reichte ihm die Hand. »Ich heiße Ines.«

»Und ich Benjamin. Aber meine Freunde nennen mich Benny.«

»Dann werde ich Sie natürlich Benjamin nennen«, erwiderte sie, und als sie sein verdutztes Gesicht sah, fügte sie hinzu. »Weil ich nämlich hoffe, dass wir nicht nur Freunde sind.«

Benny spürte, wie er rot anlief, und konnte nur hoffen, dass die Sonnenbräune seine Verlegenheit übertönte. Doch diese Hoffnung war leider vergebens.

»Ein bisschen Rouge steht Ihnen ausgezeichnet«, sagte Ines spöttisch. »Sie sollten es öfter auflegen.« Dann wurde sie plötzlich ernst. »Nun, wo bleibt der Kuss?«

Statt ihm die Wange hinzuhalten, schürzte sie die Lippen. Bennys Puls begann zu rasen. Erwartete sie etwa, dass er sie auf den Mund küsste?

Gott sei Dank kam ihm ihre Schwester zu Hilfe, im allerletzten Moment.

»Wisst ihr schon das Neueste?«, fragte Renate. »Herr Levin ist tot.«

»Herr Levin?« Benny wusste nicht, von wem die Rede war.

»Ein Textilfabrikant aus Krefeld«, erklärte Ines. »Er und seine Frau sitzen bei uns am Tisch.«

»Ach so.« Kein Wunder, dass er den Mann nicht kannte. Die Familie Spanier aß ja im Speisesaal der ersten Klasse.

»Ein wirklich netter älterer Herr«, fuhr Ines fort. »Woran ist er denn so plötzlich gestorben?«, wandte sie sich dann an ihre Schwester. »Es ist doch noch keine Stunde her, dass wir zusammengesessen und geplaudert haben.«

»Laut Bordarzt akutes Herzversagen«, sagte Renate. »Außerdem hat Herr Levin wohl Magenkrebs gehabt und war sehr geschwächt.«

Obwohl Benny dem Mann nie begegnet war, nahm auch er an der Beisetzung teil, die Kapitän Schröder am Nachmittag vornahm. Die Trauerfeier fand auf dem Achterdeck statt, eine leichte Brise wehte über das Meer, über dem im Westen bereits die Sonne unterging. Die Witwe des Verstorbenen, eine kleine dünne Frau von vielleicht siebzig Jahren, hielt ein paar Blumen in der Hand und starrte fassungslos auf den Sarg mit den sterblichen Überresten ihres Mannes, den Matrosen auf einer Rutsche über die Reling gehoben hatten und nun dort in der Schwebe hielten. Es hieß, die Witwe habe den Wunsch geäußert, den Leichnam einbalsamieren zu lassen, um ihren Mann in Havanna zu begraben, doch Kapitän Schröder habe auf der Seebestattung bestanden, aus Sorge, dass die kubanischen Behörden der St. Louis mit einer Leiche an Bord womöglich bei der Landung Schwierigkeiten bereiten könnten. Immerhin hatte er befohlen, den Sarg nicht, wie sonst üblich, in eine Hakenkreuzfahne zu wickeln, sondern an deren Stelle eine Flagge der Reederei zu verwenden.

Jetzt faltete er die Hände, um den Toten mit einem Gebet zu verabschieden. »Vater unser, der du bist im Himmel …«

Obwohl fast alle Trauergäste Juden waren, fielen sie in die Worte ein. Das Vaterunser war wahrscheinlich das einzige Gebet, das jeder an Bord kannte, und man konnte von Kapitän Schröder nicht erwarten, dass er das Kaddisch sprach. Auch die Witwe bewegte ihre Lippen. Nur die orthodoxen Trauergäste blieben stumm.

»... sondern erlöse uns von dem Übel. Denn dein ist das Reich und die Kraft und die Herrlichkeit, in Ewigkeit. Amen.«

»Amen«, wiederholte die Gemeinde im Chor.

Das Schiffshorn tutete dreimal lang und dunkel, dann hoben die Matrosen die Bahre in die Höhe, und der Sarg rutschte ins Meer. Während sich die Fluten wieder schlossen, warf die Witwe ihre Blumen hinterher. Eine Weile trieben sie auf den Wogen, dann verloren sie sich in der Weite des Ozeans.

An diesem Abend wurde im Speisesaal nur gedämpft gesprochen. Es war, als hätte der plötzliche Tod eines Mitreisenden die Passagiere jäh daran erinnert, dass alles im Leben endlich war. Auf einmal wurde jedem bewusst, dass es bis zur Ankunft in Havanna nur noch wenige Tage waren, und die Angst vor der Zukunft, von der fast zwei Wochen lang kaum etwas zu spüren gewesen war, kehrte mit all ihren ungelösten Fragen zurück. Wie würde das Leben in der Fremde sein? Würden auf Kuba Freunde, Verwandte oder irgendwelche Hilfsorganisationen warten? Wo würde man untergebracht? In Hotels, in Privatunterkünften – oder hinter Mauern und Stacheldraht?

Man war beim Kaffee, einige Tische hatten sich bereits aufgelöst, da meldete sich Kapitän Schröder über den Bordlautsprecher zu Wort.

»Achtung, Achtung, hier spricht der Kapitän. Wie die Reederei uns soeben aus Hamburg telegraphisch mitteilt, haben wir die Flandre und die Orduna uneinholbar hinter uns gelassen ...«

Der Beifall war so laut, dass der Rest der Durchsage darin unterging.

»Dann steht einem fröhlichen Maskenball ja nichts mehr im Wege«, sagte Ines, die zusammen mit ihrer Schwester und Max Seligmann gerade an Bennys Tisch trat.

»Was für einem Maskenball?«, fragte er.

»Am letzten Abend vor der Landung«, erklärte Ines unternehmungslustig. »Der Höhepunkt einer jeden Kreuzfahrt!«

55

Im Wolfsburger Land nahmen unterdessen die Pläne zur grundlegenden Neugestaltung der Region immer konkretere Gestalt an. Zwar waren bislang erst wenige Wohnanlagen in der Stadt des KdF-Wagens fertiggestellt, weil diese bei der Zuteilung der Rohstoffe und Baumaterialien zur Verzweiflung des Architekten Peter Koller nach wie vor ins Hintertreffen gerieten, dafür aber wuchsen die Montagehallen des Volkswagenwerks unaufhaltsam in die Höhe. Schon waren viele Gebäude so weit vorangeschritten, dass nur noch die Maschinen und Fließbänder installiert werden mussten, damit die größte Automobilfabrik Europas den Betrieb aufnehmen konnte.

Rund zehntausend Arbeiter waren auf der riesigen Baustelle beschäftigt, davon über die Hälfte italienische Kameraden der Arbeit. Davon profitierte nicht zuletzt Heinz-Ewald Pagels, dessen Geschäfte in überaus erfreulicher Weise florierten. Um kein Aufsehen zu erregen, hatte er beschlossen, sein Geld nicht länger bei der Raiffeisenkasse zu sparen, in Fallersleben kannte schließlich immer noch jeder jeden, sondern auf einem Konto der Volksbank in Braunschweig, wo er einmal in der Woche ein hübsches Sümmchen einzahlte. Wenn er die Kontoauszüge, die er zusammen mit den Einzahlungsbelegen von dort zurückbrachte, in seinem Büro las, stellte er sich manchmal vor, wie er mit all dem schönen Geld die Schwester seines Vorgesetzten verwöhnte. Obwohl dieser ihm verboten hatte, ihre Nähe zu suchen, konnte Heinz-Ewald nicht aufhören, an Frau Dr. Ising, geschiedene Jungblut, zu denken. Die Ärztin löste Wünsche in ihm aus, die noch keine andere Frau in ihm ausgelöst hatte. Mit dieser Frau, so dachte er manchmal, würde ein anderer, ein besserer Mensch aus ihm werden, ein Mensch, den er mehr mögen würde als den, der er war.

Jemand klopfte an seine Bürotür.

»Herein!«

Während Heinz-Ewald seine Kontoauszüge in einer Schublade verschwinden ließ, betrat Umberto den Raum, sein Lieferant für italienische Damendessous.

»Buona sera.«

»Bist du verrückt, hier einfach so aufzukreuzen?«

»Tranquillo, capo. Non sono venuto per i noi negozii, ma per questo.«

Er reichte ihm ein Schreiben, das in italienischer Sprache abgefasst war. Heinz-Ewalds Lateinkenntnisse reichten gerade aus, um den Inhalt zu begreifen. Offenbar handelte es um einen Beschwerdebrief, das Essen im Lager betreffend, unterschrieben von Dutzenden italienischer Arbeiter.

Als er sah, an wen das Schreiben adressiert war, traute er seinen Augen nicht.

»An den Papst in Rom?«

Umberto nickte. »Si, il Papa.«

Heinz-Ewald las den Brief ein zweites Mal. »Woher hast du das?«, fragte er dann.

Umberto fletschte seine weißen Zähne. »I miei sbirri sono molto attenti.«

Sbirren – das waren Spitzel. Heinz-Ewald begriff. Umbertos Leute hatten den Brief abgefangen.

»Danke. Das hast du gut gemacht.«

»Per l'amicizia italiana-tedesca!«

Während Umberto sich verabschiedete, steckte Heinz-Ewald den Brief in die Brusttasche. Den Vorfall musste er melden, auch wenn das Lagerführer Ising ganz und gar nicht schmecken würde.

56

War es Zufall, dass der Maskenball mit Schawuot zusammenfiel, dem jahrtausendealten Fest der Juden, an dem das Volk Israel sich einmal im Jahr, sieben Wochen und einen Tag nach Pessah, an den Empfang der Zehn Gebote erinnerte? Oder war dies vielmehr ein Zeichen, dass Gott der Herr, der die Passagiere der St. Louis bis zu diesem Tag beschützt und geleitet hatte, sie auch weiterhin leiten und beschützen würde?

Die Stimmung an Bord konnte ausgelassener nicht sein. Da Schawuot stets mit einem Meer von Blumen gefeiert wurde, hatten die Frauen zusammen mit den Kindern unzählige Papierblumen gebastelt, so dass der Festsaal sich in ein einziges Gewächshaus verwandelt zu haben schien. Damit die Passagiere sich für den Maskenball kostümieren konnten, hatte Kapitän Schröder ihnen erlaubt, sich am Theaterfundus zu bedienen. Jetzt wimmelte es auf dem Schiff von Piraten und Seejungfrauen, Indianern und Dominos, und wer irgendwelche Kunststücke beherrschte, trug sich in eine Liste ein, die Babette Spanier als Vorsitzende des Festkomitees ausgelegt hatte, um sie später im Laufe des Abends auf der Bühne vorzuführen.

Benny hatte sich als Jopi Heesters verkleidet, mit Frack und Zylinder, Schultercape und weißem Schal – sogar ein passendes Stöckchen hatte er gefunden. Als er so ausstaffiert im Festsaal erschien, wurde er von den Mitgliedern des Festkomitees spontan zum Conférencier des Abends bestimmt. So sehr er sich dagegen sträubte – als Frau Spanier ihn auf die Bühne zerrte, wurde er mit einem so donnernden Applaus empfangen, dass jeder weitere Widerstand zwecklos war.

Plötzlich im Rampenlicht, stolperte Benny zuerst fast über seine eigenen Füße. Zum Glück sprach er wenigstens Holländisch, so konnte er den berühmten Filmstar nicht nur auf Deutsch, sondern auch in dessen Muttersprache parodieren. Das schien den Leuten zu gefallen, sie lachten und applaudierten. Mit zunehmendem Beifall legten sich seine Hemmungen, hilfreich war auch der Sekt, den Ines Spanier ihm reichte, und bald schon wechselte er so selbstverständlich zwischen den beiden Idiomen hin und her, als wäre er Jopi Heesters persönlich, um Akrobatinnen und Jongleure, Feuerschlucker und Zauberer anzukündigen.

Nachdem er als letzten Künstler einen Pantomimen von der Bühne verabschiedet hatte, gab er der Bordkapelle das Zeichen, zum Tanz aufzuspielen. Doch statt wie verabredet mit einem Walzer zu beginnen, intonierten die Musiker eine Melodie, die ihm buchstäblich auf den Frack komponiert zu sein schien. Bevor Benny wusste, wie ihm geschah, nahm Babette Spanier ihm das Mikrophon aus der Hand, um zum Höhepunkt des Abends Jopi Heesters mit seinem berühmtesten Lied anzukündigen.

Um kein Spielverderber zu sein, fügte Benny sich in sein Schicksal. Den Text des Liedes kannte er natürlich, so wie jeder erwachsene Deutsche ihn kannte – das Stück war ein Couplet aus der »Lustigen Witwe«, das Jopi Heesters zum Star gemacht hatte. Also klemmte er sein Stöckchen unter den Arm, warf den weißen Schal über die Schulter und begann zu singen.

Heut' geh' ich ins Maxim,
Da bin ich sehr intim,
Ich duze alle Damen
Ruf' sie beim Kosenamen ...

Bereits nach den ersten Zeilen stimmte der ganze Saal mit ein, so dass ihm keine andere Wahl blieb, als das Lied bis zum Ende zu singen.

Und geht's an's Kosen, Küssen
Mit allen diesen Süssen,
Lolo, Dodo, Joujou
Coco, Margot, Froufrou,
Dann kann ich leicht vergessen
Das teu're Vaterland!

Als der letzte Ton verklungen war, sprangen die Zuhörer von den Stühlen, und der Rumpf der St. Louis bebte unter dem donnernden Applaus, wie wenn die Schiffsmotoren volle Kraft voraus laufen würden. Benny wusste vor lauter Verlegenheit kaum, wohin er schauen sollte, sogar Max Seligmann, der sowohl mit einer Rezitation von Ringelnatz-Gedichten wie auch mit einer sehr gelungenen Stepptanzeinlage gleich zweimal brilliert hatte, zollte ihm Beifall.

»Das hätte ich Ihnen gar nicht zugetraut«, sagte er, als Benny nach der Vorführung an den Tisch des Festkomitees trat. »Aber sagen Sie mal, woher können Sie eigentlich so gut Holländisch?«

»Von meiner Mutter, sie ist gebürtige Niederländerin. Ich habe in meiner Kindheit oft die Ferien bei Verwandten in Amsterdam verbracht.«

Benny hatte noch nicht ausgesprochen, da setzte die Kapelle mit dem Walzer ein.

Im selben Moment stand Ines vor ihm, die hübscheste Meerjungfrau im Saal.

»Damenwahl!«, rief sie mit leuchtenden Augen. »Darf ich bitten?«

57

Es war längst tiefe Nacht in Fallersleben, doch Horst konnte immer noch nicht schlafen. Nachdem er sich stundenlang im Bett hin und her gewälzt hatte, ohne dass es ihm gelungen war, auch nur ein Auge zuzutun, war er noch einmal aufgestanden, hatte sich in der Küche eine Flasche Bier geholt und war damit in die Wohnstube gegangen, um sich seiner Lieblingsbeschäftigung zu widmen. Wenn andere beim Schäfchenzählen einschliefen, dann er vielleicht beim Zählen der Sparmarken. Doch das Gegenteil war der Fall. Dreimal hatte er die eingeklebten Marken gezählt, um den Termin zu berechnen, wann er einen KdF-Wagen sein Eigen nennen würde, doch dreimal war ein anderes Ergebnis dabei herausgekommen. Jetzt war er so wach, als hätte er eine ganze Kanne Kaffee getrunken.

Der Grund seiner Ruhelosigkeit war, dass sich mal wieder die halbe Welt gegen ihn verschworen hatte. Was bildeten die faulen Itaker sich ein, weshalb man sie nach Deutschland gerufen hatte? Um sie mit Nudeln zu füttern? Nein, sie waren hier, um zu arbeiten, verdammt nochmal! Doch stattdessen schrieben die Arschlöcher an den Papst in Rom und beschwerten sich über das Essen. Und eine eigene Kirche wollten sie obendrein. Zu diesem Zweck hatten sie bereits eine Delegation an den Architekten geschickt, und der Idiot hatte ihnen tatsächlich eine katholische Kirche versprochen, nur weil das angeblich in irgendeinem Bebauungsplan stand, der in Berlin abgesegnet worden war, so dass Horst sich nun gezwungen sah, sich diesen Herrn Koller morgen früh zur Brust zu nehmen – am heiligen Pfingstsonntag!

Auf der Toilette zog jemand an der Klokette. Noch während

das Wasser rauschte, stand Ilse in der Tür, verschlafen und im Nachthemd.

»Du bist noch auf?«

»Das siehst du doch.«

»Aber warum denn?«

»Ich muss arbeiten! Also stör mich nicht.«

»Arbeiten? Um diese Zeit?« Sie trat zu ihm und strich ihm über den Kopf. »Willst du nicht mit ins Bett kommen?«

Als er zu ihr aufblickte, nickte sie ihm mit einem Lächeln zu. Dabei zupfte sie an ihrer Schneckenfrisur, als wolle sie die geflochtenen Haare lösen.

In diesem Moment fiel es ihm wie Schuppen von den Augen. Mein Gott, was für ein hässliches Weib hatte er geheiratet ...

Sie hauchte ihm einen Luftkuss zu. »Na, was meinst du, mein Hotte?«

Er musste sich beherrschen, um sie nicht aus dem Zimmer zu prügeln.

»Lass mich in Ruhe!«, zischte er.

Eine Weile blieb sie vor ihm stehen, doch da er sie keines weiteren Blickes würdigte, wandte sie sich schließlich zur Tür.

Horst beugte sich wieder über seine Sparkarte.

Den Koller würde er morgen zur Sau machen, das stand fest. Der würde sein ganz persönliches Pfingstwunder erleben.

58

Über Bordlautsprecher hatte Kapitän Schröder die Passagiere der St. Louis gebeten, bis spätestens Mitternacht ihr Gepäck vor die Kabinentüren zu stellen, damit die Ausschiffung am nächsten Tag so zügig wie möglich vonstatten gehen konnte. Da selbst die Familien kaum mehr als ein paar Koffer mit an Bord hatten, tat das dem Fest keinen Abbruch – jeder hatte seine Habseligkeiten in Windeseile gepackt. Während der hell erleuchtete Dampfer die schwarzen Fluten des Ozeans durchpflügte und sich Meile um Meile dem Hafen von Havanna näherte, spielte die Bordkapelle ein Stück nach dem anderen, und die Tanzfläche leerte sich nur in den kurzen Pausen, in denen die verschwitzten Musiker sich bei einem Glas Bier und einer Zigarette von ihren Anstrengungen erholten. Dann schwärmten all die Seeräuber und Meerjungfrauen, Dominos und Indianer für ein paar Minuten vom Festsaal hinauf an Deck, um zu schauen, ob schon Land in Sicht war, obwohl damit, wie der Kapitän verkündet hatte, erst unmittelbar vor Anbruch des Tages zu rechnen sei, und sobald man sich vergewissert hatte, dass draußen tatsächlich nichts als dunkle Nacht herrschte, kehrte die ganze Gesellschaft in den Festsaal zurück, um weiter zu feiern, froh, dass das Fest noch nicht zu Ende war.

Benny tanzte abwechselnd mit den zwei Spanierinnen. Jedes Mal, wenn Damenwahl ausgerufen wurde, forderte Ines ihn auf, doch ebenso regelmäßig wurde er von Max Seligmann abgeklatscht, der Ines' Schwester Renate, die sich als Maikäfer verkleidet hatte, dafür mitten auf der Tanzfläche stehenließ, so dass Benny sich verpflichtet fühlte, sie um den nächsten Tanz zu bitten. Als ein angetrunkener Pirat, der sich den ganzen Abend mit einer dicken Indianersquaw gestritten hatte, Renate einmal unverhofft vor ihm aufforderte, nutzte Benny die Gelegenheit, um den überhitzten Saal zu verlassen und draußen ein wenig frische Luft zu schnappen.

An Deck hielten sich nur ein paar wenige Liebespaare auf. Manche hatten sich erst während der Reise gefunden und nahmen nun vor der Ankunft in Havanna leise flüsternd voneinander Abschied. Benny suchte sich einen Platz an der Reling, wo er niemanden störte. Während im Osten ein schmaler, fahler Lichtstreifen über dem Meer zu schweben schien, glaubte er im Westen die ersten Lichter von Kuba aus den dunklen Fluten aufsteigen zu sehen, wie eine ferne, blinkende Verheißung.

Was würde Charly in diesem Augenblick wohl tun? Wahrscheinlich war sie längst in der Klinik, in Deutschland war es ja schon sechs Stunden später. Aber vielleicht hatte sie über Pfingsten auch frei und war nach Fallersleben gefahren, um die Feiertage bei ihren Eltern zu verbringen, und ging gerade mit ihnen zur Kirche.

Bei dem Gedanken spürte Benny, was für ein glücklicher Mann

er war. Man hatte ihm fast alles genommen, was einst sein Leben gewesen war, seine Arbeit, seine Heimat, seine Träume. Aber Charly war ihm geblieben. Und darum würde er mit keinem anderen Mann auf der Welt tauschen.

Plötzlich hörte er eine Stimme in seinem Rücken.

»Gibt es auf Kuba eigentlich Indianer?«

Als er sich umdrehte, stand eine Seejungfrau vor ihm.

»Um ehrlich zu sein, ich habe keine Ahnung.«

Ines machte einen Schritt auf ihn zu. »Darf ich? Oder ist der Zutritt verboten?«

Benny verstand die Anspielung und trat zur Seite, um an der Reling für sie Platz zu machen.

»Ich glaube, da hinten die Lichter, das ist schon Havanna.«

»Dann wird es höchste Zeit, dass du mir endlich meinen Wunsch erfüllst«, sagte Ines und trat an seine Seite.

»Welchen Wunsch?«, fragte Benny irritiert.

»Erinnerst du dich nicht?« Sie rückte noch näher an ihn heran. »Beim Captain's Dinner. Ich hatte dich um ein Autogramm gebeten.«

Benny ahnte, was sie damit sagen wollte. Sie war jetzt so nah, dass ihre Gesichter sich fast berührten. Bevor er sie daran hindern konnte, schlang sie die Arme um seinen Hals und küsste ihn.

Er spürte ihre Zunge zwischen seinen Lippen, und für einen Moment schloss er die Augen.

Als er sich aus der Umarmung befreite, sah er Max Seligmann, der ihn mit großen Augen anstarrte.

»Ich ... ich kann das erklären«, stammelte Benny.

Ohne ein Wort zu sagen, machte Max Seligmann kehrt und verschwand in der Dunkelheit.

59

Von der Michaeliskirche läutete es zum Pfingstgottesdienst, doch Horst hatte selbst in seelsorgerischer Mission zu tun. Er hatte an diesem Morgen den Stadtarchitekten Peter Koller in seine Büro bestellt, um ihm die Leviten zu lesen.

»Gotteshaus, Gotteshaus«, brüllte er so laut, dass die Barackenwände wackelten, »wenn ich das schon höre!«

»Es gibt einen Bebauungsplan«, wandte Koller ein. »Und der sieht die Errichtung einer katholischen Kirche vor. Und zwar am Nordrand des Schillerteichs.«

»Bebauungsplan?«, wiederholte Horst. »Den können Sie sich sonst wohin stecken! Und am Schillerteich schon gar nicht. Da hat die Ortsgruppe ihren Sitz! Eher wird da ein Puff gebaut als eine gottverdammte Kirche!«

»Der Plan wurde in Berlin abgesegnet!«

»Was interessieren mich irgendwelche Sesselfurzer in Berlin? Hier vertrete ich die Partei! Und die kommt an erster Stelle, immer und überall, und dann die Autofabrik. Und danach erst mal sehr lange gar nichts.«

»Aber …«

»Kein Aber! Uns fehlt es hinten und vorne an Material, obwohl die Ziegeleien in Moerse und Neuengamme schon im Dreischichtenbetrieb arbeiteen. Bald werden die ersten Maschinen und Fließbänder geliefert, und die meisten Hallen sind immer noch nicht fertig. Wenn die Fabrikanlagen stehen und auf dem Klieversberg die Akro … Akro …«

»Akropolis …«

»Unterbrechen Sie mich nicht!« Horst holte Luft, um wieder Fahrt aufzunehmen. »Also, wenn die Fabrik fertig ist und die Autos von den Bändern rollen und die Akropolis auf dem Klieversberg steht und damit die Partei einen Ort hat, um auf anständige Weise ihrer Helden zu gedenken, und wenn es Parteigebäude und Straßen gibt und schließlich für jeden Arbeiter ein Dach über dem Kopf – dann, aber erst dann, und keinen Tag früher, können Sie von mir aus Ihre persönlichen Steckenpferde reiten und Kirchen bauen so viele wie Sie wollen.«

Doch Koller ließ nicht locker. »Und was ist mit den Kameraden der Arbeit?«, fragte er. »Die Italiener sind es gewohnt, sonntags zur Messe zu gehen. Das ist für sie so wichtig wie Essen und Trinken.«

Horst schaute den Architekten an. Mit seinen pomadisierten

schwarzen Haaren, dem Schnauzbart und der Künstlerfrisur sah der Kerl aus, als wäre er selbst ein Itaker. Kein Wunder, dass so einer nicht kapierte, worum es ging.

»Glauben Sie etwa, die Partei macht ihre Entscheidungen von irgendwelchen hergelaufenen Ausländern und deren sentimentalen Gewohnheiten abhängig? Der deutsche Arbeiter kennt nur eine Form des Gottesdienstes – Arbeit! Und seine Kirche ist die Fabrik! – Außerdem«, fuhr Horst fort, als der Architekt widersprechen wollte, »diese Nudelfresser gehen mir sowieso auf die Nerven mit ihren Extrawünschen! Ganz gewaltig sogar! Die haben tatsächlich versucht, uns beim Papst anzuschwärzen!«

»Beim Papst?«, wiederholte Koller ungläubig.

»Ja, dem sogenannten Heiligen Vater! Um sich über das Essen zu beschweren! Das muss man sich mal vorstellen!«

Während er sprach, klingelte das Telefon. Horst ließ es ein paarmal läuten, um zu Atem zu kommen. Als er den Hörer abhob und die Stimme am anderen Ende der Leitung erkannte, sprang er auf und schlug die Hacken zusammen.

»Heil Hitler!«

»Heil Hitler«, schnarrte Kreisleiter Sander in der Muschel. »Ich habe heute einen Termin in Braunschweig. Die Gelegenheit würde ich gern nutzen, um unterwegs bei Ihnen haltzumachen. Wir haben etwas zu besprechen.«

»Mit dem größten Vergnügen«, erwiderte Horst. »Darf ich fragen, worum es geht?«

»Nicht am Telefon, nur unter vier Augen. In Ihrem eigenen Interesse.«

60

Der Festsaal der St. Louis, in dem sich sonst jeden Morgen Dutzende Fahrgäste zum Gebet versammelten, blieb an diesem Pfingstsonntag leer, obwohl die Spuren des Maskenballs bereits beseitigt waren, und selbst im Andachtsraum, der den orthodoxen Gläubigen vorbehalten war, fand sich nur ein versprengtes Häuflein ein, um dem Herrn mit einem Gottesdienst dafür zu danken, dass ihr Schiff den Wettlauf mit der Flandre und der Orduna für sich entschieden hatte. Denn fast alle Passagiere waren an Deck, um die im Glanz der Morgensonne liegende kubanische Hauptstadt zu bestaunen.

Nach der verwirrenden Begegnung mit Ines hatte Benny sich in seine Kabine zurückgezogen, doch geschlafen hatte er nicht. Das lag nicht nur an der Irritation, die der Kuss in ihm ausgelöst hatte, viel mehr hielt ihn die Aussicht auf die baldige Landung wach. Nur noch ein paar Stunden, und er würde frei sein – den Nazis für immer entkommen! Er hatte darum nur geduscht, und ohne zu frühstücken, hatte er sich zwischen all den Koffern und Taschen, die die Gänge versperrten, den Weg an Deck gebahnt, um mit dabei zu sein, wenn die St. Louis in der Bucht von Havanna den Anker warf. Angeblich hatte die Hafenbehörde Kapitän Schröder untersagt, am Hauptpier anzulegen, aber ob man über das Fallreep oder mit Hilfe einer Barkasse an Land gelangte, war schließlich egal – Hauptsache, sie waren am Ziel!

Benny liefen vom Anblick Havannas die Augen über. Was für eine wunderschöne Stadt! Die Häuser der langgestreckten Uferpromenade waren im spanischen Kolonialstil erbaut, darüber erhob sich die Rundkuppel einer Kathedrale, während im Vordergrund die Wellen gegen die Kaimauer schlugen, die die Stadt vor dem anrennenden Ozean schützte.

Wann würde die Ausschiffung beginnen?

Während die Matrosen das Gepäck an Deck brachten, wimmelte es im Hafenbecken von zahllosen kleinen Ruder- und Motorbooten, die die St. Louis umkreisten – Angehörige von Passagieren, die zum Schiff hinaufwinkten und die Namen ihrer Lieben riefen. Diese beugten sich freudig lachend über die Reling und warfen ihren Freunden und Verwandten Kusshände zu. Die Aufregung war so groß, dass Kapitän Schröder einige Passagiere zur Ordnung rufen musste, damit sie die Matrosen nicht bei der Arbeit behinderten und alles seinen geregelten Gang nehmen konnte. Denn noch war es nicht erlaubt, von Bord zu gehen.

Alles wartete gespannt auf ein Zeichen, auch die Familie Spanier, deren kleine Schützlinge gerade am Kai ihren Vater entdeckt hatten. Während Alice und Evelyne wie Gummibälle in die Höhe hüpften und mit beiden Armen winkten, um sich ihrem Vater bemerkbar zu machen, blickte Ines immer wieder zu Benny herüber, der jedoch so tat, als würde er sie nicht sehen. Der unerwartete Kuss hatte ihn erregt, und dafür schämte er sich.

Es war schon fast Mittag, als sich durch das Gewimmel der Boote eine Barkasse mit kubanischer Flagge der St. Louis näherte. Im Nu bildete sich an der Reling eine Menschentraube. Nachdem die Barkasse längsseits gegangen war, wurde eine Strickleiter heruntergelassen. Uniformierte Beamte kletterten an Bord, wo sie mit lautstarkem Beifall empfangen wurden. Ohne auf den Trubel zu achten, den ihr Erscheinen auslöste, marschierten sie, die Augen hinter dunklen Sonnenbrillen verborgen, zur Kommandobrücke. Die Spannung, die sich unter den Wartenden aufgestaut hatte, war kaum noch auszuhalten.

Ging es endlich los?

Über den Bordlautsprecher rief Kapitän Schröder die Fahrgäste in den Festsaal. Einer der kubanischen Beamten war offenbar der Hafenarzt. Er hatte an einem Tisch Platz genommen, an dem nun alle Passagiere vorbeidefilieren mussten – »zur Gesundheitsprüfung«, wie der Zweite Offizier, der fließend Spanisch sprach, erklärte. Von einer wirklichen Prüfung konnte jedoch keine Rede sein. Der Arzt schaute die Ankömmlinge kaum an, sondern winkte einfach nur einen nach dem anderen mit gelangweilter Miene durch.

Ein paar Meter weiter hatten sich zwei Zollbeamte postiert, um die Pässe zu kontrollieren. Benny hatte gerade den Arzt passiert, als vor ihm die Schlange stockte. Mit gerunzelten Brauen blickten die Zollbeamten auf die Pässe, tippten auf die erste Seite und sagten irgendwelche spanischen Worte.

»Warum geht es nicht weiter?«, fragte Benny den Zweiten Offizier.

»Sie bezweifeln die Echtheit der Papiere.«

»Warum das denn?«

»Wegen dem roten J. Sie wollen wissen, was das bedeutet.«

Benny verfluchte im Geist die Regierung der Schweiz, die für den Eintrag gesorgt hatte, damit ihre Grenzposten deutsche Juden, die in ihr Land wollten, leichter erkannten und abweisen konnten. Doch der Schreck dauerte nur eine Sekunde. Nachdem der Zweite Offizier ein paar Worte mit den Beamten gewechselt hatte, griffen diese zu ihren Stempeln, und das erste halbe Dutzend Passagiere war abgefertigt und durfte an Land, darunter die vier Kubaner, die in Cherbourg an Bord gekommen waren.

»Und was ist mit uns?«, fragte Benny, der als Nächster in der Reihe stand.

Der Zollbeamte zuckte die Achseln. »Mañana«, sagte er, und zusammen mit den anderen Uniformierten verließ er den Saal.

61

»Ich komme im Auftrag von Gauleiter Telschow«, erklärte Sander, als er das Barackenbüro von Lagerführer Ising betrat. »Er lässt Ihnen seine Grüße ausrichten.«

»Verbindlichsten Dank«, erwiderte Horst. »Bitte bei Gelegenheit zurückzugrüßen.«

Er wusste immer noch nicht, was der Grund des plötzlichen Besuchs war, doch er hatte eine Vermutung. Inzwischen musste sich auch höheren Orts herumgesprochen haben, welche hervorragende Arbeit er im Lager leistete – vielleicht wollte man ihm eine Belobigung aussprechen. Eilig rückte er einen Stuhl für seinen Gast herbei. Hoffentlich hatte er Gelegenheit, von dem Gespräch mit Koller zu berichten. Sander würde begeistert sein, wie er dem Architekten den Marsch geblasen hatte, und Gauleiter Telschow sicher auch.

Der Kreisleiter schloss die Tür hinter sich. »Die Sache ist die«, sagte er und setzte sich auf den herbeigerückten Stuhl, »man macht sich höheren Orts Gedanken um die Familie Ising. Sorgenvolle Gedanken.«

»Warum das denn?«, fragte Horst, überrascht von dem Gesprächsbeginn.

Sander schlug in seinen Stiefeln die Beine übereinander. »Ich will nicht um den heißen Brei herumreden, Kamerad, und frage

Sie deshalb ganz direkt: Stimmt irgendetwas nicht mit Ihrem Bruder?«

»Sie meinen – mit Georg?«, erwiderte Horst.

»Nein, mit dem ist alles in Ordnung. Er leistet als Ingenieur in Stuttgart wohl hervorragende Arbeit. Ich meine Ihren jüngeren Bruder, den Nachzügler.«

Horst zuckte zusammen. »Den kleinen Willy?« Er konnte nur hoffen, dass seine Befürchtung ihn täuschte.

Aber sie täuschte ihn nicht.

Kreisleiter Sander zupfte an seiner Hakenkreuzarmbinde. »Um ehrlich zu sein, Gauleiter Telschow hat sich einigermaßen verwundert darüber gezeigt, dass – wie soll ich mich ausdrücken? – *so einer* der Sohn eines Ortsgruppenleiters sein kann.«

»So einer?«, wiederholte Horst.

»Ja, so einer«, bestätigte Sander. »Oder muss ich deutlicher werden?«

Nein, das musste er nicht. Horst war überzeugt gewesen, dass es ihm auf der Geburtstagfeier seines Vaters mit dem Toast auf Gauleiter Telschow gelungen sei, die allgemeine Aufmerksamkeit von seinem Bruder abzulenken. Doch offenbar hatte er sich geirrt.

Während Sander ihn ansah, als wolle er ihn mit seinen Blicken röntgen, lief es Horst kalt den Rücken herunter.

War dies das Ende seiner Parteikarriere?

Sander schien seine Gedanken zu erraten. »Na, jetzt machen Sie sich mal nicht gleich ins Hemd«, sagte er. »Sie persönlich können ja nichts für den Schlamassel. Allerdings«, fügte er hinzu, als Horst aufatmen wollte, »können Sie dafür sorgen, dass die Sache in Ordnung kommt. Und wenn ich sage, ›können‹, meine ich damit, dass das Ihre verdammte Pflicht und Schuldigkeit ist! Haben wir uns verstanden?« Ohne eine Antwort abzuwarten, erhob er sich von seinem Stuhl.

»Selbstverständlich!« Horst sprang hinter dem Schreibtisch hervor, um die Tür öffnen. »Bitte gehorsamst um Anweisung, Kreisleiter.«

»Das wird nicht nötig sein«, sagte Sander und klopfte ihm auf die Schulter. »Handeln Sie einfach so, wie es die Partei in einem solchen Fall erwartet. Ich bin sicher, Sie werden das Richtige tun.«

62

Nachdem die ersten Passagiere zusammen mit den Hafenbeamten die St. Louis verlassen hatten, breitete sich unter den an Bord Zurückgebliebenen Verunsicherung aus. Wie würde es nun weitergehen? Niemand wusste Bescheid, nicht mal Kapitän Schröder, der mit Hilfe des Zweiten Offiziers versucht hatte, eine Auskunft von den Kubanern zu bekommen. Doch auch ihn hatte man mit dem Wort vertröstet, das offenbar eines der wichtigsten im spanischen Wortschatz war: *mañana* – morgen.

Während des Mittagessens ergingen die Passagiere sich in allen möglichen Spekulationen, nach welchen Kriterien wohl über die Reihenfolge der Ausschiffung entschieden würde. Doch man war noch nicht beim Dessert, da kehrten die Beamten zur allgemeinen Überraschung schon wieder zurück, um zusammen mit den Bordoffizieren im Speisesaal der ersten wie auch der zweiten Klasse Anträge für die Landungskarten zu verteilen, die sogenannten Permits, die jeder Fahrgast mit Angabe von Namen, Geburtstag, Passnummer, endgültigem Reiseziel und wahrscheinlicher Verweildauer auf der Zuckerrohrinsel für die Ausschiffung ausfüllen sollte.

»Ich dachte, die Einreisegenehmigungen wären schon vor unserer Abfahrt erteilt worden?«, sagte Benny, als der Zweite Offizier ihm und den übrigen Fahrgästen an seinem Tisch die Antragsformulare aushändigte. »Wir haben dafür doch zweihundert Dollar hinterlegt.«

»Keine Angst, die Genehmigungen sind registriert und bestätigt. Es muss nur alles seine formale Ordnung haben. Ohne schriftliches Permit darf niemand das Schiff verlassen.«

»Die sind ja preußischer als die Preußen.«

Zum Glück hatte Benny einen Stift dabei. Doch er hatte kaum zu schreiben begonnen, da regte sich erneut Unruhe im Saal. Ein Gerücht machte die Runde, wonach noch am Abend dieses Tages, pünktlich um sieben Uhr, sechsundzwanzig weitere Personen ausgeschifft werden sollten – allesamt Passagiere der ersten Klasse, darunter die Frau von Dr. Spanier und seine beiden erwachsenen Töchter.

»Stimmt das?«, fragte Benny.

Als der Zweite Offizier das Gerücht bestätigte, wurde am Tisch laut gemurrt. Trau schau wem! Bestimmt hatte der Arzt sich die Vorzugsbehandlung erkauft – Dr. Spaniers Reichtum war ja ein offenes Geheimnis!

»Und was ist mit den zwei kleinen Mädchen?«, wollte Bennys Tischnachbarin Frau Bamberger wissen.

»Welchen zwei kleinen Mädchen?«, fragte ihr Mann.

»Evelyne und Caroline Alber. Die zwei armen Würmer, die ohne Eltern gereist sind. Die Spaniers haben sich doch seit Hamburg um sie gekümmert. Der Vater wartet seit heute Morgen am Kai auf sie.«

Alle Augen richteten sich auf Benny.

»Ich habe auch keine Ahnung«, sagte er.

»Aber Sie kennen die Familie doch wie sonst niemand«, sagte Frau Bamberger. »Schließlich haben Sie die ganze Zeit mit den Töchtern zusammengesteckt. Mit der einen hatten Sie ja wohl sogar ein Techtelmechtel.« Sie drohte scherzhaft mit dem Zeigefinger.

Benny schoss das Blut ins Gesicht. »Techtelmechtel?«

»Leugnen ist zwecklos, Sie Schwerenöter! Man hat Sie gesehen!«

Als Benny nach seinem Glas griff, blickte er in das Gesicht von Max Seligmann, der sich am Nebentisch herumgedreht hatte und ihn mit erhobenen Brauen fixierte.

Benny nahm sein Schreibzeug und stand auf. »Ich wünsche einen guten Tag!«

»Aber Ihr Nachtisch?«, fragte Herr Bamberger.

»Ich verzichte!«

Den Antrag füllte er in der Bibliothek aus. Nachdem er alle Angaben eingetragen hatte, ging er in die Offiziersmesse, wo kubanische Beamte die Formulare einsammeln würden. Dort herrschte allgemeiner Tumult. Die Permits, so hieß es, würden nur gegen eine Bearbeitungsgebühr von umgerechnet hundertfünfzig Dollar abgestempelt.

Woher sollte man eine solche Summe nehmen? Jeder hatte doch nur zwanzig Mark Bargeld mit an Bord nehmen dürfen.

Der Zweite Offizier konnte die Gemüter beruhigen. »Keine Sorge – die Gebühr wird von Ihrem Bordkonto abgezogen. Dafür entfällt die Zahlung der ursprünglich geforderten zweihundert Dollar für die Sicherung Ihres Landaufenthalts.«

»Wer garantiert uns das?«

»Das habe ich schriftlich!« Der Offizier hielt ein Telegramm in die Luft. »Hier ist die Bestätigung! Unterschrieben von Manuel Benitez, Chef der kubanischen Einwanderungsbehörde.«

»Und was ist mit dem Restbetrag?«

»Der gehört Ihnen. Sie dürfen das Geld aufgrund der Devisenbestimmungen zwar nicht mit an Land nehmen, aber Sie können dafür an Bord Waren kaufen.«

Während die übrigen Passagiere sich auf den Weg zum Zahlmeister machten und diskutierten, wie sie den Restbetrag sinnvoll verwenden könnten, verzog Benny sich in seine Kabine. Dort würde ihm keiner dumme Fragen stellen wie Frau Bamberger. Vor allem aber würde er dort nicht Ines Spanier begegnen.

Während draußen auf den Gängen ein ständiges Kommen und Gehen herrschte, lag er auf seiner Koje und starrte gegen die Decke. War er wirklich nur zum Schein auf Ines' Avancen eingegangen? Wenn er ehrlich war, hatte ihn die Aufmerksamkeit, die diese ebenso hübsche wie gescheite Frau ihm geschenkt hatte, von Anfang an mehr geschmeichelt, als er sich eingestehen wollte. Vielleicht war der Kuss gar kein Zufall gewesen … Manchmal glaubte er Charlys Gesicht zu sehen, wie sie sich über ihn lustig machte und ihn auslachte. Aber das machte die Sache nur noch schlimmer.

Am besten würde er das Abendessen ausfallen lassen.

Um fünf vor sieben verließ er seine Kabine. Es war eine Frage des Anstands, sich von den Spanier-Damen zu verabschieden. Sonst musste ja der Eindruck entstehen, er würde ihnen die privilegierte Ausschiffung missgönnen.

Als er an Deck kam, lag die Barkasse schon längsseits der St. Louis. Die meisten der Auserwählten, die heute an Land durften, saßen bereits im Boot. Während Frau Spanier ihren Mann zum Abschied umarmte und Renate ein wenig abseits mit Max Seligmann tuschelte, hielt Ines Evelyne und Caroline Alber im Arm, um ihnen Lebwohl zu sagen. Offenbar durften ihre kleinen Schützlinge noch nicht mit von Bord.

Als Ines ihn sah, drückte sie die Mädchen noch einmal an sich, dann kam sie auf ihn zu.

Aus Angst, dass sie ihn womöglich noch einmal umarmen oder vielleicht sogar küssen würde, machte Benny unwillkürlich einen Schritt zurück. Doch sie tat nichts dergleichen. Sie reichte ihm nur die Hand.

»Danke für das Autogramm«, sagte sie leise und schenkte ihm noch einmal ihr Lächeln. »Schade, dass wir uns nicht woanders begegnet sind.«

Benny wollte etwas erwidern, doch ohne seine Antwort abzuwarten, ließ sie ihn stehen und eilte zu ihren Angehörigen.

Danach war Ines Spanier nur noch eine schöne Erinnerung.

63

In der Stadt des KdF-Wagens herrschte Hochbetrieb. Für den siebzehnten Juni hatte sich der Führer zur Werksbesichtigung angemeldet, und der siebzehnte Juni war in zwei Wochen. In den bereits fertiggestellten Fabrikhallen wurden in aller Eile die Maschinen und Fließbänder aufgestellt und zur Produktion eingerichtet. Um die Installationsarbeiten zu überwachen, war Ferdinand Porsche eigens aus Stuttgart angereist, begleitet von Georg, der zu seinem Leidwesen immer noch für die Entwicklung des Kübelwagens zuständig war. Obwohl die von den Offizieren beanstandeten Mängel inzwischen halbwegs behoben waren, wollte Porsche ihn nicht aus der Verantwortung für das Militärfahrzeug entlassen. Georg musste kein Hellseher sein, um zu wissen, warum. Nach dem Einmarsch der Wehrmacht in Prag, durch den Böhmen und Mähren deutsches Protektorat geworden waren, war Europa ein Pulverfass – ein Funke genügte, und der Kontinent würde in Flammen stehen. Dann konnten sie froh sein, wenn die Produktion des Geländeautos mit den Bestellungen Schritt halten würde.

»Wenn wir nur wüssten, welches Fahrzeug als Erstes in Serie geht«, sagte Georg. »Der Käfer oder der Kübelwagen.«

»Das haben nicht wir zu entscheiden«, erklärte Porsche. »Wir sind Ingenieure, keine Politiker. Wir müssen die Dinge so nehmen, wie sie kommen, und das Beste daraus machen.«

»Aber wie sollen wir die Produktion vernünftig vorbereiten, wenn wir nicht wissen, für welchen Wagentyp?«, fragte Georg. »Die wichtigsten Bauteile sind zum Glück ja identisch. Aber was das Getriebe und die Karosserie angeht, sind die Unterschiede gravierend, auch in der Fertigung.«

»Keine faulen Ausreden, Herr Kollege! Unsere Aufgabe ist es, technische Probleme zu lösen – egal, welches der beiden Fahrzeuge zuerst gebaut wird. Ich bin zuversichtlich, dass wir nach dem Besuch des Führers die nötige Klarheit haben werden. – Apropos«, fügte er hinzu, »ich habe gehört, Ihr Herr Bruder hat an dem Tag einen großen Auftritt?«

Statt eine Antwort zu geben, verzog Georg das Gesicht.

Sein Chef nickte. »Ich verstehe. Freunde kann man sich aussuchen, Familie nicht.«

»Das haben jetzt Sie gesagt«, grinste Georg.

»Ach ja, die lieben Verwandten«, seufzte Porsche. »Glauben Sie mir, ich weiß, wovon ich rede.«

64

Vier Tage lag die St. Louis inzwischen in der Bucht von Havanna vor Anker, aber die Passagiere waren immer noch an Bord. In der gleißenden Karibiksonne hatte das Schiff sich in einen Glutofen verwandelt. Die Temperatur betrug fast vierzig Grad im Schatten, und die Luftfeuchtigkeit über neunzig Prozent. Schon beim Frühstück herrschte im Speisesaal eine so drückende Hitze, dass es nicht auszuhalten war. Kaum hatte Benny sich ein wenig gestärkt, ging er an Deck, um sich unter einem Sonnensegel einen halbwegs erträglichen Platz zu suchen.

In einem weißen Anzug und mit einem Panamahut auf dem Kopf stand Dr. Spanier an der Reling und wischte sich mit einem Taschentuch den Schweiß von der Stirn. »Angeblich soll es heute ein Gewitter geben«, sagte er.

»Das wäre ein Segen«, erwiderte Benny und fächelte sich Luft zu. »Was meinen Sie, Herr Doktor, wann dürfen wir wohl an Land?«

Der Arzt hob die Arme. »Mañana.«

Benny versuchte zu lächeln, doch es kam nur ein schiefes Grinsen dabei heraus. *Mañana* war auf der St. Louis zum geflügelten Wort geworden. Wann immer einer der kubanischen Beamten gefragt wurde, wann mit einem Termin für die Ausschiffung zu rechnen sei, lautete die Antwort stets und unveränderlich »mañana«. Die Ungewissheit zerrte an den Nerven, und je länger das Warten dauerte, umso angespannter wurde die Stimmung an Bord. Dafür, dass es an Pfingsten nicht zur Ausschiffung gekommen war, hatte man noch eine plausible Erklärung gefunden – welche Behörde arbeitete schon an einem Feiertag? Auch dass die Flandre und Orduna, die einen Tag nach der St. Louis Kuba erreicht hatten, nicht in den Hafen hatten einlaufen dürfen, obwohl sie an der Mole stundenlang das Schiffshorn hatten tuten lassen, um die Zufahrt zu erzwingen, bevor sie schließlich beigedreht hatten und mit Kurs auf Amerika davongedampft waren, war als gutes Zeichen gedeutet worden. Die Kubaner wollten keine anderen Flüchtlingsschiffe ankern lassen, bevor die Passagiere der St. Louis abgefertigt waren! Doch als es am Dienstag plötzlich geheißen hatte, auch die St. Louis müsse den Hafen verlassen und wieder in See stechen, war für einen Moment Panik aufgeflackert, die sich jedoch schon bald wieder gelegt hatte, als vom Hafenkommandanten der Besatzung für den Abend die Erlaubnis zum Landgang erteilt worden war.

Wie von Dr. Spanier prophezeit, entlud sich am Nachmittag die angestaute Hitze in einem Gewitter. Während die Blitze, begleitet von krachendem Donner, im Sekundentakt die schwarzen Wolkengebirge durchzuckten, ging ein sintflutartiger Regen auf Havanna nieder. Endlich! Trotz der dringenden Mahnung der Stewards, das Deck zu verlassen, blieben nicht wenige Passagiere im Freien, um die Abkühlung zu genießen. Doch seltsam, das Gewitter brachte nicht die geringste Abkühlung – kaum hatte der Regen aufgehört, war die Luft schon wieder so schwer und schwül wie zuvor.

Entsprechend gedrückt war die Stimmung beim Abendessen. Im Speisesaal war es noch heißer und stickiger als beim Frühstück. Während die Frauen sich ein wenig Erleichterung verschafften, indem sie luftige Kleider trugen, schwitzten die Männer in ihren Anzügen tapfer vor sich hin. Am meisten schien Herr Bamberger unter der Hitze zu leiden. Obwohl die Küche sich alle Mühe gegeben hatte, ein Menü zu kreieren, das den tropischen Temperaturen gerecht wurde – als Hors d'œuvre gab es eine Messerspitze Kaviar und dazu ein Glas Sekt –, rührte er nichts an. Auch die geeiste Gemüsesuppe ließ er stehen und starrte nur aus hohlen Augen auf seinen Teller.

»Lange halte ich das nicht mehr aus«, flüsterte er, während ihm der Schweiß in Strömen von den Schläfen rann. »Lange halte ich das wirklich nicht mehr aus.«

Benny konnte sein Leiden nicht mit ansehen. »Wollen Sie nicht Ihr Jackett ablegen?«, fragte er. »Ich bin sicher, die Damen hätten nichts dagegen.«

Herr Bamberger schüttelte den Kopf. »Sie behalten Ihr Jackett ja auch an. Nein, wir sind doch nicht bei den Hottentotten.«

Er sprach so leise, dass er kaum zu verstehen war. Benny wollte nicht weiter in ihn dringen – offenbar glaubte Herr Bamberger, seine Würde zu verlieren, wenn er die Kleiderordnung aufhob. Auch seine Frau, die sich sichtlich um ihn sorgte, konnte ihn nicht dazu bewegen. Die beiden gehörten zu den Passagieren, die aus einem Konzentrationslager an Bord der St. Louis gekommen waren. Obwohl auch sie nicht über ihre Erlebnisse sprachen, hatte Benny den Eindruck, dass Herr Bamberger von dem Lageraufenthalt erhebliche gesundheitliche Schäden davongetragen hatte, weshalb er noch mehr als alle anderen unter den tropischen Temperaturen litt.

Frau Bamberger erklärte gerade, dass ihr Mann wegen einer angeborenen Herzschwäche keine Hitze vertrage, als der Kapitän an ihren Tisch trat.

»Darf ich Sie einen Moment sprechen, Herr Jungblut?«

»Selbstverständlich!«, sagte Benny und stand auf. »Worum geht's?«

»Nicht hier. Wenn Sie mir bitte folgen möchten?« Der Kapitän führte ihn in die angrenzende Bar, in der sich zur Essenszeit niemand aufhielt, so dass sie den Raum für sich allein hatten. »Es hat einen Zwischenfall gegeben«, sagte er. »Ein Passagier hat versucht, sich von Bord abzuseilen, um sich von Angehörigen auffischen zu lassen. Daraufhin hat der Hafenkommandant Befehl gegeben, dass sich kein Boot der St. Louis weiter als bis auf hundert Meter nähern darf.«

»Verstehe«, sagte Benny. »Aber – was habe ich damit zu tun?«

Kapitän Schröder strich sich über den Bart. »Ich fürchte, dass irgendwann die Stimmung an Bord kippt. Wenn die Ausschiffung nicht bald erfolgt, könnte es zu Auswüchsen zu kommen. Um die Ruhe und Ordnung aufrechtzuerhalten, möchte ich ein Komitee bilden, bestehend aus angesehenen Passagieren. Dessen Aufgabe würde es sein, beschwichtigend auf die Gemüter einzuwirken, natürlich mit meiner Unterstützung. Wären Sie bereit, ein solches Komitee zu leiten?«

»Ich?«, fragte Benny verdutzt. »Dafür wären andere doch viel besser geeignet, zum Beispiel Dr. Spanier. Er ist der angesehenste Mann an Bord.«

Der Kapitän nickte. »Ich habe mit Dr. Spanier bereits gesprochen, aber er hat mit Rücksicht auf seine an Land befindlichen Angehörigen abgelehnt. Er fürchtet, dass seiner Frau und seinen Töchtern im Konfliktfall Nachteile erwachsen könnten. Darum hat er Sie vorgeschlagen. Er scheint Sie sehr zu schätzen.«

Benny zögerte. »Wenn ich einwillige – darf ich dann eine Bitte äußern?«

»Welche?«

»Es gibt jemand in Deutschland, der dringend auf eine Nachricht von mir wartet.«

Kapitän Schröder hob die Brauen. »Eine Frau?«

Benny nickte. »Ich dachte, vielleicht, wenn Sie über Funk mit der Reederei sprechen?«

Der Kapitän schüttelte den Kopf. »Das ist viel zu riskant. Alle Funksprüche der St. Louis werden in Deutschland aufgefangen, nicht nur von der Reederei – falls Sie verstehen, was ich meine. Aber wenn ich an Land bin und Gelegenheit habe zu telefonieren oder ein Telegramm aufzugeben, könnte ich mich direkt mit der Dame in Verbindung setzen.«

»Das würden Sie wirklich tun?«, fragte Benny. »Warten Sie, ich schreibe Ihnen auf, wie Sie meine Frau erreichen.«

65

»Der kleine Willy muss in ein Heim«, erklärte Horst.

»In ein Heim?«, erwiderte seine Mutter.

»Bist du schwerhörig? Ja, in ein Heim, verdammt nochmal!«

»Ich verbiete dir, so mit deiner Mutter zu sprechen«, sagte der Vater. »Oder …« Er holte mit der Hand aus.

Horst biss sich auf die Lippe. »Entschuldige, Mutter. Es war nicht so gemeint. Aber es muss sein. Weil sonst …«

»Weil sonst was?«, fragte der Vater.

»Kannst du dir das nicht denken?«

»Nein, das kann ich nicht!«

Horst wich seinem Blick aus. Er hatte nach dem Besuch von Kreisleiter Sander drei Tage gebraucht, um Mut für das Gespräch mit seinen Eltern zu fassen. Doch so entsetzlich es war, dieses Gespräch zu führen – er hatte keine Wahl. Wenn der Führer kam, um das Volkswagenwerk zu besichtigen, würde es seine Aufgabe sein, als Leiter der neuen Ortsgruppe das Ehrenspalier zu kommandieren. Und nichts auf der Welt konnte ihn davon abhalten, sich einer solchen Ehre würdig zu erweisen.

»Weil es sonst eine Katastrophe gibt«, sagte er schließlich. »Willy muss aus der Schusslinie. In seinem eigenen Interesse. Ihr wisst so gut wie ich, dass Kinder wie er – ich meine, jedem, der ›Mein Kampf‹ gelesen hat, muss doch klar sein …« Da er nicht wusste, wie er den Satz zu Ende bringen sollte, verstummte er.

»Ich habe dieses Buch nie gelesen«, sagte die Mutter. »Und dein Vater auch nicht.«

»Wozu auch?«, fragte der. »Mir reicht die Bibel vollkommen. Da steht alles drin, was ein Mensch wissen muss.«

Horst sah, so kam er nicht weiter. Also versuchte er es auf einem anderen Weg. »Gauleiter Telschow weiß Bescheid.«

»Worüber?«, fragte der Vater.

»*Da*rüber! Er weiß, dass mit Willy was nicht stimmt. Und er macht sich Sorgen. Um unsere ganze Familie.«

»Woher willst du das wissen?«

»Von Kreisleiter Sander.«

»Um Gottes willen!«

»Er hat es mir auf den Kopf zugesagt. Angeblich fragt sich der Gauleiter bereits, wie *so einer* der Sohn eines Ortsgruppenleiters sein kann.«

»So einer«, wiederholte die Mutter. »Das hat der Gauleiter gesagt?

»Genau das waren seine Worte. Der Gauleiter hat Willy auf deinem Geburtstag gesehen.«

Sein kleiner Bruder, der bislang mit seinen Zinnsoldaten gespielt hatte, ohne sich um die Erwachsenen zu kümmern, strahlte. »Wer hat Willy gesehen? Wer hat Willy gesehen?«

»Nur ein fremder Onkel«, sagte die Mutter. »Du kennst ihn nicht.«

Doch Willy ließ sich nicht beruhigen. »Will ei mit Onkel machen!«

Die Mutter streckte die Arme nach ihm aus. »Komm her, mein kleiner Liebling. Du kannst mit deiner Mama ei machen.«

Willy schüttelte den Kopf. »Will nicht ei mit Mama machen. Will ei mit *Onkel* machen. Ei mit Onkel Horst!«

Statt zu seiner Mutter lief er zu seinem Bruder und schlang die Arme um ihn.

Horst wusste nicht, wohin er schauen sollte. Während er an

seinen Nägeln nagte, klammerte der kleine Willy sich an ihn wie ein Äffchen.

»Und du willst deinen Bruder in ein Heim stecken?«, fragte der Vater. »Du solltest dich was schämen!«

»Meinst du, mir macht das Vergnügen?«, fauchte Horst.

»So, wie du dich verhältst, muss man es fast glauben. Aber ehrlich gesagt, wundert mich das nicht. Wenn es um deine Karriere geht, ist dir ja nichts heilig.«

»Jetzt ist aber Schluss!«, sagte die Mutter, und an den Vater gewandt, fügte sie hinzu: »Du tust Horst unrecht, Hermann. Er hat unseren kleinen Willy genauso lieb wie wir alle.« Dann drehte sie sich wieder zu Horst herum. »Nicht wahr, mein Junge? Das hast du doch – oder?«

66

Benny hatte Dutzende Passagiere angesprochen, um sie für die Mitwirkung im Bordkomitee zu gewinnen, sowohl Passagiere der ersten wie auch der zweiten Klasse, damit sich möglichst alle Fahrgäste vertreten fühlten, doch nur eine Handvoll Damen und Herren hatte sich bereit erklärt, ihn zu unterstützen, darunter seine Tischnachbarin Frau Bamberger und zum Glück auch Dr. Spanier, wenngleich dieser aus bekannten Gründen nur beratend und im Hintergrund tätig sein wollte.

Die Aufgabe des Komitees, beruhigend auf die Gemüter einzuwirken, erwies sich allerdings als schwieriger, als Benny es sich vorgestellt hatte. Grund dafür waren die rund um die Uhr im Hafen patrouillierenden Polizeibarkassen, die dafür sorgten, dass keines der Ruder- und Motorboote mit Angehörigen sich der St. Louis näherte. Zu der an Bord herrschenden Anspannung trug außerdem Max Seligmann bei, der offenbar nicht verschmerzen konnte, dass sein Werben um die Gunst von Ines Spanier erfolglos geblieben war, und deshalb keine Gelegenheit ausließ, gegen das von Benny geleitete Komitee Stimmung zu machen. Wann immer darüber diskutiert wurde, was als Nächstes geschehen könnte, erinnerte er an die Kaution von zweihundertdreißig Reichsmark, die die Passagiere vor Antritt der Reise bei der Reederei hatten hinterlegen müssen – für den Fall eines möglichen Rücktransports.

»Keine vier Wochen, und wir sind wieder in der Heimat«, prophezeite er geradezu genüsslich. »Wollen wir wetten?«

»Wetten tun Juden, wenn sie kein Geld haben.« Voller Empörung trat Frau Bamberger unter dem Sonnensegel hervor, wo ihr Mann in seinem durchgeschwitzten Anzug hockte und mit zittrigen Händen einen Apfel schälte. »Ende des Monats sind wir in Amerika.«

»Wer's glaubt, wird selig. Die Kubaner wollen uns nicht, sie haben Angst, wir könnten es uns auf ihrer schönen Insel gemütlich machen. Sonst hätten sie uns doch schon längst an Land gelassen. Aber trösten wir uns. Wenn wir zurückmüssen, hat das ja auch seine guten Seiten – in Deutschland herrscht wenigstens nicht so eine Affenhitze wie hier. Das käme Ihrem Mann übrigens sehr zugute, gnädige Frau.«

»Wie können Sie nur solche Reden führen, Herr Seligmann?«, fragte Benny. »Damit schüren Sie nur Panik. Das ist unverantwortlich!«

»Unverantwortlich ist es, den Leuten wissentlich Sand in die Augen zu streuen. Kein Einziger von uns wird das Schiff je verlassen. Zumindest nicht in diesem Hafen. Das ist so klar wie Kloßbrühe.«

»Und was ist mit den Passagieren, die schon an Land sind?«

Max Seligmann zuckte die Schultern. »Das waren vor allem Kubaner. Und Leute, die sich's leisten können«, fügte er mit einem Blick auf Dr. Spanier hinzu, der in einer schattigen Ecke an Deck mit einem anderen Fahrgast Schach spielte. »Wenn Sie mich fragen, war das Ganze ein abgekartetes Spiel – eine Propagandaaktion der Nazis. Um der Welt zu beweisen, dass niemand im Deutschen Reich Juden daran hindert auszureisen. Dabei stand von vornherein fest, dass wir nicht von Bord dürfen. Ich meine – bei welcher Reise muss man sonst eine Kaution für eine Rückfahrt hinterlegen, die man freiwillig niemals antreten würde?«

»Unsinn«, sagte Benny, jedoch ohne wirkliche Überzeugung,

weil auch ihm dieser Verdacht schon gekommen war. »Die Verzögerungen haben rein bürokratische Gründe.«

»Dass ich nicht lache!«

»Lachen Sie nur! Kapitän Schröder tut alles, was in seiner Macht steht ...«

»Ich fürchte, das ist nicht sehr viel. Auf jeden Fall nicht genug.«

»Lange halte ich das nicht mehr aus«, jammerte Herr Bamberger unter dem Sonnensegel. »Lange halte ich das wirklich nicht mehr aus ...«

Plötzlich entstand Unruhe an Deck. Die Barkasse des Hafenkommandanten legte an. Während ein Kubaner an Bord kletterte, betrat Kapitän Schröder das Deck, mit Caroline und Evelyne Alber an den Händen, und lief mit den beiden Mädchen geradewegs zum Heck, wo die Barkasse angelegt hatte.

Was hatte das zu bedeuten?

»Der Hafenkommandant hat per Funk die Landeerlaubnis für die Mädchen erteilt«, erklärte Kapitän Schröder, der offenbar die unausgesprochene Frage in den Gesichtern der Passagiere erriet.

Triumphierend drehte Benny sich zu Max Seligmann herum. »Nun, geben Sie zu, dass Sie sich geirrt haben?«

Doch er bekam keine Antwort, der Schauspieler eilte zum Heck, wo sich im Nu eine Traube Neugieriger gebildet hatte. Sogar Herr Bamberger hatte seinen Schattenplatz verlassen. Benny folgte den anderen nach. Als er die Reling erreichte, sah er den Vater der zwei Mädchen in der Barkasse. Überglücklich nahm der Mann seine Töchter in Empfang.

»Und was ist mit uns?«, fragte Max Seligmann den kubanischen Beamten, der das Kommando führte. »Nosotros? Cuando libre?«

»Mañana.«

Der Kubaner rückte seine Sonnenbrille zurecht, dann kletterte er zurück in das Boot. Als er den Motor startete, kam es an Deck zum Tumult.

»Warten Sie! Bitte!«

»Nehmen Sie uns mit!«

»Lassen Sie uns nicht hier zurück!«

Der Beamte ließ mit keiner Regung erkennen, dass er die Rufe registrierte. Blubbernd kam der Motor der Barkasse auf Touren, und diese entfernte sich so rasch von der St. Louis, wie sie gekommen war.

Als Benny sich umdrehte, erstarrte er. An der Reling stand Herr Bamberger und hielt sich die Klinge seines Obstmessers an den Unterarm.

»Nein!«

Benny stürzte zu ihm – aber zu spät. Die Klinge blitzte auf, Blut spritzte, und bevor ihn jemand daran hindern konnte, sprang Herr Bamberger über die Reling, mit einer Behändigkeit, die niemand diesem kranken, alten Mann zugetraut hätte.

»Mein Mann!«, rief Frau Bamberger. »Mein Mann!«

Benny schaffte es kaum, sie von der Reling zurückzuhalten. Jemand warf einen Rettungsring über Bord, fast im selben Moment sprangen zwei Matrosen hinterher, und während die Schiffssirene ertönte, wurde ein Rettungsboot zu Wasser gelassen.

»Um Himmels willen, mein Mann! Er kann doch gar nicht schwimmen!«

67

Pfingsten, hatte Benny gesagt, spätestens Pfingsten würde die St. Louis Kuba erreichen. Jetzt war Pfingsten vorüber, doch Charly war immer noch ohne Nachricht.

»Die Klammern!«, sagte Professor Wagenknecht in scharfem Ton. »Herrgott, Sie sehen doch, dass ich so nicht weiterkomme!«

Charly zuckte zusammen. Sie assistierte ihrem Chef bei der Operation eines Jungen, der mit einer akuten Blinddarmentzündung eingeliefert worden war, doch ihre Gedanken schweiften immer wieder ab. Eilig kam sie mit den Klammern zu Hilfe, um das Operationsfeld zu vergrößern.

»Na, endlich!«

Charly riss sich zusammen. Seit Tagen durchforstete sie in der Universitätsbibliothek wieder sämtliche Zeitungen und Zeitschriften, aber ohne Erfolg. Kein einziger Hinweis auf die St. Louis. Kein einziges Lebenszeichen von Benny, ihrem Mann, von dem sie ein Kind erwartete.

»Das war knapp!«, sagte Professor Wagenknecht, als sie sich nach der Operation die Hände wuschen. »Was ist denn mit Ihnen los, Frau Kollegin?«

»Ich ... ich habe letzte Nacht schlecht geschlafen«, erwiderte Charly.

Der Professor schüttelte den Kopf. »Ich meine nicht nur heute. Sie sind schon seit einiger Zeit seltsam fahrig und unkonzentriert. So kenne ich Sie gar nicht.«

»Ich werde mir Mühe geben, dass sich das nicht wiederholt.«

»Das will ich hoffen. In dieser Verfassung sind Sie keine Hilfe, im Gegenteil, das muss ich leider in aller Deutlichkeit sagen.« Als er zu einem Handtuch griff, sah er ihr Gesicht. »Haben Sie Sorgen? Gibt es irgendetwas, das Sie bedrückt? Wenn ja, machen Sie den Mund auf, damit man Ihnen helfen kann.«

Charly wusch weiter ihre Hände. Wie gern würde sie sich ihm anvertrauen. Aber konnte sie das? Wenn sie Benny wiedersehen wollte, durfte niemand von ihren Plänen wissen.

Schwester Gabriele erschien in der Tür und enthob sie einer Entscheidung.

»Telefon für Sie, Frau Doktor. Ihr Bruder.«

Charlys Herz machte vor Freude einen Sprung. Ihr Bruder? Das konnte nur Benny sein! Ohne sich die Hände abzutrocknen, eilte sie hinaus auf den Flur.

Doch als sie den Hörer nahm, den Schwester Gabriele ihr reichte, war nicht Benny am Apparat, sondern tatsächlich ihr Bruder.

»Horst?«, fragte sie enttäuscht. »Was willst du denn?«

68

Nein, Herr Bamberger, der genau an der Stelle von Bord gesprungen war, von wo aus Herrn Levins sterbliche Überreste dem Meer überantwortet worden waren, konnte nicht schwimmen. Wie ein Stein war er in den Fluten untergegangen, nur das Blut, das aus seiner aufgeschnittenen Pulsader geströmt war, hatte eine kreiselnde Spur hinterlassen. Trotzdem war es ihm nicht gelungen, aus dem Leben zu scheiden. Die zwei Matrosen, die ihm hinterhergesprungen waren, hatten ihn in kürzester Zeit geborgen. Nachdem sie ihn an Bord gehievt hatten, hatte der Schiffsarzt ihm das Wasser aus der Lunge gepumpt und seine Wunde versorgt. Jetzt lag er in seiner Kabine unter Deck und erholte sich in der Obhut seiner Frau, während Max Seligmann spöttische Bemerkungen über seinen doppelt dilettantischen Selbstmordversuch machte: »Entweder, man schneidet sich die Pulsadern auf oder aber man ersäuft sich. Aber doch nicht beides zusammen! Das kann ja nur schiefgehen.«

Um für die Zukunft ähnliche Vorkommnisse zu verhindern, ließ Kapitän Schröder Wachen an Deck aufstellen, die jeden Passagier im Auge behielten, der sich in auffälliger Weise der Reling näherte. Bennys Aufgabe war es, die Maßnahme seinen Mitreisenden zu erklären.

»Dürfen wir jetzt nicht mal mehr Selbstmord machen?«, fragte Max Seligmann.

Benny war entschlossen, sich nicht provozieren zu lassen. »Der Kapitän ist für das Leben der Menschen auf dem Schiff verantwortlich. Die Wachen dienen nur unserem Schutz.«

»Sagen Sie doch gleich Schutzhaft! Ja, ja, die Heimat ist nicht mehr fern!«

»Finden Sie nicht, dass Sie Kapitän Schröder unrecht tun? Der Mann tut, was er kann, um uns frei zu bekommen.«

»Kapitän Schröder ist ein deutscher Seeoffizier. Also ist er ein Nazi und kein bisschen besser als …«

Max Seligmann verstummte. Otto Schiendick, der Steward, der seit Beginn der Reise im Verdacht stand, ein Gestapo-Spitzel zu sein, trat gerade zu ihnen.

»Kapitän Schröder bittet Sie in seine Kajüte, Herr Jungblut«, wandte er sich an Benny.

»Jetzt gleich?«

»Wenn Sie so freundlich sein würden?«

Max Seligmann warf Benny einen misstrauischen Blick zu. Doch der ließ ihn einfach stehen. Während er dem Steward folgte, fragte er sich, aus welchem Grund Kapitän Schröder ihn zu sich gerufen hatte. Hatte Herr Bamberger es vielleicht doch nicht geschafft? Wenn das der Grund war, würde es noch schwerer werden, die Gemüter an Bord zu beruhigen.

Auf das Schlimmste gefasst, betrat Benny die Kapitänskajüte. Doch zu seiner Überraschung empfing Schröder ihn mit freudig strahlendem Gesicht.

»Es ist vollbracht!«, sagte er. »Morgen dürfen alle Passagiere an Land.«

»Morgen?«, wiederholte Benny ungläubig. »Alle?«

Kapitän Schröder nickte. »Der Hafenkommandant hat gerade die Erlaubnis erteilt. Es gibt nichts mehr, was der Ausschiffung im Wege steht.«

»Das ist ja großartig!«

»Nicht wahr?« Mit einem wohlwollenden Schmunzeln erwiderte der Kapitän Bennys Blick. »Jetzt können Sie Ihrer Frau selbst Bescheid sagen, Herr Jungblut, dass Sie wohlbehalten angekommen sind.« Er zog einen Schlüssel aus der Tasche und öffnete einen Wandtresor, in dem die abgestempelten Landungskarten der Passagiere aufbewahrt worden waren. »Nehmen Sie sich ein paar Leute des Komitees und verteilen sie die Permits an ihre Besitzer. Damit wir morgen früh keine Zeit verlieren!«

69

Nachdem Charly aufgelegt hatte, brauchte sie eine Weile, um das erstaunliche Gespräch, das sie gerade mit ihrem Bruder geführt hatte, zu rekapitulieren. Horst bat sie um Hilfe – ausgerechnet Horst? Zu Beginn des Telefonats hatte sie den Verdacht gehabt, er wolle sie in eine Falle locken. Doch dann hatte sie gespürt, dass es ihm ernst war. Er wollte tatsächlich dem kleinen Willy helfen, genauso wie sie! Und er hatte sogar eine Idee. Dabei überschätzte er allerdings ihre Möglichkeiten. Wenn seine Idee funktionieren sollte, reichte ihre Unterschrift nicht aus – sie war ja noch nicht habilitiert. Damit Horsts Plan aufging, brauchten sie die Unterschrift eines ordentlichen Professors, dessen Ruf über jeden Zweifel erhaben war.

Durfte sie Professor Wagenknecht um einen so großen Gefallen bitten?

Dass ihr Chef kein Nazi war, wusste sie. Er hatte in ihrer Gegenwart oft genug Hitler und seine Bande kritisiert, insbesondere die Rassengesetze – schließlich war sein eigener Doktorvater, den er sehr verehrte, Jude gewesen. Aber sie wusste auch, dass sie ihn mit ihrem Anliegen in Gefahr brachte. Wenn er wirklich ein Gutachten schrieb und jemand dieses Gutachten anzweifeln würde, könnte er dafür zur Rechenschaft gezogen werden.

Aber wen gab es sonst, der ihr mit seiner Unterschrift helfen konnte?

Sie wartete, bis Professor Wagenknecht die Abendvisite beendet hatte und allein in seinem Sprechzimmer war. Dann fasste sie sich ein Herz und klopfte an seine Tür.

»Ein mongoloides Kind?«, fragte er, nachdem sie sich ihm anvertraut hatte. »Und der Vater Ortsgruppenleiter? Mein Gott, ich möchte nicht in seiner Haut stecken.«

»Die Sache betrifft nicht nur meinen Vater. Die Partei übt Druck auf die ganze Familie aus. Man erwartet, dass wir meinen Bruder in ein Heim stecken. Aber die Vorstellung macht mir Angst. Große Angst.«

Der Professor rieb sich die Schläfe. »Ihre Sorge ist leider begründet. Haben Sie den Artikel gelesen, den unser Kollege Winkelmann in ›Volk und Rasse‹ veröffentlicht hat? Er berichtet darin von seinen Erfahrungen im Rahmen seiner neuen Tätigkeit im Lebensborn. Bei der Lektüre liefen mir Schauer über den Rücken. Seine Thesen zur Rassenhygiene widersprechen allem, was bisher als ärztliches Ethos galt. Allein in diesem einen Aufsatz verwendet er ein Dutzend Mal den Begriff ›unwertes Leben‹. Hippokrates würde sich im Grab umdrehen.«

»Ich bin so froh, dass Sie meine Sorge teilen. Aber …«

Professor Wagenknecht schaute sie durch seine Brillengläser an. »Sie sind gekommen, um mich um ein Gutachten zu bitten, nicht wahr?«

Charly nickte. »Um ehrlich zu sein, eine andere Möglichkeit ist mir nicht eingefallen.«

»Ich freue mich, dass Sie mir vertrauen«, erwiderte er mit einem Lächeln. »Für einen altmodischen Mann wie mich ist Vertrauen in diesen Zeiten ein Geschenk. Und zum Glück sind uns ja die Hände noch nicht ganz gebunden. Noch haben wir Ärzte Kompetenzen, in die uns keiner reinregieren kann.« Er öffnete eine Schublade seines Schreibtischs und holte ein Formular daraus hervor. Dann griff er zu seinem Füllfederhalter und fragte: »Wann habe ich Ihren Bruder Wilhelm untersucht?«

Eine halbe Stunde später verließ Charly den Raum, mit einem handschriftlichen Gutachten ihres Chefs Professor Wagenknecht, seines Zeichens Ordinarius für Kinderheilkunde und Ärztlicher Direktor der pädiatrischen Abteilung der Universitätsklinik Göttingen, in dem dieser die geistige und körperliche Gesundheit des Knaben Wilhelm Ising, geboren am 2. November 1932 in Fallersleben, mit seiner Unterschrift bestätigte.

Als Charly den Flur hinunterging, kam ihr vom Ende des Ganges Schwester Johanna entgegen. Eilig ließ sie das Gutachten in der Manteltasche verschwinden. Zu Hause würde sie es in einen Umschlag stecken und morgen früh noch vor der Arbeit zur Post bringen, um es per Einschreiben abzuschicken.

Sie nickte Schwester Johanna kurz zu, dann verließ sie die Station. Im Laufschritt eilte sie das Treppenhaus hinunter.

Im Erdgeschoss verspürte sie Harndrang und suchte die Toilette auf.

Als sie den Schlüpfer abstreifte, zuckte sie zusammen. Der weiße Baumwollstoff war rot von Blut.

70

Am nächsten Morgen war auf der St. Louis alles zur Ausschiffung bereit. Noch in der Nacht hatten die Stewards das Gepäck an Deck gebracht, wo die Passagiere seit dem Morgengrauen mit ihren abgestempelten Permits auf die Ankunft der kubanischen Beamten warteten, obwohl diese laut Ankündigung des

Hafenkommandanten nicht vor neun Uhr eintreffen würden. Auch Benny, der den großen Augenblick so wenig erwarten konnte wie alle anderen, stand seit Tagesanbruch an der Reling und tastete mit seinen Blicken die Pier ab in der Hoffnung, dass sich dort etwas regte. Bei einem Matrosen, der tags zuvor an Land gewesen war, hatte er sich erkundigt, wo in Havanna das Postamt war. Wenn alles gutging, würde er noch heute Charlys Stimme hören.

Der Bordlautsprecher pfiff und knackte, dann ertönte die Stimme von Kapitän Schröder. »Herr Jungblut bitte auf die Kommandobrücke!«

Jubelnder Applaus war die Antwort. Endlich ging es los!

Eilig machte Benny sich auf den Weg. Doch als er die Brücke betrat, erschrak er. Kapitän Schröder empfing ihn mit einer Miene, die nur eins bedeuten konnte.

»Der Hafenkommandant hat die Landeerlaubnis widerrufen.«

»Wie bitte?«, erwiderte Benny, obwohl die unmissverständliche Auskunft jede Frage erübrigte.

»Niemand darf das Schiff verlassen«, erklärte der Kapitän.

»Aber wie kann das sein?«, fragte Benny. »Wir haben doch erst gestern die Landeerlaubnis bekommen!«

»Offenbar ging es dabei nicht mit rechten Dingen zu.« Der Kapitän zeigte ihm einen Funkspruch. »Man hat festgestellt, dass mit den Permits widerrechtlich Handel getrieben wurde, und zwar von Manuel Benitez persönlich, dem Chef der kubanischen Einwanderungsbehörde. Der hat zwar die Karten mit seiner Unterschrift bestätigt, sie aber nicht, wie es korrekt gewesen wäre, unentgeltlich an unsere Passagiere ausgeben lassen.«

»Soll das heißen, er hatte gar kein Recht, die hundertfünfzig Dollar Gebühr zu erheben?«

»Nein, das hatte er nicht – ein klassischer Fall von Amtsanmaßung. Um Aufruhr unter den Passagieren zu vermeiden, hat er im Gegenzug auf die Erhebung der zweihundert Dollar Sicherheitshinterlegung pro Person verzichtet, die vonseiten der kubanischen Regierung Voraussetzung für die Ausschiffung war.«

»Und damit seinen eigenen Staat betrogen«, ergänzte Benny. »Der Kerl muss sich ja ein Vermögen ergaunert haben.«

»Das kann man wohl sagen«, bestätigte Schröder. »Wahrscheinlich hat er sich über hunderttausend Dollar in die Tasche gesteckt.«

»Hat man ihn gefasst?«

»Die Nachrichten sind widersprüchlich. Eine Meldung besagt, dass er sich auf der Flucht befindet. In einer anderen heißt es, er sei verhaftet worden. Doch ob so oder so: Die Folgen für die Passagiere der St. Louis sind dieselben.«

»Nämlich?«

Kapitän Schröder holte einmal tief Luft. »Laut Auskunft der Regierung haben die Permits aufgrund des mit ihnen widerrechtlich betriebenen Handels juristisch ihre Gültigkeit verloren.«

Benny brauchte einen Moment, um die Antwort zu verdauen. »Und was jetzt?«

Schröder wiegte den Kopf. »Die Lage ist ernst, sehr ernst sogar«, sagte er. »Aber noch ist nicht aller Tage Abend. Ein New Yorker Anwalt ist in Havanna eingeflogen, um mit dem kubanischen Staatspräsidenten Bru persönlich zu verhandeln. Angeblich hat die jüdische Gemeinde von New York ihn autorisiert, der hiesigen Regierung eine sechsstellige Garantiesumme in Dollar für die Passagiere der St. Louis zu hinterlegen, wenn diese dafür an Land dürfen.«

»Und hat der Präsident schon entschieden?«

»Ich habe gleich einen Termin mit Regierungsvertretern«, erwiderte Kapitän Schröder. »Danach weiß ich mehr. Bis dahin muss ich Sie leider bitten, unsere Passagiere weiter hinzuhalten.«

71

Wie jeden Mittag nach dem Essen erschien Heinz-Ewald Pagels in Horsts Büro, um über die aktuelle Situation im Lager zu rapportieren.

»Melde gehorsamst, allgemeine Ruhe bei den Kameraden der Arbeit.«

Horst hörte nur mit halbem Ohr zu, er hatte ganz andere Sorgen. Sein kleiner Bruder ging ihm nicht aus dem Sinn. Gleichzeitig musste er fortwährend an Friedrich Schiller denken. War er eine sentimentale Kanaille?

»Soll das heißen, die Itaker spuren endlich?«, fragte er zerstreut.

»Jawoll, Hauptlagerführer.«

»Beschwerden über das Essen?«

»Keine mehr. Die Herrschaften haben drei Tage lang nur Dicke Bohnen mit Speck zu fressen bekommen. Seitdem herrscht große Zufriedenheit. Egal, was man ihnen vorsetzt.«

Es klopfte an der Tür.

Horst hob den Kopf. »Herein!«

Ein Schreiber trat in den Raum und händigte ihm einen Umschlag aus. »Ein Einschreiben für Sie.«

Horst erkannte die Handschrift auf dem Umschlag sofort – sie gehörte seiner Schwester. »Danke«, sagte er. »Sie können gehen. – Und du auch«, fügte er, an Heinz-Ewald gewandt, hinzu. »Ich denke, wir sind so weit fertig.«

Kaum waren die beiden hinaus, öffnete er das Kuvert. Es enthielt ein handschriftliches Gutachten, den Knaben Wilhelm Ising betreffend, versehen mit dem Stempel der Universitätsklinik Göttingen sowie der Unterschrift von Prof. Dr. Dr. h. c. Wagenknecht.

Erleichtert griff Horst zum Telefon und ließ sich mit der Kreisleitung verbinden.

»Ich brauche einen Termin«, sagte er, als eine Sekretärin sich meldete. »Bei Kreisleiter Sander – persönlich!«

72

Um acht Uhr in der Frühe hatte Kapitän Schröder die St. Louis verlassen, um sich mit kubanischen Regierungsvertretern zu treffen. Während die Passagiere seiner Rückkehr entgegenfieberten, steigerte die Spannung an Bord sich von Stunde zu Stunde. Die Atmosphäre war wie elektrisch geladen, überall gab es Zank und Streit. Jeder hatte seine eigene Theorie, weshalb die Ausschiffung sich ein weiteres Mal verzögerte. Die einen behaupteten,

Hitler habe den Kubanern befohlen, sie nicht an Land zu lassen. Andere vermuteten, diese wollten den Preis für die Landeerlaubnis in die Höhe treiben, und schlugen vor, alle Wertsachen zu sammeln, die ihnen noch geblieben waren. Die Orthodoxen sprachen von einer Prüfung und zogen sich in den Andachtsraum zurück, um in der Thora nach Hinweisen zu suchen. Benny war der Einzige auf dem Schiff, der die Wahrheit wusste. Doch er behielt sie für sich. Denn er fürchtete, dass die Wahrheit schlimmere Folgen nach sich ziehen könnte als jede noch so düstere Spekulation.

Die Abenddämmerung senkte sich bereits über die Bucht von Havanna, und an Land blinkten die ersten Lichter, als das Beiboot der St. Louis, begleitet von der Barkasse des Hafenkommandanten, endlich zurückkehrte.

Als Kapitän Schröder das Deck betrat, waren alle Augen auf ihn gerichtet. Doch er kam nicht allein. Außer zwei Beamten folgten ihm mehrere bewaffnete kubanische Soldaten.

Ein einziger Satz des Kapitäns genügte, um alle Hoffnung zunichtezumachen.

»Der kubanische Präsident hat befohlen, dass die St. Louis den Hafen von Havanna morgen früh um spätestens sieben Uhr Ortszeit verlassen muss, mit allen neunhundertsiebzehn verbliebenen Flüchtlingen an Bord. Ich werde unverzüglich mit der Reederei Kontakt aufnehmen, um das weitere Vorgehen ...«

Die Worte gingen in lautem Protestgeschrei unter. Während man den Kapitän mit Fragen bestürmte, versuchten ein paar junge Männer, sich gewaltsam Zugang zur Reling zu verschaffen. Die Soldaten entsicherten ihre Gewehre und gaben Warnschüsse ab.

Plötzlich gellte ein Schrei, der alles übertönte.

»Mann über Bord!«

Benny fuhr herum. Nur ein paar Meter entfernt war jemand ins Meer gesprungen – Max Seligmann. Verzweifelt kraulte er auf eines der Boote zu, die trotz des Verbots immer noch die St. Louis umkreisten. Das Boot steuerte in seine Richtung, offenbar wollten die Insassen ihn aufnehmen. Obwohl Benny den Schauspieler nicht ausstehen konnte, fieberte er mit ihm, als ginge es um sein eigenes Leben. Meter für Meter kämpfte Max Seligmann sich an das rettende Boot heran. Doch die Entfernung war zu groß, die Barkasse des Hafenkommandanten schnitt ihm den Weg ab.

Nach nur wenigen Minuten war der Fluchtversuch beendet. Die Kubaner fischten Max Seligmann aus dem Wasser und brachten ihn zurück an Bord der St. Louis. Am ganzen Körper triefend und völlig außer Atem, wurde er von Frau Bamberger in Empfang genommen.

Ein Hafenbeamter trat mit einem Megaphon an die Reling und rief irgendetwas auf Spanisch in die Dunkelheit hinaus.

»Was sagt er?«, fragte Benny den Zweiten Offizier.

»Ab sofort wird auf jedes Boot geschossen, das sich der St. Louis nähert.«

Er hatte noch nicht ausgesprochen, da flammten Scheinwerfer auf, die das Hafenbecken beleuchteten. Die Soldaten an Deck bildeten eine geschlossene Reihe und drängten mit ihren Gewehrkolben die Passagiere zu den Niedergängen. Benny wich mit den anderen zurück. Während er unter Deck verschwand, sah er, wie in den Lichtkegeln über dem schwarzen Wasser die Boote mit den Angehörigen sich immer weiter von der St. Louis entfernten.

73

Obwohl Charly selbst Ärztin der Universitätsklinik Göttingen war, musste sie wie alle anderen Patientinnen auf ihre Untersuchung warten. Ein bisschen Blut im Schlüpfer, so hatte man ihr in der Ambulanz der gynäkologischen Abteilung beschieden, sei kein Notfall, und hatte ihr einen Termin für den übernächsten Tag gegeben. Zum Glück in ihrer Mittagspause, so dass sie sich für die Untersuchung nicht extra frei nehmen musste.

Hatte sie ihr Kind verloren?

Seit sie das Blut entdeckt hatte, hatte sie sich mit der Frage gequält, und auch bei der Arbeit hatte sie an kaum etwas anderes denken können. Fast hätte sie sogar vergessen, das Gutachten von Professor Wagenknecht zur Post zu bringen – sie hatte die Wohnung schon verlassen, als es ihr wieder eingefallen war. Während sie unkonzentriert in der »Berliner Illustrierten« blätterte, schielte sie immer wieder auf die gewölbten Bäuche der Frauen links und rechts von ihr, die sich angeregt über die Freuden und Nöte der Schwangerschaft unterhielten.

»Sind Sie auch guter Hoffnung?«

Charly blickte in das rotbackige Gesicht einer weizenblonden Mittzwanzigerin, auf deren Schoß ein ebenso rotbackiges und weizenblondes Mädchen von vielleicht drei Jahren hockte und besitzergreifend den runden Bauch der Mutter umklammert hielt.

»Ich ... ich hoffe es«, erwiderte Charly.

Die Mutter schüttelte irritiert den Kopf. »Aber so etwas weiß man doch!«

Charly legte die Illustrierte zurück auf den Tisch, um sich anderen Lesestoff zu suchen. Doch außer ein paar Gesundheitsmagazinen lagen dort nur Tageszeitungen und politische Zeitschriften aus. Die waren nicht gerade geeignet, sie abzulenken.

Sie wollte schon wieder zu der Illustrierten greifen, da fiel ihr Blick auf die Titelseite des »Stürmer«. »Judenschiff vor Havanna«, lautete die Überschrift einer kleinen Notiz. Darunter befand sich eine Meldung von nur drei Sätzen. »Seit Tagen ankert die St. Louis mit fast tausend Israeliten an Bord vor der Karibikinsel Kuba, ohne dass die Behörden bisher die Ausschiffung genehmigten. Da drängt sich ein Verdacht auf, der hierzulande niemanden verwundert. Offenbar erfreuen die Mosesjünger sich in der Neuen Welt ähnlicher Beliebtheit wie in der Alten.«

Charly ignorierte den bösartigen Ton der Meldung. Für sie zählte nur eins: Benny war am Ziel!

»Frau Dr. Ising?«

»Ja, bitte?«

Als sie aufblickte, stand vor ihr die Sprechstundenhilfe.

»Sie sind die Nächste. Wenn ich bitten darf?«

74

Spätestens um sieben Uhr, so lautete die Anordnung des Hafenkommandanten, musste die St. Louis die Bucht von Havanna verlassen haben. Um jede mögliche Konfrontation mit den kubanischen Behörden zu vermeiden, gab Kapitän Schröder bereits eine halbe Stunde früher Befehl, den Anker zu lichten. Fast alle Passagiere hatten sich an Deck versammelt, um Abschied von der Insel zu nehmen, von der sie sich die Freiheit erhofft hatten. Nur die Orthodoxen waren unter Deck geblieben, um im Andachtsraum zu beten.

Auch Benny hatte es nicht in seiner Kabine ausgehalten. So schmerzhaft dieser Abschied war – er wollte, er musste dabei sein. Mit stampfenden Maschinen drehte die St. Louis bei, um Kurs aufs offene Meer zu nehmen. Benny schnürte es die Kehle zu. So mussten Adam und Eva sich gefühlt haben, als sie aus dem Paradies vertrieben wurden. Laut schluchzende Menschen standen an der Reling, andere waren stumm vor Verzweiflung und starrten auf die Küste, wieder andere versuchten, ihren Angehörigen etwas zuzurufen, von denen einige trotz der Warnungen der Polizei mit ihren Booten so dicht an den Dampfer heranfuhren, dass sie und die Passagiere an Deck einander fast mit den Fingerspitzen berühren konnten. Briefe und allerletzte Informationen wurden ausgetauscht, man warf sich irgendwelche Dinge zu, von denen die meisten im Wasser landeten, mit Abschiedstränen in den Augen tauschte man noch einmal einen Blick, winkte mit Taschentüchern oder beiden Armen, bis keiner mehr erkennen konnte, wer wem eigentlich winkte, und die Kräfte allmählich erlahmten, während die St. Louis sich langsam, aber stetig vom Land entfernte.

Wohin würde die Reise gehen?

Als die letzten Erhebungen von Havanna im Meer untergingen, suchte Benny den Kapitän auf, um ihn im Namen der Passagiere zu fragen. Doch nicht mal der wusste die Antwort.

»Ich warte auf Anweisungen der Reederei, aber der Morsetelegraph hat sich noch nicht gerührt. Bisher hat die HAPAG mich nur wissen lassen, dass unser Schiff spätestens am achtzehnten Juni in Hamburg sein muss.«

»So bald schon? Warum?«

»Weil am neunzehnten die St. Louis zu einer Kreuzfahrt wieder in See stechen soll. Die Reise ist ausgebucht und kann nicht verschoben werden.«

Benny überschlug im Kopf die Daten. »Das heißt, die Zeit für die Rückfahrt abgezogen, bleibt uns gerade noch etwas mehr als eine Woche, um ein Land zu finden, das uns aufnimmt?«

Kapitän Schröder nickte. »So ist es, leider. Wenn wir bis in einer Woche keine Lösung gefunden haben, dann ...«

Er sprach den Satz nicht zu Ende.

75

»In der wievielten Woche sind Sie?«, fragte die Gynäkologin, eine schon grauhaarige Ärztin namens Dr. Reuter, nachdem sie die Untersuchung beendet und wieder an ihrem Schreibtisch Platz genommen hatte.

»Seit der letzten Periode?« Charly war so nervös, dass sie kaum rechnen konnte. »In der siebten«, sagte sie schließlich. »Nein, in der sechsten.«

»Und hatten Sie solche Blutungen schön öfter?«

»Bislang nicht, zumindest nicht, dass ich es bemerkt hätte. Aber bitte sagen Sie mir – habe ich mein Kind verloren?«

Mit einem Lächeln schüttelte die Ärztin den Kopf. »Nein, das haben Sie nicht. Vermutlich hat sich nur ein Stück Placenta abgelöst. Das hat nichts zu bedeuten, das kommt ziemlich häufig vor.«

»Das ... das heißt, ich bin immer noch schwanger?«

»So schwanger, wie eine Frau in der sechsten Woche nur sein kann.«

Vor lauter Erleichterung hätte Charly die fremde Frau am liebsten umarmt. »Sie wissen gar nicht, wie glücklich Sie mich machen.«

»Doch, ich sehe es an Ihrem Gesicht«, erwiderte Dr. Reuter. »Trotzdem möchte ich zur Vorsicht mahnen«, fügte sie hinzu. »Aufregung sollten Sie genauso meiden wie körperliche Anstrengung. Aber das muss ich Ihnen ja nicht näher erklären, Frau Kollegin, das wissen Sie ja alles selbst so gut wie ich.« Die Ärztin blätterte in ihren Unterlagen. »Sie sind verheiratet?«

»Ja«, sagte Charly. »Das heißt – nein.«

Dr. Reuter blickte mit einem Lächeln wieder zu ihr auf. »Ist die Erleichterung so groß, dass Sie selbst das nicht mehr wissen?«

»Ich bin geschieden«, sagte Charly.

Die Ärztin runzelte die Stirn. »Ich verstehe.«

Charly erkannte, dass sie vor lauter Sorge um ihr Kind einen schweren Fehler gemacht hatte. Was, wenn Dr. Reuter den Mund nicht halten würde und sich in der Klinik herumsprach, dass sie schwanger war? Dann war es nur eine Frage der Zeit, bis man auch in der pädiatrischen Abteilung davon erfuhr. Beim Gedanken an Schwester Johanna wurde Charly fast übel. Statt in der Klinik hätte sie sich in einer Privatpraxis untersuchen lassen sollen, am besten in einer anderen Stadt.

»Kann ich ... kann ich mich auf Ihre Schweigepflicht verlassen?«

»Fragen Sie wegen Ihrem geschiedenen Mann?«

Charly wusste nicht, was sie antworten sollte. Egal, was sie jetzt sagte, es würde wieder ein Fehler sein.

Dr. Reuter schien zu ahnen, was in ihr vorging. »Machen Sie sich keine Sorgen«, sagte sie. »Ich weiß zwar nicht, wovor Sie sich fürchten, aber in diesen Zeiten ...« Sie stand auf und trat hinter ihrem Schreibtisch hervor. »Sie können sich auf mich verlassen, Frau Kollegin. Von mir wird niemand etwas erfahren.«

»Ich bin Ihnen wirklich sehr verbunden.« Charly erhob sich ebenfalls von ihrem Stuhl und wandte sich zur Tür. »Dann will ich Sie nicht länger aufhalten. Heil Hitler!«

»Heil Hitler?« Dr. Reuter reichte ihr die Hand. »Ich wünsche Ihnen einen guten Tag.«

Dankbar erwiderte Charly den Händedruck. »Den wünsche ich Ihnen auch.«

Konnte es sein, dass es doch noch anständige Menschen gab?

Von Zentnerlasten befreit, verließ sie die Frauenklinik. Draußen schien die Sonne, und überall gab es lachende Gesichter. Charly warf einen Blick auf die Uhr. Fünf vor halb zwei. Bis sie wieder auf Station sein musste, blieben noch ein paar Minuten. Die wollte sie in der Uni-Bibliothek nutzen.

Heute war ihr Glückstag. Vielleicht fand sie ja irgendwo einen

Bericht über die St. Louis, der etwas mehr enthielt als die paar Zeilen, die sie im »Stürmer« entdeckt hatte.

76

»Wir steuern die amerikanische Küste an«, verkündete Kapitän Schröder. »Unser Ziel ist Miami.«

Benny atmete auf. »Hat die Reederei sich endlich gemeldet?«

»Nein. Von der Reederei ist noch keine Anweisung erfolgt. Ich habe das selbst so entschieden.«

»Aber – sind Sie dazu denn befugt?«

»Diese Frage stellt sich jetzt nicht«, erklärte Kapitän Schröder mit ernster Miene. »Ich trage die Verantwortung für die Menschen auf der St. Louis. Und meine wichtigste Aufgabe ist es, diese Menschen sicher an Land zu bringen. Wo auch immer das sein mag.«

Als Benny an Bord gekommen war, hatte er ähnlich gedacht wie Max Seligmann: Schröder war der Kapitän eines deutschen Schiffes, also musste er ein Nazi sein. Im Laufe der Fahrt aber hatte Kapitän Schröder bewiesen, dass er alles andere als ein Nazi war. Er hatte für seine Passagiere gesorgt, als wären sie seine persönlichen Schützlinge.

»Darf ich fragen, was Ihre Pläne sind?«

»Natürlich, ich brauche ja Ihre Hilfe«, sagte Schröder. »Da wir keine Landeerlaubnis für Miami haben, will ich versuchen, diejenigen Passagiere, die das wünschen, im Schutz der Dunkelheit abzusetzen.«

»Eine Landung bei Nacht und Nebel? Ohne behördliche Genehmigung? Wie soll das gehen?«

»Mit unseren Rettungsbooten.«

Benny musste schlucken. Wie verzweifelt musste die Lage sein, dass der Kapitän bereit war, ein solches Abenteuer einzugehen? Er riskierte damit vermutlich sein Kapitänspatent! Ein Prozess vor dem Seegericht war ihm auf jeden Fall sicher.

»Nennen Sie es, wie Sie wollen«, erwiderte Schröder. »Hauptsache, ich werde meiner vornehmsten Pflicht als Kapitän gerecht. Wer an Land will, soll sich ab sechs Uhr bereithalten. Jeder darf nur einen Koffer mitnehmen, für mehr reicht leider nicht der Platz in den Booten. Sobald es dunkel ist, werden wir unser Glück versuchen. Bitte teilen Sie das den Leuten mit.«

77

Charly hatte ihre Mittagspause um eine Viertelstunde überzogen, um in der Uni-Bibliothek alle Zeitungen und Zeitschriften zu durchforsten. Doch vergeblich. Außer den paar Zeilen im »Stürmer« hatte sie keinen weiteren Artikel gefunden, der Hinweise auf das Schicksal der St. Louis und ihrer Passagiere enthielt.

Bei der nochmaligen Lektüre der Kurzmeldung war ihr bewusstgeworden, dass diese nicht nur die gute Nachricht von Bennys Ankunft in der Karibik enthielt. Sie bedeutete auch, dass er noch nicht in Sicherheit war. In Sicherheit würde er erst sein, wenn er an Land durfte.

Wann würde das geschehen?

Von der Antwort hing auch ihr Wiedersehen mit Benny ab. Charly hatte ihre Reise über den Atlantik so gebucht, dass sie die Wahl hatte zwischen einer Passage am zehnten Juni und einer zweiten einen Monat später. Sie musste also wissen, wann und wo Benny auf sie warten würde. Oder ihre Reise würde eine Reise ins Ungewisse sein.

Es gab nur einen Menschen, der ihr weiterhelfen konnte: Onkel Carl. Sie hatte ihn eigentlich nicht mehr behelligen wollen, er hatte schon so viel für sie und Benny getan. Doch ihre Sorge war größer als ihre Bedenken. Als sie von der Arbeit nach Hause kam, rief sie ihn an.

»Charlotte – du?« Seiner Stimme war anzuhören, dass er sich über ihren Anruf alles andere als freute.

»Ja, Onkel Carl. Ich bin's. Ich … ich brauche deine Hilfe.«

»Schon wieder?« Eine lange Weile hörte sie nur sein Schweigen. Dann sagte er: »Na gut, worum geht es?«

»Es … es tut mir leid, wenn ich dich schon wieder um etwas bitten muss. Aber ich mache mir entsetzliche Sorgen …«

»Red' nicht um den heißen Brei herum. Raus mit der Sprache!«

Charly überlegte, wie sie sich möglichst unverfänglich und dabei gleichzeitig möglichst klar ausdrücken konnte. Vielleicht hörte ja jemand mit.

»Ich habe immer noch keine Nachricht«, sagte sie schließlich.

»Nachricht von wem?«

»Von dem Schiff. Ich habe nur eine winzig kleine Zeitungsmeldung gefunden. Und aus der ging kaum etwas hervor.« Sie hatte es vermieden, den Namen des Schiffs zu nennen, genauso wie Bennys Namen, und konnte nur hoffen, dass Onkel Carl sie auch so verstand.

Es dauerte eine Weile, bis er antwortete. »Ich bin genauso ahnungslos wie du«, sagte er. »Und offen gestanden, würde ich nur ungern ...«

Während er sprach, knackte es plötzlich in der Leitung. Danach hörte Charly nur noch ein Rauschen

»Onkel Carl?«, rief sie in die Sprechmuschel. »Bist du noch dran?«

78

Carl hatte aufgelegt. Wenn er dieses Knacken hörte, war Vorsicht geboten.

War sein Einsatz für Charlotte und ihren Mann vergeblich gewesen?

Als seine Nichte ihn beim letzten Mal um Hilfe gebeten hatte, hatte er tatsächlich eine Lösung in seinem Schatzkästlein gefunden, jenem seit Jahren geführten Verzeichnis, in dem er alle möglichen Namen und Informationen aufs Geratewohl notierte, ohne zu wissen, ob er sie je brauchen würde, die ihm aber im Nachhinein schon oft aus mancher Verlegenheit geholfen hatte. In diesem Fall war es die Notiz über einen hohen Beamten im Innenministerium namens Ludwig Wohlgemuth gewesen, die sich als nützlich erwiesen hatte. Bei den Arbeiten für seine »Verfassungslehre« war Carl vor einer Ewigkeit die Dissertation dieses Mannes in die Hände gefallen. Dabei hatte er entdeckt, dass Herr Dr. Wohlgemuth sich seinen wohlklingenden Titel durch schamloses Abschreiben aus den Werken anderer Autoren ergaunert hatte. Bis jetzt hatte er nie Gebrauch von der Zufallsentdeckung gemacht. Warum sollte man das Leben eines Mannes zerstören, nur weil er in jungen Jahren Opfer seiner Eitelkeit geworden war? Als Charlotte Hilfe gebraucht hatte, hatte dann ein einziger Anruf im Innenministerium genügt, um ihr Problem zu lösen. Carl hatte nur andeuten müssen, was er wusste, und schon hatte der freundliche Herr Doktor Wohlgemuth dafür gesorgt, dass Benjamin Jungblut seinen Pass zurückbekommen hatte.

Doch jetzt saß Benjamin Jungblut auf der St. Louis fest, wie Carl natürlich auch schon vor dem Anruf seiner Nichte gewusst hatte – dank eines Spitzels an Bord des Dampfers war man in Berlin über die Vorgänge in Havanna ja bestens informiert. Und es bestand keine Aussicht, dass Charlottes Mann irgendwo wieder an Land durfte, in keinem Land der Welt.

Außer in Deutschland.

79

Miami lag nur einen Katzensprung von Kuba entfernt, so dass die St. Louis noch am selben Abend die amerikanischen Hoheitsgewässer erreichte. Kapitän Schröder hatte jedem Passagier freigestellt, ob er an Land gehen oder an Bord bleiben wollte. Benny hatte sich dafür entschieden, an Land sein Glück zu versuchen, zusammen mit rund dreihundert anderen Fluchtwilligen. Sie hatten sich auf Anordnung des Kapitäns im Festsaal versammelt und warteten nun voller Anspannung darauf, an Deck gerufen zu werden, von wo aus sie in die Rettungsboote steigen würden. Vor allem die Familien hatten sich schwergetan, unter den wenigen Habseligkeiten, die ihnen noch geblieben waren, auszuwählen, welche Dinge sie mitnehmen und welche sie zurücklassen sollten, wenn nicht alles in den einen erlaubten Koffer passte. Doch was zählten Kleider und Besitz, wenn das nackte Leben auf dem Spiel stand? Das Leben gab es für jeden nur einmal, alles andere konnte man aufs Neue erwerben, wenn man mit heiler Haut davonkam. Nicht mal die Gefahr, bei der Landung aufgegriffen zu werden, machte ihnen Angst. In Deutschland würde man sie in ein Konzentrationslager stecken, und auch wenn nur die Passagiere, die schon in einem KZ gewesen waren, wirklich wussten, was das bedeutete, empfand man im Vergleich dazu ein amerikanisches Gefängnis nicht als Bedrohung, sondern geradezu als eine Verheißung.

Als die Dämmerung hereinbrach, wurden sämtliche Lichter an Bord gelöscht. Nachdem alles dunkel war, erschien der Zweite Offizier im Festsaal.

»Es geht los! Alle Mann an Deck! Aber leise! Das Wasser trägt jedes Geräusch bis an Land.«

Benny reihte sich in die Schlange. Niemand sagte ein Wort, auf Zehenspitzen schlich einer nach dem anderen an Deck. Draußen herrschte tiefschwarze Nacht, der Mond am Himmel war nur eine schmale Sichel. Zum Glück wehte kein Wind, so dass die St. Louis ruhig vor Anker lag. In der Ferne waren die Lichter von Miami zu sehen. Leise plätscherten die Wellen gegen die Schiffsplanken, nur ab und zu wurde ein unterdrücktes Hüsteln laut, mehr war in der Finsternis nicht zu hören.

Eine Seilwinde knarrte, nur von den Sternen beschienen, schwebte ein Rettungsboot vom Himmel herab. Während es lautlos schaukelnd auf Höhe der Reling zum Stehen kam, erteilte der Zweite Offizier flüsternd seinen Befehl.

»Die ersten fünfzig Mann vortreten.«

Benny gehörte nicht dazu. Doch er würde zu denen gehören, die als Nächstes an die Reihe kamen. Mit klopfendem Herzen beobachtete er, wie die Schattengestalten vor ihm in das Boot kletterten.

Ein halbes Dutzend hatte es bereits geschafft, da flammten auf dem Wasser plötzlich Scheinwerfer auf. Unwillkürlich riss Benny die Arme vors Gesicht.

»Verfluchte Scheiße!«

Das Brummen eines Bootsmotors näherte sich, rasch und unaufhaltsam, und eine Megaphonstimme rief englische Befehle.

»Stop that! No one is allowed to leave the boat!«

Benny ließ die Arme sinken. In dem grellen Scheinwerferlicht sah er um sich her lauter entsetzte Gesichter. Mit aufgerissenen Augen starrten alle in die gleißende Helligkeit, wie in der Dunkelheit aufgescheuchtes Wild. Hinter den Scheinwerfern wurden die Umrisse eines Motorboots sichtbar.

Wer zum Teufel hatte sie verraten?

Das Boot war ein Patrouillenboot der Küstenwache, erkennbar an der amerikanischen Flagge. An Deck stand ein Offizier mit einem Megaphon in der Hand. Während das Boot längsseits kam, knackte und pfiff der Bordlautsprecher der St. Louis.

»This is Captain Schröder speaking. We have an engine havary. Please allow me, to bring my passengers on land!«

»Bullshit!«, tönte es von dem Patrouillenboot zurück. »Return to sea! You've got two minutes!«

»Was sagen sie?«, wollte Herr Bamberger wissen, der hinter Benny in der Reihe stand.

»Der Kapitän sagt, wir hätten einen Maschinenschaden, und bittet darum, die Passagiere an Land bringen zu dürfen. Aber die Amerikaner glauben ihm nicht. Wir müssen zurück aufs Meer!«

Noch während er sprach, kam von der Küste ein Flugzeug herangeflogen. Im Licht der Scheinwerfer erkannte Benny einen Kampfbomber. Im Tiefflug donnerte er über sie hinweg und drehte dann eine Runde über der St. Louis.

»Aye, aye, Sir!«, rief Kapitän Schröder über den Bordlautsprecher. »We return to sea.«

Gleich darauf begannen wieder die Maschinen zu stampfen. Während der Anker eingeholt wurde, reckten die Menschen an Bord die Hände zum Himmel und flehten um Gnade. Auch Benny fiel in das verzweifelte Geschrei ein. Doch es half nichts. Noch bevor der Anker eingeholt war, näherte sich ein weiteres Patrouillenboot der St. Louis, mit gleichfalls aufgeblendeten Scheinwerfern. Der Zweite Offizier trat an die Reling, wo das Rettungsboot mit den bereits eingestiegenen Flüchtlingen immer noch schaukelnd in der Luft schwebte.

»Alle Mann zurück an Bord! Die Ausschiffung wird abgebrochen!«

80

»Erbgesund?«, brüllte Kreisleiter Sander. »Wollen Sie mich verarschen?«

»Ein wissenschaftliches Gutachten«, erwiderte Horst. »Von Professor Dr. Dr. h.c. Wagenknecht, Ordinarius der Universität Göttingen und Chefarzt der dortigen Kinderklinik. Eine Kapazität …«

Wohl wissend, wie kläglich sein Einwand war, verstummte er. Wie an einen Strohhalm hatte er sich an das Gutachten geklammert, das Lotti aus Göttingen geschickt hatte, in der Hoffnung, dass er seinen Bruder damit vor der Einweisung in ein Heim bewahren konnte, ohne selbst in Verschiss zu geraten. Jetzt musste er begreifen, wie hoffnungslos naiv seine Hoffnung gewesen war.

»Mit dem Wisch können Sie sich den Hintern abputzen«, brüllte der Kreisleiter weiter. »Das Gutachten ist ein gottverdammter Witz! Das ist nicht das Papier wert, auf dem es geschrieben wurde. Von der Tinte ganz zu schweigen!«

»Aber …«

»Kommen Sie mir jetzt ja nicht mit Aber! Auf Aber reagiere ich allergisch! Der Gauleiter und ich, wir haben den Kretin leibhaftig erlebt. Die Missgeburtt kann ja nicht mal richtig reden?«

»Ich muss gestehen, mein Bruder erfüllt vielleicht nicht ganz die Anforderungen, die der Führer an die deutsche Jugend stellt. Aber er ist ein herzensguter …«

»Schon wieder ein Aber? Habe ich nicht gerade jedes Aber verboten?« Kreisleiter Sander war so in Rage, dass er nach Luft schnappte. Um sich zu beruhigen, atmete er ein paarmal tief durch, dann trat er so nah zu Horst heran, dass kein Blatt Papier mehr zwischen sie passte. Mit leiser, bebender Stimme, die noch bedrohlicher war als sein Gebrüll zuvor, sagte er: »Löst so ein Ortsgruppenleiter ein Problem?«

Horst roch den Zwiebelatem seines ehemaligen Turnlehrers und schüttelte den Kopf.

»Na also! Kommen Sie endlich zu Verstand?« Sander kehrte ihm den Rücken zu und setzte sich an den Schreibtisch. Eine Weile tat er, als studiere er irgendwelche Akten. Dann blickte er wieder auf und sagte: »Sorgen Sie für eine Lösung, Mann, die Ihrer Stellung entspricht, und zwar ein bisschen dalli! Ich erwarte Ihren Bericht, noch bevor der Führer in die Stadt des KdF-Wagens kommt! Sonst war's das mit dem Ortsgruppenleiter Ising! Und mit dem Lagerführer Ising auch! Darauf können Sie Gift nehmen!«

81

Als die Stewards das Essen servierten, musste Benny an das Captain's Dinner zurückdenken, an dem er zu Beginn der Reise teilgenommen hatte, zwei Tage nachdem die St. Louis in Hamburg abgelegt hatte. Wie lange war das her? Drei Wochen oder drei Jahre? Damals hatte es ein halbes Dutzend Vorspeisen gegeben und zum Hauptgang wahlweise Seezunge Mirabeau, Lendchen à la Rossini und Mastputer mit Selleriefüllung, dazu Stangenspargel und Rahmspinat sowie als Nachtisch Himbeer-Sorbet und Früchtebecher. Jetzt gab es zur Hauptmahlzeit Bratwurst mit Rotkohl und Salzkartoffeln, und der Nachtisch entfiel ebenso wie die Vorspeisen. Denn seit die St. Louis vor der amerikanischen Küste wieder in See gestochen war, wurden auf Anordnung von Kapitän Schröder die Vorräte an Bord rationiert – nicht mal Tafelwasser gab es mehr in unbegrenzten Mengen. Sonst würden die Lebensmittel womöglich nicht bis zur Ankunft reichen. In welchem Hafen auch immer sie ankommen würden.

Denn darüber herrschte nach wie vor Unklarheit. Seit zwei Tagen kreuzte die St. Louis in langsamer Fahrt vor Miami. Nach dem missglückten Ausschiffungsversuch hatte die jüdische Gemeinde von New York sich an Präsident Roosevelt und dessen Frau Eleanor gewandt, um doch noch eine Landeerlaubnis zu erwirken. Kapitän Schröder hatte mitgeteilt, dass er exakt drei Tage auf Roosevelts Antwort warten würde – wenn er länger wartete, konnte er unmöglich den Befehl der Reederei erfüllen, die St. Louis bis zum achtzehnten nach Hamburg zurückzubringen. Keine vierundzwanzig Stunden mehr, dann war die Frist abgelaufen. Jedes Mal, wenn Miami in Sicht kam, schaute Benny voller Sehnsucht auf die im Sonnenschein liegende Küstenstadt, die zum Greifen nah schien und doch in Wirklichkeit unerreichbar war. Hatten die Bewohner wohl eine Ahnung, wie sehr die Passagiere der St. Louis sie beneideten?

An den Tischen im Speisesaal, wo man auf der Hinfahrt während der Mahlzeiten so ausgelassen erzählt und gelacht und geschäkert hatte, sagte kaum noch jemand ein Wort. Obwohl die Stewards weiterhin von zuvorkommender Freundlichkeit waren und versuchten, auch unter den eingeschränkten Bedingungen ihren Gästen das Leben so angenehm wie möglich zu machen, stocherten diese ohne Appetit und in stummer Anspannung auf ihren Tellern herum.

Frau Bamberger sprach aus, was viele im Saal dachten.

»Wenn wir zurück nach Deutschland müssen, bringen mein Mann und ich uns um.«

82

»Heil Hitler, Professor!«

»Heil Hitler, Generalfeldmarschall!«

Carl hatte noch nicht Platz genommen, da reichte Göring ihm eine Ausgabe des »Daily Mirror« über den Schreibtisch.

»Haben Sie das schon gesehen?«

Carl hob die Brauen. Auf der Titelseite der englischen Zeitung war eine Karikatur abgedruckt. Sie zeigte Miss Liberty, die amerikanische Freiheitsstatue, zu deren Füßen die St. Louis vorüberdampfte. Während auf dem Sockel der Statue die berühmten Worte eingraviert waren, mit denen die amerikanische Nation allen Mühseligen und Beladenen dieser Welt Zuflucht versprach – »Send those, the tempest-tossed to me« –, wandte Miss Liberty verschämt den Kopf zur Seite, als könne sie den Anblick des Dampfers nicht ertragen, und an ihrem ausgestreckten Arm hing ein Schild mit der Aufschrift *»Keep out«* – Zutritt verboten!

»Köstlich«, sagte Carl amüsiert. »Ja, ja, die vielgepriesene amerikanische Hilfsbereitschaft. Darf ich daraus schließen, dass Präsident Roosevelt der St. Louis die Landeerlaubnis weiterhin verweigert?«

»Nach unseren Informationen hat er auf das Hilfegesuch der Mosesjünger nicht mal reagiert«, erwiderte Göring. »Aber, um ehrlich zu sein, mir wäre es lieber, er hätte das Judenpack in seinem wunderbaren Land aufgenommen.«

Carl setzte eine interessierte Miene auf. Da er nicht wusste, in welche Richtung das Gespräch sich bewegte, war es klüger, abzuwarten, statt vorschnell eine Meinung zu äußern.

»Nachdem der amerikanische Präsident sich in vornehmes Schweigen gehüllt hat«, fuhr Göring fort, »hat der Kapitän der St. Louis wieder Kurs auf Deutschland genommen. Dadurch ist offenbar unter den Passagieren eine regelrechte Panik ausgebrochen. Sie wissen ja, wir haben einen Mann auf dem Schiff, der uns über die Vorgänge an Bord auf dem Laufenden hält. Seiner Meinung nach droht ein Massenselbstmord. Sind Sie sich im Klaren, was das bedeuten würde?«

»Ich fürchte, ja«, erwiderte Carl mit der gebotenen Ernsthaftigkeit. »Deutschland wäre vor der gesamten Weltöffentlichkeit blamiert.«

»Und zwar bis auf die Knochen!«, bekräftigte Göring. »Die Verschiffung von tausend Juden würde dem internationalen Ansehen des Reichs dienen, hatte Goebbels getönt. Doch Pustekuchen! Jetzt kommt die ganze Scheiße wie ein Bumerang zurück. Mir war die Sache ja von Anfang an nicht koscher. Aber der Klugscheißer wusste es natürlich mal wieder besser.«

Carl nickte. »Die Bedenken, die Sie im Adlon vorgetragen haben, sind mir in lebhafter Erinnerung.«

»Aber es kommt noch besser! Wollen Sie wissen, was mein verehrter Herr Kollege sich hat einfallen lassen, um den Schaden wiedergutzumachen?«

»Ich bin begierig, es aus Ihrem Mund zu erfahren.«

»Er hat der HAPAG Reederei versichern lassen, dass die Passagiere der St. Louis in der Heimat nichts zu befürchten hätten. Sagen Sie selbst, Professor – wer in aller Welt wird uns das glauben?«

Carl zögerte. Egal, wie er die Frage beantworten würde, er würde sich den Mund verbrennen. Zum Glück fiel ihm ein Bonmot ein, das dem Bischof von Münster zugeschrieben wurde – eine ebenso zutreffende wie witzige Bemerkung über den Reichsminister für Volksaufklärung und Propaganda, die dem Reichsjägermeister hoffentlich gefallen würde.

»Ja, ja, die Lüge hinkt durch Deutschland.«

»Sie sagen es!«, bestätigte Göring mit bitterem Lachen. »Aber selbst wenn man uns im Ausland Glauben schenken sollte, würde das die Sache nicht besser machen. Im Gegenteil! Eine solche Erklärung käme einer Bankrotterklärung des Reichs vor dem Weltjudentum gleich.« Er steckte beide Daumen hinter sein Uniformkoppel und trommelte mit den Fingern auf seinem Bauch. »Irgendeine Idee, Professor, wie wir aus dem Schlamassel herauskommen können?«

Carl dachte nach. Das Ganze versprach nichts Gutes für seine Nichte Charlotte und den Juden Jungblut. Aber was konnte er schon tun?

Plötzlich musste er schmunzeln.

»Darf man wissen, was Ihre Heiterkeit erregt, Professor?«

»Mir kam gerade ein Begriff aus der christlichen Seefahrt in den Sinn, an dem ich schon als kleiner Junge meine Freude hatte. ›Verklappen‹.«

»Was hat das mit unserem Problem zu tun?«

Carls rieb die Spitzen seines Daumens und Zeigefingers gegeneinander. »Hat schon mal jemand in der Reichkanzlei über die Möglichkeit nachgedacht, die Ladung der St. Louis zu löschen, bevor sie die deutsche Küste erreicht?«

83

Es war eine Fahrt in die Finsternis. Seit die St. Louis wieder Kurs auf die Heimat hielt, wurde auf Kapitän Schröders Befehl das Deck rund um die Uhr von Matrosen bewacht, damit niemand über Bord springen konnte, um sich das Leben zu nehmen. Denn der Kurswechsel hatte die Passagiere in Angst und Schrecken versetzt: Angst vor Deutschland, Angst vor der Gestapo, Angst vor den Konzentrationslagern, denen die meisten erst vor wenigen Wochen entkommen waren. Zahllose Fahrgäste hatten darum wie die Bambergers erklärt, dass sie sich eher umbringen würden, als auch nur einen Fuß wieder auf deutschen Boden zu setzen.

Benny hatte das Bordkomitee im Kinosaal zusammengerufen, um über die neue Lage zu beraten.

»Wir müssen selbst das Kommando übernehmen!«, verkündete Max Seligmann, der ohne Einladung in die Versammlung geplatzt war.

»Und wie stellen Sie sich das vor?«, fragte Dr. Spanier.

»Ganz einfach, wir stürmen die Brücke und nehmen Kapitän Schröder und die Offiziere fest.«

»Um Gottes willen!«, protestierte Benny. »Sind Sie wahnsinnig?«

»Im Gegenteil, unter den gegebenen Umständen ist es das Vernünftigste, was wir tun können. Oder haben Sie einen besseren Vorschlag?«

Benny wich dem Blick des Schauspielers aus. Als einziger Passagier wusste er, dass Kapitän Schröder bereits einen Plan hatte, um seine Schützlinge vor der Rückkehr nach Deutschland zu bewahren. Er wollte die St. Louis mit einer Scheinhavarie vor der englischen Küste auf Grund laufen lassen, in der Hoffnung, dass die Londoner Regierung ihnen dann notgedrungen Asyl gewähren würde. Eine gewaltsame Übernahme des Kommandos würde diesen Plan jedoch zunichtemachen. Trotzdem durfte Benny nicht darüber reden, Kapitän Schröder hatte ihm striktes Stillschweigen auferlegt. Damit nichts davon nach Berlin dringen konnte.

»Sehen Sie?«, sagte Max Seligmann. »Ihnen fällt auch nichts Besseres ein.«

Benny schüttelte den Kopf. »Wenn wir versuchen, das Kommando an uns zu reißen, werden der Kapitän und seine Offiziere sich zur Wehr setzen. Es wird Verletzte geben, vielleicht sogar Tote.«

»Kann schon sein. Aber ich lasse mich lieber hier an Bord abknallen, als in einem KZ zu verrecken. Und ich bin nicht der Einzige, der so denkt. Ich kenne mindestens zwanzig Leute, die auf der Stelle mitmachen würden.«

»Aber wer soll den Kapitän und die Offiziere ersetzen? Die St. Louis ist kein Ruderboot. So ein Schiff lässt sich nur mit einer erfahrenen Mannschaft steuern.«

»Wo ein Wille, da ein Weg.«

»Unsinn! Die meisten von uns können ja nicht mal zwischen backbord und steuerbord unterscheiden!«

»Mit einer Pistole an der Schläfe wird der Kapitän zweifellos die Güte haben, es uns zu erklären.«

Benny gingen die Argumente aus. Gott sei Dank kam Dr. Spanier ihm zu Hilfe.

»Ich muss Herrn Jungblut zustimmen«, sagte er. »Angenommen, es gelingt uns tatsächlich, das Kommando zu übernehmen, und ferner angenommen, wir schaffen es sogar, die St. Louis unbeschadet in irgendeinen Hafen zu steuern – was dann? Nein, Herr Seligmann, was Sie vorhaben ist Meuterei, und Meuterei ist ein Verbrechen, das in jedem Land der Welt schwerste Strafe nach sich zieht. Man würde uns vor Gericht stellen und die Rädelsführer aufhängen.«

Max Seligmann zuckte die Schultern. »Sollen wir deshalb tatenlos zulassen, dass man uns wie Vieh zur Schlachtbank …«

Der Bordlautsprecher unterbrach ihn.

»Achtung! Achtung! Hier spricht der Kapitän! Soeben erhalte ich neue Anweisung für den Kurs der St. Louis. Hamburg ist nicht länger unser Zielhafen, noch sonst irgendein Hafen in Deutschland …«

In dem Kinosaal herrschte ungläubiges Schweigen. Hatte man richtig gehört? Alle Augen waren auf den Deckenlautsprecher gerichtet, aus dem noch einmal die Stimme des Kapitäns ertönte.

»Ich bin glücklich, Ihnen mitteilen zu dürfen, dass eine allseits befriedigende Lösung gefunden wurde. Im Einverständnis mit der Reichsregierung haben sich die Regierungen von Belgien, Holland, Frankreich und England bereit erklärt, alle Passagiere der St. Louis aufzunehmen. Unser neuer Zielhafen ist Antwerpen. Dies ist die endgültige Vereinbarung für Ihre Ausschiffung und wurde mir auf Rückfrage von der Reederei telegraphisch bestätigt. Ende der Durchsage.«

Kaum war der Lautsprecher verstummt, explodierte das ungläubige Schweigen in tosendem Jubel. Nach den zahllosen Enttäuschungen der letzten Wochen gab es keine Zweifel mehr noch Fragen. Dr. Spanier vollführte mit Frau Bamberger einen Freudentanz, und Benny und Max Seligmann fielen einander in die Arme wie beste Freunde. Endlich war sie da, die Nachricht, die die so lange vergeblich erhoffte Erlösung verhieß.

»Das muss gefeiert werden!«, sagte Frau Bamberger, als der Lärm sich legte.

»Ja, ein Fest!«, riefen Dr. Spanier und Max Seligmann wie aus einem Mund.

Alle Anwesende fielen in den Ruf ein. »Ein Fest! Ein Fest! Ein Fest!«

Benny stellte sich auf einen Stuhl. »An die Mitglieder des Bordkomitees! Sofortige Änderung der Tagesordnung. Einziger verbleibender Punkt auf der Agenda: Vorbereitung eines Abschlussfestes!«

84

Ein paar Tage lang hatte Hermann gehofft, dass sich die Sorgen um seinen Jüngsten in Luft auflösen würden. Lottis Professor hatte Willy ja ex cathedra bescheinigt, dass er erbgesund sei – »geistig und körperlich«. Doch Kreisleiter Sander hatte das Gutachten in der Luft zerfetzt, als ginge die Meinung eines Wissenschaftlers ihn nichts an, und die Sorgen waren größer denn je.

»Was verlangst du von mir?«, fragte Horst. »Dass ich als dein gesunder Sohn mich für deinen kranken Sohn aufopfere?«

»Das kann man doch nicht so gegeneinander aufrechnen.«

»Und ob man das kann! Wenn Willy bei uns bleibt, bin ich in der Partei für alle Zeit erledigt! Dann ist es mit meiner Karriere aus und vorbei. Und mit deiner übrigens auch. Dann gibt es keinen Ortsgruppenleiter Ising mehr – weder in Fallersleben noch in der Stadt des KdF-Wagens!«

»Ach was. Nichts wird so heiß gegessen wie gekocht.«

»Willy ist eine Gefahr für die ganze Familie! Wie sehr muss die Kacke denn noch dampfen, damit du das begreifst?«

Hermann fühlte sich in seiner Uniform so eingezwängt, dass er kaum noch atmen konnte. Luft, er brauchte Luft! Mit zitternden Fingern öffnete er den Kragenknopf. Doch es nützte nichts, das Gefühl der Beklemmung blieb. Er selbst war ja zu jedem persönlichen Opfer bereit, wenn dadurch Willy bei ihnen bleiben konnte, auch wenn es ihn sein Amt in der Partei kostete. Aber durfte er auch in Kauf nehmen, dass sein zweitgeborener Sohn um seine Zukunft gebracht würde?

»Der kleine Willy braucht uns doch«, sagte er. Mehr brachte er in seiner Ratlosigkeit nicht hervor.

»Allerdings«, bestätigte Horst. »Und weil das so ist, müssen wir die Verantwortung übernehmen und die richtige Entscheidung für ihn treffen. Ich habe mich inzwischen kundig gemacht und herausgefunden, dass Gesetze in Vorbereitung sind, die genau unseren Fall betreffen.«

»Was für Gesetze?«

»Zum Beispiel, dass Eltern, die sich einer Einlieferung ihrer erbkranken Kinder verweigern, das Sorgerecht entzogen werden kann. So weit dürfen wir es nicht kommen lassen! Gerade Willy zuliebe! Weil wir dann nämlich keinen Einfluss mehr darauf haben, wo er hinkommt. Jetzt haben wir noch die Wahl und können seine Unterbringung selbst bestimmen. Und so dafür sorgen, dass er die beste denkbare Pflege bekommt.«

»Aber eine Trennung würde deiner Mutter das Herz brechen«, erwiderte Hermann. »Und mir auch.«

»Ich muss sagen, dieser Standpunkt ist reichlich egoistisch.«

»Egoistisch?«

»Ja, egoistisch! Wenn du dich um die Entscheidung drückst, nur weil sie dir schwerfällt, stellst du dein eigenes Wohl über das Wohl unseres kleinen Willy. Kinder wie er sind in der Obhut eines Heims viel besser aufgehoben als zu Hause. Dort gibt es ausgebildete Fachkräfte, die sich nicht nur rund um die Uhr um ihn kümmern, sondern ihn auch in seiner Entwicklung fördern, wie Mutter und du es niemals könntet.«

Während er sprach, ging plötzlich die Tür auf. Dorothee kam herein, mit Willy an der Hand, und marschierte direkt auf ihn zu.

»Wenn du dir deiner Sache so sicher bist, dann sag deinem Bruder ins Gesicht, dass du ihn in ein Heim stecken willst.«

Hermann hatte seine Frau noch nie so erregt gesehen. Hochrot im Gesicht, zitterte Dorothee am ganzen Leib, während sie Horst mit funkelnden Augen anblickte. Doch der ließ sich nicht beeindrucken. Mit einem Lächeln beugte er sich zu dem kleinen Willy herab und nahm dessen Kinn in die Hand.

»Du weißt doch, dass dein großer Bruder dich lieb hat, oder?«

»Ei machen! Ei machen!« Voller Begeisterung schlang Willy die Arme um ihn und gab ihm einen schmatzenden Kuss, mitten auf den Mund.

Mit dem Ärmel seines Uniformrocks wischte Horst sich den Speichel ab. »Weißt du was? Dann habe ich eine Überraschung für dich.«

»Eine Überraschung! Juchhu!«

»Eine Riesenüberraschung sogar! Ich kenne nämlich ein Haus, in dem wohnen lauter Kinder wie du. Und die tun den ganzen Tag nichts anderes als singen und basteln und malen und spielen.«

»Und ei machen?«

»Ja, und ei machen – ganz, ganz viel ei machen. Möchtest du da hin?«

Der kleine Willy strahlte übers ganze Gesicht. »Ja«, rief er und klatschte in die Hände.

85

Nach einer Irrfahrt von dreiunddreißig Tagen erreichte die St. Louis am Vormittag des siebzehnten Juni die belgische Küste. Während das Schiff Kurs auf die Mündung der Schelde nahm, über die es weiter durch das Landesinnere nach Antwerpen gehen würde, stand Benny mit einem dicken Brummschädel an der Reling und ließ sich den Wind um die Nase wehen. Er hatte die Nacht über kaum ein Auge zugetan. Das Bordfest zum glücklichen Abschluss der Reise hatte bis in den frühen Morgen gedauert, und der Alkohol war in Strömen geflossen. Nachdem Dr. Spanier zu Beginn des Abends einen Toast auf Kapitän Schröder ausgebracht hatte, um ihm für »diesen unvergesslichen Betriebsausflug der HAPAG mit Besichtigung der Küsten von Kuba und Florida« zu danken, hatte die Bordkapelle fast ohne Pause durchgespielt. Wie auf der Hinfahrt hatte man getanzt und gelacht und geschäkert, und manches Pärchen war an Deck verschwunden, um dort in der Dunkelheit für sich zu sein. Die Köche hatten ein letztes Mal bewiesen, zu welchen Meisterleistungen sie fähig waren, eine spontan gebildete Singgruppe hatte Lieder geschmettert, die jedermann mitsingen konnte, andere hatten Kunststücke vorgeführt, und Benny hatte noch einmal unter großem Beifall den Jopi Heesters gegeben. Als im Morgengrauen die Musiker endlich ihre Instrumente eingepackt und die Frauen versucht hatten, ihre Männer in die Kabinen zu lotsen, hatten die letzten Nachtschwärmer sich in die Bar verzogen, um dort bis zum Frühstück weiterzufeiern.

An der Schelde-Mündung kamen Vertreter der aufnehmenden Gastländer Belgien, Holland, Frankreich und England an Bord, um noch vor der Ankunft in Antwerpen die Verteilung der Flüchtlinge zu organisieren. Sie wurden mit großem Jubel empfangen. Liesel Joseph, ein braungelocktes Mädchen, das an diesem Tag seinen elften Geburtstag feierte, hieß sie im Namen der Passagiere willkommen.

»Leider wachsen an Bord keine Blumen«, entschuldigte sie sich, nachdem sie ein selbstverfasstes Gedicht vorgetragen hatte, »wir hätten Ihnen sonst gern einen Strauß überreicht.«

Man war entzückt und gerührt, Frau Bamberger verdrückte ein paar Tränen, und der Vertreter Frankreichs bedankte sich bei Liesel mit einem Kuss auf beide Wangen. Als jedoch Kapitän Schröder die Herren im Namen der Reederei begrüßen wollte, wurde ihm der Handschlag verweigert. Benny war empört – der Mann hatte ein Seegerichtsverfahren riskiert, um seine Schutzbefohlenen in Sicherheit zu bringen! Doch das konnten die Delegierten natürlich nicht wissen. Benny bewunderte, mit welcher Fassung Schröder die unverdiente Missachtung hinnahm und ohne erkennbare

Gemütsregung fragte, in welcher Weise er und seine Offiziere der Ausschiffung dienlich sein könnten.

Nachdem die St. Louis wieder abgelegt hatte, wurden im Festsaal vier Tische eingerichtet, für jedes Gastland einer. Der größte Andrang herrschte am englischen Tisch. Belgien, Holland und Frankreich grenzten unmittelbar ans Reich – da war die Angst groß, wieder aufgegriffen zu werden. Zwischen Deutschland und den Britischen Inseln aber lag der schützende Ärmelkanal.

»Wo wollen Sie sich registrieren lassen, Herr Jungblut?«, fragte Dr. Spanier.

»In England«, sagte Benny.

»O je, das wollen alle. Glauben Sie, Sie haben eine Chance?«

»Meine Eltern leben in Cambridge, und es heißt, Familien würden bevorzugt behandelt.« Benny sah, wie es bei dem Wort »Familie« im Gesicht des Arztes zuckte, und bereute seine Bemerkung. »Haben Sie inzwischen Nachricht von Ihren Angehörigen?«, erkundigte er sich.

Dr. Spanier schüttelte den Kopf. »Leider nein. Aber ich hoffe, dass die Familienregel auch für mich gilt. Von England aus wird es sicher leichter sein, nach Amerika zu gelangen.«

»Dann schlage ich vor, dass wir uns gegenseitig die Daumen drücken.«

Benny machte einen Schritt beiseite, um den Arzt vorzulassen. Während Dr. Spanier kurz zögerte, drängte Max Seligmann sich in die Reihe.

»Moment mal«, sagte Benny. »Einer nach dem andern.«

Der Schauspieler warf ihm einen bösen Blick zu. »Müssen Sie sich immer noch als Chef aufspielen?« Nur widerwillig trat er an seinen Platz hinter Benny und dem Arzt.

86

Nachdem Horst hatte melden können, schon bald das Problem der Familie Ising in der Weise zu lösen, wie die Partei es von ihm erwartete, hatte Kreisleiter Sander ihn mit dem Kommando der Ehrenformation betraut, die an diesem Morgen den Führer in der Stadt des KdF-Wagens empfing. Während er an der Spitze seiner Männer auf Hitlers Ankunft wartete, gab er sich für einen Moment der Vorstellung hin, dass die Akropolis auf dem Klieversberg, die bislang nur auf dem Papier existierte, bereits errichtet wäre und er dort mit seinen Männern auf den Stufen einer mit dem Reichsadler und dem Hakenkreuz bekrönten Weihestätte stehen würde, auf die ein Autokorso zurollte, mit dem Führer an der Spitze, der, aufrecht stehend im offenen Wagen und das jubelnde Volk links und rechts entlang der Prachtstraße mit ernster Miene grüßend, den stählernen Blick auf keinen anderen Menschen gerichtet hielt als ihn, Horst Ising, Ortsgruppenleiter der Stadt des KdF-Wagens und Führer des hiesigen Arbeitslagers.

Da es aufgrund des notorischen Baustoffmangels jedoch keine Akropolis gab, hatte Horst auf Anweisung von Kreisleiter Sander seine Ehrenformation vor dem Eingang der Montagehalle postiert, in der an diesem Morgen die Besichtigung stattfinden sollte. Statt jubelnder Menschenmassen war nur das Jungvolk von Fallersleben aufmarschiert, eine Hundertschaft Jungen und Mädchen, die mit ihren Hakenkreuzfähnchen in der Luft herumfuchtelten, und statt in einem offenen Cabriolet an der Spitze eines Konvois fuhr Hitler in einer geschlossenen Mercedes-Limousine vor, die nicht mal von Motorrädern eskortiert wurde, während in der Gruppe von Vertretern der Partei und der Werkleitung, die für die Führung durch die Produktionsstätte bereitstand, sich zu allem Überfluss auch Horsts Bruder Georg befand.

Alle kleinlichen Gefühle aber wurden hinfortgefegt, als der Führer dem Wagen entstieg.

»Augen geradeaus! Präsentiert das Gewehr!«

Horst hatte den Befehl kaum ausgesprochen, da geschah das Wunder. Was er sich im kühnsten aller seiner Träume ausgemalt hatte, wurde plötzlich Wirklichkeit. Ohne Georg oder einen der hohen Herren links und rechts auch nur eines Blickes zu würdigen, marschierte Hitler an ihnen vorbei, geradewegs auf Horst zu.

»Ehrenformation angetreten, mein Führer!«

»Danke, Kamerad!«

Hitler sah Horst direkt in die Augen, und für diesen einen Moment waren Horst und sein Führer eins. Ein Schauer lief ihm über den Rücken.

Dein Wille geschehe, wie im Himmel, also auch auf Erden …

Als Hitler sich mit einem Gruß abwandte, blickte Horst in das Gesicht von Kreisleiter Sander. Der bedachte ihn mit demselben strengen Lächeln, mit dem er ihn früher im Turnunterricht bedacht hatte, wenn ihm nach langem vergeblichen Bemühen eine Übung am Reck oder an den Ringen doch noch gelungen war.

Na also, schien dieses Lächeln zu sagen – warum nicht gleich so?

87

»Ich komme mir langsam vor wie eine heiße Kartoffel«, sagte Max Seligmann. »Warum laden die uns überhaupt ein, wenn sie uns nicht wollen?«

»Sie sehen doch, welcher Andrang hier herrscht«, erwiderte Dr. Spanier. »Da müssen wir schon ein wenig Geduld haben.«

»Geduld, Geduld. Die haben wir lange genug bewiesen, schon über einen Monat.«

»Richtig«, pflichtete Benny ihm bei. »Und darum kommt es auf ein paar Stunden mehr jetzt auch nicht mehr an.«

»Soll ich sagen, was ich glaube? Die wollen uns nur vertrösten – wieder einmal! Aber ich möchte die Herren darauf hinweisen, dass die deutsche Grenze keine zweihundert Kilometer entfernt ist. Ich weiß nicht, wie es Ihnen geht, aber mir wird bei dem Gedanken der Boden verdammt heiß unter den Füßen!«

Benny gab dem Schauspieler innerlich recht, die Nähe zu Deutschland war auch ihm nicht geheuer, wie keinem an Bord, und auch seine Geduld war inzwischen ziemlich am Ende. Doch die Verteilung der Passagiere warf mehr Probleme auf als erwartet. Vier Gastländer hatten sich bereit erklärt, Flüchtlinge aufzunehmen, aber wie Dr. Spanier gesagt hatte, wollten alle nach England, weshalb sich vor dem Tisch des britischen Delegierten ganze Heerscharen drängten. Eine weitere Schwierigkeit rührte daher, dass die aufnahmebereiten Länder den Antragstellern nur vorübergehendes Bleiberecht einräumten – irgendwann sollten sie alle nach Amerika weitergeleitet werden. Entscheidend für die Reihenfolge war dabei die USA-Quote, in der sich die Anwartschaft auf die Einreisegenehmigung für die Vereinigten Staaten ausdrückte. Flüchtlinge mit niedriger USA-Quote wurden bevorzugt – je niedriger die Quote, desto kürzer die Verweildauer im Gastland. Für Benny bedeutete das nichts Gutes. Da er keine amerikanischen Bürgen benennen konnte, würde seine USA-Quote mit Sicherheit sehr hoch ausfallen, wodurch seine Chancen, in England Aufnahme zu finden, entsprechend sanken.

Der britische Beamte hatte zwei Stapel Formulare vor sich auf dem Tisch: einen grünen mit den Permits und einen roten mit den Ablehnungen. Während der rote Stapel zusehends schrumpfte, blieb der grüne fast unverändert. Als sogar Dr. Spanier, der unmittelbar vor Benny an die Reihe kam, abgewiesen wurde, obwohl seine Frau und seine Töchter aller Wahrscheinlichkeit nach bereits in den USA waren, er das aber nicht beweisen konnte, sank Bennys Zuversicht auf den Nullpunkt.

»Next!«

Wie erwartet, wurde er zunächst nach möglichen Bürgen in Amerika und persönlichen Qualifikationen befragt, um seine Quote zu ermitteln, und wie erwartet fiel diese ziemlich schlecht aus. Einzig seine Sprachkenntnisse und sein Beruf als Architekt sprachen zu seinen Gunsten. Doch er gab sich nicht geschlagen, ein Pfund hatte er, mit dem er wuchern konnte. In dem letzten Brief, den seine Eltern ihm nach Leipzig geschickt hatten, hatten sie geschrieben, dass sie inzwischen in England eingebürgert worden waren und britische Ausweispapiere besaßen.

Als er gefragt wurde, warum er sich um Aufnahme in England bewarb, straffte er sich also und sagte: »My parents live in Cambridge.«

»Also as refugees?«, erwiderte der Beamte.

»No, keine Flüchtlinge – englische Staatsbürger. My parents are British citizens.«

Überrascht blickte der Mann von seinen Unterlagen auf. »Are they? Really?«

»Yes, Sir, my father is professor for Kunstgeschichte, history of art. At Cambridge university.«

Der Engländer zögerte einen Augenblick, dann nahm er ein grünes Formular und griff zu seinem Stempel. »What a lucky man you are!«

Für eine Sekunde kam Benny sich wirklich wie ein Glückspilz vor. Doch nur für eine Sekunde. Ehe das Permit abgestempelt war, meldete Max Seligmann sich zu Wort, in erstaunlich gutem Englisch.

»But did'nt you tell me, that your mother is Dutch, Mister Jungblut?«

88

Georg hatte sich auf die Werksbesichtigung gründlicher vorbereitet als auf jedes Examen zu seiner Studienzeit. Vor gut einer Woche hatte Hitler in Berlin den Kämpfern der Legion Condor, die als Abgesandte des Reichs im spanischen Bürgerkrieg am Sieg der Faschisten über die Kommunisten entscheidend beteiligt gewesen waren, für ihren heldenhaften Einsatz im Kampf gegen den internationalen Bolschewismus gedankt. Und nur wenige Tage davor hatte er auf dem ersten Großdeutschen Reichskriegertag in Kassel vor dreihunderttausend Soldaten das Ausland in einer solchen Schärfe angegriffen, dass an seiner Entschlossenheit, deutsche Interessen nötigenfalls auch mit kriegerischen Mitteln durchzusetzen, kein Zweifel bestehen konnte. Es war also damit zu rechnen, dass bei der Besichtigung der Produktionsstätte Hitlers ganzes Interesse dem Kübelwagen gelten würde. In der vergangenen Woche war Georg darum mit seinen Ingenieuren noch einmal alle Einwände durchgegangen, die bisher gegen das Geländefahrzeug vorgebracht worden waren, so dass er jede Kritik würde parieren können, um den Führer von der Einsatzbereitschaft des Volkwagenwerks im Kriegsfall zu überzeugen.

Doch zu seiner Überraschung erkundigte Hitler sich mit keinem einzigen Wort nach dem Kübelwagen. Dafür wollte er alles über den Käfer wissen. Dabei zeigte er sich bestens informiert über den Stand der Dinge, und seine Fragen und Bemerkungen zeugten von einer geradezu kindlichen Begeisterung.

»Ich kann es gar nicht erwarten, dass mein Auto endlich von den Fließbändern dieser wunderbaren Fabrik rollt und millionenfach über unsere herrlichen Autobahnen braust. Eine friedliche Mobilmachung, wie sie noch kein anderes Volk der Welt je erlebt hat.«

Georg tauschte mit seinem Chef einen Blick. Waren die Veranstaltungen in Kassel und Berlin am Ende doch nur lautes Säbelrasseln gewesen?

»Aber was ist mit den Kosten?«, wechselte Hitler plötzlich das Thema. »Haben Sie eine Lösung gefunden? Wie Sie wissen, ist es mein unerschütterlicher Wille, dass der Verkaufspreis von neunhundertneunzig Mark nicht überschritten wird. Damit so viele Volksgenossen wie möglich in den Genuss unseres Fahrzeugs gelangen.«

»Wir sind auf einem guten Weg, mein Führer«, erklärte Porsche. »Es ist uns gelungen, den Kilogrammpreis auf zwei Mark achtundneunzig zu senken.«

Hitler schüttelte unwillig den Kopf. »Nach Ihren eigenen Berechnungen darf der Kilogrammpreis höchstens zwei Mark dreiundachtzig betragen. Ich verlange, dass dieses Ziel in zehn Wochen erreicht ist.«

»In zehn Wochen?«, wiederholte Porsche. »Ich bin nicht sicher, ob das möglich sein wird.«

»Es MUSS möglich sein! Mir wurden Informationen zugetragen, dass ein Schweizer Unternehmen einen sogenannten Volkswagen zur Produktionsreife entwickelt hat, und zwar zu einem wesentlich geringeren Verkaufspreis, als er für unser Auto vorgesehen ist. Angeblich handelt es sich um die Konstruktion eines Juden namens Ganz.«

Bei dem Namen zuckte Georg zusammen.

»Wollen Sie«, fuhr Hitler fort, »dass ein solches Individuum uns um den verdienten Lorbeer bringt?« Er drehte sich zu einem Adjutanten herum und ließ sich ein Dossier reichen. »Lesen Sie das!«, sagte er und gab den Aktendeckel an Porsche weiter. »Bis Ende August erwarte ich Ihren Bericht!«

89

Obwohl Charly an diesem Morgen schon zweimal Bullrichsalz genommen hatte, ließ das Sodbrennen nicht nach. Inzwischen konnte sie nicht mehr unterscheiden, weshalb ihr Magen revoltierte – wegen der Schwangerschaft oder wegen der Aufregung. Horst hatte seinen Willen durchgesetzt, der kleine Willy würde in ein Heim kommen. Die Vorstellung machte ihr Angst, kein Mensch konnte wissen, was man mit ihrem Bruder dort anstellen würde. Gleichzeitig und ganz insgeheim aber war sie auch erleichtert. In einem Heim würde Willy sie nicht mehr brauchen, und sie musste kein schlechtes Gewissen haben, wenn sie Deutschland verließ – wann immer das auch geschehen würde. Denn bis jetzt hatte sie noch keine Nachricht von Benny.

»Glauben Sie mir, Frau Kollegin«, sagte Professor Wagenknecht, »Ihre Familie hat die richtige Entscheidung getroffen.«

»Meinen Sie wirklich?«

»Ganz sicher. Mir ist auch schon zu Ohren gekommen, dass irgendwelche Gesetze in Vorbereitung sind, die die Handlungsfreiheit der Eltern in solchen Fällen wohl erheblich einschränken werden. So aber können Sie und Ihre Familie dafür sorgen, dass der kleine Willy in ein Heim Ihrer Wahl kommt. Das ist allemal besser, als sich auf eine Entscheidung ›von oben‹ zu verlassen.«

Charly konnte gar nicht sagen, wie dankbar sie für seine Worte war. Und nicht nur dafür. Professor Wagenknecht hatte wegen seines Gutachtens einen schweren Verweis von der Klinikverwaltung bekommen, versehen mit der Warnung, im Wiederholungsfall mit ernsten Sanktionen rechnen zu müssen. Trotzdem hatte er ihr keinerlei Vorwürfe gemacht.

»Könnten Sie uns vielleicht ein Heim empfehlen?«, fragte sie.

Professor Wagenknecht rückte an seiner Brille. »Wie wäre es mit Lüneburg? Dort soll in Kürze eine neue Heil- und Pflegeanstalt eröffnet werden. Dann hätten Ihre Eltern den Jungen in der Nähe und könnten ihn regelmäßig besuchen. – Ja, was ist denn?«, unterbrach er sich, als Schwester Johanna das Sprechzimmer betrat. »Ich hatte doch darum gebeten, nicht gestört zu werden.«

»Tut mir leid, Herr Professor. Ein Telefongespräch für Frau Doktor. Der Anrufer behauptet, es wäre wichtig.«

Charly blickte ihren Doktorvater an.

»Na, dann gehen Sie mal«, sagte er. »Das meiste haben wir ja wohl besprochen. Und falls Sie noch etwas auf dem Herzen haben, können Sie sich jederzeit an mich wenden.«

»Danke, Herr Professor.«

Auf dem Flur wartete Schwester Johanna mit dem Hörer in der Hand.

»Frau Dr. Ising?«, fragte am anderen der Leitung eine Männerstimme, die Charly nicht kannte.

»Ja, am Apparat. Mit wem spreche ich?«

»Mein Name tut nichts zur Sache. Ich habe eine Nachricht für Sie. Die Person, um die Sie sich Sorgen machen, befindet sich in Sicherheit.«

Charly sah in das Gesicht von Schwester Johanna. »Das … das ist ja wunderbar«, flüsterte sie. »Danke.«

»Es hat allerdings eine Änderung gegeben«, fuhr die Stimme fort. »Die Reise endete nicht auf Kuba, sondern in Antwerpen.«

»Was sagen Sie da?« Charly wartete ab, bis Schwester Johanna in einem Krankensaal verschwand. »Warum Antwerpen?«, fragte sie dann. »Was hat das zu bedeuten?«

»Das kann ich Ihnen am Telefon nicht sagen. Aber ich versichere Ihnen, es ist alles gut. Sie müssen sich keine Sorgen mehr machen. Alles Weitere werden Sie schnellstmöglich erfahren.«

Damit legte der Mann auf. Den Hörer noch in der Hand, fasste Charly sich an den Bauch. Ein Glücksgefühl, wie sie es seit einer Ewigkeit nicht mehr verspürt hatte, durchströmte sie.

»Hast du gehört, mein kleiner Engel? Dein Papa ist in Sicherheit! Bald werden wir zusammen sein – wir alle drei!«

90

Die Ausschiffung der St. Louis im Hafen von Antwerpen war im vollen Gange.

»Ich habe Ihre Frau bei meinem Landgang telefonisch erreicht«, sagte Kapitän Schröder, als Benny sich an Deck verabschiedete. »Leider konnte ich nur in Andeutungen mit ihr sprechen. Aber die wichtigste Botschaft hat sie verstanden. Sie schien sehr erleichtert.«

»Gott sei Dank!«

»Ich habe versprochen, dass Sie sich so schnell wie möglich bei ihr melden.«

»Das werde ich bestimmt tun.« Benny stellte seinen Koffer ab, um dem Kapitän die Hand zu drücken. »Ich weiß gar nicht, wie ich Ihnen danken soll. Nach allem, was Sie für uns getan haben. Wenn es einen Himmel gibt, haben Sie darin einen Logenplatz verdient.«

»Ach was, Herr Jungblut, ich habe nur meine Pflicht getan. Außerdem habe ich Ihnen genauso zu danken. Sie waren mir auf unserer bemerkenswerten Reise stets eine wichtige und zuverlässige Hilfe.«

Sie sahen sich noch einmal an. Es gab keinen Menschen, vor dem Benny mehr Respekt hatte als vor diesem Mann. Der Kapitän war einen halben Kopf kleiner als er, und dabei schmächtig wie ein Jüngling. Doch sein Herz war größer als das eines Löwen.

»Leben Sie wohl, Herr Schröder. Ich werde Sie niemals vergessen.«

»Ich Sie auch nicht, Herr Jungblut. Gott möge Sie beschützen.«

Benny nahm seinen Koffer und folgte Dr. Spanier, der bereits am Fallreep auf ihn wartete. Sie waren beide dem holländischen Kontingent zugeteilt worden, das über die meisten freien Plätze verfügte, weil die Niederlande von den vier Gastländern dem deutschen Reich am nächsten lagen. Nachdem Max Seligmann die Herkunft von Bennys Mutter erwähnt hatte, hatte der britische Beamte – offenbar froh, eine Sorge weniger zu haben – ihm im letzten Moment das Permit verweigert. Benny hätte dem Schauspieler am liebsten die Gurgel umgedreht.

Als er zusammen mit dem Arzt das Fallreep hinunterging, erblickte er am Ende des Piers eine Schar aufgeregter Menschen, die laut johlend irgendwelche Schilder in die Höhe reckten. Seltsamerweise wurden sie von einer Polizistenkette zurückgedrängt.

»Was sind das für Leute?«, fragte Dr. Spanier.

»Keine Ahnung«, sagte Benny. »Vielleicht wollen sie uns begrüßen?«

»Ich weiß nicht, so sehen die nicht gerade aus. Können Sie erkennen, was auf den Schildern steht?«

Benny beschattete mit der Hand die Augen, um gegen die Sonne besser zu sehen. Als er die Worte las, musste er schlucken. *»Juden raus!«*, stand da in erschreckend korrektem Deutsch, und *»Juda verrecke!«*. Die Parolen waren mit *»Heimattreue Front«* unterschrieben.

»Ich glaube, das sind Nazis«, sagte er.

»In Belgien?«

»Offenbar gibt es die überall.«

Sie traten zu den übrigen Passagieren der St. Louis, die dem holländischen Kontingent angehörten und das Schiff schon verlassen hatten, etwa hundert Männer und Frauen, die sich ängstlich an Land zusammendrängten und die belgischen Demonstranten aus der Ferne beäugten. Als Letzte stießen Herr und Frau Bamberger zu ihnen, die beiden hatten sich nicht von Bord der St. Louis getraut und hatten erst das Schiff verlassen, nachdem Kapitän Schröder es ihnen befohlen hatte. Als die Gruppe vollzählig war, wurden sie von einer Staffel Polizisten in die andere, der Demonstration entgegengesetzte Richtung des Kais eskortiert, wo ein kleiner Ausflugsdampfer bereitlag, der sie nach Rotterdam bringen sollte. Nachdem sie das Schiff bestiegen hatten, hieß ein Vertreter der holländischen Regierung sie in warmherzigen Worten auf Deutsch willkommen und lud sie zu einem Imbiss ein.

Trotzdem war die Jubellaune, die während der letzten Tage an Bord der St. Louis geherrscht hatte, mit einem Schlag verflogen. In gedrückter Stimmung verlief die Fahrt. Der feindselige Empfang in Antwerpen hatte nur allzu deutlich daran erinnert, wie nah das Deutsche Reich wieder war, und lastete so schwer auf den Gemütern, dass kaum jemand sprach. Jeder wusste auch so, was die anderen dachten.

Wie würde es nun weitergehen?

»Warum haben sie uns eigentlich auf ein Schiff verfrachtet?«, fragte Benny irgendwann. »Der Landweg wäre doch viel kürzer gewesen.«

Dr. Spanier zuckte die Schultern. Der holländische Regierungsvertreter, der die Frage gehört hatte, antwortete anstelle des Arztes.

»Auf den Straßen hätten wir zu viele Polizisten gebraucht, um Sie zu schützen«, sagte er. »Unser kleines Land ist auf solche Dinge nicht vorbereitet.«

Nach neun Stunden erreichten sie den Hafen von Rotterdam. Als sie das Schiff verließen, brach gerade die Abenddämmerung an. Zu Fuß gelangten sie zu ihrer vorläufigen Unterkunft – ein düsteres, mit Stacheldraht umzäuntes Backsteingebäude, vor dessen Eingang Wachposten mit deutschen Schäferhunden patrouillierten.

»So habe ich mir immer ein KZ vorgestellt«, sagte Benny entgeistert.

»Kopf hoch, junger Freund«, sagte Dr. Spanier. »Alles ist besser, als wieder zurück in die Heimat zu müssen. Die ist das einzige wirkliche KZ.«

91

Dorothee konnte sich nicht erinnern, wann sie Hermann zum letzten Mal so aufgeräumt erlebt hatte wie an diesem Abend. Während er sich für den Opernbesuch in der Cianetti-Halle, wo Verdis »Nabucco« gegeben wurde, vor dem Schlafzimmerspiegel ausgehfein machte, schmetterte er voller Inbrunst den Gefangenenchor.

Flieg, Gedanke, getragen von Sehnsucht,
lass' dich nieder in jenen Gefilden,
wo in Freiheit wir glücklich einst lebten,
wo die Heimat uns'rer Seele ist.

Dorothee nahm ihren Parfümflakon und tupfte sich hinter beide Ohren jeweils einen Tropfen, obwohl das Tragen von Parfüm inzwischen im Reich verpönt war und sich deshalb für eine deutsche Frau angeblich nicht gehörte. Heute Abend wollte auch sie fröhlich sein. Nachdem sogar Charlottes Professor dazu geraten hatte, Willy in ein Heim zu geben, versuchte sie sich mit dem Gedanken abzufinden. Vielleicht war es ja wirklich so für alle am besten – auch für ihren Jüngsten. Hermann hatte seine Beziehungen spielen lassen, und dabei war es ihm tatsächlich gelungen, einen Platz in Lüneburg zu bekommen. Lüneburg war nicht weit, da würden sie den kleinen Willy jedes Wochenende besuchen können. Und bis die neue Heil- und Pflegeanstalt fertiggestellt war, durfte er bei ihnen bleiben, und das konnte mit etwas Glück noch mehrere Monate dauern.

Grüß die heilige Flut uns'res Niles,
grüße Memphis und seinen Sonnentempel!
Teure Heimat, wann seh ich dich wieder,
dich, nach der mich die Sehnsucht verzehrt?

Mit einem Lächeln hörte Dorothee dem Gesang ihres Mannes beim Schlipsbinden zu. Eigentlich hatte er eine recht angenehme Stimme, und meistens traf er sogar einigermaßen die Töne. War-um war ihr das eigentlich nie aufgefallen? Vielleicht sollte sie ihn ermuntern, im Kirchenchor mitzusingen, es würde ihm sicher guttun.

Als könnte er ihre Gedanken erraten, drehte er sich zu ihr um. »Ach ja, mal wieder ein bisschen Kultur tanken. Sonst verkümmert ja die Seele.«

Nachdem er seinen Schlips fertig gebunden hatte, gingen sie zusammen ins Kinderzimmer, um dem kleinen Willy, der in Brunis Obhut zurückbleiben würde, einen Gutenachtkuss zu geben.

»Noch mal ei machen!«

»Aber natürlich, mein kleiner Schatz.«

Als sie aus dem Kinderzimmer traten, klingelte in Hermanns Privatkontor das Telefon.

»Lass doch«, sagte er. »Wir sind schon spät dran.«

»Aber wenn es was Wichtiges ist?«

Dorothee ging ins Büro und nahm den Hörer ab. Edda war am Apparat. Sie rief von Sylt aus an, wo sie immer noch mit dieser Riefenstahl in »Schreibklausur« war, wie sie das nannte, wohl um am Drehbuch für einen neuen Film zu arbeiten.

»Gibt es einen besonderen Grund, weshalb du anrufst?«, fragte Dorothee.

Edda zögerte. »Nein«, sagte sie schließlich, »ich ... ich wollte nur hören, wie es euch geht.«

»Dann lass uns ein andermal telefonieren. Papa wartet schon auf mich. Wir gehen heute nämlich in die Oper.«

»Wie schön für euch! Dann genießt den Abend.«

»Du auch, mein Schatz.«

Dorothee legte den Hörer auf. Nachdenklich schaute sie auf das Telefon. Täuschte sie sich oder hatte Edda sich irgendwie komisch angehört? Ach was, wahrscheinlich bildete sie sich das nur ein. Mit ihrem Handspiegel kontrollierte sie noch einmal den Sitz ihrer Frisur, dann verließ sie den Raum.

Als sie die Diele betrat, stutzte sie. Hermann stand in der Tür, mit einem Brief in der Hand.

»Post? Um diese Zeit?«

»Ein Einschreiben. Ist gerade gekommen.«

»Und – was steht drin?«

Hermann schüttelte den Kopf. »Ich glaube, die Lust auf die Oper ist mir vergangen.«

92

Edda legte den Hörer zurück auf die Gabel. Sie hatte ihrer Mutter nicht die ganze Wahrheit gesagt. Natürlich hatte sie einen Grund gehabt, weshalb sie angerufen hatte. Sie hatte versprochen, die Eltern nach Beendigung der Schreibklausur zu Hause zu besuchen, bevor sie von Sylt nach Berlin zurückkehren würde. Jetzt war das Drehbuch fertig, und sie konnte trotzdem nicht nach Fallersleben fahren. Im Herbst sollten die Dreharbeiten beginnen, und es gab bis dahin so viel zu tun, dass einfach keine Zeit für einen Besuch blieb. Den ganzen Tag lang hatte sie sich vor dem Anruf gedrückt. Sie hatte ihren Besuch schon ein Dutzend Mal kurzfristig abgesagt, und beim letzten Mal hatte ihre Mutter erwidert, dass sie, seit sie Lenis Produktionsleiterin sei, nur noch alle Jubeljahre nach Fallersleben komme. Sie hatte die Bemerkung in einem Ton geäußert, der Edda Sorgen machte.

Ahnte ihre Mutter, was zwischen Leni und ihr war? Die Frage tat ihr im Herzen weh. Wie gern würde sie über ihre Liebe sprechen, ihr Glück mit anderen Menschen teilen – am liebsten würde sie es in die ganze Welt hinausposaunen, wie alle Verliebten es taten. Stattdessen musste sie hoffen, dass ihre Liebe, ihr Glück vor jedem im Verborgenen blieb. Vor allem vor ihren Eltern.

»Welche Laus ist dir denn über die Leber gelaufen?«, fragte Leni, als sie ins Wohnzimmer zurückkehrte.

Edda wollte ihr antworten, doch Leni war gar nicht an einer Antwort interessiert. Verzückt wie eine Mutter nach der Geburt, die zum ersten Mal ihr Neugeborenes auf dem Arm hält, betrachtete sie das Manuskript in ihrer Hand.

»Ist unser Kindchen nicht ein Wonneproppen?«

Ihre Freude wirkte so ansteckend, dass Edda ihre Sorgen vergaß.

»Ja, das ist es«, sagte sie. »Das könnte dein schönster Film werden.«

»Was soll das heißen – *dein* schönster Film. *Unser* schönster Film, wolltest du wohl sagen!« Leni nahm ihre Hand und gab ihr einen Kuss. »Jetzt geht's zurück nach Berlin. Und dann nichts wie Koffer packen und auf nach Libyen! Ich kann es gar nicht erwarten, dass wir endlich anfangen zu drehen.«

93

Mit kreischenden Bremsen kam der Zug im Bahnhof zum Stehen. Charly verließ ihr Abteil und stellte sich in die Schlange derer, die wie sie in Göttingen aussteigen wollten. Sie kam gerade aus Braunschweig zurück, wo sie versucht hatte, ihre Schiffspassage zu stornieren. Seit dem Anruf des Unbekannten in der Klinik hatte sie keine weiteren Nachrichten mehr von Benny erhalten. Sie musste also davon ausgehen, dass sie sich nicht in Amerika, sondern irgendwo in Europa wiedersehen würden, und hatte gehofft, dass ihr der Preis für das Ticket erstattet würde. Doch das Reisebüro hatte auf das Kleingedruckte im Vertrag verwiesen, das eine Rückerstattung ausschloss. In anderen Zeiten als diesen, so hatte man ihr gesagt, hätte man sich vielleicht kulanter gezeigt, doch man wolle nicht riskieren, selbst auf den Kosten sitzenzubleiben, falls allen Beteuerungen zum Trotz doch noch ein Krieg ausbrechen würde.

Das Geld war wohl für immer verloren. Aber was bedeutete Geld, wenn Benny in Sicherheit war?

Draußen herrschte so wunderbares Sommerwetter, dass Charly beschloss, noch einen kleinen Stadtbummel zu machen, bevor sie nach Hause ging. Doch als sie aus dem Zug stieg, wurde ihr plötzlich ganz kodderig. Schon seit Stunden war ihr leicht übel, und immer wieder hatte sie aufstoßen müssen, trotz des Bullrichsalzes. Jetzt fühlte sie sich so schwach auf den Beinen, dass sie auf den Spaziergang verzichtete und stattdessen ein Taxi rief, um sich zum Theaterplatz bringen zu lassen.

Im Postkasten fand sie einen Brief ihrer Mutter. Gab es etwa schon einen Termin für Lüneburg? Sie hatte den Eltern versprochen, ihren Bruder dorthin zu begleiten, damit sie sich als Ärztin einen Eindruck von der Anstalt machen konnte.

Mit dem Umschlag zwischen den Lippen schloss sie die Wohnungstür auf. In der Küche nahm sie ein Messer und öffnete das Kuvert.

Der Brief betraf tatsächlich Willys Einweisung. Doch statt nach Lüneburg, wo sich laut Auskunft des Absenders die Umbauarbeiten noch weit bis ins nächste Jahr hinziehen würden, sollte er jetzt in ein anderes Heim kommen – nach Görden. Der Termin war bereits für Anfang September anberaumt.

Charly hatte von einem Ort namens Görden noch nie gehört. Sie ging ins Wohnzimmer, holte ihren alten Diercke-Atlas aus dem Bücherregal und schlug die Deutschlandkarte auf. Görden war ein Stadtteil von Brandenburg an der Havel. Mit dem Finger fuhr sie auf der Karte die Strecke bis Fallersleben entlang und rechnete im Kopf die Entfernung aus.

Das waren mindestens zweihundert Kilometer!

Irritiert schüttelte sie den Kopf. Warum steckten sie Willy in ein Heim, das so weit entfernt war? Da konnten die Eltern ihn sonntags ja gar nicht besuchen.

Mit ungutem Gefühlt stellte sie den Atlas zurück ins Regal.

War es vielleicht doch ein Fehler gewesen, Horsts Drängen nachzugeben?

94

Es war der vierundzwanzigste August, die Temperatur im Stuttgarter Talkessel betrug über dreißig Grad im Schatten, und in Professor Porsches Konstruktionsbüro in der Kronenstraße rechneten die Ingenieure sich die Köpfe heiß. Bei seiner Rückkehr aus Berlin hatte der Chef einen seiner Tobsuchtsanfälle bekommen, aber das hatte nicht viel genützt. In einer Woche würde die Frist enden, die der Führer zur Erstellung eines neuen Kostenplans gesetzt hatte, und sie hatten immer noch keine Lösung gefunden. Wie sie die Dinge auch drehten und wendeten: Bei einem vorgegebenen Endverkaufspreis von neunhundertneunzig Reichsmark blieb der Volkswagen ein Zuschussgeschäft. Zwar war es inzwischen gelungen, die Herstellungskosten auf neunhundertdreiundachtzig Mark zu drücken, aber zu diesem Betrag mussten die Aufwendungen für Verwaltung und Garantieschäden, Werbung und Vertrieb, Rücklagen, Darlehenszinsen und Lizenzgebühren sowie die Abschreibung der Entwicklungskosten hinzugerechnet werden. Selbst bei vollständigem Verzicht auf Gewinn kam man nicht um eine Anhebung des Preises auf tausendachtzig Mark herum. Weil davon aber nicht die Rede sein konnte, bedeutete jeder verkaufte Käfer einen Verlust von neunzig Mark. Damit würde bei Erreichen der angestrebten Zielgrößen ein betriebswirtschaftlicher Gesamtschaden von jährlich mehreren Millionen Reichsmark auflaufen.

»Wie zum Teufel hat der Jude Ganz das nur geschafft?«, fragte

Porsche. »Angeblich verkauft er seinen Wagen für umgerechnet sechshundert Mark.«

»Die beiden Autos kann man nicht miteinander vergleichen«, erwiderte Georg. »Der Schweizer Volkswagen ist unserem Käfer in allen Belangen unterlegen und hat mit diesem doch nur noch den Namen gemeinsam.«

»Trotzdem. Vierhundert Mark unter unserem Preis, und fast fünfhundert unter unseren effektiven Kosten. Wie ist das möglich?«

Porsche nahm die Mappe zur Hand, die Hitler ihm bei der Werksbesichtigung gegeben hatte. Sie enthielt die vollständige Dokumentation des Schweizer Volkswagens, mit allen Konstruktionsplänen. Paul Erhardt war es auf einer Automobilausstellung in der türkischen Hauptstadt Ankara gelungen, sie an sich zu bringen, und hatte die Unterlagen nach Berlin geschickt. Porsche und Georg hatten sie wieder und wieder studiert, doch abgesehen von ein paar Einsparungsideen bei der Karosserie und der Bodengruppe, die sie modifiziert für ihr Fahrzeug übernehmen konnten, hatten sie keine wirkliche Erleuchtung gebracht.

»Die Pendelachse war wirklich eine geniale Idee«, sagte Porsche beim Durchblättern der Zeichnungen.

Die Bemerkung erfüllte Georg mit heimlichem Stolz. An der Entwicklung war er nicht unwesentlich beteiligt gewesen. Doch laut sagte er nur: »Sie war so genial, dass sie uns damals eine Menge Ärger eingebracht hat. Die Tatra-Werke haben behauptet, sie hätten die alleinigen Rechte an dem Patent, und haben uns verklagt.«

»Warum?«, fragte Porsche, der noch immer in die Zeichnung versunken war wie in ein Kunstwerk.

»Josef Ganz hatte für die Tschechen eine ähnliche Konstruktion entworfen, die sie dann weiterentwickelt haben. Da blieben Überschneidungen natürlich nicht aus. Das haben sie sich zunutze gemacht. In solchen Fällen ist es ja kaum möglich zu beweisen, wem welches Verdienst woran genau gebührt. Der Prozess hätte uns damals fast das Genick gebrochen.«

Porsche blickte von den Plänen auf. »Was sagen Sie da?«

Georg war sich nicht bewusst, etwas Besonderes gesagt zu haben. Offenbar hatte er sich unzulänglich ausgedrückt. »Ich meine, wenn es zu einem Patentstreit kommt, siegt in der Regel nicht unbedingt der rechtmäßige Urheber, sondern einfach der Stärkere. In einem Prozess ist ja alles nur noch eine Frage des Geldes. Ein kleiner Hersteller kann gar nicht so viele Autos verkaufen, wie die Anwälte kosten.«

Porsche legte die Zeichnung zurück in die Mappe. »Ich glaube, Sie haben mich gerade auf eine Idee gebracht.« Und mit feinem Lächeln fügte er hinzu: »Vielleicht gibt es ja doch eine Möglichkeit, den Wettlauf zu gewinnen.«

Als Georg das Lächeln seines Chefs sah, begriff er. Porsche wollte seinen Rivalen vor Gericht aus dem Rennen werfen – das war die Idee, auf die Georg ihn gebracht hatte.

Fast bekam er ein schlechtes Gewissen. Aber nur fast. Er war Ingenieur, kein Jurist. Falls sich wirklich herausstellen sollte, dass Josef Ganz sich an fremdem geistigen Eigentum vergriffen hatte, hatte er Strafe verdient.

Porsche nahm den Telefonhörer von der Gabel. »Mal sehen, was Obersturmbannführer Lafferentz von der Idee hält.«

Georg erhob sich von seinem Platz. »Soll ich Sie allein lassen?«

»Nein, nein, bleiben Sie nur. Vielleicht brauche ich Ihren Rat.«

Das Fräulein vom Amt hatte ihn noch nicht mit Berlin verbunden, da kam ein Ingenieur aus dem k.u.k.-Hofstaat herein.

»Haben Sie die Nachricht schon gehört?«, fragte er aufgeregt.

»Welche Nachricht?«

»Die Sondermeldung, sie kam gerade im Radio. Hitler und Stalin haben einen Nichtangriffspakt beschlossen. Außerdem hat Deutschland sich verpflichtet, die Neutralität von Holland, Belgien und der Schweiz zu respektieren.« Er machte eine Pause, um Luft zu holen. »Es wird keinen Krieg geben!«

95

Das düstere Backsteingebäude im Hafen von Rotterdam, in dem Benny untergebracht war, war eine Quarantänestation. Durch die Unterbringung dort sollte sichergestellt werden, dass die Passagiere der St. Louis keine Seuchen ins Land trugen. Die Maßnahme mutete Benny ziemlich seltsam an – schließlich hatten er und seine Leidensgenossen während der Reise das Schiff nie verlassen dürfen. Die einzige Seuche, mit der sie sich je infiziert haben könnten, war das Nazitum ihrer Heimat, das seit nunmehr sechs Jahren in Deutschland grassierte. Doch die Gefahr, dass ausgerechnet sie diese Seuche in Holland verbreiten würden, bestand nach menschlichem Ermessen kaum.

Zwei Wochen vergingen, bis die Quarantäne aufgehoben wurde. Aber auch danach patrouillierten die Wachmänner weiter mit ihren Hunden vor dem stacheldrahtbewehrten Gebäude. Manche der Insassen schreckten nachts mit Albträumen aus dem Schlaf, weil sie glaubten, wieder in einem Konzentrationslager zu sein. Umso mehr genossen sie am Morgen dann den duftenden Kaffee und das leckere Honigbrot, mit denen ihre Gastgeber sie zum Frühstück bewirteten. Sie galten vorläufig als Asylanten, das hieß, sie waren in ihrem Gastland zwar zum Aufenthalt berechtigt, nicht aber zur Arbeit. Das konnte man ja irgendwie verstehen.

Weit bedrohlicher als die Unterbringung empfand man die Nähe zur alten Heimat. Zwar hatte man auch hier von Hitlers Versicherung gehört, Deutschland werde Hollands Neutralität respektieren. Doch durfte man solchen Versprechungen glauben?

Umso ungeduldiger fieberte Benny jeden Morgen der Postausgabe entgegen. Wer nachweisen konnte, dass er in den Niederlanden Angehörige hatte, seien es Freunde oder Verwandte, und diese sich verpflichteten, den Antragsteller bei sich aufzunehmen und für alle durch ihn anfallende Kosten aufzukommen, durfte das Lager verlassen. Benny hatte die zwei Brüder seiner Mutter genannt – und zur Sicherheit dazu noch die Namen von einem halben Dutzend Cousins. Das waren allesamt wohlhabende Leute, und er hegte nicht den geringsten Zweifel, dass sie für ihn bürgten. Dabei wollte er ihre Gastfreundschaft nicht mal in Anspruch nehmen. Sobald er auf freiem Fuß war, würde er seine Kamera versetzen und versuchen, sich nach England durchzuschlagen, um sich dann dort mit Charly zu treffen.

»Hoffentlich wissen Sie Ihr Privileg zu schätzen«, sagte Dr. Spanier, der keine Angehörigen in Holland hatte.

»Wenn ich erst hier raus bin, werde ich meine Verwandten bitten, auch für Sie zu bürgen«, erwiderte Benny. »Ich bin sicher, das werden sie tun. Wenn ich nach Cambridge verschwinde, können Sie einfach meinen Platz übernehmen.«

»Ich wäre Ihnen wirklich sehr verbunden, Herr Jungblut. Meine Frau und meine Töchter haben ja keine Ahnung, wo ich stecke, und machen sich bestimmt große Sorgen.«

Benny teilte die Gefühle des Arztes. Auch Charly war immer noch ohne Nachricht von ihm, sie wusste weder von seinem jetzigen Aufenthalt noch von seinen Plänen. Ein Telefon gab es in der Quarantänestation nicht, und ihr einen Brief zu schreiben, schien ihm zu gefährlich. Die Ungewissheit, in der sie schwebte, musste schlimmer sein als seine eigene ohnmächtige Situation.

In dem Maße, in dem die Reihen im Lager sich lichteten, wuchs Bennys Ungeduld. Über die Hälfte der Flüchtlinge, die dem holländischen Kontingent zugewiesen worden waren, hatten Angehörige im Land genannt, und bei der Postausgabe gab es regelmäßig Freudenschreie, weil sich wieder ein Bürge gemeldet hatte. Obwohl Benny jedem sein Glück gönnte, konnte er ein Gefühl von Neid nicht unterdrücken, wenn er selbst wieder einmal leer ausgegangen war.

Dann aber – seit seiner Ankunft in Rotterdam war knapp ein Monat vergangen – bekam auch er endlich Post.

»Sie Glücklicher«, gratulierte der Arzt. »Bald werden Sie wieder mit Ihrer Frau zusammen sein.«

»Ich kann es noch gar nicht glauben.« Kaum hatte Benny den Brief in der Hand, riss er den Umschlag auf, ohne auf den Absender zu schauen.

»Jetzt wird alles wieder gut«, sagte Dr. Spanier, während Benny zu lesen begann. »Wenn einer ein bisschen Glück verdient hat, dann Sie. So, wie Sie Ihre Frau lieben …«

96

In der Grunewaldvilla waren die Koffer gepackt. Nach der Rückkehr von Sylt in die Hauptstadt war es vor allem Eddas Aufgabe gewesen, die Dreharbeiten vorzubereiten. Jetzt waren die Drehpläne bis ins Detail fertiggestellt und zwei Lastwagen voll mit Kameras und sonstigem Gerät bereits auf dem Weg nach Libyen. Edda und Leni hatten nur noch ein paar wenige Kleinigkeiten zu erledigen, bevor auch sie in den Wüstenstaat aufbrechen wollten, wo sie den ganzen Herbst verbringen würden, bis sie die Außenaufnahmen im Kasten hatten.

Leni lag noch im Bett, als Edda aufstand. Sie wollte an diesem Morgen zur Bank, um sich mit Barmitteln zu versehen. Im Orient war es ratsam, stets ein paar Scheine dabeizuhaben, mit einem Bakschisch ließ sich dort manches möglich machen, was sonst unmöglich war. Das wusste man ja schon von Karl May.

Auf Zehenspitzen verschwand Edda im Bad und zog leise die Tür hinter sich zu. Leni hatte darum gebeten, die letzten Tage vor der Reise ausschlafen zu dürfen, um Kraft zu tanken für die Strapazen, die vor ihnen lagen. Sie hatte die seltene Gabe, gleichsam auf Vorrat schlafen zu können, manchmal vierundzwanzig Stunden am Stück. Hatte sie das getan, konnte sie notfalls zwei Tage ohne Pause durcharbeiten.

Da das Dienstmädchen seinen freien Tag hatte, ging Edda nach der Dusche in die Küche, um sich selbst das Frühstück zu bereiten. Während das Kaffeewasser kochte, stellte sie das Radio an. Doch statt Musik schnarrte die Stimme des Führers aus dem Lautsprecher.

»Seit fünf Uhr fünfundvierzig wird jetzt zurückgeschossen!«

Die Rede wurde aus dem Reichstag übertragen. Edda machte das Radio lauter und hörte mit angehaltenem Atem zu.

»Was ist das für ein Lärm?« Leni stand in der Tür, nackt und verschlafen. »Ich hatte doch gesagt, dass ich nicht geweckt werden will!«

»Ich … ich glaube, es ist Krieg«, stammelte Edda. »Die Wehrmacht ist in Polen einmarschiert.«

»Was sagst du da?«

Im Flur klingelte das Telefon. Edda ging hinaus, um abzuheben.

»Wer ist dran?«, flüsterte Leni, die ihr gefolgt war.

Edda hielt mit der Hand die Muschel zu. »Das Propagandaministerium. Goebbels will dich sprechen.«

Leni verdrehte die Augen. »Na gut, gib her.« Sie nahm den Hörer und hielt ihn sich ans Ohr. »Hier Riefenstahl.«

Es rauschte in der Leitung, dann war die Stimme des Propagandaministers zu hören. Er sprach so laut, dass Edda jedes Wort verstand.

»Wie schön, dass ich Sie zu dieser frühen Stunde erreiche, verehrtes Fräulein Riefenstahl. Ich habe gute Nachrichten für Sie! Sie haben jetzt Gelegenheit, sich für die vielen Wohltaten und Privilegien erkenntlich zu zeigen, mit denen die Regierung Sie in den vergangenen Jahren verwöhnt hat. Wir brauchen Sie!«

»Ich fürchte, ich verstehe nicht ganz, verehrter Herr Doktor. Wie Sie vielleicht wissen, bin ich zur Zeit unabkömmlich.«

»Unabkömmlich? Wenn die Partei Sie ruft?«

Leni biss sich auf die Lippen. »Aber ich ... ich bin praktisch schon unterwegs nach Libyen. Zu Dreharbeiten – mein neuer Film.«

»Der kann warten«, erwiderte Goebbels. »So leid es mir um Ihre Kunst tut – wir haben heute die Bildung eines ›Sonderfilmtrupp Riefenstahl‹ beschlossen. Es ist der persönliche Wille des Führers, dass Sie sich so schnell wie möglich auf den Weg nach Polen machen.«

97 Hurra, hurra, hurra!

Dank des Kriegsausbruchs konnte Horst endlich beweisen, was in ihm steckte, Organisieren lag ihm schließlich im Blut. Er hatte die frohe Botschaft beim Frühsport vernommen – noch immer ertüchtigte er sich jeden Morgen vor der ersten Mahlzeit des Tages mit fünfundzwanzig Liegestützen sowie fünfzig Kniebeugen, um für die Aufgaben gerüstet zu sein, die sich ihm als Ortsgruppenleiter und Lagerführer stellten.

Jetzt galt es, in der Stadt des KdF-Wagens so schnell wie möglich die Heimatfront aufzubauen. Da die Autofabrik ein mögliches Ziel von Luftangriffen war, bedurfte es einer Luftschutzstelle, in der alle Luftschutzmaßnahmen zentral zusammengefasst wurden und die zugleich der Ausgabe von Helmen und Schutzkleidung diente. Noch vordringlicher aber war die Versorgung der Bevölkerung mit Dingen des alltäglichen Bedarfs. Zu diesem Zweck richtete Horst mit Unterführer Pagels in einem Verwaltungsgebäude der stillgelegten Kaligrube am Schachtweg eine Wirtschaftsstelle ein, wo die Einwohner der Stadt des Kdf-Wagens Lebensmittel- und Kleiderkarten beziehen konnten. Weil damit zu rechnen war, dass dort zu den Wochenenden, wenn die aus der Umgebung stammenden Arbeiter zu ihren Angehörigen fuhren, besonders großer Andrang herrschen würde, ordnete er an, dass die Wirtschaftsstelle freitags bis halb acht Uhr abends geöffnet bleiben sollte.

Mit der Einführung des Bezugsscheinsystems trug die Regierung dafür Sorge, dass die Verteilung lebenswichtiger Güter auch im Kriegsfall gewährleistet blieb. Dabei hatte Berlin an alles gedacht. Schon einen Tag nach der Kriegserklärung erhielt Horst eine Liste aus der Reichshauptstadt, welche Güter der Rationierung unterliegen würden. Sie umfasste vor allem Grundnahrungsmittel wie Brot, Fleisch, Fett, Zucker und Marmelade sowie Kaffee, Eier und Milch, aber auch Seife, Schuhe, Spinnstoffwaren und Kohle zum Heizen.

»Ist das nicht großartig, wie Berlin das alles organisiert?«, fragte Horst voller Begeisterung, als er mit Unterführer Pagels die Liste durchging. »Generalstabsmäßig! Das soll uns der Feind erst mal nachmachen.«

»Ich kann meiner Bewunderung kaum Ausdruck verleihen«, erwiderte Heinz-Ewald. »Offenbar brauchten die Parteigenossen in der Hauptstadt nur fertige Pläne aus der Schublade zu ziehen.«

Horst blickte auf. Hatte er da einen spöttischen Unterton gehört? Als er das Gesicht des Unterführers sah, war er jedoch beruhigt. Nein, Heinz-Ewald war genauso beeindruckt wie er.

»Ja, die deutsche Gründlichkeit«, sagte er. »Was soll der Feind dagegen ausrichten? Bis Weihnachten haben wir den Krieg gewonnen. Oder ich fresse einen Besen.«

98

Ein grauer Regenhimmel spannte sich über das Wolfsburger Land, und auf dem Bahnhof von Fallersleben ging ein so zugiger Wind, dass Dorothee fröstelte, als sie mit dem kleinen Willy an der Hand den Bahnsteig betrat.

Der Tag war gekommen, an dem es Abschied nehmen hieß – Abschied von ihrem Jüngsten, der heute mit seiner großen Schwester nach Görden an der Havel fahren würde.

»Tuff, tuff, tuff die Eierbahn!«

Die Freude, mit der Willy der Reise entgegensah, machte Dorothee den Abschied noch schwerer, als er ihr ohnehin schon fiel. Charlotte, die am Vorabend aus Göttingen gekommen war, stand mit dem Koffer bereits an der Bahnsteinkante, zusammen mit ihrem Vater.

»Achtung an Gleis eins«, tönte es aus dem Lautsprecher. »Es fährt ein der Eilzug aus Lehrte.«

Dorothee bückte sich, um Willy ein letztes Mal in den Arm zu nehmen. »Ach, mein süßer kleiner Schatz.«

Sie hoffte, dass er noch einmal »ei machen« wollte. Aber er war viel zu aufgeregt – er freute sich auf die neuen Spielkameraden in dem Haus, von dem sein Onkel Horst ihm vorgeschwärmt hatte, so sehr, dass er ihre Liebkosungen überhaupt nicht wahrnahm, geschweige denn erwiderte.

»Da! Da!« Vor Aufregung hüpfend, zeigte er auf die herandampfende Lokomotive. »Tuff, tuff, tuff!«

Während der Zug einlief, hob Hermann ihn auf den Arm und drückte ihn an sich. »Willst du dich denn gar nicht von deinem Vater verabschieden?«

»Wiedersehen, Papa!«, rief Willy, ohne ihn anzuschauen, vollkommen fasziniert von der fauchenden Lokomotive, die vor ihm zum Stehen kam.

»Und dass du mir auch immer artig bist und tust, was die Heimschwestern dir sagen!«

Dorothee wusste, Hermann litt unter dem Abschied mindestens genauso wie sie, obwohl er sich große Mühe gab, seine Gefühle zu verbergen. Doch seine brüchige Stimme verriet ihn, und in seinen Augen standen Tränen.

»Wir müssen jetzt einsteigen«, sagte Charlotte. »Sonst fährt der Zug noch ohne uns ab.«

»Leb wohl, junger Mann.« Hermann konnte sich gar nicht von seinem Jüngsten trennen, immer wieder küsste er sein kleines Gesicht. »Bald kommen wir dich besuchen.«

»Ja«, sagte Dorothee, »das tun wir. So bald wir können.«

Auch sie wollte Willy noch einmal küssen, aber dafür war es schon zu spät.

»Bitte einsteigen und Türen schließen!«

»Ja, einsteigen!«, rief der kleine Willy.

Hermann ließ ihn zu Boden. Willy war so ungeduldig, dass er schon allein loslaufen wollte.

»Hiergeblieben, du Zappelphilipp!«, sagte Charlotte und nahm ihn an der Hand.

»Los, Lotti! Einsteigen!«

An der Hand seiner Schwester kletterte er in den Waggon. In seiner Eile drehte er sich nicht mal mehr um.

»Die Butterbrote sind in der Außentasche!«, rief Dorothee den beiden nach.

»Ich weiß«, sagte Charlotte, die es kaum schaffte, ihrem Bruder zu folgen.

»Mit Rübenkraut, das mag er doch so gern. Und da findest du auch eine Flasche Apfelsaft.«

»Mach dir keine Sorgen, Mama, ich pass schon auf unseren Goldschatz auf!«

Sie schloss die Tür hinter sich, der Schaffner hob seine Kelle und pfiff.

Ein Ruck ging durch den Zug, dann setzte er sich in Bewegung. Als er allmählich Fahrt aufnahm, konnte auch Dorothee ihre Tränen nicht länger zurückhalten.

»Ich hoffe nur, wir haben alles richtig gemacht.«

»Natürlich haben wir das«, sagte Hermann. »In der Anstalt ist er besser aufgehoben als hier. Viel besser sogar! Mit der verfluchten Autofabrik ist Fallersleben ja zu einem kriegswichtigen Ort geworden. In Görden sagen sich Hund und Katze gute Nacht. Da ist unser kleiner Willy sicher.«

»Glaubst du wirklich?«, fragte Dorothee.

Hermann wich ihrem Blick aus. »Komm«, sagte er nur, »lass uns gehen. Hier zieht's ja wie Hechtsuppe. Da holen wir uns noch den Tod.«

99

Überall im Reich saßen die Volksgenossen vor ihren Volksempfängern und lauschten den Siegesmeldungen, die zu Fanfarenklängen aus den Lautsprechern tönten. Scheinbar unaufhaltsam marschierte die Wehrmacht in Polen ein, fegte den Feind hinfort, wo immer er sich den deutschen Soldaten entgegenstellte.

Während im Radio ein Triumph auf den anderen folgte, warf der Kriegsausbruch in Stuttgart alle Planungen und Berechnungen über den Haufen. Die plötzlich veränderte Lage verschob nicht nur bisherige Prioritäten, sie stellte mit einem Mal sogar die Existenz des Volkswagenwerks selbst in Frage. Das war die bestürzende Botschaft, mit der Professor Porsche, der noch am Tag des Kriegsbeginns nach Berlin beordert worden war, aus der Hauptstadt zurückkehrte.

»Das Volkswagenwerk wird nur weiterbestehen, wenn es uns gelingt, die Kriegsnotwendigkeit unseres Unternehmens nachzuweisen.«

Die Botschaft traf Georg wie ein Schock. Was würde geschehen, wenn ihnen das nicht gelang und das Volkswagenwerk geschlossen würde? Würde er dann eingezogen und musste an die Front?

»Was ist mit dem Kübelwagen?«, fragte er. »Der kann doch sofort in Serie gehen. Ist das nicht Nachweis genug?«

»Leider nicht«, erwiderte sein Chef. »Die Wehrmachtsgutachter haben unser Fahrzeug nur als bedingt kriegstauglich eingestuft.

Und die Rüstungsbehörden stellen unserem Unternehmen, was die kriegswirtschaftliche Nutzung angeht, sogar so schlechte Noten aus, dass ihrer Auffassung nach der ganze Betrieb ersatzlos eingestellt werden könnte.«

Georg war sich stets bewusst gewesen, dass der Volkswagen nicht nur zivilen, sondern auch militärischen Zwecken dienen sollte – das hatte Professor Porsche ja schon in seinem ersten Konzeptentwurf so formuliert: »Ein Volkswagen darf kein Fahrzeug für einen begrenzten Verwendungszweck sein, er muss auch für bestimmte militärische Zwecke geeignet sein.« Trotzdem war er immer davon ausgegangen, dass der Kübelwagen nur das notwendige Übel war, das sie in Kauf nehmen mussten, um die Weiterentwicklung und Fertigstellung des Volkswagens sicherzustellen, und dass es ansonsten kein größeres Problem bei dem ganzen Unternehmen gab als die Kostenkalkulation. Doch nicht in seinen schlimmsten Träumen hätte er sich vorstellen können, dass der Volkwagen eines Tages selbst für verzichtbar erklärt werden könnte. Der Volkswagen war doch das Auto des Führers, ein Vorhaben von nationaler Bedeutung – der eindrucksvollste Beweis deutscher Ingenieurskunst überhaupt! Sollte das alles plötzlich nicht mehr gelten?

In seiner Ratlosigkeit fiel ihm nur der Lieblingsspruch seines Vaters ein. »Nichts wird so heiß gegessen wie gekocht.«

»Was wollen Sie damit sagen?«

»Ich ... ich meine, wenn der Siegeszug der Wehrmacht so weitergeht, kann es doch nur ein paar Wochen dauern, bis wir wieder Frieden haben. Und schon hat sich die Frage der Kriegsnotwendigkeit erübrigt.«

Porsche schaute ihn stirnrunzelnd an. »Meinen Sie?« Mit ernster Miene schüttelte er den Kopf. »Ich bin mir da nicht ganz so sicher. Niemand hat damit gerechnet, dass die Engländer und Franzosen ihre Garantieerklärung für Polen wirklich einlösen würden, und doch haben sie uns zwei Tage nach dem Einmarsch der Wehrmacht den Krieg erklärt. Ja, wenn wir es nur mit den Polen zu tun hätten, würde ich Ihnen zustimmen. Aber so? Ich fürchte, dieser Krieg wird noch einige Zeit dauern.«

Georg brauchte eine Weile, um den entscheidenden Schluss aus dieser Antwort zu ziehen. »Soll das ... soll das heißen, der Krieg könnte das Ende unseres Traums bedeuten?«

Porsche wiegte unschlüssig den Kopf. »Um ehrlich zu sein, das weiß ich genauso wenig wie Sie, Herr Ising. Sicher ist nur eins: Wir müssen alles dafür tun, die kriegswirtschaftliche Unverzichtbarkeit des Volkswagenwerks unter Beweis zu stellen. Das ist die einzige Möglichkeit, unseren Traum zu retten.«

100

Leni Riefenstahl war außer sich.

»Ist denn plötzlich die ganze Welt verrückt geworden? Ausgerechnet, wenn ich den Film meines Lebens drehen will, brechen die einen Krieg vom Zaun? Die gehören ja in die Irrenanstalt!«

»Ist das deine einzige Sorge?«, fragte Edda, die gerade mit ihrer Mutter telefoniert hatte, um sich vor ihrer Abfahrt nach Polen zu verabschieden.

»Das fragst ausgerechnet du? Wir haben den ganzen Sommer an dem Drehbuch gearbeitet, und jetzt, wo unser Kindchen endlich da ist, verlangen sie, dass wir einen anderen Film drehen? Genauso gut können sie von einem Elternpaar verlangen, ihr Neugeborenes zu verstoßen, um einen fremden Balg großzuziehen!«

Edda hörte nur mit halbem Ohr hin. Sie war in Gedanken bei ihrem Bruder, dem kleinen Willy. Die Nachricht, dass er bereits auf den Weg in ein Heim sei, hatte sie völlig unvorbereitet getroffen. Nie und nimmer hätte sie gedacht, dass die Einweisung so schnell erfolgen könnte. Jetzt bereute sie, dass sie vor der Rückkehr nach Berlin nicht doch noch nach Fallersleben gefahren war. Dann hätte sie ihn noch einmal gesehen. Wer weiß, wie lange es nun dauern würde, bis sie ihn wieder in den Arm nehmen konnte.

»Ich möchte wetten, das hat sich der Goebbels höchstpersönlich ausgedacht!«, schimpfte Leni weiter. »Der Möchtegern-Casanova hat doch nur auf eine Gelegenheit gewartet, um mir eins auszuwischen!«

»Jetzt hör endlich auf, dich aufzuregen. Die Sache ist doch längst entschieden!«

»Ich will mich aber aufregen! Und wenn die Sache zehnmal entschieden ist!«

Das war sie in der Tat. Der Führer hatte befohlen, und da war Leni nichts anderes übriggeblieben, als zu folgen. Ihre Aufgabe in Polen würde es sein, den Siegeszug der Wehrmacht so eindrucksvoll in Szene zu setzen, dass später in den Kinos das ganze deutsche Volk glauben konnte, dabei gewesen zu sein.

»Wenigstens reisen wir komfortabel in den Krieg«, sagte Leni, als sie eine halbe Stunde später in die Mercedes-Limousine stieg, die vor der Villa bereitstand, um sie mit den gepackten Koffern statt nach Libyen nach Polen zu bringen. »Worauf warten Sie?«, wandte sie sich an den Fahrer, als auch Edda im Wagen Platz genommen hatte. »Es kann losgehen.«

Das Fahrer startete den Motor, und sie machten sich auf den Weg. Leni schimpfte zwar weiter über ihr Schicksal und den rachsüchtigen Propagandaminister, doch dabei zog sie schon wieder ein ganz anderes Gesicht. Edda wusste, warum. Das Propagandaministerium hatte für den Sonderfilmtrupp Riefenstahl einen überaus imposanten Fuhrpark bereitgestellt, bestehend aus zwei sechssitzigen Mercedes-Limousinen, einem Lastwagen sowie zwei Motorrädern – das schmeichelte natürlich ihrer Eitelkeit. Während die erste Limousine nur ihnen beiden vorbehalten war, saßen in dem zweiten Wagen die Kameraleute, Tonmeister und Beleuchter. Dahinter folgte der Lastwagen mit dem technischen Gerät, einschließlich eines Generators, so dass sie, egal, wo sie drehten, sich mit ihrem eigenen Strom versorgen konnten, und die Nachhut bildeten die zwei Motorräder, auf denen Meldegänger saßen.

Je näher sie der Front kamen, umso mehr wuchs Lenis Bereitschaft, sich mit den Gegebenheiten zu arrangieren, ihre Laune hellte sich sichtlich auf, und sie hatten die Grenze noch nicht erreicht, da schmiedete sie schon wieder munter plappernd Pläne, wie sie die heldenhaften Taten der Wehrmacht auf ihrem Siegeszug inszenieren würde. Edda schüttelte den Kopf. Wenn es um ihre Kunst ging, war Leni wie ein Zirkuspferd, das mit den Hufen scharrt, sobald es die Fanfaren hört.

»Na, hast du dich endlich damit abgefunden?«

»Natürlich nicht«, erwiderte Leni mit gespielter Empörung. Tatsächlich jedoch hatten ihre Augen schon wieder diesen magischen Glanz, den sie immer annahmen, wenn sie Großes im Schilde führte. »Nur, wenn ich ehrlich bin – wen hätte der Führer auch sonst schicken sollen? Ich will mir ja nicht selbst schmeicheln, aber objektiv betrachtet, komme für eine solche Aufgabe ja wohl nur ich in Frage.«

101

Als Charly mit ihrem kleinen Bruder an der Hand den Zug in Görden verließ, empfing sie draußen heller Sonnenschein. Der bleigraue Himmel, der beim Abschied in Fallersleben über den Feldern gehangen hatte, hatte sich während der Fahrt nach und nach aufgehellt, und das Schmuddelwetter war zwischen dem Wolfsburger Land und der Mark Brandenburg ganz allmählich in einen wunderbaren Altweibersommer übergegangen.

»Sind wir endlich da?« Voller Ungeduld zappelte Willy an Charlys Hand.

»Noch nicht ganz, mein Schatz«, sagte sie. »Aber fast.«

Um seine Geduld nach der langen Zugfahrt nicht länger zu strapazieren, aber auch, um den Augenblick der Trennung möglichst rasch hinter sich zu bringen, nahm sie ein Taxi für den restlichen Weg zu dem Heim, in dem ihr kleiner Bruder künftig leben würde. Die Heil- und Pflegeanstalt Görden, so hatte sie inzwischen erfahren, war bis vor einigen Jahren ein Zuchthaus gewesen, doch Professor Wagenknecht hatte ihr versichert, dass der ärztliche Leiter Dr. Henze einen ausgezeichneten Ruf genoss und außerdem als ein lebenslustiger Mann galt, der auf Kongressen seine Kollegen beim abendlichen Umtrunk nicht selten mit Klavierspiel und Gesang unterhielt.

»Da wären wir«, sagte der Chauffeur. »Macht eins zwanzig.«

Als Charly aus dem Taxi stieg, war sie angenehm überrascht.

Das dreigeschossige Anstaltsgebäude war zwar von respekteinflößender Größe, vermutlich konnten darin tausend Patienten oder sogar noch mehr Aufnahme finden, auch erinnerte der Haupteingang mit dem schmiedeeisernen Tor noch an seinen früheren Verwendungszweck, doch die Fassade war frisch gestrichen und machte mit den Blumenkästen vor den Fenstern einen sehr freundlichen Eindruck.

»Das muss der kleine Willy sein, nicht wahr?«

Das Taxi war noch nicht fort, da kam eine junge, hübsche Ordensschwester aus der Pforte geeilt, um sie in Empfang zu nehmen.

»Wie schön, dass du da bist. Wir haben uns schon den ganzen Tag auf dich gefreut.«

Willy strahlte. »Ei machen! Ei machen!«

Mit einem Lächeln strich die Schwester ihm über den Kopf. »Du bist ja ein nettes Kerlchen!« Dann wandte sie sich an Charly. »Frau Dr. Ising, nicht wahr?«

»Die bin ich«, erwiderte Charly.

»Freut mich. Ich bin Schwester Beate.« Sie gaben einander die Hand. »Man hat mir gesagt, dass Sie Ihren Bruder begleiten würden. Eine kluge Entscheidung. Wenn die Eltern mitkommen, gibt es ja meistens nur Tränen. – Sie erlauben?« Ohne die Antwort abzuwarten, griff sie nach Willys Koffer.

Unwillkürlich machte Charly einen Schritt zurück. »Ich hatte gedacht, ich würde meinen Bruder noch auf die Station begleiten.«

Die Schwester schüttelte den Kopf. »Machen wir es lieber kurz und schmerzlos«, sagte sie so leise, dass Willy sie nicht hören konnte. »Es ist besser für den kleinen Mann.«

»Aber mir wurde zugesichert, dass ich mir einen Eindruck machen darf.«

»Das muss ein Missverständnis sein. Die Begleitung auf die Station verbietet die Hausordnung – im Interesse unserer Schutzbefohlenen. Wir wollen ihnen jede unnötige Aufregung ersparen, gerade beim Abschied. Umso leichter fällt ihnen dann die Eingewöhnung. Glauben Sie mir, Frau Doktor, wir haben darin hundertfache Erfahrung.«

Charly wusste, Schwester Beate hatte recht, sie erlebte das in der

Klinik ja mit ihren kleinen Patienten genauso – der Abschied fiel allen Beteiligten umso schwerer, je mehr man ihn in die Länge zog. Aus demselben Grund hatte sie selbst ja auch ein Taxi genommen. Also fügte sie sich in ihr Schicksal und reichte der Schwester den Koffer.

Dann drehte sie sich zu Willy herum und ging vor ihm in die Hocke.

»Wollen wir noch einmal ›ei‹ machen?«

»Ei«, sagte er, doch so eilig, als müsse er eine lästige Pflicht erledigen, und statt sie zu streicheln oder sich von ihr streicheln zu lassen, machte er auf dem Absatz kehrt, um zu Schwester Beate zu laufen, die lächelnd auf ihn wartete.

Während er ihre Hand nahm, richtete Charly sich wieder auf. Immer wollte Willy »ei machen«, wenn er sie sah, nur ausgerechnet heute nicht. Ach ja, so waren Kinder nun mal ... Während sie versuchte, ihre Enttäuschung zu verwinden, wurde von innen das eiserne Tor geöffnet. Durch den Spalt sah sie einen gepflasterten Innenhof mit einem Fahnenmast, an dem eine rotweiße Hakenkreuzfahne in der Sonne flatterte.

Willy war schon fast hinter dem Tor verschwunden, da drehte er sich noch einmal zu Charly um und winkte ihr mit leuchtenden Augen zu.

»Leb wohl, mein kleiner Schatz«, flüsterte sie.

Seine leuchtenden Augen trösteten sie über ihre Enttäuschung hinweg. Willy war glücklich, nur darauf kam es an.

Wie um ihr zu beweisen, dass alles gut war, hüpfte er an Schwester Beates Hand fröhlich davon.

Leise in den Angeln kreischend ging das Tor hinter ihm zu.

102

Es war Zeit fürs Abendbrot. Obwohl Dorothee nicht den geringsten Appetit verspürte, deckte sie in der Küche den Tisch. Erstens musste man ja trotz allem etwas essen, und zweitens lenkte die Hausarbeit ab.

»Abendessen ist fertig!«, rief sie, als alles bereit war.

Hermann antwortete nicht. Wahrscheinlich war er immer noch in seinem Privatkontor, in das er sich nach der Heimkehr vom Bahnhof verkrochen hatte wie in einer Höhle, und hörte sie nicht. Also verließ sie die Küche, um ihn zu holen.

Als sie das Arbeitszimmer betrat, stutzte sie. Obwohl es draußen dunkel war, hatte Hermann die Vorhänge vor die Fenster gezogen, und auf dem Schreibtisch stand der Filmprojektor, an dem er leise fluchend herumfummelte.

»Was machst du da?«

»Das siehst du doch! Ich versuche einen Film einzufädeln. Aber das verdammte Ding will nicht … – Ah, ich glaube, jetzt hab ich's! Machst du bitte das Licht aus?«

Dorothee betätigte den Schalter und schloss die Tür hinter sich. Für einen Moment war es stockdunkel im Raum, doch als der Filmprojektor zu surren begann, leuchtete auf der Leinwand, die Hermann vor dem Bücherregal aufgebaut hatte, ein flackerndes Rechteck auf, und gleich darauf wurden die ersten Bilder sichtbar: der Rohbau ihres neuen Hauses, der noch ungedeckte Dachstuhl mit dem Richtkranz, der über dem Giebel in den Himmel ragte, und die im Wind wehende Hakenkreuzfahne.

»Das ist ja Eddas Film«, sagte Dorothee. »Wozu willst du den denn jetzt anschauen?«

»Kannst du dir das nicht denken?«

Doch, das konnte sie. Sie nahm einen Stuhl und setzte sich. Auf der Leinwand erschien die Festgesellschaft, die das Richtfest mit ihnen gefeiert hatte, Familienmitglieder und Gäste tauchten in unruhiger, hektischer Folge auf, sich ruckhafter und schneller bewegend als im wirklichen Leben, blickten ernst oder lachend oder verlegen in die Kamera, jeder nach seiner Art, manche winkten oder machten Faxen oder hielten sich die Hände vors Gesicht … Hermann, wie er seine Festrede hielt, in der einen Hand das Blatt mit den Stichworten, während die freie Hand mehrmals in Richtung Gesäß zuckte … Die beifallklatschenden Zuhörer … Die Zimmerleute, die mit ihren Schnapsgläsern dem Bauherrn zuprosteten … Benjamin und Charlotte, wie sie von der Kamera »erwischt« wurden und sich dagegen wehrten, gefilmt zu werden, bis plötzlich Ernst Hartlieb ins Bild trat ... Gilla Bernstein, die stumm und mit wogendem Busen das Deutschlandlied sang, begleitet von ihrem Vater am Klavier, auf einem Pferdefuhrwerk, mit Georg an den Leinen, der ganz ungeniert die Sängerin anhimmelte, argwöhnisch beobachtet von seiner »Verlobten« ... Dorothee selbst und ihr Bruder Carl, beide so sehr ins Gespräch vertieft, dass sie die Kamera gar nicht bemerkten ... Horst, der am Bratspieß eine Portion Spanferkel auf einen Teller säbelte, den Kreisleiter Sander ihm entgegenstreckte ... Bankdirektor Lohmann und der milde lächelnde Pastor Witzleben, zusammen mit dem Grafen und der Gräfin ... Dazwischen der alte Lübbecke in seinen Holzpantinen, mit einer Flasche Schnaps in der Hand, und Bruni, die den Leuten Schnittchen anbot ... Und immer wieder der kleine Willy. Auf dem Arm seiner Mutter. Auf dem Arm von Charlotte. Auf dem Arm von Onkel Carl. Auf dem Arm von Bruni. Auf dem Arm seiner beiden großen Brüder. Auf dem Arm von Pastor Witzleben. Auf dem Arm von Kreisleiter Sander. Auf dem Arm seines Vaters – in Großaufnahme, umringt von Gästen, die sich über ihn beugten und versuchten, seine Aufmerksamkeit zu erhaschen, während er sie fröhlich lachend mit seinen Knopfaugen anstrahlte und lauthals krähte, obwohl man sein kräftiges Stimmchen jetzt gar nicht hören konnte ...

Plötzlich ein Ratschen, und auf der Leinwand war nur noch das flackernde weiße Rechteck zu sehen, während die Filmrolle mit losem Ende ins Leere weiterratterte.

»Ach, ja«, sagte Dorothee in die dunkle Stille hinein.

Als die Rolle irgendwann zum Stehen kam, knipste Hermann die Schreibtischlampe an. Es dauerte einen Moment, bis Dorothees Augen sich wieder an das Licht gewöhnt hatten. Blinzelnd schaute sie hinüber zu ihrem Mann. Sein Gesicht war tränenverschmiert, vor ihm auf dem Schreibtisch lagen Dutzende Fotos, von ihm selbst als Säugling und Kleinkind, vermischt mit Bildern von dem kleinen Willy.

»Der Junge hat doch nichts«, sagte er mit erstickter Stimme, »der ist doch kerngesund. Wann werden die das nur begreifen?«

103

Charly war noch am selben Abend nach Göttingen zurückgekehrt. Zum Glück hatte Professor Wagenknecht ihr erlaubt, am nächsten Tag später zum Dienst zu erscheinen. So konnte sie noch die Vormittagspost abwarten, bevor sie das Haus verließ. Doch auch an diesem Morgen brachte der Briefträger keine Nachricht von Benny.

Warum meldete er sich nicht?

Um die unsinnige Angst, die sich beim Anblick des leeren Briefkastens stets in ihr regte, im Keim zu ersticken, rief Charly sich den Anruf in Erinnerung, den sie vor der Fahrt nach Görden bekommen hatte. »Die Person, um die Sie sich Sorgen machen, befindet sich in Sicherheit«, hatte der Mann am Telefon gesagt. »Es ist alles gut.« Nein, sie brauchte sich keine Sorgen zu machen, Benny war in Sicherheit, es war alles gut, und schon bald würde sie von ihm hören, »schnellstmöglich« – das hatte der Mann ja versprochen.

Als sie in die Klinik kam, hielt Professor Wagenknecht in seinem Dienstzimmer gerade eine Stationsversammlung ab. In Gedanken noch bei Benny, brauchte Charly eine Weile, bis sie verstand, worum es ging. Offenbar war an die Kliniken des Reichs ein Runderlass des Innenministers ergangen, »zur Klärung wissenschaftlicher Fragen auf dem Gebiete der angeborenen Missbildung«, wie Professor Wagenknecht zitierte. Dem Erlass zufolge waren ab sofort Ärzte, Geburtshelfer und Hebammen verpflichtet, »einschlägige Fälle« per Formblatt in die Reichshauptstadt zu melden, zum Zweck einer »möglichst frühzeitigen Erfassung«.

Nach der Verlesung des Schreibens setzte eine aufgeregte Debatte ein. Die meisten Wortmeldungen kreisten um ein und dieselbe Frage.

Was war damit gemeint – »einschlägige Fälle«?

Professor Wagenknecht rückte seine Brille zurecht und vergewisserte sich noch einmal anhand des Textes, bevor er antwortete.

»Indiziert sind Missbildungen jeder Art«, zitierte er, »besonders das Fehlen von Gliedmaßen, schwere Spaltbildungen des Kopfes und der Wirbelsäule, Hydrocephalus, Mikrocephalie sowie Idiotie. – Und«, fügte er nach einem Moment mit sorgenvollem Blick über den Brillenrand in Charlys Richtung hinzu, »Mongolismus.«

Als sie das Wort hörte, fasste Charly sich an den Bauch. Ihr Unterleib zog sich in schmerzhaften Spasmen zusammen, und plötzlich spürte sie etwas Warmes, Feuchtes, das an ihren Schenkeln herabsickerte.

Blut.

104

Der Sommer war vorüber, der Herbst hielt Einzug im Wolfsburger Land, und auf den Zuckerrübenfeldern, die von den großen Umwälzungen der letzten Jahre verschont geblieben waren, wurde die Ernte eingefahren. Im Vergleich zu früheren Kampagnen kamen dabei auffallend viele Frauen und Kinder zum Einsatz, und von den Männern fast nur solche älteren Jahrgangs. Denn Deutschland hatte mobilgemacht, und auch im Wolfsburger Land rüstete man für den Krieg, der allen Beteuerungen zum Trotz nun doch im Osten ausgebrochen war und sich auf ganz Europa auszuweiten drohte. Während die Stadt Fallersleben verpflichtet wurde, fortan einen monatlichen Kriegsbeitrag von dreitausendachthundertvierundsiebzig Reichsmark und dreiundneunzig Pfennigen zu leisten, wurden alle diensttauglichen Männer im wehrpflichtigen Alter zur Wehrmacht eingezogen; auf dem Gelände der ehemaligen Zuckerraffinerie wurde der Bau eines Luftschutzbunkers in Angriff genommen, der groß genug sein würde, um der gesamten Fallersleber Bevölkerung Schutz vor feindlichen Fliegerangriffen zu bieten; und die riesigen Fabrikanlagen des VW-Werks, die auf dem Grund und Boden derer von der Schulenburg errichtet worden waren, um hier Millionen und Abermillionen von Volkswagen herzustellen, die dereinst über die herrlichen deutschen Autobahnen brausen sollten, wurden zu einer Produktionsstätte kriegswichtiger Rüstungsgüter umgewidmet, mit denen Adolf Hitler die von ihm behaupteten Ansprüche des Deutschen Reichs auf Lebensraum in der Welt durchsetzen wollte.

Die Bauarbeiten in der Musterstadt des Führers aber, die schon seit Beginn der großen Umwälzungen im Wolfsburger Land unter dem Rohstoffmangel ungleich stärker gelitten hatten als die Arbeiten an der Fabrik, kamen mit Ausbruch des Krieges fast gänzlich zum Erliegen. Auf dem Reißbrett als eine Wohnstadt für sechzigtausend Menschen geplant, war die Stadt des KdF-Wagens Stückwerk geblieben – im Herbst des Jahres 1939 verfügte sie über nicht mal zweitausend fertiggestellte Wohneinheiten, die den Verwaltungsangestellten und Ingenieuren des VW-Unternehmens vorbehalten waren. Alle übrigen Werksangehörigen mussten wie die Bauarbeiter mit provisorischen Behausungen in den Barackensiedlungen vorliebnehmen, die immer noch das Bild der Stadt prägten, und da die Baumaterialien nicht einmal reichten, um die von Hitler persönlich gewünschte Stadtkrone mit einer Prachtstraße für Parteiaufmärsche zu errichten, war kaum damit zu rechnen, dass sich an diesem Zustand in absehbarer Zeit etwas ändern würde.

Der Traum von einer Gartenstadt, der im Wolfsburger Land hatte verwirklicht werden sollen, der Traum von einem menschenfreundlichen Ort im Grünen, wo die Arbeiter der größten Automobilfabrik Europas sich von den Anstrengungen ihres Alltags erholen sollten, um stets aufs Neue Kraft durch Freude zu tanken – dieser Traum war ausgeträumt. Nach Ausbruch des Krieges ließ darum Stadtarchitekt Koller seine uk-Stellung aufheben, um seinen Abschied zu nehmen, und obwohl er ein verheirateter Mann war und Vater von sieben Kindern, meldete er sich zum Kriegsdienst an die Front. Nach den Gründen für seine Entscheidung gefragt, erklärte er nur, die Stadt des KdF-Wagens sei nicht mehr seine Stadt – sie sei ein »entgotteter Ort«.

Nein, der Winter war nicht mehr fern im Wolfsburger Land. Die Zeit des Hoffens war vorbei, die Saat der großen Verheißungen, die in Deutschland gelegt worden war, war aufgegangen und hatte Früchte getragen, die das Angesicht des Landes von Grund auf verwandelt hatten.

Und es brach an eine Zeit, in der ein jeder gezwungen sein würde, sich zu erkennen zu geben.

Im Guten wie im Bösen.

DANKE!

Schon als Jugendlicher empfand ich eine mich selbst irritierende Faszination, wenn ich Bilder von den Nazis und ihren Aufmärschen sah. Ich musste sie wieder und wieder anschauen, wie unter einem Zwang. Ich glaube, es war die Faszination des Bösen schlechthin, die von diesen Bildern ausging und mich in ihren Bann schlug. Und schon damals fragte ich mich: Wie hätte ich mich verhalten? Was hätte ich getan? Welcher Mensch wäre in jener Zeit aus mir geworden?

Nach Jahrzehnten des Zögerns und Zauderns ist dieser Roman ein Versuch, mir zumindest eine Vorstellung davon zu machen. Dabei war es nicht mein Ehrgeiz, mit Historikern zu konkurrieren. Als Autor einer fiktiven Geschichte wollte ich vielmehr davon erzählen, wie verschieden verschiedene Menschen in einer so prekären Lebenssituation sich verhalten. In der Annahme, dass Menschen in ihrem Denken und Handeln sich ein Stückweit durch die konkrete historische Wirklichkeit erklären, wie diese sich umgekehrt ein Stückweit erklärt durch das Denken und Handeln der in ihr lebenden Menschen, habe ich meine fiktive Geschichte so exakt wie möglich mit dem historischen Geschehen verwoben und mir dabei nur so viele Freiheiten erlaubt, wie es dramaturgisch unbedingt nötig erschien.

Bei diesem Versuch hat mich, vom Exposé bis zur Schlussfassung des Romans, Prof. Dr. Johannes Hürter begleitet, »Institut für Zeitgeschichte«, München–Berlin. Als herausragender Kenner der Epoche hat er dafür gesorgt, dass meine Geschichte den historischen Gegebenheiten mit der gebotenen Sorgfalt Rechnung trägt, ohne dabei zu verkennen, dass ein Roman dies naturgemäß in anderer Weise tut als ein Sach- oder Fachbuch.

Ihm gilt darum mein ganzer Dank.

LISTE DER HANDELNDEN PERSONEN

DIE FAMILIE

Hermann Ising	Familienoberhaupt und Zuckerbaron in Fallersleben
Dorothee Ising	Hermanns Ehefrau, geb. Schmitt
Edda Ising	älteste Tochter, Filmproduzentin
Georg Ising	Sohn, Ingenieur und Autobauer
Horst Ising	Sohn, treuer Parteifunktionär
Charlotte »Charly« Ising	Tochter, Medizinerin
Willy Ising	Sohn, der kleine Nachzügler
Benjamin »Benny« Jungblut	Architekt, Verlobter von Charly
Ilse Ising	Horsts Ehefrau, Mutter seiner zwei Kinder Adolf und Eva
Carl Schmitt	Jurist und Staatsrat, Bruder von Dorothee Ising

WEITERE PERSONEN

Ehepaar Bamberger	Passagiere auf der St. Louis
Bemmelmann	Rektor der Volksschule Fallersleben
Gisela »Gilla« Bernstein	Tochter von Hermann Isings bestem Freund Wilhelm Bernstein
Paul Ehrhardt	Ingenieur, dann im Sicherheitsdienst
Johanna	Krankenschwester in der Kinderklinik Göttingen
Josef Ganz	Autokonstrukteur, Erfinder des Prototyps »Maikäfer«

Ernst Hartlieb	Göttinger Student, Eddas Freund
Peter Koller	Architekt für das Volkswagenwerk
Bodo Lafferentz	Geschäftsführer der Volkswagen-Gesellschaft
Robert Ley	Reichsleiter der Deutschen Arbeitsfront
Lübbecke	Arbeiter in Hermanns Zuckerfabrik
Heinz-Ewald Pagels	Unterführer im Barackenlager der Autofabrik
Ferdinand Porsche	Autokonstrukteur aus Stuttgart
Leni Riefenstahl	Filmregisseurin
Sander	Kreisleiter in Fallersleben
Selma Schönemann	Freundin von Gilla Bernstein
Schröder	Kapitän der St. Louis
Max Seligmann	Passagier auf der St. Louis
Ines Spanier	Passagier auf der St. Louis mit ihren Eltern und ihrer Schwester Renate
Graf von der Schulenburg	Großgrundbesitzer auf Schloss Wolfsburg
Telschow	Gauleiter in Fallersleben
Wagenknecht	Professor und Chefarzt der Kinderklinik Göttingen, Charlys Doktorvater
Jakob Werlin	Generalinspekteur für Kraftfahrtwesen
Winkelmann	Oberarzt in der Kinderklinik Göttingen
Theobald Witzleben	evangelischer Pastor in Fallersleben

Es geht weiter mit der
Geschichte der Familie Ising:

PETER PRANGE

Eine Familie in
Deutschland

Der zweite Band
erscheint im Herbst 2019
im Scherz Verlag.

Eine Familie in Deutschland

Charlotte »Charly« Ising, 24

Für ihre große Liebe Benny würde sie alles opfern, auch ihre Karriere als Medizinerin. Wäre da nicht ihr kleiner Bruder Willy, Nachzügler und Nesthäkchen der Familie, ein Sorgenkind, das nur sie als Ärztin schützen kann.

Dorothee Ising, geb. Schmitt, 49

Eine Zukunft als Konzertpianistin stand ihr offen. Warum aber hat sie dann Hermann Ising geheiratet, um im Wolfsburger Land ein »Schmalzstullenleben« zu führen? Die Antwort ahnt nur ihr Bruder Carl.

Benjamin »Benny« Jungblut, 26

Er weiß, als jüdischer Architekt sollte er Deutschland schleunigst verlassen. Aber nicht, bevor Charly ihr Medizinstudium abgeschlossen hat. Außerdem hat Graf Schulenburg ihm ein fantastisches berufliches Angebot gemacht – die Chance seines Lebens.

Horst Ising, 26

Weniger begabt als seine Geschwister, hofft er, als Parteisoldat die Anerkennung zu finden, die ihm in der Familie versagt bleibt. Doch auf dem Weg nach oben ist die Familie sein größtes Hindernis, vor allem sein Schwager – der »Jude Jungblut«.

Edda Ising, 27

Ihr Studium ist ein Chaos, und ihren Verlobten kann sie nicht lieben, wie dieser es verdient. Doch dann begegnet sie der berühmten Leni Riefenstahl. An der Seite der Filmregisseurin scheint sie endlich zu ihrer wahren Bestimmung zu gelangen.